Esquivar la muerte

Esquivar la muerte

Peter James

Traducción de Jorge Rizzo

Rocaeditorial

Título original inglés: *Not Dead Yet*

© Really Scary Books / Peter James, 2012

Primera edición: enero de 2014

© de la traducción: Jorge Rizzo
© de esta edición: Roca Editorial de Libros, S.L.
Av. Marquès de l'Argentera 17, pral.
08003 Barcelona
info@rocaeditorial.com
www.rocaeditorial.com

Impreso por EGEDSA
Roís de Corella 12-16, nave 1
Sabadell (Barcelona)

ISBN: 978-84-9918-713-6
Depósito legal: B. 26.252-2013
Código IBIC: FF; FH

Para Geoff Duffield.
Tú creíste en mí y lo hiciste posible.

1

Te lo advierto. No te lo repetiré. No aceptes el papel. Más vale que me hagas caso. Si aceptas el papel, estás muerta. Zorra.

2

Gaia Lafayette no era consciente de la presencia de aquel hombre que acechaba en la oscuridad, en aquel coche familiar, decidido a matarla. Y tampoco era consciente del correo electrónico que le había enviado. Recibía amenazas constantemente, la mayoría de las veces de fanáticos religiosos o de gente molesta por su vocabulario soez o por el provocativo vestuario que lucía en algunos de sus espectáculos y vídeos musicales. Esos mensajes eran filtrados por su jefe de seguridad y hombre de confianza, Andrew Gulli, un duro expolicía que se había pasado la mayor parte de su carrera protegiendo a políticos especialmente polémicos.

Gulli sabía cuándo algo debía preocuparle lo suficiente como para decírselo a su jefa, y aquella tontería de mensaje que había llegado, procedente de una cuenta anónima de Hotmail, no le parecía nada importante. Ella recibía una docena de mensajes parecidos cada semana.

Eran las diez de la noche y Gaia estaba intentando fijar la atención en el guion que estaba leyendo, pero no podía concentrarse. Tenía la mente puesta en que se había quedado sin cigarrillos. El encantador pero limitado Pratap, que le hacía la compra, y al que no tenía el valor de despedir porque su mujer tenía un tumor cerebral, le había comprado una marca equivocada. Se había impuesto un máximo de cuatro cigarrillos al día, y de hecho no necesitaba más, pero los viejos hábitos son difíciles de abandonar. En otro tiempo se los fumaba uno tras otro, con la excusa de que le eran esenciales para mantener su voz grave, tan característica. Unos años atrás, solía fumarse uno antes incluso de salir de la cama, y cuando se duchaba ya tenía otro consumiéndose en el cenicero. Cada acción iba acompañada de un cigarrillo. Ahora lo estaba dejando, pero tenía que saber que había tabaco en la casa. Por si lo necesitaba.

Como las muchas otras cosas que necesitaba. Empezando por su adorado público. Comprobó el recuento de seguidores en Twitter y de «me gusta» en Facebook. Ambos habían vuelto a aumentar sustancialmente ese día, y en el último mes eran casi un millón más, lo que la mantenía muy por delante de las artistas que consideraba sus rivales, Madonna y Lady Gaga. Y su *e-newsletter* mensual ya tenía casi diez millones de suscriptores. Y luego estaban sus siete casas, entre las que destacaba en tamaño aquella, una copia de un palacio toscano, construida cinco años antes siguiendo instrucciones específicas, en un terreno de más de doce mil metros cuadrados.

Las paredes, cubiertas de espejos del suelo al techo para crear la ilusión de espacio infinito, estaban decoradas con arte azteca y retratos de ella misma a gran escala. La casa, como todas las demás, era un catálogo de sus diferentes personificaciones. Gaia se había pasado toda su carrera reinventándose como estrella del rock. Más recientemente, dos años atrás, ya con treinta y cinco, había empezado a reinventarse de nuevo, esta vez como actriz de cine.

Sobre su cabeza había colgada una fotografía suya monocroma, enmarcada y firmada, en la que aparecía vestida con un *negligée* negro, con la inscripción GIRA MUNDIAL DE GAIA. SALVA EL PLANETA. Otra, en la que aparecía con unos vaqueros de cuero y una camiseta sin mangas, decía: GAIA. GIRA REVELACIONES. Y sobre el hogar, en un póster verde espectacular, se veía un primer plano de sus labios, su nariz y sus ojos: GAIA, MUY PERSONAL.

Su agente y su mánager la llamaban a diario, y ambos le recordaban lo mucho que el mundo la necesitaba. Aquello le daba confianza, igual que la creciente popularidad de sus perfiles en las redes sociales (todo ello potenciado por sus agentes). Y, en aquel momento, la persona que más le importaba en el mundo (Roan, su hijo de seis años) la necesitaba más que nadie. Apareció descalzo, atravesando el suelo de mármol, vestido con su pijama Armani Junior, con su pelo castaño alborotado y el rostro arrugado en una mueca. Le dio unos golpecitos en el brazo. Ella estaba tendida en un sofá blanco, apoyada en los cojines de terciopelo morado.

—Mamá, no has venido a leerme un cuento.

La mujer alargó la mano y le alborotó el cabello un poco más. Luego dejó el guion y lo cogió en brazos, rodeándolo.

—Lo siento, cariño. Es tarde, hace mucho que tendrías que estar acostado, y mamá hoy está ocupadísima, aprendiéndose el guion. Tiene un papel muy importante, ¿sabes? ¡Mamá va a hacer de Maria Fitzherbert, la amante de un rey inglés! El rey Jorge IV.

Maria Fitzherbert era la diva de su tiempo, en la Inglaterra de la Regencia. Igual que ella era la diva del momento, y tenían algo muy profundo en común. Maria Fitzherbert había pasado la mayor parte de su vida en Brighton, en Inglaterra. ¡Y ella, Gaia, había nacido en Brighton! Sentía un vínculo especial con aquella mujer, algo que superaba las barreras del tiempo. ¡Había nacido para interpretar aquel papel!

Su agente decía que iba a ser *El discurso del rey* de nuestros días. Un papel de Óscar, sin duda. ¡Y ella deseaba tanto una de esas estatuillas! Las primeras dos películas que había hecho estaban bien, pero no habían sido una revolución. Ahora se daba cuenta de que no había elegido bien los guiones, que, a decir verdad, eran bastante pobres. Pero la nueva película podía traerle el éxito de crítica que tanto deseaba. Había luchado mucho por obtener aquel papel. Y lo había conseguido.

¡Y es que, desde luego, en la vida había que luchar! La fortuna se ponía del lado de los valientes. Algunos nacían con una estrella tan metida en el culo que se les atascaba en la garganta; otros, como ella, tenían que luchar para conseguirlo. El camino hasta el éxito había sido largo, desde sus primeros tiempos como camarera, pasando por sus dos maridos, hasta el lugar que ocupaba actualmente y en el que tan cómoda se sentía. Sola, con Roan y Todd, el instructor de *fitness* que le proporcionaba estupendas sesiones de sexo cuando las necesitaba y que desaparecía de su vista cuando no, y con su entorno más próximo, el Equipo Gaia.

Cogió el guion y le enseñó las páginas en azul y blanco.

—Mamá tiene que aprenderse todo esto antes de irse a Inglaterra.

—Me lo prometiste.

—¿No te ha leído Steffie? —Steffie era la niñera.

—Tú lees mejor —respondió él, abatido—. A mí me gusta que me leas tú.

Gaia consultó el reloj.

—Son más de las diez. ¡Hace tiempo que deberías estar en la cama!

—No puedo dormir. No puedo dormir si no me lees, mamá.

Ella dejó caer el guion sobre la mesita del sofá, levantó al niño y se puso en pie.

—Vale, un cuento rápido. ¿De acuerdo?

El rostro de Roan se iluminó, y asintió con fuerza.

—¡Marla! —gritó—. ¡Marla!

Su ayudante entró en la sala, con el móvil pegado al oído, discutiendo furiosamente con alguien, al parecer por la distribución de las plazas en un avión. Una de las pocas extravagancias a las que Gaia se había resistido era a la de poseer un avión privado, porque le preocupaba el impacto ambiental.

Marla no dejaba de gritar. ¿Es que la maldita aerolínea no sabía quién era Gaia? ¿No eran conscientes de que podía hundirlos si le daba la gana? Llevaba unos vaqueros Versace brillantes, botas de cocodrilo negras, un fino suéter de cuello de cisne del mismo color y una cadena de oro al cuello con un colgante también de oro en forma de globo terrestre con la inscripción PLANET GAIA, exactamente igual que su jefa. También su cabello era un fiel reflejo del de Gaia: rubio, media melena, escalado, con un flequillo cuidadosamente peinado y engominado.

Gaia Lafayette insistía en que todo su personal se vistiera del mismo modo, siguiendo las instrucciones que enviaba cada día por correo electrónico, diciendo lo que se pondría y cómo llevaría el pelo. Todas tenían que ser una copia de ella, pero nunca tan lucida como el original.

Marla colgó por fin.

—¡Arreglado! Han accedido a echar a unos cuantos pasajeros del vuelo —anunció, dirigiendo una sonrisa angelical a Gaia—. ¡Por ser tú!

—Necesito cigarrillos —dijo Gaia—. ¿Quieres ser un amor e irme a buscar un paquete?

Marla echó un vistazo disimulado a su reloj de pulsera. Tenía una cita esa noche y ya llegaba dos horas tarde, gracias a las exigencias de Gaia: nada fuera de lo normal. Antes de ella, ninguna asistente personal había durado más de año y medio sin que la despidieran; sorprendentemente, ella llevaba más de dos años. Había tenido que trabajar duro y hacer jornadas interminables, y el sueldo no era espléndido, pero como experiencia laboral era un lujo. Además, aunque su jefa era muy dura, ella se mostraba amable. Un día se liberaría de aquellas cadenas, pero aún no.

—Sí, claro. No hay problema —respondió.

—Llévate el Mercedes.

Era una noche cálida y tranquila. Y Gaia era lo suficientemente lista como para saber que concediendo algún pequeño capricho podía obtener mucho a cambio.

—Estupendo. Vuelvo enseguida. ¿Algo más?

Gaia negó con la cabeza.

13

—Puedes quedarte el coche esta noche.

—¿Sí?

—Claro. No voy a ir a ninguna parte.

A Marla le encantaba el SL55 AMG plateado. No veía la hora de tomar las rápidas curvas de Sunset hasta la tienda. Y luego ir a recoger a Jay con él. ¿Quién sabe cómo acabaría la noche? Trabajando con Gaia, cada día era una aventura. ¡Y últimamente cada noche, desde que había conocido a Jay! Era actor, pero estaba empezando, y ella estaba decidida a ayudarle a triunfar, recurriendo a su conexión con Gaia.

Sin embargo, lo que Marla no sabía es que al salir en dirección al Mercedes estaba cometiendo un grave error.

3

$\mathcal{M}$edia hora antes, el valium había empezado a surtir efecto, mientras salía de Santa Mónica, ya algo más calmado. La coca que se había metido en la breve parada que había hecho quince minutos antes, en el campus de la UCLA, en Brentwood, junto con el trago de tequila que acababa de tomar directamente de la botella que tenía sobre el asiento del acompañante le dieron una inyección de ánimo suplementaria.

Su Chevy del 97 estaba hecho una tartana, y conducía despacio porque el tubo de escape, que no podía permitirse reparar, estaba agujereado y no quería llamar la atención con el ruido que hacía. En la oscuridad, con la nueva capa de pintura que le había aplicado la noche anterior en la estación de lavado en la que trabajaba y que solía estar desierta, estaba convencido de que nadie vería el mal estado del coche.

Los neumáticos tenían partes completamente desgastadas, y apenas podía pagar la gasolina que consumía para cruzar la ciudad. Desde luego, los ricachones de aquella zona, Bel Air, no debían de tener ni idea de lo que significaba ser pobre. Tras los altos setos y las vallas electrificadas se levantaban enormes mansiones, apartadas de la calle y rodeadas por un césped impecable y con todos los accesorios de jardín que suelen tener los ricos. «Los que tienen» en Los Ángeles. A diferencia de «los que no tienen», como él, que compartía con Dana un decrépito bungaló de alquiler en la zona más cutre de Santa Mónica. Pero aquello estaba a punto de cambiar. Muy pronto obtendría el reconocimento que tanto se merecía. Y quizá llegara a ser tan rico que podría comprarse una casa como las de aquella gente.

Los ocupantes de la mitad de las casas ante las que pasaba aparecían en el *Mapa de las estrellas*, así que no era difícil deducir quién vivía dónde. El mapa estaba ahí, a su lado, arrugado, bajo la botella de tequila medio vacía. Había un modo seguro de pasearse por las calles de Bel Air sin llamar la atención de las patrullas de policía y de seguridad privada que infestaban las calles. Él era actor, y los actores son camaleones, saben adoptar su papel a la perfección. Por eso llevaba puesto un uniforme de guardia de seguridad, mientras pasaba junto a la finca de Gaia Lafayette y dejaba atrás la oscura puerta de metal, digna de una fortaleza, conduciendo su Chevy familiar con una inscripción en grandes letras azules y rojas: SERVICIOS DE SEGURIDAD PRIVADA BEL-AIR-BEVERLY. PERSONAL ARMADO. La inscripción la había puesto él mismo, claro, con letras de calcomanía.

Aquella zorra arrogante no le había hecho ni caso a su correo. La semana anterior todas las publicaciones especializadas de Hollywood habían anunciado su participación en el proyecto. Iba a interpretar a Maria Fitzherbert —o Mrs. Fitzherbert, como la había acabado conociendo el mundo—, amante del príncipe de Gales, heredero al trono inglés, con el que se había casado en secreto. El matrimonio no había llegado a recibir la aprobación formal, porque ella era católica. Además, de haberse ratificado, su marido nunca habría podido convertirse en el rey Jorge IV.

Era una de las más grandes historias de amor de la monarquía británica. Y, en opinión de los sitios web de cotilleos del sector, uno de los mejores papeles que podían haberle ofrecido.

Todas las actrices del mundo de aquella edad iban como locas detrás del papel. Aquel personaje olía a Óscar. Y Gaia no estaba a la altura; lo destrozaría por completo. ¡No era más que una cantante de rock, por Dios! No era actriz. No tenía estudios de interpretación. No había batallado durante años para conseguir un agente, para que los que movían los hilos del mercado pensaran en ella. Lo único que había hecho era cantar canciones de segunda, quitarse la ropa, menear el cuerpo y acostarse con quien más le convenía. ¡Y de pronto decide que es actriz!

Al aceptar aquel papel, les había hecho una jugada a un montón de actrices con talento de verdad. Les había robado uno de los mejores papeles de la década.

Actrices como Dana Lonsdale.

Y no tenía derecho a hacerlo. Gaia no necesitaba el dinero. No necesitaba ser más famosa de lo que ya era. Lo único que hacía era alimentar su codicia y su vanidad. Aunque para ello tuviera que quitarles el pan de la boca a las demás. Alguien tenía que pararla.

Se llevó la mano al bolsillo, agitado, y sintió el contacto de la pistola. No había disparado una de esas armas en su vida. Aquellos aparatos del diablo le ponían nervioso. Pero a veces uno tiene que hacer lo que considera correcto.

Era la pistola de su padre. La había encontrado bajo la cama de su caravana, tras su muerte. Una Glock. Ni siquiera sabía de qué calibre era, pero, comparándola con imágenes de Internet, había conseguido averiguar que era una 38. Tenía una carga de ocho balas; en el suelo, junto a la pistola, había encontrado una cajita de cartón con más proyectiles.

Al principio había pensado en venderla, o incluso en tirarla. Y ahora mismo se arrepentía de no haberlo hecho. Pero no podía. Estaba ahí, en su casa, como un recordatorio constante de su padre, algo que parecía decirle que el único modo de parar las injusticias era hacer algo al respecto.

Y esa noche había llegado la hora de hacerlo. Iba a acabar con una gran injusticia.

Estaba decidido.

Como buen granjero que era, el momento favorito del día de Keith Winter era la mañana. Le gustaba levantarse antes que el resto del mundo, y disfrutaba especialmente en aquella época del año, a principios de junio, cuando el sol salía antes de las cinco de la mañana.

Aunque aquel día en particular, había salido de casa con un peso en el corazón y había cruzado el breve trecho que le separaba del corral casi arrastrando los pies.

Consideraba que las gallinas Lohmann Browns eran las mejores ponedoras, motivo por el que tenía treinta y dos mil ejemplares de aquella variedad en particular. Al cuidarlas y alimentarlas con la máxima atención, al darles libertad de movimientos durante su corta vida, como hacía él allí, en la Stonery Farm, conseguía que sus huevos tuvieran un sabor notablemente mejor que el de cualquiera de sus competidores.

Tenía las aves en un entorno humano y sano, les proporcionaba el espacio que necesitaban, y las alimentaba con su dieta secreta de trigo, aceite, soja, calcio, sodio y un programa de vitaminas. A pesar de que aquella raza de gallinas era agresiva por naturaleza, y que podían llegar al canibalismo si tenían ocasión, él les tenía cariño, igual que todos los granjeros suelen tenerlo a los animales que les proporcionan el sustento.

El gallinero era un edificio seco, limpio y moderno de una sola planta, con una gran salida al exterior que se extendía unos cien metros por la finca, en las colinas al este del condado de Sussex. Junto al corral se levantaban unos silos de acero brillante que contenían el grano para las aves. Y más allá había dos camiones que habían llegado poco antes, a primera hora. Al lado había un tractor y utensilios agrícolas diversos, un contenedor oxidado, palés y fragmentos de reja por el suelo. Su perro, un jack russell, iba dando saltos de un lado al otro en busca de algún conejo madrugador.

A pesar de la fuerte brisa que llegaba del canal de la Mancha, ocho kilómetros al sur, Keith notaba en el aire que el verano se acercaba. Sentía el olor de la hierba seca y del suelo polvoriento, y el polen, que le provocaba alergia. Pero aunque le encantaban los meses de verano, junio siempre era un mes de emociones encontradas, porque tendría que separarse de sus queridas gallinas, que irían a parar al mercado, para acabar convertidas en escalopes, sopas o platos de pollo precocinados.

La mayoría de los granjeros con los que solía hablar no consideraban sus gallinas más que como máquinas de poner huevos, y lo cierto es que su esposa, Linda, pensaba que estaba un poco loco por tenerles tanto apego a aquellos animales tan tontos. Pero él no podía evitarlo: era un perfeccionista. Su comportamiento era casi obsesivo en cuanto a la calidad de sus huevos y de sus aves. Experimentaba constantemente con su dieta y sus suplementos, y no dejaba de buscar el modo de mejorar la puesta. Al entrar, vio que algunos huevos estaban saliendo de la cinta transportadora y caían en el calibrador. Cogió uno grande, observó la consistencia del color y las manchas, le dio unos golpecitos a la cáscara para comprobar el grosor y volvió a dejarlo en su sitio, satisfecho. Salió rodando, dejando atrás una pila de cartones vacíos para huevos, hasta desaparecer de su vista.

Keith era un tipo alto y corpulento de sesenta y tres años, con el rostro joven de quien no ha perdido el entusiasmo en toda su vida, e iba vestido con una vieja camiseta blanca, pantalones cortos de color azul, zapatos recios y calcetines grises. El diáfano interior del corral estaba dividido en dos secciones. Pasó a la sección derecha, y le envolvió una cacofonía de ruidos, como el parloteo incoherente de mil fiestas simultáneas. Hacía tiempo que se había acostumbrado al intenso hedor a amoniaco de las heces de las gallinas, que iban cayendo por las rejillas y por el suelo de malla metálica al profundo sumidero. Apenas lo notaba ya.

Mientras una gallina especialmente agresiva le picoteaba los pelos de las piernas, haciéndole daño, se quedó contemplando el corral, con aquel mar de criaturas marrones y blancas con sus crestas rojas, yendo todas de un lado para otro, como si tuvieran compromisos importantes que cumplir. El corral empezaba a vaciarse, y ya había grandes extensiones de rejilla a la vista. Los transportistas habían empezado el trabajo a primera hora de la mañana; eran nueve ope-

19

rarios de Europa del este, la mayoría de ellos letones y lituanos. Iban provistos de máscaras y de trajes protectores. Recogían las gallinas, las sacaban por las puertas del otro extremo y las colocaban en jaulas especialmente diseñadas para el transporte en camión.

El proceso llevaría todo el día. Al final, el corral quedaría a la vista, igual que la rejilla del suelo, desnuda. Entonces vendría un equipo de una empresa especializada en levantar las rejillas y retirar la capa de más de un metro de heces, acumulada a lo largo del año, con una excavadora compacta.

De pronto oyó un grito desde el otro extremo. Uno de los operarios corría hacia él, abriéndose paso entre las gallinas, con la máscara levantada.

—¡Señor jefe! —le gritó, alterado, en un inglés defectuoso y con una expresión de pánico en el rostro—. ¡Señor jefe, señor! Algo no bien. No bien. ¡Por favor, usted venga mirar!

¡*L*as puertas se estaban abriendo!

¡Mierda!

Eso no se lo esperaba. Aquello le sobresaltó, y se puso a pensar a toda prisa. Recordó que había olvidado tomarse la medicación; la que le ayudaba a mantener los pensamientos cohesionados. ¿Quién saldría de la casa? Pensó que probablemente fuera un cambio de guardias de seguridad, pero la ocasión era demasiado buena como para dejarla pasar. ¿Y si era esa zorra en persona? Aunque, según la prensa, cuando salía a correr solía llevar más guardias de seguridad alrededor que el presidente de Estados Unidos.

Frenó de golpe, apagó el motor del Chevy y sacó la pistola del bolsillo delantero de los pantalones. Se quedó mirando hacia las puertas. Y vio la cegadora luz de los faros de un coche que salía de la vía de acceso y se paraba, a la espera de que la puerta se abriera lo suficiente como para poder salir a la calle.

Salió a la carrera, cruzó la calle y se coló por la puerta. Vio el Mercedes parado, esperando. Sintió el olor de los gases de escape mezclados con el aroma de la hierba recién cortada. El equipo de música reproducía una melodía machacona, ¡una canción de Gaia!

¡Qué detalle! ¡Oír su propia música en sus últimos momentos de vida! ¡Moriría al son de sus canciones! Aquello era de lo más poético.

El coche iba descapotado. ¡Y Gaia estaba al volante! ¡Iba sola!

«Te lo advertí, zorra.»

El motor del gran Mercedes rugió, con su bum-bum-bum rítmico, musical. Una bestia de metal brillante a la espera de que su conductora pisara el pedal para salir corriendo como un rayo en medio de la noche. Las puertas seguían abriéndose, pesadamente, la derecha más rápido que la izquierda.

En un movimiento torpe, precipitado a pesar de todo lo que había entrenado, le quitó el seguro a la Glock. Luego dio un paso adelante.

—¡Te lo advertí, zorra! —exclamó. Lo dijo muy alto, para que pudiera oírle. Y vio la mirada de ella, desde las sombras del interior del coche, una mirada llena de preguntas.

La respuesta la tenía él, en su mano temblorosa.

Al acercarse, vio una expresión de miedo en su rostro.

Pero aquello no estaba bien, lo sabía. Debería dar media vuelta, olvidarlo, salir corriendo. ¿Corriendo a casa? ¿A casa, a aceptar su fracaso?

Apretó el gatillo y la explosión fue mucho más sonora de lo que se había imaginado. La pistola le dio un empujón, como si intentara soltarse de su mano, y oyó un golpe sordo, como si la bala hubiera impactado contra algo lejano. Ella seguía mirándole, con los ojos como platos, presa del terror. No tenía ni un rasguño. Había fallado.

Volvió a apuntar, acercando aún más la pistola. Ella levantó las manos, tapándose la cara, y en aquel momento él volvió a disparar. Esta vez algo salió volando de la parte trasera de su cabeza y parte de su cabello se erizó. Volvió a disparar, directamente a la frente, y en el centro le apareció un pequeño agujero oscuro. Cayó hacia atrás, temblando como un pez fuera del agua al que le hubieran dado un par de martillazos, sin apartar la mirada de su agresor. Un líquido oscuro brotaba del agujero, se deslizaba por su rostro y le caía por el puente de la nariz.

—Tendrías que haberme hecho caso —dijo él—. Tenías que haberme obedecido.

Entonces se giró y volvió corriendo a su coche, como una exhalación.

6

¡Gaia iba a venir a Brighton! El gran icono volvía a la ciudad que la había visto nacer. La estrella viva más famosa de Brighton volvía a casa para interpretar a la mujer más famosa de la historia de la ciudad. Era una combinación divina. Un sueño para Gaia.

Y un sueño aún mayor para Anna Galicia. Su mayor fan.

¡Su fan número uno!

Solo Anna conocía el motivo real de la visita de Gaia. ¡Era para estar con ella! Las señales eran todas muy claras.

Inequívocas.

—Llega la semana que viene, *Diva*. ¿Qué te parece?

La gata se la quedó mirando sin ninguna expresión en el rostro.

La estrella más brillante del firmamento iba a llegar la semana siguiente. Anna estaría allí, en el hotel, para darle la bienvenida. Por fin, tras años adorándola, años de comunicación en la distancia, tendría ocasión de verla en persona. Quizás incluso de tocarle la mano. O, si las cosas iban realmente bien, quizá la invitara a su suite, para tomarse unas copas juntas... ¿Y luego?

Claro que nunca se sabía si a Gaia le iban más los hombres o las mujeres. Mostraba abiertamente cada nueva relación, yendo de un amante a otro, en busca de... esa persona especial. Había estado casada dos veces, con hombres, pero eso había sucedido mucho tiempo atrás. Anna seguía su vida por Internet, por televisión, en los periódicos y en las revistas. Y Gaia y ella llevaban años flirteando en secreto, en su lenguaje codificado. Su propio código secreto, que Gaia usaba como emblema para todo su *merchandising*. Un minúsculo zorro.

¡Zorro furtivo!

Gaia había ido enviándole cada vez más señales durante las últimas semanas. Anna guardaba las pruebas amontonadas en pilas de revistas y periódicos perfectamente ordenados, cada uno con su funda de celofán, en la mesa que tenía delante.

Había ensayado un millón de veces el momento en que por fin se encontrarían. Las dudas la corroían por dentro. ¿Debería empezar pidiéndole un autógrafo, para romper el hielo? Eso no sería mucho pedir, viniendo de su fan número uno, ¿no?

Claro que no.

¡Zorro furtivo!

Era bien sabido que Gaia adoraba a sus fans. Y nadie le tenía mayor devoción que ella. Se había gastado todo lo que había sacado de la venta de la casa de su difunta madre, y hasta el último penique que había ganado, en objetos de coleccionista relacionados con ella.

Anna siempre compraba los mejores asientos en los conciertos de Gaia en Inglaterra. Siempre se aseguraba de ser la primera en la cola, fuera en persona o en Internet. Había conseguido una entrada de primera fila para todas las noches en que Gaia había interpretado el musical *¡Santa!*, sobre la vida de la Madre Teresa, que había arrasado en taquilla.

Y, por supuesto, siempre le enviaba a Gaia un correo electrónico de disculpa si no podía asistir por no haber podido conseguir entrada. Con sus mejores deseos. Esperando que le fuera bien la noche sin ella. Y, por supuesto, con su firma.

¡Zorro furtivo!

Anna se quedó sentada, sumida en sus ensoñaciones, en la habitación de su casita de Peacehaven, cerca de Brighton. En su santuario. ¡El museo de Gaia! Si respiraba hondo, bien hondo, pasando por alto los olores a cartón seco, a papel, plástico y abrillantador, casi le parecía que percibía el olor del sudor y el perfume de Gaia, de los trajes que había llevado su ídolo en diferentes conciertos, unos trajes que había comprado en subastas públicas con fines benéficos.

Cada centímetro de la pared estaba cubierto con imágenes y recuerdos de Gaia: pósteres autografiados, vitrinas, estantes con todos sus CD, un globo plateado que mantenía siempre perfectamente hinchado (con la inscripción GAIA EN CONCIERTO. SECRETOS OCULTOS, que había comprado dos meses antes, durante la última visita de la cantante al Reino Unido), entradas enmarcadas de todos los conciertos de Gaia a los que había asistido por todo el mundo, itinerarios completos de sus giras, botellas del agua mineral que bebía, así como una valiosa colección de perchas personalizadas con su monograma.

Por la habitación había varios maniquíes sin cabeza, cada uno con un vestido de Gaia, comprados en subastas por Internet, cubiertos con fundas transparentes para protegerlos (y, sobre todo, para preservar el olor y los aromas corporales de la estrella, que los había lucido en el escenario). Otras prendas de Gaia ocupaban cajas etiquetadas, envueltas en papel de seda.

También había una valiosa caña de pescar con la que habían fotografiado a Gaia para uno de los pósteres de MUJER DE GRANDES EXTERIORES, que Anna había enmarcado con gran mimo y colgado junto a la caña. La caña le recordaba a su padre, que solía llevarla a pescar cuando era una niña. Antes de que las abandonara a ella y a su madre.

Se quedó allí sentada, dando sorbitos a una copa con el cóctel que había preparado con el máximo esmero, siguiendo la receta publicada por la propia Gaia, un mojito con un toque de zarzamora, para proporcionarle un efecto saludable, y con un poco de guaraná, para darle más energía, mientras escuchaba el mayor éxito de su ídolo, que sonaba a todo volumen: «¡Aquí estamos, para salvar el planeta!».

Alzó la copa, brindando con una de sus imágenes favoritas, un primer plano de los labios, la nariz y los ojos de la estrella, con el título: GAIA, MUY PERSONAL.

Diva, su pequeña gata birmana, se apartó, arqueando el lomo, como si estuviera enfadada. A veces Anna se preguntaba si tendría celos de Gaia. Entonces se giró de nuevo, observando los recortes que había sobre la mesa, y se quedó mirando uno concreto, la sección «¡Pillados!» de la revista *Heat*. Era una foto de Gaia, con vaqueros negros y un top, comprando en Beverly Hills, en Rodeo Drive. El pie de foto decía:

¿Gaia comprando para su nuevo papel?

Anna sonrió, emocionada. ¡Negro! ¡Gaia se había puesto ese color solo para ella!

«Te quiero, Gaia —pensó—. ¡Te quiero tanto! Y sé que tú lo sabes. Y, por supuesto, muy pronto te lo diré en persona, cara a cara, aquí, en Brighton. La semana que viene. Dentro de solo cinco días. Por favor, ve de negro también ese día.»

¡Zorro furtivo!

7

*E*l esqueleto, incompleto, yacía sobre la mesa de acero, bajo el haz de luces de la sala de autopsias. El superintendente Roy Grace contemplaba el cráneo, con aquella mueca escalofriante que parecía una burla, como si quisiera dar una estocada final. «¡Adiós, mundo cruel, ya no me puedes hacer más daño! ¡Me voy! ¡Me largo de aquí!»

A Grace le faltaban apenas ocho semanas para cumplir cuarenta años, y llevaba veintiuno en la policía de Sussex. Medía casi metro ochenta, y se mantenía en forma gracias a su inalterable rutina de ejercicio. El cabello, de color rubio, lo llevaba corto y engominado por indicación de su gurú de la moda, Glenn Branson, y su nariz, rota a causa de una escaramuza en sus tiempos de agente de calle, le daba un aire de boxeador retirado. Su esposa, Sandy, que llevaba desaparecida casi una década, le había dicho una vez que tenía los ojos de Paul Newman. Aquello le gustaba mucho, pero nunca se lo había creído demasiado. Él se consideraba un tipo normal, nada excepcional, que hacía un trabajo que le encantaba. Aun así, a pesar de los años que llevaba trabajando en Homicidios, los cráneos humanos aún le producían escalofríos.

La mayoría de los agentes de policía afirmaban que acababan acostumbrándose a los cadáveres, en cualquier forma, y que no les afectaban lo más mínimo, salvo si eran de niños. Pero a Grace cada cadáver que hallaba le afectaba, incluso después de todos aquellos años. Porque cada cuerpo sin vida había sido una persona querida por su familia, por sus amigos, por su pareja, aunque solo fuera fugazmente.

Al inicio de su carrera se había prometido no convertirse nunca en un cínico. Sin embargo, a algunos de sus colegas, el cinismo, combinado con el humor negro, les servía de caparazón emocional. De defensa para no perder la cordura en aquel trabajo.

Todos los miembros del muerto que habían podido recuperar hasta el momento habían sido colocados con toda precisión por la arqueóloga forense, Joan Major. De pronto se le ocurrió la irreverente idea de que era como un mueble empaquetado por piezas procedente de una tienda de bricolaje, pero al que le faltaran unos cuantos elementos.

La Operación Violín, de la que era el oficial al mando, estaba en su última fase. Se trataba de dos asesinatos y un secuestro por venganza. El principal sospechoso, que había sido identificado por la policía de Nueva York como un conocido asesino a sueldo de la Mafia, había desaparecido. Era posible que se hubiera ahogado al intentar huir, pero también era posible que hubiera abandonado el país. Grace tenía claro que podía estar en cualquier lugar del mundo, con cualquiera de los alias que solía usar o, probablemente, con uno nuevo.

Habían pasado cuatro semanas desde la desaparición del sospechoso, y la Operación Violín había entrado en una fase lenta. Aquella semana, Grace volvía a ser el oficial superior de guardia, y había dado permiso a la mayoría de su equipo, quedándose solo con un retén para mantener el contacto con Estados Unidos. Pero aún quedaba un elemento de la operación por resolver, y era el que tenía ahora mismo delante. Para unos restos humanos completamente descompuestos y limpios, como era el caso de aquel esqueleto, lo de la fase lenta no contaba. La Unidad Especial de Rescate había tardado una semana en rastrear hasta el último centímetro del enorme túnel y de los pozos de inspección adyacentes, así como en extraer los restos, algunos de los cuales habían sido esparcidos por los roedores.

El patólogo asignado por el Ministerio del Interior, el doctor Frazer Theobald, había realizado la mayor parte del análisis forense *in situ*, antes de trasladar los restos al depósito, la noche anterior, y no había podido llegar a ninguna conclusión sobre la causa de la muerte. Se había marchado hacía unos minutos. Sin restos de carne ni fluidos corporales, en ausencia de indicios de lesiones en el cráneo o los huesos, como marcas de instrumentos contundentes, de un cuchillo o de una bala, las posibilidades de determinar la causa de la muerte eran mínimas.

En la sala quedaban varios miembros del equipo de investigación, vestidos, como él, con uniformes verdes. Cleo Morey, la

27

prometida de Grace, que estaba embarazada de treinta y dos semanas, era la técnica jefe en patología anatómica forense, término oficial con que se denominaba a la forense a cargo del depósito. Su delantal de PVC verde cubría su abultado vientre. Cleo sacó un cuerpo envuelto en una funda de plástico blanca deslizando un cajón refrigerado de la pared, lo colocó sobre una camilla y se lo llevó a otra zona de la sala, para prepararlo para la autopsia.

Philip Keay, secretario del juzgado de instrucción, un hombre alto y delgado, de rostro atractivo, cabello moreno corto y cejas pobladas, seguía allí, solo para que se pudiera decir que había estado en el lugar en cuestión, aunque en aquel momento estaba muy ocupado con su BlackBerry.

Aquella fase de la investigación, que se centraba en intentar determinar la identidad del muerto, la dirigía Joan Major, una mujer de aspecto agradable, con una larga melena castaña, gafas modernas y una actitud en el trabajo eficiente pero silenciosa. Grace había trabajado ya varias veces con ella, y siempre le había impresionado su profesionalidad. Incluso para alguien con su experiencia, los esqueletos siempre tenían el mismo aspecto. Pero para Joan Major, cada uno era diferente.

Joan iba dictando sus observaciones a la grabadora, en voz baja pero con la suficiente claridad como para que cualquiera que quisiera pudiera oírlo. Empezó por el cráneo.

—Arcos superciliares prominentes. Frente inclinada. Órbita superior redondeada. Gran apófisis mastoidea. Arco zigomático alargado hacia atrás. Cresta nucal prominente.

Entonces pasó a la pelvis.

—Muesca ciática estrecha. Foramen obturador ovalado. Hueso pubis más corto. Ángulo subpúbico estrecho. Concavidad subpúbica ausente. Sacro curvado.

Grace escuchaba atentamente, aunque gran parte de lo que decía la forense era demasiado técnico para él. Estaba cansado y contuvo un bostezo, al tiempo que miraba el reloj. Eran las 11.45 de la mañana, y no le habría ido nada mal otro café. La noche anterior había estado despierto hasta tarde, jugando su partida semanal con los chicos (había acabado ganando cuarenta libras). Habían sido unas semanas agotadoras, y no veía la hora de llegar a casa a comerse un curry con Cleo, relajarse y ver un rato la típica telebasura de los viernes…, para acabar, como siempre ocurría, dormido mientras veía su programa de entrevistas favorito, el de Graham

Norton. Y, curiosamente, no tenían planes para el fin de semana, lo que era un lujo. Tenía muchas ganas de pasar tiempo a solas con Cleo, disfrutando de esas preciosas últimas semanas antes de que les cambiara la vida para siempre, tal como le había advertido su colega Nick Nicholl, que había sido padre recientemente. Al principio habían pensado en celebrar su boda antes del nacimiento del niño, pero el trabajo y el proceso para declarar a Sandy legalmente muerta había hecho que se retrasaran. Ahora tenían que hacer nuevos planes.

También necesitaba un respiro, después de las últimas semanas de locos, y tiempo para dedicarse al montón de documentos del juicio de un caso de películas *snuff* relacionado con un ser especialmente nauseabundo al que había arrestado, un tal Carl Venner, cuyo juicio debía celebrarse al cabo de un par de semanas.

Volvió a concentrarse en las palabras de la arqueóloga forense. Pero, aunque quería evitarlo, al cabo de unos minutos volvía a pensar en Cleo. Unas semanas antes la habían tenido que ingresar a causa de una hemorragia interna. Le habían advertido que no levantara peso, y a él le preocupaba verla moviendo aquel cuerpo y pasándolo a la camilla. Al trabajar en un depósito, era inevitable tener que mover peso. Y eso le asustaba, porque la quería muchísimo. Le asustaba porque, tal como le había dicho el médico, una segunda hemorragia podía poner en peligro tanto su vida como la del niño.

Se la quedó mirando mientras detenía la camilla junto al cadáver desnudo de una anciana que acababa de preparar. Le habían rebanado la coronilla, y el cerebro yacía en una bandeja de formica, sobre el pecho. En la gráfica de la pizarra blanca, en la pared, había espacios en blanco para tomar nota de las dimensiones y el peso de los órganos internos de la mujer. En lo alto, escrito a mano con rotulador negro, estaba su nombre: Claire Elford.

Aquel era un lugar macabro, y el trabajo era duro. Nunca había podido entender del todo por qué a Cleo le gustaba tanto. Ella era una belleza clásica, con su larga melena rubia recogida por higiene; daba la impresión de que encajaría más en una agencia de publicidad de Londres o en una galería de arte, o en una editorial, pero la verdad era que adoraba su trabajo. Roy aún no podía creerse su suerte, que, tras casi diez años de pesadilla, después de la desaparición de Sandy, hubiera encontrado el amor otra vez. Y con una mujer tan espectacular y divertida.

29

Solía pensar que Sandy era su alma gemela, a pesar de sus continuas discusiones. Pero desde el inicio de su relación con Cleo, la expresión «alma gemela» había adquirido un significado completamente diferente. Daría la vida por Cleo, sin duda.

Entonces, volviendo a fijar la atención en la arqueóloga forense, preguntó:

—Joan, ¿puedes darnos alguna indicación sobre cuál era su edad?

—Aún no puedo decirlo con mucha precisión, Roy —dijo ella, volviendo al cráneo y señalando—. La presencia de un tercer molar hace pensar que era adulto. La fusión de la clavícula medial sugiere que tenía más de treinta años. —Entonces señaló la pelvis—. La superficie auricular está en fase seis, lo que le situaría entre los cuarenta y cinco y los cuarenta y nueve. La sínfisis púbica está en fase cinco (eso es menos preciso, me temo), lo que le situaría en cualquier punto entre los veintisiete y los sesenta y seis años. El desgaste de los dientes corresponde más bien al extremo alto de ese rango de edad.

Señaló algunos puntos de la columna.

—Hay algunos osteofitos que también sugieren que se trata de un individuo de cierta edad. En cuanto a la raza, las medidas del cráneo hacen pensar en un caucásico, de origen europeo (o de la región europea), pero es difícil precisar más. Como observación general, las inserciones musculares pronunciadas, particularmente evidentes en el húmero, dan a entender que se trataba de un individuo fuerte y activo.

Grace asintió. Los restos óseos, junto a un par de botas de pesca del número cuarenta y tres algo mordisqueadas, habían sido descubiertos por casualidad en un túnel en desuso situado bajo el puerto principal de la ciudad, el de Shoreham. Grace ya tenía una idea bastante clara de quién era aquel hombre. Además, todo lo que le había dicho Joan Major se lo confirmaba.

Seis años antes, un capitán de la marina mercante estonia llamado Andrus Kangur había desaparecido después de atracar su barco de carga lleno de madera. La Europol llevaba varios años observando a Kangur, sospechoso de tráfico de drogas. La desaparición de aquel hombre no era necesariamente una gran pérdida para el mundo, pero eso no debía juzgarlo Roy Grace. Sabía que había un motivo probable. Según la información del Servicio de Inteligencia de la División, que, siguiendo un soplo, había tenido el barco bajo vigilancia desde su entrada en el puerto, Kangur había intentado jugársela al responsable de aquella carga, y no había sido muy listo a la hora de escoger a su rival: una destacada familia mafiosa de Nueva York.

Por las pruebas reunidas, y por lo que sabía Grace de su probable atacante, el desgraciado capitán había sido encadenado en aquella especie de mazmorra subterránea y le habían dejado allí, para que muriera de hambre o fuera pasto de las ratas. Cuando le encontraron, casi toda su carne y hasta los tendones y el pelo habían desaparecido. La mayoría de los huesos se habían ido amontonando unos encima de otros, o habían caído por el suelo, salvo los de un brazo y una mano, que colgaban intactos de una tubería de metal situada por encima y a la que estaban agarrados con una cadena y un candado.

De pronto sonó el teléfono de Roy.

Era un alegre y eficiente sargento de la comisaría de Eastbourne, Simon Bates:

—Roy, ¿eres el oficial al mando?

Inmediatamente, Grace se vino abajo. Ese tipo de llamadas nunca traían buenas noticias.

Había cuatro altos mandos en la División de Delitos Graves de la comisaría de Sussex, y estaban de guardia por turnos, una semana sí, tres semanas no. Su turno acababa el lunes a las seis de la mañana. «Mierda», se dijo.

—Sí, Simon, soy yo —contestó, con el entusiasmo con el que un paciente acepta que el dentista le extirpe la raíz de una muela. De pronto oyó un extraño ruidito en la línea, que duró unos segundos; algún tipo de interferencia.

—Tenemos una muerte sospechosa en una granja, en East Sussex.

—¿Qué datos me puedes dar?

El ruidito desapareció. Escuchó a Bates, abatido, viendo que el fin de semana se iba por el desagüe antes incluso de empezar. Cruzó una mirada con Cleo, que esbozó una sonrisa resignada, y al momento supo que entendía lo que pasaba.

—Voy para allá.

Colgó e inmediatamente llamó al secretario del comisario jefe, Trevor Bowles, para informarle de que parecía que tenían otro asesinato en el condado, y de que ya le llamaría más tarde para darle más detalles. Era importante mantener al comisario informado si aparecía un caso grave, igual que al subcomisario jefe y al subdirector de la división, para evitar correr el riesgo de que se enteraran de la noticia por un tercero o por los medios de comunicación.

A continuación llamó a su colega y amigo, el sargento Branson.

—Eh, colega, ¿qué pasa? —respondió Branson.

Grace esbozó una sonrisa al oírle hablando como un rapero, costumbre que había adoptado recientemente, de alguna película.

—Yo te diré lo que pasa: que nos vamos a la montaña.

Me he equivocado, zorra. Has tenido suerte. Pero eso no cambia nada. La próxima vez será la buena. Te pillaré, te metas donde te metas.

*L*arry Brooker conducía su Porsche negro descapotable, avanzando a trompicones por entre el tráfico de la hora punta. Era un 911 Carrera 4-S, y le gustaba nombrarlo a todo el que lo quisiera oír. Tenía que asegurarse de que la gente se enteraba de que se había comprado el 4-S, y no el 2-S, algo más barato, y que se había gastado unos veinticinco mil dólares extra en el freno cerámico. Detalles. Era un hombre de detalles. Los detalles no solo eran para el diablo. Los dioses del éxito también se fijaban en los detalles. Tenía que demostrar que era un ganador; la gente de su ramo no tenía tiempo para los perdedores.

Estaba hablando por el móvil, con una sonrisa que brillaba al sol de la mañana. Los ojos, enrojecidos tras una noche sin dormir, quedaban ocultos tras sus Ray-Ban, y su cráneo afeitado mostraba un sano bronceado californiano. Tenía cincuenta años, era bajo y delgado y hablaba rápido, marcando las sílabas; como un vídeo a cámara rápida.

Para los ocupantes de otros vehículos que avanzaban poco a poco, a su lado, tenía todo el aspecto del típico pez gordo del mundo del espectáculo de Los Ángeles. Pero, en el interior de aquel espacio protegido que era la carlinga tapizada de cuero de su Porsche, las cosas eran muy diferentes. Sus vaqueros raídos casi le venían grandes, de lo encogido que estaba. El sol brillaba en Ventura Boulevard y sobre su reluciente calva, pero desde luego no en su corazón. El sudor le caía por el cuello, haciendo que la camisa John Varvatos se le pegara al asiento. Aún no eran ni las nueve de la mañana y ya estaba empapado. Iba a ser un día duro, y no solo por el bochorno.

Había quien a Los Ángeles la llamaba *Tinseltown*, «la ciudad del oropel», porque allí casi todo era ilusorio, como los *liftings* de las estrellas que ya estaban de capa caída. Nada era permanente. Y, desde luego, en aquel momento no había nada permanente en la vida de Larry Brooker.

Siguió hablando por teléfono todo el camino hasta llegar a Universal Boulevard, y no paró ni siquiera cuando llegó al puesto de seguridad de los estudios. Aunque el viejo amargado que estaba de guardia le había visto mil veces, se lo quedó mirando como si fuera una caca de perro que hubiera llegado a la orilla arrastrada por la corriente, y así era como se sentía aquella mañana. El vigilante siguió el ritual de preguntarle el nombre y luego comprobó la lista, para después hacerle un gesto algo más respetuoso y abrir la barrera.

Larry aparcó en una de las plazas reservadas con la inscripción: «Reservado para Brooker Brody Productions».

Tal como sabía cualquier productor que tuviera oficina de uso gratuito en un estudio, uno es todo lo bueno que sean sus últimas producciones, y, a menos que se tenga la talla de Spielberg, nada garantiza la permanencia.

Colgó y se tragó un «¡vaya mierda!» que no llegó a decir en voz alta. El interlocutor de la llamada era Aaron Zvotnik, un empresario californiano que había ganado miles de millones con Internet y que había financiado sus tres últimas producciones. Ahora le acababa de exponer los motivos por los que esta iba a ser la última. Una forma ideal de empezar el día: que te quiten una financiación de cien millones de dólares.

Pero no es que pudiera echarle la culpa a Zvotnik. Las tres últimas películas habían sido un fracaso. *Beso de sangre*, en un momento en que las películas de vampiros no daban más de sí. *Factor Génesis*, cuando el mundo ya estaba aburrido de secuelas del *Código Da Vinci*. Y, más recientemente, el gran *bluf* de ciencia ficción *Omega 3-2-1*, que había tenido un presupuesto disparatado.

Anteriormente, tres costosos divorcios habían hecho mella en sus finanzas. La mayor parte de su casa era propiedad del banco. La financiera de su vehículo estaba intentando arrebatarle el Porsche. Y el abogado de su cuarta esposa intentaba quitarle a los niños.

Veinte años antes, tras su primer gran éxito, *Beach Baby*, todas las puertas de la ciudad se le abrían antes incluso de llegar. Ahora, tal como solía decirse en Hollywood, no tenía ni para ir a la cárcel. Aquel lugar no perdonaba. De ahí el viejo proverbio: «Sé amable con la gente cuando la vida te sonríe… porque nunca sabes a quién vas a necesitar cuando vayas de bajada».

Pero por aquello no tenía que preocuparse. Cuando ibas de bajada en la ciudad del oropel, no importaba lo amable que hubieras sido con nadie. Te convertías en un apestado. En alguien a quien no devolver las llamadas. En un nombre garabateado en un post-it que acababa en la papelera. Te convertías en aire.

Los productores de cine como él eran como jugadores profesionales. Y todos los jugadores profesionales creen siempre que la suerte les va a cambiar la próxima vez que tiren los dados o que salga rodando la bolita por la ruleta. En aquel preciso momento, Larry Brooker no solo lo creía: lo sabía. *El discurso del rey* había sido un fenómeno mundial. *La amante del rey* también lo sería. Solo de pensar en el título ya le daban escalofríos de emoción. ¡Por no hablar del guion, que era fantástico!

Aquello tenía que funcionar.

El rey Jorge IV. Un espléndido Brighton, exteriores en Inglaterra. Sexo, intrigas, escándalo. No había que ser un genio para verlo. Habían negociado con Bill Nicholson, que había escrito *Gladiadores*, para que puliera el guion. Los diálogos de Nicholson eran brillantes. Todo en aquel proyecto era brillante. Jorge IV había vivido a lo grande, era amigo de Beau Brummell, vividor y hombre de mundo. Le gustaba ir a los combates de lucha y a las peleas de gallos, y no tenía problemas en mezclarse con los bajos fondos: era un hombre de su tiempo (o por lo menos eso decía el guion).

Se vio arrastrado a un matrimonio concertado, y las primeras palabras que le dijo el monarca a su compañero de correrías al ver a su prometida fueron: «¡Por el amor de Dios, amigo, dame una copa de brandy!».

Ya estaban en fase de preproducción, pero el proyecto corría el riesgo de venirse abajo por el mismo motivo por el que muchas producciones no acaban de recibir luz verde: el elenco de actores.

Brooker entró en la primera planta de aquel bloque de aspecto avejentado, donde estaban sus oficinas. Su secretaria, Courtney, inclinada sobre la máquina del café como un flexo, llevaba una faldita corta que dejaba a la vista sus finas piernas enfundadas en unos pantis. Aquello le despertó un repentino deseo carnal, a pesar de las promesas que se había hecho. La había contratado porque le gustaba muchísimo, pero hasta ahora no había conseguido nada con ella, entre otras cosas porque la chica tenía un novio como un armario que, como casi todo el mundo en aquella ciudad, buscaba su oportunidad en el cine.

La saludó con un alegre «Hola, guapa. Me muero por un café» y entró en su despacho, que era como una gran caja con olor a rancio, decorada con una bomba de gasolina BP de tamaño natural, un milloncete, varias macetas con plantas algo mustias y carteles de sus películas enmarcados. La ventana daba al aparcamiento.

Colgó su chaqueta Armani en una silla y se quedó de pie unos minutos, junto a la mesa, revisando el correo electrónico y el montón de post-its con mensajes. Sabía que era su última oportunidad, ¡pero qué oportunidad! Tenían a una gran estrella protagonista, pero les faltaba el actor que le sirviera de contrapunto. Aquello era lo único que importaba ahora mismo: encontrar a aquel hombre. Y eso era un gran problema. Tenían preparado a Matt Duke, el hombre del momento. Estaba a punto de firmar, pero dos noches antes se había puesto de coca hasta las cejas y se había estrellado con el coche en Mulholland Drive, y ahora le esperaban meses en el hospital, con múltiples fracturas y lesiones internas. ¡Maldito capullo!

Y ahora todo eran prisas para encontrarle un sustituto. La actriz protagonista, Gaia, tenía fama de difícil y exigente, y mucha gente se negaba a trabajar con ella. Si no empezaban a rodar dentro de tres semanas, los compromisos de la diva no dejarían tiempo para el rodaje y tendrían que esperarla otros diez meses. Eso, sencillamente, no podía ser; no disponían de margen para sobrevivir tanto tiempo.

Se sentó en el mismo momento en que su socio, Maxim Brody, entraba pesadamente en la habitación, apestando a humo como siempre. Parecía soportar una resaca terrible, y llevaba en la mano un café Starbucks del tamaño de un cubo. Mientras Larry Brooker, a sus cincuenta años, podría parecer una década más joven de lo que era, Brody, que tenía sesenta y dos, parecía tener diez más. Había sido abogado, y su cabello ralo, sus ojos llorosos y su gran mandíbula de sabueso le daban el aire de alguien que se pasa la vida cargando con los problemas del mundo.

Maxim, vestido con un polo rosa, vaqueros holgados y unas deportivas viejas, paseó la mirada a su alrededor con gesto desconfiado, como solía hacer, como si no se fiara de nada ni de nadie. Se sentó en el sofá que había en medio del despacho y bostezó.

—Tally te deja agotado, ¿eh? —dijo Brooker, incapaz de resistirse a la tentación de tomarle el pelo.

Brody se había casado por quinta vez, esta vez con una jovencita de veintidós años con unos pechos descomunales y un cerebro más pequeño que sus pezones, una aspirante a actriz que había conocido cuando era camarera en Sunset Boulevard.

—¿Tú crees que podría interpretar a la esposa oficial de Jorge IV?

—La esposa de Jorge IV era un cardo.

—¿Y qué?

—Vuelve a la realidad, Max.

—Solo era una idea.

—Ahora mismo necesitamos al actor protagonista. Necesitamos al maldito rey Jorge.

—Ya.

—Ya. ¿Estás aquí? ¿En el planeta Tierra?

Brody asintió.

—He estado pensando.

—¿Y?

Brody se sumió en uno de sus habituales silencios, que enfurecían a Brooker, porque nunca sabía si su socio estaba pensando o si su cerebro abotargado por las drogas había perdido el hilo momentáneamente. Sin el actor protagonista, toda la producción corría el riesgo de irse al garete, y el negocio les explotaría en las manos. En la época de la película, Jorge IV tenía poco menos de treinta años, y Maria Fitzherbert era seis años mayor. Así que Gaia era perfecta, aunque quizás algo delgada. Conseguir un actor principal de las características adecuadas y que fuera inglés, o que pudiera pasar por tal, estaba resultando aún más duro de lo que habían previsto. Se les estaban acabando las opciones. En su desesperación, habían ampliado el rango de búsqueda. ¡No estaban haciendo un *biopic*, por Dios! Aquello era una película, ficción. Jorge IV podía tener la edad o la nacionalidad que ellos quisieran. Además, ¿acaso toda esa realeza británica no era de origen extranjero?

Tom Cruise no estaba disponible. Colin Firth había dicho que no, al igual que Johnny Depp, Bruce Willis y George Clooney. Incluso habían intentado darle otro enfoque y le habían hecho una oferta a Anthony Hopkins, que había respondido con un seco «no» por medio de su agente. Aquello completaba la lista de los nombres más comerciales aptos para el proyecto, con lo que habían tenido que ampliar el radio de búsqueda. Ewan McGregor no quería trabajar fuera de Los Ángeles mientras sus hijos fueran pequeños. Clive Owen no estaba disponible. Y Guy Pearce tampoco.

—Gaia Lafayette se tira a un tiarrón. ¿Y si lo tanteamos? —propuso Brody, de pronto.

—¿Sabe actuar?

Brody se encogió de hombros.

—¿Y Judd Halpern?

—Es un borracho.

38

—¿Y qué? Mira, si contamos con Gaia como protagonista, ya tenemos la película vendida. ¿A quién le importa quién narices hace de Jorge IV?

—En realidad sí que importa, Maxim. Necesitamos a alguien que sepa actuar.

—Halpern es un gran actor: simplemente tenemos que encargarnos de mantenerlo lejos de la botella.

Sonó el teléfono. Larry lo cogió.

—Tengo a Drayton Wheeler en línea —anunció Courtney—. Es la quinta vez que llama.

—¿Quién es ese? Estoy reunido.

—Dice que es muy urgente, que tiene que ver con *La amante del rey*.

Tapó el auricular con la mano y se giró hacia su socio.

—¿Conoces a un tal Drayton Wheeler?

Brody negó con la cabeza, concentrado en la difícil tarea de quitarle la tapa a su gran vaso de café.

—Pásamelo.

Un momento más tarde, una voz al otro lado de la línea, agresiva y rabiosa, dijo:

—Señor Brooker, ¿es que no lee el correo electrónico?

—¿Con quién hablo?

—Con el escritor que le envió la idea de *La amante del rey*.

Larry Brooker frunció el ceño.

—¿Me la envió usted?

—Hace tres años. Le envié una propuesta. Le dije que era una de las historias de amor más grandes del mundo de las que no se había hablado hasta ahora. Según dicen en *Variety* y *The Hollywood Reporter* han iniciado la producción. Con un guion basado en una propuesta que me robó.

—Eso no lo creo, señor Wheeler.

—Esa historia es mía.

—Mire, dígale a su agente que me llame.

—No tengo un maldito agente. Por eso le estoy llamando yo.

Aquello era lo último que necesitaba: un capullo intentando sacar tajada de su producción.

—En ese caso, dígale a su abogado que me llame.

—Le estoy llamando yo. No necesito pagar un abogado. Usted escúcheme. Me ha robado la historia. Quiero que me pague.

—Pues denúncieme —respondió Brooker, y colgó.

*E*ric Whiteley recordaba cada segundo, como si fuera ayer mismo. Todo aquello le volvía a la mente cada vez que veía una noticia sobre acoso escolar, y ahora mismo sentía la cara congestionada. Aquellos diez niños sentados en el muro gritándole «¡Afi! ¡Afi! ¡Afi!» mientras él pasaba. Los mismos diez niños que se ponían siempre sobre el murete de ladrillo desde el inicio del segundo curso en aquel colegio que tanto odiaba, treinta y siete años antes. La mayoría tenían catorce años (uno más que él), pero un par de ellos, los más engreídos, eran de su edad y de su clase.

Recordaba la bolita de papel que le había dado en el cogote y a la que no había hecho caso, mientras él seguía caminando hacia la residencia, agarrando con fuerza los libros de Matemáticas y de Química que necesitaba para las clases de la tarde. Entonces recibió el duro impacto de un guijarro, que le dio en la oreja, y uno de ellos, que sonaba como Speedy González, gritó: «¡Buen disparo!», y todos se rieron.

Él había seguido adelante, aguantando el dolor, decidido a no frotarse la oreja hasta desaparecer de su vista. Tenía la sensación de que le habían hecho una herida.

—¡Afi se ha quedado de piedra! —gritó uno, y los demás volvieron a reírse.

—¡Eh, Afi, reacciona, que te has quedado de piedra! ¡A ver si te la vas a pegar contra la pared! —gritó un tercero, y se oyeron aún más risas y burlas.

Aún recordaba cómo había tenido que morderse el labio para aguantar el dolor, para reprimir las lágrimas mientras seguía por el paseo arbolado, sintiendo el calor de la sangre que le caía por el cuello. El recinto del colegio, con las aulas y los campos de juego, quedaba atrás. Por aquel paseo estaban las feas residencias del internado, grandes bloques victorianos en los que se alojaban entre sesenta y noventa alumnos, algunos en dormitorios y otros en habitaciones individuales o dobles. La Hartwellian, donde se hospedaba él, estaba justo delante.

Recordaba pasar junto a la entrada a la casa del encargado, girar y rodearla. Por suerte no había ningún chico por ahí que pudiera verle llorar. No es que le importara demasiado. Sabía que no valía para nada y que nadie se fijaba en él.

Afi.

Aburrido. Feo. Inútil.

Los otros chicos se habían pasado el curso anterior —su primer año en el colegio— llamándole así. Un día, John Monroe, que se sentaba justo detrás de él en Geografía, le había estado incordiando, dándole con la regla en la espalda:

—¿Sabes cuál es tu problema, Whiteley? —dijo, subrayando cada palabra con un toquecito con la regla.

Cada vez que se giraba, obtenía la misma respuesta.

—Eres jodidamente feo y no tienes personalidad. Ninguna chica se fijará en ti. Ninguna, en la vida. ¿Te das cuenta?

Y recordaba la cara de caballo de Monroe y su sonrisa socarrona.

Al final dejó de girarse. Pero Monroe seguía dándole con la regla, hasta que el señor Leask, el profesor, le vio y le ordenó que parara. Cinco minutos más tarde, cuando el profesor se puso a dibujar un diagrama de los sustratos del suelo en la pizarra, Monroe empezó de nuevo con la regla.

41

*E*l sargento Branson, que tenía treinta y tres años y medía metro noventa de estatura, hacía esfuerzos por meter su cuerpo de gorila de discoteca en aquel traje protector de papel blanco.

—¿Qué te pasa a ti con los fines de semana, jefe? ¿Cómo es que siempre consigues que te los jodan, y de paso me los jodan a mí?

A Grace, de pie a su lado, junto al maletero abierto del Ford Focus plateado de la policía, tampoco le estaba resultando sencillo ponerse aquel traje protector sobre la ropa. Se giró hacia su protegido, que llevaba una americana marrón impecable, una camisa blanca aún más impecable, una llamativa corbata y unos mocasines marrones.

—Menos mal que no decidiste dedicarte a la agricultura, Glenn —dijo Grace—. No sé cómo te quedaría la ropa, pero desde luego no sería tu estilo.

—Bueno, algunos de mis antepasados fueron recolectores de algodón —respondió Branson, con una gran sonrisa burlona.

Grace se quedó pensando: Branson tenía razón en lo de los fines de semana. Daba la impresión de que todos los asesinatos de aquella ciudad tenían que producirse cuando ya tenía el fin de semana organizado.

Como en ese momento.

—¿Qué tenías pensado hacer, colega?

—Iba a estar con los chicos. Es uno de los pocos fines de semana que Ari me permite tenerlos. Pensaba llevármelos a Legoland. Ahora tendrá una cosa más que utilizar en mi contra.

Estaba en pleno divorcio, y no era fácil. Su esposa, Ari, que tanto le había animado en otro tiempo a que entrara en la policía, estaba utilizando la imprevisibilidad de su horario como una excusa más para no acordar un calendario para estar con sus hijos. Grace se sintió un poco culpable. Quizá no debía haber pedido que le asignaran a Branson. Pero él ya sabía que aquel matrimonio estaba condenado, pasara lo que pasara. El mejor favor que podía hacerle a su amigo era asegurarse de que su carrera profesional no se viera afectada.

—¿Crees que tener el fin de semana libre habría contribuido a salvar tu matrimonio?

—No.

Grace esbozó una sonrisa.

—¿Y entonces?

—¿Has visto esa peli de dibujos, *Evasión en la granja*?

Él sacudió la cabeza.

—Siempre has vivido encerrado en tu corral.

—Habría mucho sexo en esa peli, ¿no? —replicó Grace, burlón.

—Sí, claro.

Se pusieron las máscaras, las capuchas y los guantes protectores, firmaron en el cuaderno del agente de guardia y pasaron por debajo del precinto policial, azul y blanco. Hacía un día claro pero con viento. Estaban en lo alto de una colina, rodeados de kilómetros de campos de cultivo, y al sur, en el horizonte, se distinguía el brillo azul de las aguas del canal de la Mancha, más allá de los Downs.

Se acercaron hasta un corral alargado de una sola planta, con paredes de madera y una hilera de ventiladores que cubrían todo el techo. Al lado se levantaban dos altos silos de acero. Grace empujó la puerta y entraron en aquel espacio con iluminación artificial y un hedor a animales encerrados en el que miles de gallinas protestaban con sus cacareos.

—¿Has comido huevos para desayunar, colega? —preguntó Branson.

—Pues no, de hecho he comido copos de avena.

—Supongo que a tu edad hay que cuidar el colesterol. ¿Con leche descremada?

—Cleo me está introduciendo en el mundo de la soja.

—Te ha puesto el pie encima y te tiene dominado.

—Es que tiene unos pies muy bonitos.

—Así empiezan todas las relaciones. Una cara bonita, unos pies bonitos, todo muy bonito. Adoras cada centímetro de su cuerpo, y ella adora cada centímetro del tuyo. Pasan diez años, y a los dos os cuesta recordar una sola cosa del otro que os gustara. —Branson le dio una palmadita en el hombro—. Eso sí, tú disfruta mientras puedas.

Grace se detuvo y Branson se paró a su lado.

—Oye, no te pongas cínico. No es lo tuyo.

—Solo soy realista.

Grace meneó la cabeza.

—Tu esposa se esfumó el día de su trigésimo cumpleaños, después de varios años juntos, ¿verdad? —dijo Branson.

—Ajá. Llevábamos diez años.

—¿Aún la querías?

—Tanto como el primer día. Más.

—A lo mejor eres una excepción.

Grace se lo quedó mirando.

—Espero que no.

Branson le miró a la cara, con los ojos llenos de dolor.

—Sí, espero que no. Pero es doloroso. Yo pienso en Ari y en los niños constantemente, y me duele muchísimo.

Grace miró al suelo del corral, de rejilla metálica, una parte de la cual estaba levantada. Distinguió al corpulento David Green, jefe de la Unidad de Rastros Forenses; a tres agentes de la Científica, entre ellos el robusto fotógrafo James Gartrell; al sargento Simon Bates, al inspector de guardia Roy Apps y al secretario judicial Philip Keay.

—¡Venga, al baile! —dijo Grace, avanzando por la rejilla.

—No estoy muy seguro de tener ganas de marcha —objetó Branson.

—Pues mira, creo que el cadáver y tú ya tenéis algo en común.

12

*D*esde luego aquel muerto no tenía ningunas ganas de marcha. En primer lugar porque estaba cubierto por más de un metro de excrementos de pollo, pero también porque le faltaban las piernas, las manos y la cabeza..., lo cual habría dificultado bastante la coordinación. Una nube de moscas revoloteaba a su alrededor, y el hedor a amoniaco era insufrible.

Branson, que estaba a punto de vomitar, se giró. Grace miró hacia abajo. Quienquiera que hubiera hecho aquello tenía muy pocos conocimientos de medicina forense, y aún menos delicadeza. El torso, decapitado y sin miembros, que había perdido la carne por algunas zonas, estaba cubierto de excrementos, moscas y gusanos, y casi no tenía ni aspecto humano. La piel, corroída por el ácido en las zonas en que quedaba a la vista, era de un color marrón oscuro y parecía más bien cuero, lo que le daba al cadáver el aspecto de una momia de museo rescatada de un incendio. El característico acre olor a podredumbre, que Grace reconocía perfectamente, lo invadía todo. Resultaba difícil hasta respirar. Era un olor que te llevabas a casa, que se te pegaba al pelo, a la ropa, a cada poro de la piel. Podías frotarte hasta levantarte la piel, pero, aun así, seguirías notándolo a la mañana siguiente.

La única persona que nunca lo notaba era Cleo. Pero quizá Branson tuviera razón, y al cabo de diez años sí que lo notaría. Esperaba que no.

—¿*Coq au vin* para cenar, Roy? —le saludó el jefe de la Unidad de Rastros Forenses, vestido con un traje protector blanco y provisto de un equipo de respiración, pero con la máscara levantada por un momento.

—¡No, si es así como te deja, pero gracias!

Ambos hombres se quedaron mirando el hueco, a más de un

metro por debajo de la rejilla, y el torso. Lo primero que a Grace le vino a la cabeza fue que podía ser obra de alguna banda de gánsteres.

—Bueno, ¿qué tenemos hasta ahora?

En respuesta, David Green alargó la mano enguantada y levantó una bolsa de pruebas de polietileno del suelo, con un gesto como de orgullo, y se lo pasó.

Grace miró dentro. Contenía dos fragmentos de tejido muy sucio. La tela tenía un patrón ocre apenas visible. Parecían trozos de un traje de hombre.

—¿Dónde los habéis encontrado? —preguntó.

—Cerca del cuerpo. Parece que eran de algo que llevaba puesto; por algún motivo son los únicos fragmentos que no se descompusieron o que no se llevaron las ratas para hacer el nido. A lo mejor encontramos más cosas cuando empecemos a buscar huellas.

—Así pues, ¿es un hombre?

—Esto es de lo poco que no le han arrancado a bocados; no sé si me entiendes…

Grace asintió, incómodo: le entendía perfectamente.

—Debía de ser un traje hecho a medida —apuntó Branson.

Grace y Green se lo quedaron mirando.

—¿Y eso lo deduces a partir de un fragmento de tela tan pequeño? —preguntó Grace.

—No, jefe —respondió Branson, haciendo un gesto con la cabeza en dirección a los restos—. Es que me imagino que tendría problemas para encontrar algo de serie que le sentara bien.

13

En el interior, como en todas las casas de Gaia, los suelos parecían de mármol italiano. La piedra había sido importada, losa por losa, de la cantera Fantiscritti de Carrara, de donde había salido en el pasado el mármol de los palacios de los Medici y, más recientemente, el de uno de los lugares de referencia de Los Ángeles, el Beverly Wilshire Hotel, de Hernando Courtright.

De las paredes colgaban piezas aztecas y fotografías de conciertos de Gaia. En un lugar de honor, en la pared frente al sofá, había un cartel de promoción de su gira mundial en el que aparecía una imagen monocroma suya con la melena despeinada, como recién salida de la cama, y un *negligée* negro, y estaba firmado. A la izquierda, sobre una de las butacas del tresillo de piel blanca, que era un clon del que tenía en Los Ángeles, había otro póster de una gira, también firmado. En este llevaba una camiseta verde sin mangas y unos pantalones de cuero. ¡Gaia se habría sentido como en casa! Sí, bueno, quizá la parte de atrás no era tan elegante como alguna de sus residencias. Probablemente Gaia tendría mejores vistas desde la ventana de su cocina, desde donde se veía, tendida en una cuerda, la ropa interior de una anciana, así como un garaje abandonado hecho con bloques de hormigón.

Sobre el hogar, donde brillaba un carbón falso iluminado con electricidad, había un primer plano de los labios, la nariz y los ojos de su ídolo en monocromo verde, con la inscripción: GAIA, MUY PERSONAL. Y este también estaba autografiado.

¡Era una de sus piezas favoritas!

Había librado una dura batalla de pujas en eBay para conseguirlo. Y se lo había quedado a falta de solo cinco segundos para el cierre de la subasta, por mil setecientas cincuenta libras. Un despilfarro. Pero tenía que conseguirlo.

Tenía que conseguirlo.

Como todo lo demás que había en aquella pequeña casa adosada, con la maldita farola que se encendía cada noche y le inundaba el dormitorio de una luz ámbar.

Anna había comprado la casa de día, seis años antes. Nunca se le habría ocurrido pensar que las farolas de la calle pudieran ser un problema. Pero Gaia no tendría que aguantar aquella luz que no le dejaba dormir, eso lo tenía claro.

Anna había escrito al Ayuntamiento, al *Argus*, a la *West Sussex Gazette*, al *Sussex Express*, al *Mid Sussex Times*…, pero nadie le había respondido, nadie había movido un dedo por aquella farola. Así que se había comprado una escopeta de aire comprimido y le había disparado a la bombilla en plena noche. Y dos días más tarde, dos malditos operarios del maldito Ayuntamiento habían sustituido la bombilla.

Pero todo aquello ahora mismo no importaba. ¡Quedaba todo olvidado, porque Gaia iba a ir a Brighton! Y Anna había descubierto dónde iba a alojarse. En la suite presidencial del Grand Hotel. ¿Dónde si no? Deberían tener una suite imperial para ella. Era la más grande, la reina del rock, la reina de la pantalla, la mayor estrella de todos los tiempos. ¡Una emperadora! Y regresaba a la ciudad donde había nacido. Volvía a sus raíces. ¡Estaba de vuelta para ver a su fan número uno!

Y estaba claro que Anna era su fan número uno. En eso todo el mundo estaba de acuerdo. ¡Hasta la propia Gaia! ¡Una de sus asistentes había respondido a uno de sus correos electrónicos con el encabezamiento: «Querida fan número 1»! Y, por supuesto, lo sabían los otros fans, con los que Anna compartía datos en los chats, por *e-mail*, por Facebook y a veces por Twitter, y que, sin embargo, se convertían en enemigos mortales a la hora de pujar en eBay: todos ellos aceptaban que, en aquel momento, Anna les había ganado. Tenía, con mucha diferencia, la mejor colección de todos.

La número uno.

Y las señales secretas que le enviaba Gaia, confirmándole su relación especial.

¡Zorro furtivo!

Gaia tenía millones de fans que la adoraban. Pero ¿cuántos tenían uno de los únicos seis vinilos de *Call me your baby* que existían en el mundo? ¿Cuántos fans habían pagado mil libras por el single *Shady Babe* firmado? ¿Cuántos habían pagado dos mil quinientas libras por un solo rollo de su papel higiénico libre de ácido?

¿Cuántos habían llegado a pujar dieciséis mil libras para imponerse al resto de los fans de Gaia y conseguir una chaqueta firmada que la artista misma había llevado en la última noche de su gira mundial y que había tirado al público?

Ya le habían ofrecido veinticinco mil libras por ella, y las había rechazado.

El mundo estaba lleno de fans de Gaia. Pero solo veintitrés de ellos, Anna incluida, componían el núcleo duro, y pujaban por todo lo que salía. ¿Cuántos estarían dispuestos a gastar todo lo que tenían por el más mínimo trofeo? ¡Como la miniatura de edición limitada del Mini con las etiquetas «*Gaia World Tour Courtesy Car*», que había conseguido por solo quinientas libras! O la botellita miniatura del tónico Martini, una ganga, por trescientas setenta y cinco libras. ¿Y cuántos otros fans se comunicaban con Gaia por señales en código? ¡Ninguno! ¡Solo ella!

Se había gastado más de doscientas setenta y cinco mil libras, que era el equivalente a lo que ganaba Gaia en una sola actuación, pero que para ella era hasta el último penique que poseía, y es que hasta el último penique que ganaba iba destinado a su colección.

Era la fan número uno de Gaia, de eso no había duda.

Por eso Gaia se comunicaba con ella. ¡De ahí su secreto!

Anna apenas podía contener los nervios. ¡No solo iba tachando los días en el calendario! ¡Casi iba tachando las horas, los minutos! Y, a veces, cuando los nervios se la comían, ¡hasta los segundos!

—Te quiero, Gaia —susurró—. Te quiero a morir.

14

*G*race, seguido por Branson, salió del ambiente apestoso y oscuro del gallinero y se encontró con la cegadora luz del sol. Aliviado, aspiró aire fresco.

—¡Qué mierda! —exclamó su compañero.

—¡Buena observación!

Branson se bajó la máscara.

—Yo diría que este asunto apesta.

Grace soltó una risita socarrona.

—El juego de palabras es de pena, incluso para ti.

—Vaya, lo siento.

—Me gustaría que fueras mi auxiliar en el caso. Voy a proponer que te nombren inspector en funciones. ¿Te apetece?

—¿Dónde está la trampa?

Grace sonrió.

—Tengo mis motivos.

—Sí, bueno, más vale que sean buenos.

Grace le dio una palmadita en la espalda.

—Sé que puedo confiar en ti: has hecho un buen trabajo en la Operación Violín. Hasta el subdirector Rigg se ha dado cuenta.

—¿Ah, sí? —A Branson se le iluminó el rostro.

—Sí, y yo te he dejado muy bien. Tengo la sensación de que este caso podría ser una gran ocasión. Si lo llevas bien, podría ayudarte a ascender.

Branson tenía todas las cualidades necesarias para ascender a inspector, y Grace estaba decidido a ayudar a su amigo a conseguirlo. Con los problemas conyugales que llevaba arrastrando durante meses, estaba seguro de que el ascenso sería el remedio perfecto para los arranques de depresión que sufría, cada vez más frecuentes.

Grace recordó cómo le había cambiado la vida su propio ascenso, unos años atrás. Empezando por el encargado del almacén de uniformes, un tipo amargado cuya actitud hacia él se había transformado en el momento en que se le presentó solicitando una guerrera de inspector con las dos estrellas en lugar de las tiras de sargento, y la preciada gorra con su trenza negra alrededor. Cuando te hacían inspector tenías por fin la sensación de ser un oficial, y la actitud de todo el mundo en el cuerpo (y también en la calle) cambiaba.

—En este caso quiero que seas tú quien se encargue de los medios de comunicación —dijo Grace.

—¿Los medios? Yo... no tengo mucha experiencia. ¿Quieres decir que tendré que tratar con la sabandija de Spinella?

Kevin Spinella era el reportero encargado de la sección de sucesos del periódico local, el *Argus*: siempre conseguía enterarse de cualquier crimen antes que nadie. Tenía un informador en la policía, en algún lugar, y hacía mucho que Grace tenía entre ceja y ceja pillar al topo, algo en lo que estaba trabajando.

—Con Spinella y con todos los demás. Puedes dar tu primera rueda de prensa hoy mismo, más tarde.

—Gracias —dijo Branson, no muy convencido.

—Ya te ayudaré yo —respondió Grace—. Te cogeré de la manita.

51

Branson asintió, y miró alrededor.

—Bueno, ¿y aquí por dónde empiezo?

—Empieza por limpiar el terreno que pisas. Lo primero es traer a un asesor de la Científica y un equipo de la Unidad Especial de Rescate para que busquen las puntas de los dedos, por debajo y por encima de la rejilla. En segundo lugar, necesitamos conocer todos los accesos por carretera e iniciar visitas casa por casa en todos los pueblos. Tienes que informar al comandante de la División de East Sussex, y decirle que necesitas agentes de calle y agentes de apoyo, y quizá también agentes especiales. Contacta con la policía local y con la central. Diles que de momento da la impresión de que está controlado y de que el impacto en la comunidad será mínimo.

—¿Algo más, jefe?

—Piensa en lo que les vas a decir a los medios. Empieza a programar una estrategia de comunicación para tranquilizar a la opinión pública. Consigue el nombre de todos los que tengan acceso a este lugar (el que reparte el correo, la leche, el periódico, el pienso, el petróleo o el gas), de todos los que puedan haber estado aquí en los últimos meses, todos los visitantes. Yo te sugiero establecer un margen de búsqueda de un año. Descubre si hay cámaras de circuito cerrado.

Al igual que en todos los casos de delitos graves que investigaba, Grace tenía que establecer una serie de parámetros de referencia para cada aspecto de la investigación, así como anotar los pasos inmediatos que habría que dar. Uno de los primeros problemas a los que tendría que enfrentarse era el funcionamiento de la granja. El dueño, Keith Winter, querría que le alteraran lo menos posible el negocio.

La primera impresión que le dio era que, a diferencia de otras granjas que había visitado, todo en aquel lugar transmitía una imagen de limpieza y modernidad. El corral, en una única nave alargada. Los relucientes silos. La bonita vivienda, que parecía de construcción reciente. El impecable Range Rover, con una matrícula que indicaba que tendría menos de un año. El Subaru Impreza, de dos años de antigüedad según el registro, que delataba a un conductor amante de la velocidad. Las cosas buenas de la vida.

¿Podría ser que alguien matara por ese tipo de cosas?

Había una puerta de acceso con control remoto al inicio de la vía de acceso, de kilómetro y medio de longitud. Desde luego, cada vez había más gente que se preocupaba por su seguridad, pero ¿cuántos granjeros tenían puertas de seguridad? ¿Ocultaría algo? ¿O era una simple precaución contra los intrusos?

Por la mente ya le iban pasando los sospechosos potenciales, o los individuos de los que necesitaba saber más. Lo primero que apuntó en su cuaderno fue que tenía que recabar datos sobre el propietario de aquel lugar. ¿Quién era Keith Winter? ¿Cómo había llegado hasta allí? ¿Cuánto tiempo hacía que era dueño de la Stonery Farm? ¿En qué situación económica se encontraba? ¿Tenía socios? ¿Cuándo habían limpiado la rejilla por última vez? ¿Quiénes eran sus empleados? Tendrían que identificar e interrogar a cada uno de ellos, a los actuales y a los pasados. ¿Sería capaz de meter a la víctima de un asesinato en su corral? Quizá pensó que quedaría disuelto por completo. Era bien sabido que la mafia italiana usaba las granjas de cerdos como solución efectiva para eliminar cadáveres, y en el Reino Unido también se había registrado un caso, unos años atrás. Pero los cerdos son omnívoros.

Compartió sus pensamientos con Branson.

—¿No has visto la película *Porcile*, de Pasolini? —respondió el sargento.

—No, no había oído hablar de ella.

—Es un clásico. En la peli, un cerdo se come a un tipo.

—Creo que me la perderé.

—Ya te la has perdido hace tiempo. Se estrenó en 1969 —dijo Branson, que luego frunció el ceño—. Sé de alguien que quizá pueda decirnos algo de la tela, si es verdad que es de un traje.

—¿Ah, sí?

—Un sastre de Brighton, que trabaja en Gresham Blake.

Gresham Blake era la sastrería de la alta sociedad de Brighton.

—¿Ahí es donde te haces tú la ropa? —le preguntó Grace, intrigado.

—Ojalá. Lo conocí hace unos años, cuando le desvalijaron el piso. Gresham Blake es donde deberías hacerte tú los trajes, con tu sueldazo de pez gordo.

Grace pensó que no había ninguna certeza de que el tejido tuviera conexión alguna con la víctima, pero era una línea de investigación importante. La mayoría de las investigaciones de asesinato empezaban con la desaparición de una persona, y hasta que no identificaban a la víctima resultaba difícil hacer progresos considerables. Una de las cosas más importantes que tenían que determinar en aquella fase era la edad del muerto, y el tiempo que llevaba ahí dentro. Sacó el teléfono del bolsillo y llamó a la arqueóloga forense Joan Major, para preguntarle si podría pasarse por allí cuando acabara en el depósito. Ella respondió que ya casi había acabado el examen de los restos óseos.

Quizá pudieran obtener ADN de la víctima, lo que ayudaría a la identificación. A falta de eso, si conseguían determinar la edad de la víctima, aunque fuera aproximadamente, podrían realizar una búsqueda partiendo de la lista de desaparecidos del condado o de la región.

Volvió a mirar alrededor. Había algunas estructuras de la granja por detrás del corral, y otra vivienda, más pequeña. Lo que debía decidir de inmediato era si habría que limitar la escena del crimen al corral o si habría que considerar que lo era toda la granja, incluida la vivienda. No le parecía que tuvieran suficientes indicios como para tomar una decisión tan drástica, que supondría el traslado de Winter y de su familia a un alojamiento temporal. Su intención, de momento, era tratar al granjero como a una persona de interés para su investigación, pero no como a un sospechoso.

A pesar de que era consciente del peligro de las suposiciones, Grace siempre planteaba hipótesis en todas las escenas de crímenes. Y la primera que hizo en este caso era que quizás hubiera dinero de por medio. Un muerto vestido con ropa cara. ¿Un socio en un negocio? ¿Un chantajista? ¿El amante de la mujer de Winter? ¿El amante del propio Winter? ¿Un acreedor? ¿Un rival en el negocio? ¿O quizá sería alguien sin ninguna conexión con Winter, que simplemente hubiera usado el lugar para deshacerse del muerto?

—Glenn —dijo—, cuando empecé en Delitos Graves, tenía un superintendente que era todo un sabio. Un día me dijo: «No hay caso más frío que uno en el que la víctima no esté identificada». Recuérdalo. Identificar a la víctima siempre es la prioridad.

Después de enviar de nuevo al aturullado Branson al interior del corral, Grace se acercó al coche, se sentó en el asiento del conductor y cerró la puerta para aislarse. Empezó a componer una lista con los nombres del equipo de investigación con el que quería contar. Esperaba que algunos de sus agentes habituales, recientemente liberados de la Operación Violín, estuvieran disponibles. Tras un inicio de año tranquilo, en mayo todo se había disparado. En Sussex se registraba una media de dieciocho asesinatos al año. Pero en los primeros cinco meses del año ya se habían producido dieciséis. ¿Un dato estadístico extraordinario, o una señal de que las cosas estaban cambiando?

Se quedó mirando a través del parabrisas, en dirección al caro Range Rover y al Impreza —dos juguetitos para ricos—, y a la granja de diseño. Nunca habría pensado que la cría de pollos diera tanto dinero.

Eso sí, la experiencia le había enseñado que donde hay más asesinatos es en los lugares en los que se hace más dinero.

15

—¡*E*stamos jodidos! —exclamó Maxim Brody, hundido.

Larry Brooker, sentado en su butaca de primera clase, se pegó el teléfono aún más contra la oreja.

—¿Por qué? ¿Qué quieres decir, Max?

—Acabo de hablar con el agente de Gaia. No puede actuar.

—¿Qué quieres decir con eso de que no puede actuar?

—La compañía de seguros no la deja ir a Inglaterra —respondió Brody, en un tono aún más derrotista que antes.

—¡Bueno, pues, en el peor de los casos, lo grabamos todo aquí, en Los Ángeles!

—Señor —insistió la azafata—, tiene que apagar eso.

—Sí, claro, Larry —dijo Brody—. Ahora construiremos una réplica del Royal Pavilion de Brighton en los estudios de Universal, ¿no? ¿Con nuestro presupuesto? ¿Vamos a recrear la maldita ciudad de Brighton entera?

—Ahora mismo salgo para Nueva York, para reunirme con nuestro agente, Peter Marshall, de la DeWitt Stern. Él podrá…

La azafata, malhumorada, extendió la mano con gesto imperativo.

—Señor, lo siento, pero tendré que quitarle el móvil durante el vuelo si no lo apaga.

—¿Sabe quién soy yo? —le gritó él.

La chica frunció el ceño.

—¿Es que tiene problemas de memoria, señor? —Echó un vistazo a la lista de pasajeros que llevaba en la otra mano—. ¿Asiento 2B? ¡Pues es usted el señor Larry Brooker! ¿Le sirve eso de ayuda, señor?

Brooker, frustrado, apretó los puños.

—¡Por Dios!

—Dios está sobrevalorado, pero estoy segura de que podremos encontrarle un capellán para que le asista, si quiere.

Larry Brooker apuró la copa de champán antes de que aquella zorra se la llevara.

Luego se quedó sentado, masticando su rabia en silencio, mientras el avión se ponía en marcha y avanzaba a trompicones. Su cerebro se debatía entre imágenes de la bruja de la azafata en la que él mismo la destripaba siguiendo un macabro ritual, y la perspectiva de salvar su película, que parecía haber entrado en caída libre. Tenían a Gaia, una de las estrellas más rentables del mundo. Y ahora contaban también con el protagonista, un actor de segunda que sustituiría al imbécil de Matt Duke, después de que este se pusiera de coca hasta las cejas y se estrellara con su coche. Tenían al director, el veterano Jack Jordan, nominado por la Academia dos veces, toda una diva que tenía fama de intratable, pero que había aceptado el proyecto con ganas, porque probablemente lo viera como su última oportunidad de hacerse con un Óscar.

No iban a dejar que una maldita compañía de seguros se les cagara en los pantalones y se lo cargara todo. De ningún modo.

Ni soñarlo, colega.

Pidió un bloody mary en cuanto empezaron a servir bebidas, tras el despegue. Y luego otro. Y otro más. Luego un poco de vino con la comida, hasta que por fin reclinó el asiento y se dejó llevar por el sopor.

A las ocho de la mañana salió del avión, caminando con torpeza, con su neceser en una mano y una botella de agua en la otra, perfectamente consciente, como cada vez que hacía aquel viaje, de los motivos por los que era conocido como el «Especial Ojos Rojos». Tenía la boca seca y sentía la cabeza como si se estuviera disputando el título de los pesos pesados en su interior.

Una hora más tarde, antes de descender de la limusina, cogió otra botella de agua cortesía de la casa y entró en el edificio del 420 Lexington Avenue, sede central de la aseguradora DeWitt Stern. Él había trabajado con uno de sus altos ejecutivos, Peter Marshall, en producciones anteriores. Marshall era un buen tío, que nunca le había fallado. Su misión en aquel momento era intentar convencerle de que no se dejara intimidar por una nimiedad como un atentado contra la vida de Gaia Lafayette. Iban a filmar en Inglaterra. Era el Reino Unido, por Dios, el lugar más seguro de toda la maldita Tierra. Si alguien quisiera matar a Gaia de verdad, ¿en qué otro lugar iba a estar más segura que en un país sin armas?

Marshall estaría de acuerdo. Era un tipo listo, lo pillaría enseguida.

Larry se puso un caramelo de menta sin azúcar en la boca para disimular el olor a alcohol de su aliento. Luego salió del ascensor y se dirigió al mostrador de recepción con una cálida sonrisa en el rostro.

Su sonrisa irresistible.

16

Grace también sonreía.

—Pareces muy contento, amor mío —dijo Cleo, a modo de saludo, al tiempo que le abría la puerta de su casa.

Eran las doce menos veinte de la noche. Ella se había recogido el cabello y llevaba un elegante camisón azul cielo bajo el albornoz. *Humphrey*, su joven perro de rescate (una mezcla de labrador y border collie) ladraba entusiasmado, saltándole a los pantalones, reclamando su atención con unos gañidos que resonaban por todo el barrio residencial.

—Tú me pones contento —dijo él, y la besó. Luego le rascó las orejas a *Humphrey*, que inmediatamente se tiró al suelo panza arriba. Grace se agachó y le frotó el vientre.

—¿Qué tal la tarde?

—Aparte de haber tenido que arrastrarme por entre la mierda de gallina, no ha estado mal —respondió ella—. ¿Y tú?

—¿Has ido allí personalmente?

—Con Darren. —Cleo se encogió de hombros—. Andamos cortos de personal. ¡Y, oye, me gustan los cadáveres de corral!

Él meneó la cabeza. Y en el momento en que se levantaba, Cleo le colocó en la mano un vodka Martini helado, con cuatro aceitunas en un palillo.

—¡Pensé que necesitarías sustento! —dijo, apartando suavemente con la mano a *Humphrey*, que volvía a dar saltos.

—¡Eres increíble! —Grace dio un sorbo al cóctel, agradecido. Dejó la copa sobre un estante y volvió a besarla, pasándole los brazos alrededor del albornoz de rizo blanco, abrazándola con firmeza pero suavemente, sintiendo el bebé en el interior del vientre de Cleo contra el estómago y el olor del cabello de ella recién lavado. Luego cogió la copa y le dio otro sorbo. El perro se tendió en el suelo, con las patas en alto otra vez—. ¡Está bien, celoso! —Se arrodilló y le volvió a frotar la barriga.

—Lo sé —dijo ella—. Soy increíble. Totalmente increíble. ¡Eso que nunca se te olvide, superintendente Grace!

Él volvió a ponerse en pie, con una gran sonrisa.

—¿Por qué iba a querer olvidarlo?

Grace la miró, perdiéndose en aquellos ojos azul claro, sintiéndose increíblemente feliz. Más de lo que podía pedir. Le encantaba estar en casa de Cleo, sobre todo en aquel salón, con las luces tenues y las velitas encendidas por todas partes.

En el suelo había una bolsa de City Books, la librería favorita de los dos. Y sobre la mesa, un ejemplar de *El mundo según Joan,* con un sólido pisapapeles de cristal encima para que no se cerrara.

Él era un fiel admirador de Joan Collins, y le encantaba que Cleo hubiera hecho el esfuerzo de comprar el libro para comprender por qué.

En todos los años que habían pasado desde la desaparición de Sandy, nunca había pensado que fuera posible ser feliz —o incluso vivir en paz— de nuevo. Eso lo había cambiado Cleo, y casi se sentía culpable por ser tan feliz otra vez. Culpable, porque durante todos aquellos años nunca había dejado de buscar a Sandy. Su desaparición había sido repentina, absolutamente inesperada, sin el mínimo anuncio previo. Un momento eran absolutamente felices, y al siguiente había desaparecido. La mañana de su trigésimo cumpleaños habían hecho el amor, como hacían siempre cuando era el cumpleaños de uno de los dos. Él se había ido a trabajar, y al volver a casa, esperando cenar para celebrarlo con Sandy y otra pareja, sus amigos más cercanos, ella había desaparecido. No había ninguna nota. Todas sus pertenencias seguían en casa, salvo el bolso.

Veinticuatro horas más tarde, el viejo Volkswagen Golf de Sandy apareció en el aparcamiento del aeropuerto de Gatwick. En su tarjeta de crédito figuraban dos transacciones menores de la mañana de su desaparición, una de Boots y la otra del supermercado Tesco. No se había llevado ropa, ni otra pertenencia de ningún tipo. Y nunca más volvió a usar la tarjeta.

En todos aquellos años no había pasado ni una sola noche, ni siquiera estando en brazos de Cleo, en que no se hubiera dormido preguntándose qué le habría pasado. ¿Habría huido con un amante? Existía esa posibilidad, claro. ¿Cuánto sabemos realmente de nuestras parejas? ¿Había decidido, por algún motivo, desaparecer y reinventarse en una nueva vida partiendo de cero? La gente hacía cosas así. Pero ¿por qué iba a hacerlo, si nunca había dado ninguna señal de infelicidad? Otra posibilidad era que hubiera sufrido un accidente. Pero eso no encajaba con que su coche estuviera en Gatwick.

Lo más probable, pensaba él, era que la hubieran secuestrado, y que quienquiera que se la hubiera llevado hubiera dejado el coche en el aeropuerto para despistar a sus perseguidores. La triste realidad era que en la mayoría de los secuestros la víctima acababa siendo asesinada al cabo de unas horas. Aunque también era cierto que existían casos de personas retenidas contra su voluntad durante años.

Durante mucho tiempo, sus amigos y su hermana habían insistido en que pasara página, que aceptara que Sandy se había ido y que tenía que vivir la vida en el presente, no en el pasado. Lo intentaba, con todas sus fuerzas, y Cleo lo hacía más fácil de lo que habría podido imaginarse nunca. La quería, sin reservas, completamente, con locura. Y, sin embargo, aún había algo que no podía dejar atrás.

La pesadilla que a veces le hacía despertarse, gritando, cada pocos meses. Sandy en el fondo de un pozo, como la hija de la senadora secuestrada en *El silencio de los corderos*.

Y la sensación de culpabilidad que seguía a aquellas horas de insomnio escuchando el coro de pensamientos que le asaltaban de madrugada: que no había hecho lo suficiente para encontrarla, que había una pista, algo absolutamente evidente que tenía ante sus narices y que había pasado por alto.

Los ojos se le fueron a un ejemplar de la revista *Autocar* que había sobre la mesita auxiliar. Lo había comprado porque salía una prueba en carretera del Alfa Giulietta. Desde que, tras muchos años de servicio, su adorado Alfa había acabado despeñado en una persecución el verano anterior, no dejaba de pensar en comprarse otro. Eran coches que, a su modo de ver, tenían alma. Al menos, los únicos de su categoría que la tenían. De hecho, se había pasado meses forcejeando con la compañía aseguradora, que había intentado eludir la responsabilidad porque, tal como decían, un coche así no deberían haberlo usado en una persecución policial. Pero al final habían aflojado la mosca.

Él estaba enamorado de uno de sus modelos, de dos plazas, pero, con el bebé de camino, aquello resultaba absolutamente poco práctico. Un par de amigos, entre ellos Branson, le habían intentado convencer de que un coche familiar sería lo más sensato, con todo lo que tendría que acarrear de un lado para otro al nacer el bebé. Había estado mirando unos cuantos, pero no le atraían. Últimamente había visto en un concesionario de compraventa un Giulietta de dos años, y se había enamorado de ese coche. Tenía un portón trasero y era lo suficientemente grande como para meter un cochecito de bebé.

—¿Qué es lo que te preocupa, cariño? —le preguntó Cleo, sentándose a su lado en el inmenso sofá rojo.

En el televisor, en la pared de enfrente, con el volumen apagado, el chef Hugh Fearnley-Whittingstall estaba enseñando cómo filetear una caballa.

—¡Coches! —dijo él.

—Haz lo que te dicte el corazón.

—Pero tengo que ser práctico.

Ella se encogió de hombros.

—¿Sabes qué? Tengo muchos amigos que han visto toda su vida transformada por el hecho de tener hijos. Ya no tienen tiempo para su pareja. Apenas hacen el amor. Los niños les consumen todo su tiempo. Yo no quiero que nos ocurra eso. ¿O acaso no podemos ser buenos padres y seguir teniendo tiempo para nosotros? Cómprate el coche que te guste, no el que creas que será más práctico. Podemos adaptarnos. ¡El peque tendrá que aprender a encajar en nuestras vidas!

Él sonrió de nuevo y le dio otro sorbo al Martini, que al caer en el estómago vacío, alimentado toda la tarde con cafeína, estaba haciendo su efecto, relajándolo por momentos. De pronto se dio cuenta de lo increíblemente comprensiva que era Cleo. En una situación así (llegando tarde un viernes por la noche y con la perspectiva de tener que trabajar todo el fin de semana), Sandy no se lo habría tomado tan bien: primero ya la hubiera encontrado durmiendo, y después hubiera protestado por el hecho de que el trabajo le absorbiera. Pero en Cleo siempre encontraba comprensión. Claro que ella también podía encontrarse con que la llamaran en plena noche, fuera laborable o fin de semana.

—La otra cosa que me preocupa es… —Hizo una pausa, viendo que *Humphrey* subía de un salto al sofá, a su lado, y se enrollaba boca arriba, en su posición favorita, con el vientre a la vista, esperando que se lo acariciaran otra vez. Grace lo hizo—. Lo que me preocupa es… que te quiero mucho —dijo por fin, dándole un beso en la suave mejilla a Cleo.

—Oh, ¿así que eso es lo que te preocupa?

—Ajá, sí, quizá sí. —Volvió a besarla, sintiendo cada vez más el agradable efecto embriagador de aquel enorme Martini—. Que te quiero y que nunca me canso de ti.

—Es que no leíste lo que decía en el frasco —dijo ella, sonriendo—: «Úsese a Cleo con moderación».

—Soy un tío. No leo las instrucciones.

Se la quedó mirando a los ojos unos momentos, y luego le miró el resto de la cara. Era cierto lo que había leído: algunas mujeres podían ponerse aún más guapas con el embarazo. Ella estaba más encantadora que nunca.

—Sí, bueno, pues yo soy mujer, así que leo las instrucciones y las etiquetas. Pero, por suerte para ti, me perdí la que decía: «Liarse con el superintendente Roy Grace puede ponerle peligrosamente caliente».

—Yo creo que debí de perderme una similar sobre ti.

—¿Ah, sí? —dijo ella, inclinándose y besándole en los labios. Luego bajó la mano, entre las piernas de él, y le presionó, provocándole—. ¿Y qué vas a hacer al respecto?

—Pensaba que…, ya sabes…, que se suponía que no debíamos…

—No vamos a hacerlo, superintendente —dijo ella, con una gran sonrisa—. Bueno, no exactamente. ¿Tienes hambre?

—No, solo estoy caliente.

Ella volvió a besarle y, un momento más tarde, dijo:

—Dime una cosa.

—¿Qué?

—Cuando hacías el amor con Sandy, ¿en qué pensabas? Quiero decir… ¿en quién pensabas?

—¿En quién?

—¿Siempre pensabas en ella, era su cuerpo desnudo el que te excitaba? ¿O pensabas en otras mujeres?

—De eso hace mucho tiempo.

Ella le besó en los ojos.

—No me vengas con evasivas. Me interesa saberlo.

Él se encogió de hombros.

—Supongo que al principio pensaba siempre en ella. Pero probablemente luego pensara también en otras mujeres.

—¿En quién?

—No me acuerdo.

—¿En estrellas del cine? ¿En modelos?

—Alguna.

—¿Y cuando hacemos el amor nosotros? No puede resultar muy atractivo hacerle el amor a una mujer rolliza con los pechos cubiertos de venas azules. ¿Con quién fantaseas ahora?

—Contigo —dijo él—. Tú me pones a mil por hora.

—Estás mintiendo, Grace.

—¡En absoluto!

—¿Sí? ¡Demuéstramelo!

Él le cogió la mano derecha y se la bajó lentamente hasta la entrepierna. Cleo abrió los ojos, sorprendida, y sonrió, provocativa.

—¿A ti qué te parece? —dijo él, por fin.

Ella volvió a besarle.

—¡A mí me parece que esto no va a quedar así, amor mío!

17

*E*staba iracundo.

Poca gente sabía más de la ira que él. Aquella superzorra de categoría mundial, antes conocida como su esposa, y antes aún —increíblemente— como su pudorosa novia, le había obligado a apuntarse a un curso de gestión de la ira.

Había muchos tipos de ira. La de la frustración que sientes cuando un maldito parquímetro se te traga la moneda y no te da un recibo. La rabia silenciosa que sientes cuando ves a un cabrón tirando basura por la ventanilla del coche. O la que te produce un vecino cuando celebra una fiesta con música a todo volumen hasta altas horas de la madrugada.

Pero nada de lo que había aprendido en aquel curso le había enseñado a enfrentarse a la rabia que sentía ahora mismo en su interior. La rabia de sentirse jodido, absoluta, total y profundamente jodido. O la de ver que te arrancan la gran oportunidad de tu vida.

La gente no podía hacer algo así e irse de rositas.

Pero el caso era que lo hacían, constantemente.

Cuando ocurría algo así, algunas personas se limitaban a encogerse de hombros y resignarse. Algunos se buscaban un abogado, y lo único que conseguían era arruinarse aún más y enriquecer todavía más a los abogados. Él no tenía dinero para eso. A lo mejor sería uno de esos casos que un abogado aceptaría *pro bono*.

Pero tampoco tenía tiempo para eso.

No iba a bajar los brazos y aceptar que se salieran con la suya. No iba a bajarse los pantalones y a ofrecerles un bote de vaselina. Iba a hacer algo al respecto. Aún no sabía qué sería. Ni cómo lo haría.

«No te enfurezcas, resárcete.»

Para empezar, se había comprado un billete de avión.

Iba a hacer que aquellos cabrones lo lamentaran.

En el curso de gestión de la ira le habían enseñado un antiguo proverbio chino: «Antes de buscar venganza, cava dos tumbas».

Cavaría todas las tumbas que fuera necesario. Si una era para él, no le importaba. No costaba nada comprar una pala. Y, en cualquier caso, la iba a necesitar; no le quedaba mucho tiempo de vida.

18

$\mathcal{A}$ las ocho de la mañana, Grace estaba sentado en su despacho, con su libro de actuaciones abierto ante él. Todo oficial al cargo de una investigación tenía uno. Si en algún momento debía responder por sus acciones durante el curso de la investigación, en alguna revisión posterior del caso, podía servir de referencia.

En cualquier caso de asesinato, una parte importante de las entradas del libro de actuaciones de Grace hacía referencia a sus hipótesis sobre los motivos y a cómo había muerto la víctima.

Sus primeras anotaciones de aquel día fueron:

1. No hay brazos, ni piernas ni cabeza. ¿Crimen organizado? Asesino desconocido.
2. ¿Ajuste de cuentas por drogas?
3. Persona conocida de la policía. ¿Intentan borrar identidad?

Había muchos otros motivos posibles, pero, en su opinión, ninguno que explicara tal mutilación del cadáver.

Cuando hubo acabado, apenas le quedaba tiempo para hacerse un café y dirigirse a toda prisa a la reunión matinal.

—Son las 8.30 de la mañana del sábado, 4 de junio —leyó Grace de sus notas a máquina—. Esta es la segunda reunión de la Operación Icono, investigación de la muerte de un hombre desconocido cuyo torso sin cabeza, brazos ni piernas apareció ayer en la Stonery Farm de Berwick, East Sussex.

—¡Pobre hombre! —le interrumpió Norman Potting—. ¡Habrá que ver si no le falta nada más!

Algunos soltaron unas risitas que Grace silenció con una mirada. Aún conservaba el buen humor de la noche anterior, y Potting no iba a estropeárselo. Se había levantado pronto, había corrido ocho kilómetros por el paseo marítimo de Brighton, iluminado por el magnífico sol de la mañana, con *Humphrey* correteando alegremente a su lado, y había llegado a su despacho, en la central del Departamento de Investigación Criminal, hacía una hora.

Desde sus primeros casos como investigador al mando, Grace había aprendido lo importante que era cultivar la amistad de Tony Case, agente al mando de la Sección de Infraestructuras, que era el que asignaba los centros de trabajo usados en cada investigación (de los que solo había dos en el condado y dos más en el vecino Surrey) a los diferentes equipos. Case sabía que a Grace le gustaba aquella sala de operaciones de Brighton, la SR-1, que estaba en el mismo edificio que su despacho, y había conseguido asignársela una vez más.

Las dos salas de reuniones de la Sussex House, la SR-1 y la SR-2, eran el centro neurálgico de las grandes investigaciones criminales. A pesar de sus ventanas traslúcidas, demasiado altas como para ver el exterior, la SR-1 tenía un aspecto diáfano, buena luz y buenas vibraciones. A Grace aquel lugar le ayudaba a cargar las pilas.

Algún listillo —Branson, probablemente— ya había colgado un dibujito en la parte interior de la puerta. Era una imagen de la película *Chicken Run: evasión en la granja.*

Sentados frente a las mesas curvadas que tenía alrededor estaban los veinte miembros de su equipo, a los que había ido convocando después de su visita a la granja, el día anterior a mediodía. Entre los habituales estaba la sargento Bella Moy, de treinta y tantos, que aún vivía con su madre; incluso a aquella hora tan temprana ya estaba dando cuenta de la cajita roja de Maltesers que siempre la acompañaba; el agente Nick Nicholl, alto como un poste, bostezando, como siempre, tras una noche más de insomnio al cuidado de su hijo de pocos meses; Glenn Branson, con un traje de color crema y una corbata pistacho; y Norman Potting, que había ingresado en el cuerpo relativamente tarde y que arrastraba una serie de matrimonios fallidos.

Potting solía ir desastrado, con el pelo grasiento y repeinado, y desprendía un olor añejo a tabaco de pipa, pero esta vez tenía un aspecto diferente, parecía más joven e iba más arreglado. Su cabello gris se había vuelto marrón oscuro. Llevaba un elegante traje azul, una camisa color crema y una corbata que, por una vez, no se había

67

manchado desayunando. Y desprendía un olor a colonia no del todo desagradable. Alguien le había dado a aquel hombre un repaso a fondo, muy efectivo. ¿Sería otra mujer? ¿Una más?

De entre los agentes con los que solía contar, la única ausente era Emma-Jane Boutwood, una chica joven y atractiva que estaba de viaje de bodas. El resto del equipo lo componían otros agentes, entre ellos dos con los que había trabajado antes, Emma Reeves y Jon Exton, a quien Grace seguía de cerca porque le parecía excepcionalmente brillante; el jefe de la Unidad de Rastros Forenses David Green, un criminólogo; un encargado del archivo, y Sue Fleet, la jefa de prensa.

Sobre la mesa de Grace estaban su agenda y su libro de actuaciones.

—El sargento Branson ha sido nombrado, temporalmente, inspector interino —anunció—. Será mi segundo de a bordo en este caso y llevará gran parte de la investigación, ya que yo aún estoy muy ocupado con la Operación Violín. —Se giró hacia su colega, sentado a su lado, y observó que parecía nervioso—. ¿Qué tienes que contarnos?

Branson estudió sus notas un momento y luego, escogiendo las palabras cuidadosamente y con un aire pedante nada propio de él, dijo:

—La forense del ministerio, Nadiuska de Sancha, se presentó a las 16.20 horas de ayer. Completó su examen *in situ* a las 19.00, tras lo cual el cadáver fue trasladado al depósito. Se espera que la forense vuelva a mediodía para seguir con la autopsia. De momento no hemos podido determinar la edad de la víctima, aunque ella calcula que tendría entre treinta y cincuenta años. La arqueóloga forense Joan Major también proseguirá con su estudio, y espero que pueda ajustar la edad a un abanico más estrecho. —Comprobó sus notas y añadió—: Un hecho posiblemente significativo, a partir de los hallazgos de la forense, relacionado con el desmembramiento del cuerpo: parece un trabajo de aficionados, algo chapucero; no es obra de alguien que sepa de cirugía.

Grace tomó nota, y luego observó a su protegido con orgullo. De momento, Branson lo estaba llevando bien. Tenía presencia, y un aire de autoridad y una seguridad que inspiraban confianza y hacía que la gente se lo tomara en serio (a pesar de su vestuario, en ocasiones algo llamativo).

—Ayer se rastreó todo el espacio que queda por debajo de la rejilla, hasta la medianoche, y han seguido con ello esta mañana, bajo la supervisión de una asesora de la Científica, la sargento Lorna Dennison-Wilkins, de la Unidad Especial de Rescate. De momento no han aparecido más partes del cuerpo, ni ningún otro rastro de ropa. Enviaremos el tejido que tenemos al laboratorio para que busquen ADN, pero primero voy a intentar determinar su procedencia —dijo, señalando cuatro fotografías ampliadas de los fragmentos de tela, colgadas de una pizarra. Dos de ellas con las muestras enteras; las otras dos con detalles de cuadros de un llamativo color ocre amarillento.

—Te gusta, ¿eh, Glenn? —preguntó Potting—. ¿Te vas a hacer un modelito nuevo?

Bella Moy se lo quedó mirando. Siempre estaban discutiendo.

—¿Qué es eso del modelito?

—¿Es que nunca miras a Glenn, con el tiempo que invierte en ponerse guapo? Seguro que le gustaría hacerse uno de ese color tan llamativo.

Como única respuesta, Bella sacó otro Malteser de la cajita y lo aplastó sonoramente con los dientes.

—Me gusta ese ruidito que haces —añadió Potting—. No hay nada más sensual que una jovencita rebelde.

—Gracias, Norman —los interrumpió Grace, levantando una mano para evitar que Bella respondiera.

Branson volvió a mirar sus notas y prosiguió:

—Los agentes de la División Este de la ciudad están efectuando una búsqueda casa por casa por todas las carreteras de la zona en un radio de tres kilómetros, que es el que he establecido inicialmente. Están hablando con todos los operarios de las granjas, regulares o temporeros. —Hizo una pausa y luego añadió—: El escenario está en un lugar particular, a kilómetro y medio de la puerta de la finca, que no es visible desde la carretera, de modo que cualquiera que pase por allí no sabría que existe. Estamos elaborando una lista con todas las personas que han visitado o han accedido a la propiedad en los últimos doce meses.

—¿Nos hemos planteado la posibilidad de que alguien sobrevolara la propiedad con una avioneta ligera o un helicóptero, jefe? —preguntó Exton—. Quizá lo vieran como lugar ideal para dejar el cadáver, precisamente por lo remoto de su ubicación.

—Esa es otra posibilidad —concedió Branson—. Por lo que he podido saber hasta ahora, en el poco tiempo que hemos tenido, el granjero es un hombre popular; nadie habla mal de él. Una hipótesis en la que estoy trabajando es que se trate de un enemigo de Keith Winter (algún rival del sector que haya querido meterlo en un lío), pero ahora mismo no sé lo suficiente sobre la cría de pollos como para seguir por ahí, y no lo digo en broma. Mi otra hipótesis es que alguien que conociera la granja pensara que se trata de un buen lugar para deshacerse de un cuerpo.

—¿Qué hay del registro de desaparecidos? —preguntó Bella—. ¿No debería ser una línea de investigación inmediata?

Branson negó con la cabeza.

—Sí, eso es importante. Hemos hecho una búsqueda rápida, localmente, pero no hemos encontrado nada significativo. Primero necesito determinar cuánto tiempo lleva muerta esta persona, aproximadamente; luego podemos seguir por ahí. Espero obtener esa información mañana, ya sea de la forense del ministerio, ya sea de la arqueóloga forense. Hasta que no la tengamos, no sabremos qué parámetros aplicar en nuestra búsqueda de desaparecidos.

Grace sonrió observando a la técnica en procesamiento de datos, que tomaba notas. Él hubiera respondido lo mismo. Y tomó nota, para que Branson o él mismo apuntaran aquello en el libro de actuaciones.

—En cuanto a la estrategia con los medios, tengo buenas noticias —prosiguió Branson—: nuestro amigo Kevin Spinella, del *Argus*, está de vacaciones.

Se oyeron unas risitas de fondo. Branson sonrió.

—Voy a convocar otra rueda de prensa hoy mismo, a las cinco y media, y para entonces espero disponer de datos que puedan generar una respuesta por parte de la gente. Por supuesto, no lo diré todo, para que podamos cotejar y filtrar mejor las llamadas.

En cualquier investigación importante, era normal reservarse algunos datos clave que solo el autor del delito podía conocer. Así podían sacarse de encima rápidamente las llamadas que solo les hacían perder el tiempo.

En aquel momento, el nuevo teléfono de Grace, que había puesto en modo silencio, vibró. Echó un vistazo a la pantalla, convencido de que sería Spinella. Pero la pantalla decía NÚMERO OCULTO. Respondió, bajando el tono todo lo que pudo, y oyó la voz del secretario del comisario jefe, Trevor Bowles.

—Roy —dijo—, el jefe quiere verte lo antes posible. ¿Tienes un rato esta mañana?

Grace frunció el ceño. El comisario jefe, como el resto de los peces gordos, solía observar estrictamente el horario de trabajo, y los fines de semana siempre libraba. Si Tom Martinson quería verle en sábado, es que sucedía algo importante.

—Podría estar ahí dentro de media hora.

—Perfecto.

Grace colgó, preocupado. En cuanto terminó la reunión, quedó con Branson a las 11.00 para ver al sastre y luego salió a toda prisa hacia el coche, que estaba en su estupenda plaza reservada frente a la comisaría.

$\mathcal{H}$abía sido amor a primera vista. La primera vez que Eric Whiteley había visto el Royal Pavilion de Brighton, le enamoró. Tenía
quince años, había ido a Brighton en una excursión de un día con
sus padres y nunca había visto nada igual. Era un lugar que parecía
sacado de la imaginación de alguien, de alguien que había querido
escapar de la inmundicia del mundo y sumergirse en el laberinto de
belleza del interior de su mente. No era un lugar propio de un centro turístico inglés.

Y, sin embargo, ahí estaba.

Quedó hipnotizado por el derroche de lujo de su diseño, por las
influencias indias y chinas de sus curiosas cúpulas. Y aún más por
su interior, totalmente extravagante. A partir de entonces, cada
día, durante las vacaciones escolares, se gastaba todo el dinero que
tenía en el billete de tren desde Guildford, donde vivía, hasta
Brighton, y en la entrada al pabellón, al que iba en cuanto abrían
por la mañana y donde se quedaba hasta que cerraban. Aquello era
otro mundo, que nada tenía que ver con el internado, lleno de abusones que no paraban de decirle que era aburrido, feo e inútil, que
lo llamaban Afi.

En el interior de aquellas paredes de elaborada decoración se
sentía seguro, rodeado por la riqueza de los tesoros artísticos de
aquel palacio real, construido por el rey Jorge IV, que lo usaba
para sus devaneos secretos (y no tan secretos) con su amada,
junto al mar. Dudaba que Jorge IV, o Prinny, como se le había
apodado, un tipo vanidoso y cada vez más rico, hubiera sufrido
nunca el acoso de nadie, ni que le hubieran dicho que era feo o
que no valía para nada. Nadie le habría llamado «aburrido, feo e
inútil». Aunque en realidad lo fuera.

Le encantaba imaginarse a sí mismo vestido con un traje de la época. Fantaseaba especialmente con vestirse como el rey, con sus refinadas ropas. Podía imaginarse entrando en clase con la espada al cinto, como un rey. Así nadie lo llamaría Afi.

Un verano, a los dieciocho años, solicitó un trabajo temporal como guía para las vacaciones, y para su sorpresa y alegría, fue aceptado. Tenía que acompañar a grupos de turistas y hablarles del amor del rey por su amante y de lo frustrante que era para el monarca el protocolo de su época. Pero lo que más le gustaba de su trabajo era tener libre acceso al pabellón. La libertad para moverse por su interior cuando no tenía grupos que guiar, sin llamar la atención de los guardias de seguridad.

Le encantaban sus rincones ocultos. Los pasillos secretos que iban de las cocinas a los grandes salones, por donde iban los criados llevando platos y bebidas, entrando y saliendo por puertas secretas. Había una escalera de caracol escondida que el público nunca veía, porque los pasamanos se movían peligrosamente, por la que podía subir a un espacio, bajo una de las cúpulas, al que el rey llevaba a sus invitados para enseñarles las espectaculares vistas, y donde se rumoreaba que más tarde se alojó parte del personal de la casa.

Ahora todo estaba muy dejado, los suelos de madera presentaban un estado lamentable y había una gran trampilla sujeta con solo dos tornillos, con un cartel de aviso, desde donde había doce metros de caída en vertical hasta un almacén situado sobre las cocinas. También había un sistema de poleas del siglo XIX, que Eric suponía que se usaría a modo de rústico montacargas. Y desde aquel escondrijo bajo el tejado tenía las mejores vistas de Brighton que había visto nunca.

Había conseguido subir un saco de dormir y había convertido aquel lugar en su guarida. A veces, si conseguía evitar a los guardias de seguridad durante el cierre del edificio, a última hora, se subía comida para hacer un picnic y pasar allí la noche. Seguro. Sin nadie que le acosara. Cerraba los ojos y se imaginaba viviendo en aquel lugar, como un rey adorado y reverenciado.

Hasta que, una noche, un guardia de seguridad con aires de matón le pilló.

Le expulsaron como guía. Y le prohibieron el acceso para siempre.

$\mathcal{A}$ Cleo le encantaba su casita en North Laine, el distrito de moda de Brighton; allí se sentía segura, y le gustaba lo animado y lo práctico que resultaba vivir en el centro de la ciudad. Era estupendo poder cruzar el patio y salir a la calle, pasear por aquel laberinto de cafés y tiendecitas alternativas y, si hacía bueno, llegar hasta la playa. Pero también había inconvenientes. Uno era que *Humphrey* necesitaba un jardín donde quedarse cuando ella se iba a trabajar, y ella tenía pensado volver al depósito en cuanto pudiera, después del parto. Un problema mayor aún era que solo tenía una habitación libre, aparte de su dormitorio, y que la necesitaba para sus estudios (estaba estudiando Filosofía en la universidad a distancia) y para que Roy tuviera un lugar donde trabajar en casa. El bebé nacería en cuestión de semanas, quizás incluso antes, y andarían cortos de espacio. En cuanto Roy vendiera su casa, podían empezar a buscar una más grande juntos. Otro problema menos grave, pero que se había convertido en una molestia constante, era tener que aparcar en la calle: cada vez se estaba poniendo más difícil encontrar un hueco cuando volvía del trabajo, por la tarde.

Desde que tenía uso de razón, el momento favorito de la semana para Cleo siempre había sido la mañana del sábado, aunque, como forense, muchas veces se había visto obligada a trabajar en fin de semana. La gente que se moría de repente raramente tenía la deferencia de hacerlo solo en horario laboral, lo que significaba que, cuando estaba de guardia no presencial, que era la mayor parte del tiempo, ya que en el depósito iban cortos de personal, a menudo tenía que salir algún fin de semana o un día de fiesta para participar en el levantamiento de un cadáver.

La noche anterior había sido especialmente desagradable, y ahora tendría que asistir a la autopsia del cadáver, que habían llevado al depósito. Pero eso no la desalentaba. El torso hallado en aquel depósito de heces de pollo prometía un trabajo desagradable, pero los cuerpos destripados y reventados en un accidente de coche podían ser peores, y mucho más desagradables. Igual que los cadáveres calcinados de las víctimas de los incendios. Y a ella siempre la entristecía contemplar los cuerpos de personas ancianas que morían solas en sus casas y cuyos cadáveres tardaban meses en ser descubiertos. Pero, desde luego, lo peor eran los niños. Un par de semanas antes había tenido que ir a levantar el cadáver de un bebé de seis meses que había fallecido, supuestamente, del síndrome de la muerte súbita.

Sacar el cadáver de aquella niña diminuta de su cunita había sido algo traumático, y no dejaba de pensar en cómo se sentiría si eso les ocurriera a ella y a Roy. Era horrible solo imaginarlo.

Sin embargo, en aquel momento, no pensaba en nada de eso, mientras salía por la puerta principal de la casa y se dejaba envolver por aquella luminosa mañana de junio. En lo alto había un cielo sin nubes, y le llegaba el olor a sal del canal de la Mancha, que quedaba al sur, no muy lejos de allí. La previsión meteorológica era buena y, aunque iba a pasar gran parte del día en el depósito, esperaba poder escapar a media tarde, verse con su hermana para tomar un café en el paseo marítimo y ponerse al día. Después, tenía pensado comprar gambas y aguacates, y unos buenos lenguados de Dover, y prepararle a Roy una de sus cenas favoritas, tras lo cual podrían ver un DVD, si es que aguantaba despierta hasta entonces.

Atravesó el patio, vestida con una larga camiseta de *lycra,* con su prominente vientre bien a la vista, oyendo las pisadas de sus Crocs (que a Roy no le gustaban nada) sobre los adoquines. Intentó no hacer caso al dolor de espalda, prácticamente constante a causa del peso del niño. Se sentía tan feliz que era casi como si se hubiese metido algo. Llevaba en su interior al hijo de un hombre a quien amaba profundamente, sin reservas. Un tipo bueno, cariñoso y fuerte. Y estaba convencida de que él la amaba a ella en la misma medida.

Dos gaviotas revolotearon sobre su cabeza, chillando; levantó la vista un momento y luego siguió en dirección a la verja de hierro. Abrió el cierre y salió a la estrecha calle. Los sábados por la mañana aquella parte de la ciudad siempre estaba llena de gente que visitaba el atestado mercadillo de Gardner Street, a dos calles de allí. Eran las nueve y media de la mañana y el anticuario de enfrente, especializado en chimeneas, ya había sacado a la calle algunas de sus piezas para que los paseantes las vieran.

Cleo subió la cuesta y giró a la derecha para tomar una calle aún más estrecha flanqueada por pequeñas casas victorianas, pasando entre los coches aparcados casi sin dejar espacio. Entonces vio su Audi TT negro, donde lo había dejado la noche anterior y, como siempre, se sintió aliviada al comprobar que no se lo habían robado.

Al acercarse, observó las consecuencias de aparcar al aire libre en aquella ciudad: gracias a las gaviotas, la mitad de los vehículos parecían pinturas de Jackson Pollock. Ya a treinta metros de distancia distinguió los manchurrones de color blanco y amarillo mostaza que cubrían su querido descapotable.

Pero al acercarse, de pronto le cambió el humor. Con un nudo en el estómago, arrancó a correr, agitada, pasando por alto que en su estado no debía hacerlo. Luego se paró junto al coche.

—Mierda —dijo—. Mierda.

Habían rajado la lona del techo, a lo ancho y a lo largo.

De pronto estaba furiosa; el buen humor de la mañana había desaparecido. Miró al interior, para comprobar los daños, pero para su sorpresa el reproductor de CD y la radio estaban intactos.

—Cabrones —dijo, para sí—. Desgraciados.

Entonces vio las marcas en el capó. Al principio pensó que las habrían hecho con el dedo, sobre el polvo, hasta que miró más de cerca. Y se quedó helada.

Alguien había usado un instrumento afilado, un destornillador o un cincel, y había grabado las palabras sobre la pintura, llegando hasta el metal:

FURCIA DEL POLI, TU HIJO ES EL SIGUIENTE

21

*L*a Malling House, comisaría central de la Policía de Sussex, estaba en las afueras de Lewes, capital histórica del condado de East Sussex, trece kilómetros al noreste de Brighton.

En aquel enorme complejo de edificios, desde donde se gestionaba y se administraba un cuerpo de unos cinco mil agentes y empleados civiles, había en primera línea una casa de ladrillo rojo de estilo reina Ana, en otro tiempo una mansión señorial, fielmente restaurada después de ser devastada por el fuego hacía más de una década. La casa albergaba los despachos del comisario jefe, del subcomisario jefe, de los subdirectores y de otros altos cargos, además del personal de apoyo correspondiente.

Cuando Grace se paró ante la barrera de seguridad, sintió los mismos nervios de siempre que acudía a ese lugar, como si aún fuera un colegial y le hubieran dicho que tenía que presentarse en el despacho del director. Solo había visto de pasada al recién nombrado comisario jefe, Tom Martinson, en un acto social, y no había tenido ocasión de hablar con él largo y tendido. Y si quería ascender, más allá de su rango actual de superintendente, necesitaría la confianza y el respaldo de Martinson.

El rango de superintendente jefe era el siguiente del escalafón, pero la verdad es que no tenía ambiciones de ir más allá y meterse en la categoría de los subdirectores, en parte porque no se veía capaz de lidiar con la política, como tendría que hacer en ese caso, pero sobre todo porque eso le haría casi imposible trabajar en primera línea de acción, que era lo que más le gustaba. En aquellos altos cargos uno se convertía básicamente en gestor. También era cierto que en su actual función tenía que hacer mucho papeleo, pero siempre le quedaba la opción de hacer trabajo de calle, y aprovechaba todas las oportunidades que tenía para hacerlo.

En cualquier caso, estaba muy satisfecho con su posición actual, como jefe de la División de Delitos Graves. Era un cargo que no habría podido ni siquiera soñar con alcanzar al ingresar en el cuerpo, y le reportaba tanta satisfacción que no le importaría mantenerlo hasta que llegara la hora de retirarse.

Si había algo que lamentaba en la vida era que su padre, también agente de policía, y su madre no hubieran vivido para verle llegar hasta allí.

Pero, en aquel momento, su gran preocupación era que nada duraba toda la vida. A causa de los recientes recortes de presupuesto, se estaban fusionando divisiones y cada vez tenían que compartir más los recursos, y en algunos casos se estaban imponiendo jubilaciones forzosas a los treinta años de servicio. Ahora la policía de Sussex iba a tener que compartir su División de Delitos Graves con el condado de Surrey. Eso significaba que no tenía ninguna seguridad de conservar su puesto. Y, en aquel momento, su temor era que el jefe le hubiera convocado para darle la mala noticia. No podían retirar a un oficial antes de la edad de jubilación, pero a muchos los estaban arrinconando.

El guardia de seguridad le saludó alegremente y Grace superó el puesto de guardia, giró a la derecha, pasando junto a la autoescuela de la policía, para aparcar frente al moderno edificio Comms, de cristal y ladrillo. En el momento en que apagaba el motor, sonó el teléfono.

La pantalla decía:

NÚMERO OCULTO

Respondió y, para su decepción, oyó una voz familiar (demasiado familiar) al otro lado de la línea, entre interferencias, acompañada de lo que sospechaba que era el ruido de las olas.

—¿Superintendente?

—¿Eres tú, Spinella? Pensaba que estabas de vacaciones.

—Y lo estoy. En las Maldivas, de luna de miel —respondió el reportero, jefe de sección de sucesos en el *Argus*—. Mañana cojo el avión de vuelta.

«Maldita sea, es decir, que has encontrado a una mujer dispuesta a casarse contigo», pensó Grace, y a punto estuvo de soltárselo, pero se limitó a responder sin gran convicción:

—Felicidades. Aunque me temo que la invitación de boda que me enviaste debió de perderse en el correo.

—Ja, ja —dijo Spinella.

—¿Y qué es tan importante como para que dejes a tu flamante esposa y me llames? —preguntó Grace.

—He oído que tiene otro asesinato.

—¿Es que ya te has aburrido de la vida de casado?

Hubo otro breve silencio, seguido de otro:

—Ja, ja.

—Yo, en tu lugar, me preocuparía de tu esposa, Kevin. Deja que nosotros nos ocupemos de esto. Estoy seguro de que la ciudad puede arreglárselas en tu ausencia.

—Pero usted y yo tenemos una responsabilidad para con los ciudadanos de Brighton y Hove, ¿no le parece, superintendente? Especialmente si se trata de un torso humano sin cabeza.

¿Cómo demonios hacía Spinella para tener siempre la información, cada vez que le llamaba?

—En realidad, yo creo que nuestras realidades son algo diferentes —matizó él.

—¿Hay algo que pueda decirme sobre el cuerpo de la Stonery Farm?

Grace no respondió inmediatamente. Habían decidido que, de momento, la información de que el torso no tenía cabeza ni miembros permaneciera oculta a la prensa.

—¿Por qué supones que no tiene cabeza?

—Bueno, no tiene brazos ni piernas, así que probablemente tampoco tenga cabeza. No tiene mucho sentido dejar la cabeza después de tanto trabajo, ¿no? —respondió Spinella—. No es que le vaya a servir para jugar al fútbol.

En el último año, cada vez que se había producido un asesinato en la ciudad, Spinella tenía la información mucho antes que cualquier otra persona. Pero desde cualquier ordenador de la policía de Sussex se podía acceder al momento al informe del caso, así que la filtración podía proceder de cualquier empleado de la policía de Sussex.

En cuanto tuviera tiempo, estaba decidido a investigar y descubrir al topo. Pero ahora mismo, con el caso de Carl Venner a punto de llegar a juicio, el cadáver sin identificar en el túnel bajo el puerto de Shoreham, el principal sospechoso de la Operación Violín desaparecido y el torso de la granja de pollos…, pues tenía cosas más importantes que hacer.

—¿Qué es lo que quieres decirme, Kevin? Parece que sabes tú más que yo.

79

—Ja, ja —soltó Spinella de nuevo. Aquella maldita risa, que era casi como la muletilla del reportero, le irritaba cada vez que la oía—. Pensé que podría darme alguna información privilegiada, superintendente.

Como siempre, Grace tuvo que contener la rabia. La policía de Sussex necesitaba la cooperación de los medios locales, y no tenía nada que ganar —y sí mucho que perder— si se mostraba demasiado beligerante.

—El encargado del caso es el inspector en funciones Branson, y es él quien trata con los medios —dijo Grace—. Será mejor que hables con él.

—Acabo de hacerlo —respondió Spinella—, y él me ha dicho que hable con usted.

—Yo pensaba que la gracia de irse de vacaciones era desconectar —dijo Grace, maldiciendo en silencio a Branson. ¡El muy cabrón le había pasado el muerto a él! Pero necesitaba mantener a Spinella de su lado, como siempre—. La verdad es que ahora mismo no sé nada. El inspector Branson va a dar una rueda de prensa esta tarde, a las cinco y media. Si quieres llamarme justo antes, te diré lo que sepa.

Grace intentó calcular la zona horaria de las Maldivas. Le daba la impresión de que allí eran cuatro horas más. Así pues, para Spinella la rueda de prensa sería a las 21.30; con un poco de suerte, aquella cucaracha se perdería una cena romántica.

—Umm, bueno, lo intentaré.

—Dile a tu amorcito que más vale que se vaya acostumbrando a estas cosas.

—¡Ja, ja!

—¡Ja, ja! —respondió Grace.

Entonces, en cuanto colgó, llamó Cleo.

$\mathcal{A}$ lo largo de toda su carrera, Grace había observado que, cuanto mayor era el rango de los oficiales, más ordenado parecían tener el despacho. Quizás aquello fuera una pista: para ascender hasta el rango de comisario jefe había que ser capaz de gestionar bien el papeleo. ¿O quizá sería que tenías más gente que se ocupara de ello, como el comisario tenía a su secretario?

Su despacho era un caos perpetuo, con montones de dosieres por toda la mesa, el suelo y los estantes. Al inicio de su carrera, cuando lo único que tenía era un escritorio en la sala común, nunca veía la superficie de la mesa, siempre cubierta de papeles. Su desorden era una de las cosas que solía molestar a Sandy, que era casi obsesiva con la limpieza y tenía cierta tendencia al minimalismo en casa. Curiosamente, desde que Branson había roto con su esposa, Ari, y se había trasladado a la casa de Roy, ya vacía —como inquilino permanente y cuidador de *Marlon*, su pez rojo—, los papeles se habían invertido un poco, y era él quien solía enfadarse al ver lo desordenada que tenía Branson la casa y, en especial, su colección de CD. Aunque recientemente, desde que había puesto la casa en venta, su amigo se había vuelto mucho más ordenado.

Le encantaba que Cleo fuera igual de despreocupada que él con esas cosas. Y tener un perro de carácter tempestuoso aumentaba aún más la sensación de caos permanente en casa.

Sin embargo, en el amplio despacho del comisario jefe, en el que entraba ahora, no había nada fuera de lugar. La inmensa mesa en L, de madera pulida, estaba perfectamente despejada, aparte de un secante de cuero, unos marcos plateados con fotografías (entre ellas una del comisario flanqueado por el presentador deportivo Des Lynam y otra celebridad local), un juego de plumas con un soporte de cuero y una solitaria hoja de papel que parecía un correo electrónico impreso. En una esquina había dos sofás negros y una mesita auxiliar, y más allá una mesa de reuniones de ocho plazas. De las paredes colgaban fotografías de deportistas famosos, un mapa del condado y varias caricaturas. Desde los enormes ventanales se apreciaban unas vistas magníficas del condado. Toda la sala desprendía un aire de importancia, pero al mismo tiempo resultaba confortable y cálida.

Tom Martinson le estrechó la mano con fuerza y le hizo entrar, hablando con un alegre acento de las Midlands. El comisario, que tenía cuarenta y nueve años, era un hombre algo más bajo que él, de aspecto sano y fuerte, con el cabello oscuro y corto, con entradas, y parecía serio pero afable. Llevaba una camisa blanca de manga corta con charreteras, una corbata negra y pantalones negros.

—Siéntese, Roy —le dijo, señalando uno de los sofás junto a la mesita auxiliar—. ¿Quiere beber algo?

—Me iría muy bien un café, señor. —Grace estaba haciendo un gran esfuerzo por apartar de su mente, aunque fuera por un momento, lo que Cleo le acababa de decir, para concentrarse por completo en aquella reunión e intentar impresionar a Martinson.

—¿Cómo lo toma?

—Solo, por favor, sin azúcar.

El comisario sonrió, descolgó el auricular del teléfono y lo pidió; luego se sentó junto a Roy y se cruzó de brazos, estableciendo cierta distancia con el lenguaje corporal, pese a su actitud desenfadada. A Grace aquello le preocupó.

—Siento hacerle venir hasta aquí en sábado.

—No hay problema, señor. De todos modos, hoy estoy trabajando.

—¿El caso de la Stonery Farm?

—Sí.

—¿Hay algo que deba saber?

Grace lo puso al día rápidamente.

—Tengo que decir —respondió Martinson— que cuando me enteré de que usted era el oficial al mando, me quedé muy tranquilo. Pensé que la investigación estaba en buenas manos.

—Gracias, señor —dijo Grace, agradablemente sorprendido y algo aliviado.

Entonces Martinson adoptó un tono más serio.

—El motivo por el que le he pedido que viniera a verme es algo delicado.

«Mierda. Esto va a tener que ver con la fusión de divisiones de delitos graves de Sussex y Surrey», pensó Grace.

Entonces tuvo que esperar unos minutos, mientras la secretaria personal del comisario, Jean, que curiosamente también estaba trabajando en sábado, entró con su café y un platito de galletas. En cuanto salió, el comisario prosiguió.

—Gaia —dijo Martinson, y se quedó callado un momento.

—¿Gaia?

—¿Sabe a quién me refiero? La cantante de rock y actriz, Gaia Lafayette.

—Claro que sí, señor.

«En esta ciudad, tendría que haber estado viviendo bajo una roca para haber pasado por alto toda la cobertura mediática que se le ha dado en las últimas dos semanas», pensó.

—Yo, personalmente, pienso que es mejor cantante que actriz, pero reconozco que es solo mi opinión.

Grace asintió.

—Estoy bastante de acuerdo con usted. Nunca he sido un gran admirador suyo, pero conozco a alguien que sí lo es.

—¿Ah, sí?

—Sí, el sargento Branson.

—¿Está al tanto de que va a venir a Brighton la semana que viene, para interpretar una película sobre el idilio entre el rey Jorge IV y su amante, Maria Fitzherbert?

—Sabía que su visita era inminente. ¡El sargento Branson está muy ilusionado, ante la posibilidad de poder llegar a conocerla! Supongo que los productores sabrán que la señorita Fitzherbert era inglesa, no estadounidense, ¿no?

Martinson sonrió y levantó un dedo.

—Ah, pero ¿sabía que Gaia nació en Brighton?

—Sí, en Whitehawk.

Martinson asintió.

—Una historia de superación personal, parece.

Durante muchos años, Whitehawk había sido uno de los barrios más pobres de la ciudad.

—Parece que sí.

—Pero tenemos un gran problema, Roy. Los últimos dos días he estado hablando con un jefe de Homicidios de la Unidad de Gestión de Amenazas del Departamento de Policía de Los Ángeles, así como con el jefe de seguridad personal de la actriz, el director de Ocio y Turismo, Adam Bates, y el director general de la Brighton Corporation, John Barradell. Parece ser que hace unos días mataron a una de las asistentes personales de Gaia cuando salía de la casa de la actriz, en Bel Air. Según la policía, parece que el asesino se equivocó de víctima: su objetivo era la propia Gaia.

—No me había enterado.

—No creo que la noticia haya tenido un gran impacto en la prensa británica. Recibió un correo en que la advertían de que no aceptara el papel de Maria Fitzherbert. Según parece, a sus asesores de seguridad no les pareció preocupante: recibe constantemente correos de ese tipo. Pero les preocupa que pueda volver a ser blanco de algún ataque. Al día siguiente, Gaia recibió este otro correo —dijo, pasándole a Grace la hoja de papel que tenía sobre la mesa.

El superintendente leyó el texto y sintió un escalofrío:

Cometí un error, zorra. Tuviste suerte. Pero eso no cambia nada. La próxima vez quien tendrá suerte seré yo. Te encontraré allá donde vayas, en cualquier lugar del mundo.

—Roy, supongo que no hace falta que le diga el enorme valor que tiene para la ciudad, de cara al turismo y a la proyección mundial, el que la película se ruede aquí.

—Lo entiendo, señor.

El comisario le miró con cara de preocupación.

La historia criminal de Brighton se remontaba a mediados del siglo XIX. Tras una serie de asesinatos particularmente violentos a principios de los años que siguieran a 1930, entre ellos el caso de dos torsos desmembrados que aparecieron en sendos arcones de la consigna de la estación, Brighton recibió el desgraciado apodo de «capital del crimen del Reino Unido» o «capital europea de los asesinatos». Durante años, el Consejo de Turismo había luchado para limpiar su reputación, y la policía estaba progresando bastante en la reducción de los índices de criminalidad.

—Si le ocurriera algo a Gaia durante su visita a Brighton, el daño que sufriría la ciudad sería incalculable. Entiende lo que quiero decir, ¿verdad, Roy?

—Sí, señor. Lo entiendo perfectamente.

—Estaba seguro de que lo haría. Pero hay un problema. He tenido una charla con los de la Unidad de Protección Personal de Scotland Yard. Según sus normas, solo la realeza, los diplomáticos y los ministros son susceptibles de recibir protección al más alto nivel. Las estrellas de rock (y las estrellas de cine) no están en la lista; se supone que tienen que contar con su propio personal de seguridad.

—Tiene sentido —dijo Grace, encogiéndose de hombros—. Cuentan con dinero suficiente para hacerlo.

Tom Martinson asintió.

—En circunstancias normales, sí, para mantener a raya a los fans más descontrolados. Pero en este país no permitimos que lleven armas de fuego, lo que nos plantea el problema de cómo protegerlos de alguien que lleve pistola.

Grace le dio un sorbo a su café, pensando en aquello. A pesar de la oscura historia de la ciudad, una gran suerte era que nunca había tenido los problemas de armas que afectaban a otras ciudades del interior del Reino Unido. De todos los asesinatos registrados en el condado de Sussex en los últimos años, solo en un puñado se habían usado armas de fuego. Pero, aun así, cualquiera que supiese dónde preguntar y que quisiera hacerse con una pistola la podía conseguir sin demasiados problemas.

—Yo diría que podríamos hacer una excepción con nuestro propio equipo de protección personal, el del condado.

Martinson asintió.

—Quiero que haga un estudio de valoración y que me redacte un plan de seguridad para Gaia mientras esté en Brighton, teniendo en cuenta que existe la posibilidad de que alguien intente matarla con un arma de fuego. Me gustaría que nos viéramos otra vez el lunes por la mañana para examinarlo, y más tarde, el mismo lunes, con los jefes de los equipos que necesitemos para ponerlo en marcha, entre ellos los subdirectores y el comandante de la División de Brighton y Hove. Siento cargarle con esto nada más empezar el fin de semana.

—No hay problema, señor.

Grace intentó disimular la emoción que le provocaba aquel desafío. Aquello le proporcionaba la oportunidad de lucirse ante el comandante jefe. Pero también sabía que era una enorme responsabilidad. Su proyección en el cuerpo iba a depender mucho de que fuera capaz de mantener viva a Gaia mientras estuviera en Brighton. Y el caso más reciente en que había trabajado, la Operación Violín, demostraba que Brighton no era un escenario que ofreciera especiales dificultades a un matón profesional norteamericano.

Martinson separó los brazos, cogió una galleta del plato y la sostuvo en la mano sin darle un bocado. Frunció el ceño, como si estuviera buscando la manera de decir lo que tenía *in mente*.

—Cambiando de tema completamente, Roy, también quería comentarle otra cosa.

—¿Eh?

—Creo que hace un tiempo tuvo una experiencia desagradable con un indeseable de Brighton llamado Amis Smallbone, ¿no?

El nombre de aquel monstruo le produjo un escalofrío.

—Le encerré, le condenaron a cadena perpetua y no le hizo ninguna gracia, como suele pasar.

Por un momento, Tom Martinson esbozó una sonrisa.

—¿Eso fue hace doce años?

Grace hizo un cálculo rápido.

—Sí, eso creo, señor.

Amis Smallbone era el gusano más repulsivo y despreciable con el que se había encontrado. Medía un metro cincuenta y cinco, siempre llevaba el pelo engominado y, fuera verano o invierno, vestía unos trajes demasiado ceñidos. Smallbone exudaba arrogancia. Grace no sabía si se había creado aquel personaje a partir de algún gánster de la tele o si tenía alguna fijación con *El padrino* y Marlon Brando, aunque tampoco es que le importara. Ahora debía de tener poco más de sesenta años, y era la última reliquia viva de una de las históricas familias del crimen. En el pasado, tres generaciones de aquella familia habían controlado el negocio de las extorsiones a cambio de una supuesta protección por todo Kemp Town, varios salones recreativos, el mercado de la droga que llegaba a la mitad de los clubes nocturnos y gran parte de la prostitución de la ciudad. Siempre se había rumoreado —y la policía contribuía con gran entusiasmo a mantener el rumor— que la obsesión de Smallbone por la prostitución se debía a su propia frustración sexual.

Cuando Grace lo había arrestado, acusado de asesinar a un traficante rival en la ciudad tirándole un calentador eléctrico en la bañera, el muy desgraciado había amenazado con hacérselo pagar a él y a Sandy. Tres semanas más tarde, con Smallbone ya en prisión preventiva en la cárcel de Lewes, alguien había rociado todas las plantas del jardín de su casa (la mayor pasión de Sandy) con veneno para las malas hierbas: todo el perímetro del jardín quedó convertido en un terreno árido y yermo.

En el centro del jardín, habían grabado dos palabras quemando la hierba:

ESTÁS MUERTO

Grace había estado en la sala cuando el jurado lo había declarado culpable. Amis Smallbone, desde el banquillo, había curvado los dedos alrededor de una pistola imaginaria, había apuntado con ella a Grace y había articulado un *¡bang!* silencioso con la boca.

—Tengo una noticia que quizá pueda ser preocupante para usted, Roy —dijo Martinson, que se quedó mirando la galleta, pero siguió sin comérsela—. Pensé que debía avisarle, ya que dudo que nadie en el Servicio de Prisiones se moleste en hacerlo. El director de la cárcel de Belmarsh es un viejo amigo mío de la universidad y ha tenido el detalle de informarme: a Amis Smallbone le dieron la libertad condicional hace tres días.

Grace sintió un escalofrío al pensar en la conversación telefónica que acababa de mantener con Cleo, al recordar lo agitada que estaba.

—¿Sabemos su dirección, señor?

Grace sabía que un recluso condenado a cadena perpetua que recibe la condicional debe vivir en un lugar establecido por su agente, y que tiene que dar parte de todos sus movimientos.

—Sí, Roy, en un albergue del paseo marítimo de Brighton. Pero me temo que está desaparecido. Hace dos días que se le ha perdido la pista.

87

23

*C*uando uno es fan, hay que saber cuál es el momento exacto para comprar. Y como buena coleccionista de recuerdos de Gaia, Anna Galicia lo sabía perfectamente.

Estaba sentada en su butaca tapizada en terciopelo blanco con remaches dorados, copia exacta de la que había visto en un reportaje de la revista *Hello!*, en la que Gaia aparecía sentada en su apartamento de Central Park West. Anna se había hecho fabricar una réplica en Brighton, para poder sentarse exactamente igual que Gaia, con su cigarrillo sin encender cogido con desgana entre el dedo índice y el medio. A veces, sentada en aquel sillón, se imaginaba en el edificio Dakota, con vistas a Central Park. El mismo edificio en el que habían matado a John Lennon a tiros.

Pensar en grandes estrellas que habían sufrido muertes violentas siempre le había producido cierta excitación.

Le dio una calada imaginaria a su cigarrillo y luego hizo como si sacudiera la ceniza en el cenicero esmaltado con el rostro de Gaia. El sábado por la mañana era su momento preferido de toda la semana, con todo el fin de semana por delante. ¡Dos días para dedicárselos por completo a su ídolo! Y la semana siguiente… ¡Por Dios, apenas podía contener la emoción! ¡La semana siguiente Gaia estaría allí, en Brighton!

En el periódico local, el *Argus*, que tenía abierto delante, aparecía una fotografía de la minúscula casita de Whitehawk donde había nacido Gaia. Por supuesto, en aquel entonces no se llamaba Gaia Lafayette. Se llamaba Anna Mumby. Pero, claro, pensó con una sonrisa pícara, ¿quién no se cambia el nombre hoy en día?

Se quitó cuidadosamente el ordenador portátil del regazo y lo dejó en el suelo, le dio un sorbo a su café mezcla de la marca Salva Vidas de los Explotados con Gaia, se puso en pie y se acercó al globo plateado con las letras rosa GAIA EN CONCIERTO. SECRETOS OCULTOS, que le había costado sesenta libras y que flotaba cogido con un cordel, justo por debajo del techo. Empezaba a estar arrugado y algo flojo. Anna tiró de la cuerda, con sumo cuidado le inyectó helio de una bombona que guardaba con ese fin y volvió a soltarlo.

Entonces se sentó, aspirando los olores de aquella habitación. El olor a cartón, a papel, a vinilo y a abrillantador, con un leve rastro de la fragancia de Gaia, Noon Romance, que se ponía a diario. Recogió el ordenador y volvió a la página de subastas de eBay.

La subasta era por una botella de pinot noir ecológico, de los viñedos de la propia Gaia, con su minúsculo logo del zorro furtivo en la etiqueta, que estaba autografiada. Los beneficios de la venta original de aquella botella, subastada en un acto benéfico, habían servido para financiar una escuela llamada Stahere, en Kenia. Un ejemplo más de lo humana y maravillosa que era Gaia. La vendía un fan de Gaia en el Reino Unido, que se la había arrebatado a Anna en la subasta en que se la había comprado a su primer dueño, también por eBay. En otro chat, un coleccionista le había dicho, confidencialmente, que el coleccionista que la vendía se había quedado sin trabajo y necesitaba efectivo.

Anna no tenía ninguna botella del pinot noir cosecha especial de Gaia. Era una de las ausencias más destacadas en su colección. Se sabía que solo había doce botellas con la etiqueta firmada. Aquello era un gasto necesario. Esta vez pujaría fuerte. ¡Desde luego! Hoy nadie iba a quitársela. «Que se atrevan a intentarlo», pensó, amenazante.

Cuando conociera a Gaia, dentro de una semana, podría hablarle de aquella botella. ¡Quizás incluso podría llevársela y brindar con ella en su primera cita!

Quedaban veintiocho minutos para el fin de la subasta. Vio que aparecía una nueva puja. ¡Trescientas setenta y cinco libras! Eso eran cien libras más que la última vez. La subasta se estaba calentando.

Sin embargo, quienquiera que fuera no tenía ninguna posibilidad. Estaba decidida a gastar lo que fuera. No había mucha gente que pudiera ganarle en una subasta cuando tenía un día como aquel. Solo una lo había conseguido, en todo el año anterior. ¡Ja!

Había una gran expectación en torno a la nueva película en la que iba a aparecer la gran estrella, *La amante del rey*. Todas las páginas web de fans de Gaia hablaban constantemente de la noticia. Si la película se convertía en un gran éxito, como todo el mundo se esperaba, el valor de sus objetos de colección aumentaría aún más.

No es que Anna fuera a vender. Ella era una compradora, siempre compradora. Siempre lo sería. Odiaba ver que la gente empezaba a pujar a lo tonto en su contra. Era como si quisieran llevarse algo que era suyo por derecho. La rabia se apoderó de ella cuando vio aquella nueva puja.

«No sabes con quién te estás metiendo...»

Grace subió al coche y, desde el despacho de Martinson, se dirigió
directamente a Lewes, parando en su floristería favorita, la River-
side Florist. Le alegró encontrar allí a la propietaria, Nicola Hughes,
preparando un ramo para un cliente. Esperó a que acabara y luego le
pidió un ramo enorme para Cleo: quería ponerla de buen humor
cuando llegara a casa.

Mientras se lo preparaba, vio que Nicola cojeaba.

—Espero que el otro tipo saliera peor parado... —bromeó.

—Ja, qué gracioso —respondió ella—. Me acaban de poner un
clavo en el tobillo. ¡Duele como un demonio, pero no habrás venido
a oír cómo me quejo!

Grace volvió al coche y metió las flores en el maletero. Antes de
dirigirse a su cita con Branson, en Brighton, echó un vistazo a la fotografía que Cleo le había enviado en un mensaje desde su Black-
Berry. A las palabras grabadas en su coche:

FURCIA DEL POLI, TU HIJO ES EL SIGUIENTE

No tenía dudas sobre la autoría del mensaje. Llevaba la firma
inequívoca de Amis Smallbone. Estaba claro, como la otra vez,
cuando le habían escrito aquellas palabras en el césped, mientras
Smallbone estaba encerrado en prisión preventiva, que no las
había escrito él mismo. Un hombre como aquel raramente se
manchaba las manos, salvo cuando se divertía torturando a alguien, cortándole los dedos, las orejas o los genitales. Pero no dejaba de pensar en lo que significaban.

En su opinión, si Smallbone hubiera querido hacerle daño a
Cleo de verdad, se habría encargado de que la atacaran, no se habría limitado a dejar un mensaje como aquel en su coche. Tendría

que plantearse cómo protegerla, pero en ese momento no le parecía que fuera blanco de ninguna amenaza directa. Era más bien un mensaje de desafío. Smallbone quería que se preocupara. Quería que supiera que había salido de la cárcel y que no había olvidado. Y era típico que un gusano así rompiera la condicional, que desafiara a las autoridades, que quisiera ver hasta dónde podía llegar.

Pero lo lamentaría mucho.

Las instalaciones de Greshan Blake ocupaban una modesta fachada en la esquina de Church Street y Bond Street, no muy lejos de la casa de Cleo. Grace había pasado por aquel lugar muchas veces, observando con curiosidad los vistosos escaparates con ropa de caballero, pero nunca había entrado. Siempre le había parecido que los precios no se ajustaban a su presupuesto y que el estilo tampoco era el suyo. Hasta que Branson le había empezado a incordiar para que se vistiera con ropa más juvenil y moderna, la ropa nunca le había interesado lo más mínimo. Como la mayoría de los policías, solía llevar siempre los mismos trajes, funcionales y prácticos, pues nunca sabía adónde le tocaría ir, o con quién tendría que encontrarse a lo largo del día.

Pocos minutos antes de las once cubría el trecho desde el aparcamiento a varios niveles de Church Street, con unos precios que siempre le habían parecido exorbitantes, y vio a Branson de pie, junto a la tienda, como si fuera el propietario, con el teléfono pegado a la oreja. Una multitud paseaba por la acera bajo el sol ardiente. A lo lejos se oyó un coche patrulla a la carrera, con la sirena puesta y las luces encendidas; era un sonido tan familiar que pocos fueron los que se giraron a mirar.

—¿Algo nuevo? —dijo Grace a modo de saludo, cuando Branson colgó y el ruido de la sirena fue desapareciendo.

Su amigo se metió el teléfono en el bolsillo.

—De momento no. —Miró el reloj—. La autopsia será en el depósito a partir de las doce. ¿Vas a venir?

—Pensaba dejártela toda para ti, si no te importa. Llámame gallina.

Branson hizo una mueca.

—Ese chiste sí que es malo.

Grace sonrió, aunque no estaba de humor. No podía dejar de

pensar en las noticias sobre la puesta en libertad de Amis Smallbone y en el ataque vandálico al coche de Cleo.

—Oh, hay una cosa, jefe. Parece ser que la madre de Bella ha sufrido una apoplejía esta mañana. Se la han llevado enseguida al hospital, y he dejado que Bella fuera a verla.

Grace asintió. Normalmente nunca dejaba que nada personal interfiriera con el trabajo durante una investigación, y en particular durante los primeros días, que eran cruciales. Pero la madre de Bella lo era todo para la sargento, que además era una agente muy competente. Aquella mujer, que prácticamente vivía postrada en cama era la razón por la que Bella, a sus casi treinta y cinco años, siguiera en su casa, cuidándola y, por lo que él sabía, sin disfrutar de una vida propia.

—Vaya, lamento oír eso.

—Está muy afectada.

Grace siguió a Branson al interior de la tienda, que tenía un aire suntuoso, aunque algo caótico. Estaba claro que el éxito del negocio había hecho que el local se quedara pequeño. Había estanterías con camisas; expositores de zapatos amontonados en un rincón; una vitrina con gemelos. Los pies se le hundieron en la tupida moqueta, y sintió en el aire el aroma de una densa colonia masculina. Branson dio sus nombres a un joven con el cabello esculpido que estaba tras el mostrador, y luego se puso a ojear un puñado de corbatas que colgaban de un expositor.

—Necesitas unas cuantas de estas, colega. Todas tus corbatas son un asco. Y desde luego tendremos que buscarte un traje nuevo. —Señaló una llamativa americana azul con rayas diplomáticas colgada de un maniquí—. Eso te daría cierto aire de autoridad. Te haría parecer un jefe de verdad.

Grace se la quedó mirando con escepticismo; era demasiado vistosa para su gusto. La última vez que Branson le había organizado una sesión de compras de ropa le había hecho gastar unas dos mil quinientas libras. No iba a caer otra vez, especialmente ahora que se le venían encima los gastos del bebé.

Branson señaló una americana blanca.

—Esa también te quedaría bien. ¿Te acuerdas de aquella película de Alec Guinness, *El hombre vestido de blanco*?

Antes de que pudiera responder, un hombre de entre treinta y cuarenta años, de aspecto agradable pero atribulado, con un cabello castaño que daba la impresión de no estar nunca peinado del todo, llegó bajando las escaleras cortas de una sala contigua. Llevaba un

93

traje de *tweed* que parecía demasiado cálido para aquel día de principios de verano, una camisa fina, una corbata algo corta, y sudaba un poco.

—Buenos días, señores. Soy Ryan Farrier.

—Glenn Branson, hemos hablado antes. —El sargento le tendió la mano al sastre y se la estrechó—. Este es mi superior, el superintendente Grace.

Grace también le dio la mano. A continuación, Farrier los condujo por una escalera estrecha de escalones irregulares hasta una sala rodeada de estanterías con trajes amontonados, algunos de ellos por acabar, con puntadas aún visibles, y un espejo antiguo de cuerpo entero. El lugar olía a telas buenas y a abrillantador. Luego pasaron a una sala más pequeña, con más trajes en colgadores, otro espejo y un vestidor separado con cortinas. Grace de pronto se sintió decididamente pobre, con su traje azul marino de Marks and Spencer que había comprado de rebajas años atrás.

—Bueno, caballeros, díganme: ¿en qué puedo ayudarles? —dijo el sastre, girándose hacia ellos, y juntando las manos por delante del cuerpo.

Avergonzado, Grace vio que Farrier echaba una mirada de desaprobación a su vestuario. Él, desde luego, no sabría distinguir un traje barato de uno caro, pero no tenía dudas de que un hombre como Farrier lo detectaría en dos segundos.

Branson se sacó la bolsa de pruebas de plástico del bolsillo y se la mostró a Farrier.

—Estos fragmentos de tejido se encontraron ayer junto a un cuerpo que necesitamos identificar. Nos preguntábamos si podría decirnos algo de él.

—¿Puedo sacarlos de la bolsa?

—Me temo que no —respondió Branson, entregándole la bolsa—. Lo siento, no hemos podido llevarlos a la tintorería.

Farrier esbozó una sonrisa muy forzada, como si dudara de si aquello era una broma o no, y luego estudió atentamente el contenido.

—Es tela de traje —dijo—. Algún tipo de *tweed*.

—¿Sería posible determinar qué sastre lo hizo, a partir de esto? —preguntó Grace.

Farrier estudió el material durante unos segundos, con el ceño fruncido.

—La verdad es que estas muestras son demasiado pequeñas. Si quieren saber quién hizo la americana o el traje del que proceden estos fragmentos, creo que tendrían que partir del tejido. Es de muy buena calidad, un *tweed* muy tupido.

—¿Un tejido de invierno? —dijo Grace.

—Sin duda. Bastante más cálido que el que llevo yo ahora. Con este tejido se podrían hacer trajes para llevar en excursiones al campo, quizá para una batida de caza elegante... ¡Solo que no en este color! La verdad es que es algo llamativo. Hay que ser algo atrevido para llevar algo así.

Que el tejido fuera cálido significaba que la víctima había sido asesinada durante los meses de invierno, pensó Grace.

—Yo creo que es un paño de Dormeuil —añadió Farrier—. Puedo llamarles y preguntárselo el lunes. ¿No pueden dejarme ni el más mínimo fragmento?

—Lo siento —respondió Grace—. No podemos arriesgarnos a contaminar la prueba. Pero le hemos traído unas fotografías que sí podemos dejarle.

—¿A cuántos sastres podría venderles tejidos una compañía como Dormeuil? —le preguntó Branson.

Farrier se quedó pensando un momento.

—Uf, a cientos, quizás a miles. Cualquier sastre de calidad tendrá muestras de tejido: son de la máxima calidad, pero también muy caros. Lo que pasa es que este en particular es bastante llamativo; no creo que haya mucha gente que se haga trajes con él. Dormeuil debería poder proporcionarles los nombres de todos los sastres a los que han suministrado esta tela en los últimos años.

—Eso será de gran ayuda —dijo Branson, que luego se giró hacia Grace—. Aunque, por supuesto, la víctima no tiene por qué ser necesariamente la persona para quien hicieron la prenda en origen. Podría haberla comprado de segunda mano —sugirió, pensando en la cantidad de tiendas de ropa de segunda que había en Brighton.

Farrier reaccionó, incrédulo:

—En mi opinión, no mucha gente se tomaría la molestia de comprar un traje hecho con tela de Dormeuil para luego regalarlo o venderlo. Un traje de calidad suele guardarse de por vida.

«Y en este caso, hasta la muerte», estuvo a punto de añadir Grace.

25

*A*llí estaba, sentado en la semioscuridad, en su estrecha butaca de clase turista, con el constante ruido de fondo del aire en los oídos, y encogiéndose ocasionalmente de la impresión, cada vez que el avión atravesaba una zona de turbulencias. La mayoría de los pasajeros estaban dormidos. Como el imbécil de al lado, que se había bebido cuatro vasos de whisky con Coca-Cola y ahora dormía, roncando sonoramente cada tres o cuatro minutos.

La gente no debería roncar en los aviones. Es como la gente que deja que los niños lloren. Deberían tirar a los críos por el váter. Sintió grandes, muy grandes tentaciones de ponerle una bolsa de plástico en la cabeza a aquel hombre. En la oscuridad, nadie lo vería.

Pero tenía que controlar su ira.

Aquel era precisamente el motivo por el que tenía el libro abierto sobre el regazo. Se llamaba *Gestiona tu ira interior*.

El problema era que precisamente leer el libro le enfurecía. Aquello lo había escrito algún psicólogo colgado. ¿Qué sabía ningún psicólogo de nada en absoluto? Ellos mismos estaban todos locos.

Capítulo 5. Desarrolla tu propio plan de acción (ideado por Lorraine Bell)

Desarrolla tu propio plan de acción personalizado para gestionar y reducir la ira, y llévatelo contigo allá donde vayas.

Vale, me lo llevo encima. ¿Cómo? ¿Con una bolsita? ¿En una maleta? ¿En un cuenco sobre la cabeza? ¿Me lo cuelgo del escroto?

Escribe los momentos en los que sueles ponerte furioso, como después de un día de tensión en el trabajo, o después de tomarte una copa.

¿O después de que la vida te dé por culo por enésima vez?

Sintió que la ira se iba acumulando de nuevo. El hombre que tenía al lado volvía a roncar como un tractor. Le dio un codazo con fuerza, con mucha fuerza, en las costillas, y se giró hacia él, iracundo:

—¡Cierra la boca de una puta vez, ¿me oyes?!

El hombre abrió los ojos y parpadeó, perplejo.

Él juntó el pulgar y el índice frente a la cara del hombre, a modo de pinza.

—Ronca una vez más, y te arranco la lengua.

El tipo se lo quedó mirando por un momento, estaba a punto de decir algo, pero luego se lo pensó mejor. Ahora parecía nervioso, como si se diera cuenta de que no era una amenaza en vano. Tras unos momentos de duda, se desabrochó el cinturón de seguridad, se puso en pie y se fue por el pasillo.

Él volvió a su libro.

Sé cuándo me estoy poniendo furioso porque percibo las señales de advertencia previas, como sentirme agitado o apretar los puños.

Ahora se sentía agitado y tenía los puños apretados. El caso es que sabía que le habría gustado realmente arrancarle la lengua a aquel hombre, como solía hacer en otro tiempo, con unas tenazas al rojo vivo. Se lo merecía. La gente no tenía derecho a roncar así.

Cuando estoy furioso, tengo los siguientes pensamientos, o me digo a mí mismo:

Había un espacio en blanco para rellenar. Pero él no necesitaba rellenar nada. Sabía qué pensaba cuando estaba furioso.

Los motivos por los que me gustaría cambiar son:
¿Las consecuencias que tiene el que pierda los estribos?
¿Que me siento mal después?
¿Que no estoy bien, y mi ira no me ayuda en mi recuperación?

Cerró el libro de golpe, sintiendo la ira en su interior. Una vez que salía, no podía hacer nada hasta que volvía a aplacarse. Era como si se hubieran despertado en su interior un centenar de serpientes venenosas dormidas, que empezaran a desenroscarse, agitando la lengua, a la espera de lanzarse al ataque.

El caso era que aquella sensación le gustaba.

La rabia le liberaba. Le daba poder.

Demasiada gente escuchaba las palabras de ese idiota de san Mateo, el de la Biblia: «Si alguien os abofetea la mejilla derecha, presentadle también la otra».

Así no se hacían las cosas, eso no hacía más que dar alas a los abusones. A él que no le vinieran con todo ese liberalismo ñoño y *new age* del Nuevo Testamento. Él creía en el Antiguo Testamento. Esa sí era la palabra que seguir.

Y no tendrás compasión: vida por vida, ojo por ojo, diente por diente, mano por mano, pie por pie.

Y menos tonterías.

Había prometido leer el libro y responder a las preguntas. Era una de las sugerencias que le había hecho su médico: que intentara canalizar su rabia en algo positivo. ¡Ja! ¿Qué sentido tenía aquello? Había hecho cosas malas en el pasado, eso lo sabía, pero no podía evitarlo. Era cosa de las serpientes. Si la gente despertaba a las serpientes, ¿qué culpa tenía él?

Y ahora hacía unos cuantos días que estaban despiertas.

26

*L*o predecibles que eran algunos delincuentes solía ser una de las pocas cosas que le facilitaban el trabajo. Grace sabía que los de la vieja escuela solían ser gente que buscaba estar en su territorio, animales de costumbres, que siempre recurrían a los mismos escenarios para sus actividades criminales, y hasta para tomarse unas copas.

Pero en la vida nada es eterno, pensó, y los delincuentes de la vieja escuela, con los que los agentes más espabilados podían llegar a desarrollar algún tipo de relación de confianza tomándose unas cervezas en un pub, donde a veces obtenían una información impagable, se estaban convirtiendo en una reliquia del pasado, en dinosaurios. En su lugar, estaba apareciendo una generación de maleantes más infames, indeseables y mucho menos sociables.

Grace encontró la reliquia que buscaba en particular en el cuarto pub en el que entró, poco antes del mediodía. Terry Biglow estaba solo en una mesa, estudiando una hoja de apuestas para las carreras, en el local vacío y en penumbra. Tenía delante un vaso de media pinta de cerveza, vacío, y un bastón apoyado contra la pared, a su lado. La única otra persona presente en el bar era un hombre con tatuajes y la cabeza afeitada situado tras la barra, limpiando vasos.

Al igual que Amis Smallbone, Biglow procedía de una de las mayores familias del crimen de la ciudad. Durante las primeras tres décadas tras la guerra, los Biglow se habían repartido gran parte de Brighton con los Smallbone. Dirigían una de las mayores redes de extorsión, controlaban gran parte de la droga que se vendía en Brighton y Hove, y también blanqueaban dinero a través de una serie de tiendas de muebles y joyerías. En aquellos tiempos, Biglow era alguien con quien más valía no meterse, si no querías acabar con la cara cortada o quemada con ácido. Solía vestirse muy bien y tenía gustos caros. Pero ya no, hacía tiempo que las cosas habían cambiado.

Grace lo había visto por última vez meses atrás, y Biglow le había confesado que tenía una enfermedad terminal. Le sorprendió ver lo mucho que se había deteriorado el viejo gánster desde entonces. Tenía el rostro casi esquelético; el cabello, en otro tiempo impecable, ralo y desaliñado; y el mísero traje marrón y la camisa color crema sin corbata, abotonada hasta arriba, parecían pertenecer a alguien tres tallas más grande.

Cuando Grace se acercó, levantó la vista y se lo quedó mirando como un ratón asustado. Luego sus finos labios húmedos esbozaron una sonrisa incómoda.

—¡Señor Grace, inspector Grace, me alegro de volver a verle! —Tenía la voz débil y turbia, y respiraba con dificultad, como si el mero hecho de hablar le agotara.

Grace observó que tenía las manos tan escuálidas que parecían las patas de un pájaro, y la cadena de su reloj de oro le colgaba muy suelta en la muñeca.

—En realidad es superintendente, Terry —le corrigió Grace, que se sentó en la silla de enfrente.

El hombre olía a humedad, como si hubiera estado durmiendo al raso.

—Sí, le ascendieron. Ahora me acuerdo que me lo dijo, sí. Felicidades. —Frunció el ceño—. Ya le felicité, ¿verdad?

Grace asintió.

—La última vez. —Entonces señaló al vaso de cerveza—. ¿Puedo invitarte a otra?

—No debería beber. Estoy enfermo, ¿sabe, inspector? Perdón, superintendente. Tengo cáncer. Me dan un montón de medicinas y cosas; se supone que no puedo beber. Pero tampoco va a cambiar tanto la cosa, ¿no? —dijo, buscando la mirada de Grace, como si esperara encontrar una confirmación en los ojos de su antiguo adversario.

Grace no estaba muy seguro de cómo reaccionar. Si hubiera tenido que apostar, habría dicho que a Biglow no le quedaban más que unas cuantas semanas, un mes o dos como máximo.

—Siempre dicen que la medicina es una ciencia muy inexacta, Terry. Nunca sabes —dijo, sonriendo tímidamente.

Biglow se lo quedó mirando.

«Tiene miedo. Este hombre tiene miedo», pensó Grace.

«No había gran cosa que te diera miedo cuando dirigías el cotarro en la ciudad, ¿verdad, Terry Biglow? ¿Qué pensarás en esos últimos momentos, cuando veas que se te va la vida? ¿Pensarás en todas esas personas a las que arruinaste la vida vendiéndoles droga? ¿En los tenderos inocentes a los que les quemaste el negocio porque se negaron a pagarte por tu protección? ¿En los pobres ancianos que perdieron sus más preciados recuerdos a manos de tus estafadores? ¿Estarás contento de ir a reunirte con tu Creador con ese bagaje?»

—¿Y en qué puedo ayudarle, señor Grace? —preguntó Biglow, no sin esfuerzo—. Seguro que no ha venido hasta aquí por la calidad de la cerveza ni por el ambiente.

Mientras hablaba, Grace se quedó mirando atentamente a los ojos de aquel hombre, en busca de algún gesto revelador.

—He oído que Amis Smallbone está en la calle.

Por un momento, Biglow pareció no reaccionar. Luego dijo:

—Lo han soltado, ¿eh? Llevaba un buen tiempo a la sombra. Todo llega…

Grace sabía que aquellos dos antiguos rivales no se tenían ningún tipo de simpatía.

—Necesito encontrarlo. ¿No tendrás idea de dónde puede estar? —dijo, mirándole otra vez fijamente a los ojos.

Los ojos del viejo no se movieron; siguieron fijos hacia delante, con el miedo aún patente en ellos.

—¿Conoce a Tommy Fincher?

Grace asintió. Fincher tenía un largo pasado delictivo como distribuidor de mercancía robada.

—Hace años que no tengo noticias suyas.

—Sí, el bueno de Tommy. Acaba de morir. Sufrió una apoplejía. El funeral es el martes que viene, en Woodvale. Smallbone y él eran uña y carne.

—¿Ah, sí?

—Smallbone estuvo casado con su hermana. Ella murió de cáncer, hace años. Seguro que va al funeral. Puede encontrarlo allí.

—¡Te has ganado tu media pinta! —dijo Grace.

—Mejor que sea un whisky, inspec…, superintendente. Y no de ese Bell's; aquí tienen un buen Chivas de dieciséis años. Me tomaría uno, si me invita.

Por la información que acababa de obtener, a Grace le pareció una ganga. Pidió que le sirvieran uno doble.

27

Gaia Lafayette, vestida con vaqueros azules y un top negro holgado, se quedó sentada al borde del sofá blanco de su casa de Bel Air, con la mirada perdida. Cuando los dos policías se marcharon, volvió a echarse a llorar. Era su tercera entrevista con la policía en los últimos tres días. No tenían ningún sospechoso, pero contaban con una grabación de circuito cerrado que habían enviado al laboratorio para que la procesaran. Se habían hecho pruebas de balística, pero hasta el momento no se habían encontrado coincidencias en los archivos de la policía.

Los agentes habían repasado una serie de motivos posibles, y habían vuelto a hablar con ella sobre los enemigos que pudiera tener. Entre la lista de motivos que podían haber inducido al asesinato, según le dijeron, estaba el dinero, los celos, la venganza o el ataque al azar de un loco. Por lo poco que tenían hasta el momento, se decantaban por esta última opción. Según decían, era muy probable que ella fuera el objetivo, y que hubieran atacado a su ayudante por error.

Su asistente, Sasha, vino después de acompañar a los agentes de policía a la puerta. Llevaba el cabello corto y teñido de negro. Ya nadie confundiría a ninguna de ellas. Gaia había hecho caso omiso de la sugerencia de su jefe de seguridad, Andrew Gulli, que consideraba que el asesinato de Marla justificaba aún más que sus asistentes se vistieran como dobles de ella. Todd, su actual novio, decía lo mismo.

Pero Gaia se negaba a someterlas a ese riesgo. Hacer que se vistieran como ella había sido una broma, un juego arrogante por su parte. Nunca se le había ocurrido que habría podido acabar causando una muerte.

—¿Por qué lloras, mamá?

Roan, descalzo, envuelto en una toalla y aún mojado de la piscina, se le acercó sin hacer ruido.

—Mamá está triste, cariño.

—¿Estás triste porque Marla no va a volver?

Ella lo abrazó y le besó en la frente. En principio había contemplado la posibilidad de dejarlo en Los Ángeles, pero aquello era algo impensable. Quería tenerlo a su lado en Inglaterra, donde pudiera verlo y protegerlo.

Su agente, su mánager y Todd habían intentado persuadirla por todos los medios para que dejara la película. ¿Cómo iba a estar debidamente protegida en Inglaterra, donde sus guardaespaldas no podían llevar armas? Pero ella respondía que precisamente era aquello lo que la convencía de no tener que dejar la película. En aquel momento se sentiría más segura en un país en que no hubiera tradición de armas. Además, ella nunca había sido de las que se escondían de su público. ¡Ella era Gaia, la diosa Tierra! La Madre Tierra la protegería del mismo modo que ella protegía el planeta.

Y además, en un plano más práctico, la producción ya estaba avanzada y dependía de ella, que debía ponerse en marcha la semana siguiente. Si se retiraba en aquel momento, la película se hundiría. Los productores habían dejado claro que sería imposible trasladar el rodaje a Los Ángeles. Además, ¿cuánto tiempo tendría que seguir escondiéndose? Si había alguien por ahí que quisiera ir a por ella, podía esperar. Semanas, meses, quizás incluso años. Tendría que vivir con ello.

Abrazó a Roan.

—¿Ya sabes que mamá te quiere más que nada en el mundo?

—Yo también te quiero, mamá.

—Así que todo va bien, ¿verdad?

Él asintió.

—¿Tienes ganas de ir a Inglaterra?

Roan se encogió de hombros.

—Quizá. —Luego frunció el ceño—. ¿Está muy lejos?

—Sí que lo está. Vamos a un sitio junto al mar. Tienen playa. ¿Quieres jugar en la playa?

Los ojos se le iluminaron.

—Supongo…

—¿Supones?

—¿Estará Marla?

—No, cariño, ella no estará. Seremos tú y yo. Cuidándonos el uno al otro. ¿Cuidarás a mamá mientras estemos allí?

103

Él se la quedó mirando unos momentos con aquellos ojos redondos, llenos de confianza. Y ella sintió que nunca le había querido tanto, y que jamás había pasado tanto miedo por él... y por ella misma. Lo abrazó con fuerza, con ternura, presionando el rostro contra la suave piel infantil de la mejilla de su hijo, aspirando el olor a cloro de su piel y de su pelo. Y el rostro se le llenó de unas lágrimas imposibles de contener.

28

Grace había conocido a unos cuantos polis que iban contando los años que les faltaban para la jubilación, y para la lucrativa pensión que les quedaría después, especialmente con los recientes recortes, que estaban desmoralizando a gran parte del personal. Pero eran muchos más los que, igual que él, temían el día en que los obligaran a dejarlo.

Llevaba veinte años de servicio a sus espaldas, por lo que aún le quedaban diez años por delante, que podrían llegar a ser quince si los cambios que se planteaban los jefazos acababan surtiendo efecto. Pero a veces le preocupaba lo rápido que pasaba el tiempo.

Eso pasaba en los momentos en que se paraba a pensar, a analizar su situación y dar gracias por ella, como en aquella ocasión, mientras esperaba que acabara de entrar todo su equipo en la SR-1 para la reunión del sábado por la tarde.

Había días en que no podía creerse la suerte que tenía, que pudiera hacer un trabajo que le gustara tanto. Claro que se encontraba con gente que no era muy de su agrado precisamente, como la antigua subdirectora, Alison Vosper, y había procesos burocráticos que a veces le desesperaban, pero, si repasaba su carrera, lo cierto es que era raro el día en que el trabajo no le ilusionara. Y una de las cosas que más le gustaban era que raramente había dos días iguales.

Y en ese preciso momento estaba viviendo una de las cosas que más le gustaban, algo que realmente le activaba la adrenalina: los primeros días de una investigación criminal.

—Son las 18.30 del sábado 4 de junio —leyó de las notas que tenía delante, preparadas por su secretaria, Eleanor Hodgson, en quien tenía una confianza total—. Esta es la tercera reunión de la Operación Icono. Voy a resumir lo que tenemos hasta el momento.

Echó un vistazo a sus notas y luego a su equipo. Aparte de Emma-Jane Boutwood, que estaba de viaje de bodas, la única que faltaba era Bella Moy, que permanecía en el hospital con su madre. Grace señaló a Branson con un gesto.

—¿Podrías ponernos al corriente sobre los resultados de la autopsia?

—Por la información que me han pasado hasta ahora la doctora patóloga Nadiuska de Sancha y la arqueóloga forense Joan Major, la víctima es un varón, caucásico, de entre cuarenta y cinco y cincuenta años. El hioides roto y la incisión en la vértebra más alta indican que probablemente lo estrangularon con un cable fino. El contenido del estómago estaba considerablemente degradado, como era de esperar. Pero los análisis químicos revelan la presencia de concha de ostra, así como de etanol, lo que indica que había estado bebiendo vino.

—Esto... ¿sabemos si es tinto o blanco? —intervino Potting.

—¿Eso importa? —preguntó Nicholl.

—Nos diría si tenía algo de clase o no —comentó Potting, con una mueca—. Sabríamos si estamos tratando con escoria, si descubriéramos que había estado bebiendo vino tinto con las ostras.

Branson no hizo caso y siguió adelante.

—Recogimos fragmentos de tela hallados muy cerca del torso para que los analizaran, y además los llevamos a la sastrería Gresham Blake, en Brighton. Allí nos han dicho que es un paño de *tweed* muy tupido, usado en trajes de hombre, y nos están ayudando a identificar al fabricante. El color es poco común, así que esperamos que, si encontramos al fabricante, seamos capaces de elaborar una lista de quienes puedan haber vendido trajes hechos con la tela, o un sastre que haya podido hacer un traje a medida.

—¿Como Gresham Blake? —preguntó la agente Emma Reeves.

—Exactamente —dijo Branson.

Nicholl levantó la mano. Branson le dio la palabra.

—Solo es una observación, Glenn, pero parece extraño que, si el asesino se tomó la molestia de desmembrar a su víctima, presumiblemente para dificultar la identificación, no la desnudara antes.

—Estoy de acuerdo —intervino Grace—. Yo también lo he pensado. Podría ser un intento deliberado de dejar una pista falsa. Pero yo creo que es más probable que el que lo hiciera pensara que la ropa, al igual que el cuerpo, quedaría completamente destruida por el entorno corrosivo, y que le saliera mal. He visto otros casos en los que se han producido desmembramientos de víctimas que aún iban vestidas —añadió Grace—. No es tan raro, si el agresor entra en pánico.

El agente Jon Exton levantó una mano, mirando primero a Branson y luego a Grace.

—Señor, si la agresión ha sido improvisada, puede que el agresor atacara presa del pánico, como usted dice. ¿Podría ser que la cosa se le hubiera ido de las manos y que no pensara siquiera en la ropa a la hora de cortarle la cabeza y los miembros, convencido de que con eso bastaría para impedir la identificación?

El sargento Guy Batchelor, un tipo robusto y de aspecto paternal, con una sonrisa afable, meneó la cabeza, que tenía la forma de un balón de rugby.

—Desde luego, si pensaba desmembrar a la víctima, lo lógico sería que el agresor la desnudara primero. Eso le facilitaría mucho el trabajo.

—Yo lo veo como el jefe —dijo Branson, que se volvió hacia el jefe de la Unidad de Rastros Forenses, David Green—. ¿Tú qué crees, David?

Green era un hombre corpulento, de poco menos de cincuenta años, con el cabello gris y corto, vestido con una chaqueta deportiva y pantalones grises, de aspecto alegre pero formal.

—Esos restos de ropa son algo que uno no esperaría encontrar en un corral —dijo—. El granjero, Keith Winter, no tiene ni idea de cómo pudieron llegar ahí. Desde luego no forman parte de la dieta de las gallinas —dijo, esbozando una sonrisa.

—¡A menos que las gallinas estuvieran celebrando una fiesta! —bromeó Potting.

Se oyeron unas cuantas risas, que Grace silenció al instante con una mirada glacial.

—Ya vale. Gracias, Norman —dijo.

—Lo siento, jefe —murmuró Potting.

Branson volvió a mirar su notas y prosiguió.

—Los cálculos más ajustados que tenemos del momento de la muerte dicen que ocurrió entre hace seis meses y un año. Por el estado del cuerpo, parece que lo cubrieron con cal viva (hoy en día, más conocida como óxido de calcio), en un intento poco elaborado de acelerar la descomposición y de destruir el ADN, cosa que no consiguieron. Joan Major ha recuperado ADN de los huesos y lo ha enviado al laboratorio para un análisis de urgencia. Esperamos tener los resultados el lunes. Mientras tanto, Norman encabezará el equipo de investigación para cotejar el registro de personas desaparecidas.

Hizo una pausa y dio un sorbo a una botella de agua.

—El jefe y yo hemos establecido un parámetro de desaparecidos en Sussex y las zonas limítrofes de Surrey y Kent. Para acortar el margen de error en los cálculos de las forenses, vamos a considerar todos los informes de desapariciones, así como las denuncias de desapariciones no confirmadas. ¿Tenemos algo en ese sentido? —dijo, dirigiéndose a la sargento Annalise Vineer, jefa del equipo de Análisis, Procesamiento de Datos y Transcripciones, encargada de la gestión de los datos del sistema informático HOLMES.

Vineer era una mujer diligente y de aspecto simpático, de unos treinta y cinco años, con una larga melena negra y un flequillo que le cubría la frente. Iba vestida toda de negro y daba una imagen algo seria, que compensaba con una actitud eficiente pero afable.

—Después de hablarlo con el sargento Potting, hemos decidido ampliar el parámetro temporal. Lo hemos fijado en entre tres y dieciocho meses, para acortar el margen de error en el cálculo del momento de la muerte. En ese periodo tenemos trescientas cuarenta y dos desapariciones permanentes. De ellas, ciento cuarenta y cinco son hombres. De esos, hemos descartado ochenta y siete, por su edad y su complexión.

Grace hizo un cálculo rápido.

—¿Eso nos deja cincuenta y ocho?

—Sí, señor.

—¿Qué progresos estás haciendo con ellos, Norman? —dijo entonces, dirigiéndose a Potting.

El agente puso la típica mueca burlona que solía poner, hinchando el pecho para darse importancia, como un segundón que de pronto tiene ocasión de interpretar un papel principal.

—Si pudiéramos encontrar el cráneo, la cosa cambiaría. Ahora mismo el asunto nos trae de cabeza…

Se oyó otra ronda de risitas. Esta vez Grace también sonrió. Él sabía, igual que todos los demás, que el comentario de Potting era menos frívolo de lo que parecía. Los cadáveres se podían identificar de diferentes maneras. La identificación visual por parte de un familiar era la más segura. El ADN también era efectivo, igual que las huellas dactilares o los registros dentales. A veces también las huellas de los pies, si no disponían de nada más.

En el caso de aquel torso, de momento solo podían recurrir al análisis de ADN. Si el ADN de la víctima no estaba en la base de datos nacional, se encontrarían con un gran problema. Los análisis de los isótopos de los enzimas del ADN eran muy caros, pero podían dar pistas sobre el país de origen del cadáver, o incluso sobre la región. Últimamente, los científicos forenses habían descubierto que los alimentos —y en particular los minerales que contienen— son lo suficientemente específicos como para determinar una región de origen, si no ya un país. Aquella información tenía un valor limitado. Para poder avanzar en una investigación de asesinato, la identificación de la víctima era esencial.

Green levantó la mano.

—El equipo de rastreo ha completado el trabajo en los corrales y no se han encontrado más restos. Tras el vaciado, hemos ampliado el radio de búsqueda para incluir posibles lugares de los alrededores donde hubieran podido dejar los restos, hasta un kilómetro y medio alrededor de la granja, usando el radar de penetración subterránea. —Señaló una fotografía aérea colgada de una gran pizarra blanca, en un extremo de la sala, que mostraba la granja, marcada con rotulador rojo, y los campos que la rodeaban, así como la carretera y los estanques—. Los buzos van a examinar todos los estanques y zanjas esta noche y mañana.

Grace le dio las gracias y prosiguió:

—El sargento Branson informará del caso en la rueda de prensa convocada para las 17.30 de hoy. Antes de llegar a eso, quiero deciros algo a todos, y quiero que me escuchéis bien. Esta mañana he recibido una llamada de nuestro viejo amigo Kevin Spinella, del *Argus*. Una vez más, como ha ido haciendo todo el año pasado, nos ha sacado ventaja, a pesar de que está en las Maldivas, en viaje de bodas.

—¿Quieres decir que ese mierdecilla ha encontrado a una chica dispuesta a casarse con él, jefe? —exclamó Batchelor.

—Por increíble que parezca, sí. No quiero hacer falsas acusaciones contra nadie, pero estas filtraciones proceden de alguien con acceso a información privilegiada. Podría ser uno de vosotros, o alguien de otra división u otro departamento. Solo quiero que sepáis que estoy decidido a encontrar a esa persona. Y cuando lo haga… —Hizo una pausa, para que el mensaje calara más hondo—. Cuando lo haga —repitió—, esa persona va a desear no haber nacido. ¿Me habéis entendido?

Se produjo un silencio incómodo. Grace los miró a todos sucesivamente, uno tras otro. Veintisiete personas. Algunos, como Potting, Branson o Nick Nicholl, habían trabajado con él antes, muchas veces. Otros, como las agentes Emma Reeves, Shirley Rigg-Cleeves o Anna Morrison, eran nuevos en su equipo y no sabía nada de ellos. Todos ellos parecían buena gente, personas decentes, pero ¿cómo iba a saberlo?

Además, en aquel momento ese no era su mayor problema. Kevin Spinella era como un grano en el culo, que picaba más cuanto más se rascaba. Pero el hombre al menos tenía su utilidad, y entendía el juego, lo cual era más de lo que podía decir de un montón de reporteros de su generación. Lo importante, en aquel momento, era decidir hasta qué punto extender la búsqueda para intentar identificar aquel cuerpo y dar con el asesino. Bajó la vista para repasar las notas de Eleanor Hodgson y sus últimos añadidos, escritos a mano en los bordes.

—Tenemos que investigar la Stonery Farm. Vamos a llegar hasta hace cinco años. Quiero toda la historia del lugar y de su dueño, Keith Winter, y de su familia. Quiero saber si se han registrado incidentes en las proximidades, robos, caza furtiva. Si la causa de la muerte es la estrangulación con cable, ¿podría haberlo hecho Winter o alguno de los miembros de su familia? ¿Alguno de ellos ha estudiado artes marciales? ¿Qué tipo de rivalidades hay en el sector de la cría de pollos de granja?

Oyó unas risitas en la sala e hizo una pausa. Levantó la vista y se los quedó mirando.

—Perdón, ¿he dicho algo divertido? ¿A alguno de los presentes le parecería divertido si hubiera perdido a una persona querida y esta apareciera desmembrada y hundida en un metro de mierda?

Nadie respondió.

29

*B*ranson salió de la sala de reuniones tras Grace y le siguió por el laberinto de pasillos hasta la zona abierta en la que tenían sus oficinas algunos miembros veteranos de la División de Delitos Graves.

—¿Qué tal lo he hecho? —preguntó.

—Bien —dijo Grace, dándole unas palmaditas en la espalda, en el momento en que entraban en su despacho. Vio la luz parpadeante que le indicaba la llegada de un mensaje a la BlackBerry, que había dejado sobre la mesa.

—Tenemos que identificar ese cuerpo enseguida.

—¿Cómo?

Grace se colocó tras la mesa, se sentó y cogió el teléfono para revisar los quince correos nuevos que tenía.

—Creo que deberías contactar con la NPIA —respondió—, a ver si ellos pueden decirnos algo nuevo sobre quién podría ser el agresor.

La NPIA, agencia de apoyo a la policía, contaba con especialistas en trazar perfiles con experiencia en prácticamente todos los métodos imaginables de asesinato, por los más diversos motivos.

—Bien pensado. ¿Trabajan los fines de semana?

—No a máximo rendimiento, pero sí tendrán a alguien de urgencias.

Branson se acomodó en una silla frente a la pequeña mesa de Grace.

—¿Te preocupa algo? Pareces distraído.

Grace siguió repasando los correos. Había uno de Graham Barrington, superintendente jefe de la policía de Brighton y Hove, que había sido nombrado oficial para la operación de protección de Gaia durante su estancia en la ciudad. No había mensajes de Cleo, lo cual era un alivio, después del susto de antes.

Barrington le preguntaba si podría asistir a una reunión de valoración de riesgos en relación con Gaia Lafayette a las diez de la mañana siguiente, domingo, en su despacho.

—Unas cuantas cosas —dijo Grace, que respondió brevemente a Barrington que allí estaría—. Me preocupa Cleo. Acabo de oír que han soltado a Amis Smallbone. Y esta noche el coche de Cleo ha sido objeto de un ataque vandálico.

—¿Ha sido él?

—Es su estilo, desde luego —respondió Grace, encogiéndose de hombros.

—Joder, ¿y qué vas a hacer?

—Encargarme de él, cuando lo encuentre. Ahora tengo otro problema. Gaia. El jefe me ha puesto al mando de su seguridad mientras esté aquí, en Sussex.

A Branson se le iluminaron los ojos.

—¡Yo quiero conocerla! ¡Quiero conocerla! ¡Es genial! ¡No puedo creer que venga a la ciudad!

—El miércoles —dijo Grace.

—¿Me la presentarás?

—Si prometes cuidarme la casa.

—¡Cuenta con ello! ¡Guau! Gaia. Es…, es… —Levantó las manos y luego las dejó caer sobre las rodillas—. ¡Es increíble!

—Pensaba que solo te gustaba la música negra.

Branson estaba eufórico.

—¡Sí, bueno, pero ella canta como si fuera negra! ¡Y los niños se morirían por conocerla! ¿Hasta qué punto vas a estar metido?

—Todavía no lo sé.

—Tengo que conocerla. ¡Tengo que conseguir un autógrafo suyo para Sammy y Remi!

—¿Les gusta su música?

—¿Que si les gusta? —dijo, poniendo los ojos en blanco—. Se vuelven locos cuando la ven en televisión. A todos los niños de Inglaterra les gusta. ¿Tienes idea de lo grande que es? —Entonces hizo una mueca—. Claro, supongo que no; eres demasiado viejo.

—Gracias.

—Es verdad. A tu edad, probablemente sigues soñando con Vera Lynn. Pero cualquiera que tenga unos años menos sueña con Gaia.

—Sí, bueno, a partir de ahora yo también voy a soñar con ella. Tendré pesadillas.

—Es fantástica. Te lo digo yo. ¡Fantástica!

Grace asintió, reflexivo. Gaia era realmente fantástica. Una noticia fantástica para Brighton. Una superestrella. La película daría un enorme impulso al turismo, del que tanto dependía aquella ciudad.

Y él sabía que, si le ocurría algo mientras estaba allí, mientras él cuidaba de ella, no sería solo la ciudad de Brighton la que quedaría marcada. Él también.

30

Sus labios húmedos envolvieron con deseo las gruesas y suaves hojas de tabaco de su Cohiba Siglo. Aspiró el denso humo, lo exhaló hacia el techo, luego cogió su vaso de whisky de cristal tallado y apuró lo que quedaba de su Glenlivet de treinta años.

Aquello era vida. Mucho mejor que la cárcel, desde luego. Ahí dentro podías conseguir casi todo lo que quisieras, si sabías moverte y tenías contactos, como Amis Smallbone. Pero no había nada comparable con la libertad. Una de las chicas —una pelirroja, desnuda salvo por la pulsera tobillera— se levantó del sofá para llenarle la copa. La otra se quedó a su lado, masajeándole la entrepierna por encima de los pantalones, devolviendo lentamente sus partes a la vida.

Él intentó concentrarse en los placeres que le ofrecía la noche. La noche del sábado. Su primer contacto con la libertad en una década y cuarto. La pantalla del *home cinema* que tenía delante reproducía una película porno. Dos lesbianas rubias. Oh, sí. Le gustaba ver un poco de acción entre chicas. Le gustaba aquel gran salón, en una mansión cojonuda, protegida por vallas de seguridad, en la elegante Dyke Road Avenue de Brighton.

Tiempo atrás había vivido en un lugar aún más grande, a solo unas calles de allí. Antes de que un maldito poli de Brighton se lo arrebatara todo.

El propietario de la finca, su viejo colega Benny Julius, con su barriga cervecera y su sospechoso tupé, estaba en el *jacuzzi* del sótano con otras tres chicas. Era una fiesta de bienvenida. Benny siempre hacía cosas con estilo; siempre le había gustado vivir a lo grande.

La chica le sorprendió metiéndole la mano en la bragueta. Entonces le susurró al oído:

—Oooh, es bastante pequeñita…, pero seguro que es una fiera, ¿a que sí?

—Sí, una fiera… —le respondió él, antes de que ella le cerrara la boca con la suya.

Así es como se sentía en aquel momento: una fiera. Pero le costaba concentrarse en el placer. Una fiera. Apenas sentía la mano de la chica en su paquete. Una fiera. Doce años y tres meses. Gracias a un hombre.

El sargento Roy Grace.

Había leído que le habían ascendido unas cuantas veces.

La tenía dura como una roca.

—Como un lápiz —le susurró ella, de pronto, al oído—. ¡Como un lápiz pequeñito!

Él le cruzó la cara de un bofetón, tan fuerte que la chica cayó al suelo.

—¡Que te jodan, zorra!

—Tú no podrías ni aunque quisieras —replicó ella, frotándose la mejilla, aparentemente sorprendida—. Es tan pequeña que ni siquiera entraría.

Él se puso en pie como pudo, pero la bebida ya había hecho efecto. Sus impecables mocasines de ante gris se hundieron en la gruesa moqueta y cayó de bruces, partiendo el puro por la mitad y manchando de ceniza el blanco pelo de la alfombra. Sin moverse de donde estaba, la señaló con un dedo amenazante:

—Recuerda para quién trabajas, zorra.

—Sí, me acuerdo. Recuerdo incluso lo que me dijo. Me contó por qué te llaman *Small-bone* —dijo, levantando el pulgar y el índice para indicar con un gesto el reducido tamaño de su miembro.

—Puta… —Amis Smallbone hincó la rodilla en el suelo para coger impulso y lanzarse sobre ella. Pero lo único que vio, por un instante, fue el pie izquierdo de la chica, que impactaba de pronto contra su rostro. Un golpe elemental de *kickboxing*. Le dio bajo la mandíbula, haciéndole echar la cabeza hacia arriba y atrás. En el momento en que perdía la conciencia y una luz blanca lo llenaba todo, tuvo la impresión de que el pie le atravesaba la cabeza para salirle por la nuca.

115

31

*E*l domingo por la mañana, Grace estaba al volante de su Ford Focus plateado, de vuelta de la reunión de la Operación Icono, recorriendo London Road en dirección a la monolítica estructura de la comisaría de John Street, sumido en sus pensamientos, intentando ordenar su lista de prioridades.

Su mayor preocupación era Cleo, que había pasado la noche inquieta, con el niño dándole pataditas, y que se había levantado con malestar. Aún estaba muy afectada por el ataque vandálico a su coche, y Roy quería volver a su lado lo antes posible.

No había nada nuevo con respecto al «varón desconocido de Berwick», como habían llamado al torso sin cabeza ni miembros. De momento su mayor esperanza era encontrar alguna coincidencia con el análisis de ADN, y la respuesta del laboratorio debía llegar durante la mañana.

Al día siguiente tenía que ir a Londres, al colegio de abogados de Inner Temple, para reunirse con el fiscal del caso de Carl Venner y sus películas *snuff*. Pero antes tenía que hallar un momento para encontrarse con Mike Gorringe, oficial al cargo del caso, y con la investigadora Emily Curtis, para revisar las pruebas y repasar el libro de actuaciones. Los iban a someter a un concienzudo interrogatorio, por lo que tenían que tener todas las respuestas preparadas. Y, por si eso fuera poco, en aquel mismo momento le esperaba el superintendente jefe Graham Barrington.

Sonó el teléfono. Respondió con el manos libres.

—¿Señor Grace? —dijo una voz desenvuelta que no le resultaba familiar.

—¿Sí? —respondió él, no muy convencido.

—Soy Terry Robinson, de Frosts Garage. Vino hace unas semanas a echar un vistazo a un Alfa Brera, ¿recuerda?

—Ah, sí —dijo él, que se acordó de ello vagamente.

Se oyeron unas molestas y extrañas interferencias que duraron unos segundos, similares al ruido que había percibido antes. O era un problema de conexión, o es que a su teléfono le pasaba algo.

—Me pidió que le informara si nos llegaba algún Alfa de cuatro puertas. ¿Aún puede interesarle?

—Hum, sí, puede ser.

—Tenemos un Giulietta de un año. Completamente equipado. Es un coche precioso. Ha hecho unos cuantos kilómetros, pero usted dijo que eso no le importaba, ¿verdad?

—¿Cuántos kilómetros tiene?

—Setenta y siete mil. Un solo propietario. Es de color negro Etna, un vehículo precioso, señor. Ya tenemos solicitudes. Le recomiendo que venga a echarle un vistazo lo antes posible.

—¿El negro no hace que la suciedad se vea mucho más?

—El negro siempre muestra su mejor aspecto cuando está limpio, pero es el más popular de todos los colores. Y a este coche le queda muy bien. Tiene un aspecto imponente.

Grace hizo un cálculo mental rápido.

—Podría intentar pasarme a primera hora de la tarde. ¿A qué hora cierran hoy?

—A las cuatro, señor. Pero no puedo garantizarle que el coche siga aquí. Si alguien me da una paga y señal, se lo queda.

—Me temo que estoy liadísimo. Intentaré llegar lo antes posible, pero tendré que correr el riesgo.

—Yo estaré aquí hasta las cuatro. Me llamo Terry Robinson.

—Terry Robinson, gracias. Haré lo que pueda.

Se detuvo ante el semáforo. Tenía a la derecha uno de sus edificios favoritos, el elaborado y absurdo pero precioso Brighton Pavilion, el seudo Taj Mahal de la ciudad. A su lado se paró un Opel Astra morado con dos chavales exaltados dentro, con la música de su *subwoofer* reverberando a través de las ventanas abiertas, sacudiendo el aire, sacudiéndole el cerebro. Por un momento, le habría gustado ser aún agente de calle; habría bajado del coche y les habría puesto en su sitio. Pero el semáforo cambió a verde y él se quedó mirando cómo el auto se alejaba a toda marcha, con dos tubos de escape del tamaño de un desagüe, probablemente tan grandes como el agujero del culo de aquellos imbéciles.

Decidió recuperar la calma, giró a la izquierda en el cruce siguiente y subió la escarpada cuesta para girar a la derecha a la entrada del aparcamiento inferior de la comisaría de John Street, la segunda más activa de todo el Reino Unido, que ocupaba una moderna mole de cinco plantas. Aquella había sido su casa durante sus primeros años en el cuerpo. Tenía que reconocer que le encantaba su trabajo, pero la sede del Departamento de Investigación Criminal en la Sussex House, donde tenía su despacho, era un edificio sin personalidad. Echaba de menos la vida que había en aquel lugar.

Encontró una serie de coches patrulla aparcados en largas filas, así como media docena de furgonetas policiales, pero, al ser domingo, muchas de las plazas estaban vacías y tenía para escoger. Entró en marcha atrás y luego llamó a Cleo, que le dijo que se encontraba algo mejor y que le encantaban las flores.

Aliviado, entró por la puerta trasera y subió tres tramos de escaleras, entre aquellas viejas paredes que tan familiares le eran, sintiendo el olor característico de las oficinas. Recorrió el pasillo de la sala de mando, pasando junto a varios despachos, y luego junto a una pequeña cantina. A la derecha, junto a una puerta cerrada, había un rótulo que decía SUPERINTENDENTE y, a la izquierda, otro en el que ponía SUPERINTENDENTE JEFE, junto a una puerta abierta.

Entró. El despacho, que conocía bien de otras visitas, tenía unas dimensiones acordes con el rango de su ocupante. A la derecha había una mesa escritorio de tamaño considerable; justo enfrente, una mesa redonda a la que había un grupo de personas sentadas y en la que quedaban tres sillas libres. Observó que todos los presentes, salvo uno, iban vestidos de modo formal, como él, como si fuera un día laborable.

En la pared, a su izquierda, había una gran pizarra blanca, en cuya parte inferior había tres mensajes escritos con rotulador, obra de los trillizos de Barrington. Uno decía: «¡Mi papá es el mejor poli del mundo!».

Se estremeció levemente al preguntarse si el bebé que llevaba dentro Cleo escribiría un día algo similar sobre él.

Barrington era alto, delgado y de complexión atlética, de unos cuarenta y cinco años, con el cabello claro y corto. Llevaba una camisa blanca de manga corta de uniforme, con charreteras, pantalones y zapatos negros. Grace lo conocía de cuando trabajaban juntos en el Departamento de Investigación Criminal, cuando le había confesado que el puesto que soñaba alcanzar como colofón de su carrera era el de comandante de la División de Brighton y Hove (o de «sheriff», como lo llamaba en broma). Y ese era el puesto que tenía ahora. Grace se alegraba por él. Estaba bien saber que es posible ver satisfechos los propios sueños, las ambiciones de cada uno.

Junto a Barrington estaba el inspector Jason Tingley, un tipo de atractivo algo infantil, con el cabello castaño peinado hacia delante y flequillo, vestido con un traje azul marino; la única concesión que se había permitido por ser fin de semana era llevar la corbata algo holgada y el botón superior de la camisa abierto. La que le saludó con una cálida sonrisa fue la jefa de prensa Sue Fleet, una chica pelirroja, de treinta y dos años y muy competente. Llevaba traje oscuro y una blusa azul. También estaban presentes otras dos mujeres, a las que no reconoció: la de uniforme, que tendría menos de treinta años; la otra de casi cuarenta, con blusa blanca. También vio al corpulento sargento Greg Worsley, del Equipo de Protección Personal, con la cabeza afeitada y vestido con una camiseta azul arrugada, vaqueros y deportivas. Completaba el grupo el inspector jefe Rob Hammond, de la División Armada.

Barrington se puso en pie para darle la bienvenida.

—¡Roy, muchas gracias por venir en domingo!

—La verdad es que no recuerdo la última vez que tuve uno libre —respondió, y sonrió a los demás presentes.

Le gustó ver a Jason Tingley, con quien había trabajado hacía unos años en un brutal caso de violación. Tingley era un tipo muy inteligente. También había coincidido mucho tiempo atrás con Barrington; al igual que la mayor parte del cuerpo, respetaba mucho a aquel hombre, que era el responsable de que los índices de criminalidad se hubieran reducido sustancialmente en muchas zonas de la ciudad.

Barrington le presentó a las dos mujeres, y luego Grace se sentó. Observó que todo el mundo tenía vasos de Starbucks delante. Se moría por tomarse un café, y se maldijo por no haberlo pensado antes y haberse comprado uno.

Charlaron distendidamente unos momentos hasta que Barrington los interrumpió:

—Muy bien —dijo—. La situación es que he mantenido contacto telefónico con la Unidad de Gestión de Amenazas del Departamento de Policía de Los Ángeles y con el jefe de seguridad de Gaia, un exagente de policía llamado Andrew Gulli. Lo primero que he hecho es explicarle al señor Gulli que en el Reino Unido no se permite que los guardaespaldas lleven armas de fuego.

—La amenaza es global —intervino el inspector Tingley—, y sabemos que nuestro objetivo podría usar un arma de fuego. ¿Contaremos con miembros de la Unidad de Respuesta Armada?

—Sí, Jason. El inspector jefe Hammond y el sargento Worsley están aquí para explicarnos el plan para la protección de Gaia y de su hijo Roan —respondió Barrington, que dio la palabra a los dos hombres.

El primero en hablar fue el sargento Worsley:

—Gaia Lafayette y su séquito llegan a la terminal cinco del aeropuerto de Heathrow, en Londres, el miércoles a las siete de la mañana —dijo—. Hemos sugerido la posibilidad de crear una pista falsa e informar de que llega a Gatwick en un vuelo privado, pero creo que su jefe de prensa ya ha informado a todos los medios británicos de sus planes. Parece que nos encontramos ante un caso de «ego exacerbado».

Grace contuvo una sonrisa. Aquello era típico de las grandes estrellas. Siempre decían que odiaban a los *paparazzi*, y, sin embargo, siempre les tenían al corriente de dónde iban a estar.

—¿Dónde se va a alojar? ¿En Brighton, o fuera?

—En Brighton, señor —respondió Worsley—. En el Grand Hotel. Su equipo ha reservado la suite presidencial y el resto de las habitaciones de esa planta, de modo que al menos podremos convertir ese lugar en una zona segura. —Echó un vistazo a su cuaderno—. Uno de nuestros problemas principales es el presupuesto, señor. El jefe me ha dicho que ponga a su disposición todos los recursos con los que cuento, pero tendrá que correr ella misma con los gastos de todo lo que sobrepase lo que consideraríamos razonable, el nivel de seguridad que ofreceríamos a un miembro no destacado de la realeza.

—¿Están al corriente del atentado contra su vida de la semana pasada? —preguntó Grace.

—Ese es, en gran medida, el motivo de que estemos aquí —dijo Hammond.

—También somos conscientes de que probablemente haga algún tipo de visita a la casa en la que creció, en Whitehawk —añadió Worsley.

—Otro problema añadido es que le gusta practicar *jogging*, Roy —apuntó Barrington—. Según parece, hace que sus guardaespaldas salgan a correr con ella, pero ese es otro punto en el que aumenta el riesgo para su seguridad.

Worsley asintió.

—Vamos a rodearla de un cerco de acero, señor. Nadie podrá acercársele sin pasar por nuestros controles.

—Bien —respondió Grace, asintiendo a su vez, aunque sabía que, por muchas medidas de seguridad que se establecieran, era imposible proteger completamente a alguien.

Le preguntó a Barrington el nombre de su contacto en Los Ángeles y se lo apuntó, decidido a hablar con él directamente.

Todos los presentes en la sala eran agentes experimentados. Sabían cómo eran las cosas. Podías proteger a alguien todo lo que quisieras, pero si el protegido insistía en moverse libremente, siempre iba a correr el riesgo de ser atacado por algún loco solitario.

Le asaltó una irrefrenable sensación de intranquilidad.

32

Aquel adusto y demacrado estadounidense iba vestido con una vieja chaqueta a cuadros, una camisa de finos cuadritos abotonada hasta arriba, pero sin corbata, pantalones grises, sandalias de cuero y calcetines grises. Miró a través de sus grandes gafas pasadas de moda, con un temblor en la nuez, y leyó la etiqueta con el nombre de la joven. Becky Rivett. La recepcionista del Grand Hotel, temiéndose cualquier tipo de reacción, le mostró una sonrisa decidida y movió el cursor por la página, buscando desesperadamente su reserva.

El hombre tenía el cabello ralo, de color ceniza, con un flequillo al estilo paje, algo que a ella le pareció absurdo en un cincuentón como él. Tenía los puños apoyados en el mostrador, y los apretaba y aflojaba sucesivamente, algo sudoroso.

Después, cuando Becky Rivett se lo describió a la policía, les dijo que le había recordado al actor Robin Williams en aquel angustioso papel de *Retratos de una obsesión*.

—Tengo la reserva confirmada —insistía él—. Tengo un correo del hotel.

Ella volvió a sonreírle y luego siguió buscando en la pantalla, frunciendo el ceño. No le gustaba nada el modo en que le sonreía aquella chica. Era una sonrisa vacía. Le sonreía no porque quisiera, sino porque estaba obligada a hacerlo. Sintió que la ira acumulada en su interior iba en aumento; como serpientes desenroscándose. Tenía ganas de decirle que no hacía falta que le sonriera, que si le volvía a sonreír, a mostrarle aquellos dientecitos blancos tan perfectos, le...

Calma.

Entonces se acordó. ¡Qué tonto! Era el *jet lag*. Y el haber ido a hacer su misión de reconocimiento cuando debía haberse ido a la cama a descansar. Se cometen errores cuando se está cansado.

—Yo…, ah, ahora que me acuerdo…, le he dado un nombre que no era.

—Me ha dicho que es el señor Drayton Wheeler, ¿no?

—Ajá, pero encontrará la reserva a nombre de Baxter. Jerry Baxter.

Había decidido usar un nombre ficticio, por si se hacía necesario.

Ella repasó la lista, frunció el ceño, tecleó algo en el ordenador y lo vio casi al momento.

—Ah, sí. ¿Una habitación individual para dos semanas?

—Correcto —dijo él, y respiró profundamente varias veces.

Ella le puso delante el impreso de entrada y un bolígrafo, y él lo rellenó.

—¿Necesita una plaza de aparcamiento, señor Wheeler…? Perdón, señor Baxter.

—¿Para qué iba a necesitar una plaza de aparcamiento?

—No estaba segura de si había traído coche. —Volvió a sonreírle y la ira en el interior del hombre aumentó aún más—. ¿Me deja su tarjeta de crédito para tomar una impresión, por favor?

—Pagaré en efectivo.

Ella arrugó el ceño. Ya casi nadie pagaba en efectivo. Pero enseguida volvió a sonreír, sin darle importancia.

—De acuerdo, señor. Pero entonces necesitaremos que vaya pagando los diferentes conceptos a medida que surjan, si no le importa.

—Conceptualmente. Comprendido —dijo él, y le sonrió unos momentos mostrándole unos dientes manchados, pero la sonrisa desapareció de su rostro al ver que ella no entendía su bromita.

La chica volvió a escribir algo en el teclado y, al cabo de un momento, le entregó una tarjeta-llave de plástico en una pequeña funda.

—Habitación 608.

—¿No tienen algo un poco más abajo? Las alturas me ponen un poco nervioso.

Ella volvió a mirar la pantalla y escribió algo más en su teclado.

—Me temo que no, señor. El hotel está al completo.

—Ah, sí. Viene a alojarse esa cantante, Gaia. ¿Verdad?

—Me temo que no podemos hacer comentarios sobre otros clientes.

—Lo he oído en las noticias. Está en los periódicos.

123

Ella fingió sorpresa.

—¿De verdad? Me pregunto de dónde se sacarían eso.

—Yo también me lo pregunto —dijo él, con un punto de petulancia excesiva, cogiendo la tarjeta.

—¿Necesita ayuda con su equipaje?

—Bueno —respondió él—, la necesitaría si lo tuviera. Pero, gracias, British Airways se ha encargado de perderlo por el camino.

Esta vez la sonrisa de la recepcionista fue de verdad.

—Vaya, qué engorro.

—Me han dicho que lo traerán hoy mismo.

—Se lo subiremos en cuanto llegue.

«¿De verdad? —estuvo a punto de decir—. Pensaba que lo pondríais en medio del vestíbulo y que todo el personal os arrancaríais a bailar una danza de la lluvia alrededor de las maletas», pero se limitó a contestar, impertérrito:

—Sí, les agradeceré que lo hagan.

Entonces se dirigió hacia los ascensores, con la pequeña tarjeta-llave de plástico en su funda de papel bien agarrada, respirando hondo para calmarse.

Ya estaba allí. Ya se había registrado.

Había alcanzado la primera base. Había seguido los dictados de su ira, que no estaba muy seguro de adónde le llevaría.

El caso era que no tenía ningún sentido ponerles un pleito a aquellos productores de mierda, Brooker y Brody, por robarle su historia. Aquellos procesos llevaban años, lo sabía. Ya había demandado a otros bichos inmundos de la industria del cine, y cada vez habían sido un mínimo de cinco años, y a veces diez, sin ninguna certeza de ganar. Ahora el tiempo era un lujo con el que ya no contaba. Seis meses máximo, eso había dicho el oncólogo. Quizás un poco más si conseguía controlar su ira y evitar que se lo comiera. Cáncer de páncreas, imposible de operar, con metástasis extendidas por todo el cuerpo. Estaba infestado.

Con aquellas expectativas, no tenía ningún sentido poner una denuncia. Pero al menos podría tomarse la revancha, dar un buen golpe a un par de picapleitos de pacotilla, antes de que bajara el telón final. Antes de irse él mismo por el desagüe de aquella letrina de mierda llamada Tierra.

33

«Artículo incorrecto en la superficie de embolsado. Retire artículo de la superficie de embolsado.»

Branson se quedó mirando, medio dormido, la caja automática del Tesco Express de Hove en la que pretendía pagar su compra.

«Por favor, retire artículo de la superficie de embolsado», ordenó aquella arrogante voz femenina de robot.

Miró a la pantalla, preguntándose qué habría hecho mal. Las personas de las cajas a ambos lados de la suya no parecían tener ningún problema.

«Artículo incorrecto en la superficie de embolsado», proclamó de nuevo la máquina.

Miró alrededor en busca de ayuda y bostezó. Eran las ocho de la tarde del domingo y estaba agotado. Desde la mañana del día anterior, cuando Grace le había nombrado suboficial al cargo de la Operación Icono, se había tomado sus obligaciones muy en serio, y se había pasado casi toda la noche trabajando en su cuaderno de actuaciones, leyendo el *Manual de asesinatos* y haciendo previsiones para cubrir todas las líneas de investigación que Grace le había sugerido.

Bajó la vista hacia la superficie de embolsado, intentando descubrir cuál sería el artículo que tanto le molestaba a la máquina. ¿El litro de leche descremada? ¿La moussaka baja en calorías que pensaba comerse para cenar, junto con la ensalada variada? ¿El aerosol para quitar el polvo? ¿El paquete de bayetas absorbentes? ¿La cajita de comida para peces? ¿El paquete de seis cervezas Grolsch?

Ya hacía meses que se alojaba en casa de Grace, aprovechando la generosidad de su amigo. De hecho, Roy ya se había ido a vivir con Cleo, así que él sentía la responsabilidad de cuidar la casa y mantenerla limpia, especialmente ahora, que estaba a la venta. Sabía que los primeros meses la había tenido como una pocilga; estaba tan cabreado con su rotura matrimonial que le costaba incluso concentrarse. Aún seguía enfadado, pero iba superándolo, en gran parte gracias al apoyo de Grace. Lo mínimo que podía hacer para compensarle era tener la casa ordenada.

—¿Puedo ayudarle, señor?

Un joven indio vestido con la camiseta azul de Tesco y unos pantalones negros le sonreía.

«Sí, sí que puedes. ¿Por qué no me identificas un cadáver sin cabeza, brazos ni piernas hallado ayer en la Stonery Farm», querría haberle dicho. Pero se limitó a responder:

—Sí, gracias. No sé por qué se ha cabreado la máquina.

El joven pasó una tarjeta sujeta a una cadena por el lector de códigos de barras y luego apretó unos botones.

—Ya está, señor. Introduzca la tarjeta de crédito, por favor.

Dos minutos más tarde, Branson salió de la tienda y atravesó el asfalto del aparcamiento hasta su coche. De camino vio a una pareja joven cargando en el maletero las compras que llevaban en el carrito. El corazón se le encogió. Un año antes —o menos— esos podrían haber sido Ari y él.

Domingo por la noche. Habrían metido a los niños en la cama y se habrían puesto frente al televisor a picar algo sencillo y sano. Lo que más le gustaba comer a Ari los domingos por la noche era hummus con pan de pita y aceitunas. Y verían *Top Gear*, claro. Echó un vistazo al reloj.

Mierda.

Daban *Top Gear* en la tele y se le había olvidado ponerlo a grabar.

Echó a correr.

34

$\mathcal{A}$nna se enteró por casualidad, mediante una alerta de Google a la que se había apuntado para que la avisara de cualquier mención de su ídolo, que Gaia acudía como invitada aquella noche a *Top Gear*. El reportaje «Una estrella en un coche de precio razonable», tal como decía la alerta, se había grabado meses antes, durante su última visita.

A Anna no le decían nada los coches. Había visto el programa alguna vez para comprobar el porqué de tanto revuelo, y lo había apagado con un bufido cuando Jeremy Clarkson dijo algo inconveniente sobre el Nissan Micra. Ese era el coche que tenía, y le gustaba, en un bonito tono naranja. Era un buen coche, fácil de aparcar, perfecto para moverse por la ciudad. No necesitaba un Ferrari, ni aunque se lo pudiera permitir. Ni un Aston Martin. Ni un Bentley. Aunque tenía que admitir que el Mercedes deportivo de Gaia tenía algo especial. En ese coche sí que se veía.

Con Gaia sentada a su lado, conduciendo.

Ahora, domingo por la noche, estaba pegada a la pantalla y, de pronto, en aquel horrible asiento de coche viejo de color verde guisante, estaba sentada Gaia. ¡La estrella en un coche de precio razonable del día!

Jeremy Clarkson, vestido con vaqueros azules, una camisa blanca abierta por el cuello y una chaqueta que parecía haberle prestado alguien mucho más pequeño, estaba entrevistándola o, más bien, en aquel momento era ella la que parecía entrevistarle a él, con su ligero acento californiano.

Gaia iba vestida toda de negro. ¡Su señal! La que habían establecido en su última comunicación telepática. El color que se ponía Gaia especialmente para ella.

Camiseta negra. Chaqueta de cuero negra entallada. Falda de cuero negra. Medias negras. Botas altas de ante negro.

«Gaia, qué buena eres conmigo. Tú y yo somos almas gemelas. Ya nos conocemos de vidas anteriores. Hemos sido amantes, las dos lo sabemos. ¡Ahora siéntate de lado, por favor, para demostrarme que me quieres!»

En el mismo momento en que articulaba las palabras, Gaia le hizo caso, separó las piernas, cruzadas hasta entonces, y se giró provocativamente de lado, con lo que la falda se le subió un poco. Le lanzó una mirada directa a Anna. Llegándole al alma con aquellos grandes ojos azules. Y luego le guiñó el ojo.

Anna le devolvió el guiño.

Jeremy Clarkson se rio de alguna broma que había soltado Gaia y que a Anna se le pasó por alto. Se mostraba adulador con ella. Pero a Anna no le importaba. No tenía celos de Jeremy Clarkson. No le interesaba lo que pudieran decirse entre ellos, ni lo que pudieran decirles ellos a millones de espectadores.

Lo único que le interesaba era lo que Gaia le respondía a ella. Y su ídolo le estaba respondiendo justo del modo que ella quería.

—Así que empezaste a interesarte en los coches por un novio muy especial que tuviste. Eso es lo que dice tu página web —prosiguió Clarkson—. Un piloto de Fórmula Uno. ¿No sería nuestro Stig?

—No sabemos quién es el nuevo Stig, ¿verdad? —Gaia se rio.

—No, mientras no venda la historia a la prensa, como el último.

—En eso yo no tengo nada que ver —dijo ella, llevándose la mano al pecho—. La gente no debería vender secretos. —Entonces levantó la mano derecha, juntó el pulgar, el dedo medio y el anular, y levantó los otros dos dedos —. El secreto del zorro. Mi zorro furtivo. ¿Te suena? —Era su símbolo personal, la silueta de un zorro, que imitaba el logo que llevaban todos sus artículos de *merchandising*.

Clarkson volvió a reírse.

Pero Anna no se rio. La rabia se la comía por dentro. Zorro furtivo. Gaia nunca hacía aquel gesto en público. Era su código secreto. El código secreto de las dos.

¿Cómo se le había ocurrido hacer eso?

Los secretos eran sagrados. ¿O es que no lo entendía? No se comparte un gesto secreto con todo el mundo.

Tenía que decírselo. ¡Vaya si se lo diría!

35

—*S*on las 18.30 del lunes 6 de junio —leyó Grace de sus notas, frente a todo su equipo, sentado en la SR-1.

Hacía poco que había vuelto de Londres, donde había pasado varias horas encerrado en el despacho del fiscal del caso de Carl Venner y sus películas *snuff*. Junto con el fiscal general de la Corona, habían repasado una serie aparentemente interminable de preguntas que pensaban que les podía hacer la defensa durante el juicio, que debía empezar el lunes siguiente y que recibiría una gran cobertura mediática.

—Esta es nuestra séptima reunión de la Operación Icono —prosiguió—. En colaboración con el suboficial al mando, el sargento Branson, repasaremos dónde nos hemos quedado. Nuestro primer objetivo en esta fase continúa siendo la identificación de la víctima, el «varón desconocido de Berwick». Los resultados del laboratorio de ADN recibidos esta tarde no dan ninguna coincidencia con la base de datos nacional. Así que, de momento, a menos que encontremos la cabeza o las manos para obtener un registro dental o huellas dactilares, me temo que nos enfrentamos a un montón de trabajo de investigación al estilo de la vieja escuela. —Se giró hacia Branson—. Glenn, ¿tienes algo que decirnos sobre el tejido encontrado junto a los restos de la víctima?

El sargento Branson señaló las fotografías del tejido de cuadros colgadas de una pizarra blanca.

—He obtenido respuesta de la sastrería Gresham Blake. Me cuentan que es un tejido fabricado por la compañía Dormeuil y que se vende mucho, a pesar de lo chillón que es, a sastres de cierto nombre y a fabricantes de *prêt-à-porter* de todo el mundo. Llevan produciendo este diseño más de cuarenta años.

—Glenn, ¿no podría ser que los diferentes lotes de tejido presentaran alguna diferencia? —preguntó Potting—. Quizá podríamos limitar la búsqueda si pudieran identificar el lote.

Branson asintió, pensativo.

—Bien pensado. Se lo preguntaré. —Tomó nota y prosiguió, girándose hacia Emma Reeves—. La agente Reeves ha contactado con Dormeuil y está trabajando con ellos en la identificación de todos los posibles sastres y vendedores de telas de Sussex (y de más allá, si es necesario) que puedan haber usado este tejido en los últimos años. Pero debo decir que tenemos un avance significativo en ese aspecto. Los de *Crimewatch* han accedido a hablar de ello en su programa mensual, que afortunadamente se emite mañana por la noche. Mañana, poco antes de la emisión, realizarán una entrevista al superintendente Grace.

—No. Te entrevistarán a ti —le corrigió Grace, y le dio un sorbo a su café.

La repentina mirada de pánico de Branson provocó unas risitas contenidas en la sala.

—Hum… —masculló, mirando a Grace y frunciendo el ceño—. ¿A mí?

—A ti.

—Bueno —respondió Branson, que tardó en reaccionar.

—Un consejito, Glenn —intervino Potting—: no lleves esa corbata.

—Menudo eres tú para dar consejos sobre cómo vestir —le espetó Bella, soltando un bufido.

Como si no la hubiera oído, Potting señaló la colorida corbata de diseño abstracto de Branson.

—Te lo digo de verdad, Glenn: distraerá a la gente y te hará parecer menos serio.

Branson se quedó mirando su corbata, algo molesto.

—A mí me gusta, es alegre.

—Tengo que darle la razón a Norman —digo Grace, asintiendo—: no quedará bien en pantalla.

Branson aceptó el consejo a regañadientes y continuó:

—Tenemos más información sobre el «varón desconocido de Berwick», información procedente de la arqueóloga forense —anunció, y se puso a leer el documento que tenía delante—: «Se calcula que tendría entre cuarenta y cinco y cincuenta años. Por las medidas del fémur y de la tibia, calculo que mediría entre 1,67 y 1,70. El aspecto general de los huesos hace pensar en que sería de complexión menuda. Ha sufrido dos fracturas de costillas, ya fuera a causa de un accidente, ya fuera por alguna pelea. Por el soldado de los huesos calculo que ocurriría al menos hace diez años». —Branson miró a Potting—. Norman, eso debería ser de ayuda en tu búsqueda de desaparecidos. ¿Qué has encontrado hasta ahora?

Potting repasó en voz alta una lista de personas desaparecidas que se ajustaban aproximadamente: un total de veintitrés individuos.

—Hasta ahora nos hemos centrado en Sussex y las zonas limítrofes con Surrey y Kent, y tengo al equipo de investigación de campo trabajando en cada uno de estos individuos, recogiendo cepillos de dientes o de cabello de los que extraer ADN. Con su permiso, jefe —miró a Branson, y luego a Grace—, me gustaría ampliar los parámetros hasta incluir todo Sussex, Surrey y Kent. —Se giró hacia Annalise Vineer, del equipo de Análisis y Procesamiento de Datos, que asintió y tomó nota en su terminal.

En una investigación de gran calado era esencial contar con un buen equipo de procesamiento de datos. Grace sabía por experiencia en casos «fríos» que muchos de ellos habrían podido solucionarse mucho antes (y, en el caso de los asesinos en serie, se habría podido evitar la muerte de alguna de las víctimas) si se hubiera realizado un trabajo más metódico de cruce de datos por todo el condado y con otras fuerzas de la policía.

Las investigaciones de casos de desapariciones eran como quitar capas a una cebolla, pero al revés. Con cada capa que se retiraba, se ampliaban los parámetros de búsqueda. Se empezaba por cubrir el condado, luego los condados vecinos y se acababa cubriendo todo el país. Si no se obtenían resultados, empezaba a buscarse en el resto de Europa.

—De acuerdo —respondió él—. Esperemos que con la emisión de *Crimewatch* obtengamos algo. El material que tenemos es llamativo; la gente se acordará.

—¡No tan llamativo como la corbata de Glenn! —bromeó Potting.

Branson volvió a poner la vista en sus notas.

—El propietario de la Stonery Farm, Keith Winter, ha colaborado mucho, al igual que todos los miembros de su familia. En las investigaciones que hemos hecho hasta ahora no hemos encontrado nada que nos haga sospechar de ellos. Sus finanzas están en orden, es un hombre respetado en su comunidad y no parece que tenga enemigos. En esta fase de la investigación, al menos, no lo consideramos sospechoso. No obstante, hay que tener en cuenta que, con el elaborado sistema de seguridad de la Stonery Farm, es poco probable que un extraño pudiera acceder al interior para tirar, o plantar, el cuerpo en ese sitio. Lo que me hace pensar que buscamos a un empleado de la Stonery Farm o a alguien que tuviera acceso al lugar y lo conociera bien. —Se giró hacia el jefe de la Unidad de Rastros Forenses—. ¿Algún progreso en ese campo, David?

—He enviado a la Unidad Especial de Rescate, y un gran número de agentes de calle y agentes especiales de la división de East Downs están peinando la zona desde el viernes por la tarde, jefe, en busca de la cabeza y los miembros —dijo Green. Al igual que Potting, miró primero a Branson y luego a Grace—. Hemos cubierto toda la superficie de la Stonery Farm, así como las zonas limítrofes, con perros entrenados en el rastreo de cadáveres y arqueólogos para detectar cualquier alteración del terreno, y la UER ha rastreado todos los estanques, arroyos y zanjas.

El agente Exton levantó la mano.

—Jefe —dijo—, aún no veo qué pretendía conseguir el agresor quitándole la cabeza y los miembros a la víctima. No entiendo por qué no troceó el torso. No debió de ser fácil meter el cuerpo en el corral, a menos que trabajara en la Stonery Farm. ¿Por qué lo haría?

—¿Tienes alguna hipótesis que quieras compartir con nosotros? —preguntó Grace.

—Bueno, hay una idea que me da vueltas en la cabeza.

—Ese es un lujo que la víctima ya no puede permitirse —apuntó Potting, con una mueca socarrona.

Exton no le hizo caso y prosiguió:

—Intento ponerme en la piel del agresor. Si voy a desmembrar a la víctima, ¿por qué iba a detenerme después de cortarle la cabeza y los miembros, y dejar el torso intacto? ¿Por qué no cortarlo todo en trozos más pequeños? Eso haría mucho más fácil librarse del cadáver.

—¿Y si fuera alguien que le guarda rencor al granjero por algún motivo? —propuso Nicholl—. No quiere que le pillen, de modo que le quita la cabeza y las manos, mete ahí el cuerpo e intenta involucrar al granjero.

Aquello era una posibilidad, pensó Grace, pero no le parecía lo más probable. Había asesinatos de todo tipo, lo sabía por experiencia, pero la mayoría de ellos se encuadraban en dos categorías: los de los psicópatas de mente fría que lo planificaban todo con detalle, y los de los que mataban en caliente. Los psicópatas que planificaban sus movimientos eran los que solían evadir a la justicia. Recordaba una conversación que había tenido cierta vez con un comisario jefe, cuando le había preguntado si, por su experiencia, creía que existía el «crimen perfecto». El comisario le había dicho que sí. «Es ese del que nunca llegamos a enterarnos», le había contestado.

A Grace aquello no se le olvidaba. Si alguien carente de cualquier emoción humana decidiera planificar un asesinato a modo de ejecución, tomando todas las medidas para la eliminación del cadáver, tenía muchas posibilidades de conseguirlo. Cuando encontraban un cuerpo, o algún resto, normalmente significaba que el asesino había cometido un descuido, que solía ser consecuencia del pánico. De alguien que había matado en caliente y que no lo había pensado todo a fondo.

Aquel torso sin cabeza y sin miembros le olía a lo segundo. Se habían deshecho de él de una forma precipitada, nada profesional. Cuando los asesinos se asustan, cometen errores. Y el error en el que solía caer un asesino era el de dejar una pista, por pequeña que fuera. Su trabajo consistía en encontrarla. Eso implicaba, invariablemente, un trabajo exhaustivo de su equipo, en el que no podían dejar piedra sobre piedra, y la esperanza de contar en algún momento con un pequeño golpe de suerte.

Se giró hacia la analista, Carol Morgan.

—Quiero que repases los asesinatos en serie de todos los meses de invierno; vamos a establecer un punto de partida en el 28 de febrero, e iremos hacia atrás hasta el 1 de noviembre del año anterior. Quiero que busques cualquier incidente registrado en la zona de Berwick: alguien que se comportara de un modo extraño; algún conductor imprudente o simplemente que fuera a gran velocidad; intentos de robos en casa; allanamientos… Establece un radio de búsqueda de cinco kilómetros alrededor de la Stonery Farm.

—Sí, señor —dijo ella.

Grace dejó que Branson dirigiera el resto de la reunión solo. Aunque siguió todo lo que se decía, estaba pensando en varias cosas a la vez, repasando la estrategia de seguridad que había acordado con el superintendente jefe Graham Barrington y que había aprobado el comisario jefe. Gaia iba a llegar a la ciudad al cabo de dos días. Pero también estaba pensando en otra cosa que iba a suceder al día siguiente. Algo en lo que no podía dejar de pensar. El funeral del viejo Tommy Fincher. Y, en particular, pensaba en uno de los asistentes.

Amis Smallbone.

Al pensar en aquel desgraciado, Grace, de forma inconsciente, apretó los puños.

133

36

*P*ara los pocos que lo conocían, Eric Whiteley era una criatura de hábitos. Pequeño, de modales suaves, algo calvo, con un vestuario de trajes inofensivos y corbatas anodinas, siempre educado y puntual. En los veintidós años que llevaba en la agencia de contabilidad Feline Bradley-Hamilton, de Brighton, nunca se había tomado un día de baja por enfermedad ni se había retrasado. Siempre era el primero en llegar a la oficina.

Llegaba a New Road y dejaba su bicicleta, clásica, delante del despacho, justo frente a los jardines del Royal Pavilion, exactamente a las 7.45 de la mañana, lloviera o hiciera sol, tras recorrer los últimos metros en equilibrio sobre un pedal. Encadenaba la bici a la farola de siempre, que ya consideraba de su propiedad, se quitaba las presillas de los pantalones, entraba en el edificio e introducía el código de la alarma. Entonces subía la escalera y se dirigía a su pequeño despacho en la segunda planta, con su ventana de cristal esmerilado tapada en parte por una hilera de archivadores marrones y cajas amontonadas. En invierno encendía la calefacción; en verano, el ventilador. Luego se sentaba en su ordenada mesa de despacho, encendía el ordenador y se ocupaba de sus tareas.

Una cosa que sus colegas habían aprendido de él era que se había convertido en un experto en ordenadores de forma autodidacta. Era capaz de solucionar la mayoría de los problemas de *software* que se producían en la empresa.

A Eric Whiteley le gustaban los ordenadores porque se lo pasaba mejor relacionándose con máquinas que con personas. Las máquinas no se mofan ni se ríen de ti. Y le gustaban las cifras, porque los números nunca son ambiguos; la precisión de las matemáticas le producía una gran satisfacción. Su trabajo consistía en auditar las cuentas de los clientes de su empresa a partir de las cifras que le proporcionaban, preparar las nóminas y, en ocasiones, visitar las empresas para ayudar a alguno de sus contables con los libros de cuentas. Llevaba haciendo aquel trabajo veintidós años, y esperaba continuar al menos trece años más, hasta alcanzar los sesenta y cinco, la edad de jubilación. No tenía más planes. «Ya veremos por dónde van los tiros», solía responder a sus colegas en las raras ocasiones en que alguien le preguntaba por aquello, como en la fiesta de Navidad.

No le gustaba la fiesta de Navidad; siempre se quedaba el mínimo tiempo necesario para no parecer maleducado, y evitaba las conversaciones con sus colegas. Tras dos décadas de trabajo con la misma gente, ninguno de los otros trabajadores o jefes de Feline Bradley-Hamilton sabía más de la vida privada de Eric Whiteley de lo que sabía el día de su llegada a la empresa.

Se compraba el almuerzo en la misma tienda de sándwiches de Bond Street todos los días de la semana, y su menú no variaba nunca. Integral de atún con mayonesa y tomate en rodajas, con dos toques de pimienta, un toque de sal, unas barritas Twix, una manzana y una botella de agua con gas. Entonces compraba un ejemplar del *Argus* en el quiosco y volvía corriendo a la seguridad de su oficina, donde se pasaba el resto de la hora del almuerzo comiendo y leyendo el periódico a fondo —salvo por las páginas de deportes, que no le interesaban—, y haciendo caso omiso del teléfono si sonaba.

Aquel día, los ojos se le fueron al anuncio de lo alto de la columna derecha de la página tres:

¡SE NECESITAN EXTRAS DE CINE!
GANE HASTA 65 £ AL DÍA POR HACER DE EXTRA
EN *LA AMANTE DEL REY*,
CON GAIA Y JUDD HALPERN.
LA PRODUCCIÓN EMPIEZA LA SEMANA QUE VIENE,
EN BRIGHTON.

Había un número de teléfono, una dirección de correo electrónico y una página web.

Recortó cuidadosamente el anuncio y lo metió en el cajón central de su mesa. Luego siguió con su almuerzo.

El anuncio llamó la atención de muchas otras personas en la ciudad. Una de ellas era Branson, que estaba sentado en el tren con Bella, de camino al estudio de *Crimewatch*, en Cardiff. Estaba comiéndose un plátano y echando un vistazo al periódico. Excitado, tomó nota de todos los detalles. ¡Sammy y Remi estaban locos por Gaia! Tras su separación, su esposa, Ari, estaba haciendo todo lo que podía por ponerle a los niños en contra. A lo mejor podría conseguirles algún papel como extras en la película. ¡Sería genial! Y le serviría para ganar muchos puntos en la relación con sus hijos.

Otra persona que leyó el anuncio con interés fue el ocupante de la habitación 608 del Grand Hotel de Brighton, que había estado repasando los anuncios por palabras del periódico en busca de una fulana.

Estaba cansado y sufría los efectos del *jet lag*, además de estar hiperexcitado por el exceso de cafeína, pero no le importaba; se sirvió otra taza de café, cogió el teléfono, se informó de cómo hacer una llamada local y marcó el número del anuncio. Un momento más tarde oyó el característico ruidito del desvío de llamada, y se encontró con una grabación.

La rabia se apoderó de él. Odiaba aquel sistema, toda esa cultura del contestador. Era la manera de engañar al público, de colarle lo que fuera.

Si está interesado en participar como extra en *La amante del rey*, por favor deje su nombre, edad y un número de teléfono y le llamaremos enseguida. O también puede enviarnos sus datos por correo electrónico, junto con una fotografía reciente y un número de contacto. ¡Gracias por llamar a Brooker Brody Productions!

Por un instante, agarrando el auricular con fuerza, sintió la tentación de arrancarlo del cable y sacarle la mitad de las tripas de un tirón. Pero luego se calmó un poco. No había llegado hasta allí para destrozar un teléfono.

Aunque la verdad era que en aquel momento no tenía una idea precisa de lo que había venido a hacer. Algo, eso seguro. Algo que mucha gente lamentaría.

Dejó su nombre y su número, y colgó.

$\mathcal{A}$ Grace le gustaba el diseño y la ubicación del crematorio de Woodvale. Por lo que había visto, los típicos crematorios urbanos eran lugares sin personalidad ni encanto, porque su único objetivo era cumplir su triste misión. A diferencia de las iglesias, allí nadie se casaba, ni se bautizaba, ni acudía a profesar su culto, ni era uno de esos lugares donde la gente podía entrar simplemente cuando estaba desanimada. Pero Woodvale ocupaba un cuidado recinto lleno de vegetación en una colina al norte de la ciudad. Era un lugar con historia y mucho encanto. El edificio central, con dos capillas gemelas y una torre entre ellas, de estilo neogótico, recordaba una iglesia parroquial de pueblo.

Aunque su trabajo giraba casi por completo alrededor de la muerte de otras personas, solía evitar pensar demasiado en su propia condición de mortal. Aún no había tomado ninguna decisión sobre sus propias creencias, y mantenía una mentalidad completamente abierta. Tiempo atrás, tratando con médiums, había obtenido algunos resultados sorprendentes, pero también muchos fracasos. Cuando había hablado de ello con Sandy y, más recientemente, con Cleo, él siempre les había comunicado lo que sentía de verdad: que la existencia tenía una dimensión espiritual y que creía que había algo más allá de este mundo, pero no en el sentido bíblico. En lo más profundo de su corazón tenía la esperanza de que hubiera algo más. Pero, luego, cuando veía alguna atrocidad terrible en las noticias (o le llamaban para que asistiera personalmente a verla), reflexionaba y tenía la triste sensación de que quizá fuera mejor que la raza humana limitara toda aquella maldad a este planeta y al tiempo de vida de sus habitantes, afortunadamente breve.

No había pensado en su propio funeral. Sandy le había dicho que ella quería un entierro en el bosque, en un ataúd hecho con materiales que fueran respetuosos con el medio ambiente, pero él siempre había evitado profundizar en el tema: no le gustaba pensar en ello. Aunque, después del caso en que había trabajado unos meses antes, relacionado con el tráfico de órganos humanos, se había decidido por fin a hacer algo en lo que Sandy le había insistido años atrás. Se había hecho donante de órganos. Pero eso era lo máximo a lo que había llegado en el proceso de afrontar su propia mortalidad.

Echó un vistazo a la escena a través de la lluvia, que había convertido su parabrisas en una superficie opaca, ocultándolo convenientemente a la vista de los demás. Un coche fúnebre negro y un cortejo de limusinas esperaban a cierta distancia de una capilla, como aviones esperando junto a la pista de despegue.

Le atravesó un escalofrío repentino que le hizo dar un respingo. Su madre solía decir que, cuando le daba un escalofrío, era porque alguien estaba caminando sobre su tumba. Sonrió con nostalgia ante aquel recuerdo y se sintió culpable por no haber visitado las tumbas de sus padres desde hacía tiempo.

De la capilla salía gente que había asistido al servicio anterior. La típica mezcla de edades. Con la lluvia, nadie se quedó remoloneando. Un grupo se subió a la parte trasera de una limusina oscura; el resto se dirigió enseguida a sus respectivos coches.

El coche fúnebre, seguido por el cortejo, se trasladó a la puerta de la capilla. Las puertas de la primera limusina se abrieron. Salió gente, resguardándose bajo los paraguas que les sostenían los de la funeraria. Grace conectó el limpiaparabrisas… y lo vio casi inmediatamente. Saliendo de la primera limusina.

Allí estaba Amis Smallbone, tal como había supuesto Terry Biglow.

Habría reconocido a aquella escoria a cien kilómetros de distancia. Con aquella postura tan enhiesta y sus alzas parecía medir algo más de su metro cincuenta y tres. Aunque la lluvia no le dejaba verlo muy bien, no parecía haber cambiado mucho en doce años, cuando Grace había presentado en aquel juzgado las pruebas que tan decisivas habían sido para su encarcelamiento.

No se podía decir que Amis Smallbone fuera una persona malvada. Llamarle «malvado» sería como hacerle un cumplido. No era lo bastante listo como para ser malvado de verdad. Era solo ruin. Un hombrecillo realmente ruin.

Al cabo de unos minutos, los porteadores abrieron la puerta trasera del coche fúnebre y sacaron el ataúd, supuestamente con los restos de Tommy Fincher, aquel viejo traficante. Grace esbozó una sonrisa socarrona al pensar que el viejo truhán quizá se llevara algún artículo robado consigo, con la intención de ofrecérselo a Dios a un precio de derribo.

Vio a Terry Biglow saliendo de la segunda limusina: una figura de aspecto frágil apoyándose en un bastón. No pudo evitar sentir pena por aquel hombre. No quedaría mucho para que fuera su propio funeral al que asistiera, y debía de tener aquello muy muy presente. Al menos Biglow tenía un punto entrañable, a pesar de reconocer que era escoria. Eso era más de lo que podía decir de Smallbone. Biglow era un tipo con el que siempre había podido negociar cuando necesitaba información, y le echaría de menos.

Un elenco de lo más granado de los bajos fondos de Brighton fue pasando ante sus ojos, bajo la lluvia, y entrando en la capilla. Grace reconoció casi todos los rostros. La mayoría eran hombres, pero también había un par de mujeres importantes, como Gloria Jouvenaar, la reina de los burdeles y, a su lado, una anciana apoyada en un bastón, Betty Washington, que en su tiempo había sido la más activa de las *madames* de la ciudad.

Mientras esperaba en su coche a que terminara el servicio y la incineración, llamó a Branson para desearle suerte con la grabación de *Crimewatch*. Su amigo parecía estar hecho un flan. Grace hizo lo que pudo para calmarlo.

—¿Puedo pedirte un favor? —dijo Branson.

—Prueba.

—La película con Gaia. ¿No habrá ninguna posibilidad de que me tome unos días… de mis vacaciones anuales… para llevar a mis hijos… a que hagan de extras? No tengo ni idea de si podría conseguir que entraran de extras, pero significaría muchísimo para ellos.

—Colega, piénsatelo bien, ¿quieres? ¿Eres el suboficial al cargo de una investigación de homicidio que acaba de empezar, y de pronto quieres apartarte del caso para hacer de extra en una película?

Se produjo un largo silencio.

—Sí, ya pensaba que dirías eso —respondió Branson por fin.

Grace era consciente de lo mal que lo pasaba su amigo. Sabía lo mal que le había tratado la vida el año anterior, pero, para prosperar en la División de Delitos Graves, el trabajo siempre tenía que estar en primer plano.

—Mira, te diré lo que haré. No te prometo nada, pero imagina que tengo que verla en los próximos días para revisar las condiciones de seguridad. Veré si está dispuesta a veros a ti y a los niños un par de minutos. ¿Qué te parece?

Branson parecía extasiado.

—¿Sabes, colega? A veces no eres tan mala persona... para ser blanco.

—¡Vete a la mierda! —respondió Grace, sonriendo.

Entonces la gente empezó a salir de la capilla. El servicio había durado poco. Evidentemente no se habían leído muchos panegíricos en recuerdo de Tommy Fincher. Colgó el teléfono y se quedó mirando, esperando. Smallbone salió cogiendo del brazo a una mujer que no reconoció.

Los vio subirse a una limusina negra y, al cabo de un momento, el coche se puso en marcha. Grace arrancó y lo siguió, manteniendo una discreta distancia de seguridad.

38

¡*I*ncreíble! Le estaban llamando desde la oficina de producción de *La amante del rey*, apenas una hora después de su llamada. Era una joven con la voz irritantemente alegre, como si quisiera hacerle creer que era «su nueva mejor amiga».

—¿Jerry Baxter?

No le gustaba su tono lo más mínimo. Se sintió tentado de preguntarle si había visto las noticias en la tele, si había oído hablar de la hambruna en África. ¿No había oído la radio? ¿O leído un periódico? Habría querido preguntarle cómo podía estar tan contenta sabiendo que estaba ocurriendo algo tan terrible en el mundo.

En nuestro mundo. El mundo de todos. ¿O es que era tonta de remate?

Las serpientes volvían a despertarse. Todo se le mezclaba en la cabeza, como solía pasar cuando se enfadaba. Tenía que concentrarse, recordar por qué estaba allí, por qué había llamado a la oficina de producción.

—Soy yo —respondió.

—Gracias por llamarnos. Ahora mismo estamos buscando extras. Empezamos el rodaje el lunes y necesitaríamos contar con usted todos los días hasta el sábado por la tarde. ¿Está disponible?

—Del todo.

—Vamos a grabar escenas con mucha gente en el exterior del Pavilion, si el tiempo acompaña. Le daré la dirección para hacer pruebas de vestuario.

—¿También van a filmar en el interior del Pavilion?

—Sí, mucho, pero allí no harán falta extras.

—Ah, vale —respondió, algo decepcionado.

Aquella información era útil, aunque no estaba muy seguro de por qué. La archivó sin más. A veces tenía la impresión de que su cerebro era como un desván en el que se había fundido la bombilla y que nadie la había cambiado. Había que abrirse paso con una linterna en busca de cada cosa; y a medida que pasaban los años, la linterna era cada vez más pequeña y las baterías estaban más gastadas. Había cosas que había archivado y de las que se había olvidado tiempo atrás, y que probablemente nunca recuperaría. Además, aquel lugar estaba custodiado por las serpientes que se desperezaban y agitaban la lengua cada vez que miraba.

Después de colgar, bajó al vestíbulo del hotel y se dirigió al mostrador de recepción. Pidió información sobre el Brighton Pavilion: a qué hora abría, a qué hora cerraba, si había visitas guiadas, si había que reservar...

El hombre del mostrador, vestido con un elegante uniforme gris, abrió un folleto y le mostró los horarios de apertura y los de las visitas guiadas.

Drayton Wheeler le dio las gracias. En el exterior llovía a cántaros; decidió que aquella tarde sería un buen momento para hacer una visita cultural a cubierto. ¿Qué mejor que visitar el Brighton Pavilion?

—¡*M*aldita lluvia! Maldito tiempo inglés. ¡Mierda!

Larry Brooker, resguardado bajo el paraguas en los jardines del Royal Pavilion, con sus mocasines Gucci empapados por la lluvia, comprobó por enésima vez aquel día la previsión meteorológica en su iPhone, como si, milagrosamente, las imágenes grises de lluvia que llenaban los seis días fueran a convertirse en cualquier momento en soles. Las cámaras no empezaban a rodar hasta el lunes siguiente, pero aquellos últimos días de preproducción tenían una agenda muy tensa y aquel tiempo horrible no ayudaba nada.

El director de la película parecía ajeno a aquel manto de agua. Iba mal afeitado, con una melena blanca que le llegaba a los hombros y el ceño siempre fruncido, vestido con una gorra de béisbol y una vieja cazadora de aviador, vaqueros y deportivas. Jack Jordan, dos veces nominado al Óscar y ganador de un premio BAFTA, estaba allí plantado como si fuera un antiguo hechicero que acabara de predecir el fin del mundo, contemplando una de las cúpulas en forma de bulbo flanqueada por sendos minaretes, con su grupo de acólitos alrededor: el localizador de exteriores, el director de producción, el director de fotografía, el primer ayudante de dirección, su secretaria personal —que llevaba años beneficiándose, era un secreto a voces— y otras dos personas que Larry Brooker no conocía, pero que no tenía dudas de que estaban en su nómina.

Jack Jordan señaló algo en el tejado; el director de fotografía asintió y su secretaria personal tomó nota. Jack Jordan levantó una pequeña cámara y tomó una foto.

Brooker no había dormido en toda la noche. Había otro gran problema en la financiación de la producción. Gaia llegaba al día siguiente desde Londres, y también el actor principal, Judd Halpern; estaban en plena preproducción, construyendo los decorados en Pinewood para algunos de los interiores; noventa y tres personas en nómina quemando dinero. Su socio, Maxim Brody, le había llamado la noche anterior desde Los Ángeles —había tenido el detalle de hacerlo a la una de la madrugada— para explicarle el nuevo problema.

Un problema bastante gordo, la verdad.

Si su mecenas, el milmillonario californiano Aaron Zvotnik, no aparecía con el dinero que les había prometido, tendrían que cancelar toda la producción al cabo de tres días. Y Zvotnik —estaba en todos los periódicos— tenía sus propios problemas, con el pleito que le había puesto Google recientemente por uso ilícito de patentes; sus acciones se habían hundido. Ya le había advertido a Brody que tenía que cubrir los gastos que suponía invertir en sus propias acciones y que quizá no pudiera cumplir con su compromiso.

«Genial», pensó Brooker. Cuando ya estaba todo listo, la única opción que tenían Maxim y él mismo era hurgar en sus bolsillos para salvar la producción hasta que pudieran encontrar a alguien que financiara la película en lugar de Zvotnik. Brooker estaba casi en la ruina, pero afortunadamente Maxim Brody tenía suficiente capital como para financiarlos unas semanas. Contando con una estrella de la dimensión de Gaia, eso debería bastar para sacarlos del apuro, pero casi con seguridad supondría tener que ir con la gorra por delante a los grandes estudios, y ponerse en sus manos.

Malhumorado, se quedó mirando el edificio. Era uno de los lugares más extraordinarios que había visto nunca y, como viajero experimentado, había visto muchas cosas. Le daba la impresión de ser el único edificio comparable a lo que recordaba del Taj Mahal. Aunque tenía que admitir que el Taj Mahal solo lo había visto a las seis de la mañana, con una resaca terrible y una diarrea que le daba calambres en el estómago.

El Pavilion estaba diseñado al estilo de un elaborado templo indio, con un lujo desmedido, como si fuera una enorme y recargada tarta de bodas. Sin embargo, el resultado funcionaba: era bastante imponente y majestuoso, y el interior, decorado con elementos orientales igualmente exóticos y ampulosos, era aún más extravagante. Había sido construido por el príncipe regente en 1787 a partir de una granja que había antes en el lugar, como refugio en la costa para sus escapadas con su amante (la que más tarde sería su esposa en secreto), Maria Fitzherbert. Décadas más tarde, el Royal Pavilion fue ampliado por John Nash, y se había convertido en el icono de la ciudad de Brighton y Hove, y en uno de los monumentos más famosos de toda Inglaterra.

En aquel momento, Jack Jordan y los suyos pasaban al interior. Por lo menos ya no se mojaría más. Cuando Larry Brooker había producido su primera película, veinticinco años antes, se había imaginado viviendo el sueño de Hollywood. Se veía, al cabo de unos años, con su casa en Bel Air, un yate tremendo en la Riviera francesa y su jet privado. Pero las cosas no habían ido así. De momento había podido vivir decentemente, y habría podido ser rico si no se hubiera metido gran parte de sus ganancias por la nariz y si no hubiera tenido que repartir una cantidad aún mayor a sus exesposas. Tenía la sensación de vivir en una montaña rusa, pero de momento no había llegado tan alto como quería, y si aquella película se iba al garete, su reputación y la de Brody quedaría por los suelos. De algún modo tenían que conseguir que siguiera adelante.

Un guardia de seguridad los saludó con un gesto. Brooker siguió al director y al resto del personal por un pasillo hasta la sala de banquetes. Miró a su alrededor y decidió que, si la película se convertía en el éxito mundial que él esperaba, se construiría un comedor a imitación de aquel en la mansión que compraría en Bel Air. Era de una opulencia aún mayor que la que se veía en las fotografías y estaba decorado con sumo gusto. Se quedó mirando las paredes cubiertas de lienzos, y el techo abovedado con su enorme bajorrelieve de hojas de plátano, del que colgaban unas inmensas y fabulosas lámparas de araña.

La del centro, que era la mayor, le recordaba unos fuegos artificiales. Medía más de diez metros de altura y parecía colgar de las garras del dragón que había en lo más alto de la bóveda, sobre una gran mesa de comedor puesta para treinta personas, con elaborados candelabros, jarras doradas, porcelana fina y copas de cristal.

—Supongo que aquí es donde Jorge y Maria celebrarían sus cenitas íntimas —le dijo el asistente de producción a Jordan con una sonrisita.

Varios de ellos se rieron, pero no Brooker, que estaba sumido en sus pensamientos. Estaba encantado de que hubieran decidido filmar allí, en lugar de replicar aquella sala en un estudio.

—¡En realidad no lo es! —se pronunció un hombre alto vestido con traje que se les acercó—. Soy David Barry, el conservador del edificio. Resulta muy curioso, pero al rey Jorge no le gustaba nada sentarse a esta mesa: le aterraba la posibilidad de que la lámpara se le cayera encima.

Todo el equipo levantó la vista.

—Bueno, desde luego no quedaría gran cosa de cualquiera al que se le cayera encima.

—¡Desde luego! —corroboró el conservador—. Pesa algo más de tonelada y cuarto.

—¿Cómo la limpian? —preguntó alguien.

—Se hace cada cinco años —respondió él—. Tiene quince mil cuentas de cristal, que hay que retirar una a una para lavarlas, abrillantarlas y volverlas a poner.

—Espero que… el soporte aguante —dijo Brooker, que no bromeaba del todo.

El conservador asintió.

—Perfectamente. A la reina Victoria le preocupaba su seguridad, e hizo que construyeran nuevos soportes con aluminio: era una de las primeras veces que se usaba en el país, y era el material más fuerte que existía en aquella época.

Nadie observó al hombre alto y delgado con una gabardina húmeda y una cámara colgada del cuello, que llevaba un pequeño paraguas en una mano y un folleto del Royal Pavilion en la otra y que, aparentemente, contemplaba una pintura de la pared. Pero la pintura no le interesaba ni de lejos. Estaba escuchando la conversación.

40

La reunión en recuerdo de Tommy Fincher duraba ya más de tres horas. Se estaba celebrando en el salón privado de la planta superior del Havelock Arms. Pero a Grace no le importaba esperar. Se quedó sentado en su coche, al otro lado de la calle, bajo la intensa lluvia, haciendo llamadas y enviando correos electrónicos desde su BlackBerry, con el pub bien a la vista. Esperaba que el día siguiera así de gris y lluvioso, al menos un par de horas más. Cuanto más oscuro, mejor.

No era de extrañar que hubieran elegido aquel local para despedir al viejo Fincher. Era uno de los pubs donde solían reunirse los delincuentes de la ciudad. Había reconocido al menos una quincena de caras entre los asistentes; muchos de ellos habían tenido repetidos encuentros con la policía de Sussex. Un par de ellos estaban en el umbral en aquel momento, fumando. En el interior, los demás estarían bebiendo y presentando sus respetos a Fincher..., y, sin duda, haciendo negocios. Ninguno de ellos confiaba en el otro, pero las guerras de antaño, libradas en las calles y los callejones de la ciudad, con puños de acero, navajas y botellas de ácido, eran cosa del pasado. Hoy en día, los malos de siempre tenían otros problemas de los que preocuparse. El cerco de las mafias china, albana y rusa ya estaba haciéndose sentir en el bolsillo de los delincuentes británicos. El tráfico de drogas, la prostitución, la pornografía, el contrabando de alcohol y tabaco, las prendas de diseño falsificadas y el creciente negocio de las estafas por Internet eran mercados cada vez más en manos de unos personajes furtivos e invisibles con una reputación aún más brutal que sus homólogos nacionales, y en su mayoría actuaban desde bases en el extranjero.

En ese aspecto, la ciudad de Brighton y Hove había tenido suerte. No registraba el índice de delitos con armas de otras ciudades del Reino Unido. Pero Grace tenía claro que las cosas no eran como antes, y que no podían relajarse.

En realidad no disponía de tiempo para perderlo de aquella manera, pero lo cierto era que se lo estaba pasando bien. Era como volver a sus primeros tiempos en la división, cuando estuvo dos años en un equipo de vigilancia, la mayor parte del tiempo siguiendo y observando a traficantes de la ciudad, varios de los cuales estaban ahí dentro. Una vez había pasado treinta y seis horas sentado en una cámara frigorífica especialmente adaptada, en un viejo y oxidado camión de reparto. Lo habían adaptado para que pareciera abandonado, pero en realidad lo habían colocado a pocos metros de la casa de un sospechoso de tráfico de drogas, en Moulsecomb. Grace estuvo allí todo aquel tiempo, con provisiones de agua y comida, sin poder salir, teniendo que hacer sus necesidades en contenedores de metal, grabando las entradas y salidas del sospechoso a través de una mirilla en el lateral del vehículo.

Fue en aquel furgón frigorífico donde se le ocurrió pensar por primera vez que ser investigador era como pescar, que se necesita mucha paciencia para conseguir una gran captura, analogía que seguía usando en la actualidad cuando daba clases de formación a aspirantes a policías.

Miró el reloj: las 20.35.

Entre los rostros que había visto allí había el de un viejo conocido, Darren Spicer. Era un ladrón de viviendas profesional, de poco más de cuarenta años, pero con el aspecto de un sesentón. Por suerte, no quedaban muchos ladrones de viviendas. Hoy en día podían ganar mucho más como traficantes de drogas o en estafas por Internet. En los últimos años, probablemente Spicer fuera uno de los mejores clientes de Tommy Fincher (eso cuando no estaba entre rejas).

Le distrajo de sus pensamientos una canción que empezó a sonar. *Mr. Pleasant*, de los Kinks. Siempre le había parecido que las letras de aquel grupo eran de las mejores de todos los tiempos, y aquella canción en particular era una de sus preferidas. Tenía un tono siniestro de fondo que encajaba perfectamente con la comitiva reunida al otro lado de la calle, tras aquella ventana empañada del primer piso. Y, en particular, con un hombre. Smallbone.

Mr. Pleasant. El «señor agradable».

«O más bien, el señor *desagradable*...», pensó Grace. Le llegó el olor a humo de los cigarrillos desde la otra acera, y de pronto se dio cuenta de que le apetecía mucho fumar. Y tomarse una copa con el cigarrillo, un whisky de malta, o quizás una cerveza fría, porque tenía sed. Pero ambas cosas estaban descartadas: no podía arriesgarse a dejar el coche y a perder a su blanco, y allí no tenía cigarrillos.

También tenía hambre, puesto que se había saltado el almuerzo para preparar la documentación de apoyo que le había pedido el fiscal para el juicio de Venner antes de salir hacia el funeral. Lo único que había en el coche era un KitKat que llevaba meses en la guantera; el chocolate se había deformado al haberse fundido varias veces con el sol, y estaba cubierto de motas blancas. Sacó la chocolatina, retiró el envoltorio y le dio un bocado. Sabía a viejo y se le llenó el regazo de migas. Pero necesitaba comer algo, y podía ser que aquello se alargara, así que se obligó a tragar, con una mueca a cada bocado, maldiciéndose por no haberlo previsto.

Lo cierto es que no había hecho ningún plan, salvo el de cancelar la reunión de la Operación Icono de aquella tarde debido a la ausencia de Branson, y para darse tiempo libre. Solo había pensado en presentarse en el funeral y encontrar a Smallbone, pero no había decidido cómo afrontarlo. La ira que le provocaba aquel hombre se iba acumulando en su interior. Una profunda rabia por lo que le había hecho —o encargado que hicieran— al coche de Cleo. Corría el riesgo de acabar haciendo alguna tontería y sabía que debía mantener el control. Pero no estaba seguro de si podría hacerlo una vez que se encontrara cara a cara por fin con Smallbone. Nadie iba a amenazar ni a asustar a su querida Cleo. Nunca.

Una pareja joven pasó corriendo a su lado, ambos riéndose de algo, y desaparecieron calle arriba. Echó un vistazo al reloj del coche y luego al de su muñeca. Al cabo de poco más de veinte minutos empezaría la emisión de *Crimewatch* desde el estudio de la BBC en Cardiff. En algún momento, durante la hora de emisión, Branson hablaría en público, presentando el caso. Inmediatamente después, él y Bella responderían a los teléfonos del estudio, usando el número que Branson había hecho público. A las 10.45 se emitiría el sumario de casos del programa otra vez y ellos se quedarían allí hasta medianoche, se alojarían en un hotel de Cardiff y volverían en tren a Brighton por la mañana. Grace conocía el procedimiento; lo había hecho varias veces. Era uno de los mejores recursos posibles para avanzar en un caso; casi siempre obtenía una respuesta inmediata del público y, en muchos casos, pistas positivas. Llamó a Branson a su número, pero tenía el teléfono apagado.

Le dejó un mensaje deseándole suerte. Sabía cómo se sentiría

149

Branson en aquel momento. Estaría a punto de entrar en el plató, con Bella y los otros invitados al programa, con la garganta seca y hecho un flan. Así es como se sentía él cada vez antes de salir en televisión. Era imposible sentirse de otro modo: tenías una oportunidad y no podías fastidiarla, y aquella responsabilidad siempre se cobraba un precio.

Llamó a Cleo. Cuando respondió, oyó unos ladridos rabiosos.

—¡Hola, cariño! —dijo ella, levantando la voz para hacerse oír. Luego gritó—: ¡Calla!

—¿Por qué ladra? —preguntó Grace, de pronto preocupado.

—Alguien acaba de llamar a un timbre en la tele.

Él sonrió, aliviado.

—¿Cómo te encuentras? —Al otro lado de la calle vio que los dos fumadores volvían a entrar.

—Cansada, pero mucho mejor. El bultito ha estado muy activo. ¡Me trata como si fuera una pelota de fútbol!

—Pobrecilla…

—¿A qué hora crees que volverás a casa?

—No lo sé.

—¿Has cenado?

—Un KitKat rancio.

—¡Roy! —la regañó ella—. Tienes que comer bien.

—Sí, pero donde estoy ahora el menú es bastante limitado.

—¿Y dónde estás?

—Te lo contaré cuando te vea.

—Me voy a ir a la cama pronto.

—¿Has oído el mensaje que te he dejado sobre la cena?

—¿Qué mensaje?

—Te he dejado un mensaje antes… No te he encontrado. Te he preguntado qué ibas a hacer para cenar.

—No he oído ningún mensaje.

«Qué raro», pensó. ¿Habría marcado mal el número? Lo dudaba.

—¿Quieres que te deje algo en la nevera? He comprado una lasaña muy rica.

—Eso sería estupendo, gracias —dijo.

—También he hecho ensalada. Quiero que te la comas, ¿vale?

—¡Te lo prometo! Por cierto, Glenn sale esta noche en *Crimewatch*.

—Lo sé, me lo has dicho antes. Ya te lo grabaré.

Estaba a punto de preguntarle algo más sobre el mensaje que le había dejado cuando la puerta del pub se abrió y una persona salió bajo la lluvia con paso algo inseguro. Aunque era al otro lado de la calle, estaba oscuro y llovía a cántaros, no había lugar a error.

Grace puso fin a la llamada a toda prisa y se quedó mirando a Amis Smallbone, que vestía una elegante gabardina marrón con el cuello de terciopelo y abría un paraguas. Luego, con la cabeza bien alta y un paso algo inseguro, atravesó el patio de entrada al pub y se frenó al llegar a la acera, como si buscara un taxi.

Grace se sorprendió de que no le acompañara nadie. Y no podía creer la suerte que tenía. Salió del coche y se dirigió hacia él, decidido, mirando en ambas direcciones y constatando que no había nadie en la calle. Bien.

Smallbone, bajito y perfectamente proporcionado, como una versión bonsái de un matón mucho mayor, tenía una imagen impecable, como un paquete de regalo. Hablaba con voz fina y penetrante, muy acorde con su estatura, pero con un tono impostado y petulante. Era como si se imaginara que tenía el aspecto de un respetado terrateniente, mientras que todo el mundo lo veía como un chanchullero de hipódromo, o un bribón de poca monta, de los que venden relojes falsos en las esquinas.

—Amis Morris Smallbone. ¡Qué casualidad encontrarte por aquí! Roy Grace. ¿Te acuerdas de mí?

Amis Smallbone se quedó pasmado. Parpadeó, como si le costara verle bien en aquel ambiente oscuro. Luego, con la voz algo pastosa pero tan desagradable como siempre, dijo:

—¿Qué quiere?

—¿No sabes qué quiere decir cuando alguien te llama por tu nombre completo?

Smallbone frunció el ceño y por un momento perdió el equilibrio. Grace le agarró del brazo para que no se cayera, pero no lo soltó. Notaba el olor a alcohol y a tabaco.

—No —dijo él, de mala gana.

—Significa que estás detenido.

151

41

*A*nna estaba sentada en su santuario dedicado a Gaia, vestida con el traje de gala que se había puesto su ídolo en los conciertos de su gira *Salva el planeta*. Se había duchado antes de ponérselo, para que sus olores corporales no contaminaran el perfume y el olor de la transpiración de Gaia, que aún le parecía detectar en aquella prenda después de diez años.

Estaba muy ocupada revisando cosas. Releyendo fragmentos de la biografía autorizada de Gaia, después de pasarse media tarde poniéndose a prueba, una y otra vez, repasando la discografía de Gaia, para asegurarse de que recordaba el nombre de hasta el último single, y en el orden correcto, junto con la fecha de su lanzamiento. No podía ser que, cuando se encontraran, al día siguiente, cometiera algún error tonto. Quería estar perfecta ante su ídolo.

Y estaba bastante segura de que se acordaba de todo. Se le daban bien las fechas, siempre se le habían dado bien. En el colegio era de las mejores en Historia: recordaba las fechas del reinado de todos los monarcas de Inglaterra y de cada batalla, así como el resto de fechas importantes. Algunos de sus compañeros de colegio la llamaban empollona. Bueno, ¿y qué? No le importaba. ¿Qué sabían ellos del mundo? ¿Cuántos de ellos podían decir ahora mismo, después de tantos años, que tenían una colección de artículos de Gaia como la suya?

¿Eh?

—¿Tú cuántos crees, *Diva*? —le dijo a su gata.

La gata se sentó a los pies de la vitrina de cristal que contenía entradas de conciertos enmarcadas y montones de programas. No respondió.

Echó un vistazo al reloj. Las 20.55. Era el momento de bajar a ver uno de sus programas favoritos, *Crimewatch*.

Crímenes de verdad. Con un poco de suerte, saldría algún asesinato; quizás alguna reconstrucción. Volvió a poner la bandeja de la arena para la gata sobre un par de páginas arrancadas de *Sussex Living*, revista gratuita que nunca se molestaba en leer, pero que resultaba muy práctica para tal propósito. Entonces se fue al salón y encendió el televisor.

Le gustaban las reconstrucciones filmadas, cuanto más violentas y sangrientas mejor. Eran mucho más impactantes que en cualquier docudrama o película, porque sabías que se trataba de un caso real. Podía cerrar los ojos e imaginar el miedo de la víctima, la desesperación. Eso la excitaba. En sus actuaciones, a veces Gaia jugaba con escenas de *bondage*. Y le encantaba. Y también la excitaba.

Quizá Gaia quisiera atarla al día siguiente... Podía sugerírselo, ¿no? Se estremeció de gusto al pensarlo.

A los veinte minutos de empezar el programa, la presentadora, Kirsty Young, anunció la intervención de un policía alto y negro vestido como si acabara de salir de un funeral. En la pantalla apareció el subtítulo: INSPECTOR GLENN BRANSON, DIC DE SUSSEX.

Anna le dio un sorbo a su mojito Gaia.

Sussex. Algo de su condado. ¡Aún mejor! En el *Argus*, en la radio y en la televisión habían hablado sobre un cuerpo que habían encontrado en una granja de pollos de East Sussex. Hasta el momento no habían dicho mucho al respecto, pero sonaba muy siniestro. Deliciosamente siniestro. Ojalá hablaran de aquello.

Un momento más tarde pasaron una grabación del inspector junto a una puerta de metal, con un cartel al lado que decía STONERY FARM. Parecía inquieto.

«¡Sí! ¡Oh, sí! ¡Gracias, inspector!» Estaba tan nerviosa que derramó parte del mojito de su copa de cóctel.

—La policía de Sussex recibió una llamada y tuvo que acudir a esta granja de pollos el pasado viernes por la mañana, donde los trabajadores habían descubierto un torso humano al vaciar el depósito de los excrementos de los pollos —explicó Kirsty Young.

La grabación pasó a mostrar un enorme corral de una sola planta, de cientos de metros de largo, con paredes de madera y ventiladores en el techo, y una serie de altos silos de acero al lado. La cámara de televisión abrió el plano y dejó ver que todo aquello se proyectaba en una pantalla del estudio. El inspector señaló y dijo:

—El cuerpo se encontró ahí, y creemos que ha pasado en este lugar entre seis y nueve meses, quizá más. No tenemos restos de ADN, ni huellas ni registros dentales. Necesitamos identificar a ese hombre. No hay caso más difícil que aquel en el que la víctima está aún por identificar. Y esta noche solicitamos su colaboración.

Anna le dio un sorbo a su cóctel y se quedó mirando, muy atenta. ¡Oh, sí, eso era lo que le gustaba a ella!

—Se calcula que el hombre debía tener entre cuarenta y cinco y cincuenta años, mediría entre 1,67 y 1,70 y de complexión delgada —prosiguió el policía—. En algún momento del pasado se rompió dos costillas, por algún accidente, fuera deportivo o de tráfico, o quizás incluso en una pelea. —Sonrió, pero a Anna le pareció que quizá no fuera más que una risita nerviosa—. En este caso, la colaboración de la ciudadanía es vital para nosotros. No podemos iniciar una investigación de asesinato a fondo hasta que sepamos de quién es ese cuerpo. La circunstancia que podría refrescar la mente de quien sepa algo es el contenido del estómago del caballero. En su última comida probablemente tomó ostras y vino.

«¿Qué tipo de ostras? ¡Dínoslo! —le apremió Anna, en silencio—. ¿Colchester? ¿Whitstable? ¿Blue Point? ¿Bluffs? ¿Qué tipo? ¡Dínoslo, dínoslo! ¿Colchester? ¡Las Colchester son las mejores!»

Ahora el inspector señalaba dos trozos de tejido deshilachado pegados a una pizarra blanca. A su lado había un traje de hombre hecho con el mismo tejido, en un maniquí de escaparate.

—Algo que podría ser muy significativo para nuestra investigación son estos dos fragmentos de tela que hemos encontrado junto al cuerpo. Creemos que pueden proceder de un traje parecido a este —dijo, y señaló el maniquí.

La pantalla se llenó con la fotografía ampliada del traje de dos piezas. Era de cuadros y de color ocre amarillento, rojo y marrón oscuro. Anna escuchó la voz del policía, mientras le daba otro largo sorbo a su copa.

—Este tejido es un *tweed* muy tupido y de alta calidad, fabricado por la marca Dormeuil —precisó el sargento Branson—. Observarán que el diseño es muy llamativo y peculiar. Si hubieran visto un traje con este tejido lo recordarían, o si supieran de alguien que tiene un traje así.

Anna lo recordaba. Apuró el resto de su cóctel de un trago y dejó la copa en la mesa. Aparecieron en la pantalla los números de la Sala de Investigaciones y el número anónimo de *Crimestoppers*. Pero Anna no llamó a ninguno de los dos.

En lugar de eso, se preparó otro trago.

—*E*ste no es el camino a chirona —balbució Smallbone, mientras el coche avanzaba dando botes por la hierba.

—Te he despertado por fin, ¿no? —dijo Grace, mirándolo por el retrovisor, aunque en la creciente oscuridad le costaba cada vez más verle. Había estado fino como una seda los últimos veinte minutos. Casi no le habrían hecho falta las esposas, la de la muñeca derecha, tras la espalda, y la otra sujeta al asidero de la puerta del asiento trasero, que había bloqueado con el seguro para niños.

El teléfono móvil de Smallbone, que Grace había requisado y dejado sobre el asiento del acompañante, sonó por tercera vez.

—Eh, ese es mi teléfono.

—Vaya una mierda de tono —dijo Grace, cuando dejó de sonar. No se sentía muy seguro haciendo aquello, pero no le importaba. Iba a enseñarle a aquel mierdecilla una lección que no olvidaría. Siguió varios cientos de metros hacia un viejo fuerte abandonado hacía mucho tiempo, en lo alto de Devil's Dyke, la cota más alta de Brighton. Allí es donde solía ir a jugar de niño, y donde solía llevar a Sandy cuando eran novios. Las luces de la ciudad quedaban varios kilómetros por debajo. En medio se extendían unos campos de cultivo.

En sus primeros años como poli de uniforme, antes de ingresar en el DIC, y antes de que el nivel de responsabilidad y profesionalidad exigido en el cuerpo fuera el actual, solían traer hasta allí a los borrachos más agresivos los viernes o sábados por la noche en una furgoneta de policía, y los dejaban ahí, para que bajaran caminando los ocho kilómetros por la ladera hasta el centro. ¡Nada mejor para que se les pasara la cogorza!

Salió del coche y miró atentamente a su alrededor, a través de la densa lluvia. Aquello estaba desierto. Luego abrió la puerta de atrás y miró dentro. Smallbone se le quedó mirando. Se sentó a su lado y cerró la puerta. El olor a alcohol y tabaco que desprendía aquel hombre era mucho más intenso que antes, y se mezclaba con el de una colonia empalagosa.

—¿Qué cojones quiere?

Grace se lo quedó mirando y le sonrió.

—Solo quiero charlar un poco, Amis. Luego puede que te suelte sin cargos, si llegamos a un entendimiento.

—¿Y los cargos de qué iban a ser?

—Por violar la condicional, por no quedarte en el albergue que te habían asignado y por no presentarte ante tu agente. Por supuesto, puedo leerte tus derechos y acusarte formalmente por esos cargos, y volverás entre rejas de inmediato, si lo prefieres. ¿Cinco añitos más? ¿Te parece bien?

Por un momento, Smallbone no dijo nada. Grace siguió mirándolo. Había envejecido notablemente. Su rostro, que en otro tiempo tenía un aspecto fresco y juvenil que solía recordarle al de aquellos jovencitos sin alma de los carteles de las juventudes hitlerianas, tenía ahora la textura dura y surcada que dejan los años de cárcel y el tabaco. Seguía conservando un cabello inmaculado, pero el color rubio había desaparecido y en su lugar llevaba un color anaranjado de tinte barato. Pero aún desprendía la misma arrogancia por cada poro de su cuerpo.

—No lo he hecho yo.

—¿El qué?

—Lo que dice que he hecho.

—¿Destrozarle el coche a mi chica?

—No lo he hecho yo. Está cometiendo un error.

Apretando los puños y haciendo un esfuerzo por controlar la rabia que se iba acumulando en su interior, y su odio por aquel saco de escoria, más intenso aún ahora que lo tenía cerca, Grace dijo:

—Lleva tu firma.

Smallbone sacudió la cabeza.

—Puede pensar lo que quiera, Grace, pero, conociendo su reputación en la ciudad, no creo que sea yo el único que no pertenezca a su club de fans.

Grace se le acercó más, colocando su cara junto a la de Smallbone.

—Hace doce años, justo después de que te encerraran, alguien escribió las mismas palabras exactamente en mi jardín quemándolo con ácido. No te atrevas siquiera a negar que fuiste tú, porque eso me cabreará aún más. ¿De acuerdo?

Se echó un poco atrás. Smallbone no dijo nada. Entonces Grace volvió a acercarse otra vez, juntando su cara contra la de Amis aún más, de modo que sus narices casi se tocaban.

—Estás en libertad condicional, eres libre, Smallbone. Libre de hacer lo que quieras. Pero te advierto, y va a ser la última vez que lo haga: si le ocurre algo a mi chica o al niño que lleva dentro, lo que sea, «lo que sea», no volveré a meterte en chirona, ¿te enteras? No volveré a meterte en chirona porque con los trocitos que quedarán de ti cuando acabe contigo no habrá ni para llenar una caja de cerillas. ¿Me has entendido?

Sin esperar respuesta, Grace salió del coche, lo rodeó y abrió la puerta del otro lado con toda la fuerza que pudo. Smallbone, que tenía el brazo derecho tras la espalda y la muñeca esposada al asidero de la puerta, salió despedido de espaldas y cayó sobre la hierba, con un gruñido de dolor.

—Ups, lo siento —dijo Grace—. Se me olvidó que estabas cogido a la puerta. —Entonces se arrodilló y lo registró por segunda vez. Cuando hubo comprobado que no llevaba más teléfonos, le quitó las esposas y lo puso en pie—. Así pues, nos hemos entendido, ¿verdad?

En aquella oscuridad casi completa, Smallbone miró alrededor. La intensa lluvia iba pegándole el cabello a la cabeza.

—Se lo he dicho. Yo no toqué el coche. Eso no es cosa mía. No sé nada de eso.

—En ese caso, no tienes nada de qué preocuparte —dijo Grace con una sonrisa—. Que disfrutes del paseo a casa. ¡Te irá bien para despejarte!

—¡Eh! ¿Qué quiere decir?

Grace se dirigió a la puerta del conductor y la abrió.

—¿No irá a dejarme aquí?

—Pues la verdad es que sí.

Smallbone se llevó la mano a los bolsillos.

—¡Se ha quedado mi teléfono!

—No te preocupes, está a buen recaudo. —Grace subió al coche, cerró la puerta y activó el cierre centralizado. Entonces arrancó.

Smallbone golpeó el coche.

—¡Eh! —gritó, e intentó abrir la puerta del acompañante.

Grace bajó la ventanilla mínimamente.

—Te dejaré el teléfono en la comisaría de Brighton. ¡Ah, y también el paraguas!

—No me deje aquí…, por favor —dijo Smallbone, recurriendo a los buenos modos por una vez en su vida—. Al menos lléveme a la ciudad.

—Lo siento —respondió Grace—. Es cosa del seguro. No me permite llevar pasajeros a menos que tengan que ver con el trabajo de policía. Ya sabes cómo se ponen los de Prevención de Riesgos y toda esa chusma. Son tremendos.

Arrancó, reduciendo la marcha por un momento para echar un vistazo por el retrovisor, y disfrutó al ver la imagen de aquel hombre solo, pasmado, que se echó a caminar trastabillando por la hierba, tras él.

43

Aparte de una noche con Ari, durante sus años de felicidad, cuando habían ido de vacaciones a Gales, antes de que naciera Sammy, Branson no había estado nunca en Cardiff, y no sabía muy bien en qué parte de la ciudad se encontraba ahora mismo. Solo sabía que estaba en un hotel elegante y caro, y que el bar seguía abierto y estaba lleno de gente. Se sentó en la barra con Bella a su lado. Estaba alterado, aún le duraba el subidón de la visita al estudio de televisión, con una ligera sensación de anticlímax después de tanta emoción.

Agarró un puñado de frutos secos con una exótica cobertura de colores y se los llevó a la boca; luego levantó su pinta de cerveza.

—Salud —brindó.

Bella levantó su cosmopolitan y entrechocaron las copas.

—¡Bien hecho, estrella! —dijo él.

—La estrella has sido tú —le respondió ella, con una sonrisa dulce.

Llevaba unos pantalones azul marino, una blusa blanca con el cuello abierto y elegantes zapatos de tacón. Él habría querido decirle lo guapa que estaba, pero no se atrevía: no sabía cómo reaccionaría y sabía que podía ser muy brusca. Además —pensó, con resignación—, en aquel mundo tan políticamente correcto en que se movían, la más mínima insinuación, mal interpretada, podía llevarle ante un tribunal disciplinario por acoso sexual.

Sin embargo, qué cambio, pensó él, de la ropa sin gracia que solía llevar Bella en el trabajo, y aquel pelo desaliñado. Había ido a la peluquería especialmente para aquella noche y se había hecho un elegante corte escalado. Por primera vez desde que la conocía, la miraba y veía en ella a una mujer atractiva. Observó la fina cadena de oro con una diminuta cruz en el cuello, y se preguntó si sería muy religiosa. Se dio cuenta de que, a pesar de haber trabajado juntos los dos últimos años, sabía bien poco de ella.

—Debe de ser duro tener a tu madre en el hospital —dijo.

Ella asintió, algo triste.

—Sí. —Se encogió de hombros y en aquel gesto vio, a pesar de toda aquella tristeza, lo que quizá fuera una muestra de alivio.

—¿Cuánto tiempo llevas cuidándola?

—Diez años. Viví por mi cuenta unos años, pero entonces mi padre enfermó de párkinson y mi madre sufrió una pequeña apoplejía, por lo que no podía cuidarle, así que volví a vivir con ellos. Mi padre murió y yo… me quedé, cuidándola a ella.

—Eso es dedicación.

—Supongo. —Esbozó una sonrisa melancólica.

Branson percibió aún con más claridad la tristeza que llevaba dentro.

Bella apuró su copa y él le pidió otra. También se acabó la suya y sintió el agradable efecto relajante del alcohol. Estaba pasándoselo bien. Resultaba agradable tener compañía. Y, tenía que admitirlo, le había gustado mucho ir a la tele. ¡Televisión en directo! Grace le había llamado veinte minutos antes para decirle que había visto la grabación y que había hecho una interpretación estupenda (¡aunque le había robado su frase sobre los casos fríos y la identificación de la víctima!).

Se habían registrado unas cuantas llamadas, pero hasta el momento ninguna que aportara pistas importantes. Habían quedado en que Grace se encargaría de la reunión de la mañana para que Bella y Branson no tuvieran que volver corriendo de madrugada.

Eso significaba que podía seguir disfrutando de aquel rato un poco más. Estaba lejos de Brighton, y, por primera vez en mucho tiempo, no sentía aquella rabia interior por lo de Ari y los niños. Y de pronto se encontró con que miraba a Bella no como a una colega, sino como cualquier tipo miraría a una chica con la que hubiera salido a tomar una copa. No tenía ningunas ganas de que acabara la velada. Y se sorprendió a sí mismo preguntándose cómo sería pasar la noche con ella.

Sus ojos se encontraron. Bella tenía unos ojos grandes y profundos. Una nariz bonita. Le gustaba aquel cuello esbelto, aunque aquel crucifijo le preocupaba un poco. ¿Sería algo mojigata? ¿Por qué se habría divorciado? Tenía que saber más de ella.

—¿Tienes…, ya sabes…, novio?

Ella sonrió, evasiva.

—No, en realidad no. Nadie que pueda considerar... una pareja.

—¿Oh? —Sus esperanzas aumentaron.

En el pasado había mirado muchas veces a la sargento, en las reuniones, mientras ella mordisqueaba casi obsesivamente sus Maltesers como si fueran un sustituto freudiano de otra cosa, y había pensado que con un cambio de imagen sería realmente atractiva. Y ahí la tenía, con ese cambio de imagen y con un sugerente olor a perfume. Aunque él podía ayudarla a estar aún más guapa, si ella le daba ocasión. Y, envalentonado y cada vez más apasionado a causa de la bebida, iba a intentar convencerla para que le dejara hacerlo.

En un par de ocasiones, Grace le había dicho que tenía que aceptar que su matrimonio había acabado —que, en realidad, hacía mucho que había acabado— y que tendría que empezar a plantearse seriamente iniciar una nueva relación. Bueno, pensó, quizá esa fuera la ocasión.

Charlaron un rato. Ella se acabó su segundo cosmopolitan.

—¡Tómate otro! —dijo él, apurando su segunda cerveza. ¿O era la tercera? De fondo sonaba una canción ñoña, *Lady in red*. No era la música que habría escogido él, pero en aquel momento ya le iba bien.

—Tengo que irme a la cama —dijo ella, bajando del taburete, sorprendiéndole de pronto con aquella brusquedad—. ¡Ha sido una noche estupenda! —Le dio un rápido beso húmedo en la mejilla y se fue.

Branson se quedó allí sentado, reflexionando con su vaso vacío en la mano, y luego pidió otra pinta. Escuchó unas cuantas canciones ñoñas más, recreando el suave contacto húmedo de aquellos labios y pensando, por primera vez desde el día en que Ari le había dicho que su matrimonio había acabado, que quizá sería posible iniciar una nueva vida.

Y que tal vez hubiera encontrado a la persona indicada para que le acompañara en ella.

44

Como todos los oficiales de policía, Grace había adquirido hacía mucho la costumbre de llegar pronto a cualquier tipo de reunión, de cualquier nivel. La de la Operación Icono del miércoles por la mañana había sido corta, ya que en las veinticuatro horas anteriores no se habían producido grandes avances. En aquel momento, su mayor esperanza de que las cosas cambiaran estaba puesta en que la aparición de Branson en *Crimewatch* produjera una respuesta positiva.

A las diez menos cuarto mostró su carné al agente de seguridad a las puertas de la Malling House y pasó la barrera. Aún sonreía por dentro tras su encuentro de la noche anterior con Amis Smallbone. No podía evitarlo. No tenía dudas de que aquel gusano estaría maldiciéndolo y pensando en mil maneras de hacérselo pagar, pero también estaba seguro de que no volvería a acercarse a Cleo nunca más.

Aparcó y salió del coche, sintiendo aquel aire limpio y templado de principios de verano. Atravesó el complejo en dirección a un moderno edificio funcional que albergaba el mostrador de recepción de visitantes, entró en la gran sala de espera y se identificó ante uno de los recepcionistas de uniforme.

Luego se sentó y cogió un ejemplar de la revista *Police Federation*, y se puso a ojearla distraídamente, fijándose en varios artículos que mencionaban a agentes que conocía. A los pocos minutos, una sombra le cubrió y Grace levantó la vista.

Daba igual la naturaleza de los asuntos que tuviera que resolver con los agentes de Asuntos Internos: siempre se ponía nervioso al tratar con ellos. Eran, básicamente, la policía interna del cuerpo, cuya misión era investigar denuncias de la ciudadanía respecto de la policía o cualquier conducta impropia de sus compañeros de servicio. No importaba si se trataba de un excompañero, como era el caso del superintendente Michael Evans; ahora jugaban en un equipo diferente. Algunos los veían como enemigos, aunque recurrieran a ellos en busca de ayuda o consejo.

—¡Me alegro de verte, Roy! ¡Cuánto tiempo!

Grace se puso en pie. Hacía años que no se veían. Evans, velocista del equipo de atletismo de la Policía de Sussex, era un tipo enjuto de cuarenta y cinco años, con la cabeza afeitada y una mirada algo cínica.

—Yo también me alegro de verte.

Evans frunció el ceño.

—¿Se resolvió por fin el asunto de tu mujer...? Se llamaba Sandy, ¿verdad?

Evidentemente no estaba al día.

—No. Hará diez años dentro de un par de meses. Estoy en pleno proceso para declararla legalmente muerta. He decidido casarme otra vez.

Evans frunció los labios y asintió, como un trol loco en una juguetería. Por algún motivo, su expresión le recordó que tenía que comprar un regalo de cumpleaños para su ahijada, Jaye Somers, que cumpliría diez años en agosto.

—Un consejo, Roy: asegúrate de dejar todo eso bien atado. Ya sabes, por si acaso...

—Lo sé.

El cumplimiento de las normas era algo que la policía siempre tenía muy presente. Se habían producido demasiados escándalos económicos y de faldas últimamente, y todos andaban con pies de plomo.

Roy siguió a Evans hasta el moderno bloque donde tenía su sede la división de Asuntos Internos, y luego por un pasillo hasta llegar a un pequeño despacho, y se sentó en una de las dos sillas que había frente a la mesa. Era el típico despacho de un hombre que llevaba una vida perfectamente ordenada: mesa y estantes ordenados, fotografías enmarcadas de una mujer de aspecto perfecto con un fondo azul liso y de unos niños muy monos sobre un fondo beis. Nada que diera pista alguna sobre sus intereses. Roy se imaginó que así sería el despacho de un agente de la KGB en plena Guerra Fría.

—Bueno, ¿en qué podemos ayudarte, Roy? —preguntó, situándose tras su mesa y sin ofrecerle nada de beber.

—Puede que recuerdes que hace un tiempo te mencioné que me preocupan las filtraciones de datos clave sobre una serie de investigaciones de asesinato que he dirigido durante el último año —dijo—. Aún seguimos igual, y querría que me dieras consejo sobre cómo abordar la situación.

Evans abrió un cuaderno con renglones idéntico a los libros de actuaciones que se llevaban durante las investigaciones de delitos graves. Apuntó la fecha y el nombre de Grace.

—Bien. ¿Puedes darme más detalles?

Durante los treinta minutos siguientes, Grace le habló de los casos de los últimos doce meses, en los que Kevin Spinella siempre parecía tener información privilegiada de lo que ocurría, mucho antes de que el Departamento de Prensa hubiera hecho pública la información. A veces, Spinella le había llamado apenas unos minutos después de que él mismo hubiera sido informado de un asesinato. Grace no quitaba ojo de las notas que iba tomando Evans: tenía cierta práctica en leer al revés.

Cuando acabó, Evans expuso sus conclusiones:

—Bueno, por lo que veo, hay tres explicaciones posibles. La primera es que alguien de tu equipo esté pasando la información. La segunda es que se trate de otro miembro de la policía, quizás incluso de la oficina de prensa. Si me das el número de teléfono de ese tal Kevin Spinella, comprobaremos la procedencia de todas las llamadas que recibe desde teléfonos de la policía, para ver si es de ahí de donde saca la información. También podemos comprobar los ordenadores para ver si hay alguna comunicación entre él y algún agente de policía. Podría ser que tuviera un contacto en el cuerpo, sea agente o personal civil. Y, por supuesto, la tercera posibilidad es que alguien te haya pirateado el teléfono, algo que está muy de moda últimamente. ¿Qué teléfono usas?

—Sobre todo mi BlackBerry.

—Yo te aconsejo que lleves el teléfono a la Unidad de Delitos Tecnológicos y que, en primer lugar, comprueben si está limpio. Si lo está, vuelve y veremos qué hacemos.

Grace le dio las gracias por el consejo. Luego dudó un momento: la actitud amistosa de Evans le hizo plantearse si debía decirle algo de Smallbone, para descartar cualquier posible denuncia por parte de aquel desgraciado. Pero mejor no. Smallbone, que acababa de salir de la cárcel tras una larga condena, se concentraría en recuperar su lugar en el mundo del crimen; no se arriesgaría a sufrir de nuevo su ira intentando buscar revancha. Quizá sí buscara vengarse de él más adelante, cuando pasara el tiempo, pero ya se enfrentaría a aquello llegado el momento.

Volvió a la Sussex House y se abrió paso por entre los pasillos de la planta baja hasta llegar a la parte trasera del edificio, donde estaba la Unidad de Delitos Tecnológicos. A primera vista, la mayor parte de la división no tenía un aspecto diferente del de otros departamentos del edificio. Era un espacio único lleno de mesas de trabajo, en muchas de las cuales había grandes servidores informáticos; en otras vio las entrañas de ordenadores destripados.

Un sargento vestido de calle estaba a cargo de la unidad, y muchos de los que trabajaban en ella eran expertos informáticos civiles. Uno de ellos era Ray Packham, que en aquel momento estaba encorvado sobre un ordenador en el otro extremo de la sala. Era un cuarentón de aspecto agradable, bien vestido. Recordaba a un eficiente y tranquilo director de banco. En la pantalla que tenía delante había una sucesión de dígitos que a Grace no le decían nada.

—¿Cuánto tiempo puedes pasar sin ella, Roy? —le preguntó, cogiéndole la BlackBerry.

—Ni un minuto. Estoy en las primeras fases de una nueva investigación de asesinato. Y tengo que proteger a Gaia, que llega hoy. ¿Cuánto tiempo lo necesitas?

A Packham se le iluminaron los ojos.

—¿Puedes hacerme un gran favor, Roy? ¿Le puedes pedir un autógrafo para Jen? ¡Está loca por ella!

—¡A este paso tendré que pedirle autógrafos para la mitad de los policías de Sussex y sus novias! Sí, claro, lo intentaré.

—Tengo que terminar un trabajo urgente que tengo entre manos; no podré echarle un vistazo hasta esta tarde, como mínimo. Pero puedo clonarlo, si me das una hora, y quedarme la copia. Así tú puedes seguir con tu teléfono.

—Vale, eso sería perfecto.

—¿Dónde vas a estar?

—O en mi despacho, o en la SR-1.

—Te lo llevaré en cuanto pueda.

—Eres una joya.

—¡Díselo a Jen!

Grace sonrió. Packham estaba loco por su esposa y por su nuevo cachorro de beagle, *Hudson*, que estaba tan loco como un cencerro.

—¿Cómo se encuentra?

—Bien. Tiene la diabetes mucho más controlada, gracias por preguntar.

165

—¿Y *Hudson*?

—Muy ocupado destrozando la casa.

Grace hizo una mueca.

—Debería presentarle a *Humphrey*. O, mejor pensado, quizá no. Podrían intercambiar ideas sobre nuevas técnicas para comerse un sofá.

45

A las 12.30, Colin Bourner, portero del Grand Hotel, estaba de pie junto a la elegante puerta de aquel edificio clásico al que tanto cariño tenía, elegantísimo con su uniforme negro y gris. El lujoso hotel, construido en 1864, había sido el primer edificio inglés fuera de Londres que había tenido ascensores. En 1984 vivió el capítulo más oscuro de su historia, cuando el IRA puso una bomba en un intento fallido de matar a la entonces primera ministra Margaret Thatcher.

El hotel había sido reconstruido con todo detalle, pero, en los últimos años, con el cambio de gestión, había perdido muchos puntos. No obstante, ahora tenía un nuevo director, el apasionado Andrew Mosley, que le estaba devolviendo progresivamente su antiguo esplendor. Prueba de ello era la calidad de los coches aparcados en la vía de acceso exterior, en forma de media luna, cuyas llaves guardaba Bourner en su caja fuerte: un Bentley sedán negro, un Bentley descapotable rojo, un Ferrari plateado y un Aston Martin verde oscuro. Y, aunque llamara menos la atención, también había un Ford Focus plateado con dos agentes de policía de la Unidad de Protección Personal. Todo eso acompañado de la muestra más evidente de éxito para cualquier establecimiento con grandes aspiraciones: la nube de paparazzi que se acumulaban en la acera o, provistos de teleobjetivos, al otro lado de la calle. Con ellos habían llegado también los equipos de canales locales de televisión y de la Southern Counties Radio, así como una creciente multitud de espectadores ansiosos y un grupo de fans de Gaia, algunos de ellos con fundas de discos, CD o ejemplares de su autobiografía. Unos cuantos admiradores llevaban un atuendo excéntrico en homenaje a las apariciones más extravagantes de su ídolo en los escenarios.

Bourner también estaba excitado. Los personajes tan famosos eran buenos para la imagen del hotel. ¡Y, con un poco de suerte, a lo mejor podía conseguir él mismo un autógrafo de Gaia! El mes siguiente aquel lugar iba a bullir de actividad. Brighton solía recibir a personajes célebres, pero raramente del calibre del que estaba a punto de llegar.

Tras el mal tiempo del día anterior, el cielo estaba claro. Al otro lado del paseo marítimo y de todo el tráfico que tenía delante, el mar estaba calmado y de un azul intenso. Brighton lucía su mejor aspecto, dispuesta a dar una bienvenida a la altura de la gran estrella.

De pronto un convoy de tres Range Rovers negros entró en la vía de acceso y pararon frente a él, perfectamente sincronizados, dejando un gran espacio intermedio.

Bourner se dirigió hacia el primero, bajo una lluvia de flashes. Pero antes de que llegara, las puertas delanteras y traseras se abrieron y salieron cuatro gorilas con cara de pocos amigos. Todos ellos medirían metro noventa, llevaban trajes negros idénticos, camisa blanca y unas corbatas negras finas, auriculares y gafas de sol envolventes. Ninguno de ellos parecía tener cuello.

Un grupo similar de gigantes emergió del segundo coche. Del tercero salieron un hombre blanco de unos treinta y cinco años, de altura media, vestido con un traje oscuro y corbata, acompañado de tres mujeres de edad similar, con ojos de halcón y vestidas como si fueran altas ejecutivas.

—Buenos días, caballeros —dijo él, saludando al primer grupo.

Uno de ellos, que dejaría pequeño a King Kong, se lo quedó mirando y, con un marcado acento norteamericano, dijo:

—¿Es este el Grand?

—Sí que lo es, señor —se apresuró a responder Colin Bourner—. ¿Han tenido buen viaje?

El hombre blanco de traje oscuro se le acercó. Tenía el cabello perfectamente peinado y de un negro intenso, y hablaba con un tono quejoso. A Bourner le recordó a uno de los actores legendarios de Hollywood que más le gustaban: James Cagney.

—Somos el equipo de seguridad de Gaia. ¿Puede hacerse cargo del equipaje?

—Por supuesto, señor.

Le colocó en la mano un puñado de billetes. Hasta más tarde, cuando los contó, no supo que sumaban mil libras. Gaia tenía por costumbre dar grandes propinas y darlas pronto. Le parecía que no tenía sentido hacerlo el último día. Si la dabas al principio, te asegurabas un buen servicio.

En lugar de entrar en el hotel, los ocho guardaespaldas se pusieron en formación, cuatro a cada lado de las puertas giratorias.

Un momento más tarde se oyeron vítores entre la multitud al otro lado de la carretera y se produjo una nueva lluvia de flashes. Un Bentley negro entró en la vía de acceso. En un movimiento evidentemente preparado, aparcó en el espacio que quedaba entre el primer y el segundo Range Rover, justo frente a las puertas.

Colin Bourner se apresuró a acercarse al coche, pero cuatro de los guardaespaldas se le adelantaron, tapándole la vista, y abrieron la puerta trasera del coche. A estos cuatro se les unieron dos más. La estrella y su hijo de seis años salieron del coche, sumergiéndose en una nube de flashes y gritos de los *paparazzi*: «¡Gaia!» «¡Gaia, aquí!», «¡Gaia, mira aquí!», «¡Gaia, hola!», «¡Por aquí, Gaia!», «¡Gaia, cariño, aquí!».

Iba vestida con un elegante traje chaqueta de color camello y sonreía; el niño, vestido con vaqueros holgados y una camiseta gris de los Dodgers de Los Ángeles, fruncía el ceño. El cabello rubio de Gaia brillaba al sol. Se giró hacia los fotógrafos y a la multitud que esperaba al otro lado de la calle, sonrió y los saludó con la mano. Un momento más tarde desapareció entre los guardias de seguridad, que la envolvieron a ella y al niño, y los llevaron hasta el vestíbulo del hotel, pasando junto a esperanzados fans que le tendían fundas de discos y CD, y dirigiéndose directamente al ascensor.

Ningún miembro de la comitiva prestó demasiada atención al demacrado hombre vestido con una chaqueta gris y una camisa lisa color crema que leía el periódico, aparentemente esperando a algún amigo o un taxi.

Sin embargo, el tipo sí que les estaba prestando mucha atención a ellos.

—¿*E*s que te has caído de la bicicleta? —preguntó Angela McNeill, con una carpeta en la mano.

Eric Whiteley, sentado en su claustrofóbico despacho, parecía aturdido. Las cosas no estaban yendo bien. Se había propuesto llegar antes incluso de lo habitual, para poder salir primero de la oficina, pero, en lugar de eso, por primera vez en todos los años que llevaba trabajando en la empresa, había llegado tarde.

Y ahora le interrumpían mientras almorzaba, algo que odiaba. Él consideraba que comer era un acto privado.

Su bocadillo de atún con mayonesa, lonchas de tomate y pan integral, junto a un bocado que le había arrancado, esperaban sobre el plástico del envoltorio, en su mesa. La chocolatina Twix, la manzana y la botella de agua con gas estaban al lado. Enfrente tenía la portada del *Argus*, con su titular: ¡LA FIEBRE POR GAIA INVADE BRIGHTON!

—No, no me he caído de la bicicleta; nunca me caigo de la bicicleta. Bueno, en realidad, hace mucho que no me caigo —respondió, mirando su comida de reojo, ansioso por volver a ella.

Aquella mujer era nueva en el despacho. Era una contable profesional, que había enviudado dos años antes y que llevaba un tiempo intentando entablar amistad con Eric, el único soltero de la empresa. No le parecía atractivo, pero notaba que estaba solo, como ella, y que quizá podrían hacerse compañía ocasionalmente, para ir al teatro o a algún concierto. Pero no le entendía mucho. Por las conversaciones que habían mantenido sabía que no estaba casado, y no creía que tuviera novia. Pero tampoco le parecía que fuera gay. Se pasó el dedo por la mejilla, imitando la marca que tenía él en la cara.

—¿Qué te ha pasado?

—El gato —dijo él, a la defensiva.

—¿Tienes un gato? —dijo ella, animada—. ¡Yo también!

Él volvió a mirar su bocadillo, hambriento, porque se había saltado el desayuno. No veía el momento de que se fuera.

—Sí —confirmó.

—¿Qué tipo de gato?

—Uno que araña.

—¡Qué divertido eres! —dijo ella, sonriendo. Se abrió paso por el estrecho hueco que había entre los archivadores y la mesa y dejó la carpeta encima—. El señor Feline pregunta si puedes hacer las cuentas mensuales de Rawson Technology lo antes posible. ¿Crees que podrás echarles un vistazo hoy?

Lo que fuera para quitársela de encima, pensó.

—Sí —dijo, y asintió con la cabeza.

Pero ella no se iba.

—¿Te gusta la música de cámara? Hay un concierto el domingo en el Dome, y una amiga me ha dado entradas. Me preguntaba…, ya sabes…, si no tienes otros planes.

—No es lo mío —dijo él—. Pero gracias.

La mujer echó un vistazo al periódico.

—¡No me digas que eres fan de Gaia!

Él permaneció en silencio unos momentos, buscando una respuesta con que quitársela de encima.

—En realidad me encanta. Soy un gran fan.

—¿De verdad? ¡Yo también!

Eric contuvo un gruñido.

—Vaya. ¿Quién lo habría dicho?

Ella le miró con interés renovado.

—¡Bueno, eres una caja de sorpresas, Eric Whiteley!

A Eric le hervía la sangre. ¿Cómo podía quitarse a aquella pesada de encima? Esbozó una sonrisa forzada.

—Todos tenemos nuestros secretillos, ¿no?

Ella se llevó un dedo a los labios.

—Desde luego. Eso es cierto. Muy cierto. Todos los tenemos.

—¡No se lo digas a nadie! —añadió él, con un dedo en los labios.

—No lo haré —prometió ella—. ¡Será nuestro secreto! —dijo, y salió del despacho.

Eric volvió, aliviado, a su bocadillo. Hojeó el periódico. Un titular en la quinta página le llamó la atención: CRIMEWATCH DESVELA MISTERIOSO ASESINATO EN SUSSEX.

Leyó el artículo con atención mientras daba cuenta de su almuerzo. Luego volvió al artículo de la portada. *¡Secretos furtivos!*

Sonrió.

171

—Creo que me he enamorado.

Grace levantó la mirada y vio a Branson entrando en su despacho. Su amigo cogió una de las sillas que tenía frente a la mesa y se sentó a horcajadas, como si montara a caballo.

—¡Yo también! —Grace le tendió una ficha impresa del Frosts Garage con la fotografía de un Alfa Romeo Giulietta negro reluciente—. ¿Qué te parece?

—¡Impresionante!

—¡Solo tiene un año, bastantes kilómetros, pero entra en mi presupuesto!

Branson cogió la ficha técnica por cortesía y echó un vistazo.

—¡Solo tiene dos puertas!

—No, cuatro; las manillas de las de detrás están ocultas.

—Así que podrías poner al bebé en el asiento de detrás, ¿no?

—¡Exacto!

—Pues ve a por él. Date ese capricho, te lo mereces. Y, oye, a tu edad puede que sea el último vehículo divertido que tienes, antes de pasar a esas sillas de ruedas motorizadas.

—Anda y que te den —respondió Grace, con una sonrisa socarrona—. ¿Y tú? ¿De qué o de quién te has enamorado?

—Bueno, es probable que no te lo creas, pero…, eh… —De pronto parecía inusualmente tímido—. ¿Sabes? ¡Bella es una mujer muy atractiva cuando se lo propone!

—La verdad es que en *Crimewatch* la vi bastante guapa. Solo la vi de lejos, pero tenía mejor aspecto que nunca. ¿Así que has atacado?

—No exactamente. Pero estoy en ello.

—Así me gusta. Me alegro. Ya es hora de que empieces a vivir otra vez.

—Es una mujer encantadora.

—Y muy lista. Le tengo una gran admiración. Por cierto, tuviste un gran debut televisivo. ¡Estuviste genial!

Branson parecía encantado.

—¿De verdad? ¿Tú crees?

—¡De verdad!

Alguien llamó a la puerta.

—¡Adelante! —dijo Grace.

Ray Packham entró con la BlackBerry de Grace en la mano. Se quedó mirando a los dos policías y dudó.

—Siento interrumpir, jefe. Vengo a devolverle esto.

—¿Alguna noticia?

—La he clonado; la estudiaré en cuanto tenga un momento —dijo, y le devolvió el teléfono.

Grace le dio las gracias y vio que la lucecita roja de los mensajes parpadeaba furiosamente. Hizo un repaso superficial de los mensajes recibidos la última hora. Entonces, justo antes de que Packham cerrara la puerta, la BlackBerrry sonó.

Era el superintendente jefe Barrington, comandante jefe de la división de Brighton y Hove.

—Roy, solo quería decirte que Gaia ya ha llegado al Grand. He quedado con su jefe de seguridad, un tipo llamado Andrew Gulli, dentro de una hora en la suite presidencial del hotel. ¿Podrás estar ahí?

Grace le dijo que sí. Pero en el momento en que colgaba sonó el teléfono interno. Respondió. Esta vez se encontró con la voz excitada de una de las nuevas agentes del equipo, Emma Reeves.

—¡Señor, acabo de recibir una llamada interesante de alguien que vio *Crimewatch* anoche!

—¿Y?

—Era socio de un club de pesca cerca de Henfield. Acaba de ver un trozo de tela que concuerda con el que el sargento Branson mostró en televisión.

Henfield era un pueblo situado a quince kilómetros al noroeste de Brighton.

—¿Está seguro de ello?

—Me ha enviado una fotografía hecha con su teléfono móvil. Bueno, parece que es la misma. Dice que estuvo ayer en ese mismo sitio y que, desde luego, entonces la tela no estaba allí.

—¿Estás en la Sala de Reuniones?

—Sí, señor.

—Voy enseguida.

Colgó y se puso en pie.

—¿Quieres ir de pesca? —le preguntó a Branson.

—No he pescado en mi vida.

—¡Pues ya es hora de empezar, antes de que te hagas demasiado viejo!

—¡Que te den!

—¿Te acuerdas del actor Michael Hordern?

—¡Sir Michael para ti! *Pasaporte para Pimlico, Hundid el Bismarck, El Cid, El espía que surgió del frío, El desafío de las águilas, Shogun, Gandhi.* ¡Era brillante!

—¿Sabes lo que dijo?

—Tengo la sensación de que me lo vas a decir —respondió Branson, con una mueca.

—«En el recuento de los setenta años que nos toca vivir, el tiempo dedicado a la pesca no cuenta.»

—¿Es así como te mantienes joven, colega?

—Hace años que no pesco —dijo Grace—. Mantenerme tan joven forma parte de mí, es algo innato.

—En tus mejores sueños.

—No, en mis mejores sueños soy aún más joven… y te paseo en silla de ruedas.

48

*D*iez minutos más tarde, Grace estaba examinando una amplia-ción de la fotografía que había recibido la agente Reeves en su telé-fono. Era un trozo de tela, enganchado en lo que parecía ser un ma-tojo.

—Parece que encaja bastante —observó Branson, girándose para mirarlo.

—Es el mismo motivo —coincidió Grace.

—El tipo está absolutamente seguro de que ayer no estaba allí.

Grace asintió, pensando a toda prisa.

—Qué curioso que aparezca justo la mañana después de que lo enseñes en *Crimewatch*. Podría ser que el agresor aún conservara la mayor parte del traje (y quizá las partes del cadáver que nos faltan) y que le entraran las prisas por librarse de todo ello.

—Eso es lo que pensaba yo.

—Muy bien, enviad a alguien al club de pesca con el jefe de la Unidad de Rastros Forenses, llevaos el trozo de tela que tenemos y ved si coinciden. Si es así, precintad toda la zona y procesadla en busca de rastros. Quiero una búsqueda por tierra y agua. Da la im-presión de que pueden haberse deshecho de los restos por ahí.

Branson dejó a Grace en su despacho tramitando algo de pa-peleo urgente del caso Venner antes irse a la reunión con el equipo de seguridad de Gaia, y volvió a la SR-1. Envió a Reeves, junto con David Greene, jefe de la Unidad de Rastros Forenses, al club de pesca.

Entonces se sentó en su despacho y empezó a repasar las nume-rosas llamadas que habían recibido tras su aparición en *Crime-watch*. Pero no había ninguna de interés. Un puñado de llamadas sin consistencia y un par de personas que habían llamado de forma anó-nima para informar de vecinos sospechosos. Encargó el seguimiento de cada llamada a unos cuantos miembros de su equipo, pero, de momento, la única que parecía de interés era la de aquel hombre, un tal William Pitcher.

Una hora más tarde, Reeves llamó a Branson muy excitada para decirle que, en efecto, la tela parecía ser exactamente la misma. También le dijo que había unas rodadas de neumático recientes que no pertenecían al vehículo del pescador que había hecho la llamada. Agitado por la noticia, la nombró responsable de la supervisión del escenario. Luego le pidió las señas y le dijo que llegaría al cabo de unos minutos.

Colgó y echó un vistazo a la sala de reuniones, buscando a alguien que le acompañara. Vio que Bella ponía fin a una llamada y se le acercó.

—¿Te apetece dar una vuelta por el campo?

Ella se encogió de hombros y le miró de un modo extraño.

—Bueno, vale —dijo, no muy convencida. Agarró un puñado de Maltesers de la caja que tenía en la mesa y se puso en pie.

Durante el viaje en tren desde Cardiff, a primera hora de la mañana, había estado muy callada. Branson se preguntaba si habría dicho algo que la molestara la noche anterior. A la hora del desayuno se había presentado vestida con un top que no le había visto nunca: aunque algo conservador, era mucho más moderno de lo que era habitual en ella, y él se preguntó si lo habría hecho por él.

Ya en el coche, observó, decepcionado, que se mostraba extrañamente apagada, mientras le contaba las últimas noticias sobre su madre, que seguía en el hospital y no estaba nada bien. Cada pocos minutos, el TomTom, pegado al salpicadero, interrumpía su conversación para indicarles el camino.

Al acercarse a su destino, Bella tomó el control y se puso a leer las indicaciones que les había dado Reeves, para luego sumirse en sus pensamientos otra vez. Embocaron un camino estrecho y luego giraron a la izquierda siguiendo un cartel que decía CLUB DE PESCA WEST SUSSEX, cruzaron un cercado y bajaron por un camino flanqueado por altos setos.

—¿Has vivido alguna vez en el campo? —preguntó Branson, intentando romper el incómodo silencio que se había instalado entre ellos. Se preguntó de nuevo si habría dicho algo que la molestara la noche anterior, aunque no lo creía.

—No me atrae —dijo ella.

—Ya, a mí tampoco. Soy todo un urbanita. Yo diría que en el campo hay mucha gente rarita.

—Yo crecí en el campo —dijo ella—. Mis padres eran granjeros. Se mudaron a Brighton cuando se jubilaron.

—Ah —dijo él, intentando buscar el modo de arreglar aquello—. Por supuesto, no quería decir que «todo el mundo» lo fuera.

Ella no dijo nada.

Encontraron otro cartel que indicaba el camino al club de pesca, hacia la izquierda, pasando por un edificio en obras en una granja que parecía abandonada. Había una gran casa aparentemente en ruinas, un granero a medio construir con un cartel en el exterior que decía PELIGRO, NO ENTRAR, una estructura de bloques de hormigón grises sin cristales en las ventanas ni puertas, y una fila de antiguas casas con muros de piedra con un contenedor de basura medio lleno en el exterior. Había sacos de arena y de balasto por la zona, así como una larga tubería y un gran rollo de cable eléctrico.

Tras atravesar un charco fangoso distinguieron la furgoneta de la Científica. Estaba aparcada sobre una base de cemento junto a un gran todoterreno azul marino. La cinta azul y blanca del precinto policial cerraba el paso a la estrecha entrada, que tenía un cartel colgado de un poste: PROHIBIDO EL PASO A VEHÍCULOS.

La agente Reeves, rubia y atractiva pero de gesto serio, se había puesto un traje protector, botas de agua y guantes azules, y llevaba en la mano el registro del escenario, como correspondía a la encargada de la seguridad. A su lado estaba David Green, jefe de Rastros, vestido como ella, junto a un hombre sonriente que llevaba un chubasquero verde y botas de agua, y que sostenía su caña de pescar como un centinela su lanza.

Branson sacó su bolsa del maletero del coche, maldiciendo su falta de previsión por no haber traído botas; en el momento en que Bella se le acercó, el fango ya le cubría los impecables mocasines.

—Señor —le informó la agente Reeves—, este es William Pitcher, el hombre que nos hizo la llamada. El señor Pitcher está jubilado, pero antes trabajaba en primeros auxilios.

—Gracias por su llamada —dijo Branson, girándose hacia él—. ¿Está seguro de que esa tela no estaba ahí ayer?

—Estoy seguro, aunque espero no haberles hecho venir hasta aquí para nada —dijo Pitcher, mirando a Green, a Reeves y luego a Glenn—. Pero esa tela no estaba aquí ayer, de eso estoy seguro. Me fui a las nueve de la noche, y he comprobado el registro: ningún otro socio del club vino después de que yo me fuera, ni antes de mi llegada esta mañana.

Al otro lado del bosque que tenía delante, Branson vio el brillo del agua. Miró a Reeves y luego al jefe de Rastros.

—¿Quieres que nos pongamos trajes protectores?

Green meneó la cabeza.

—No es necesario, a menos que quieras ponerte a explorar —dijo, observando con escepticismo los zapatos de Branson.

Bella había tenido la precaución de llevar botas de goma.

—Solo quiero ver el trozo de tela.

Green le llevó al lugar donde estaba el fragmento, con cuidado de no pisar otras huellas o rodadas de neumático. Había un hueco entre los setos y los árboles por el que Branson vio un embarcadero de madera. El lago tenía una forma ovalada, estaba flanqueado por árboles y arbustos, y en la orilla se habían construido varias plataformas para pescar. En el extremo más alejado se estrechaba hasta adquirir la anchura de un río, y luego se abría de nuevo en lo que parecía otro lago ovalado. Era un lugar idílico.

Pitcher resultó un tipo muy locuaz, una mina de información sobre el club y sus miembros. Branson nunca había pensado en las diferencias que podía haber entre un lago y un estanque. Ahora, gracias a las explicaciones de Pitcher, ya lo sabía. En Inglaterra, cualquier masa de agua de más de un acre —unos cuatro mil metros cuadrados para los neófitos como él— se consideraba lago. Y lo que tenía delante eran casi tres acres y medio de aguas pobladas de truchas, aunque, según Pitcher, tenían un problema con las algas.

No obstante, muy pronto descubrirían que las algas eran el menor de los problemas de aquella masa de agua.

49

*A*Amis Smallbone la rabia se lo comía por dentro. Se acercó al borde de la piscina, de aguas color turquesa, sufriendo a cada paso por las llagas, que le mortificaban. Se quedó mirando las cuatro coníferas verdes plantadas en tiestos metálicos al fondo, y le dio una calada a su Cohiba.

No era solo rabia. Era ira desbocada. El ojo de un tornado girando, furioso, en el interior de sus tripas.

Se sentó en el balancín y le dio un trago a su copa. Estaba tan concentrado en sus pensamientos que apenas notaba el frío contacto con el whisky irlandés Jameson's de reserva. Sobre su cabeza se extendía un cielo azul claro. Un avión lo cruzó, dejando una estela blanca tras él. Miércoles por la tarde; estaba a punto de cumplirse una semana desde su puesta en libertad. Aunque después de su encuentro con Grace había visitado a regañadientes el albergue y había ido a ver a su agente de la condicional; no quería darle nuevos motivos a aquel desgraciado para que se le echara encima.

Tiempo atrás había vivido en una de las mejores casas de la ciudad, valorada en tres millones de libras; además tenía una villa en Marbella, un pequeño yate y un Ferrari Testarossa. ¿Y ahora? Cuarenta y seis libras que le habían dado al soltarlo, más su paga semanal, que era una miseria.

¿Qué podía pagar con eso?

Ni siquiera una ronda del whisky que se estaba bebiendo en aquel bar de un hotel de Londres.

El responsable de que lo hubiera perdido tenía nombre. Y, no contento con ello, había dejado claro que no le iba a dejar en paz ahora que había salido de la cárcel. El muy cabrón le había llevado a lo alto del Devil's Dyke y le había humillado... por algo que él no había hecho.

Aún tenía algo de dinero que el equipo de Grace no había podido localizar. Le bastaría para pasar unos meses con cierta comodidad, pero tenía que volver al negocio enseguida.

Henry Tilney, corpulento y musculado, con la cabeza afeitada y gafas de natación negras, estaba haciendo largos con una brazada tranquila que parecía decir: «No solo soy el tío más guay de esta piscina; soy el tío más guay del mundo».

Smallbone se preguntaba cómo lo habría hecho aquel tipo para evitar que le metieran en chirona, mientras que a él le había caído una cadena perpetua. Sí, le habían dado el tercer grado tras doce años y medio, pero, si violaba la condicional, volverían a encerrarle.

¿Le habría vendido Tilney, tal como había sospechado durante mucho tiempo? ¿Sería ese el motivo de que se ocupara tanto de él ahora? ¿Para tenerlo contento y que no se le ocurriera investigar?

Se quedó mirando a Tilney mientras este salía del agua, se dirigía a la caseta con el agua aún cayéndole por la piel, marcando paquete con aquel bañador ajustado, y salía de nuevo con una lata de cerveza en la mano. La abrió con un gesto decidido y se la llevó a la boca en el mismo momento en que empezaba a salir la espuma. Tras darle un buen trago, dijo:

—Deberías bañarte, colega. Veintinueve grados. ¡Está estupenda!

Smallbone arrugó la nariz.

—No es lo mío. Nunca me ha gustado el agua. Nunca sabes qué lleva dentro... o lo que ha pasado por ella.

Tilney esbozó una sonrisa, incómodo.

—Sí, bueno, yo no me he meado dentro, por si es eso lo que te preocupa.

Smallbone sacudió la cabeza.

—No me preocupa que te hayas meado tú. Me preocupa más que se haya meado Roy Grace.

—¿Qué cojones quieres decir? —preguntó Tilney, frunciendo el ceño.

Smallbone se encogió de hombros, tomando nota del extraño lenguaje corporal de Tilney.

—Se ha meado en mi vida. Y tienes suerte de que no se haya meado también en la tuya.

Tilney se sentó en una tumbona frente a él.

—Olvídate de él.

—¿Que me olvide? ¿Después de lo que me hizo? ¿Y de lo de anoche?

—Es un poli de tres al cuarto que gana cincuenta mil al año, y eso es todo lo que va a ser. Tú tienes sesenta y dos años, Amis. La mayoría de la gente a tu edad piensa en jubilarse. No tienes dónde caerte muerto. ¿Quieres pasarte los próximos años ganando una buena pasta para poder retirarte, o dedicarte a vengarte de la policía? ¿Sabes dónde te llevará este enfrentamiento con Grace? A pasar los últimos años de tu vida en una mierda de albergue de beneficencia, como Terry Biglow. ¿Es eso lo que quieres? ¿Ser el próximo Terry Biglow?

—Quiero pillar a Grace —respondió Smallbone, con la piel del rostro tan tensa que se le distinguía el cráneo—. Tengo información sobre él. Parece ser que el comisario jefe le ha hecho responsable de la seguridad de Gaia mientras esté en la ciudad. ¿Sabes lo que voy a hacer? Voy a dejarle en evidencia, eso es lo que voy a hacer. Voy a lograr que quede como un imbécil —dijo, y soltó una risita siniestra—. Voy a hacer que le desvalijen la suite del hotel.

—¿Y con eso qué vas a conseguir?

Smallbone mostró una sonrisa complacida.

—Pues vengarme, ¿te parece poco? Y algo de dinero. Me he pasado doce años soñando con devolverle la pelota. ¿Sabes lo que me hizo anoche?

—Ya me lo has contado dos veces.

—Sí, bueno. Pues con Amis Smallbone no se juega.

—¿Estás seguro de lo que vas a hacer?

—Pensaba que eras mi amigo.

—Lo soy, colega. Por eso te hablo así. El mundo ha cambiado en los últimos doce años, por si has estado demasiado ocupado para leer los periódicos. Los robos son para los ladronzuelos de poca monta: demasiado trabajo, demasiado riesgo. La pasta ahora está en la droga y en Internet, que además es lo que tiene menos riesgo. Y debes recordar una cosa.

—¿El qué? —preguntó Smallbone, resentido. Tenía la sensación de que le estaban poniendo en su sitio.

—Nunca has sido tan bueno como te creías que eras. Tu padre sí, ese sí que era un personaje. Todo el mundo lo temía, y todos lo respetaban. Tú siempre has vivido de eso, al ser hijo de tu padre, pero nunca has sido la mitad de lo que fue él.

—Cierra esa jodida boca.

—Tienes que oír esto —prosiguió Tilney—. Siempre has

sido un pez pequeño hablando como un pez gordo. Siempre te has rodeado de cosas llamativas, grandes casas, los coches, el yate, pero... ¿alguna vez han sido tuyas? Todo era de alquiler, ¿no? Todo cortinas de humo. Por eso ahora no tienes nada. —Le dio un sorbo a su cerveza y se limpió la boca con el dorso de la mano—. ¿Tú sabes lo que hago yo? Miro adelante. Tú y Roy Grace, eso es historia. Olvídate. Olvídate de Gaia: va a tener guardaespaldas hasta en el culo.

Smallbone se le quedó mirando.

—Coge una cerveza, siéntate, descansa y relájate un poco. De hecho, eh, ya puestos, cógete dos cervezas: una para ti y otra para tu ego.

50

*L*a estrategia de David Green era la de iniciar una búsqueda por tierra en los alrededores del lago, con la Científica, bajo su supervisión directa, y una búsqueda por el fondo del lago con los agentes de la Unidad Especial de Rescate, dirigidos por la sargento Lorna Dennison-Wilkins, asesora de la Científica, que también había dirigido el rastreo de la granja de pollos.

El gran camión de la UER estaba aparcado detrás de la creciente hilera de vehículos que iba formándose al lado del camino que, para alivio de Branson, aún no incluía ningún periodista, debido probablemente a lo remoto del lugar.

Lorna Dennison-Wilkins era una mujer menuda y atractiva de treinta años, con el cabello castaño y corto. A Branson aún le costaba entender cómo podía hacer frente a los trabajos tan duros y sórdidos con los que se encontraba su unidad casi a diario. La UER tenía que hacer todas las tareas que superaban las competencias de los agentes de policía normales. Eso incluía desde la recuperación de cadáveres en descomposición de alcantarillas, pozos y acequias, del fondo del mar y de lagos como aquel, hasta arrastrarse por el suelo buscando huellas entre el fango o los excrementos, como en la granja de pollos, o fragmentos corporales o armas en vertederos. Cuando no estaban haciendo ese tipo de cosas, se ocupaban registrando casas de traficantes, arriesgándose a pincharse con alguna aguja hipodérmica en cualquier momento.

Una imagen que no podía quitarse de la cabeza era la descripción que le había hecho Lorna, un año atrás, más o menos, de cómo su equipo había tenido que recuperar, de un árbol congelado, fragmentos de cráneo y de cerebro de un hombre que se había disparado colocándose una escopeta del doce bajo la barbilla.

El silencio del lago y de los bosques se rompió con el zumbido del motor fueraborda de la lancha inflable gris de la Unidad de Rastreo. Dos de los miembros del equipo iban en ella, con trajes de inmersión pero sin las gafas y las bombonas; uno de ellos al timón y el otro estudiando la pantalla del sónar. Branson se quedó mirando desde el embarcadero. De pronto le llegó el olor a gasolina quemada que salía del motor, y que se impuso al agradable aroma del fango y las plantas de la orilla. Como no había embarcaciones permanentes en el lago, restringieron la búsqueda a la distancia máxima a la que podrían haber tirado algo desde la orilla.

De pronto la lancha redujo la marcha y se oyó el chapoteo de una boya señalizadora lanzada al agua para marcar el lugar donde habían encontrado una anomalía (algo que había aparecido en la pantalla y que no parecía formar parte del lecho del lago).

Durante los cuarenta minutos siguientes colocaron tres boyas señalizadoras más, dos de ellas en el extremo más alejado del lago. Luego la lancha volvió al embarcadero, y Branson siguió a los dos hombres hasta su camión para que le informaran.

El interior del vehículo olía a goma, a plástico y a gasolina. Se sentaron alrededor de la mesita, y Branson agradeció la taza de té que alguien le puso delante. Jon Lelliott, uno de los miembros con más experiencia de la unidad, capaz de leer con precisión las imágenes aparentemente borrosas de la pantalla, dijo:

—Hay cuatro anomalías. Creo que, por forma y tamaño, podrían corresponder a otros tantos miembros humanos. Diría que están envueltos en algo.

En el exterior, veinte minutos más tarde, el fotógrafo forense James Gartrell había acabado de tomar fotografías del fragmento de tela, que ya había sido empaquetado. Ahora estaba colocando la cámara sobre un trípode, justo sobre una huella que habían encontrado en el barro, cerca del lugar donde habían encontrado el trozo de tela, prendido de los matorrales. Al lado de la huella había un marcador de plástico amarillo con el número dos en negro, y a su lado había una regla, para poder sacar una impresión a escala real posteriormente. Trabajaba con la máxima precisión, usando un nivel para asegurarse de que la cámara estuviera exactamente perpendicular a la huella, y colocando focos para que la cámara grabara todos los detalles de la huella con la máxima claridad.

Cinco agentes de la Científica estaban rastreando la vegetación a las orillas del lago en formación, perfectamente alineados. Para evitar contaminar más la zona pisando donde no debía, Branson volvió al puesto de observación en el embarcadero de madera, donde se quedó observando, atento al teléfono casi todo el rato, a la espera de nuevas noticias de su equipo. También recibió una llamada de su abogada, a la que acabó gritándole al saber que Ari había cambiado de opinión sobre el acuerdo de custodia de los niños. Mientras tanto, Bella estaba muy ocupada en la entrada, explicándoles a varios miembros del club que se habían presentado con la idea de disfrutar de un tranquilo día de pesca que su lago estaba precintado y que se había convertido en el escenario de un crimen.

Cuando acabó de hablar con su abogada, Branson posó la mirada en el agua unos momentos. «Zorra, zorra, zorra.» El cielo estaba azul y la luz del sol se colaba por entre las ramas, sobre su cabeza. Un par de fochas salieron aleteando de entre los juncos para curiosear, aunque no parecía que les preocuparan los submarinistas. Branson observó un insecto, un barquerito de unos tres centímetros, remando justo bajo sus pies. Sorprendido por el chapoteo de un pez, volvió a mirar hacia el centro del lago y vio las ondas concéntricas en el lugar donde había saltado.

Dos submarinistas estaban entrando en el agua, uno a la derecha y uno a la izquierda, cada uno provisto de una bolsa roja y negra para el rescate submarino. Iban perfectamente equipados, con arneses de un amarillo intenso de los que salía un cable verde y amarillo que acababa en sendos carretes vigilados por un par de ayudantes, también con traje de neopreno. Un supervisor observaba la inmersión. A su lado y de pie, Branson contempló cómo se iban hundiendo bajo el agua entre un montón de burbujas.

Aquel era un lugar bonito, muy tranquilo. Había peores sitios en los que pasar el día. Un club de pesca con mosca. William Pitcher le había explicado la diferencia entre la pesca con mosca y la pesca con plomada. Por lo que había entendido, los pescadores del club solo pescaban en superficie; las moscas no tenían plomos que las hundieran. Lo que hubiera allá abajo podría pasar inadvertido durante años. ¿Sería ese un motivo más para haber elegido este lugar para eliminar pruebas?

Tras él, oyó pisadas de unas botas de goma sobre la pasarela de madera, y luego la voz de Bella.

—¡Esto es precioso! —exclamó.

—Sí —dijo él, con una sonrisa forzada, aún disgustado por la llamada. En momentos así entendía que hubiera gente capaz de matar a su pareja.

Bella se quedó a su lado y asintió, con una sonrisa curiosamente triste.

—¿Has ido de pesca alguna vez?

—No, no es lo mío. No creo que tuviera la paciencia suficiente. ¿Y tú?

—Yo prefiero cazar los peces ya rebozados... y con muchas patatas.

Branson se rio y empezaron a charlar más distendidamente, aunque ella seguía mostrándose más distante y menos receptiva que la noche anterior. A lo mejor era él quien estaba distraído, por sus problemas con Ari y su frustración por no poder ver a sus hijos. ¿O quizá fuera cosa de ella, que estaba preocupada por su madre?

Al cabo de unos minutos, Jon Lelliott salió del agua y avanzó hacia ellos, sosteniendo una bolsa de rescate con unas algas que colgaban del borde. La llevó hasta la pequeña tienda que había montado la Científica junto al camión de la UER.

Ante la atenta mirada de Branson y de unas cuantas personas más, abrió la cremallera de la bolsa con sumo cuidado. Contenía lo que al principio parecía un tronco fino de color oscuro. Hasta que no miró más de cerca no pudo ver lo que era realmente. Una bolsa negra, atada con cable eléctrico, con un objeto largo y delgado dentro, de la que sobresalía algo blanco por un extremo.

Una mano humana sin vello.

Branson hizo un gesto de asco, pero Bella se quedó mirando la mano con gran frialdad.

—Mano izquierda. No parece descompuesta en absoluto. Yo diría que no llevaba mucho tiempo en el agua —constató, sin dudarlo.

Aunque Branson había presenciado numerosas escenas sangrientas, hasta el momento había tenido la suerte de no tener que enfrentarse a muchos cadáveres desmembrados. Aun así, no había que ser un experto para darse cuenta de que aquello no era obra de alguien con conocimientos de cirugía. El brazo parecía haber sido amputado con una hoja poco afilada: el hueso estaba astillado y había colgajos de músculo y piel colgando del extremo, como flecos. Casi parecía un miembro falso, de atrezo, o un artículo de broma. No olía para nada a descomposición, otra señal de que probablemente Bella estuviera en lo cierto y de que no llevaba mucho tiempo en el agua.

En ese caso, pensó, decepcionado, era poco probable que estuviera relacionado con el torso de la granja de pollos, que llevaba allí muchos meses.

—Veinticuatro horas, máximo —confirmó David Green, uniéndose a ellos—. Yo diría que mucho menos. Si no, los cangrejos, las ratas, los ratones de campo o los lucios (si es que los hay por aquí) habrían empezado a dar bocados a la carne expuesta. En realidad me sorprende que ninguno haya empezado a hacerlo; los cangrejos suelen llegar al cabo de un par de horas.

—A menos que ahí abajo tengan otros rastros humanos con los que entretenerse —propuso Bella.

—Podría ser —dijo Green.

Y desde luego que había más.

Durante la hora y media siguiente, los submarinistas de la policía recuperaron el resto del brazo izquierdo hasta la altura del hombro, el antebrazo y la mano derechos, también cortados por el codo, y el resto del mismo brazo. También encontraron ambas piernas, cada una cortada en tres trozos. Pero no la cabeza.

Cada fragmento de aquel cuerpo había sido envuelto en una bolsa de basura, lastrado con una piedra y atado con cable.

Además, por la orilla del lago, fangosa y hasta cenagosa en parte, había huellas idénticas a las halladas junto al fragmento de tela descubierto por William Pitcher, todas frente a los diferentes puntos del agua donde habían localizado los fragmentos corporales. Junto a cada una de ellas habían colocado un marcador numerado.

187

En el mismo momento en que recuperaban el último de los restos, el equipo de la Científica, que seguía rastreando el bosque, continuaba siguiendo unas pisadas que se alejaban del lago. Al final de las huellas, en un agujero poco profundo y excavado, al parecer, con prisas, cubierto de ramas, había unos pantalones y una chaqueta que coincidían exactamente con su muestra de tejido.

Unos minutos más tarde, de nuevo en el camión de la Unidad Especial de Rastreo, tenían cada uno de los fragmentos corporales embolsados en plástico transparente y etiquetados. Branson, con una taza de café en la mano, examinó el tejido a través del plástico y observó, decepcionado, que cualquier etiqueta que hubiera podido tener cosida en su tiempo, había sido eliminada.

—Bueno, ¿tú qué crees? —dijo, girándose hacia Bella.

Ella se encogió de hombros.

—Que habrá un tiburón azul ahí dentro, que se ha comido la cabeza y el torso. Debe de habérsele pasado por alto al equipo de rescate.

Él sonrió.

—Sí, justo lo que pensaba yo.

—O eso, o tenemos las partes que nos faltaban de nuestro puzle humano. Solo que el cuerpo tiene meses de antigüedad, y estas partes no.

—¡Con esos poderes de observación podrías llegar a ser una gran investigadora!

—Tú hazme la pelota y llegarás muy lejos —respondió ella, con una sonrisa cálida.

Bella parecía tan vulnerable… Como policía era dura, pero era un alma en pena. Branson habría querido envolverla en un abrazo, pero no era ni el momento ni el lugar.

Pero ya encontraría la oportunidad adecuada, en un futuro no muy lejano. El momento… y el lugar.

51

*A*mis Smallbone decidió que él también encontraría el momento y el lugar adecuados. Estaba de pie, en la escalera de la terraza del Grand Hotel de Brighton, con un Chivas con hielo en una mano y un cigarrillo en la otra. Le dio una gran calada, contemplando con odio en los ojos el denso tráfico de King's Road y, más allá, la gente que caminaba por el paseo marítimo…, y el mar, tranquilo y azul.

Iba impecablemente vestido, aunque con un estilo algo anticuado: la americana azul con brillantes botones de latón, una camisa blanca con la corbata estampada de cachemira, pantalones chinos azules y mocasines Sebago blancos. Parecía recién salido de un yate. Como el pedazo de barco que estaba contemplando ahora, una ostentosa motora que surcaba el mar a toda mecha dejando tras de sí una larga estela blanca.

El del yate podía haber sido él, pensó, dándole otra calada al cigarrillo. De no ser por el inspector Roy Grace.

Henry Tilney tenía razón, y él lo sabía. Más valía dejarlo atrás, olvidarse. Pero él nunca había sido así. A la gente había que darle una lección. Grace lo había borrado del mapa de un plumazo. Lo había perdido todo. Doce años de su vida encerrado en cárceles de mierda, rodeado de perdedores.

Gaia estaba en aquel hotel. En la suite presidencial, charlando en privado con Grace en aquel momento, junto con el superintendente jefe Barrington y un puñado de polis más. Smallbone sonrió al aplastar el cigarrillo con el pie, apuró el whisky y se planteó volver a por otro. Al menos aún conservaba alguno de sus antiguos contactos. Y uno de ellos podía proporcionarle acceso a cualquier habitación del hotel, veinticuatro horas al día, siete días a la semana.

De haberlo querido, también podría haber escuchado la conversación que tenía lugar en aquel mismo momento en la suite presidencial, gracias a su antiguo contacto. Pero no hacía falta. Del bolsillo izquierdo de su chaqueta sacó otro paquete de cigarrillos en el que parpadeaba una luz minúscula, tan leve que era casi imposible verla a la luz del día. Con una sonrisa volvió a meterse el paquete en el bolsillo. Ya escucharía la grabación más tarde, con calma.

Una planta por encima de Smallbone, en la imponente salita enmoquetada color *eau-de-nil* de la suite presidencial, Grace, que no solía impresionarse con facilidad, tuvo que pellizcarse para creérselo. ¡Estaba sentado en un sofá al lado de Gaia! Y era agradable: cálida, amistosa y divertida, nada que ver con la diva que se esperaba. Aun así, su presencia le imponía.

Ella iba vestida con una camisa de hombre blanca arremangada, vaqueros azules rotos y unos botines de ante negro con hebillas, parecidos a un par que tenía Cleo, solo que estos parecían más caros. Su melena rubia tenía la frescura de quien acaba de salir de la peluquería, y su rostro reflejaba más bien treinta años, en lugar de los treinta y siete que tenía; tenía un cutis radiante, sin una sola arruga.

190

Era mucho más guapa en persona que en las fotografías. Y desprendía un aroma almizclado de lo más sugerente. «Glenn mataría por estar aquí», pensó, intentando evitar mirarla demasiado. Pero era difícil, especialmente con la cantidad de botones de la camisa que llevaba abiertos y que dejaban a la vista un generoso escote.

Sobre la alfombra, a cierta distancia, tendido boca abajo y concentrado en un juego electrónico, estaba su hijo Roan, vestido con vaqueros, una camiseta amarilla y deportivas y con el pelo revuelto.

Mientras le echaba otra mirada disimulada, Grace pensó que el nombre de «suite presidencial» hacía justicia a aquella serie de habitaciones, decoradas con muebles estilo Regencia, suntuosos pero tradicionales, que daban un aire majestuoso al lugar. Con ellos, en la sala, estaban dos de las asistentes personales de Gaia, vestidas con traje chaqueta, y su jefe de seguridad, Andrew Gulli, un tipo seco y serio vestido con traje, camisa blanca y una corbata oscura. Además de Grace estaban allí el superintendente jefe Graham Barrington, que iba de uniforme, el inspector Jason Tingley, que gestionaba la operación de seguridad de todo Brighton y Hove, y Greg Worsley, de la Unidad de Protección Personal, que, como Tingley, llevaba traje y corbata. Los tres parecían algo impresionados, pensó Grace, igual que él mismo.

Dos guardaespaldas enormes montaban guardia en el rellano, y otros cuatro lo hacían en las dos puertas de la suite de cinco habitaciones que daban a las escaleras de incendios. Aquello era más seguro que Fort Knox.

Y ese era el problema.

Mientras estuviera allí, podían garantizar su seguridad. Pero ella había dejado muy claro que no quería ser una prisionera: deseaba salir a correr cada mañana a primera hora y, sobre todo, no quería que su hijo viviera encerrado. Insistió en que quería poder llevarlo a la playa, pasear libremente con él por la ciudad, llevarle a comer pizza o lo que le apeteciera.

Grace sabía que, en circunstancias normales, ya sería un problema proteger a una estrella del calibre de Gaia, pero es que aquellas circunstancias distaban mucho de ser normales. Alguien había intentado matarla, y el agresor seguía libre. Esa persona podía estar en la ciudad en aquel mismo momento. Por lo que él sabía, podía estar incluso en aquel hotel. La gente de la Unidad de Gestión de Amenazas de Los Ángeles, que había estado en estrecho contacto con Graham Barrington, parecía muy preocupada.

Al menos el comisario jefe, Tom Martinson, había tenido la lucidez de olvidarse de las normas (que limitaban la protección armada para el caso de la realeza y los diplomáticos) y autorizar a la Unidad de Respuesta Armada para que la protegieran veinticuatro horas al día, con la condición de que el coste de aquello no recayera en la Policía de Sussex, tan afectada por los recortes de presupuesto. Dos de ellos habían seguido el coche de la cantante desde el aeropuerto de Heathrow, y otros dos, vestidos de paisano, estaban en el vestíbulo del hotel. Aquellas medidas de protección costaban caras, pero, tal como había pensado Martinson, la alternativa —que a Gaia le ocurriera algo durante su estancia en la ciudad— acabaría saliendo mucho más cara a largo plazo, teniendo en cuenta el perjuicio que supondría para la imagen de la ciudad y el miedo que inspiraría a los potenciales visitantes.

A Grace, el hecho de que Gaia estuviera recibiendo aquel nivel de protección le daba cierta tranquilidad, pero no la suficiente. El comisario jefe le había dejado claro que, debido al atentado previo que había sufrido y al asesinato de su asistente, la responsabilidad de la seguridad de Gaia durante su estancia en Brighton recaía en él. Pero también había insistido en que Gaia iba a tener que contribuir al coste de la operación. En realidad, al poco le había llamado para dejarle claro que le hacía responsable de la negociación de aquel aspecto crucial.

Brighton es una ciudad llena de callejones, rincones y recovecos, túneles olvidados y pasajes secretos. Si alguien tuviera intención de acechar en la oscuridad para cometer un asesinato, no encontraría mejor lugar que esa ciudad para hacerlo. El único modo de garantizar la seguridad de Gaia, a su modo de ver, sería llevarla de un sitio a otro en un coche blindado, con un cordón policial rodeándola cada vez que saliera al exterior. Y eso no parecía viable.

Se giró hacia ella, y sus miradas se cruzaron por un momento. Los ojos de Gaia eran de un azul metálico iridiscente. Eran los ojos más famosos del mundo; habían aparecido en un millón de fotografías, y se había escrito sobre ellos en un millón de reportajes. En una revista barata que le había traído Cleo a casa para que se pusiera al día, se sugería que quizá fueran los ojos más bellos del mundo.

Grace decidió que no iba a discutir por eso. Cleo era la mujer más guapa que había conocido nunca… hasta entonces. Pero Cleo no solo era impresionantemente guapa, sino que además tenía una gran calidad humana. Gaia, pese a todo su encanto y su amabilidad, parecía refugiarse tras un duro caparazón. Sería estupenda para un rollo de una noche, pero por la mañana seguro que le atacaría sin compasión, igual que una viuda negra se come al macho después de copular con él y luego excreta sus restos.

De pronto, Gaia se inclinó hacia él, acercándose tanto que se sintió violento. Y por un momento la tuvo tan cerca que se temió que fuera a besarlo. Entonces, con aquella voz grave y profunda, le dijo:

—Superintendente Grace, tiene usted unos ojos idénticos a los de Paul Newman. ¿Nunca se lo ha dicho nadie?

Se ruborizó. La verdad era que sí, alguien se lo había dicho: Sandy.

Él negó con la cabeza y, con una sonrisa tímida, respondió:

—No, pero gracias.

Al otro lado de la sala vio a Jason Tingley, que le guiñaba el ojo.

Intentando contener una sonrisa, Grace se dirigió a Andrew Gulli, y repasó la situación hasta la fecha.

—Aunque somos conscientes del nivel de riesgo en Estados Unidos, señor Gulli —dijo—, estamos muy lejos de allí. En nuestra opinión, en el Reino Unido el nivel de la amenaza es de nivel bajo a medio.

Gulli, incrédulo, levantó los brazos y, con su voz de James Cagney, respondió:

—¿Cómo pueden decir eso? Cualquiera podría comprar una

pistola en este país por unos pavos. ¡No intenten liarnos con esas bobadas!

—Con todos los respetos, hemos traído a su clienta y a su hijo aquí sanos y salvos, y hemos dispuesto protección las veinticuatro horas a su alrededor y en este hotel. —Miró a Gaia, como disculpándose, para dirigirse otra vez a Gulli—. Pero lo que no podemos hacer es invertir lo necesario para mantener la seguridad si ella desea moverse libremente por la ciudad. El comisario jefe está dispuesto a aprobar medidas de protección armada, pero ustedes tendrán que contribuir a los gastos.

—¡Eso no ocurriría en ningún otro país del mundo! —exclamó Gulli—. ¿No se dan cuenta de lo que aporta Gaia a esta ciudad?

—Nosotros nos sentimos honrados de que esté aquí —admitió Grace

—Mira, Andrew —los interrumpió Gaia—, yo no tengo problema. Creo que lo que dice el señor Grace es justo. Contribuiremos. ¿Por qué no íbamos a hacerlo?

—¡Porque no es así como funciona! —replicó Gulli con petulancia.

—Disculpe, señor Gulli —dijo Barrington, con gran educación y en un tono muy diplomático—, pero así es como funciona en nuestro país.

—¡Eso es una gilipollez! —exclamó Gulli, levantando la voz casi hasta gritar.

Grace se puso en pie, se le acercó y le dijo:

—¿Podemos hablar en privado usted y yo un minuto?

—Lo que tenga que decir lo puede decir aquí.

—Quiero hablar con usted en privado —insistió Grace, con su tono de voz más seco, dejando claro que no estaba para tonterías. La gente a menudo cometía el error de pensar que, solo porque fuera educado, podía pasarle por encima. De pronto Gulli veía al superintendente con otros ojos. Se puso en pie, algo malhumorado, y señaló una puerta.

Grace pasó delante y entró en la habitación contigua que habían convertido en una suerte de oficina improvisada. Se apoyó en el borde de un escritorio de madera de arce y le indicó a Gulli que cerrara la puerta tras él. Por la ventana, vio los restos del West Pier de Brighton, que sobresalían del azul del mar, y sintió, como siempre, cierta pena por la pérdida de aquel muelle en el que tanto había disfrutado durante su infancia. Entonces se giró hacia Gulli.

193

—¿Cuánto va a cobrar su clienta por hacer esta película, señor Gulli?

—¿Sabe qué? No creo que eso sea asunto suyo, agente.

—Superintendente, en realidad —le corrigió él.

Gulli no dijo nada.

—Todo lo que tiene que ver con esta ciudad es asunto mío —dijo Grace—. El otro día leí que a Gaia le van a pagar quince millones de dólares, unos diez millones de libras, por cuatro semanas de producción aquí, y tres en un estudio.

—Es una de las mayores estrellas del mundo; eso es lo que se paga —replicó Gulli, a la defensiva—. De hecho, lo está haciendo por menos dinero de lo habitual porque se trata de una productora independiente, y no de un gran estudio.

—Estoy seguro de que lo vale, hasta el último penique —concedió Grace—. Es espléndida. Yo me cuento entre sus seguidores. Pero usted tiene que entender algo: con la crisis económica de este país, todas las divisiones de la policía se han visto obligadas a aplicar recortes de un veinte por ciento en su presupuesto; la policía de Sussex tiene que rebajar cincuenta y dos millones de libras. Eso significa que nuestros agentes se ven obligados a retirarse a los treinta años de servicio, cuando la mayoría de ellos tenían pensado seguir muchos años más. A algunos eso les acarreará una serie de problemas. Muchos de ellos se unieron al cuerpo muy jóvenes, lo que significa que van a quedarse sin trabajo con apenas cincuenta años, demasiado pronto. Algunos no podrán pagar sus hipotecas y perderán su vivienda. Usted pensará que eso no es problema suyo.

—Tiene razón: eso no es problema mío.

Grace sacó su teléfono móvil.

—Le diré lo que voy a hacer. Voy a llamar a Michael Beard, director del *Argus*, el periódico de Brighton, y le voy a decir que estoy aquí con usted y que, aunque su cliente, Gaia Lafayette, va a ganar diez millones de libras con esta película, no está dispuesta a invertir un penique en los gastos que suponen su seguridad mientras esté en la ciudad. ¿Le parece bien? Le garantizo que dentro de veinticuatro horas eso saldrá en la primera plana de todos los periódicos de este país. ¿Le gusta la idea?

Gulli se lo quedó mirando con hosquedad.

—¿De qué tipo de contribución estamos hablando?

—Eso está mejor —dijo Grace—. Ahora, como dicen en su país, hablamos el mismo idioma.

52

—*Y* este es el dormitorio principal —dijo el joven agente inmobiliario. Era un chico de veinticinco años, resuelto, musculado y en buena forma, con el cabello engominado hacia arriba y vestido con un traje gris marengo y elegantes mocasines—. Tiene un buen tamaño —prosiguió—, mucho más generoso que lo que se encuentra hoy en día en las casas de obra nueva.

Ella cogió la ficha impresa por la inmobiliaria Mishon Mackay y luego paseó la mirada por la habitación: una elaborada cama de latón de metro y medio de ancho, un tocador de caoba y, a su lado, un diván *art déco*. Sobre el tocador había una fotografía con un marco plateado en la que se veía a una pareja en bañador, tomando el sol en la cubierta de un barco, en un mar de aguas tranquilas y azules. Él sonreía, con el rostro bronceado y unas arruguitas en la comisura de sus ojos color azul claro, frunciéndolos como para protegerse de la luz del sol, y con el cabello rubio agitado por el viento. Ella era una mujer atractiva, con una larga melena rubia, también al viento, una sonrisa de felicidad en el rostro y un cuerpo estilizado bajo aquel bikini turquesa.

Eso era lo que tenía la fotografía, pensó ella. Aquellos momentos que capturaba. Podía ser que diez minutos más tarde la mujer estuviera despotricando, pero el recuerdo que dejaba la fotografía era el de aquella sonrisa. Como un poema de Keats que había leído y memorizado una vez en el colegio: *Oda a una urna griega*. Era sobre dos amantes en bajorrelieve de una urna griega, a punto de besarse. Aquel momento, congelado en el tiempo. Nunca acabarían de besarse, nunca consumarían su relación y, por ese mismo motivo, su relación duraría para siempre.

A diferencia de lo que sucedía en la realidad.

Algo triste de pronto, se giró y se dirigió a la ventana. Daba al jardín trasero, y a la parte de atrás de la casa de los vecinos, en la otra calle. Se quedó mirando el amplio césped, con una fuente zen en el centro: una pila de piedras pulidas con un canalito seco a su alrededor y un surtidor que no estaba activado. Habían cortado el césped recientemente, pero los parterres a ambos lados y al fondo del jardín estaban llenos de malas hierbas.

—Me temo que tenemos que seguir —dijo el agente, en un tono más de arrogancia que de disculpa—. Tenemos otra visita dentro de veinte minutos. Este tipo de casa tiene mucha demanda.

Ella se quedó un momento donde estaba antes de seguirle, y echó otro vistazo a la habitación. Estaba demasiado arreglada: la cama no había sido usada, no había nada por medio. Era como si nadie hubiera vivido allí.

Salió siguiendo al agente, atravesaron el rellano y entró en otra habitación, tirando suavemente de su hijo, absorto en un juego de ordenador que tenía en la mano.

—Esta es la más grande de las otras habitaciones —dijo el agente—. Es muy amplia. Sería excelente para su hijo, diría yo. —Miró al niño en busca de aprobación, pero el pequeño no levantó los ojos del juego, concentrado, como si su vida dependiera de aquello.

Ella observó la habitación con interés. Allí vivía alguien: un hombre adulto. Observó la fila de zapatos de aspecto caro, perfectamente abrillantados, alineados junto al zócalo. Varios trajes envueltos en plástico de la tintorería colgaban desordenadamente aquí y allá, a falta de armario. Una cama de hombre mal hecha. Entonces pasaron al baño. Una hilera de colonias, loción para el afeitado, bálsamo para la piel, un cepillo eléctrico y elegantes toallas negras en el toallero calefactado. Había gotas de humedad en el interior de la mampara de la ducha, lo que indicaba que la habían usado hacía poco, y un intenso olor a colonia de hombre flotaba en el ambiente.

—¿Por qué se vende la casa? —preguntó ella.

—El dueño es policía, tengo entendido.

Ella no dijo nada.

—Se ve que vivía aquí con su mujer, pero se ha separado. La verdad es que no sé nada más. Puedo informarme, si le interesa.

—No, no me interesa.

—Tengo un primo en la policía —añadió él—. Me ha dicho que entre los polis los divorcios son muy comunes.

—Me lo imagino.

—Sí, supongo que es ese estilo de vida. Los cambios de turno, el trabajar hasta tarde…, todas esas cosas.

—Claro —dijo ella.

El vendedor los condujo de nuevo a la planta de abajo, pasando por el estrecho pasillo hasta el salón, que mostraba una decoración minimalista, con sofás futón y una mesa baja japonesa en el centro. En una esquina había una antigua máquina de discos, y enfrente alguna colección de antiguos vinilos, desordenada, con algunos discos fuera de sus fundas, y unos montones de CD.

—Esta sala es muy agradable, con grandes ventanales, y la chimenea funciona —explicó—. Un buen salón.

Ella miró alrededor, mientras el niño seguía enfrascado en su videojuego, del que salía un *bip-bip-bip* constante e irregular. En particular se quedó mirando la máquina de discos, que le traía recuerdos de su vida, diez años atrás. Entonces entraron en el gran comedor-cocina.

—Tengo entendido que esto eran dos estancias diferentes que el dueño unió. Podría dejarse así, o volver a separarse en cocina y comedor.

«¡Claro que se podría!», pensó ella. Y entonces observó el pececito. Estaba en una pecera redonda, sobre la encimera, cerca del microondas, con un alto distribuidor de comida de plástico pegado al lado.

197

Dio unos pasos y acercó la cara a la pecera. El pez parecía viejo e hinchado, y abría y cerraba la boca rítmicamente, sin reaccionar. El color naranja que hubiera podido tener en el pasado se había convertido en un gris oxidado.

De pronto el niño levantó la vista de su juego, siguió a su madre y también miró la pecera.

—*Schöner Goldfisch!* —exclamó.

—*Wirklich hübsch, mein Schatz!* —respondió ella.

El agente se la quedó mirando, intrigado.

—¿*Marlon*? —susurró ella.

El pez abrió y cerró la boca.

—¿*Marlon*? —repitió.

—*Warum nennst du ihn Marlon, Mama?*

—Porque así es como se llama, *mein Liebling!*

El agente frunció el ceño.

—¿Sabe cómo se llama?

Sandy se preguntó si un pez podía vivir todo ese tiempo. ¿Más de diez años?

—Quizá —respondió.

53

—*L*arry, tenemos un pequeño problema con el guion —dijo Jack Jordan, el veterano director de la película, mirando la enorme lámpara de araña de la sala de banquetes del Royal Pavilion. Al cabo de unos días cumpliría setenta años y tenía un aspecto más sombrío que de costumbre. Sus ojos, a la sombra de la larga visera de su gorra de béisbol, parecían dos moluscos dudando de si abrirse o no.

Después de haberse deshecho de sus últimos cien mil dólares para que el rodaje siguiera adelante, Larry Brooker no estaba de humor para oír otra queja de aquel sufridor crónico. Puso fin a la llamada de su agente comercial, que tenía la gran noticia de que había vendido los derechos de *La amante del rey* en Rumanía por cincuenta mil pavos. El agente le aseguró que era muy buen precio para Rumanía. Quizá sí lo fuera, pero, al ritmo al que iban fundiendo el dinero, cincuenta mil pavos apenas les daba para mantener la producción en marcha cuatro días más; y eso, sin contar el veinte por ciento de comisión de ventas que había que restar.

Brooker estaba especialmente espeso e irritable ese día: sería el efecto combinado del *jet lag* y la pastilla para dormir que había tomado para contrarrestarlo, que daba la impresión de empezar a hacer efecto en aquel momento, unas quince horas después de tomársela. Problemas. Siempre había problemas en las producciones. Un buen productor tenía que mantener todo el montaje a flote y siempre estaba presionado por el calendario, sabiendo que cualquier circunstancia imaginable podía conspirar en su contra, impidiendo que rodaran lo programado para cada día, con lo que el presupuesto podía dispararse. La producción de cualquier película se convertía en un cúmulo de diferentes problemas que aparecían simultáneamente y se convertían en un problemón gigante. El tiempo, los accidentes, los berrinches, la burocracia del lugar de rodaje, frases del guion que no funcionaban al llegar el momento del rodaje, actores neuróticos, actores celosos, actores cabrones, actores egoístas, actores borrachos, actores lentos…, benditas criaturas de Dios.

Por su experiencia, los directores también podían ser terribles. Nunca había trabajado con ninguno que no se hubiera lamentado del tiempo de que disponía para tener una escena importante lista, o de la falta de presupuesto para efectos especiales, o del calendario de rodaje al que tenía que atenerse. ¿Por qué sería que todos los directores con los que había trabajado daban la impresión de necesitar una niñera?

—¿Qué tipo de problema, Jack? —respondió.

—Bueno, un pequeño problema técnico con el guion.

Por el modo de decirlo de Jordan, Brooker tuvo la impresión de que estaban a punto de tocarle bien las narices. Se acercó, con su camiseta negra holgada, sus vaqueros aún más holgados y sus inseparables mocasines Gucci, y se quedó mirando a su director a los ojos.

—¿Qué problema técnico, en particular?

—Parece ser que quien hizo la documentación metió la pata hasta el fondo.

—Quizá yo se lo pueda explicar —dijo Louise Hulme, historiadora residente del Royal Pavilion que colaboraba como asesora. Era una mujer agradable, de aspecto académico, con el cabello claro recogido, que llevaba un vestido de verano rosa y unos discretos zapatos blancos—. En su guion tienen esta escena que describe un momento clave en la relación entre el rey Jorge y Maria Fitzherbert. Es cuando él pone fin a su relación, diciéndole que ya no la quiere.

Brooker se la quedó mirando, molesto con su actitud de profesora de escuela.

—¿Me va a decir que su relación no acabó?

—En absoluto. Sí que acabó. Pero, en su guion, Jorge se lo dice a Maria mientras están sentados el uno junto al otro, en un banquete en esta mesa.

—Ajá —dijo Brooker. Su teléfono vibró. Se lo sacó del bolsillo y miró la pantalla. Lo único que ponía era INTERNACIONAL. Probablemente sería alguien reclamando una deuda. Cortó la llamada y volvió a concentrarse en lo que le decía Louise Hulme.

—Bueno, el primer problema es histórico, señor Brooker. En la época en que Jorge IV y Maria eran amantes, este edificio no era más que una modesta granja. Las obras de todas las dependencias lujosas del palacio, como esta sala de banquetes, no se iniciaron hasta mucho más tarde. De hecho, las de esta sala se completaron

199

cinco años después de que acabara su relación, así que es imposible que esa conversación tuviera lugar aquí.

Comunicó la información sonriendo, con una seguridad y una autosuficiencia que irritó a Brooker. Aquella sala era imponente, le parecía el lugar ideal para que un rey abandonara a su amante. ¿A quién le preocupaba la precisión histórica? A un puñado de académicos pedantes, nada más. A ninguno de los espectadores de Little Rock, en Arkansas, ni de Springfield, en Missouri, ni de Brooksville, en Florida, les iba a importar una mierda si aquel salón había sido construido o no.

—Supongo que tendremos que tomarnos una pequeña licencia artística en ese punto —dijo—. Esto es una película, es ficción, no es un documental.

—Está bien —concedió Hulme, con una sonrisa que ocultaba una mueca de desaprobación—. Pero en su escena habrá otra imprecisión histórica.

—¿Y cuál es? —dijo él, echando una mirada a Jack Jordan, cuyo pesimismo parecía ir en aumento, como si el mundo se encontrara en los últimos segundos de la cuenta atrás para la autodestrucción.

—Bueno —continuó ella—, el caso es que Jorge IV no tuvo valor para poner fin a la relación cara a cara. Así que lo hizo en lo que supongo que sería el equivalente a un correo electrónico de su época, o quizá a un *tweet*.

—¿Qué hizo?

—Bueno, celebró un gran banquete en honor al rey de Francia, y no invitó a la señorita Fitzherbert. De acuerdo con el protocolo de la corte en aquella época, eso era una señal definitiva de que la relación había acabado.

—Señorita, respeto sus conocimientos sobre historia —dijo Brooker—. Pero todo eso no tiene por qué quedar plasmado directamente en la película. Esta es una de las escenas más importantes. ¡Es el clímax emocional de toda la historia! Están sentados en el centro de la mesa, rodeados de toda esa gente noble, con el amigo del rey, Beau Brummell justo enfrente, y entonces él suelta la carga de profundidad.

—Pero no es así como ocurrió —dijo ella.

—¡Sí, bueno, pues así es como tendría que haber ocurrido! Eche un vistazo a este salón. ¡Mírelo! Es una de las salas más imponentes que he visto nunca. ¡Me imagino perfectamente la luz de las velas en la mesa y la lámpara de araña iluminando el rostro de Maria mientras su expresión pasa de la ilusión al dolor más insufrible!

—Hay otro problema, señor Brooker —dijo ella, con un tono cada vez más ácido—. Sobre Prinny.

—¿Prinny? ¿Quién es Prinny?

La mujer le miró con un reproche.

—Ese era el apodo del rey Jorge: todo el mundo le llamaba así.

—Ah, bueno.

—No parece que se haya documentado muy bien —prosiguió la chica—, si no le importa que se lo diga.

Brooker controló su rabia como pudo y respondió:

—Mire, señorita, tiene que entender que esto es una película, ¿vale? Yo no soy historiador. Soy productor de cine.

—Bueno, lo que tendría que saber es que Prinny le cogió mucha aprensión a la lámpara de araña: se negaba a sentarse justo debajo.

Él se quedó mirando la enorme escultura de cristal, colgada de las garras de un dragón, bajo la cúpula del techo. Creaba un fantástico efecto dramático. Aquella sería una escena de una tremenda carga visual.

—¿Sí? Bueno, pues en mi película, va a sentarse debajo —dijo, desafiante.

Al otro lado de la sala, más allá de las cuerdas azules que indicaban al público el trayecto obligado para la visita del edificio, un hombre desgarbado y cadavérico vestido con gorra de béisbol, que parecía uno más de los montones de turistas que pasaban por aquel edificio a diario, escuchaba atentamente la discusión y levantó la vista hacia la lámpara, estudiándola con atención.

54

—*S*on las 18.30 del miércoles 8 de junio. Es la décima reunión de la Operación Icono —le dijo Grace a su equipo, en la atestada sala de conferencias del centro de investigaciones—. Voy a repasar nuestra situación.

Estaba de buen humor. Había recibido una llamada de la inmobiliaria Mishon Mackay, en que le habían informado de que ese mismo día había habido varias visitas a su casa. Una de ellas, una mujer con un niño, parecía interesada.

Repasó sus notas e inició el resumen de la situación:

—Esta tarde hemos recuperado cuatro miembros (dos brazos y dos piernas) del fondo del lago de pesca de la West Sussex Piscatorial Society, cerca de Henfield. Ahora mismo están en el tanatorio de Brighton y Hove, a la espera de que mañana los examine la patóloga forense del Ministerio del Interior, Nadiuska de Sancha. Se han enviado muestras de todos ellos para analizar el ADN con el fin de comprobar si coincide con el del torso encontrado en la Stonery Farm.

—Bueno, parece que por fin nuestra investigación echará a andar —bromeó Potting, que se calló al instante ante la mirada reprobatoria de Grace, aunque solo por un momento—. Lo siento, Roy, a lo mejor he metido la pata...

Se oyeron algunas risas contenidas. Grace también sonrió.

—Calla la boca, Norman. ¿Vale? —Observó un intercambio de miradas entre Potting y Bella, y esperó que esta le hiciera algún comentario incisivo, pero la chica no dijo nada, así que Grace prosiguió.

—Darren Wallace, del depósito, que tiene más experiencia que todos nosotros en ese tipo de cosas, me ha dicho que los miembros parecían muy fríos, mucho más de lo normal, aun teniendo en cuenta que habían estado sumergidos en el agua del lago. Él apunta a la posibilidad de que hayan estado congelados. Estoy seguro de que todos los que sabéis algo de cocina tendréis una idea de lo que tarda en descongelarse una pata de cordero.

Varios de los presentes asintieron.

—Todo lo que puedo decir en este momento, a partir del informe forense inicial —prosiguió Grace—, es que la superficie de rotura irregular en los huesos de los miembros amputados coincide visualmente con las correspondientes zonas del torso, lo que nos crea un problema de concordancia temporal. Es posible que los hayan mantenido refrigerados hasta ahora. Desde luego es demasiado pronto para asegurar que hemos encontrado los miembros que buscábamos, pero podríamos clasificar el lago como escenario secundario.

—¿Y si no son los que buscamos, jefe? —intervino Nicholl—. ¿Nos encontraríamos ante otra investigación de asesinato?

—Exactamente —contestó Grace—. Pero de momento no quiero planteármelo. Mi hipótesis es que al agresor le entró pánico al ver el retal anoche en *Crimewatch* y que decidió librarse de los restos que conservaba. Pero de momento no es más que mera especulación.

—Y no explica qué ha pasado con la cabeza de la víctima, que sigue sin aparecer —apuntó el sargento Lance Skelton, encargado de Recursos Humanos para la investigación.

—¿Por qué motivo iba a conservar los miembros el agresor, jefe? —preguntó el agente Exton.

—No tengo ni idea. Nos toca a nosotros descubrirlo. —Volvió a mirar su notas—. Bueno, desaparecidos. Norman, ¿alguna novedad?

—Tengo al equipo de investigación de campo repasando los casos de todos los desaparecidos de Sussex, Surrey y Kent que se ajustan a la fecha aproximada de la muerte del «varón desconocido de Berwick», a su complexión y a su altura estimada. Pero de momento no tengo nada concluyente, jefe.

Grace le dio las gracias y siguió adelante.

—«Inspector en funciones» Branson —dijo, enfatizando las palabras—, ¿qué nos puedes decir del tejido recuperado en el lago?

—Tuve que decidir, jefe, si dejárselo a Ryan Farrier, el sastre de Gresham Blake, para ver qué podíamos descubrir sobre su propietario a partir del tamaño del traje y la factura, o si enviarlo al laboratorio para que hicieran inmediatamente los análisis de ADN. Pero pensé que, para intentar proteger cualquier resto de ADN, era mejor que pasara primero por el laboratorio.

—Has hecho bien —apuntó Grace—. A lo mejor podrías llevarte al sastre al laboratorio, para que lo examinara allí.

—Ya he quedado con él, mañana por la mañana —dijo Branson, sonriendo, satisfecho.

Grace también sonrió. Estaba orgulloso de su pupilo. Con su estilo metódico, la atención por los detalles y el pensar por sí mismo, estaba demostrando cada vez más que tenía tablas para ser un buen investigador. Volvió a mirar sus notas.

—En el escenario se ha encontrado una considerable cantidad de huellas de buena calidad, algunas próximas al trozo de tela que encontramos en los matorrales. —Hizo una pausa, señaló la ampliación y el tejido de muestra colgado de la pizarra blanca al otro extremo de la mesa—. En particular, encontramos numerosas pisadas por el perímetro del lago, y junto al lugar donde se encontraron los restos del traje. —Se giró hacia el agente Exton—. Jon, se han sacado moldes y fotografías de las huellas; quiero que descubras el fabricante de ese calzado. Te sugiero que empieces dirigiéndote a la NPIA: ellos tienen un registro de calzados de referencia.

—Enseguida, jefe.

—He contactado con un podólogo forense, el doctor Haydn Kelly, que es uno de los principales analistas forenses del país especializados en postura corporal, y le he pedido que asista a la reunión de mañana por la tarde; así tendrá tiempo de analizar las huellas antes de venir. —Levantó la vista—. Bueno, *Crimewatch*. ¿Tenemos alguna pista más a partir de las llamadas?

—Nada significativo, jefe —respondió el agente Nicholl—. Hasta ahora hemos recibido setenta y cinco llamadas, y solo tres nombres. Un montón de llamadas descartables. Los típicos borrachos. Uno nos ha dicho que lo hizo su padre, y luego nos ha contado que su padre murió hace cinco años. Otro nos ha dicho que lo hizo Kirsty Young, la presentadora del programa. Hemos clasificado las llamadas, como siempre, en categorías: A, B y C. La única de grado A era la del pescador, William Pitcher, esta mañana.

Grace le dio las gracias y luego preguntó:

—¿Alguien más tiene algo que añadir?

Varios de los presentes negaron con la cabeza.

—Pues nos vemos otra vez mañana a las 8.30.

En el momento en que salía de la sala de reuniones y enfilaba el pasillo en dirección a su despacho, se encontró con Ray

Packham, de la Unidad de Delitos Tecnológicos, que caminaba a toda prisa en su dirección.

—¡Roy! Ya he podido echarle un vistazo a tu BlackBerry.

—¿Ah, sí?

Se pararon bajo un gran tablón en el que había una gráfica con el título MODELO DE INVESTIGACIÓN DE ASESINATO.

—Tenías razón en preocuparte. Te habían pirateado el teléfono.

Grace se lo quedó mirando, sintiéndose de pronto profundamente incómodo.

—¿De verdad?

Packham asintió.

—¿Y quién lo ha hecho?

—No estoy seguro de que esto te vaya a gustar. Quizá debiéramos ir a tu despacho.

Grace se puso en marcha inmediatamente.

55

*L*a tarde era fresca y la brisa había amainado. Colin Bourner, portero del Grand Hotel, estaba en su puesto, bien erguido, junto a la entrada principal. Al otro lado de King's Road, atestada de tráfico y de la gente que paseaba a pie o en bicicleta por el paseo marítimo, se veía el mar, como a él le gustaba, tranquilo como una balsa, iluminado por los últimos rayos del día. La marea se había retirado; un puñado de pescadores hacían agujeros en busca de lombrices que usar de cebo, y un hombre peinaba la arena húmeda con un detector de metales.

En la acera, más cerca del hotel, estaban apostados una docena de paparazzi y unos cuantos fans a su lado. Todos esperaban ver a Gaia, aunque solo fuera un momento.

Un taxi Streamline, de color turquesa, entró en la vía de acceso al hotel y se paró en la puerta. Una de las muchas cosas que le gustaban a Bourner de su trabajo era que nunca sabía quién podía presentarse. Podía ser cualquier famoso: actores, presentadores, deportistas de élite, políticos y, a veces, hasta miembros de la realeza. Las medidas de seguridad en el hotel se habían redoblado, y la emoción flotaba en el ambiente, porque en aquel momento tenían una gran estrella alojada en él, Gaia, que había llegado horas antes. Y ahora tenía curiosidad por ver quién iba en el asiento trasero de ese taxi.

Abrió la puerta con la misma sonrisa de bienvenida que les dedicaba a todos los clientes del hotel: se encontró con una mujer rubia con el rostro cubierto de un maquillaje excesivo y envuelta en una nube de perfume almizclado. Llevaba un vestido negro corto demasiado apretado, un chal de seda y unos *leggings* oscuros brillantes, y parecía algo insegura caminando con aquellos botines de ante negros con un tacón descomunal, como si no tuviera mucha práctica.

—Buenas tardes, señorita. Bienvenida al Grand Hotel.

Ella le devolvió la sonrisa y contestó con voz de falsete y en tono afectado:

—Gracias.

Pagó al taxista y cruzó la acera muy lentamente, moviendo los brazos, como si estuviera manteniendo el equilibrio sobre una superficie helada. Llevaba un bolso muy llamativo colgado con una cadena del hombro. Entonces, al entrar en la puerta giratoria se ajustó discretamente (o no tan discretamente) el borde de la falda, bajándoselo sin mucha gracia.

«Un carnero disfrazado de corderillo», pensó Colin Bourner, observándola, preguntándose qué pintaba allí. Iba vestida como una pelandusca, pero él conocía a todas las que solían venir al Grand, y aquella era demasiado madura y fea. Llevaba veinticinco años en aquel hotel, salvo un breve periodo que había trabajado en otro hotel cercano, y había visto de todo. Cada día, en algún momento, se encontraba con un nuevo espectáculo pintoresco. Y aquel iba a ser, sin duda, el más destacado del día.

Anna entró en el enorme vestíbulo, de pronto muy nerviosa. En casa había estado tranquila, mientras se preparaba para aquel momento, pensando en todas las señales que le había enviado su ídolo en *Top Gear*. Pero ahora había llegado el momento, y estaba pasando por delante del mostrador de recepción, leyendo los carteles que indicaban los diferentes eventos: BRIGHTON BUSINESS CLUB... CENA DE GALA DEL CRIMESTOPPERS GOLDEN HANDCUFF CLUB... BRIGHTON AND HOVE MOTOR CLUB... Ahora se daba cuenta de lo enorme que era aquel lugar.

Había gente por todas partes: personal del hotel, parejas yendo de un sitio a otro, hombres con esmoquin, mujeres con trajes de noche y enjoyadas... Se sintió casi como si fuera desnuda.

¿Iba lo suficientemente arreglada para ver a Gaia?

¿Debería volver a casa y cambiarse?

Hizo una pausa y respiró hondo. Las manos le temblaban y tenía la garganta seca; de pronto todo se le nublaba, como si le costara enfocar. Decidió que necesitaba una copa para recobrar el ánimo. Algo fuerte pero que no le hiciera apestar a alcohol. No quería darle una mala impresión a Gaia.

Entró en el bar y se sentó en un taburete, adoptando una pose estudiada. Pidió un vodka doble con tónica, pero al instante rectificó y pidió que fuera triple. Había un cuenco con cacahuetes sobre la barra, justo delante. Alargó la mano dispuesta a coger un puñado, pero luego se lo pensó y la retiró. Se había cepillado los dientes antes de salir de casa, y quizás a Gaia no le gustara que el aliento le oliera a cacahuetes.

—¡Buena decisión! —dijo un norteamericano corpulento sentado en el taburete de al lado, que parecía borracho—. ¿Ha visto alguna vez los análisis nutricionales de los cacahuetes que ponen en los bares? —Hablaba arrastrando la lengua y apestaba a tabaco.

Ella lo miró sin interés y luego posó la mirada en el barman que le estaba preparando la copa.

—Orina y heces —prosiguió el borracho—. Sí, sí. Los análisis demuestran que, de media, en un cuenco de cacahuetes de los que suelen encontrarse en las barras de los bares suele haber rastros de hasta doce tipos de orina diferentes, y tres de heces. La gente es de lo más marrana; no se lavan las manos después de ir al baño.

—¿Quiere que se lo ponga en una cuenta, señorita? —preguntó el barman.

Anna negó con la cabeza y pagó en efectivo. En el momento en que recogía el cambio, el norteamericano le preguntó:

—¿Tienes planes para cenar?

—Sí que tengo planes —respondió ella, con suficiencia. Cogió su copa y le dio un buen trago, esperando que le hiciera efecto. Empezó a hacerlo, bastante rápido. Bebió un poco más.

—¡La señorita tiene sed! —observó su inoportuno compañero de barra—. Permíteme que te invite a otra.

Ella echó un vistazo a su gran reloj de pulsera Luminor Panerai, copia exacta del de Gaia. Salvo que el de su ídolo era auténtico y valía miles de libras, y el suyo era una falsificación que había comprado en Internet por cincuenta libras. Eran casi las siete y cuarto.

—No tengo tiempo —respondió.

—¡Bonito reloj!

—Gracias.

—A lo mejor podríamos vernos más tarde… —insistió él, guiñándole un ojo—. Ya me entiendes…, para echar una cabezadita.

Ella agarró un puñado de cacahuetes y se los metió en la boca. Después de masticarlos y tragárselos, se giró hacia él, le sonrió un instante y dijo:

—Gracias, pero no creo que ahora te apetezca mucho besarme.

Apuró su copa, sintiéndose mucho más decidida, y bajó con cuidado y con la máxima elegancia que pudo del taburete, arreglándose con un gesto despectivo su chal Cornelia James. Luego se dirigió al mostrador principal. Le diría al recepcionista que llamara a Gaia y le anunciara su llegada.

209

56

*G*race se sentó a su mesa y se quedó mirando a Packham, el especialista en delitos tecnológicos, que se sentó frente a él.

Le gustaba aquel tipo, pero le parecía que tenía aspecto de director de banco, por lo que siempre tenía la sensación de que lo natural sería pedirle un préstamo, más que la información sensible que aquel genio de la tecnología parecía obtener sin dificultad examinando las tripas de cualquier ordenador o teléfono.

—Bueno, Roy, hemos encontrado un código sospechoso integrado en el *software* de tu BlackBerry. No se corresponde con ninguna de las aplicaciones que te has descargado. Lo hemos desestructurado y hemos observado que es una sofisticada forma de registrador de datos. Encripta todas las llamadas que haces o recibes, y los mensajes de texto, y lo envía todo por correo electrónico usando el 3G de tu teléfono.

Grace sintió un escalofrío que le recorría la espalda.

—¿Todas mis llamadas?

Packham asintió.

—Me temo que sí. He consultado con los de Vodafone, que últimamente se muestran muy colaboradores.

—¿Dónde se enviaban?

Packham sonrió, nervioso.

—Te advertí que esto no iba a gustarte.

—Y no me está gustando.

Le dio el número. Grace se lo apuntó en su cuaderno. Se lo quedó mirando, pensativo. Le sonaba.

—¿Lo reconoces?

—Sí, pero ahora mismo no sé de quién es.

—Prueba a introducirlo en tu teléfono —sugirió Packham, con una sonrisa casi burlona.

Grace copió los números del cuaderno en el teléfono. En el momento en que introdujo el último dígito, apareció un número en la pantalla de su BlackBerry.

Grace se quedó mirando un momento. No se lo podía creer.

—¡Ese media mierda!

—Yo mismo no habría podido definirlo mejor, jefe.

57

*U*n hombre bien vestido de treinta y pocos años, flanqueado por dos mujeres igual de arregladas, atendía el mostrador de recepción del Grand Hotel. Al acercarse Anna, la recibió con una cálida sonrisa.

—He venido a ver a Gaia Lafayette —dijo ella.

El gesto del hombre cambió, de forma muy sutil, volviéndose de pronto defensivo, y escrutó de cerca a aquella mujer de aspecto algo extraño. Desde luego tenía un aspecto suficientemente raro como para ser amiga de la estrella.

—¿La espera, señorita? —Tenía un leve acento extranjero, quizá francés, pensó Anna.

—Sí, me espera —dijo ella, ya más tranquila y segura de sí misma por efecto del vodka. «De hecho, me lo indicó con una señal en *Top Gear*», estuvo a punto de añadir, de lo confiada que se sentía, pero se guardó esa información para sí.

—¿Me da su nombre, por favor?

—¿Mi nombre? —Aquello la pilló a contrapié—. ¡Bueno, ella sabrá que soy yo!

La sonrisa del recepcionista desapareció.

—Sí, pero necesito su nombre, por favor.

—Muy bien —dijo ella, asintiendo—. Dígale que es Anna. Que Anna está aquí.

—¿Anna? —El joven esperó, paciente, que le diera más información.

—Anna.

—¿Su apellido?

—¿Mi apellido?

No le gustaba el modo en que la miraba aquel hombre. ¿Su apellido? Quizá no hubiera tenido que tomarse aquel vodka. Volvía a ver las cosas algo turbias. Tuvo que parpadear con fuerza para concentrarse de nuevo.

—Usted dígale que Anna está aquí —replicó ella, ya algo impaciente.

Él puso la mano sobre el auricular del teléfono, tapándolo.

—Necesitaré su apellido —insistió él—. Para los de Seguridad. —Bajó la mirada al mostrador—. Tengo aquí una lista, y no veo su nombre, Anna, en ella. ¿Quizá si me da su apellido?

—Galicia —respondió ella.

—¿Galicia?

—Sí.

Anna notaba su propio sudor en la piel. Tenía las axilas húmedas. Solo esperaba haberse puesto suficiente desodorante Nocturne, el roll-on de Gaia.

El hombre volvió a mirar la lista y negó con la cabeza. Entonces marcó un número y, al cabo de unos momentos, dijo:

—Tengo a Anna Galicia en recepción, que ha venido a ver a la señora Lafayette.

Mientras esperaba respuesta, Anna tuvo ocasión de leer del revés los nombres de la lista. Vio *Daily Mail*.

Al cabo de un momento, el recepcionista volvió a dirigirse a ella:

—Lo siento, no la tienen en su lista.

Ella se puso roja.

—Hum, bueno, sí, eso probablemente sea porque soy reportera externa del *Daily Mail*, pero he venido por el *Mail*, para hacer un reportaje sobre Gaia. —Hurgó en el interior de su bolso y sacó el carné de prensa falso que se había hecho unos años antes y que le había resultado muy útil para colarse en las zonas VIP en los conciertos de Gaia.

Al hombre aquello le pareció lógico; la mujer tenía un aspecto algo extravagante, como algunas periodistas; había visto a muchos que acudían al hotel a hacer entrevistas a famosos, y también en el Lanesborough de Londres, donde había trabajado antes.

Cogió el carné, lo leyó, y luego dijo:

—El *Mail* nos ha dado el nombre de otra persona.

Anna se encogió de hombros como si aquello fuera de lo más normal.

—Me han pedido que la sustituya en el último momento.

—Vaya a la quinta planta, por favor.

Anna se giró, segura de que todo aquello lo había preparado Gaia —¡le había puesto una pequeña prueba!—, y en aquel mo-

213

mento vio a un grupito de gente, tres mujeres y dos homosexuales que conocía, coleccionistas empedernidos de artículos de Gaia, como ella.

—Anna, ven a tomarte una copa —le dijo uno de ellos, Ricky, cuyo nombre de acceso a eBay era *Esclavo de Gaia*.

—Gracias, pero la verdad es que ahora mismo voy a encontrarme con Gaia —respondió ella, satisfecha de sí misma.

—¡Sí, ya! —respondió, incrédula, la más joven del grupo, una chica de poco más de veinte años. Se llamaba Kira Ashington, y llevaba algunos mechones de pelo de color violeta. Trabajaba como peluquera canina y, en muchas ocasiones, había pujado más que Anna en las subastas de artículos de Gaia por Internet, lo cual le enfurecía. Aquella situación le proporcionaba un momento de dulce venganza.

—En realidad me ha invitado personalmente Gaia —añadió Anna, como si aquello fuera lo más natural del mundo.

—¿Cómo…, cómo…, cómo lo has conseguido? —Ricky estaba tan consumido por la envidia que apenas podía articular palabra.

—Porque soy su fan número uno. Ella lo sabe.

—¡Caray, qué suerte! ¿Y no podría acompañarte su fan número dos? —preguntó Kira.

—Esta noche no, Josephine —respondió Anna, mandándole un beso a distancia.

—¡Que lo disfrutes! —dijo Ricky.

—Gracias. —Con la cabeza bien alta, Anna se dirigió a los ascensores. No se había sentido tan orgullosa en toda su vida.

Momentos más tarde, cuando se abrieron las puertas del ascensor, Anna salió al pasillo enmoquetado. Dos gorilas, provistos de sendos auriculares conectados a un cable, montaban guardia a ambos lados de una puerta, de espaldas a la pared. Le echaron una mirada hostil, como si tuviera el virus del herpes.

Se acercó a ellos, sintiéndose decididamente inestable sobre sus tacones, gracias al vodka. Se anunció y les mostró su carné de prensa.

—No la esperan, señorita —dijo el de la izquierda, sin mover apenas los labios.

—Oh, sí, sí que me esperan. Soy Anna Galicia. Gaia me está esperando.

Él se la quedó mirando con unos ojos enormes, más inexpresivos que dos planetas desiertos.

—Hoy no, señorita. No va a dar más entrevistas.

—¡Pero ella me espera, desde luego que me espera!

El gigante de la derecha se la quedó mirando con cara de pocos amigos.

—La jefa está cansada —dijo el de la izquierda—. Acaba de cruzar el Atlántico. Hoy no quiere más entrevistas. Si quiere quedar para entrevistarla, llame por la mañana.

—¡No lo entienden! —respondió Anna—. No vengo a entrevistarla. ¡Vamos… a tomar una copa! ¡Me ha invitado!

—¿Y usted se llama Anna Galicia?

—¡Sí!

—Su nombre no está en la lista, señorita.

La frustración se acumulaba en su interior, a punto de estallar.

—¡Que le jodan a la lista!

El gorila se encogió de hombros.

—Si quiere ver a la jefa, tiene que estar en la lista.

—¡Debe de haber habido un error! De verdad, un error. ¡Por favor, pregúntenle a ella! ¡Díganle que Anna está aquí! ¡Anna Galicia! ¡Ella me conocerá! Me está esperando. ¡Se pondrá furiosa si no me dejan pasar, se lo prometo!

El hombre dijo algo al auricular, en voz baja. Anna le leyó los labios. Aquel tipo estaba pidiendo confirmación. Sentía la rabia en el pecho. ¡Gaia estaba ahí dentro! Al otro lado de aquella puerta. Estaba a solo unos metros de su fan número uno. ¡Por Dios bendito, a solo unos metros! ¡Gaia quería verla, lo había dejado muy claro, y ahora aquellos imbéciles le estaban cortando el paso!

—Lo siento, señorita, me dicen que no saben quién es usted.

Anna sentía que la respiración se le aceleraba y cada vez estaba más furiosa.

—No soy una periodista más. ¡Soy su fan número uno! —exclamó—. ¡Su fan número uno, joder! ¡Si no fuera por mí, probablemente estaría haciendo numeritos en un apestoso salón de masajes, y vosotros no estaríais aquí! ¡Quiere verme! ¡Ahora mismo!

Los dos guardias cruzaron una mirada. Entonces el que tenía Anna delante respondió:

—Lo siento, señorita. Voy a tener que pedirle que se vaya.

—¡Ni muerta!

Entonces, asombrada, vio que, a unos metros, se abría una puerta. Por ella salió una mujer con gorra de béisbol, gafas oscuras, un chándal púrpura y unas deportivas de lujo.

¡Era ella!

—¡Gaia! —la llamó, y se dirigió hacia donde estaba, avanzando insegura sobre sus tacones—. ¡Gaia, soy Anna!

Al momento notó que la agarraban de los brazos, con suavidad pero con firmeza, y su ídolo quedó rodeada por un batallón de guardaespaldas, también vestidos de deporte y con gorras de béisbol.

—¡Soltadme! —les gritó Anna a los dos colosos que la retenían. Se debatió con furia y perdió uno de sus zapatos.

—No tenéis ningún derecho a hacerme esto. ¡Soltadme! —gritó.

Las puertas del ascensor se cerraron y entonces la soltaron. Anna se puso a pensar a toda velocidad. ¡Tenía que haber alguna salida! ¡Puertas! ¡Salidas de incendios! ¡Escaleras! Lo vio a su derecha: un letrero verde que decía SALIDA DE INCENDIOS. Se arrodilló y recogió su zapato, pero sin perder un segundo para ponérselo, se lanzó a una carrera desequilibrada por el pasillo, con un zapato en la mano, salió por aquella puerta y empezó a bajar las escaleras de hormigón.

PLANTA VESTÍBULO, leyó, en letras pequeñas, y abrió la puerta. Estaba en alguna parte de la planta baja que no le sonaba, con una gran escalera justo tras ella. Subía a lo que parecía la planta de salas de congresos. ¿Dónde estaba el ascensor en el que había subido?

Entonces vio la comitiva de Gaia saliendo por el vestíbulo. El grupo de guardaespaldas vestidos de deporte, y en medio distinguió por un momento a Gaia. Corrió, aún con el zapato en la mano, gritando:

—¡Gaia! ¡Gaia! ¡Soy Anna! ¡Espera!

Esquivó a un grupito de japoneses, todos arrastrando sus respectivas maletas con ruedas, y llegó a la altura del grupo de Gaia a solo unos metros de las puertas giratorias.

—¡Gaia! ¡Soy yo, Anna! —volvió a gritar, corriendo para llegar a las puertas antes que ellos, pero dos de los guardias la apartaron a codazos—. ¡Eh! —protestó, indignada, y los empujó a su vez, y de pronto se encontró a Gaia justo delante. ¡Tenía su cara a solo unos centímetros! Estaba tan cerca que percibió el olor de su perfume, y se sorprendió un poco al ver que no era el de la marca de su ídolo—. ¡Gaia! ¡Soy Anna! Hola...

Por un breve instante, Gaia se levantó las gafas y le lanzó una mirada dura, hueca y glacial; luego se giró y desapareció por las puertas giratorias.

—¡Zorro furtivo! —gritó Anna, desesperada—. ¡Gaia, soy yo,

Anna! ¡Anna! ¡El zorro furtivo! —Se lanzó hacia la puerta, pero dos de los guardias vestidos de chándal la agarraron de los brazos, reteniéndola.

—¡Soltadme! —gritó.

No la soltaron, y le apretaban tanto los brazos que le hacían daño. Dejó caer el zapato. Se revolvió como un gato salvaje, se liberó, perdió el equilibrio y cayó al suelo de espaldas, encima del zapato que se le había caído y que se le clavó en el centro de la espalda, haciéndole daño.

Levantó la vista, confusa y aturdida por un instante, y vio a los otros cinco coleccionistas de artículos de Gaia que la miraban. Ricky, *Esclavo de Gaia*, se acercó a ayudarla, pero un botones del hotel llegó antes, se agachó, le preguntó si estaba bien y luego la agarró con suavidad del brazo para ayudarla a ponerse en pie. La cabeza le daba vueltas. De algún modo consiguió volver a ponerse el zapato. Los cinco coleccionistas la miraban fijamente.

—¡Pensábamos que eras su fan número uno, Anna! —se burló Kira, la chica del mechón violeta.

Los cinco se rieron.

Anna salió por las puertas giratorias y se quedó de pie en la acera. Tenía la respiración agitada y estaba furiosa. Vio a los paparazzi corriendo al otro lado de la calle, siguiendo al grupo de corredores que recorría el paseo marítimo.

—¿Quiere que le busque un taxi, señorita? —le preguntó el portero.

—¡No quiero un jodido taxi! —respondió ella, humillada y rabiosa, abriendo el bolso con manos temblorosas. Rebuscó en el interior y sacó su teléfono móvil—. He sido víctima de una agresión. Quiero llamar a la policía.

58

*P*or primera vez desde que Ari le había echado de casa, Branson estaba de buen humor. Salió de la SR-1 sintiéndose como un hombre con una misión. Sorprendería a Bella. Le alegraría el día. Sabía que el horario de visita en el hospital estaba a punto de acabar.

Fue en coche hasta el Tesco Express más cercano, compró un ramo de flores de olor dulzón y una caja de Maltesers. Luego paró en una licorería a la que solía ir, Mullholland's Wines, en Church Road, y cogió de la nevera una botella de Sauvignon Blanc que recordaba que Bella le había dicho que le gustaba.

Siguió hasta su casa, que en realidad era la de Grace, junto a Church Road, se dio una ducha rápida, se cepilló los dientes y se perfumó con la colonia que solía ponerse últimamente, Chanel Blue. Dio de comer a *Marlon* y volvió corriendo al coche. Recordaba la dirección de Bella de haberla dejado en su casa una vez hacía tiempo, así que la introdujo en el GPS de su viejo Ford Fiesta. Estaba iniciando la marcha atrás para salir del aparcamiento cuando sonó su teléfono. Eran las ocho y veinticinco de la tarde.

Se detuvo, pensando por un momento si no debería hacer caso omiso. Pero ahora que era el suboficial al mando tenía que estar localizable veinticuatro horas al día. No podía pasar la llamada por alto.

—Glenn Branson —respondió, a regañadientes, esperando con todas sus fuerzas que no hubiera nada nuevo y urgente en la Operación Icono precisamente en aquel momento.

Era Grace.

—Hola, colega. ¡Pensaba que un hombre de tu edad ya estaría en la cama a estas horas!

—Muy gracioso, Glenn. No interrumpo nada, espero.

—No, estaba debatiendo sobre el significado de la vida con *Marlon*.

—Sí, *Marlon* debería salir más. Y tú también, ya puestos.

—Estoy en ello.

El tono de voz de Grace se volvió más serio.

—Bueno, tenemos algo nuevo.

«Mierda», pensó Branson para sus adentros.

—¿Ah, sí? —dijo, intentando mostrar entusiasmo.

—La Unidad Especial de Rescate ha localizado una cabeza humana. Creen que puede ser la del hombre de Berwick.

Esta vez el entusiasmo de Branson no fue fingido.

—¿Dónde?

Está en una zanja no muy profunda, a unos cuatrocientos metros al oeste del lago donde han recuperado los miembros. Como no hay ningún patólogo forense del ministerio disponible esta noche, irá uno mañana a las siete de la mañana, Ben Swift. ¿Puedes ir allí con él? Yo te cubriré en la reunión de la mañana.

—Claro, jefe.

La voz de Grace sonaba algo rara, mucho más formal de lo habitual, como si estuviera escogiendo cada palabra.

—Vale, voy a darte las coordenadas de localización. ¿Tienes algo para apuntarlas?

Branson sacó su cuaderno del bolsillo.

—Dime.

Grace repitió las indicaciones para llegar al lago de pesca de la West Sussex Piscatorial, cerca de Henfield, aunque Branson ya las conocía. Le sorprendió un poco el detalle de las explicaciones, como si Grace no cayera en que se había pasado allí gran parte del día. Pero igualmente tomó nota, y también de las coordenadas exactas.

—Por suerte la prensa aún no se ha presentado. Con un poco de suerte podremos recuperar la cabeza antes de tener que preocuparnos de cómo presentar el caso a los medios —observó Grace.

—Supongo que hemos tenido suerte de que ese tal Spinella esté de viaje de novios —apuntó Branson.

—¡Está claro que Dios existe!

Worthing era la población costera más próxima a Brighton y Hove. Con su embarcadero victoriano, sus viejos edificios de estilo Regencia y su amplio paseo marítimo, ofrecía un aire muy tranquilo, comparado con la animación de su bullicioso vecino del este.

A Branson siempre le había gustado aquel sitio, a pesar de su fama de lugar de retiro para jubilados y del apodo que le habían colocado «Sala de Espera de Dios».

El GPS le llevó por una ruta que rodeaba el municipio hasta llegar a un barrio periférico, Durrington, y a una amplia cuadrícula de calles flanqueadas por bungalós de posguerra, casas de dos plantas y tiendas. Un típico barrio residencial, muy civilizado, con carteles de VIGILANCIA VECINAL en muchas ventanas. Allí daba la impresión de que nada malo podía pasarles a sus vecinos.

Redujo la velocidad a cuarenta y ocho kilómetros por hora, al ver una cámara de tráfico, y giró a la derecha y luego a la izquierda siguiendo las órdenes de la voz femenina de su TomTom; luego giró de nuevo a la derecha por Terringes Avenue. Era una calle tranquila con impecables casas de ladrillo rojo; siguió adelante, leyendo los números de las casas a la luz del atardecer.

—Ha llegado a su destino —anunció el navegador.

Vio el 280 a su derecha, luego el 282 y el 284.

De pronto estaba de los nervios. Dios, así es como se sentía hacía... ¿cuántos años hacía? ¡Cuando empezó a salir con Ari!

El número 284 estaba en una esquina. Pasó por delante de la casa y giró a la derecha, siguió cien metros, dio media vuelta y aparcó.

«¡Cálmate!»

Olía el aroma de las flores.

«¿Qué narices estoy haciendo aquí?»

Respiró hondo varias veces.

¿Y si no estaba en casa?

¿Y si le decía que se fuera al carajo y presentaba una queja por acoso sexual?

Por un momento se sintió tentado, muy seriamente, de darle al contacto del coche, apretar el acelerador y salir de allí pitando.

«¡Ni siquiera estás divorciado aún, tío!»

Se quedó pensando en ello unos momentos.

Sí, pero...

Salió del coche, cogió la botella y las flores y cerró las puertas. Cubrió el corto trecho hasta Terringes Avenue, giró a la izquierda en dirección a la casa de Bella y se quedó helado.

Había un hombre de pie junto a la puerta de entrada, con un enorme ramo de flores en la mano. Un hombre que reconoció.

No podía creer lo que veía. De ningún modo. ¡No podía ser él! Pero lo era.

La puerta se abrió y allí estaba Bella, con un vestido corto y el cabello como recién peinado, igual que la noche anterior.

Daba la impresión de que le esperaba. Él dijo algo y ella se rio. Se besaron, pero no fue más que un piquito rápido. Dos personas cómodas la una con la otra.

Norman Potting entró y la puerta se cerró tras él.

Branson se quedó allí de pie, petrificado. Entonces, lentamente, volvió hacia el coche, parándose junto a una papelera para tirar el ramo.

Salió de allí pisando a fondo, sacudiendo la cabeza de rabia, asombro y autocompasión, mientras la botella iba dando tumbos sobre el asiento del acompañante, a su lado. Norman Potting. ¡Increíble! Aquello no tenía ningún sentido. ¿Qué narices veía Bella en un viejo despojo como aquel?

Evidentemente vería algo.

¿O es que no había entendido nada de nada?

221

59

—¡Zorra asquerosa! ¡Me has dejado en ridículo! —le gritó Anna a Gaia.

Su ídolo le devolvió una mirada helada.

—Me has humillado delante de un montón de gente. No puedes hacer eso, no puedes tratar así a la gente, ¿entiendes? —En la mano tenía un cuchillo. Era una antigua daga con vaina que llevaba en el bolso desde que un hombre había intentado atacarla a las puertas de un club de Brighton, unos años antes.

Por un episodio de *CSI* había aprendido que era una tontería usar un cuchillo normal de cocina para apuñalar a alguien. El cuchillo siempre acabaría dando contra un hueso y la mano se deslizaría por el mango, por lo que podías acabar cortándote con la hoja y dejando un rastro de sangre tuya en el escenario. Una manera muy tonta de dejarse coger. Pero si se usaba una daga con una guarda, se evitaba que la mano se deslizara hacia delante.

—¿Te crees que puedes tratar a la gente como te apetezca? ¿Que primero puedes mandarles mensajes apasionados y luego cortarles las alas de esa manera? ¿Qué te parecería si te las cortara a ti? —Levantó la daga y la hoja brilló a la luz de la lámpara—. ¿Crees que todos los que tanto te queremos te querríamos igual si tuvieras la cara cubierta de cicatrices? ¿Cuánto crees que valdrías entonces?

Se la quedó mirando, pero el odio le nublaba la vista.

—Todas estas cosas tuyas, esta quincalla, estos cachivaches, esta basura por la que pagamos en eBay. ¿Crees que pagaríamos lo mismo si estuvieras cubierta de cortes? ¿Eh? ¿No dices nada? ¿Es que se te ha comido la lengua el gato? ¿Cómo ibas a cantar si te cortaran la lengua? En algunos países la gente solía hacerles eso a sus enemigos, tiempo atrás. Cuando les tocaban las narices, usaban unas pinzas al rojo para tirarles de la lengua y se la arrancaban. No estarías tan estupenda en lo alto del escenario, intentando cantar sin lengua, ¿verdad? Probablemente no quedarías tan bien como amante del rey Jorge IV en esa película, ¿no te parece? No sé cómo ibas a besar al rey, ni tampoco se te daría tan bien practicar sexo oral. ¿Has pensado en eso?

Se quedó esperando.

—¿Lo has pensado?

Esperó otra vez.

Entonces, gritando a todo pulmón y temblando de la rabia, repitió:

—¡¡¡¿Lo has pensado?!!!

Y soltó la cuchillada que le cruzó la cara a Gaia, desde un lado de la frente, atravesándole el ojo derecho hasta llegar a la mejilla. La figura troquelada de cartón cayó del soporte y fue a parar al suelo.

Anna bajó la mirada, con la daga en alto, apretándola aún más. Gaia la miraba desde la alfombra beis, con el rostro atravesado en dos por un corte limpio.

—Escúchame, zorra. —Se arrodilló y se quedó mirando a Gaia a los ojos—. Nadie permanece en un pedestal si no se lo gana; nadie, al menos no durante mucho tiempo. Más vale que lo entiendas. Será mejor que entiendas lo que has hecho esta tarde. Y mírate ahora —dijo, con una risita burlona.

Gaia llevaba el cabello teñido de negro al estilo de Betty Page, ídolo sexual de los años cincuenta, con un flequillo, y un negligé negro transparente. Sobre la boca tenía cruzadas unas tiras de cinta aislante negra. Había algo escrito en japonés algo más abajo, y el póster estaba firmado por Gaia. Era de su segunda gira por Japón, uno de los únicos cuatro que existían. Hacia cinco años, Anna había pagado dos mil seiscientas libras por él.

—Nosotros te convertimos en lo que eres, y podemos acabar contigo con la misma facilidad. ¿Lo ves? ¿Ves en lo que te has convertido, zorra? ¡En un pedazo de cartón sin ningún valor!

Bajó el cuchillo y levantó la mano, haciendo ese signo especial que compartían.

—¡Zorro furtivo!

223

60

*B*ranson aún estaba pensando en Norman Potting y Bella Moy a las 6.45 de la mañana siguiente, cuando trazó la curva a la derecha al llegar al cartel de la West Sussex Piscatorial Society y cruzó aquella cerca que ya le era familiar. Se estaban formando nubes que no presagiaban nada bueno, y no necesitaba oír la previsión meteorológica en la radio para saber que se acercaba un buen chaparrón. La lluvia no era una buena noticia para poder registrar el escenario de un crimen, si estaba al aire libre.

En la ciudad, los agentes de uniforme la llamaban la «lluvia del policía». Las calles siempre estaban mucho más tranquilas cuando llovía, se registraban menos peleas, menos atracos y tirones, menos robos a mano armada y había menos traficantes de drogas en las esquinas. A los delincuentes, como al resto de los mortales, no les gustaba nada mojarse. Pero para el escenario de cualquier crimen, las tormentas eran lo peor que podía pasar, porque había pruebas importantes, como rodadas de neumáticos, huellas, fibras o pelos, que podían desaparecer muy rápidamente.

Estaba expectante ante la noticia del hallazgo de la cabeza. No había ninguna garantía de que perteneciera al «varón desconocido de Berwick», pero si su ropa estaba allí y si se correspondía con los miembros, era muy probable que sí lo fuera. Y si tenían la cabeza, podrían conseguir identificar visualmente a la víctima o, de no ser posible, a través de los registros dentales. En cualquier caso, ahora que Grace le había puesto al mando, cuanto más rápido avanzara la investigación, mejor impresión daría él.

Era raro, pensó. En todas las investigaciones de asesinato en que había participado, tanto él como el resto del equipo de investigación habían desarrollado cierta empatía con las víctimas, y llevar al agresor ante la justicia se convertía para ellos en algo personal. Pero, en aquel momento, aunque hubiera un muerto, al no saber su identidad se sentía muy distante.

Al atravesar las instalaciones agrícolas abandonadas, le sorprendió un poco no ver el gran camión amarillo de la Unidad Especial de Rescate: si habían encontrado la cabeza la noche anterior, lo lógico habría sido que hubieran vuelto a presentarse a primera hora para buscar rastros por los alrededores. Pero quizá los hubieran llamado para alguna emergencia en otro lugar. Los únicos vehículos que había allí eran un coche patrulla con las ventanas empapadas de humedad, perteneciente al pobre agente que cubría el último turno de vigilancia del precinto policial, y un pequeño Vauxhall Nova azul. Quizá fuera el del patólogo del ministerio, pero le pareció que, con la de kilómetros que solía hacer, y teniendo que cargar todo su equipo de un lado a otro, lo lógico sería que usara un vehículo más robusto.

Aparcó a su lado y, antes de apagar el motor, comprobó el listado de casos nuevos en el ordenador del coche, para ver si se habían producido incidentes durante la noche que requirieran la atención de la Unidad Especial de Rescate. Pero había sido una noche tranquila, lo de siempre: un robo de coche, dos accidentes de tráfico, un robo en la Torre del Reloj, un escaparate reventado en Waitrose, un barco incendiado en el puerto deportivo y dos peleas domésticas. Salió del coche y miró por la ventanilla del Vauxhall, pero el interior del coche se veía tan impecable e impersonal como si lo acabaran de alquilar.

Abrió el maletero del coche y, no sin esfuerzo, se puso el traje protector; sacó las botas de goma que había traído, para no cometer el mismo error que el día anterior y dejarse los zapatos hechos un asco. Luego avanzó torpemente por el resbaladizo fango del camino y se acercó hasta la joven agente de policía, mostrándole su identificación. En la placa del uniforme leyó que era la agente Sophie Gorringe.

—Soy el suboficial al cargo de la investigación. ¿Va todo bien?

Ella asintió y le sonrió estoicamente. Parecía tener apenas veinte años. Branson pensó que seguramente acababa de salir de la universidad.

—¿Una guardia larga?

—Aún me quedan dos horas —dijo ella—. Desde que ha amanecido es más agradable. De noche daba un poco de miedo. ¡Había un búho que no se callaba!

—¿De quién es ese coche? —preguntó él, señalando con el pulgar por encima del hombro.

La agente Gorringe estaba a punto de hablar cuando Branson oyó una voz alegre y familiar a sus espaldas.

—¡Mío, sargento Branson!

Reconoció la voz al instante.

—¿No se suponía que estabas de viaje de novios? —exclamó, girándose.

El joven reportero del *Argus* sonrió, sarcástico. Tenía un rostro fino, con el cabello corto y engominado hacia atrás, y llevaba un traje gris oscuro con camisa blanca y corbata estrecha. Mascaba chicle, como siempre. Tenía la cara morena, salvo el extremo de su puntiaguda nariz, que estaba rosa, de haberse pelado.

—Parece que he vuelto justo a tiempo —respondió, cuaderno en mano.

Branson oyó un coche, y un momento más tarde apareció Grace, al volante de su Ford Focus plateado.

El teléfono de Spinella sonó, y él le dio la espalda a Branson para responder. Daba la impresión de que le estaban dando instrucciones para otro trabajo, cuando acabara con aquel. En cuanto colgó, Grace se les acercó, calzando botas de goma pero sin traje protector.

—¿Qué tal la luna de miel? —le preguntó al reportero.

—Estupenda. ¿Ha estado en las Maldivas?

—No, tengo el sueldo de un poli, no el de un periodista corrupto.

—Ja, ja —dijo Spinella. Pero aquella risa era forzada. En el gesto de Grace había una tensión evidente para Branson y, por supuesto, el periodista también la notaba.

—Bueno, ¿qué es lo que te trae aquí exactamente, Kevin? —le preguntó Grace.

Spinella sonrió.

—Ya sabe que tengo mis contactos.

—¿Así que te han pasado el soplo de que hemos encontrado una cabeza y que posiblemente pertenezca al torso sin identificar?

—Sí, bueno… Pensé que lo mejor sería pasarme por aquí y ver…, esto…, qué quieren que ponga en el periódico.

—Eso es lo que has pensado, ¿eh?

Branson frunció el ceño. Sabía que a Grace no le gustaba aquel periodista, pero su actitud era considerablemente más hostil de lo habitual. Spinella se movía incómodo, cambiando el peso de un pie a otro.

—Sí, ya sabe —dijo este—, para ayudarles en su investigación. Así es como colaboramos el uno con el otro, ¿no, superintendente? —Pasó la mirada de Grace a Branson, y miró de nuevo a Grace.

—¿Quién te ha contado lo de la cabeza?

—Lo siento, superintendente, no puedo revelar mis fuentes.

—Quizá sea porque no las tienes —replicó Grace.

—¿Cómo…, cómo…? O sea… Es que no puedo revelarlas. —Spinella parecía muy incómodo.

De pronto, en un gesto que sorprendió a Branson y a Spinella, Grace se adelantó y le agarró el teléfono de la mano al periodista.

—Kevin Spinella, creo que se ha cometido un delito. Te arresto como sospechoso de un pinchazo telefónico ilegal. No tienes por qué decir nada, pero puede que sea perjudicial para tu defensa si al interrogarte dejas de mencionar algo que después recuerdes ante el tribunal. Todo lo que digas puede ser usado en tu contra.

Spinella abrió los ojos como platos, incapaz de reaccionar.

—No…, no puede…, no puede hacerme esto… Usted… —dijo, con la mirada fija en las esposas que acababa de sacar Grace.

—¿No puedo?

Hacía tiempo que Grace no ponía unas esposas, pero no había olvidado cómo se esposaba a un delincuente en un momento. Le colocó una a Spinella en la mano derecha con un ágil movimiento, giró el brazo izquierdo tras la espalda y le puso la otra.

—¿De qué va todo esto? —replicó Spinella, malhumorado, aunque el tono de su voz había cambiado y parecía más angustiado que ofendido.

—No hemos encontrado ninguna cabeza —dijo Grace—. Me lo inventé. Y tú te lo has tragado: anzuelo, hilo y plomada.

Branson sonrió.

—Muy apropiado, teniendo en cuenta el lugar.

Grace le devolvió la sonrisa, pero su mirada era seria.

61

—¿**Q**uién es tu amigo, el gordo?

Todos se quedaron mirando a la guía, asombrados. Estaba de pie en el vestíbulo del Royal Pavilion, bajo un retrato del corpulento rey Jorge IV.

Diecinueve de las veinte personas que formaban el grupo de visitantes al pabellón la rodeaban en un denso grupo, devorando cada una de sus palabras. Solo una persona, algo más atrás, parecía más interesada en otra cosa.

—¡Oh, Dios mío! —exclamó una norteamericana de cierta edad ataviada con un chubasquero con capucha—. ¿Le dijo eso? ¿Al rey?

La guía, una mujer de poco más de cincuenta años, tenía la autoridad de una profesora de escuela.

—Sí que lo hizo —respondió, decidida—. Beau Brummell era un personaje muy conocido, todo un caballero de la Regencia. Alto, de buen porte, siempre impecablemente vestido y peinado, mientras que el pobre Jorge se iba poniendo cada vez más gordo con la edad y parecía menos y menos distinguido. Bueno, tuvieron una pequeña disputa. Beau Brummell, lord Alvanley, Henry Mildmay y Henry Pierrepoint eran considerados los principales promotores de lo que lord Byron llamó el Dandy Club. Los cuatro organizaron un baile en julio de 1813 en el que Jorge IV, entonces aún príncipe regente, saludó a Alvanley y a Pierrepoint, pero no hizo ni caso a Beau Brummell. Este, para resarcirse, se giró hacia Alvanley y le dijo, con desdén: «Alvanley, ¿quién es tu amigo, el gordo?».

Drayton Wheeler daba gracias por la intensa lluvia, porque le permitía llevar una gabardina holgada con el cuello subido, y un sombrero de ala ancha que le tapaba la cara. Era su tercera visita en tres días, y le preocupaba que alguien del personal se fijara en él, en particular los guardias de seguridad, de modo que en cada visita se había vestido de forma diferente. Mientras la guía seguía hablando de aquella pelea, él miraba ansioso la portezuela ocre cerrada, en lo alto de una escalera de piedra, que daba acceso al sótano del edificio.

Tanteó el interior del bolsillo de su chaqueta y sintió el contacto del montón de papeles doblados, los planos de cada una de las plantas del edificio, que había comprado el día anterior en la Oficina de Urbanismo. Se había pasado gran parte de la noche estudiándolos y memorizándolos. Miró más allá de la portezuela y la escalera que bajaba.

—La obesidad del pobre Prinny se convirtió en un gran problema para él —prosiguió la guía—. De aquí sale un pasaje subterráneo a lo que en su día fueron los establos reales. Prinny hizo que lo construyeran porque le daba mucha vergüenza que la gente viera lo gordo que estaba. Llegó a pesar ciento treinta kilos. Así podía ir y venir discretamente.

Wheeler echó una mirada furtiva a su alrededor. No había ningún vigilante en el pasillo. La gente que tenía delante impedía que le viera la guía. Quizás aquella fuera su mejor oportunidad. Dio unos pasos atrás, echó un vistazo al otro lado de la portezuela, tanteó la manija y la presionó. Rozaba un poco, pero se abrió casi sin hacer ruido. Se quedó inmóvil, miró escaleras abajo, luego otra vez al grupo y a su guía, y de nuevo al pasillo, en ambas direcciones.

Entonces abrió la portezuela, se coló en la escalera, cerró enseguida tras de sí y luego se agachó, por un segundo, escuchando, con la sangre latiéndole con fuerza en el corazón y en los oídos. Luego se apresuró a bajar por las escaleras, aún agazapado, giró a la derecha al llegar abajo y entró en un largo pasillo estrecho con el suelo de ladrillo que, a diferencia de las zonas públicas, perfectamente conservadas e impolutas, estaba lleno de polvo y mal iluminado. Dejó atrás una vieja puerta verde con las bisagras desencajadas y un cartel amarillo y negro que decía: PELIGRO. ALTO VOLTAJE. Una telaraña en la esquina superior izquierda dejaba claro que hacía tiempo que no la abrían.

Perfecto.

La abrió. Las bisagras chirriaron y la base de la puerta rozó los ladrillos. Nervioso, miró alrededor, pero no había señales de vida. Echó un vistazo dentro y vio toda una pared cubierta de fusibles e interruptores eléctricos y unas cuantas tuberías que parecían cubiertas de amianto. Pero en el suelo había espacio suficiente para que pudiera sentarse.

Entró y volvió a cerrar la puerta como pudo. Olía a rancio y se oía un leve zumbido de fondo, así como un tictac rítmico y constante. Era como estar en una fresquera. Sacó la linterna que había traído y su libro electrónico de la mochila, que había ocultado bajo la gabardina y que dobló a modo de cojín, y se acomodó en el suelo, dispuesto a esperar hasta última hora del día, cuando el pabellón quedara cerrado y desierto.

Encendió su libro electrónico y al mismo tiempo sacó la cartera del bolsillo de la gabardina y la abrió. Un niño con una camiseta sucia y el cabello despeinado bajo una gorra de los Lakers le sonreía con aire travieso. Tenía seis años, y estaba en el patio trasero de su antigua casa en Pasadena, frente a un parterre de girasoles más altos que él. Más altos de lo que sería nunca.

Su único hijo. Con su guante de béisbol y una pelota en la mano, fingiendo que estaba a punto de lanzarla.

Dos días después de que tomaran aquella foto, Ferdy había sido atacado por el rottweiler del vecino, después de que el crío saltara la valla para recuperar la pelota. Había muerto desangrado.

62

*E*n el depósito de Brighton y Hove se efectuaban dos tipos de autopsia, al igual que en el resto de los depósitos del país. La estándar era para víctimas de accidentes, para muertes repentinas o para cuando el fallecido había muerto con más de dos semanas de distancia desde su última visita al médico y la causa de la muerte era incierta.

Cleo y sus ayudantes preparaban los cuerpos con antelación. La autopsia en sí misma, llevada a cabo por el patólogo forense de turno, duraba una media hora, tras la cual se efectuaban análisis de fluidos en el laboratorio. Pero en caso de muertes sospechosas se llamaba a un patólogo especializado del Ministerio del Interior, y la autopsia podía durar varias horas.

El depósito de Brighton y Hove procesaba una media de ochocientos cincuenta cuerpos al año, a la mayoría de los cuales se les practicaba una autopsia estándar. Solían hacerse por las mañanas, y casi todos los días el personal del depósito ya había acabado a media tarde, a menos que los llamaran para levantar un cuerpo.

Unas semanas antes, Cleo había sufrido un desvanecimiento en el trabajo, lo que le había provocado hemorragias internas y un ingreso precipitado en el hospital. El ginecólogo la había tenido allí varios días y le había dado el alta con instrucciones estrictas de que no levantara demasiado peso y que se tomara pausas para descansar durante la jornada de trabajo. Grace sabía que ella no hacía caso a ninguna de las dos órdenes y estaba cada vez más preocupado. El día del desvanecimiento había tenido suerte de que su ayudante, Darren, estaba allí para llevarla enseguida al hospital en coche. Pero pasaba muchos ratos sola en el depósito, y a Grace le preocupaba lo que pudiera ocurrir si volvía a caerse sin nadie a su alrededor. Desde entonces la llamaba cada tarde hacia las tres y media, para asegurarse de que estuviera bien, y justo antes de la reunión de la tarde, para comprobar que hubiera llegado a casa.

Le aterrorizaba la posibilidad de perderla. Quizá, pensaba, era porque tras la desaparición de Sandy había llegado a pensar que no volvería a ser feliz nunca más. Y la sombra de su esposa desaparecida siempre estaba presente. Algunos días estaba convencido de que estaba muerta. Pero mucho más a menudo pensaba que seguía viva. ¿Qué pasaría —se planteaba a veces— si aparecía de pronto? ¿Si tuviera alguna explicación absolutamente racional que justificara su desaparición? Una posibilidad que se planteaba a menudo era que hubiera estado secuestrada todos aquellos años y que por fin hubiera escapado. ¿Qué diría al verle casado y con un hijo?

¿Y cómo se sentiría él, al verla?

Intentó no pensar demasiado en aquello, apartarlo de su mente. Sandy pertenecía al pasado. Diez años era casi otra vida. Muy pronto, cumpliría cuarenta años. Tenía que pasar página. Todos los procedimientos legales para declarar a Sandy legalmente muerta estaban en marcha, con anuncios publicados allí y en Alemania, después de que un policía amigo suyo de vacaciones en Múnich hubiera recogido un testimonio de alguien que decía haberla visto, aunque no había podido comprobarse. En cuanto acabara con las formalidades, Cleo y él se casarían. Y estaba impaciente por que llegara el día.

Aquella tarde, Cleo parecía cansada. Grace colgó preocupado. Desde luego, daba la impresión de que en un embarazo había mil cosas que podían ir mal, y eso era algo que no te decían antes. La alegría y la emoción que le producía la perspectiva de tener un hijo con Cleo se veían empañadas por sus miedos de lo que pudiera ocurrirle a ella, y por la imponente responsabilidad que le parecía traer a un ser humano a este mundo.

«¿Qué narices sé yo sobre el mundo y sobre la vida? ¿Tengo la entereza y la sabiduría necesarias para enseñarle nada a un niño?»

Todos los delincuentes que había encerrado durante su carrera habían sido niños en otro tiempo. Cualquier vida humana podía dar enormes giros. Como la del rostro que le miraba ahora a los ojos desde la fotografía de archivo del juzgado en la que estaba trabajando. Un estadounidense enormemente gordo, de unos sesenta años, con ojos pequeños de cerdo y una cola de caballo, que ganaba un dineral vendiendo vídeos de gente asesinada a la carta, y que había disparado a Branson con una pistola al resistirse a la detención.

Despreciaba a aquel tipo con toda su alma. Por eso les estaba prestando tanta atención a los documentos del juicio, para asegurarse de que no quedaba la mínima posibilidad de que aquel monstruo pudiera agarrarse a algún error de forma en el caso planteado por la acusación.

¿Qué tipo de niño habría sido Carl Venner? ¿Qué clase de educación habría tenido? ¿Tendría unos padres que le quisieran, que le cuidaran y que hubieran depositado en él grandes esperanzas? ¿Cómo se detecta que un niño se está torciendo? Quizá no fuera posible, pero al menos se podía intentar. El punto de partida debía de ser darle a un niño una educación estable. Muchos de los delincuentes de aquella ciudad procedían de hogares fragmentados, de padres solos que no podían hacerse cargo del crío o que habían dejado de preocuparse tiempo atrás. O de padres que abusaban sexualmente de ellos. Pero él sabía que esa no era siempre la respuesta. Tenía que haber también una parte de azar.

Y la tarea le parecía enorme. A veces sentía que la responsabilidad era tan grande que casi le superaba. Había muchos libros que leer sobre el embarazo, acerca de los primeros meses de vida del bebé, sobre los primeros años. Y siempre con el miedo de que al niño le pasara algo grave. Nunca se sabe. Las pruebas te daban cierta tranquilidad, pero no te lo podían decir todo. Solo podía esperar que su niño estuviera sano. Ellos harían todo lo que estuviera en su mano para ser unos buenos padres.

Volvió a mirar la cara de Venner. «¿Qué pensaba de ti tu padre, en esos meses antes de que nacieras? ¿Estaba ahí? ¿Sabía siquiera que tu madre estaba embarazada? ¿Está vivo? Si lo está, ¿crees que estará orgulloso de ti? ¿Orgulloso de haber criado a un monstruo inmundo, que se enriquecía con la pornografía y los asesinatos?»

¿Cómo se sentiría él si tuviera un hijo así? ¿Estaría furioso? ¿Sentiría que había fracasado como padre? ¿Lo daría por perdido, al ver tanta maldad? ¿Lo daría por irredimible?

«Maldad» era una palabra que siempre le había incomodado. Era muy fácil aplicarla a las cosas terribles que se hacían unas personas a otras. Él no tenía dudas de que había gente, como Venner, que hacía cosas absolutamente malvadas por intereses económicos, solo por llenarse los bolsillos y la panza, y para llevar un reloj Breitling alrededor de su rolliza muñeca. Sin embargo, muchos otros que hacían cosas malas eran víctimas de una mala educación, de un entorno social fracturado o del fanatismo

233

religioso. Eso no quería decir que se les pudiera perdonar por sus crímenes, pero si podías llegar a entender lo que les había llevado a cometerlos, al menos estabas haciendo algo para intentar contribuir a hacer del mundo un lugar mejor.

Aquella era la filosofía personal de Grace. Creía que todo el que había recibido la oportunidad de llevar una vida decente tenía que pagar un precio por ello. Nadie iba a cambiar el mundo, pero era obligación de todos intentar dejar un mundo mejor que el que nos recibe. Eso, por encima de todo, era lo que él intentaba hacer con su vida.

63

—*S*on las 18.30 del jueves, 9 de junio, y esta es la duodécima reunión de la Operación Icono —anunció Grace—. Me alegra dar la bienvenida a nuestro equipo a Haydn Kelly —dijo, señalando al hombre que sonreía justo frente a él en la sala de conferencias del Centro de Investigaciones.

Kelly era un tipo robusto, de unos cuarenta y cinco años, con el cabello muy corto y un rostro afable y moreno. Iba vestido de un modo discreto pero elegante, con un bonito traje azul marino, camisa color crema y una corbata roja estampada.

Grace pasó la mirada por su equipo, que ya había aumentado hasta las treinta y seis personas, entre ellas el sargento Lance Skelton, encargado de recursos humanos para la investigación, dos técnicos en procesamiento de datos y dos criminólogos.

—Bueno, primero, un asunto de orden interno antes de empezar —dijo, con una gran sonrisa—. Me alegra mucho deciros que hemos descubierto al topo que ha estado filtrando información de nuestros casos graves durante el último año.

Al instante captó la atención de todos los presentes y se hizo el silencio, interrumpido únicamente por el sonido de un móvil. La agente Reeves se apresuró a silenciarlo.

—Es para mí una gran satisfacción y un alivio deciros que no es nadie de dentro del cuerpo. No es otro que nuestro buen amigo Kevin Spinella, del *Argus*.

—¿Spinella? —reaccionó el sargento Batchelor, asombrado—. Pero ¿cómo, jefe...? Pensaba que había un topo que le informaba. ¿Cómo lo hacía?

—Me había pinchado el teléfono. —Grace levantó la BlackBerry para que todos la vieran—. Lo hizo electrónicamente. Me instaló algún tipo de registrador de datos que grababa todas las llamadas que hacía o recibía, y todos mis mensajes de texto, e inmediatamente se los enviaba a su teléfono.

Varios miembros del equipo fruncían el ceño.

—Pero ¿cómo pudo acceder a tu BlackBerry para instalar el *software*, jefe? —preguntó Nicholl.

—No le hizo falta —respondió Grace—. Ray Packham, de la Unidad de Delitos Tecnológicos, me ha dicho que lo único que habrá necesitado hacer es colocarse a unos metros de mí. Yo tengo siempre la conexión *bluetooth* activada. Podría haberme cargado el programa desde su teléfono en cuestión de segundos.

—Pero esa sabandija es reportero, no un cerebrito informático, jefe —alegó la agente Exton.

—Habrá recurrido a algún amigo entendido —dijo Grace—. Supongo que ya lo encontraremos, sea quien sea. En este momento, Spinella está bajo custodia y están estudiando su teléfono. Pero necesito que la Unidad de Delitos Tecnológicos compruebe todos vuestros teléfonos, y os recomiendo que mantengáis el *bluetooth* desconectado siempre que no lo necesitéis.

—¿Y sabemos si el asunto ha llegado a instancias superiores del *Argus*, señor? —preguntó Dave Green.

—He hablado con el director, Michael Beard. Parecía asombrado de verdad, y me ha dicho que, si eso era así, el reportero estaba actuando por su cuenta y de un modo absolutamente impropio, ajeno a la política del periódico. He recibido un correo electrónico más tarde, unos minutos antes de venir aquí, en el que me dice que han suspendido a Spinella con efecto inmediato. Tengo la impresión de que actuaba solo: el director no le haría eso si hubiera contado con su aprobación.

—¿Y ahora qué será de él? —preguntó Potting.

—¿Cómo? ¿Es que te importa? —replicó Bella.

Branson se la quedó mirando, intrigado. Hasta la tarde anterior estaba convencido de que la chica no soportaba a aquel hombre. Ahora se daba cuenta de que eran más bien como un viejo matrimonio, de esos que discuten constantemente. Aún no se había hecho a la idea después de verlos juntos, y no se lo había contado a Grace. Los miró. Desde luego, Bella podría aspirar a alguien mucho mejor que Norman...

Como él.

Por otra parte, era consciente de que el fracaso de su relación con Ari demostraba lo poco que entendía a las mujeres.

—Creo que mentiría —prosiguió Grace— si dijera que me

iba a quitar el sueño lo más mínimo el futuro de Kevin Spinella como periodista.

Una risita generalizada se extendió por la sala.

—¿Ya se han presentado cargos? —preguntó Exton.

—Sí, en su cuenta telefónica —apuntó Potting, con una risa, ajeno a las miradas de desaprobación.

Grace no le hizo ni caso.

—Sí. Con un poco de suerte, podría enfrentarse a una pena de entre tres y cinco años.

—Cuánto lo lamento —bromeó Nicholl, sarcástico.

—Le encantará estar en chirona —añadió Potting, que parecía lanzado—. ¡Allí seguro que encuentra información de primera mano!

—Muy gracioso, Norman —dijo Grace. Luego se giró hacia la jefa de prensa, Sue Fleet—. Tendrás que ponerte en contacto con el *Argus* e informarte de quién va a ser nuestra persona de contacto a partir de ahora.

—Sí, señor.

—Bueno, sigamos adelante. Entremos en materia. —Echó un vistazo a sus notas—. Glenn, ¿qué nos puedes contar de la autopsia de hoy?

237

—Esperamos tener los resultados del análisis de ADN de los cuatro miembros mañana, jefe. Pero estaban muy bien conservados, por lo que la patóloga Nadiuska de Sancha ha podido observar que encajan bastante bien con el torso. No ha encontrado nada bajo las uñas, restos de piel ni nada que indicara un forcejeo y que pudiera darnos el ADN del agresor.

—¿Qué hay de las huellas?

—Las tenemos todas, jefe.

—Bien.

—También tenemos plantares. —Las plantares eran las huellas de los dedos de los pies—. Indican que las manos, y por tanto también los brazos, probablemente correspondan al mismo cuerpo, pero no hay coincidencias con nuestra base de datos, así que eso no nos sirve para la identificación. —Se giró hacia el podólogo forense—. ¿Tienes algo que añadir sobre las piernas, Haydn?

—De momento —dijo Kelly— podemos decir que ambas piernas parecen pertenecer al mismo cuerpo; estoy todo lo seguro que se puede estar, pero espero que los análisis de ADN nos lo confirmen.

—De modo que lo único que nos falta es la cabeza, y tendremos el rompecabezas completo. «Constrúyase su propio cadáver», en entregas coleccionables —dijo Potting.

Se oyeron algunas risitas apagadas. Bella lo miró con cara de reproche.

—¿Qué hay de los desaparecidos, Norman? —preguntó Grace.

—Ahora mismo tenemos treinta y siete desaparecidos varones en los tres condados, que encajan con la edad y la constitución de la víctima. A las familias con las que hemos podido contactar les hemos pedido algún artículo del que pudiéramos obtener ADN. Hay cinco desaparecidos de los que no hemos podido encontrar familiares, y otros seis con familiares que no han podido proporcionarnos nada.

Grace le dio las gracias y se dirigió a Nicholl.

—Nick, ¿cómo llevas lo del listado de personas con acceso a la Stonery Farm?

—Prácticamente lo tenemos acabado, señor —dijo, girándose en dirección a la técnica en procesamiento de datos, Annalise Vineer—. Annalise ha creado una base de datos para que podamos cruzar referencias.

—Tenemos a todos los que han pasado por la granja en los últimos doce meses, o al menos los nombres que nos ha dado la familia Winter —dijo ella, echando la cabeza atrás para apartarse el flequillo de la frente—. Comerciales, amigos, profesionales… También estoy cruzando datos con la base nacional de la policía para ver si hay algún delincuente conocido.

—Buen trabajo —dijo Grace, volviendo a consultar sus notas—. Bueno, creo que tenemos algo nuevo con respecto al tejido del traje. —Miró a Branson.

—He tenido una larga conversación con una mujer muy amable de Dormeuil, el fabricante de la tela. Nos han confirmado que el tejido es suyo y, como era de esperar, que no es de los que más se venden. Un problema que tenemos (aunque podría ser mucho peor) es que una sastrería nueva, llamada Savile Style, compró una gran cantidad de esa tela hace tres años, y que hizo con ella más de novecientos trajes que distribuyó por todo el país y por el extranjero. Nos están preparando un listado de todas las tiendas que compraron esos trajes, y hay un par de ellas en Brighton. Dormeuil también nos va a pasar un listado de todos los sastres que compraron piezas de esta tela para confeccionar trajes a medida, como suelen hacer en Gresham Blake.

—Lo que necesitamos es conseguir los nombres que podamos

de los individuos que se compraron un traje hecho con esa tela, y luego, Annalise, cruzar los nombres con los de la lista de visitantes a la Stonery Farm, a ver si de ahí sacamos algo. —Se giró hacia Bella—. ¿Alguna pista más de las llamadas de *Crimewatch*?

—No, señor —dijo ella—. Seguimos recibiendo llamadas, cuarenta y ocho en los últimos dos días, pero nada que sea significativo.

—Bueno, la huella. —Se giró hacia el jefe de la Unidad de Rastros Forenses—. David, ¿qué nos puedes decir hasta ahora?

—De hecho tenemos cinco huellas procedentes del escenario, jefe. Tres de ellas corresponden a zonas de la orilla frente a los lugares donde se encontraron alguno de los miembros, lo que hace pensar que puedan corresponder a quien lo hiciera. La marca tiene más de un centímetro de profundidad, lo que significa, casi sin lugar a dudas, que se trata de algún tipo de bota. Es difícil precisar la talla, pues a veces los fabricantes de botas usan la misma suela para varias tallas y el ajuste se hace con la pieza de arriba. Pero parece más bien pequeña. Probablemente un cuarenta y dos.

—¿Nos puedes dar alguna indicación de la altura del sujeto a partir de eso, Haydn? —preguntó Grace, mirando al podólogo forense con interés.

—La verdad es que no; hay demasiadas variables. Algunos expertos dirían que el rango de altura probable para un hombre con ese pie sería de entre 1,65 y 1,75. Pero eso sería haciendo una serie de presuposiciones, por ejemplo que llevara un calzado de la talla adecuada para él. La gente suele llevar una talla más de bota que de zapato y, si se trata de un tipo listo, es posible que llevara botas con relleno para que no podamos calcular su envergadura. O si realmente ha querido dejar pistas falsas, ha podido incluso comprarse unas plantillas para poder calzarse unas botas más grandes y enmascarar sus huellas.

—Bueno —dijo Branson—, entonces suponiendo que el tiparraco no calce un cuarenta y cuatro o cuarenta y cinco, y se haya estrujado los pies para meterlos en estas botas, lo que le causaría muchos problemas para caminar, ¿sería razonable suponer que buscamos a alguien de 1,73 o 1,74 de alto como mucho?

—Sería razonable, pero no seguro —respondió Kelly—. No puedo deciros que eliminéis de la investigación a todo el que mida más de eso.

—Haydn —intervino Grace—, me gustaría que nos explicaras una de las técnicas que aplicas, que podría llegar a ser relevante en una fase posterior de la investigación. ¿Es cierto que podrías re-

239

conocer a la persona que dejó estas huellas con solo verle caminar y estudiando su forma de andar?

—La forma de andar es tan distintiva como las huellas dactilares —dijo Kelly—, y se divide en dos fases: la de apoyo y la de balanceo. En la de apoyo, el talón de la persona contacta con el suelo y el peso corporal se transfiere por todo el pie en el momento en que los dedos de los pies se separan del suelo: técnicamente esto se llama contacto del talón, apoyo y despegue. La fase de balanceo empieza en cuanto los dedos de los pies se separan del suelo, la pierna va hacia delante, y acaba en el momento en que el talón vuelve a contactar con el suelo. Eso es incuestionable. La forma en que actúan el pie, la pierna y el resto del cuerpo para conseguirlo, en cambio, es diferente en cada individuo. Además, una pierna puede tener una postura (o una forma) particular. En algunos casos, eso resulta bastante evidente.

El teléfono de Grace, que estaba en modo silencio, vibró. En la pantalla ponía INTERNACIONAL.

Excusándose, se apartó de la mesa y salió al pasillo, respondiendo al tiempo que caminaba.

—Superintendente Grace.

Al otro lado de la línea oyó una voz con acento estadounidense que reconoció de su conversación del lunes. El hombre le había parecido serio y conciso entonces, y también ahora:

—Señor, soy el inspector Myman, de la policía de Los Ángeles.

—Me alegro de oírle. ¿Cómo está?

—Estamos bien. Tenemos una información para usted. Hemos detenido a un sospechoso por el asesinato de Marla Henson, la ayudante personal de Gaia Lafayette.

—¿De verdad? ¡Fantástico! —respondió Grace, muy animado.

—Pensé que debía saberlo enseguida; quizá quieran reducir las medidas de protección sobre ella.

—¿Están seguros de que es el asesino?

—Oh, sí, de eso no hay duda. En su casa tenía una pistola que coincide con el análisis balístico, el ordenador con los dos correos electrónicos que había enviado antes, y un montón de recortes de periódico sobre Gaia con unas extrañas palabras y símbolos escritos por encima. Está como una cabra, pero prácticamente lo ha admitido.

—¿Qué motivo tenía? ¿Simplemente la odiaba, y ya está?

—Vive con una mujer que parece que hizo algunos papeles como secundaria hace unos años. De esas hay muchas en esta ciudad. Ahora trabaja de camarera en un pequeño local de Santa Mónica. Parece que al tipo le parecía injusto que le hubieran dado el papel a Gaia y no a su chica, así que, en su estupidez, debió de pensar que si eliminaba a Gaia le darían el papel a ella.

—Es muy buena noticia que lo hayan pillado.

—A medida que avance el caso le mantendré informado.

—Se lo agradeceré.

—Cuente con ello.

64

—¿*Q*uién es tu amigo, el gordo?

Agazapado al pie de las escaleras, mirando atentamente a su alrededor y hacia arriba, Drayton oyó aliviado la voz de la mujer. La primera visita guiada del día. Era su señal.

Se había pasado gran parte de la noche merodeando por ahí, evitando a los guardias, explorando los espacios bajo los tejados. Había intentado ponerse a dormir en uno, pero le había resultado imposible, al no poderse quitar de la cabeza la idea de que le pudieran pillar, y por el repiqueteo de la lluvia sobre el tejado de cobre.

Había encontrado el escondrijo perfecto en lo más alto del edificio. Bueno, perfecto salvo por la gélida corriente de aire y el ruido constante que hacían las ratas correteando y royendo, por no hablar del crujido del suelo de madera, como si aquel lugar estuviera habitado por mil fantasmas. No es que eso le importara demasiado. De hecho, le habría encantado que hubiera fantasmas, porque en ese caso él se convertiría muy pronto en uno, y así podría ajustar muchas cuentas. Antes del amanecer, había regresado a la tranquilidad de su guarida en el sótano.

Trepó sigilosamente por las escaleras y se quedó escuchando.

—Sí que le dijo aquello al rey. Beau Brummell era un personaje muy conocido, un verdadero dandi de la Regencia.

Drayton observó al atento público que miraba en dirección contraria a él, impidiendo que la guía le viera, con los anoraks y las gabardinas goteando en el suelo. Corrió el pestillo, abrió la portezuela, pasó sigilosamente y la cerró tras él.

—Bueno, tuvieron sus más y sus menos. Beau Brummell, lord Alvanley, Henry Mildmay y Henry Pierrepoint eran considerados los principales promotores…

Rodeó el grupo, moviéndose tan despacio que apenas se fijaron en él. En el extremo opuesto había un guardia de uniforme, pero tenía la mirada puesta en su teléfono, escribiendo algún mensaje. Drayton se bajó la visera de la gorra de béisbol para que le tapara el rostro y buscó los carteles de salida, hasta llegar a la tienda de regalos. Pero allí no había nada para él. Uno de los pensamientos liberadores que trae consigo saber que te vas a morir, pensó, es que no hace falta que gastes dinero en recuerdos.

Salió al exterior, bajo una intensa lluvia. Olió el aroma de la hierba húmeda, recién cortada; aspiró aquel aire cargado de sal. Eran las 10.20 de la mañana del viernes 10 de junio. Se sentía estupendamente. ¡Nunca en la vida se había sentido mejor ni más feliz! Quizá fuera la medicación, o quizás el hecho de que dentro de seis meses, más o menos, ya se habría ido. No le importaba. Se sentía liberado.

¡Y tenía una lista de la compra!

$\mathcal{N}$o tuvieron que insistirle mucho a Grace para que aceptara la invitación para tomar café con Gaia en su suite en el Grand y comentar la última noticia. De hecho, al llegar, unos minutos antes de las 10.30, era como si tuviera mariposas en el estómago. No solía ponerse nervioso en el trabajo; incluso en las situaciones más peligrosas, siempre tenía la mente puesta en la misión que tenía entre manos. Pero sí, se daba cuenta de que en aquel momento las piernas le temblaban un poco.

En sus años de trabajo había coincidido con unos cuantos famosos, inevitablemente, porque en Brighton vivía una gran cantidad de famosos de todo tipo, pero Gaia jugaba en la liga superior. Esperó en el umbral, flanqueado por dos guardaespaldas que le sacaban una cabeza, a que le abriera uno de sus asistentes personales, pero para su sorpresa fue la propia Gaia quien salió a recibirle. Lucía una camisa vaquera, vaqueros blancos, unas alpargatas de tacón y una sonrisa arrebatadora.

—¡Superintendente Grace, muchísimas gracias por venir! —Parecía realmente agradecida, como si el poder incontestable que tenía sobre la gente no surtiera su efecto en los agentes de policía.

Él la miró de arriba abajo y entró en la habitación, que olía a café recién hecho y a un denso perfume. Gaia llevaba un peinado completamente diferente al de unos días antes: ahora se lo había cortado a lo chica-chico. Se llevó los dedos a la cabeza y le preguntó:

—¿Qué le parece?

—Muy bonito —dijo él, y lo cierto era que le quedaba bien.

Una vez más pensó que una mujer tan imponente como ella también estaría guapa vestida con una bolsa de basura y con un cubo oxidado en la cabeza. A sus espaldas, una chica de apenas treinta años, vestida con vaqueros negros y una camiseta del mismo color con un pequeño logo dorado del Zorro Furtivo, cruzó la habitación con un guion en la mano y lo dejó sobre una mesa, junto al sofá. Grace observó que, aunque la mayoría de las hojas eran blancas, algunas eran azules, rosa, amarillas, verdes y fucsia.

—Los últimos cambios —anunció la asistente, y se marchó por donde había venido.

Gaia le respondió levantando la mano un momento y luego se giró de nuevo hacia Grace, señalando de nuevo su peinado.

—¿De verdad lo cree?

—Sí, sí que lo creo —confirmó, aunque él siempre había preferido el cabello largo en las mujeres.

—Tengo que ponerme una peluca para el rodaje, una cosa enorme y pesada, al estilo de Maria Fitzherbert. Da un calor… Es como llevar un felpudo en la cabeza. El pelo me cae por la cara, y no veo ni un pimiento cuando la llevo puesta.

Grace sonrió.

—Creo que en aquella época las mujeres solo solían lavarse la cabeza un par de veces al año.

—Ya. De hecho María Antonieta tenía pájaros en el pelo.

—Muy higiénico.

—Bueno, menos mal que un colega suyo me ha salvado la vida…, el superintendente Barrington.

—¿Ah, sí? —respondió Grace, frunciendo el ceño.

—Mi peluquera no ha venido conmigo a Inglaterra. Me acompaña siempre a todas partes, pero ahora está embarazada y parece que ha tenido complicaciones. Así que Barrington me ha encontrado esta peluquera, que es estupenda. ¡De hecho su marido es policía!

—¿De verdad? ¿Quién es?

—Tracey Curry. La esposa del inspector jefe Steve Curry.

—Lo conozco. No sabía que su esposa fuera peluquera.

—¡Es genial!

—¡Me alegra saber que la Policía de Sussex ofrece un servicio integral!

—Lo único que necesito es que me mantengan viva y que se encarguen de que a mi hijo no le pase nada; ese es todo el servicio que necesito. —Señaló el sillón frente al sofá y se sentó.

—Bueno, en ese sentido tenemos buenas noticias —dijo Grace—. Supongo que ya lo habrá oído.

—¡Claro que lo hemos oído! —dijo la voz de James Cagney. Su jefe de seguridad, Andrew Gulli, cruzó la habitación, vestido con traje, como la otra vez—. Superintendente Grace, me alegra verle otra vez —lo saludó, y se sentó en la silla vecina.

Otra asistente joven apareció de pronto y le preguntó a Grace cómo quería el café.

Gulli levantó ambas manos hacia arriba, como si cogiera una pelota de fútbol imaginaria, y luego las bajó, sin soltar la pelota, hasta apoyarlas sobre los muslos.

—El caso, superintendente, es que puede que hayan atrapado a ese tipo, pero no quiero que bajemos la guardia en la protección de Gaia y Roan. En esta ciudad hay mucho loco suelto, ya sabe.

—Tenemos unos cuantos, sí —admitió Grace—. Pero no más que en cualquier otro lugar del país. Brighton es una ciudad bastante segura.

—He oído que suelen tener de quince a veinte homicidios al año, pero este año ya llevan dieciséis, y solo estamos a mediados de año. Así que su índice de homicidios se ha doblado.

Gaia, sentada al borde del sofá, miraba a Grace atentamente, con líneas de expresión en el rostro que denotaban cierto temor.

—Eso no son más que números —respondió, sin pensárselo mucho, y al momento se dio cuenta de que no debía haber dicho aquello.

—Sí, bueno —respondió Gulli, con ese tono de James Cagney aún más pronunciado—. Pues dígame: ¿qué les parecería a todas esas personas metidas en bolsas que tiene en el depósito si supieran que no son más que números, superintendente Grace?

La llegada del café distrajo por un momento a Grace. Después de rechazar el azúcar con un gesto, respondió:

—Si le consuela, la mayoría de los asesinatos se producen entre delincuentes o son agresiones domésticas.

Gulli se rascó tras la oreja izquierda.

—He leído mucho sobre la historia de su ciudad. En los años treinta, Brighton era conocida como la «Capital del Crimen del Reino Unido» y la «Capital Europea de los Asesinatos». No parece que eso haya cambiado mucho.

Aquel hombre le estaba empezando a resultar molesto. Pero conservó la paciencia.

—Hablaré con el comisario jefe y le transmitiré su preocupación.

—Estupendo —respondió Gulli—. Mientras tanto, le agradeceré que mantenga el mismo número de efectivos.

—No puedo prometerle nada, pero haré todo lo que pueda.

—Gracias —dijo Gaia, con una dulce sonrisa, y mirándole al mismo tiempo a los ojos con gran atención. ¿Eran imaginaciones suyas, o estaba coqueteando con él?

—¡Mamá, estoy aburridísimo!

Roan se acercó, descalzo, vestido con unos vaqueros holgados y una camiseta naranja, con una consola Nintendo colgando de la punta de los dedos.

Ella dio unas palmaditas en el sofá, a su lado, y él se sentó con desgana.

—No parece que estés demasiado contento con el tiempo, ¿verdad cariño?

El niño bajó la vista a la pantalla de su Nintendo.

—¿Es esa la nueva? —dijo Grace—. ¿La 3DS?

El niño se quedó mirando la pantalla y asintió a regañadientes.

—Quiere ir a la playa, pero con este tiempo no hay nada que hacer —dijo ella, señalando la intensa lluvia que caía del otro lado de la ventana. De pronto cambió de expresión.

—¿Tiene usted hijos, superintendente?

—No. Solo un pez de colores.

Ella se rio.

—Pensaba que quizá fuera bueno que Roan pudiera conocer a niños de su edad. ¿Sabe de alguien que tenga niños que quisieran jugar con él, para pasar un rato juntos?

Grace abrió los ojos como platos.

—¡La verdad es que sí!

—Eso sería fantástico. —Besó a su hijo en la mejilla, pero él apenas se enteró; estaba concentrado en su consola—. Te gustaría, ¿verdad, cielo? ¿Tener a alguien con quien jugar?

Él se encogió de hombros.

—Bueno.

—Podría hacer una llamada rápida. Roan tiene seis años, ¿verdad?

—Solo hace tres semanas celebró la fiesta de su sexto cumpleaños.

—Esta persona tiene dos hijos. Creo que tienen seis y nueve años.

—¡Perfecto!

Marcó el número de Branson.

—¡Eh, colega! ¿Qué pasa?

—Tengo aquí a alguien que quiere hablar contigo.

—¿Quién es?

—Te la pasaré. —Le dio el teléfono a Gaia y le dijo—: Se llama Glenn.

—¡Hola, Glenn! —dijo ella, con una voz grave y sensual.

Grace sonrió. Intentó imaginarse la cara de su compañero, al otro lado de la línea.

66

—¿Qué quiere decir con eso de que no tiene?

El hombre de bata blanca encorvado tras el mostrador era el típico imbécil que no pintaba nada allí. Debía haberse retirado mucho antes de decidir que odiaba tanto aquel trabajo que no pensaba ser amable con nadie que entrara en la farmacia. Con su cabello gris desaliñado y aquellas gafas redondas de culo de botella, parecía más bien un genetista nazi que hubiera cambiado de trabajo. Y de hecho hablaba como si lo fuera.

—Que no tenemos.

—Esto es una jodida farmacia; todas las farmacias venden termómetros.

El hombre se encogió de hombros y no respondió.

Drayton Wheeler se lo quedó mirando fijamente.

—¿Sabe dónde hay otra farmacia?

—Sí —dijo, asintiendo.

—¿Dónde?

—¿Por qué iba a decírselo? Usted no me gusta. No me gusta su actitud.

—Que le jodan.

—Que le jodan a usted.

Por un momento, Wheeler sintió la tentación de golpearle en aquella cara de bicho petulante. Pero se dio cuenta a tiempo de que aquello podía tener todo tipo de repercusiones. No le convenía. No debía apartarse de su plan; tenía que concentrarse. Concentrarse. Concentrarse.

Salió de la tienda hecho una furia y chocó con una mujer que empujaba un carricoche.

—¡Vieja idiota! —le gritó—. ¡Mira por dónde vas!

Luego echó a andar por la calle, pero la rabia se estaba cebando con sus ojos, y lo veía todo borroso. Estaba cansado. Estaba malhumorado. Estaba hambriento. Necesitaba comida. Necesitaba un baño.

Pero sobre todo necesitaba un termómetro.

67

*E*ra poco antes de las doce del mediodía y Grace caminaba por el Grand Hotel, recorriendo los pasillos en dirección al aparcamiento. Sonó el teléfono. Era Branson, por segunda vez. La primera había sido para darle las gracias por la conversación con Gaia; parecía absolutamente sobrecogido.

—Darren Spicer, ¿no? —dijo el sargento.

Branson era un fanático del cine y siempre encontraba referencias cinematográficas para las cosas del día a día. En aquel estado de euforia en que se encontraba, lo primero que pensó Grace es que se refería a algún título de película.

—¿Darren Spicer? —Entonces cayó.

—¿Te acuerdas de él, jefe?

—Pues sí, y eso que debe de ser la persona más digna de olvido que he conocido. —Se abstuvo de añadir que le había visto llegar al funeral de Tommy Fincher un par de días antes—. ¿Qué pasa con él? —dijo, y tuvo que hacer una pausa para dejar pasar una ambulancia que circulaba con la sirena a todo volumen, antes de volver a oír la voz de su amigo.

—Me acaba de llamar. Quiere hablar contigo.

Darren Spicer era un delincuente local, pero también un informador ocasional de la policía de Sussex. Era ladrón profesional, con un historial que se remontaba a su adolescencia, un reincidente de los de verdad, o lo que solían llamar un «preso de ida y vuelta». Se había pasado más años de su vida entre rejas que libre. Meses antes, en un golpe de suerte —absolutamente inmerecido, según Grace—, Spicer había ganado las cincuenta mil libras de recompensa que había dado el millonario y filántropo Rudy Burchmore por aportar información útil para la detención del hombre que había intentado violar a su mujer. Era el mejor resultado económico que le había dado su segundo trabajo, el que ejercía como informador de la policía, tanto desde la cárcel como desde el exterior.

—¿Y qué quería? —preguntó Grace.

—No me lo ha querido decir. Solo me ha dicho que es urgente y que te interesará.

—¿Qué recompensa busca ahora?

—No lo sé. Parecía nervioso. Me ha dado un número.

Grace lo apuntó en su cuaderno y luego entró en el aparcamiento, paró y lo marcó.

La respuesta llegó casi de inmediato:

—¿Sí?

—¿Darren Spicer?

—Depende de quién le llame.

«Listillo de mierda», pensó Grace, que se identificó.

—Tengo algo para usted.

—¿De qué se trata y qué quieres a cambio?

—Quiero un mono. —Un mono eran quinientas libras.

—Eso es mucha pasta.

—La información lo vale.

—¿Quieres contármelo?

—Tenemos que vernos.

—¿De qué va la cosa?

—De esa estrella de cine a la que está protegiendo.

—¿Gaia?

—¿Conoce el Crown and Anchor, en Shoreham?

—Eso es algo caro para ti, ¿no?

—Últimamente soy un tipo rico, superintendente. Le esperaré treinta minutos.

Shoreham es el gran puerto situado en el extremo oeste de Brighton. Un pueblo que al crecer se había ido convirtiendo en un anexo de la ciudad que tenía al lado. El pub Crown and Anchor, con su terraza con vistas al puerto, tenía uno de los restaurantes más atractivos y con mejor relación calidad-precio del litoral de aquella zona. Él mismo había comido muchas veces allí con Sandy y, más recientemente, con Cleo.

A pesar de lo que pensaba de Spicer y de su baja estofa, era innegable que aquel tiparraco tenía buenos contactos, y que sus informaciones solían ser fiables. Desde luego quinientas libras eran mucho dinero, pero la policía tenía fondos reservados para pagos de aquel tipo.

Tras la aprobación de las nuevas normas de actuación de la policía, salvo en caso de emergencia, todos los agentes debían cumplir las normas de aparcamiento como cualquier otra persona, motivo por el que tuvo que perder diez minutos conduciendo por las callejuelas del casco antiguo de Shoreham, bajo una lluvia intensa, intentando encontrar un aparcamiento.

Spicer estaba sentado en un taburete junto a la barra, acariciando un vaso de cerveza casi vacío. Era un tipo alto y desgarbado de poco más de cuarenta años, pero gracias a sus largas estancias en la cárcel aparentaba más de sesenta. Llevaba un polo amarillo, vaqueros holgados y unas deportivas nuevas, el pelo cortado casi al rape, entrecano, y tenía una mirada mortecina.

—¿Quieres otra Guinness? —dijo Grace, a modo de saludo, situándose en el taburete contiguo. Aún era pronto y el bar estaba casi vacío.

—Ya pensaba que no iba a venir —respondió Spicer, sin mirarle siquiera—. Necesito un pitillo. Lléveme la pinta a la terraza. —Bajó de su taburete y atravesó el bar.

Grace se lo quedó mirando. Su postura le recordó la de una grúa en pleno trabajo.

253

Unos minutos más tarde, Grace atravesaba las puertas de cristal del patio, pasando a la terraza de madera con vistas al Adur, el río que desemboca en el mar. La marea estaba baja, y el lecho cenagoso quedaba a la vista, con solo un hilillo de agua en el centro. Decenas de gaviotas buscaban alimento en el limo. En el otro extremo se veían las casas-barco, que llevaban en aquel lugar más tiempo del que él podía recordar.

Spicer estaba sentado bajo una gran sombrilla, alrededor de la que caía la lluvia, con un cigarrillo sostenido entre el pulgar y el índice.

Grace le dio su pinta de Guinness, dejó su vaso de Coca-Cola light en la mesa y se sentó en una silla.

—¡Bonito tiempo para los patos! —dijo.

El olor del cigarrillo de Spicer le tentaba. Pero muchos años atrás se había prometido no fumar durante la jornada de trabajo, y fumar solo uno o dos cigarrillos al final del día.

Spicer dio una larga calada y aspiró con fuerza.

—¿Estamos de acuerdo en lo del mono?

—Eso es mucho dinero.

—Yo creo que le parecerá una ganga. —Apuró su vaso y luego cogió el que le había traído Grace.

—¿Y si no me lo parece?

Spicer se encogió de hombros.

—Por mí no pasa nada. Digo que sí a lo del robo y ganaré mucho más de quinientas.

—¿De qué robo estás hablando?

Dio un buen sorbo a su nueva pinta.

—Me han ofrecido una pasta por robar en la suite de Gaia.

Grace se quedó rígido de pronto. Sintió un escalofrío que le atravesaba el cuerpo. De pronto quinientas libras le parecían una ganga.

—Cuéntame más.

—¿Tenemos un trato?

—Te daré el dinero dentro de un par de días. Antes que nada, ¿por qué no has aceptado el trabajo?

—Ya no robo, superintendente. La policía me ha hecho rico. Ya no necesito colarme en las casas de la gente.

—¿Y a qué te dedicas ahora? ¿Drogas? Supongo que esos cincuenta mil son pellizco suficiente como para meterte en el negocio.

Spicer rehuyó la pregunta con un gesto.

—No he venido a hablar de mí.

Grace levantó las manos.

—No te preocupes, estoy limpio, nada de grabadoras. Bueno, dime: ¿quién te ha ofrecido el trabajo?

Aunque la terraza estaba desierta, Spicer miró a su alrededor antes de estirar el cuerpo por encima de la mesa y, en voz muy baja, respondió:

—Amis Smallbone.

Grace se lo quedó mirando fijamente.

—¿Amis Smallbone? ¿De verdad?

Spicer asintió.

—¿Y por qué tú?

—Cuando salí de la cárcel trabajé en el Grand, en el Departamento de Mantenimiento. Me puedo mover por el hotel con los ojos cerrados. Sé cómo entrar en cada una de las habitaciones. Smallbone debe de haberse enterado; por eso ha acudido a mí.

—Supongo que no querrás declarar esto oficialmente.

—No se quede conmigo.

—Si declararas, podría hacer que le retiraran la condicional. Volvería a la cárcel por unos cuantos años.

—Ya sé que no soy un genio —dijo Spicer—, pero sigo vivo. Si

me pongo en evidencia y empapelo a Smallbone, tendré que ir vigi-
lándome el culo el resto de mi vida. No, gracias. —Miró a Grace con
cara de preocupación—. Usted no… Ya sabe, ¿no?

Grace negó con la cabeza.

—Se queda entre tú y yo. Nadie sabrá que hemos tenido esta
conversación. ¿Y qué más sabes? Smallbone no suele dedicarse a
los robos.

—No lo hace. Solo quiere joderle a usted. Avergonzarle. —Spicer sonrió, socarrón—. No parece que le tenga mucha simpatía.

—Pues es una lástima. La repisa de la chimenea me quedará
muy vacía estas Navidades sin su felicitación de cada año.

68

—No, no necesito ayuda, gracias. ¿Tan poca cosa le parezco?

El portero del Grand Hotel se quedó sorprendido, pero mantuvo la compostura.

—Como quiera el señor; solo intentaba ayudarle.

—Cuando quiera ayuda, se lo diré.

Drayton Wheeler atravesó el vestíbulo, sudando profusamente por el esfuerzo de cargar con la pesada caja marrón precintada que llevaba bajo el brazo izquierdo y dos bolsas llenas hasta los topes.

Pasó junto a un par de fotógrafos y el mismo grupo de siempre que ocupaba varios sofás, entre ellos gente con carátulas de CD y fundas de discos. Daban la impresión de haber levantado allí su campamento. ¡Patéticos fans de aquella zorra, aquella actriz de pacotilla! ¡Sin duda era la peor opción posible para aquel papel! Su papel. El que él había escrito. Apretó el botón y esperó la llegada del ascensor. Su ira había dejado huella por todas partes, lo sabía. Les había gritado a dos empleados de diferentes farmacias, al idiota del cajero del supermercado Waitrose, al cretino de la ferretería Dockerills y al capullo integral de Halfords.

Salió en la sexta planta, recorrió el pasillo y sacó la llave-tarjeta, no sin esfuerzo. La metió en la ranura y la extrajo.

Apareció una luz roja.

—¡Mierda! —gritó. Volvió a meterla y a sacarla, sufriendo con el peso del paquete que llevaba bajo el brazo izquierdo. La volvió a meter, esta vez correctamente, y la luz se puso verde.

Abrió la puerta medio empujándola, medio con una patada, y entró en la pequeña habitación. Se acercó como pudo a las dos camas y soltó los paquetes en una de ellas, resoplando de alivio.

Necesitaba una ducha. Algo de comer. Pero primero tenía que

comprobarlo todo, para asegurarse de que lo que le habían vendido aquellos imbéciles estaba bien.

Colgó el cartel de NO MOLESTAR en el exterior de la puerta, echó el seguro y abrió el primer paquete. Sacó la batería de coche y la colocó sobre la revista *Sussex Life* que había sobre la mesa accesoria. Luego metió la mano en una de las bolsas de viaje y sacó una pesada palanca de metal para cambiar ruedas, y seis termómetros que colocó junto a la batería. Luego sacó la botella de ácido clorhídrico, etiquetada como decapante, que había comprado en Dockerills. La colocó sobre la mesa, sobre otra revista, *Absolute Brighton*. Sacó también una botella de lejía. Luego abrió la última bolsa, que era de Mothercare.

Dio un paso atrás, juntó las manos dando una palmada y sonrió. Lo bueno de tener cerca la muerte, pensó, era que no había nada de lo que preocuparse. Una frase célebre le daba vueltas a la cabeza e intentó recordar quién la había pronunciado: «El sueño de la muerte es bueno para los temerosos, puesto que los muertos no conocen el miedo».

Gran verdad, desde luego. «¿Os suena esa frase, Larry Brooker? ¿Maxim Brody? ¿Gaia Lafayette? ¿Sabéis a quién os enfrentáis? ¡A un hombre que ya no tiene miedo! ¡A un hombre que cuenta con los componentes químicos para hacer cloruro de mercurio! ¡Y que sabe cómo hacerlo!»

Antes de ser un guionista maltratado había sido un químico industrial de éxito. Recordaba todo aquello de mucho tiempo atrás.

El cloruro de mercurio no es una sal, sino una molécula triatómica lineal, de ahí su tendencia a sublimarse.

«¿Sabíais eso, Larry Brooker? ¿Maxim Brody? ¿Reina de las zorras Gaia Lafayette? Muy pronto lo sabréis.»

Sonó su teléfono. Respondió de mala gana; no estaba de humor para interrupciones.

Una mujer con una alegría irritante en la voz dijo:

—¿Jerry Baxter?

Recordó aquella voz.

—Ajá.

—No se ha presentado para la prueba de vestuario de hoy. Solo queríamos saber si seguía interesado en hacer de extra en *La amante del rey*.

—Lo siento —dijo, reprimiéndose—. He tenido una reunión importante.

257

—No hay problema, Jerry. El lunes por la mañana vamos a grabar escenas con mucha gente en el exterior del Pavilion, si el tiempo lo permite. Si sigue interesado, ¿podría venir mañana?

Por un momento no dijo nada; estaba pensando a toda prisa. Luego respondió:

—Perfecto.

69

Cleo encontró aparcamiento a dos calles de su casa, poco después de las cinco de la tarde del viernes. Había dejado de llover y el cielo se estaba despejando. Salió de su pequeño Audi, agotada pero contenta. Increíblemente contenta, y con el fin de semana por delante. Como en respuesta a su buen humor, el bebé le dio una patada dentro del vientre.

—¿Tú también estás contento, bultito?

Cogió el bolso del asiento del acompañante, cerró el coche y se dirigió a casa a pie, absolutamente ajena a los dos pares de ojos que la observaban desde detrás del parabrisas del Volkswagen de alquiler que la había seguido desde el depósito.

—*Warum starrst du die dicke Frau an?* —preguntó el niño.

Ella respondió, en alemán:

—No está gorda, cariño. Lleva un bebé dentro.

—¿De quién es el niño? —preguntó él, en alemán.

Ella no respondió. Observó a la mujer, con odio en los ojos.

—¿De quién es el niño, mamá?

Ella no respondió enseguida; sentía la agitación en su interior.

—Espera aquí —ordenó al niño—. Volveré enseguida.

Salió del coche y caminó unos metros, pasando por delante del Audi. Haciendo como si nada, intentando no llamar la atención, se giró y vio el capó del coche de Cleo.

Había una pátina de polvo sobre la chapa, y varias cagadas de gaviota, una de ellas sobre la cinta aislante que tapaba la raja de la capota. Pero las palabras que había grabado ella misma seguían ahí, claramente visibles:

FURCIA DEL POLI, TU HIJO ES EL SIGUIENTE

70

$\mathcal{A}$nna caminaba arriba y abajo por su museo Gaia, su santuario Gaia. Con una copa de cóctel en la mano. Bebía (deliberadamente) un cóctel que no tenía nada de Gaia. Era un manhattan. Dos partes de *bourbon*, una parte de Martini rojo, angostura y una guinda al marrasquino con rabito, en una copa de Martini.

Bebía por despecho.

Quería emborracharse.

Era su tercer manhattan de la noche. Viernes por la noche. Al día siguiente no tenía que ir al trabajo, así que podía coger una borrachera brutal.

Nunca se había sentido tan humillada como aquella tarde en el Grand. Aún sentía el rostro encendido. Todavía oía las risas silenciosas de los otros fans, sentados en aquellos sofás.

De pie, frente a una figura de su ídolo en cartón troquelado, miró fijamente aquellos ojos azules.

—¿Qué es lo que ha pasado? ¿Eh? ¿Quieres decírmelo? ¿Soy tu fan número uno y me das la espalda? Dime por qué. ¿Eh? ¡Dímelo! ¿Has encontrado a otra? ¿Alguien que esté más pendiente de ti que yo?

Eso era imposible.

De ningún modo.

—Has hecho que mi vida valga la pena. ¿No lo sabes? ¿Es que no te importa? Eres la única persona que me ha querido.

En la mano izquierda sostenía un cuchillo. Un *kukri*. El cuchillo que uno de los ancestros de su padre había cogido de la mano de un soldado muerto durante las guerras de los gurkhas. Los gurkhas eran un pueblo valiente. No les importaba morir.

«Si un hombre dice que no le da miedo morir, o miente o es un gurkha.»

¿Qué te parece eso, Gaia? ¿Mientes, o eres una gurkha?

¿O solo una nueva rica de Whitehawk, Brighton, que se cree demasiado importante como para hacer caso a sus fans?

Bajó muy lentamente las empinadas escaleras de madera, se fue a la cocina y se llenó la copa con lo que quedaba del cóctel en la coctelera. Luego volvió a subir a su santuario.

—¡Salud, Gaia! —dijo—. Y, dime, ¿te sentiste bien, dejándome en ridículo ayer? ¿Eh? Cuéntame… ¿Quién te puso en tu pedestal? ¿Se te ha ocurrido pensar en eso alguna vez? ¿Alguna vez has pensado en mí? Me has mirado a los ojos tantas veces… Vi cómo me mirabas en *Top Gear*. Y en muchos otros programas de la tele. ¿Qué te ha hecho pensar que me puedes tratar así, como… escoria, como una mierda, como… basura? Dime, me interesa mucho saberlo. Tu fan número uno necesita saberlo. De verdad. Cuéntame. Cuéntame. ¡Cuéntame!

71

Para la reunión del viernes por la tarde, Branson eligió un asiento que le permitiera ver claramente a Bella. Observó que, como siempre, ella y Potting se situaban bien lejos el uno del otro, lo que complicaba el contacto visual. Eran policías experimentados, pensó: era evidente que aquello lo habían planeado. ¿Cuánto tiempo haría que duraba aquella relación? Tampoco hacía tanto que Potting se había casado por cuarta vez, seducido por una joven tailandesa que le había sacado hasta el último penique.

Vio cómo Bella se metía un Malteser en la boca. No era guapa, desde luego, pero había algo en ella que le resultaba muy atractivo. Una imagen cálida y vulnerable que le hacía desear rodearla con sus brazos. Poco antes había estado pensando que quizás él pudiera darle algo mejor que la vida de sacrificio que había llevado hasta entonces aquella chica, cuidando de su madre enferma. Ahora la misión era otra completamente diferente. Potting no le convenía lo más mínimo. Lo miró. Aquel tipo, con aquella sonrisa socarrona...

«Venga ya, Bella, ¿cómo narices puede gustarte ese tío?», pensó.

—¿Glenn? ¿Oye? ¿Glenn?

Reaccionó, sobresaltado, y vio que Grace le estaba hablando, aunque no sabía de qué.

—Lo siento, jefe, tenía la cabeza en otra parte.

—¡Bienvenido al planeta Tierra!

Se oyeron unas risitas en la sala.

—Un día largo, ¿eh? —le preguntó Potting. Sus palabras eran como un cuchillo retorciéndose en su vientre.

—Te preguntaba por los resultados del ADN en los cuatro miembros —dijo Grace, echando un vistazo rápido a sus notas—. Habías dicho que esperabas los resultados hoy mismo.

Branson asintió.

—Sí, ya los tengo —dijo, abriendo una carpeta de plástico—. Puedo leerte el informe completo del laboratorio, si quieres.

Grace negó con la cabeza. Para la mayoría de los agentes de policía, incluido él, los informes de ADN eran un arte arcano misterioso. En sus tiempos de estudiante, las ciencias siempre se le habían dado fatal. De hecho, en el colegio se le había dado todo fatal, salvo el rugby y el atletismo.

—Mejor haznos un resumen, Glenn.

—Muy bien. Pues los cuatro miembros pertenecen al mismo cuerpo y es prácticamente seguro que corresponden al torso del «varón desconocido de Berwick».

—Buen trabajo —dijo Grace—. Bueno, pues ya tenemos otra ficha del puzle en su sitio. Ahora lo que nos falta es la cabeza.

—A lo mejor estamos buscando a un hombre que perdió la cabeza por una mujer —propuso Potting, riéndose de su propia gracia.

—De eso sabes tú mucho —le replicó Bella.

Potting se ruborizó y bajó la mirada. Para todos los demás, aquel comentario era una puya sobre sus fracasos matrimoniales. Solo Branson sabía la verdad.

—Eso no nos ayuda mucho, Norman —dijo Grace.

—Lo siento, jefe —dijo él, paseando la mirada por la sala con una sonrisa traviesa, pero nadie le siguió el juego.

Grace se lo quedó mirando. Era un buen investigador, pero a veces sus chistes malos resultaban de lo más cargantes, y en aquel caso estaban resultando peores que nunca.

—En fin, tenemos una diferencia de tiempo entre el torso y los miembros —expuso Branson, relegando a un rincón de su cerebro aquel batiburrillo de pensamientos que le distraían y concentrándose de nuevo—. Sabemos que el torso fue depositado hace muchos meses, y está en un avanzado estado de descomposición. Los miembros están relativamente intactos.

—Lo que da a entender que Darren Wallace, que sugería que podían haber sido congelados, probablemente tenga razón —dijo David Green, jefe de la Unidad de Rastros Forenses.

—¿Eso no puede determinarlo el forense? —preguntó Bella.

Branson sacudió la cabeza.

—No es fácil. La congelación provoca daños en las células, pero comprobarlo lleva tiempo.

—¿Y eso qué significa? —intervino Grace, dirigiéndose a todo el equipo—. ¿Por qué se deshicieron del torso hace meses, y de los miembros hace solo un par de días?

—¿Será que están jugando con nosotros, jefe? —sugirió Nicholl.

—Sí, eso es una posibilidad —admitió él—. Pero recurramos a nuestro viejo amigo Ockham, el de la navaja.

Guillermo de Ockham fue un fraile y un filósofo lógico del siglo XIV. Postuló que la respuesta más simple solía ser la correcta.

—¿Estás sugiriendo una relación entre *Crimewatch* y los miembros, jefe? —dijo Guy Batchelor.

—Creo que nos enfrentamos a alguien que es muy listo o está muy nervioso —respondió Grace—. Es posible que dejara el torso y el tejido del traje en la granja de pollos como pista. Y luego los miembros y el tejido en el lago de pesca para darnos otra pista. En cuyo caso, en algún momento, encontraremos otro trozo de tela y la cabeza. O también puede ser (y a mí me parece más probable) que *Crimewatch* le pusiera nervioso y quisiera librarse de algunas pruebas, o quizá de todas las que le quedaban. El equipo de Lorna sigue buscando la cabeza.

—¿Y no podría ser que la guarde como un trofeo del que no se quiere desprender?—propuso Potting.

—Sí, es posible —concedió Grace, asintiendo. Miró sus notas—. De momento lo único que podemos hacer es trabajar con lo que tenemos. Bien, en cuanto al tejido… —Miró a Branson—. ¿En qué punto estamos?

—El sargento Batchelor se está ocupando de eso, jefe. Batchelor asintió.

—Tengo el equipo de investigación de campo repasando la lista que nos dieron los de Dormeuil. Todas las tiendas de ropa y los sastres de los tres condados analizados que compraron cantidad suficiente de esta tela como para hacer trajes, entre ellas Savile Style. Este mismo mediodía, le he pasado una lista de las ochenta y dos personas que compraron uno de estos trajes, o a quienes se lo hicieron a medida, a Annalise Vineer. —Se giró hacia la analista—. ¿Qué has encontrado, Annalise?

—Bueno, hay algo interesante —dijo, ruborizándose un poco, como si no estuviera acostumbrada a ser el centro de atención—. Hay una tienda de ropa de hombre en Gardner Street, en Brighton, llamada Luigi, que, hace un par de años, vendió un traje de esta tela a un hombre llamado Myles Royce. No estaba hecho a medida, pero el propietario, Luigi, recuerda haberle hecho unos cuantos arreglos para que le cayera mejor. Myles Royce está en nuestra lista de desaparecidos. El sargento Potting está haciendo el seguimiento.

Grace se giró hacia Potting.

—¿Has encontrado algo al respecto?

—Sí, jefe. La dirección que tenía Luigi de su cliente era en Ash Grove, en Haywards Heath. He ido esta tarde: es una bonita casa independiente, en un barrio respetable. He llamado, pero no me ha abierto nadie, y la casa parecía abandonada. Yo vengo del campo y sobre hierba sé bastante. Yo diría que la de ese jardín no la han cortado en todo el año. El jardín está cubierto de malas hierbas. He encontrado una vecina muy solícita, una anciana que vive enfrente, y me contó que el hombre vivía solo. Lleva cuidándole el gato varios meses. Según parece, Royce tenía algunas inversiones, una especie de renta familiar de la que vivía, y le había dicho que iba a viajar unas semanas, pero no volvió. —Potting hizo una pausa y rebuscó entre el lío de papeles que tenía delante—. Ahora viene lo interesante... Bueno, quizá no tan interesante.

Grace se lo quedó mirando, esperando pacientemente, esperando que fuera al grano. Pero aquel no era el estilo de Potting, y nunca lo sería.

—La señora me dio el nombre y el número de teléfono de la madre del tipo. Así que he ido a verla, a una residencia de ancianos de Burgess Hill. Me ha dicho que su hijo solía llamarla cada domingo a las siete, sin falta. Pero no ha sabido nada de él desde enero. Está muy afectada; según parece estaban muy unidos.

—¿Fue ella quien denunció su desaparición? —dijo Bella.

—En abril.

—¿Y por qué esperó tanto? —preguntó Nicholl.

—Me ha contado que él viajaba mucho. Que era un gran seguidor de Gaia, que estaba obsesionado con ella. Tenía una pequeña fundación, y aparentemente ganaba bastante dinero con el mercado inmobiliario, y eso le permitía viajar por el mundo siguiéndola.

Grace frunció el ceño.

—¿Un hombre adulto, con dinero, viajando por el mundo siguiendo a Gaia? ¿De qué va todo esto?

—Según parece, Gaia es todo un icono gay —respondió Potting.

—¿Es..., era gay... Myles Royce? —preguntó Branson.

—La vecina me ha dicho que ha visto por su casa a hombres jóvenes, pero nunca a chicas.

Grace se quedó pensando. Había algo que no cuadraba. Un fan

265

de Gaia descuartizado. Gaia en la ciudad. Un reciente intento de asesinato contra ella en Los Ángeles. ¿Todo coincidencias?

No le gustaban demasiado las coincidencias. Resultaban demasiado prácticas. Era fácil explicar situaciones incómodas clasificándolas de «coincidencias».

Resultaba mucho más difícil escarbar bajo la superficie para ver qué se escondía detrás realmente.

—¿Tiene algo su madre de lo que podamos sacar el ADN, Norman?

Potting sacudió la cabeza.

—No, pero la vecina me ha abierto la casa. Me he llevado uno de sus trajes. Encaja perfectamente con el perfil de la talla que tenemos. Y también me he traído un cepillo de pelo y otro de dientes; ya los he enviado al laboratorio.

—Bien hecho —dijo Grace. Luego se sumió en sus pensamientos.

Gaia.

¿Había una relación?

¿Y por qué iba a haberla?

Llevaba demasiado tiempo en el cuerpo como para descartar cualquier opción. Posiblemente habían asesinado a un fan de Gaia. Y Gaia estaba en la ciudad. Pero si lo habían asesinado, había sido mucho antes de que nadie supiera que la estrella iba a venir a Brighton.

Siguió pensando unos momentos. Los cadáveres solían aparecer en zanjas de carreteras secundarias o en bosques apartados.

—Necesitamos un listado de todos los miembros del club de pesca de truchas y hay que hablar con todos ellos, a ver si alguien vio algo o si reaccionan de un modo sospechoso a las preguntas —le dijo a Branson—. Es un lugar bastante remoto; no tengo claro que una persona cualquiera pueda encontrarlo accidentalmente. Quienquiera que haya usado el lago para deshacerse de los miembros debía de conocerlo antes. También hay que elaborar una lista con todo el que pudiera tener motivos para visitarlo, como los encargados de mantenimiento que retiran las algas o los encargados de las reparaciones...

—¡Ya está hecho, jefe! —le interrumpió Branson, que echó una mirada a la analista—. Annalise ya está en contacto con el secretario del club de pesca.

—Está colaborando mucho —confirmó ella—. Me ha dado el listado completo de socios, y está preparándome una lista más amplia con todas las personas que puedan tener algún motivo para visitar el lugar, o que al menos conozcan su ubicación, como la gente de la Agencia de Protección del Medio que otorga las licencias de pesca, el constructor que ha instalado el cercado, la compañía que les lleva el control de las algas, los que mantienen la vía de acceso, los de la imprenta, sus abogados… Espero tener la lista completa mañana mismo.

Grace le dio las gracias. Luego se dirigió a otro de los investigadores de su equipo, Jon Exton.

—¿Has sacado algo de la comparación con los calzados de referencia, Jon?

—¡Sí, jefe! —dijo Exton. A Branson le encantaba aquel joven, que siempre mostraba un gran entusiasmo.

—He encontrado una coincidencia exacta —prosiguió—. Son buenas noticias y…, bueno…, no tan buenas.

Grace frunció el ceño. No era ni la ocasión ni el lugar para acertijos.

—¿Qué quieres decir? —replicó, algo cortante.

—Bueno, la buena noticia es que la huella es de una bota de agua, no de calzado deportivo.

Al liberar a los presos, si no tenían otro calzado, muchas cárceles les daban deportivas. Era uno de los motivos por los que en los escenarios solían aparecer más huellas de deportivas que de cualquier otro tipo de calzado; el gran número de puntos de venta y la cantidad de fabricantes de deportivas dificultaba mucho la localización.

—La huella es de una bota de agua Hunter —continuó Exton—, de la gama The Original. La mala noticia es que esa marca es una de las más populares entre las que se fabrican en el país. Hay sesenta y cuatro puntos de venta en Sussex, Kent y Surrey. Y, por supuesto, también se pueden comprar por Internet.

Grace pensó en aquella información. ¿Cuántos de esos puntos de venta eran tiendas de autoservicio, como los hipermercados de jardinería? ¿Qué posibilidad había de que el personal de esos lugares recordara a la persona que compró las botas? En cada investigación de asesinato tenía que sopesar los costes de mandar agentes a este tipo de tareas y cotejarlo con la probabilidad de conseguir un mínimo resultado. Investigar en los sesenta y cuatro puntos de venta le llevaría mucho tiempo, mucho esfuerzo del equipo de investigación de campo, si quería obtener un buen resultado. ¿Cuántas tiendas podía recorrer en un día cada agente? Por su experiencia, entre esperar a que los vendedores vinieran de desayunar y cosas

267

por el estilo, la tarea iba a consumir mucho tiempo. A buen ritmo, seis tiendas por día. Si enviaba a dos agentes, iban a tardar al menos una semana para cubrir todas las tiendas y almacenes.

La agente Reeves levantó la mano.

—Señor, la marca Hunter es muy cara; lo sé porque hace poco fui a comprar botas de agua. ¿Cree que puede ser significativo? ¿Que tenga algo que ver con que el traje de la víctima fuera de un tejido caro?

Grace asintió.

—Bien pensado, Emma. —Tomó nota.

Luego dio instrucciones a Exton para que procediera a entrevistar a todos los distribuidores, aunque estaba convencido de que las probabilidades de que aquello diera fruto eran mínimas. Por lo menos se cubriría las espaldas escribiéndolo en su libro de actuaciones, por si más adelante se cuestionaba su investigación.

Se giró hacia el podólogo forense, Haydn Kelly:

—¿Algo que añadir al respecto, Haydn?

Kelly negó con la cabeza.

—Muy bien. No creo que vayamos a sacar nada más en claro así, de pronto. La próxima reunión será mañana a las 18.30 —informó Grace—. Glenn y yo daremos una rueda de prensa a las once de la mañana, así que si se produce algún avance significativo hasta entonces, informadme.

Al ponerse en pie, la agente Reeves se dirigió a él:

—¿Hay alguna posibilidad de que me consiga un autógrafo de Gaia, jefe?

Grace sonrió.

72

Cleo estaba tendida en la cama, con el ordenador portátil abierto delante de ella, sobre el edredón, conectada a un sitio web para futuros padres, con los papeles del curso de filosofía que estaba haciendo en la universidad esparcidos a su alrededor. Estaba cansadísima, pero no eran más que las siete y media de la tarde, demasiado pronto como para pensar en acostarse. En su iPod sonaba Laura Marling, una de sus cantantes folk favoritas.

Esa tarde el bebé estaba revolucionado: era como si estuviera bailando en su interior. Levantó el edredón, se recogió el camisón y observó, fascinada, su vientre, que también parecía bailar, cambiando de forma, de redondo a cuadrado, con pequeñas prominencias ocasionales.

Le habría gustado que Roy estuviera en casa para verlo. Le había prometido que llegaría pronto. Esperaba que el bebé siguiera así de activo cuando volviera.

—Vas a ser increíble, bultito, ¿sabes? ¡Vas a ser el bebé más querido de todo el mundo!

El bultito bailó aún con más fuerza, como si quisiera responderle.

Salió de la página de Mumsnet y abrió la de Amazon para consultar precios de sillitas de bebé para coches. Con el nacimiento del bebé tan próximo, no dejaba de pensar en todo lo que necesitaría. Su mejor amiga, Millie, que tenía dos hijas, le había hecho una lista, y tenía otra de su hermana Charlie, diseñadora de interiores, que había insistido en decorar la habitación del bebé personalmente.

Cuna, sábanas, colchón, colchones impermeables, mantas, toallitas limpiadoras, pañales, cambiador, cuco, crema hidratante... La lista era interminable. Todo el mundo le había dicho que la vida le cambiaría, pero hasta ahora había empezado a darse cuenta de la razón que tenían. Repasó la lista. Seis biberones y equipo de esterilización, cepillo limpiabiberones, calientabiberones, leche infantil en polvo, crema para los pezones, compresas para los pechos, sujetadores maternos, una bomba de leche por si Roy tenía que darle de comer al bebé en su ausencia.

¿Y cuánto tiempo pasaría Roy con el bebé? Esa era una de sus mayores preocupaciones. Sabía lo implicado que estaba en su trabajo. En el de ella, en el depósito, había un flujo constante de muertes repentinas, que requerían investigación policial. Cada vez que salía a colación el nombre de Grace, solo oía comentarios positivos. Parecía que caía bien y era respetado por todos. Era un buen hombre, eso lo sabía…, no era más que uno de los innumerables motivos por los que le quería tanto.

Pero una sombra planeaba sobre su relación. Era un gran policía, pero ¿significaba eso que pudiera ser un gran padre?

¿Estaría presente en la primera representación de Navidad del niño, o estaría liado con alguna investigación de asesinato? ¿Y la Tarde de los Padres? ¿Y el Día del Deporte?

Cuando hablaban del tema, él siempre le quitaba importancia; le recordaba que su padre también había sido policía y que, aun así, siempre había encontrado tiempo para asistir a las cosas importantes. Pero su padre no era un oficial superior al mando como él, que no sabía lo que podía pasar al cabo de media hora, y mucho menos al cabo de un mes.

No paraba de asegurarle que la vida con ella era mucho más importante que su trabajo. Pero ¿sería verdad? ¿Y querría ella que fuera verdad? ¿Querría que una investigación de asesinato se resintiera porque Roy estuviera más interesado en pasar el rato jugando con su hijo?

Una de las amigas de Cleo estaba casada con un tipo con grandes ambiciones profesionales y apenas lo veía, especialmente desde el nacimiento de su segundo hijo. Cuando él llegaba a casa, ambos niños estaban ya durmiendo; cenaba y luego se echaba a dormir en la habitación de invitados, para que no le despertara el pequeño cada vez que tenía que comer.

¿Sabría ya el bebé que tenía un padre?

Otra cosa que le preocupaba en aquel momento era el ataque vandálico a su coche.

Roy le había dicho que sabía quién lo había hecho y que se había asegurado de que no volviera a ocurrir. Pero siempre existía el peligro de que algún delincuente rabioso quisiera vengarse de un agente de policía. Eso era algo con lo que sabía que tenía que vivir... Viviría constantemente en cierto estado de alerta.

Pero tenía otra preocupación aún mayor: la esposa desaparecida de Roy, Sandy.

Le costaba hacer que Roy hablara de ella y, sin embargo, sentía la presencia de aquella mujer por todas partes. Durante los primeros días de su relación, Roy la había invitado a su casa. Habían hecho el amor en su dormitorio y se había quedado a dormir, pero apenas había podido pegar ojo. Esperaba que la puerta se abriera en cualquier momento y que apareciera aquella atractiva mujer, mirándola con desprecio.

Sí, Roy le había asegurado que la relación con Sandy estaba muerta ya desde hacía tiempo, y así se lo tomaba ella. Pero siempre quedaba un rastro de duda.

¿Y si...?

¿Si...?

Le reconfortaba un poco que Roy estuviera haciendo los trámites para declarar muerta a su esposa. Llevaba diez años con eso. Pero eso no evitaría que reapareciera, si es que estaba viva. ¿Y cómo reaccionaría Roy en ese caso?

Él le decía una y otra vez que todo aquello había acabado, y que nada podía cambiarlo.

Pero ¿y si aquella mujer hubiera sido secuestrada por algún loco? ¿Cómo reaccionaría Roy si Sandy reapareciera, después de escapar de algún secuestrador trastornado? ¿No se vería moralmente obligado a acogerla de nuevo, por mucho que hubiera dicho?

Cleo no solía desearle la muerte a nadie, pero a veces deseaba fervientemente que el cadáver de Sandy apareciera de una vez. Así al menos Roy podría pasar página. Y podrían seguir con sus vidas y eliminar todo rastro de aquella sombra.

73

*E*staba sentada a la sombra de los árboles, en el lado de la calle donde había aparcado, hacía ya más de dos horas. Pero por fin oscurecía. Eran las nueve y media. En otro tiempo le encantaban aquellos largos días de verano. Pero ahora la luz del día no era más que una molestia.

El interior del pequeño coche de alquiler apestaba a hamburguesa con queso y a patatas grasientas. Por el parabrisas tenía una clara panorámica de la cerca de la casa donde vivía Cleo Morey. Por la radio, que tenía a volumen muy bajo, los Rolling Stones cantaban *Under the boardwalk*.

La canción le recordó una de sus muchas discusiones. Ella prefería la versión de los Drifters. Habían discutido sobre la autoría de la canción. Ella sostenía que era de Kenny Young y Arthur Resnick, que formaban parte de ese grupo. Pero Roy insistía en que era de los Rolling Stones.

—*Mama, mir ist langweilig* —dijo su hijo, sentado en el asiento de al lado. Tenía la boca manchada de rojo, y estaba muy ocupado mojando patatas fritas en el manchurrón de kétchup que quedaba en el fondo del cartón.

—*Mein Schatz, wir sind jetzt in England. Hier spricht man Englisch!* —dijo.

Él se encogió de hombros.

—¿Sí? Bueno, pues estoy aburrido —dijo, en inglés, y bostezó.

Ella le acarició la frente con cariño.

—*Sehr gut!*

Él se giró y la miró, extrañado.

—Dices que aquí la gente habla inglés, y ahora tú me hablas en alemán. ¡Boh!

Cogió el enorme vaso de cartón de Coca-Cola y sorbió ruidosamente por la pajita.

A veces, cuando el niño la irritaba, pensaba: «¿Y yo dejé a Roy por ti? Debía de estar loca». Pero nunca se lo decía.

Aunque era verdad. O al menos era parte de la verdad. Había dejado a Roy porque había descubierto que estaba embarazada de él. Que esperaba el niño que ambos habían deseado tanto, el niño que llevaban casi ocho años intentando tener. Qué ironía. Había descubierto que estaba embarazada, por fin, apenas unos días después de decidir que no quería pasar el resto de su vida casada con Grace. Casada con un agente de la Policía de Sussex. Subordinada a la Policía de Sussex.

Sabía que en el momento en que Roy se enterara de que estaba embarazada quedaría atrapada por un largo periodo, una sentencia de por vida; aunque se separaran, tendría que compartir el niño con él para siempre. Gracias a una herencia inesperada de una tía suya, de la que no había hablado con Roy, disponía de dinero suficiente como para ser independiente. Podía permitirse marcharse. Y eso había hecho.

No les había dicho una palabra a sus padres, con los que no tenía buena relación. No le había dicho nada a nadie. Y se había ocultado recurriendo a los únicos que le habían hecho sentir que su vida tenía valor. Los únicos que, tal como lo veía ella, la consideraban por sí misma, y no como la hija o la esposa de otra persona.

Por primera vez en su vida, había sido ella misma. No la hija de sus padres, la señorita Sandy Balkwill. Ni la esposa de su marido, la señora de Roy Grace. Tenía un nuevo apellido, que había tomado prestado de su abuela materna, de origen alemán. Tenía una nueva identidad. Una nueva vida por delante.

Sandy Lohmann.

Sandy Lohmann había eliminado todo lo que no quería de su mente: al marido que la decepcionaba constantemente porque tenía que salir corriendo al escenario de un crimen; al padre que la decepcionaba porque nunca le contaba la verdad sobre nada en la vida; a la madre que nunca había tenido una opinión propia.

Los cienciólogos gestionaban los mecanismos de purificación bajo su lema universal: EL PUENTE HACIA LA LIBERTAD TOTAL. Le habían ayudado a limpiar el pasado de su mente y a mirar el mundo con nuevos ojos. Y le habían ayudado a criar a su hijo.

Durante su estancia en la sede cerca de East Grinstead, en

Sussex, había conocido a Hans-Jürgen Waldinger, que más tarde la había convencido para que se mudara con su hijo a Múnich, donde le había presentado a la organización en cuya fundación había contribuido él, la Asociación Internacional de Espíritus Libres. La organización ofrecía una regeneración mental parecida a la de los cienciólogos, pero mediante un proceso menos agresivo (y menos caro).

Waldinger le había parecido muy atractivo. Y aún se lo parecía. Pero la vida con él no había ido bien. Enseguida habían acabado discutiendo y peleándose, tanto como lo hacía con Roy. Al final se había mudado a un apartamento.

¿Y qué demonios la traía allí otra vez?

Un maldito anuncio publicado en un periódico de Múnich que había visto por casualidad, un mes antes.

SANDRA (SANDY) CHRISTINA GRACE
Esposa de Roy Jack Grace de Hove (Brighton y Hove), East Sussex, Inglaterra.

Desaparecida desde hace diez años. Dada por muerta. Vista por última vez en Hove, East Sussex. De un metro y setenta centímetros de estatura, complexión delgada y con el cabello cortado a la altura de los hombros en el momento de su desaparición.

A menos que alguien pueda aportar pruebas de que sigue con vida a Edwards y Edwards, S. L., en la dirección siguiente, será declarada legalmente muerta.

Por supuesto, en algún momento, Roy iba a seguir con su vida. ¿Qué esperaba? Pero, aun así, le dolía muchísimo. No podía evitarlo. Era culpa de él que hubiera tenido que irse. Ahora daba la impresión de que podía borrar el pasado de un plumazo. Si quería declararla muerta, solo podía ser por un motivo: para ser libre para casarse de nuevo.

Casarse con aquella zorra preñada.

Sacó la ficha técnica de la casa de la guantera. La casa donde tan felices habían sido. Su casa. Ahora estaba a la venta y quizá no volviera a estarlo en su vida, porque era de esas casas donde la gente vive muchos años. Una casa familiar donde la gente acababa envejeciendo con su pareja.

Los dos podían haber envejecido juntos allí. Esa era la idea. Ella y Roy. ¿Cómo habría sido? ¿Qué tipo de pareja habrían sido al hacerse mayores?

—¿Cuánto tiempo tenemos que quedarnos aquí? —preguntó de pronto Bruno, en alemán.

Ella le miró: el hijo que Roy siempre había querido. Estaba a punto de responder, pero de pronto se tensó: un hombre cruzaba la calle en dirección a ellos, vestido con traje oscuro y con un pesado maletín en la mano. Hacía diez años que no lo veía, pero, pese a la tenue luz, lo distinguía como si hiciera veinticuatro horas. Tenía el mismo cuerpo delgado y su cara apenas había envejecido. Solo había cambiado el cabello; lo llevaba muy corto y engominado. Le quedaba bien.

Parecía feliz. Aquello hizo que la invadiera la tristeza.

Sabía que era imposible que la reconociera en la oscuridad, con sus grandes gafas de sol, una gorra de béisbol calada hasta la frente y el cabello teñido de negro. Pero, aun así, bajó la cabeza. Por la mente le pasaban mil ideas. ¿Sería un niño o una niña lo que llevaba dentro aquella mujer? ¿Era feliz Roy con ella? ¿Cuánto tiempo llevaban juntos? ¿Discutían constantemente?

«¿Ahora qué hago?»

Esperó unos momentos más y luego echó un vistazo. Justo a tiempo para verle pulsar el código de acceso en el panel de la entrada. Luego empujó la verja y entró. Un momento después se cerró tras él con un chasquido.

Dejándola fuera.

Cerrándole el paso a su nueva vida.

Siguió mirando hasta que lo perdió de vista.

Entonces giró la llave de contacto, con tanta fuerza que por un momento pensó que la habría roto. El motor se puso en marcha. Miró por los retrovisores y pisó a fondo, haciendo chirriar las ruedas, salpicando de Coca-Cola a su hijo, que protestó.

—*J*oder, menos mal que no llueve —exclamó Drayton Wheeler.

Se giró, como buscando confirmación en una mujer con aspecto de extrañeza que estaba tras él en la larga cola que se había formado en la puerta principal del hipódromo de Brighton; el edificio había sido alquilado por la productora de la película como punto de reunión para los extras.

Ella levantó la vista del ejemplar del *Argus* que estaba leyendo y se quedó mirando un rato a aquel hombre tan raro que tenía delante en la cola para apuntarse como extras.

—Sí, qué suerte.

—No te jode, pues claro.

Desde luego, era un tipo raro, pensó. Alto y desgarbado, con un flequillo infantil que asomaba bajo una gorra de béisbol descolorida. No paraba de hacer muecas, frunciendo todos los músculos de la cara, como si le dominara la rabia, y tenía un aspecto enfermizo, apagado. Tenían cincuenta personas por delante, de todos tipos y tamaños, esperando a fichar y pasar a la prueba de vestuario. Llevaban de pie más de una hora, soportando el viento racheado de Race Hill. Unos postes blancos marcaban el límite de la pista, y desde allí había buenas vistas de la ciudad y al sur, hasta el puerto deportivo y el canal de la Mancha.

De pronto, de la cabeza de la cola, una alegre voz de mujer preguntó:

—¿Está por aquí la familia Hazeldine? ¿Paul Hazeldine, Charlotte Hazeldine, Isabel Hazeldine y Jessica Hazeldine? ¿Con su perro, *Benson*? Si están aquí, ¿pueden presentarse aquí, por favor? ¡Vengan al inicio de la cola!

Wheeler miró el reloj.

—Será una hora más, por lo menos.

Miró a la mujer, que tendría más o menos su edad. Tenía un rostro anguloso, con el cabello rubio cortado al mismo estilo que lucía Gaia en una fotografía que aparecía en el periódico del día, en un reportaje a doble página que anunciaba la grabación de la película.

Su película.

El guion que le habían robado.

No le habría importado hacerlo con ella. No era atractiva, pero parecía soltera y no era tan fea. No llevaba alianza. Buenas piernas. A él le ponían las piernas. ¿Querría echar un polvo? A lo mejor, si jugaba bien sus cartas, podía llevársela luego al hotel y tirársela. Podía fijar la mente en sus piernas, en lugar de en su cara. La herramienta aún le funcionaba; era uno de los efectos secundarios de las maravillosas pastillas que le daban para que se olvidara de que se estaba muriendo. Parecía estar sola. Él estaba solo.

—¿Ha hecho esto antes? —preguntó, intentando romper el hielo.

—De hecho —dijo ella—, eso no es cosa suya. —Levantó el periódico para perderlo de vista y siguió leyendo la doble página sobre Gaia y sobre la filmación, que iba a empezar el lunes.

«Zorra —pensaba ella—. Qué zorra eres, Gaia. Voy a plantearme darte otra oportunidad. ¿Lo entiendes? Una oportunidad más. Y eso solo por cómo nos amamos.»

Por la expresión contrita que tenía Gaia en la foto veía que estaba intentando enviarle una señal. Una disculpa.

«Casi demasiado tarde. Pero puede que te dé otra oportunidad. Aún no lo he decidido.»

Bajó el periódico.

—De hecho, solo hago esto porque soy amiga personal de Gaia.

—¿Ah, sí? ¡No me joda!

Ella sonrió, orgullosa.

—Es maravillosa, ¿no cree?

—¿Eso cree?

—¡Lo hace todo bien!

—¿Eso piensa? ¡Por Dios!

—Bueno, por lo que he leído de la película, el guion es un asco, pero ella lo convertirá en algo especial.

—¿Un asco? Señorita, ¿acaba de decir que el guion es un asco?

—Quienquiera que lo haya escrito no tenía ni idea de la verdadera relación entre Jorge IV y Maria. Pero así es Hollywood, ¿no?

—No me gusta su tono.

—Que le jodan.

—Que te jodan a ti también —dijo él, mirándola a los ojos. Quería decirle que lo había escrito él, que su versión de los acontecimientos era correcta, pese a lo que hubieran podido hacerle después al guion aquellos capullos de Brooker Brody. Pero se giró, haciendo un esfuerzo supremo por controlar su ira de nuevo.

Permanecieron en silencio la hora y media siguiente. Por fin le tocó el turno de apuntarse. Se identificó como Jerry Baxter. Le dieron una copia del calendario de rodaje y el estadillo del lunes, y luego le enviaron a la planta superior para las pruebas de vestuario. Cuando dejó el mostrador, la joven de rostro risueño que le había atendido le dedicó una sonrisa a la siguiente de la fila.

—¿Su nombre, por favor?

—Anna Galicia.

—¿Tiene alguna experiencia en interpretación?

—En realidad, soy amiga personal de Gaia.

—¿De verdad?

—Sí, de verdad.

—Pues debería haberle pedido que contactara con nosotros; se habría ahorrado la cola.

—Oh, no quería molestarla mientras ensaya. Le gusta ponerse en situación antes de actuar.

—Sí, eso lo he oído.

—Lo hace. Es cierto.

Anna firmó el impreso y dio los datos personales que le pidieron. Le dieron el calendario de producción, el estadillo del lunes y le indicaron el camino hacia la zona de pruebas de vestuario de mujeres.

Estaba llena de mujeres, delgadas, jóvenes, de mediana edad, enfundándose ridículos disfraces y elaboradas pelucas. Estaban allí por el dinero, por las sesenta y cinco libras diarias. Estaban allí por vanidad. Por divertirse.

Ninguna de ellas estaba allí por el mismo motivo que ella.

Ninguna de las otras estaba allí porque Gaia les hubiera pedido personalmente que estuvieran allí, como a ella. Para disculparse por su comportamiento en el Grand. Era la tensión causada por el *jet lag*. Pero en el fondo lamentaba mucho su comportamiento.

Y Anna tenía un gran corazón. Sabía perdonar.

Y ya la había perdonado.

*D*espués de la prueba de vestuario, Drayton tomó el autobús de cortesía para los extras hasta el centro de Brighton y luego paseó hasta el Royal Pavilion, comprobando que una de las cosas que había comprado en Mothercare estuviera a buen recaudo en su bolsillo. Pagó la entrada y entró. Era la una y media. Faltaban cuatro horas antes de que cerraran el acceso al público.

Con un poco de suerte, tendría tiempo más que suficiente.

Se dirigió directamente al salón de banquetes y observó, satisfecho, que estaba atestado de gente, todos moviéndose lentamente por el borde de la sala, siguiendo el camino limitado por los postes de latón unidos con cuerdas, que rodeaban la mesa de banquetes. Constató que solo había un guardia de seguridad en aquel momento. Aquello le gustó aún más.

Se acercó y se detuvo a cierta distancia, fingiendo que observaba una bonita mesa auxiliar de caoba cubierta de piezas de plata. Pasó una pareja con dos niños aburridos, seguidos de un grupo de turistas japoneses, que se pararon justo delante de él. En el otro extremo de la sala, el guardia de seguridad estaba ocupado evitando que alguien tomara una fotografía. ¡Era el momento perfecto!

Nadie se dio cuenta de que deslizaba la mano por debajo de la mesita auxiliar, y que pegaba algo pequeño y duro presionando por debajo, sosteniéndolo hasta estar seguro de que la cola había fraguado. Solo tardó unos segundos, durante los cuales los turistas japoneses habían tenido el detalle de no moverse del sitio.

Entonces prosiguió la marcha, siguiendo el flujo de gente. ¡Misión cumplida!

—¡*L*a muy zorra no me deja! —exclamó Branson, entrando como una exhalación en el despacho de Grace el lunes, antes de las ocho de la mañana—. ¿Te lo puedes creer? ¡Una oportunidad única, algo que podrían contar a sus hijos un día… y a sus nietos!

Grace levantó la vista de las notas que su secretaria le había preparado para la reunión de la mañana.

—¿Qué es lo que no te deja?

—¡Llevar a Sammy y a Remi a jugar con el hijo de Gaia!

—¡Estás de broma!

—Lo que menos estoy es de broma. Estoy furioso. Ha dicho que no. Se lo pregunté a los dos, cuando salimos juntos el sábado por la tarde, y estaban ilusionadísimos. Ya te he dicho que son fans incondicionales de Gaia. Así que cuando los llevé de nuevo a casa se lo dije a ella.

—Ella no puede impedírtelo. Tú llévalos.

—Dice que Gaia es un símbolo sexual y de lenguaje obsceno, y que no va a permitir que los corrompa.

—¡Eso es ridículo! ¡Su hijo tiene seis años!

—¿Quieres llamar a Ari por teléfono y contárselo?

—Si quieres, lo hago —dijo Grace, echándose un farol. No había muchas cosas que le asustaran en el mundo, pero la mujer de Branson era una de ellas.

—He hablado con mi abogada este fin de semana. Me ha aconsejado que no fuerce la situación, que Ari podría usarla en mi contra.

—¿Cómo?

—No lo sé. —Se sentó frente a Grace, con aspecto abatido—. ¿Qué tal tu fin de semana?

Para variar, Grace había tenido un fin de semana tranquilo. Solo un par de reuniones cortas de la Operación Icono, pero el resto del tiempo lo había pasado con Cleo. El sábado habían salido a comprar cosas para la habitación del bebé. El domingo habían comprado curry para llevar, habían visto un par de películas en casa y habían leído los periódicos. Una de las extravagancias de Cleo, que a él le gustaba, era que estaba suscrita al número del domingo de todos los periódicos del país, desde el más vulgar al más intelectual.

Había hecho buen día, y ella había insistido en que salieran a tomar aire fresco a su lugar favorito, el paseo bajo los acantilados de Rottingdean, que habían conseguido recorrer en su totalidad. Realmente daba la impresión de que los problemas de unas semanas atrás, cuando había sufrido una hemorragia repentina, eran cosa del pasado. Solo faltaban unas semanas para que saliera de cuentas.

Iba a coger la baja a finales de esa misma semana. El resto del domingo lo había pasado en el sofá, trabajando en sus estudios de Filosofía, y él había estado repasando los papeles del juicio del caso Carl Venner, que empezaría esa misma mañana en los juzgados de Old Bailey.

Alargó el brazo y cogió la enorme mano negra de su amigo. Estaba dura como una piedra; era como agarrar un trozo de ébano. Aun así, la apretó.

—No dejes que te hunda, colega. ¿Vale?

Branson le devolvió el apretón.

Grace no dijo nada. Se daba cuenta de que aquel tipo duro a quien tanto quería estaba al borde de las lágrimas.

281

77

—*S*on las 8.30 de la mañana del lunes 13 de junio. Es la decimoséptima reunión de la Operación Icono —dijo Grace a su equipo reunido en la sala de conferencias—. ¿Alguien tiene algún progreso del que informar desde nuestra reunión de ayer por la mañana?

Vineer levantó la mano.

—Sí, jefe. He estado repasando el listado que me pasó el secretario de la West Sussex Piscatorial Society, con todos los miembros y las personas que tenían alguna relación con el club. Y he encontrado a alguien vinculado con la Stonery Farm.

—¿De verdad? —dijo Grace—. Bien hecho… ¡Cuéntanos!

—No sé si tiene relevancia, pero la Stonery Farm y la West Sussex Piscatorial Society trabajan con la misma agencia de contabilidad, Feline Bradley-Hamilton. Hay un nombre en común que tiene que ver con las dos, un auditor empleado por esta firma, llamado Eric Whiteley. Ha realizado la auditoría anual de la granja y del club durante muchos años.

Grace tomó nota del nombre.

—No estoy familiarizado con la forma de trabajar de los auditores —dijo—. ¿Tendría que haber ido a ambos sitios?

—Bueno, va a la oficina de la Stonery Farm cada año. El secretario de la Piscatorial Society no supo decirme si Whiteley ha estado físicamente en el lago propiedad de la sociedad. Pero es su persona de contacto.

—¿Cuántos empleados tiene esa agencia, Feline Bradley-Hamilton? —preguntó Grace.

—Catorce, señor —respondió Annalise Vineer—. Hay cuatro socios, y el resto son empleados.

—¿De modo que cualquier trabajador de esta empresa tendría acceso a la información sobre la Stonery Farm y la Piscatorial Society?

—Se supone que sí, señor.

Grace se animó de pronto; por fin tenía algo concreto con lo que trabajar. Y el instinto le decía que, aunque el agresor no tenía por qué pertenecer a esa agencia contable, cabía la posibilidad de que aquello fuera una pista.

—¿Así que no podemos estar seguros de si Eric Whiteley es el único de la empresa que sabe dónde está el lago?

—No, señor. Pero desde luego él es el único que visita la Stonery Farm periódicamente.

—¿Y esa es la única coincidencia que has encontrado? ¿La única persona vinculada a ambos lugares?

—Sí, señor.

—¿El secretario del club ha podido decirte algo sobre ese tal Eric Whiteley?

—No mucho, señor. Dice que es un hombre callado y discreto que simplemente se presenta cada año en la secretaría, con cita previa, para que le firmen los papeles. Según parece no habla mucho.

—Muy bien. Lo primero es lo primero: tenemos que interrogar a todos los que trabajen en la agencia contable y que lleven allí más de seis meses. Quiero dos personas con experiencia en interrogatorios. —Levantó la vista y miró a su alrededor.

Branson levantó una mano.

—Jefe, sugiero que Bella y yo hagamos los interrogatorios. Pero hay un posible inconveniente: si ese Eric Whiteley, o cualquier otra persona de la agencia contable, resultara ser el agresor, podría reaccionar y ponerse a la defensiva, después de habernos visto en *Crimewatch*.

Grace asintió. Ambos sargentos tenían formación específica para efectuar interrogatorios.

—No parece un candidato muy firme, pero el vínculo entre los dos lugares es interesante.

Miró sus notas, y luego en dirección a Potting.

—¿Y Myles Royce, Norman? ¿Esperamos los resultados del laboratorio para hoy?

—Sí, jefe.

—Infórmame en cuanto sepas algo.

—Lo haré.

Branson se quedó mirando a Potting, intentando descubrir qué podía ser lo que viera Bella en aquel hombre. Era veinte años mayor, no tenía ningún encanto y, a pesar de su reciente cambio de imagen, su atractivo físico era nulo. Por lo menos desde su punto de vista. Aunque había que admitir que se había casado cuatro veces, así que seguramente tendría algo que no destacaba a simple vista.

Green, jefe de la Unidad de Rastros Forenses, informó de los progresos que estaban haciendo los agentes de campo y la Unidad Especial de Rescate en la búsqueda de la cabeza por los alrededores de la West Sussex Piscatorial Society. O, más bien, de la falta de progresos. Aquella misma mañana les había dado orden de ampliar los parámetros de búsqueda.

Aquello no era una buena noticia, aunque Grace sabía por experiencia que siempre quedaba la posibilidad de que hubieran enterrado la cabeza en la orilla y de que algún zorro o un tejón se la hubiera llevado. Los asesinos a menudo empleaban horas en cavar tumbas para sus víctimas. Y en ese tipo de tumbas los cuerpos se conservaban bastante bien. Eran las menos profundas las que suponían un mayor problema para los equipos de investigación, porque los restos podía llevárselos cualquier animal, para utilizarlos como alimento o para hacer su nido, o podían dispersarlos por una extensa zona.

En su cuaderno, rodeó el nombre Eric Whiteley con un círculo. De momento era su único sospechoso. No veía la hora de tener delante el informe del interrogatorio.

Cuando acabó la reunión, volvió a su despacho y llamó a Victoria Somers, la madre de su ahijada, para preguntarle si Jaye querría jugar con el hijo de Gaia. Tenía unos años más que Roan Lafayette, pero, por el tono de voz de su madre, parecía que eso no era en absoluto un problema. Estaba encantada.

Un problemilla solucionado.

Y encima quedaba estupendamente.

78

*S*e sentía ridículo. Y estaba seguro de que, visto desde fuera, daba una imagen patética. Además, estaba sudando a mares. Aquello era una agonía. Aquella chaqueta le apretaba a la altura de la cintura; la entrepierna de aquellas mallas color crema le aplastaba las pelotas, y las botas que le había endilgado aquella imbécil de vestuario le iban al menos dos tallas pequeñas, y le estaban machacando los dedos de los pies. La peluca le hacía sentir como si llevara un nido de pájaro en la cabeza.

Debería de estar pasando sus últimos días en una tumbona, en la cubierta de un yate por el Caribe, bebiendo mojitos, rodeado de jovencitas. Aquello no tenía sentido. Era la historia de su vida. Siempre jodido. Por la industria del cine, por la maldita televisión. Por cada uno de sus agentes. Y ahora, aquel insulto final. Su guion, robado por Brooker Brody Productions. Lo mejor que había escrito en toda su vida.

Y en lugar de disfrutar de su momento de gloria, estaba sudando con aquellas mallas y una peluca que le producía urticaria.

«Vais a lamentarlo. Mucho. Todos vosotros. Ya veréis.»

Aquella zorra que había sido tan maleducada el sábado también iba a lamentarlo. Miró alrededor, por si la veía, pero no parecía que estuviera por ahí. Tenía planes para ella. Eso era lo mejor de estar muriéndose: ¡ya todo te importaba una mierda!

Pero primero debía concentrarse en la tarea que tenía por delante. Disponía de una copia del calendario de producción, con los horarios de todas las sesiones de rodaje en Brighton. En el interior y en el exterior del Pavilion, según el tiempo que hiciera. En el exterior, durante el día, si el tiempo lo permitía. Y en el interior una vez cerrado al público.

Al día siguiente, después del cierre, empezarían a grabar la escena del salón de banquetes en la que Jorge IV ponía fin a su relación con Maria Fitzherbert, diciéndole que lo suyo era historia.

El rey se lo diría justo debajo de la lámpara de araña que tanto miedo le había dado siempre. Las estrellas de Hollywood Judd Halpern y Gaia, sentados bajo la lámpara de araña. ¡Sería genial hacer que se les cayera encima!

Ya se imaginaba los titulares del día siguiente en los periódicos de todo el mundo. ¡Dos leyendas muertas!

«¿Qué tal te va a sentar eso, Larry Brooker? ¿Y a ti, Maxim Brody? Apuesto a que lamentaréis haberme tratado así, ¿no? Todos vuestros sueños rotos en pedazos, como los cristales de la lámpara. ¿Lo veis? El lenguaje poético es lo mío. ¿Os dais cuenta?»

El autobús, lleno de extras disfrazados, se puso en marcha, atravesando las puertas del hipódromo de Brighton, y salió al exterior. Giró a la izquierda, colina abajo y hacia el mar, y luego en dirección al Pavilion.

Drayton agarró con fuerza su pequeña mochila. Contenía su muda, agua para beber, comida, una linterna, una botella de cristal San Pellegrino llena del cóctel ácido de cloruro de mercurio que había preparado con todo esmero, y una toalla del baño del hotel.

Cuando pensó en la tarea que tenía por delante y se olvidó de su atuendo, se sintió mucho mejor. Mucho.

Era extremadamente feliz.

Aquella mujer de las narices ya estaba dándole la lata de nuevo. Últimamente, Angela McNeill encontraba siempre una excusa para meterse en el despacho de Eric Whiteley casi cada día a la hora del almuerzo, con un pretexto u otro. Él intentaba hacer caso omiso, pero Angela no era de las personas que se daban por aludidas.

Ese día tenía en la mano un fajo de informes anuales de la Stonery Farm que le había devuelto una tal Emily Curtis, inspectora de Finanzas de la Policía de Sussex, para archivarlos de nuevo en su sitio. Eric sabía que eso no era en absoluto urgente; podía haberlo hecho en cualquier momento, pero ella había escogido su hora del almuerzo. Deliberadamente.

Angela McNeill se quedó allí de pie, frente a él, observando su bocadillo de atún y mayonesa, su chocolatina Twix y la botella de agua con gas.

—Vaya, Eric Whiteley, parece que eres un hombre de costumbres fijas, ¿no?

Él intentó concentrarse en la lectura del *Argus,* que tenía abierto delante. Habían impreso el horario completo de producción de la película, para que la gente supiera dónde podían ir a mirar. Aún solicitaban más extras para algunas escenas de multitudes.

No le habían pedido que se presentara esa mañana, pero, por supuesto, no podía, ese día no, ni ningún otro día laborable, a menos que tuviera fiesta. Y no iba a tener vacaciones hasta septiembre.

—Siempre almuerzas exactamente lo mismo.

Eric no estaba seguro de si aquello era una pregunta o un simple comentario. En cualquier caso, le daba igual. Aquello no era de su incumbencia. No le gustaba su voz, no tenía ningún encanto, era llana y monótona. Tampoco le gustaba su olor. Llevaba un perfume que parecía un ambientador para inodoros. Y odiaba la manera que tenía de quedarse allí delante, de pie, mirándole mientras comía, como si fuera un animalillo del zoo. Era el tipo de mujer que todo marido acababa queriendo asesinar, estaba seguro.

—Es lo que me gusta —murmuró, sin levantar la vista, y se dio cuenta de que había releído la misma frase tres veces.

—Es importante controlar la dieta, ¿sabes? El pescado lleva mucho mercurio. Es malo tomar demasiado pescado.

—Debe de ser que me gusta porque soy algo escurridizo, como los peces.

—Oooh, parece que tienes un humor algo negro, ¿no? Ya lo veo.

Eric deseó haber mantenido la boca cerrada. Luego rezó en silencio para que si, en algún momento de su vida, tenía la mala suerte de quedarse encerrado en un ascensor con alguien, no fuera con ella.

Sonó el teléfono.

«Salvado por la campana», pensó.

Era la recepcionista. Tenía un tono de voz extraño.

—Eric, hay aquí un caballero y una señorita que querrían hablar contigo, en la sala de reuniones.

—¿De verdad? ¿De qué? Hoy no tengo ninguna cita.

De hecho, raramente tenía citas. La mayor parte del tiempo trabajaba solo, procesando cifras; los que trataban con los clientes eran otros empleados. Las únicas reuniones que tenía eran los encuentros periódicos con el Departamento de Hacienda y Aduanas, cuando inspeccionaban las cuentas de los clientes, y cuando hacía auditorías.

—Son agentes de policía: investigadores. Están interrogando a todos los trabajadores de la empresa.

—Ah. —Frunció el ceño—. ¿Bajo?

—Ahora mismo, si puedes, por favor.

—Sí, muy bien. —Se levantó y se puso la chaqueta—. Lo siento —le dijo a Angela McNeill—. Yo… tengo una visita. Tengo que ir a la sala de reuniones.

—¿No vas a acabarte antes el almuerzo?

—Me lo tomaré luego.

—¿Quieres que te ponga el bocadillo en la nevera? No deberías dejarlo ahí fuera; podrías coger salmonelosis.

—Un poco de salmonela quedará estupenda con el atún —dijo él, saliendo de la habitación a toda prisa y dejando a Angela riéndose de su broma.

Mientras recorría el pasillo se preguntó de qué podía tratarse.

¿Habrían encontrado la bicicleta que le habían robado dos años antes? No le parecía que fueran a interrogar a todos los trabajadores de la empresa por eso.

Entró en la pequeña sala de reuniones, con su mesa para ocho personas, luciendo una sonrisa desenfadada, pero algo nervioso. Había allí un hombre alto y negro, vestido con un traje llamativo y una corbata que aún lo era más. A su lado había una mujer de aspecto bastante normal, de treinta y pico años, con el cabello castaño revuelto, una blusa blanca, pantalones negros y unos zapatos negros funcionales.

—Buenas tardes —saludó. Sentía las gotas de sudor en la frente. La policía siempre le producía aquel efecto.

El policía se le quedó mirando los pies por un momento.

—¿Eric Whiteley? —El hombre sacó una orden que autorizaba el interrogatorio—. Soy Glenn Branson, inspector en funciones, y esta es mi colega, la sargento Moy. Gracias por dedicarnos un momento.

Eric se quedó mirando la orden porque le parecía que era lo que tenía que hacer; para que pareciera que se tomaba en serio aquella reunión. Luego ofreció asiento a los visitantes:

—Por favor, siéntense. ¿Puedo ofrecerles algo de beber?

—Gracias —dijo el inspector en funciones—. Ya se han ocupado de eso.

—Bien —dijo Eric—. Bueno, me alegro.

Observó un rápido intercambio de miradas entre los dos policías. Estaban sentados uno a cada lado de la mesa, de espaldas a la ventana, desde donde se veían los jardines del Pavilion, y él estaba justo enfrente. Inmediatamente se dio cuenta de que aquella era la peor posición, porque la intensa luz de la tarde entraba justo por detrás de ellos, con lo que no podía verles bien la cara.

Se sentía intimidado. Era como sentarse frente a dos abusones en el colegio.

—Uhm… No creo que hayan venido por lo de mi bicicleta, ¿no? Ambos le miraron extrañados.

—¿Su bicicleta? —dijo la mujer.

—Me la robaron aquí delante…, hace ya mucho tiempo. Los muy cerdos cortaron el candado.

—No, lo siento —dijo Branson—. De eso se encarga la policía local o el Departamento de Investigación Criminal. Nosotros somos de la División de Delitos Graves.

—Ah. —Eric asintió.

289

El inspector le miraba muy fijamente, a los ojos, y eso le hacía sentir aún más incómodo. Como si en cualquier momento fuera a decir: «¡Afi! ¡Aburrido, feo e inútil!». Pero en lugar de eso dijo:

—Señor Whiteley, estamos investigando el asesinato de un cuerpo aún por identificar. El torso hallado en...

—¿La Stonery Farm? —le interrumpió Eric.

—Sí —dijo Bella.

—Correcto —confirmó Branson—. También se han hallado miembros pertenecientes al mismo cuerpo en el lago de pesca de la West Sussex Piscatorial Society, cerca de Henfield.

Eric asintió.

—Sí, sí —dijo Eric—. ¡Ya pensaba que al final vendrían a hablar conmigo! —Soltó una risita nerviosa, pero ninguno de los dos policías sonrió.

—¿Cuánto tiempo lleva trabajando aquí, señor Whiteley? —preguntó Branson.

Se quedó pensando un momento.

—¿En Feline Bradley-Hamilton? Veintidós años. Bueno, serán veintitrés en noviembre.

—¿Y cuál es exactamente su función?

—Sobre todo hago auditorías.

El policía no dejaba de mirarle, sin parpadear.

—¿Este año ha llevado a cabo las auditorías de la Stonery Farm y de la West Sussex Piscatorial Society?

—Sí, pollo y pescado, el menú completo —bromeó, con una risita nerviosa.

Ninguno de los dos sonrió, lo que le puso aún más nervioso.

—Ya veo —respondió Branson, sin variar el tono de voz—. ¿Podría decirnos cuánto tiempo lleva auditando esas dos empresas?

Whiteley se quedó pensando unos momentos.

—Bueno, varios años. —Bajó la vista. Se sentía cada vez más intimidado—. Sí, al menos diez. Puedo comprobarlo, si lo desean. ¡En la Stonery Farm, las gallinas me tienen más que visto! —Volvió a soltar otra risita, y se encontró de nuevo con unas miradas gélidas.

—Estamos investigando un asesinato, señor Whiteley —dijo Branson—. Me temo que no compartimos su visión humorística del caso. ¿Ha estado alguna vez en el recinto de la Stonery Farm, señor Whiteley?

—Cada año. Hago parte del trabajo a domicilio.

—¿Y ha estado alguna vez en el lago de la West Sussex Piscatorial Society?

—Solo una vez, para familiarizarme con la ubicación: es el principal activo del club. Pero las cuentas de la auditoría las hago desde aquí: no tienen demasiada complicación.

—¿Le acompaña alguien más, cuando audita la Stonery Farm? Sacudió la cabeza.

—No. Me llevo muy bien con el señor Winter, el propietario; en realidad es un trabajo para una sola persona. —Tenía las axilas empapadas. Estaba sudando profusamente y no les veía bien la cara. Quería volver a su despacho, a su soledad, a su almuerzo y a su periódico—. Ese asesinato es algo terrible —prosiguió—. Quiero decir que eso podría tener un impacto terrible en el negocio de la Stonery Farm. O sea... ¿Quién va a querer ahora huevos de corral de unas gallinas que se han alimentado junto a un cadáver? Yo no creo que los quisiera.

—¿Y peces que se hayan alimentado de un lago donde se han hallado restos humanos? —preguntó la policía.

Whiteley asintió.

—Sí, es algo macabro. —Volvió a soltar una risita nerviosa, y luego miró las dos caras que lo observaban. Los dos abusones. Dos abusones muy serios—. Yo vigilo mucho lo que me llevo a la boca. Lo que como. Mi cuerpo es mi templo.

—*Kramer contra Kramer* —dijo Branson.

—¿Perdón?

—Dustin Hoffman decía eso mismo en esa película.

—Ah, sí.

Se produjo un breve silencio, que a Whiteley le resultó cada vez más incómodo. Los dos policías se lo quedaron mirando como si fuera un libro que estuvieran leyendo. Whiteley se aclaró la garganta y dijo:

—Hum... Y... ¿en qué creen que podría..., ya saben..., ayudarles en su investigación? —dijo, y se le escapó otra risita nerviosa.

—Bueno —dijo Branson—. Quizá nos fuera de ayuda que dejara de encontrar esto tan gracioso, señor Whiteley.

—Lo siento. —Eric se pasó los dedos por los labios—. ¡Cremallera!

Se produjo otro largo silencio. Sentía la mirada de los dos policías. Sus ojos, llenos de preguntas no formuladas. Se agitó en la silla. Tenía hambre. Deseaba haberse comido su bocadillo. Y el Twix. Pero al mismo tiempo tenía el estómago agitado. Echó un vistazo a su reloj. Se estaba acabando la hora del almuerzo. Quedaban dos minutos.

—¿Tiene que coger algún autobús? —preguntó Branson—. ¿O un tren?

—Lo siento, no le sigo.

—No deja de mirar su reloj.

—Sí, bueno, estoy algo preocupado por la salmonela. Ya sabe, hay que tener cuidado si se deja un bocadillo a la intemperie.

Una vez más vio que los dos policías intercambiaban una mirada. Como si fuera un código secreto.

Como abusones de colegio.

Branson le miró de nuevo a los ojos, fijamente.

—¿Le dice algo el nombre de Myles Royce?

No le gustaba la mirada acosadora del policía, y bajó la mirada a la mesa.

—¿Myles Royce? No, no creo. ¿Por qué?

—¿No lo cree? —preguntó Branson—. ¿No lo cree o está seguro de que no?

Los modos del inspector le estaban poniendo nervioso. Sentía que se ruborizaba de nuevo, que se le calentaba la cara. Quería salir de aquella sala y volver al santuario de su despacho.

—¿Hasta qué punto se puede estar seguro de nada en la vida? —respondió Eric, con la vista fija en la mesa—. No quiero darles una respuesta errónea. Esta empresa trata con montones de clientes, y cada uno de ellos, a su vez, tiene un montón de empleados. Ese nombre no me dice nada ahora mismo, pero no puedo garantizarle que no haya conocido a alguien que se llame así. No querría que se me acusara de darles una información errónea.

—No lo he entendido bien —dijo Branson, hablando muy despacio y con firmeza—. ¿Me está diciendo que no ha tratado nunca con nadie llamado Myles Royce? ¿Myles Terrence Royce?

Eric cerró los ojos unos momentos. Estaba temblando. Entonces levantó la vista y fijó la mirada en Branson, desafiante:

—No trataré con abusones. ¿Ha quedado claro?

80

Drayton Wheeler bajó las escaleras del autocar. Le recibió un sol radiante de junio. Estaba sudando profusamente y la peluca le picaba más y más. Un joven que llevaba un chaleco amarillo sobre la camiseta y unos vaqueros rotos daba instrucciones por un megáfono.

—¡Todos los extras pasen al punto de reunión, frente a la entrada del Pavilion!

A ambos lados de la calle había camiones de producción, y gruesos cables por todas partes. Habían montado la cámara sobre una plataforma dispuesta sobre largos raíles que atravesaban el jardín, e hileras de focos instalados en lo alto; operadores de cámara y técnicos de iluminación trabajaban a toda prisa, corriendo de un lado a otro. El director de fotografía estaba de pie cerca de la cámara, haciendo mediciones de luz y dando instrucciones a su equipo. A la izquierda, sobre una zona asfaltada frente a la cúpula, había un grupo de caravanas enormes con avancés. Era fácil distinguir la de Gaia, pues tenía el tamaño de una casa, y la de Judd Halpern, solo un poco menor, aparcada a su lado. De ambas salían cables de tensión y tuberías de agua. Tras un cordón de seguridad vigilado por varios guardias de seguridad se concentraba una enorme multitud de mirones.

Habían acudido a presenciar la grabación de escenas de su creación, que Brooker Brody Productions le había robado.

Pero iban a lamentarlo, vaya si iban a lamentarlo.

El joven, tercer o cuarto asistente del director, seguía dando instrucciones a voz en grito.

Drayton frunció el ceño. Siguió la fila de extras, todos vestidos con los mismos disfraces incómodos y sudando la gota gorda.

Una joven de nariz aguileña con el cabello recogido en una co-

293

leta mal hecha fue corriendo hasta él. Llevaba unos auriculares con micrófono en la cabeza.

—Perdone —dijo, extendiendo la mano—. No puede llevar esa mochila.

—¡Es que soy diabético! —replicó—. Llevo mi medicación.

—Yo se la guardaré. Si necesita algo, usted dígamelo; yo estaré por aquí —dijo, agarrando la mochila con firmeza.

—No voy a perder esto de vista, jovencita. ¿Vale?

—¡No, no vale! ¡En 1810 la gente no llevaba mochilas!

—¿Ah, sí? —respondió Wheeler, señalando hacia el edificio—. ¿Ve ese edificio?

—¿El Pavilion?

—Ajá. ¿Me está diciendo que en 1810 no había mochilas?

—¡Exacto!

—Bueno, pues déjeme que yo le diga algo. El maldito Royal Pavilion tampoco existía en 1810.

—Bueno —dijo ella, sonriendo, sin inmutarse—, esto es una película: hay que tener un poco de manga ancha, y nos tomamos alguna licencia con las fechas.

—Sí, bueno —dijo él, agarrando su mochila con fuerza—. Eso es lo que estoy haciendo yo también. Tomarme alguna licencia. Así que váyase a la mierda.

Se quedaron mirándose a los ojos unos momentos.

—Vale —dijo ella por fin—. Enseguida vuelvo.

Wheeler se quedó mirando cómo se iba. Luego se abrió paso por entre la larga fila de extras vestidos de época que tenía delante hasta llegar a la entrada principal del Pavilion. Un guardia de seguridad le salió al paso.

—Lo siento, señor, solo se permite el paso con entrada.

—Tengo que usar el lavabo —dijo Drayton.

El guardia señaló hacia la izquierda, en dirección al camión del cáterin y las caravanas.

—Los lavabos para los extras están por ahí, señor.

Él señaló su mochila.

—La asistente del director me dijo que podía dejar la mochila dentro. Es que soy diabético, ¿sabe? Dijo que podía dejarla en el almacén, donde están las sillas de ruedas. Necesito pincharme insulina.

El guardia frunció el ceño. Luego, en un gesto de complicidad, accedió:

—De acuerdo, pero vaya rápido.

Wheeler le dio las gracias y entró a toda prisa. El pasillo estaba desierto. Pasó junto a la portezuela ocre en lo alto de la escalera de piedra que llevaba al sótano del edificio y miró alrededor. No había nadie a la vista. Corrió el pestillo, como había hecho anteriormente, cerró la portezuela tras él, bajó los escalones y recorrió el pasillo subterráneo con el suelo de ladrillo. Paró junto a la vieja puerta verde con el cartel amarillo y negro que decía PELIGRO. ALTO VOLTAJE, y la abrió. Entró, sintió aquel olor familiar a humedad y cerró la puerta tras él.

Entonces encendió la linterna. Echó un vistazo al panel de fusibles y diferenciales y a las tuberías, que parecían cubiertas de amianto. Hasta que se encontró con un par de brillantes ojos rojos.

Una rata del tamaño de un gato pequeño. El animal se escabulló a la carrera.

—¡Joder!

Recorrió todo el lugar con la linterna, repasando hasta el último rincón. Escuchando el murmullo y el tictac del cuadro eléctrico. Hacía más calor incluso que antes. Volvió a iluminar con la linterna todo el espacio. Odiaba las ratas. Odiaba las arañas. Odiaba los espacios cerrados.

Al cabo de seis meses, su cuerpo estaría en un espacio cerrado. Un ataúd.

Sonrió.

Iba a echarse su última risa, desde luego. Eso no se lo iba a quitar nadie.

En su testamento había dejado instrucciones de que tiraran sus cenizas por el retrete de las oficinas de Brooker Brody Productions, en los Estudios Universal.

Mientras se quitaba aquella horrible peluca y se desembarazaba del resto del disfraz, deseó que hubiera otra vida en el más allá, para que pudiera presenciar la escena.

En particular le gustaría ver la cara de aquella zorra, su exmujer, cuando se enterara.

Abrió la mochila y empezó a sacar su ropa de calle y sus provisiones. Desde luego aquel no era el mejor lugar del mundo para pasar las veinticuatro horas siguientes, y no había servicio de habitaciones. Pero comparado con el ataúd que le esperaba seis meses más tarde, era como una suite en el Ritz Carlton.

81

—Son las 18.30 del lunes 13 de junio. Esta es la decimoctava reunión de la Operación Icono —dijo Grace a su equipo—. Hoy hemos hecho algunos progresos —anunció, y se giró hacia Potting—. ¿Norman?

Potting tenía una sonrisa socarrona en la cara que a Branson le recordó la caricatura de un Buda. No podía dejar de mirar a aquel viejo carcamal, sin acabar de creerse que pudiera ser su rival en asuntos de amores.

—Hemos recibido un informe del laboratorio —dijo, con su acento de pueblo y su habitual aire fanfarrón—. El ADN de los cepillos de pelo y de dientes que cogí de casa de Myles Royce coincide con el recuperado en la West Sussex Piscatorial Society. No hay duda de que son de la misma persona.

El ambiente de la sala cambió sensiblemente.

—Buen trabajo, Norman —dijo Grace—. Bueno, tenemos que obtener más información sobre la víctima. Norman, como ya conoces a la madre, deberías llevarte a un agente de enlace para darle la noticia. A ver si te enteras de algo más sobre sus amigos y su trabajo. Pídele permiso a la madre para registrar la casa de la víctima. En particular, veamos si tiene un ordenador y un teléfono móvil (con un poco de suerte, puede que tenga ambos). Si no encontramos su móvil, coged el número a su madre, y le pediremos al operador todo lo que nos pueda dar. Podemos analizar sus movimientos, y ver con quién ha hablado.

Hizo una pausa y tomó una nota.

—Si tenía coche, vamos a pedir su historial de movimientos durante los últimos dieciocho meses a la Unidad de Reconocimiento de Matrículas. También hay que ver las fotografías de otras personas que tiene en casa: quiénes eran sus amigos y a quiénes admiraba. Contactaremos con la Unidad de Delitos Tecnológicos para que investiguen en las redes sociales, a ver si estaba en Twitter, si tenía una página en Facebook, Linkedin… o lo que sea. Tenemos que saberlo todo de él. Con quién salía, por dónde se movía, qué aficiones o perversiones tenía, o de qué clubs era miembro. En particular, quiero saber más sobre su obsesión por Gaia y si pertenecía a algún club de fans. Bueno, Norman, todo eso es cosa tuya.

—Sí, jefe.

Branson miró a Potting, y luego a Bella. Parecía muy triste, y él sabía cómo hacerla feliz. Eso si conseguía sacar a ese inútil de Potting de en medio.

¿O sería todo aquello una gran tontería? Su vida era un caos total: tal como estaban las cosas, quizá no tuviera ningún sentido enredar la vida de otra persona.

—¿Glenn?

—Sí, jefe. Hoy Bella y yo hemos interrogado a los catorce trabajadores de la agencia contable Feline Bradley-Hamilton. Es la única empresa que hemos encontrado que tenga relación con la Stonery Farm y la West Sussex Piscatorial Society a la vez; están especializados en llevar las cuentas de granjas y otros negocios con instalaciones rurales, e incluso han creado su propio paquete de *software* para granjeros. Durante este proceso hemos dado con una persona que no nos ha hecho mucha gracia y que creemos que se debería investigar algo más. —Miró sus notas—. Se llama Eric Whiteley.

—¿Por qué motivo?

—Usé esa técnica de ojo derecho y ojo izquierdo que me enseñaste.

Grace asintió. El cerebro humano se divide en hemisferio izquierdo y derecho. Uno almacena memoria a largo plazo; en el otro es donde tienen lugar los procesos creativos. Cuando se le pregunta algo a alguien, invariablemente sus ojos se mueven hacia el hemisferio que usan. Algunas personas almacenan la memoria en el hemisferio derecho; otras en el izquierdo; el hemisferio creativo es el otro.

Cuando la gente dice la verdad, sus ojos se mueven hacia el hemisferio de la memoria; cuando miente, hacia el creativo, para «construir». Branson había aprendido de Grace a distinguir un hemisferio de otro con una simple pregunta de comprobación como la que le había hecho a Eric Whiteley al principio, sobre el tiempo que llevaba trabajando para la empresa, a la que no tenía ninguna necesidad de haber mentido.

—¿Y? —preguntó Grace.

—En mi opinión, nos estaba mintiendo —dijo Branson, girándose hacia Bella—. ¿Tú qué crees?

—Estoy de acuerdo, señor. Whiteley es un bicho raro. No me gustó nada la manera en que respondió a nuestras preguntas.

Grace tomó nota en su cuaderno: «Eric Whiteley. ¿Persona de interés?».

—¿Tomasteis su dirección particular?

—Sí —dijo Bella—, aunque nos costó.

Grace levantó las cejas.

—¿Y eso?

—No dejaba de decir que estábamos invadiendo su intimidad —aclaró Branson.

—Creo que deberíais ir a su casa y hablar con él de nuevo. Deberíamos saber si hay que tenerlo en cuenta para la investigación o descartarlo.

El problema de no saber la fecha de la muerte de Royce era que todo el equipo trabajaba en falso. Cuando había una fecha de la muerte claramente establecida, las coartadas eran un modo rápido y eficiente de descartar a gente como Whiteley (o de incriminarlos). Se dirigió hacia los analistas del HOLMES, la red de investigación del Ministerio del Interior, y a los agentes del servicio de inteligencia.

—Quiero que comprobéis los registros de los últimos dos años y que os enteréis de si los vecinos de Whiteley se han quejado alguna vez de él. Si se ha visto involucrado en algún incidente. Creo que deberíais hablar con el superior de Whiteley para saber qué tal es en el trabajo.

—Ya hemos fijado una cita con él, señor.

—¡Bien! —Luego se giró hacia el agente Exton—. Las botas de agua Hunter: ¿alguna noticia de las tiendas? —preguntó, señalando las tres pizarras blancas.

En una de ellas había una fotografía de la Stonery Farm, rodeada con un círculo de rotulador azul, y una foto del lago de pesca de la West Sussex Piscatorial Society, también rodeada de azul, con una línea que las conectaba. En la segunda pizarra había fotografías de una bota Hunter, y tres fotografías de las huellas halladas a orillas del lago, a tamaño natural. En la tercera pizarra había fotos del torso y los miembros de Myles Royce, junto a la última incorporación del día: su rostro.

—He conseguido una lista de vendedores al detalle —informó Exton—. Hemos estado repasándola, elaborando un listado de nombres de clientes en nuestra zona de trabajo (Sussex, Surrey y Kent) en los últimos dos años. Pero el problema en muchos negocios, como centros de jardinería y tiendas de artículos de campo, es que no conservan datos de sus clientes. Estamos sacando todo lo posible de los registros de las tarjetas de crédito, pero es lento y el resultado será incompleto. A medida que vamos obteniéndolos, estamos pasando los nombres a la analista —dijo, mirando a Vineer.

—De momento, nada —dijo ella—. Tengo los nombres de dieciséis personas que han comprado esas botas recientemente, pero ninguna coincide con los nombres que tenemos en el sistema, incluido Eric Whiteley.

Grace había trabajado con ella en varias investigaciones de asesinato y sabía lo minuciosa que era. Si ella no había encontrado coincidencias, era que no las había. Observó sus notas.

—Haydn, ¿qué tal va con el análisis de la postura corporal?

—He completado mi modelo informatizado. No os aburriré con datos técnicos, pero el análisis de las huellas demuestra que el agresor tenía una manera de caminar muy inusual. Yo creo que podría distinguirlo entre una multitud. Podría pasarme unos días en la sala de cámaras de circuito cerrado de John Street, si quiere.

Brighton y Hove tenían una de las redes de cámaras de circuito cerrado más completas del país. A ello contribuía el hecho de que al sur limitaban con el canal de la Mancha, lo que creaba una zona de actuación relativamente estrecha, hacia el este, el norte y el oeste. Pero el problema, tal como lo veía Grace, era «en qué multitud» buscar. Un día de trabajo de Haydn Kelly costaba mucho dinero; no podía tenerlo sentado delante de una batería de monitores de televisión, observando grabaciones en tiempo real, con la esperanza de que descubriera a la persona que buscaban, cuando no había ninguna garantía de que el asesino de Myles Royce se encontrara siquiera en la ciudad.

Levantó la vista hacia la fotografía del muerto. Por lo que la madre le había dicho a Potting, Royce tenía cincuenta y dos años. Grace le habría puesto unos cuantos menos. El pobre hombre no había sido dotado de atractivo. Tenía una cara algo flácida, con los ojos saltones, como si tuviera un problema de tiroides; labios gruesos, la nariz chata y un matojo informe de pelo castaño oscuro con el tono mate artificial típico de un mal teñido.

Un tipo que vivía de rentas. De una herencia modesta. No había

299

tenido que trabajar ni un día en toda su vida. Solo invertía en propiedades de vez en cuando. Por la expresión que tenía en su fotografía, desde luego no parecía feliz.

«¿Cómo has acabado así? ¿Con el torso cubierto de cal y sumergido en mierda de pollo? ¿Con los miembros en un lago de pesca? ¿Y sin cabeza?»

—¿Sabe qué, jefe? —dijo Potting, como si le leyera la mente—. ¡Solo con que encontráramos la cabeza, quizá podríamos saber quién lo hizo!

Se oyeron unas risitas contenidas en la sala. Grace hizo lo que pudo por mantener la compostura, pero no pudo evitar que se le escapara una sonrisa.

En todas las investigaciones de asesinato en las que había participado y, más recientemente, desde que las dirigía, no recordaba ninguna en la que tuvieran menos información sobre la víctima o el sospechoso.

Al cabo de dos horas tenía que asistir a una rueda de prensa, con Branson. Si emitían correctamente el mensaje, quizá consiguieran que algún testigo crucial llamara directamente a la policía o, de forma anónima, a la línea de *Crimestoppers*. Myles Royce era hijo único. Para su madre, él era su vida. Después de independizarse, la había ido a ver cada semana durante treinta años, y la llamaba cada domingo a las siete, sin falta. Ahora llevaba casi seis meses sin llamarla. Y no volvería a hacerlo.

¿Qué había hecho para merecer aquella muerte, aparentemente tan indigna? ¿Quién le había hecho eso... y por qué? ¿Por un motivo sexual? ¿Celos? ¿Un robo? ¿Homofobia? ¿Un ataque psicótico al azar? ¿Una venganza? ¿Una discusión que había acabado en enfrentamiento?

Se quedó mirando a su equipo.

—¿Cuántos de vosotros sois fans de Gaia?

Varios levantaron la mano de inmediato. Miró a Reeves, que parecía ser la que más interés tenía en el asunto.

—¿No es verdad que Gaia incluye algo de sado-maso en sus trabajos?

—Sí, jefe, pero solo como broma en uno de sus números, y en una de las carátulas de sus álbumes.

—¿No se nos estará escapando algo muy obvio? ¿Ha escrito alguna canción sobre el desmembramiento de alguna persona? ¿Ha creado alguna escena enfermiza que alguien pudiera haber copiado?

—Yo conozco todo lo que ha hecho, señor —dijo la agente Reeves—. Aunque eso me convierte en una fan algo patética, ¿no?

—En absoluto —respondió Grace, sonriendo.

—Pero no se me ocurre nada de lo que ha hecho que pudiera llevar a un psicópata a desmembrar a alguien.

Tras la reunión, Grace volvió a su despacho y anotó algunas cosas en su cuaderno de actuaciones:

¿Asesinato homofóbico?

¿Chantaje de un amante homosexual?

¿Implicación criminal? ¿Había sido testigo de algo? ¿Tráfico de drogas en un lugar de contacto entre homosexuales?

Sonó el teléfono. Miró la pantalla y no reconoció el número. Salió al pasillo y respondió.

Le habló una voz baja y furtiva.

—¿Superintendente Grace?

Grace no necesitaba preguntar quién estaba llamando. Reconoció la voz del reincidente e informador Darren Spicer.

—Sí, ¿en qué puedo ayudarte?

—Tengo más información para usted. Esta es gratis.

—Eres muy generoso.

—Sí. Pensé que le gustaría saberlo. El trato que me habían ofrecido, del que hablamos… ¿Se acuerda?

—Ajá.

—Su amigo acaba de volver y me ha ofrecido el doble para que haga el trabajo.

82

*D*rayton Wheeler estaba tendido en el suelo, hecho un ovillo, escuchando la obertura de *Las bodas de Figaro* en su iPod. La música de Mozart era lo que le había ayudado a soportar toda la mierda de su vida. Mozart le llevaba al séptimo cielo. Cuando le llegara la hora, no quería que ningún cura de pacotilla le cogiera la mano; quería estar solo, escuchando aquello.

Miró el reloj, mientras masticaba el bocadillo de queso que había sacado de su alijo de provisiones. Medianoche. Ahora ya sería seguro colocarse en posición; había calculado los turnos de los guardias durante la noche.

Acabó de comer, apagó el iPod y bebió un poco de agua. Sacó la palanca de hierro para neumáticos de su mochila y volvió a meterlo todo dentro, salvo la linterna; luego se puso en pie y se la echó a la espalda, sacudiendo las piernas para suavizar las agujetas. Luego orinó en una esquina.

Cuando acabó, abrió la pesada puerta lentamente y salió, mirando en ambas direcciones. Todo estaba oscuro. No había nadie. Con la palanca en la mano derecha y la linterna encendida en la izquierda, avanzó por el pasillo, dejando atrás viejas tuberías, una manguera de incendios y tres vetustas sillas antiguas con el asiento de mimbre roto. Sintió los nervios. Estaba ya muy cerca. Tenía que conseguirlo. Tenía que hacerlo. Apagó la linterna, aguantó la respiración y, consciente de que habría guardias de seguridad rondando por encima, subió las escaleras poco a poco y a oscuras hasta llegar a la portezuela.

Oyó ruido de pasos.

Mierda.

Se agazapó, sintiendo que el corazón le latía con fuerza y el pulso en la base de la muñeca, como si hubiera allí un bicho intentando salir. Agarró la palanca de hierro con fuerza.

Pisadas de zapatos con suela de goma. El sonido de un manojo de llaves entrechocando. Alguien que silbaba la música de *El tercer hombre*. El silbido de alguien que estaba nervioso. Silbaba mal, saltándose varias notas. ¿Sería que aquel lugar ponía nervioso al guardia de noche?

«No bajes aquí.»

Aliviado, oyó que los pasos se perdían en la distancia hasta desaparecer. Pero se quedó agazapado unos segundos más, escuchando. A apenas veinte pasos de allí, por una zona en la que no había sensores, llegaría a la puerta que daba a las escaleras que subían hasta el apartamento abandonado bajo la cúpula. Corrió el pestillo, abrió la portezuela y salió al pasillo, aguantando la respiración. Escuchando atentamente. Silencio total. Cerró la puerta y volvió a colocar el pestillo en su sitio, encendió la linterna un momento para recoger sus cosas y se puso de nuevo en marcha. Caminó de puntillas, pasando junto a un cartel que decía LAVABOS, abrió la puerta, entró y la cerró tras él.

Luego encendió la linterna y, guiándose con el haz de luz, ascendió por la larga y angosta escalera de caracol con viejas barandillas, haciendo una pausa para recobrar el aliento a medio camino. A su alrededor, el baile de sombras era incesante. Probablemente aquel lugar estaría lleno de fantasmas. Bueno, a él le daba igual: muy pronto él también lo sería. Los muertos nunca le habían molestado. No eran tan rastreros como algunos de los vivos.

Llegó a lo alto y entró en el viejo apartamento abandonado bajo la cúpula. Había una puerta apoyada contra la pared y sábanas protectoras sobre formas irregulares y angulosas. Un horrible papel de pared moteado, ventanales ovalados polvorientos con vistas a las farolas del exterior, sombras y un brillo anaranjado procedente de las luces de la ciudad, y la gran superficie del mar. Un ratón —o una rata— salió corriendo de allí, rascando con las patas los tablones sin barnizar. El aire olía a polvo y humedad.

Estaba cansado. El café del termo se había enfriado. Le habría gustado estirarse en el suelo y dormir, pero no se atrevía. Amanecería dentro de unas horas. Tenía que ponerse en posición, protegido por la oscuridad. Atravesó con precaución la sala circular, pasó por la trampilla cerrada con dos pestillos y con un cartel encima con la inscripción PELIGRO. GRAN DESNIVEL. NO PISEN LA TRAMPILLA acompañada de la imagen en violeta de un hombre cayéndose. Bajó el haz

303

de luz de su linterna, por si alguien levantaba la vista en su dirección, y pasó por una puerta que daba a lo que había sido otro dormitorio, donde también estaba todo tapado con sábanas. Enfrente vio una pared cubierta con grafitos. Uno, con una caligrafía muy artificiosa, decía: «J Cook, 1920». Había un búho dibujado. Y un escudo. Otra inscripción decía: «RB 1906».

A la izquierda había una portezuela no mucho mayor que la de un montacargas. Se arrodilló, corrió los pestillos y la abrió. Le envolvió el fresco aire de la noche y Wheeler lo aspiró con ansiedad, hasta llenar los pulmones, disfrutando de la sensación, después de haber tenido que respirar el aire viciado del interior del edificio. Pasó la mochila por la portezuela, y luego salió él, se puso en pie y cerró con cuidado.

Se encontraba en una estrecha plataforma con barandilla, con el viento golpeándole. Muy por debajo, justo delante, se extendía la oscura mancha de los jardines del Pavilion, y las sombras de las caravanas de los actores y los camiones de producción. A la luz de las farolas de la calle y por entre las ramas de los árboles, que se agitaban al viento, veía el Theatre Royal y los restaurantes, las tiendas y las oficinas de New Road y, más allá, las azoteas oscuras e irregulares de la ciudad dormida.

A su alrededor, en el tejado, se levantaban torretas, minaretes, grupos de chimeneas y una red de pasarelas y escaleras de metal fijadas a las paredes. Había suficiente luz ambiental para ver por dónde iba sin tener que usar la linterna. Se puso en marcha, caminando por una plataforma de acero entre dos aleros de pizarra con tragaluces a un lado, agarrándose con cuidado a la barandilla. Había memorizado los planos, pero, aun así, ahora que estaba allí arriba, le costaba orientarse. Por debajo se oía el murmullo del tráfico. Luego el aullido distante de una sirena de policía le hizo detenerse por un momento, presa del pánico.

Pero pasó de largo y se hizo cada vez más tenue.

La cúpula que había sobre el salón de banquetes, que era donde quería llegar, estaba justo enfrente. Recorrió una pasarela más, luego trepó por una corta escalera de metal y se subió a otra pasarela. La fatiga iba desapareciendo y empezaba a sentirse realmente bien. ¡Invencible!

«Sí, aunque camine solo por entre las sombras del valle de la Muerte, no temeré. Porque soy el cabrón hijo de puta más chungo del valle. ¡Vaya si no! Nadie se mete con Drayton Wheeler. ¡Nadie se mete con el cabrón hijo de puta más chungo del valle!»

Una escalera más. La mochila se ladeó a su derecha, tirando de él, pero aguantó la acometida. ¡Tres puntos de agarre en la escalera en todo momento! Esa era la regla que había que recordar. Una mano y dos piernas, o dos manos y una pierna.

Trepó a la estrecha plataforma y se encontró justo frente a la superficie curva de la cúpula, que se elevaba hacia el cielo, majestuosa, empinada como una montaña.

Encendió la linterna unos segundos, vio la minúscula trampilla de inspección y apagó la luz de nuevo. Abrió la trampilla, volvió a pasar la mochila por delante y luego la atravesó a rastras, yendo a parar al primer par de escalones de una escalera de madera, envuelto en una oscuridad total. Volvió a encender la linterna y cerró la trampilla tras él. Todo el cuerpo le palpitaba. Casi no podía respirar de la emoción.

«¡Oh, sí, cariño, sí!»

Ahora ya podía encender la linterna sin preocuparse. Se arrastró hacia delante, subiendo unos escalones más, hasta llegar a otra plataforma de madera. El interior de la cúpula era como una copia del exterior, como una segunda piel. El exterior era de piedra tallada, pero la estructura interior estaba hecha de placas de madera, como una escalera cóncava.

No tenía sentido trepar ahora; lo sabía por su exploración previa, porque la inclinación aumentaba cuanto más arriba. Estaría más cómodo si se quedaba allí, en aquella plataforma.

Si la producción se ajustaba al horario, al día siguiente, después de que el Royal Pavilion se cerrara al público, Brooker Brody Productions empezaría a grabar una de las escenas clave de la película. De su película. El rey Jorge IV y la señora Fitzherbert sentados a la mesa de banquetes, justo debajo de la enorme lámpara de araña que tan nervioso ponía a su majestad.

Los soportes que sostenían la lámpara estaban justo por encima de él. A dos minutos trepando. Dese lo alto podía mirar abajo, a través de una minúscula fisura por encima de la lámpara, desde donde veía casi toda la sala.

Con suerte, si calculaba bien el momento, Gaia Lafayette y Judd Halpern quedarían hechos papilla.

Y eso pondría fin a la ridícula parodia que Brooker Brody Productions había introducido en el guion, en el que Maria Fitzherbert se suicidaba después de que la dejara el rey.

Era mucho mejor que muriera así.

305

$\mathcal{A}$ la una y media de la madrugada, Grace, acurrucado junto a Cleo, se despertó de un golpetazo en las costillas.

—¡Auch! —dijo, pensando por un momento que Cleo le había dado un codazo, algo que hacía en las raras ocasiones en que roncaba.

Pero ella parecía profundamente dormida. Entonces sintió otro golpe.

Era el bebé.

Entonces otro golpe.

—Creo que el bultito está practicando para la maratón de Londres —murmuró Cleo, sin moverse—. No ha parado.

Grace sintió otro movimiento repentino, pero esta vez más suave.

—Eh, bultito —dijo, en voz baja—, si no te importa, necesito dormir. Todos necesitamos dormir un poco, ¿vale?

—A estas alturas no estoy muy segura de recordar lo que es el sueño —dijo Cleo—. Tengo un ardor de estómago terrible y me he levantado cuatro veces para ir al baño.

—No te he oído.

—Estabas muy lejos de aquí.

—¿De verdad? No me lo parece. Yo también tengo la sensación de no haber pegado ojo —dijo, besándola en la mejilla.

—Estoy desvelada —dijo ella—. Estoy tan despierta que casi podría aprovechar para estudiar.

—No lo hagas, intenta descansar.

—No puedo tomar pastillas para dormir. No puedo tomarme una copa. ¡Dios, qué suerte tienes de ser hombre! —Entonces sintió que el bebé volvía a moverse y sonrió. Colocó la mano de Roy sobre su abdomen—. Es asombroso, ¿no? ¡Hay un *mininosotros* ahí dentro! Estoy convencida de que es un niño. Todo el mundo me dice que voy a tener un niño. Tú preferirías un niño, ¿no?

—Lo único que quiero es que tú y nuestro bebé estéis bien. Le querré tanto si es un niño como si es una niña.

Ella salió de la cama deslizándose entre las sábanas para ir al baño. Roy se quedó allí tumbado, de pronto sumido en una maraña de pensamientos. En la enormidad de lo que suponía traer un niño al mundo. Y en el trágico final de Myles Royce, un ejemplo de lo que podría pasarle a un niño.

Cerró los ojos y se concentró en el caso. En toda investigación importante, siempre le daba miedo estar pasando por alto algo vital y obvio. ¿Qué estaba pasando por alto esta vez?

—He encontrado varias sillitas de bebé en Internet —dijo Cleo, al volver del baño.

—¿Para el coche?

—Necesitamos una.

—Sí, claro. —Otra cosa más que añadir a la larguísima lista de cosas que tenían que comprar. Un gasto interminable.

—¿Crees que deberíamos comprar una nueva, o compramos una en eBay? Costaría mucho menos.

Él le agarró la mano.

—¿Cuánto dinero podríamos ahorrarnos?

—Quizás unas ciento cincuenta libras.

—Eso es mucho dinero.

—Sí que lo es.

En sus tiempos como agente de calle había asistido a accidentes de circulación terribles. Uno que nunca había podido olvidar era el de un bebé, agarrado a una sillita que se había desprendido de su soporte en un choque frontal, y que había ido a parar a la nuca de su madre, rompiéndole el cuello y matándola al instante, para acabar golpeando el parabrisas delantero.

—Déjame que te pregunte una cosa, cariño —dijo él—. Si fueras a saltar de un avión con un paracaídas, ¿te gustaría saber que el paracaídas que llevas a la espalda lo habían comprado porque era el más barato que había en el mercado o porque era el mejor?

Ella le apretó la mano.

—Porque era el mejor, claro.

—Pues ahí tienes la respuesta. Estamos hablando de la vida de nuestro bebé. No sería una gran ganga si resulta que tiene fallos de tensión por haber sufrido algún accidente anterior.

—Ser policía es lo que te hace tan desconfiado, ¿no?

307

—Ya nací desconfiado. A lo mejor eso se lo debo a mi padre. Pero así veo yo las cosas.

Volvió a sumirse en sus agitados pensamientos. En la intención de Amis Smallbone de robar en la habitación de Gaia. «Bueno, buena suerte, guapo.» Nadie iba a poder superar la vigilancia de los gorilas que protegían su suite. Se lo había notificado al superintendente jefe Barrington, y habían aumentado el número de agentes de guardia como protección suplementaria.

Entonces la mente se le fue a Myles Royce. Al menos ya tenían un nombre. Pero no podía quitarse una cosa de la cabeza. Royce era fan de Gaia. Y ahora Gaia estaba en Brighton.

Alguien había intentado matarla en Los Ángeles.

Había recibido amenazas de muerte procedentes de una cuenta anónima de correo electrónico.

La policía de Los Ángeles tenía al sospechoso en custodia. Estaban convencidos de haber atrapado al culpable.

¿Estaba dándole demasiada importancia al hecho de que Royce fuera fan de Gaia?

Toda investigación importante era un rompecabezas de una gran complejidad. Miles de piezas que había que encajar minuciosamente. Solo que, cuando el rompecabezas quedaba completo, la imagen resultante nunca era la de una cara sonriente. Solo la triste satisfacción de saber que la víctima había obtenido justicia, y posiblemente cierta sensación de conclusión para la familia.

Siempre, claro, que consiguieran que el culpable fuera condenado.

—Esta noche han dado en la tele un documental sobre Gaia —murmuró Cleo de pronto.

—¿Ah, sí? ¿Y lo has visto?

—A mí no me va demasiado, pero lo he grabado, por si te servía de ayuda.

—Gracias —dijo él—. Lo veré mañana. Eres un ángel.

—Lo sé —respondió Cleo—. ¡No lo olvides nunca, superintendente!

Él la besó, y poco a poco se sumió en un sueño agitado.

84

$\mathcal{A}$ la 1.45 de la noche, Anna Galicia caminaba por New Road, en Brighton, frente al Theatre Royal, con una cazadora de cuero, vaqueros y una gorra de béisbol calada para protegerse del viento racheado. Se paró junto a un murete, protegida por unos setos, y observó la actividad que se desplegaba en el recinto del Royal Pavilion. Dos agentes de policía pasaron por la acera y ella les giró la cara. Del camión del cáterin, que aún parecía estar abierto, le llegaba un tentador aroma a beicon frito.

Poco antes, reconcomida por la rabia, había visto a Gaia salir de su lujosa caravana y subir al asiento trasero de un Range Rover negro. El coche había abandonado el lugar integrado en una caravana de vehículos idénticos.

«No te importa mucho el medio ambiente, ¿verdad, Gaia? —pensó Anna, pasando de la rabia a la tristeza—. Toda tu identidad, el personaje que te has creado… y hasta el maldito nombre que usas… Todo es mentira, ¿no? ¿De verdad necesitas cinco Range Rovers para recorrer el medio kilómetro que hay entre el set y el hotel?»

«¿De verdad?»

«Eres una hipócrita.»

«Alguien tiene que darte una lección.»

Entonces Judd Halpern, el compañero de reparto de Gaia, que hacía de rey Jorge IV, salió de su caravana. Tenía mal aspecto, por el alcohol —o las drogas, muy probablemente—, y tuvo que recibir ayuda de dos asistentes para bajar los dos escalones y meterse en el asiento de atrás de un Jaguar. Un guardia de seguridad, plantado en el exterior de la puerta principal, encendió un cigarrillo. Anna vio el brillo rojo por un instante.

Salieron otros vehículos, seguramente con parte de los actores de reparto y técnicos importantes. Aún había unas cuantas personas trabajando, apagando luces y cargando el equipo de un lado a otro. Anna echó a andar y se puso a caminar por los jardines del Pavilion, con cuidado de no tropezar con ningún cable. Parecía que pasaba desapercibida. Bien.

Llegó hasta el grupo de camiones y caravanas, y se dirigió todo lo discretamente que pudo hasta la caravana de Gaia, que estaba aparcada junto al puesto de entrada de Church Street. Por si alguien la había visto, fue paseando con la máxima indiferencia que pudo aparentar en dirección al arco, como si no fuera más que una simple paseante dando una vuelta antes de irse a la cama. Pero cuando quedó a la sombra del extremo de la caravana de Gaia, se agachó, sacó su iPhone del bolso y encendió la aplicación de la linterna.

No se podía creer la suerte que había tenido.

La leyenda decía que el rey Jorge había hecho que le construyeran un pasaje subterráneo secreto que comunicara el Royal Pavilion con la casa de Maria Fitzherbert en Old Steine, de modo que pudiera verse con su amante en secreto. Pero eso no era cierto; lo sabía porque había investigado. Había un pasaje secreto, pero el rey hizo que lo construyeran por un motivo muy diferente. Como era un hombre inmensamente vanidoso y le daba vergüenza lo gordísimo que se había puesto —pesaba más de ciento veinticinco kilos—, no quería que la gente lo viera. Así podía ir hasta los establos sin que nadie reparase en él, y meterse en su carroza lejos de ojos indiscretos. Lo único que vería la gente sería su cara a través de la ventanilla.

Los establos habían sido reconstruidos en los tiempos de la reina Victoria, y los habían trasladado unos metros al norte. La salida original del pasaje secreto era ahora una trampilla secreta, cubierta por la hierba. La caravana de Gaia estaba aparcada —lo veía por las marcas en la hierba— prácticamente encima de la trampilla.

¿A propósito? ¿Para llegar hasta ella? Seguro que era una señal. ¡Eso era fantástico!

Entonces rodeó la caravana a hurtadillas. Se imaginó que una caravana de alquiler como aquella debía de tener alguna marca con el nombre de la empresa. Y la encontró, en la parte frontal derecha había una plaquita de metal cuadrada: A. D. MOTORHOMES LTD. Debajo había una dirección de Internet, una de correo electrónico y un número de teléfono.

Tomó nota del número de la empresa y de la placa de registro del vehículo.

85

*E*n la reunión de la Operación Icono del martes por la mañana, Bella informó de su conversación con Stephen Feline, socio de la agencia contable en la que trabajaba Eric Whiteley. Feline le había dicho que Whiteley era un tipo algo raro e introvertido, pero un empleado ejemplar, muy trabajador y digno de toda confianza.

—Es raro de narices —dijo Branson—. Nosotros fuimos a su casa después de la reunión de anoche. Desde luego estaba en casa; vimos a alguien que se movía tras las cortinas, pero nadie respondió al timbre. Llamamos varias veces. Entonces lo hicimos a su teléfono fijo. Respondió alguien: parecía él, y le dijimos que estábamos delante de su casa. Colgó sin decir nada. Volvimos a llamar y oímos cómo sonaba el teléfono (y vimos moverse las cortinas de arriba). Pero saltó el contestador, y lo mismo cada vez que volvíamos a llamar.

—Es el comportamiento de alguien que tiene algo que ocultar —observó Grace.

—Al mostrarse tan reacio a vernos, Bella y yo decidimos que sería mejor hablar con sus vecinos, y ver qué descubríamos de él antes de volver a intentarlo.

—¿Y?

—Nos confirmaron que es una de esas personas que no se relaciona con nadie. Un par de ellos dijeron que nunca lo habían visto. Una vecina nos dijo que lo había visto varias veces ir al trabajo y volver por la noche, y que le había saludado alguna vez con un gesto de la cabeza, pero eso es todo. Otra nos confirmó que había visto a una mujer de aspecto algo cutre entrando a la casa un par de veces.

—Suena a servicios sexuales a domicilio —dijo Grace—. ¿Vive solo?

Branson asintió. Miró su cuaderno, abierto por la primera página de su entrevista con Whiteley.

—Bueno, el caso es que nos centramos bastante en su conexión laboral con la Stonery Farm y el club de pesca. Y eso supuso ya suficiente esfuerzo. No indagamos demasiado en su vida privada. Pero sí, sin duda es soltero.

—¿Así que ninguno de los vecinos ha hablado nunca con Eric Whiteley?

—Todos los vecinos cercanos con los que hemos hablado son ancianos; un par de ellos están bastante enfermos. Todos son bastante agradables, pero ninguno parece demasiado interesado en la vida de los demás. Es un entorno algo raro.

Grace tomó nota.

—Este hombre no me da buena espina. Quiero saber más de él. ¿Por qué iba a esconderse de vosotros, a menos que tenga algo que ocultar? —Miró a Branson y luego a Bella, con intención—. ¿Alguna idea?

—No sé, señor —dijo ella.

—Esto es una investigación de asesinato, Bella. «No sé» no es lo que quiero oír. Vuelve a su oficina por la mañana y sácale todo lo que puedas. ¿Está claro?

—Sí, señor —respondió ella, y se ruborizó ante aquella mirada tan inquisitiva de Grace, algo muy poco habitual en él.

Se dirigió a la analista:

—Annalise, ¿has sacado algo de los datos de archivo sobre Eric Whiteley?

—Una cosa, señor. Hace casi dos años, denunció el robo de una bicicleta en el exterior de su oficina.

Se oyeron un par de risitas contenidas. Una de ellas de un recién incorporado al equipo, el agente Graham Baldock, y la otra de Guy Batchelor. Grace se los quedó mirando.

—Lo siento —dijo—. No le encuentro la gracia al robo de una bicicleta. Puede que no sea un delito grave como los que solemos investigar, pero si le tienes cariño a tu bici y te la roban puede ser bastante molesto, ¿no?

Ambos agentes asintieron con un gesto de disculpa.

—Parece que el tal Whiteley estuvo bastante intratable. Hablé con la agente Liz Spence, de John Street, que se encargaba de este tipo de delitos en aquel momento. Se ve que el hombre se puso bastante agresivo con ella. No le parecía que la policía estuviera haciendo lo suficiente; como si tuvieran que convertir aquel asunto en su prioridad absoluta. A la agente le preocupó tanto el nivel de agresividad del hombre que ordenó que se le hicieran controles periódicos.

—¿Y?

—No sacaron nada —dijo ella, meneando la cabeza.

—Si quiere mi opinión, señor —intervino Bella—, no es más que un tipo patético pero inofensivo.

Grace se la quedó mirando un momento.

—Puede que tengas razón, Bella, pero tienes que recordar algo: los delincuentes van a más. El psicótico que empieza como exhibicionista aparentemente inofensivo puede acabar convirtiéndose en un violador en serie veinte años más tarde.

—Sí, señor, lo entiendo —dijo ella—. No pretendía frivolizar.

Grace vio el parpadeo de una luz roja en su BlackBerry. Correo entrante. Pulsó una tecla para revisarlo mientras preguntaba:

—Norman, ¿algo nuevo de la Unidad de Delitos Tecnológicos sobre el ordenador de Myles Royce?

—No, jefe, nada hasta ahora.

Repasó los mensajes de correo. El segundo era del superintendente jefe de la Policía de Brighton, Graham Barrington: «Roy, llámame urgentemente cuando acabes la reunión».

86

*D*rayton Wheeler miró su reloj. Las 9.03. El tiempo pasaba lento. En circunstancias normales debería agradecerlo, teniendo en cuenta que solo le quedaban seis meses de vida aproximadamente. Pero no ahí arriba, tendido en aquel duro suelo de madera, en el interior de la cúpula de donde colgaba la lámpara de araña, rodeado de excrementos de ratón y con las malditas gaviotas chillando en el exterior.

El maldito libro electrónico se estaba quedando sin batería. No había pensado que pudiera pasar, pero lo había dejado conectado sin enchufar, por lo que consumía mucha batería. Genial. Tenía unas nueve horas por delante, y apenas le quedaba una de lectura. Aquello acabaría con sus expectativas de acabar *Guerra y paz* antes de morir. Se rio de su propio chiste. Cuando solo te quedan seis meses de vida, tienes que elegir bien lo que quieres leer. ¿Importaba acaso lo que hubiera o no hubiera leído en su vida? Seis meses más tarde, ¿le importaría a alguien que Drayton Wheeler no hubiera leído *Guerra y paz*?

Tampoco había leído nada de Dostoievski. Ni de Proust. Tampoco había leído mucho a Hardy. Y solo un libro de Scott Fitzgerald. Dos de Hemingway. Todos esos autores que se suponía que tenías que leer para sentirte más lleno. Y cuanto más lleno estuvieras, más fácil sería para el cabrón de turno meterte un pincho por el culo y vaciarte de golpe.

Bueno, lo que estaba claro es que, una vez en la tumba, aquello no le preocuparía lo más mínimo. Fundido en negro. Menudo alivio.

Al menos había podido descargar el *Times* del día. Podría pasar un buen rato, aprovechando lo que quedaba de batería en el Kindle para leer toda la mierda en la que estaba sumido el mundo. Palestina. Libia. Irak. Irán. Corea del norte. «Eh, ¿sabéis qué? Ya os las apañaréis. Vais a tener que aprender a arreglároslas sin mí.»

Se moría. Sin haber satisfecho ni una de sus malditas ambiciones. Gracias a gente como Larry Brooker y Maxim Brody, que le habían jodido. Todo el mundo le había jodido. La propia vida le había jodido.

Era un genio, lo sabía. Siempre tenía las ideas antes que nadie. Pero siempre había algún cabrón que llegaba antes que él, o que se las robaba. Había tenido la idea de escribir sobre un niño mago. Pero esa maldita J. K. Rowling había publicado la suya antes. Había tenido la idea de una adolescente que se enamoraba de un vampiro. Y resulta que una mormona llamada Stephenie Meyer se le había adelantado con sus libros.

Ahora *La amante del rey*. Esta vez sabía que había sido el primero. Había tenido la idea original.

Y se la habían quitado de las manos.

«Denúncieme.»

«Sí, claro, Larry, *Cabrón*, Brooker. Podría denunciarte. Si tuviera un millón de dólares en el banco y diez años de vida por delante, podría empapelarte el culo con burocracia.»

Masticó con furia su desayuno, que consistía en un bocadillo de huevo y beicon algo seco comprado en Marks and Spencer, además de una manzana demasiado madura, acompañado todo ello con café frío. *¡El desayuno de los campeones!*

Tenía ese libro en su Kindle. Escrito por uno de sus autores favoritos, Kurt Vonnegut. Vonnegut también era un cínico. El libro trataba de un gran escritor visionario llamado Kilgore Trout, que había descubierto que en el retrete de un motel usaban una de sus novelas de ciencia ficción como papel de váter. Aquello era más o menos lo que sentía Wheeler que habían hecho con su carrera. Era un genio, pero siempre le acababan jodiendo soberanamente.

«¡Bueno, Larry Brooker, calvo listillo, y Maxim Brody, sapo seboso, ahora voy a ser yo quien os joda soberanamente! Espero que os haga ilusión rodar esta noche la escena del banquete. A mí me hace muchísima ilusión.»

*L*a vista preliminar del juicio a Carl Venner en Old Bailey había ido todo lo bien que cabía esperar, según Mike Gorringe, oficial encargado del caso, que había estado presente todo el rato. El juicio se había fijado dentro de veinte días, y Grace no tendría que intervenir al menos hasta mediados de la semana siguiente, lo cual le iba muy bien. Tenía muchas otras cosas de las que encargarse en Sussex en aquel momento. La más urgente era la que le planteaba el correo electrónico que le había reenviado el superintendente jefe Graham Barrington, y que ahora leía sentado en su despacho.

Había llegado a la dirección oficial de Gaia la noche anterior, lo había leído una ayudante que supervisaba todo su correo, y esta se lo había enviado inmediatamente al jefe de seguridad de la artista, Andrew Gulli.

> Aún no puedo creerme que me trataras así. Pensaba que el objetivo principal de tu visita a Inglaterra era verme. Sé que en el fondo me quieres. Vas a lamentar lo que has hecho. Mucho. Me dejaste en ridículo. Hiciste que la gente se riera de mí. Voy a darte la ocasión de disculparte. Muy pronto vas a contarle a todo el mundo lo mucho que me quieres. Y si no lo haces, te mataré.

Llamó a Graham Barrington por la línea directa. El jefe respondió al instante.

—¿Qué te parece, Roy? —dijo este.

Aunque Barrington llevaba en el cuerpo casi treinta años, su voz denotaba un entusiasmo juvenil contagioso, y a Grace aquello le encantaba, porque así era también como se sentía él…, al menos la mayoría de los días.

—Supongo que tendremos que comprobar si es un loco inofensivo o una amenaza real. En el primer caso, ¿estamos seguros de que no es obra del agresor de Los Ángeles, Graham?

—Bueno —respondió el superintendente jefe—, el estilo es el mismo, pero he hablado con nuestro contacto en Los Ángeles, el inspector Myman (le acabo de despertar; ahí es la una de la madrugada), y él me asegura que el hombre que tienen en custodia no puede acceder a Internet. Se lo he reenviado a la Unidad de Delitos Tecnológicos para ver si pueden determinar su procedencia. ¿A ti qué te parece, Roy?

—¿Alguien se lo ha dicho a Gaia?

—Aún no. Por lo que yo sé, todavía está durmiendo.

—Alguien tendría que hablar con ella en cuanto se levante.

—Quizá deberías hacerlo tú; tengo entendido que tiene debilidad por ti…

—¡Entonces quizás eso sea un buen motivo para que no sea yo! —bromeó, pero enseguida volvió a ponerse serio—. Tenemos que descubrir si tiene alguna idea de quién podría ser. ¿Ha tenido algún desencuentro con alguno de sus fans desde que ha llegado?

—He consultado a Gulli. Una mujer de mediana edad se presentó en el Grand Hotel e intentó saltarse el control de los guardias de seguridad. Luego presentó una queja a la policía, denunciando su brutalidad.

—¿Ah, sí? ¿Y se ha seguido el caso?

—En comisaría. Le tomaron declaración y luego entrevistaron a un par de guardias de seguridad. Parece ser que la mujer mintió, diciendo que era periodista para llegar hasta la suite de Gaia, y que luego salió corriendo tras ella. La denuncia ha sido archivada.

Grace se preguntó por qué a nadie se le había ocurrido comunicarle aquel incidente. Luego volvió a mirar el mensaje. Se le pasó por la cabeza que Amis Smallbone estuviera tendiéndole una trampa, pero leyó el texto y descartó aquella posibilidad. Esas palabras reflejaban tristeza, desesperación. ¿Un amante dolido? ¿Un acosador convencido de que Gaia estaba enamorada de él? ¿O de ella?

—Creo que deberíamos saber algo más de esa mujer del Grand, Graham. ¿Puedes enviar a alguien del Departamento de Investigación Criminal a hablar con ella?

—Enviaré enseguida a Jason Tingley.

—¿Qué sabemos de la vida sentimental de Gaia?

—Tiene un novio en Los Ángeles. Un monitor de *fitness*. El inspector Myman dice que le interrogaron tras la muerte de la asistente de Gaia. Parece que su relación va bien.

—Me gustaría que un psicólogo examinara el mensaje —dijo Grace—. Puede que haya algo entre líneas que se nos escapa.

—Buena idea. Mientras tanto voy a aumentarle la protección.

—Desde luego —dijo Grace—. ¿Conocemos su agenda de hoy?

—Esta noche van a grabar una gran escena de interior en el Pavilion. Durante el día está libre. Le ha prometido a su hijo que lo llevaría al Brighton Pier y a la playa. Me aseguraré de que no perdemos de vista a ninguno de los dos.

—Creo que mi ahijada va a ir con ellos —comentó Grace.

—Estableceremos un círculo de seguridad férreo a su alrededor, Roy.

Grace le dio las gracias y colgó. Los mensajes de correo iban llegando a su carpeta de entrada más rápido de lo que podía leerlos. Un puñado de mensajes sobre el equipo de rugby de la policía que entrenaba y del que tenía que ocuparse, además de todo lo demás. Y al cabo de veinte minutos tenía que estar en la comisaría central de la Policía de Sussex, en la Malling House, para poner al día a su subdirector, Peter Rigg, sobre la Operación Icono.

De momento tendría que dejar a Gaia en manos de Graham Barrington. Él se ocuparía de todo. O eso esperaba.

88

Al sonar el segundo tono, respondieron al teléfono:

—A. D. Motorhomes.

Poniendo un acento estadounidense, porque pensó que así sonaría más convincente, Anna dijo:

—Llamo de Brooker Brody Productions. Hemos perdido la llave de la caravana de nuestra estrella, Gaia, y necesitamos otra con urgencia.

—Oh, cielos —exclamó la mujer—. Les enviaremos enseguida una copia por mensajero.

—Están en Saint Albans, en Hertfordshire, ¿verdad?

—Sí.

—Tenemos a alguien en esa zona recogiendo unos decorados. Les diré que vayan a coger la llave. Estarán allí dentro de unas dos horas.

—Sí, muy bien. Les esperaré en recepción.

Anna le dio las gracias y colgó.

Una hora antes de que el Pavilion se cerrara al público empezaron a preparar el lugar para la gran escena. Habían convocado a los extras, pero Drayton Wheeler no había respondido.

Desde su posición, en lo alto de los tablones de madera que formaban una escalera cóncava en el interior de la cúpula, podía ver lo que pasaba debajo, en el salón de banquetes, a través de un orificio junto a la barra de metal que sostenía la lámpara de araña.

Y también oía. Gracias al sistema de vigilancia de bebés que había comprado en Mothercare. El emisor de radio estaba debajo de la mesa de caoba del salón. Y el altavoz lo tenía a su lado. Podía oírlo todo perfectamente, salvo por algún momento en que se acoplaba el sonido.

Eran las 16.30. Llegaba el final de un día que se le había hecho eterno. Estaba ahí sentado, en lo alto, observando a los estúpidos turistas revoloteando por el exterior de la sala. Una lujosa cuerda de terciopelo les impedía el paso a la mesa de banquetes. Ahora ya no se aburría.

Era curioso lo sencillo que era el soporte de la lámpara. Una cruceta de cuatro barras de metal fijadas a unas riostras de madera, cada una de ellas sujeta con un gran tornillo. En el centro de la cruceta había soldado un único barrote de aluminio grueso de un metro de longitud, del que colgaba la tonelada y cuarto de lámpara, con sus quince mil cuentas de cristal.

Ató con fuerza la toalla del hotel al barrote.

Y sonrió, encantado.

¡Empezaba la fiesta!

Allí abajo veía a los dobles de Gaia y de Judd Halpern, sentados a la mesa del banquete, para que el director de fotografía hiciera las pruebas de luz.

El protocolo establecía que el rey y su querida fueran los primeros que se sentaran. El resto de los invitados irían llegando a la mesa después.

Lo más importante sería calcular el momento exacto. Si tenía suerte, quizá la lámpara de araña no cayera únicamente sobre Gaia y Judd Halpern. A lo mejor pillaba a diez personas más, sentadas a su lado y enfrente. Algunos nombres importantes del reparto. Hugh Bonneville, de *Downtown Abbey*, hacía de lord Alvanley, y Joseph Fiennes era Beau Brummell, el amigo del rey. Emily Watson interpretaba a la condesa de Jersey, que durante unos años había suplantado a Maria Fitzherbert, y que iba a ocupar también su lugar en aquella escena ridícula y totalmente alejada de la historia real. Ninguno de ellos se merecía el papel; todos formaban parte de una conspiración para alterar la historia. No tenían ningún derecho a hacerlo. ¡Desde luego, no tenían derecho a hacerlo y seguir viviendo!

Si la fortuna se ponía de su parte, quizá los pillara a todos.

Sacó con mucho cuidado de su mochila la botella de San Pellegrino con tapón de rosca. El contenido parecía agua. Pero si alguien se la hubiera bebido, habría sufrido una muerte lenta y dolorosa. Contenía cloruro de mercurio. Una sustancia lo suficientemente corrosiva, a tenor de los experimentos y de los cálculos que había realizado, como para comerse un barrote de aluminio de quince centímetros de diámetro, en un tiempo estimado de entre veinticinco y treinta minutos.

Ya veía la calva de Larry Brooker. Iba de un lado a otro gritándole a todo el mundo tan fuerte que Drayton tuvo que bajar el volumen del monitor para bebés. Los técnicos corrían de un lado al otro, atareadísimos. Una docena de extras estaban sentados alrededor de la mesa de banquetes, engalanada con todo lujo, en sustitución de los actores, mientras el director de fotografía y sus ayudantes hacían los últimos ajustes en la iluminación. Colocaron la grúa del micrófono en su sitio.

Todo estaba quedando listo para la gran escena.

Gaia estaría en su caravana. La estarían maquillando y peinando, mientras repasaba el texto una vez más, seguro.

Su texto. El que él había escrito.

Judd Halpern también estaría en su caravana, repasando su texto y echándose unos tiritos de coca, acompañados de una buena dosis de *bourbon*, si seguía siendo el mismo de siempre.

Larry Brooker le estaba diciendo algo a un joven que por su aspecto quizá fuera el primer ayudante de dirección, y que asentía enérgicamente.

«¿Os dais cuenta de por qué estáis todos aquí? Es por un guion llamado *La amante del rey*. Si yo no lo hubiera escrito, ninguno de vosotros tendríais un puesto de trabajo en esta producción. ¿No me estáis agradecidos? Ni siquiera sabéis quién soy, ¿verdad? Pero muy pronto lo sabréis.»

90

—Son las 18.30 del martes 14 de junio. Esta es la vigésima reunión de la Operación Icono —dijo Grace a su equipo—. Tenemos algunos avances. —Miró a Potting—. Norman, ¿puedes contarnos qué has encontrado en el registro de la casa de Myles Royce?

—Me llevé conmigo al agente Nicholl, así como a Lorna Dennison-Wilkins, asesora de la Científica, y a James Gartrell, fotógrafo forense, para documentar el registro. La madre de Royce no exageraba cuando decía que su hijo era muy fan de Gaia. La casa está tan llena de cosas de esa mujer que apenas queda sitio para moverse. Nunca he visto nada parecido. Casi todas las habitaciones están atestadas de figuras de cartón troquelado con su imagen, ropa, discos, programas de recuerdo, montones y montones de recortes de prensa por el suelo, y algunos colgados por las paredes. A mi modo de ver no era un simple admirador, sino un fanático. En pocas palabras, un tío raro. En algunas habitaciones no se puede abrir la puerta del todo de la cantidad de material apilado. Si hace falta, Lorna puede llevar a más personal de su equipo para catalogarlo todo.

—La gente así me inquieta —dijo Grace—. Los fanáticos son obsesivos, y por tanto impredecibles. Lo que me preocupa es que tenemos a un fanático de Gaia muerto, y a Gaia en la ciudad. Puede que sea una casualidad. Pero hemos de centrarnos en descubrir con qué otros fans de Gaia se relacionaba Royce. —Miró sus notas, y dejó que Potting prosiguiera.

—Bueno, tras el examen que ha realizado del ordenador de Royce la Unidad de Delitos Tecnológicos, hasta ahora, parece ser que el tipo formaba parte de un pequeño grupo de fans obsesivos de Gaia que intercambiaban información y participaban con mucha frecuencia en subastas, para intentar llevarse todo lo que aparecía. Y parece ser que tenía una rivalidad particularmente

323

enconada con un personaje llamado Anna Galicia. Ahí es donde la cosa se pone interesante. —Repasó sus notas—. Esta rivalidad evolucionó hasta convertirse en una disputa a voces con esta mujer. Un intercambio de mensajes realmente duros y malintencionados sobre algún artículo que Gaia había llevado en alguna de sus actuaciones y por el que ambos habían pujado. La Unidad de Delitos Tecnológicos aún está investigando los detalles. Pero mientras tanto le he pedido a Annalise que haga una búsqueda de coincidencias con el nombre de Anna Galicia, y ha encontrado una —dijo, haciéndole un gesto a la aludida.

—La noche del pasado miércoles —apuntó la agente Vineer—, una patrulla asistió a una llamada de grado tres en el Grand Hotel. Era una mujer que se quejaba de haber sido maltratada por dos de los guardias de seguridad de Gaia Lafayette. Se identificó como Anna Galicia. Al informar la Unidad de Delitos Tecnológicos del vínculo que había entre ella y Royce, dos agentes de uniforme fueron a su dirección para interrogarla. Pero esa dirección no existe. Nos dio una dirección falsa.

Branson frunció el ceño.

—¿Por qué iba a hacer eso si estaba poniendo una denuncia?

—Exactamente —dijo Grace—. No cabe duda de que estaba bastante enfadada. ¿Por qué iba a dar una dirección falsa? —Paseó la mirada por todo su equipo—. ¿Alguna idea?

—Para mí no tiene sentido —dijo Graham Baldock.

—Ni para mí —dijo el agente Batchelor—. Si pones una denuncia, es que tienes algo que denunciar. Si tienes algo que ocultar, simplemente no pones la denuncia. O sea…, ¿para qué? —Se encogió de hombros.

—Esa mujer no me da buena espina —dijo Grace—. Tenemos que encontrarla rápido. ¡Muy rápido!

91

—¿*C*ómo puedo grabar una película multimillonaria con un actor principal que está colocado como una mona, por todos los demonios? —gritaba Larry Brooker a todo pulmón al tercer ayudante de dirección, Adrián González, que estaba en la otra punta del salón de banquetes—. ¿Me lo quieres decir?

González levantó las manos en señal de desespero. Su función era la de llevar a Gaia, a Judd Halpern y al resto de los actores principales al set, y acompañarlos otra vez a sus caravanas cuando no se les necesitara. Era un joven voluntarioso y despierto de veintiocho años, con el cabello pelirrojo desaliñado, vestido con una camiseta azul con la inscripción LA AMANTE DEL REY en letras blancas, unos pantalones de explorador y deportivas. Tenía puestos unos auriculares con micrófono, llevaba un móvil y un busca colgados del cinturón, y un programa de rodaje en la mano. Se encogió de hombros, mostrándole su impotencia a Brooker.

Se había producido un patético enfrentamiento de egos entre las dos estrellas, que habían chocado desde el primer momento. Halpern ya había hecho esperar a Gaia dos veces, de modo que ahora ella se negaba a salir de su caravana hasta que le confirmaran que Halpern ya estaba en el set, preparado para empezar.

El director, los cámaras y el resto del equipo observaban el último berrinche de Brooker. El productor, calvo y bronceado, lucía una camisa de Versace desabotonada hasta el pecho, que dejaba a la vista un medallón de oro, pantalones chinos negros y botas de tacón cubano; se lanzó en dirección a González, como un tirano de bolsillo, y le agarró por la camiseta.

—¿Qué cojones está pasando? Llevamos media hora esperando a ese maldito capullo. Tenemos un calendario que seguir. ¡Tenemos a dos autobuses cargados de éxtras esperando ahí afuera!

Sin soltar la camiseta de González, se giró hacia el director de producción, Barnaby Katz, un hombre bajito y rechoncho de cuarenta y pocos años, con la calva rodeada de una franja de pelo enmarañado, que parecía estar a punto de sufrir un ataque de nervios. Llevaba una camisa de leñador informe, vaqueros holgados y unas botas de explorador viejas.

—¿Qué cojones haces ahí parado, como si llevaras un palo metido en el culo? —le gritó.

Entonces soltó a González, que se quedó inmóvil un momento, como si no tuviera muy claro qué hacer.

—Iré a hablar con él —propuso Katz.

—No —dijo Brooker, dándose una palmada en el pecho—, iré yo. ¿Vale?

Salió como una exhalación del salón de banquetes y del edificio y cruzó el jardín en dirección a las caravanas. Por la calle, más allá del cordón de seguridad vigilado y la fila de caravanas, había una multitud esperando poder ver a sus ídolos —la mayoría querría ver a Gaia, supuso—, aunque solo fuera por un momento.

Maldito Judd Halpern. Dios, cómo odiaba a los actores. Halpern no utilizaba medios de transporte público, le había informado su agente. Lo que significaba que habían tenido que aumentar el presupuesto en ciento cincuenta mil dólares para llevar a aquel capullo, a su ayudante y a la jovencita que se estuviera follando en aquel momento hasta Londres en un jet privado. Luego, como aparentemente era un actor «de método», había exigido que en el avión hubiera leche no pasteurizada, como la que habría bebido el rey Jorge, para poder meterse mejor en el personaje.

Imbécil.

Llegó frente a la caravana de Halpern y golpeó la puerta. Sin esperar respuesta, la abrió y subió las escaleras. En el interior había una nube de humo de cannabis que le recordó sus días de estudiante. A través de la nube vio a Halpern, sentado ante el tocador, contemplando con los ojos inyectados en sangre su imagen en el espejo, rodeado de bombillas desnudas. Tenía las páginas del guion del día, de color verde lima, desplegadas ante él, con marcas por todas partes, como una redacción de colegio corregida. Sobre el tocador había una botella de *bourbon*, junto a un bolígrafo de plástico sin tapón ni tubo de tinta.

Halpern llevaba puestos pantalones blancos, chaqueta de terciopelo de cuello alto con galones dorados y una gorguera sujeta con un elaborado broche de pedrería. Tenía delante su peluca, de rizos negros, sobre el tocador. Una maquilladora le estaba arreglando la cara, mientras en el cenicero se consumía un porro. Delante de ellos, de pie, como queriéndole cortar el paso, estaba el asistente personal de Halpern, y detrás de él, apoyada en una mesa con expresión de desgana, con una copa de cóctel delante y una botella de vodka Grey Goose al lado, había una chica con muy poca ropa que apenas había superado la mayoría de edad.

A la relativamente temprana edad de cuarenta y dos años, Judd Halpern ya había arruinado su carrera en dos ocasiones. La primera, después de convertirse en la estrella infantil de una serie de televisión que había sido un éxito en Estados Unidos, *Pasadena Heights*, cuando se había puesto tan insoportablemente arrogante que nadie quería trabajar con él. Luego, en su juventud, tras recuperarse de eso gracias a su atractiva imagen —que había sido comparada con la de la estrella del cine mudo Rodolfo Valentino— y a su incuestionable talento para la interpretación, había renacido con dos películas de éxito. Después se fue de nuevo al garete tras una serie de condenas por drogas que habían acabado con una estancia de cuatro años entre rejas, tras lo cual pasó a ser de nuevo un paria de Hollywood.

Ahora, según su agente, estaba limpio, lo había superado y se arrepentía de su pasado, estaba impaciente por empezar de nuevo, y acababa de rodar una película con George Clooney que iba a lanzarle de nuevo al estrellato. Por eso Brooker Brody Productions había podido hacerse con un actor con un historial de películas de gran éxito por solo un par de cientos de miles de dólares más de lo presupuestado.

—Judd —dijo Brooker, más educadamente de lo que le habría gustado—. Te estamos esperando. Todos.

—¡Cuando tú digas, C. B.! —dijo Halpern, mirándole desde el espejo, con las pupilas dilatadas y un rostro aún atractivo, pero que ya empezaba a dar muestras de flacidez.

Alargó la mano para coger el porro, pero antes de que sus dedos lo tocaran Brooker lo agarró y lo aplastó contra el cenicero, reventándolo, partiéndolo en dos y aplastándolo una vez más, por si acaso.

—¡Eh, tío! —protestó Halpern.

—¿Tienes algún problema?

Halpern se lo quedó mirando.

—Sí, tengo un problema.

—¿Sí? Bueno, pues yo también tengo un problema. No me llamo C. B. Si acaso, L. B. «Larry Brooker.»

—¡Era una broma! —dijo Halpern—. C. B. Cecil B. DeMille. ¿Vale? «¡Cuando tú digas, C. B.!» —Frunció el ceño—. ¿No te suena?

—Si quisiera bromas, habría contratado a un puto cómico. —Brooker sacó un pañuelo y envolvió con él el porro roto—. Sí, yo también tengo un problema. Te sugiero que eches un vistazo a tu contrato. A las cláusulas por las que puedes ser despedido. Consumir drogas es una de las primeras.

El actor meneó la cabeza.

—Solo estoy fumándome un cigarrillo, tío. Me gusta liármelos yo.

—¿Ah, sí? ¿Y sabes qué? Yo soy el puto papa.

Los dos hombres quedaron mirándose el uno al otro, aunque a Halpern le costaba fijar la vista. Brooker hizo un esfuerzo por contener su rabia. Tenía una película que rodar y debía ajustarse a un presupuesto limitado, y cada vez le resultaba más difícil, con los retrasos en el calendario.

—¿Quieres contarme cuál es tu problema?

—Claro —masculló Halpern. Recogió las páginas, y las estrujó con las manos—. Yo no firmé para hacer esto.

—¿Qué quieres decir?

—Yo acepté este papel porque me gustaba el personaje del rey Jorge IV. Era un tío innovador. Tenía una trágica historia de amor con Maria Fitzherbert. —Halpern se quedó callado de pronto.

Brooker esperó pacientemente y luego, para animarle a que siguiera, dijo:

—Ajá.

—Me aseguraron que el guion se ajustaría a la realidad histórica.

—Y se ajusta —dijo Brooker—. Jorge se benefició a Maria varios años y luego la dejó tirada. ¿Cuál es tu problema?

—Él tenía veintiocho años. Yo tengo cuarenta y dos.

—¿Y por qué aceptaste el papel?

—Porque me dijeron que Bill Nicholson iba a reescribirlo, por eso lo acepté. Es todo un profesional, tío. —Señaló las páginas del guion—. Él no ha escrito esto, ¿a que no?

Brooke se encogió de hombros.

—Tuvimos algún problemilla de última hora.

—Quieres decir que no queríais pagarle sus honorarios, ¿no? —El actor abrió un cajón, cogió un paquete de cigarrillos, sacó uno y lo encendió—. Parece que el graciosillo que escribió estas páginas no sabe que el Pavilion no se había construido siquiera en el momento en que se supone que tuvo lugar esta escena. Ese es otro problema.

—¿Quieres saber tú cuál es mi problema? —dijo Larry Brooker.

Halpern se encogió de hombros sin dejar de mirarse al espejo. Luego se quedó mirándose a sí mismo mientras daba una calada al cigarrillo.

—No —respondió, por fin, frunciendo los labios para intentar hacer un anillo de humo, sin conseguirlo.

—Mi problema —dijo Brooker, manteniendo la calma— son los actores. Le pides a un actor que camine por una calle, y él se gira y te pregunta: «¿Por qué estoy caminando por esta calle exactamente?». ¿Y sabes lo que le digo yo?

Halpern se lo quedó mirando, con evidentes dificultades para mantener la mirada.

—No, ¿qué le dices?

—Le digo: «El motivo por el que estás caminando por esta calle es porque te estoy pagando una pasta para que camines por esta calle».

Halpern le sonrió, incómodo.

—Así que escúchame bien, superestrella. Estás intentando enderezar tu maltrecha carrera. A mí me parece bien. Pero mientras dure esta producción, cada vez que se te llame, vas a salir de esta caravana y vas a venir corriendo como un puto galgo que sale de su jaula, vas a presentarte en el set y vas a hacer la interpretación de tu vida. ¿Sabes lo que pasará si no lo haces?

Halpern se lo quedó mirando, algo avergonzado. No dijo nada.

—Serás historia. No habrá ni una productora del mundo que quiera trabajar contigo después de que les haya hablado de ti. Te lo prometo. ¿Me recibes alto y claro?

—Sí, pero, aun así, el guion no está bien.

—Entonces más vale que uses tu gran talento interpretativo para convertirlo en algo mágico.

—¿Tú crees que puedo? —dijo Halpern, cambiando de tono.

—Claro que sí, chaval. ¡Eres el mejor actor vivo del planeta! Por eso te contraté.

—¿De verdad lo crees? —dijo Halpern, hinchándose como un pavo.

—No lo creo, Judd. Lo sé —respondió Brooker, con una sonrisa de lo más convincente.

—Genial —dijo él—. ¡Pues en marcha! —exclamó, cogiendo la peluca.

329

—En el set dentro de diez minutos, ¿vale?

—¡Ahí estaré!

—Eres buenísimo, ¿sabes?

Halpern sonrió e intentó hacerle un gesto de modestia. Pero la modestia no era su fuerte.

Brooker cerró la puerta tras él y volvió al set. «Maldito imbécil», pensaba.

92

—¡*M*ucho mejor! —dijo Gaia, vestida con su bata de seda, mientras su peluquera, Tracey Curry, encaramada a unos zapatos de tacón de vértigo, le daba los últimos retoques a su cabello rubio.

Gaia se quedó mirándose en el espejo, satisfecha con su nuevo corte de pelo, que era aún más corto que unos días antes.

—Te resultará mucho más cómodo cuando tengas que ponerte esa peluca —comentó la peluquera.

—¡Eres un tesoro! —Se giró hacia su ayudante, Martina Franklin—. ¿Qué te parece?

—¡Es muy de tu estilo!

Eli Marsden, su maquilladora, asintió.

—¡Te queda estupendo!

Gaia se giró hacia su hijo, que estaba sentado junto a una mesa, más allá, viendo un vídeo en su iPad.

—Roan, cariño, ¿te gusta el nuevo peinado de mamá?

—Ajá —respondió, sin demasiado interés—. Estoy aburrido. ¿Puedo ir a echar un vistazo al palacio?

—Claro, cielo. Ve a dar un paseo. Yo iré enseguida. Pídele a uno de los guardias de seguridad que te lleve.

Roan, vestido con una ancha camiseta azul de LA AMANTE DEL REY, vaqueros y deportivas, saltó de la silla y cambió el fresco ambiente de la caravana climatizada por el cálido aire de aquella tarde nublada. Decidido a no hacer caso de su madre y a explorar por su cuenta, atravesó los jardines del Pavilion hasta llegar a la puerta principal. El guardia de seguridad le miró.

—Tú eres el hijo de Gaia, ¿verdad? ¿Sloan?

—¿Eh? Roan —le corrigió.

—Perdón, Roan.

El chico se encogió de hombros.

—No pasa nada. Mamá me ha dicho que puedo echar un vistazo.

—Adelante, Roan —dijo el guardia, indicándole la entrada—. Cuando entres, gira a la derecha, sigue el pasillo y llegarás al salón de banquetes, donde va a rodar tu mamá.

—Vale.

—Vale, todo el mundo, que se vayan los dobles, por favor; los actores están entrando en el set. —La voz salió del aparato de vigilancia de bebés, con gran claridad por unos momentos y luego distorsionada por el acoplamiento.

Situado en lo alto de la estructura de madera de la cúpula, observando y escuchando, Drayton Wheeler empezó a temblar de los nervios y la emoción. «¡Ahora! ¡Ahora! ¡Hay que hacerlo ahora!» Era imposible saber con exactitud cuándo iban a estar todos los actores sentados a la mesa. Pero a su modo de ver aquella era la mejor oportunidad de acertar.

Cogió la botella de San Pellegrino, con las manos tan temblorosas que temió echarse parte del cloruro de mercurio encima. Con la botella orientada hacia el exterior, desenroscó el tapón de metal y se le escapó de entre los dedos. Lo oyó cayendo por los escalones de madera, repiqueteando, hasta chocar con algo metálico con un sonoro *ping*.

Aguantó la respiración. Escuchó. Por el transmisor para bebés se oía solo un ruido estático. Luego oyó la voz de Larry Brooker, que le hablaba al director:

—Tenemos que recuperar algo de tiempo. Hemos perdido dos horas por culpa de ese capullo.

—Podemos alargar la sesión, Larry; que la gente trabaje hasta más tarde —respondió Jack Jordan. Tenía una voz suave y delicada que a Drayton Wheeler le resultaba especialmente irritante.

—No me refiero a eso. —Brooker pensaba en el presupuesto, seguro, y en lo que tendría que pagar aparte a los técnicos si sobrepasaban el máximo número de horas—. Tendrás que buscar algún atajo —ordenó Brooker.

—Pero, hombre, esta no es precisamente una escena para tomar atajos.

Wheeler percibía el desdén en la voz del director, y pensó: «¡Idiotas, no os pongáis a discutir ahora!».

—¿Estamos listos para hacer entrar a todo el reparto? —anunció otra voz.

—Yo quiero ver si Judd está en condiciones de rodar antes de traer a todo el mundo —dijo Jordan.

—Está bien —aseguró Brooker—. Acabo de hablar con él. Hoy estará dócil como un gatito.

—Acaba de salir de su caravana —dijo uno de los ayudantes de dirección.

Wheeler escuchó la conversación. Luego, con mucho cuidado, aguantando la respiración, vertió todo el contenido de la botella de San Pellegrino sobre la toalla que había atado alrededor del único barrote de aluminio que sostenía la lámpara.

Al instante empezó a salir un humillo de la toalla, que empezó a decolorarse, mostrando manchas marrones y grises. Parte del ácido se extendió por el barrote. Siguió aguantando la respiración, en parte para evitar inhalar los vapores del ácido, y en parte temiéndose que pudiera caer alguna gota sobre la mesa, allá abajo, y que le descubrieran.

Las volutas de humo empezaron a hacerse mayores. Él bajó unos cuantos escalones, hasta situarse muy por debajo del nivel donde estaba el ácido, y miró el reloj. Las 19.04. Si sus cálculos eran correctos, hacia las 19.35 el ácido se habría comido una cantidad suficiente del barrote como para que la lámpara cayera.

A través del aparato de escucha oyó la conversación entre Larry Brooker y Jack Jordan.

—Te digo que, si está cocido, no podemos grabar esta noche. De ningún modo.

—Está bien, por Dios. ¡Acabo de hablar con él!

—Anoche también dijiste que estaba bien. Y no retenía el texto más de diez segundos. ¿Sabes quién va a acabar pagando esto? Yo no trabajo así, Larry. Es imposible conectar con él. ¿Lo entiendes?

—Estará bien. Perfectamente, ya verás.

—Ayer se me quejaba de que Gaia se había puesto a mascar ajo crudo antes de la escena del beso. Creo que debería ir a hablar con él fuera de escena, antes de que lleguen todos los demás.

«Mierda, mierda, mierda —pensó Wheeler—. Traed al imbécil ese al set. ¡Y a todos los demás!»

Y entonces vio a Jordan, que salía de la sala. Y uno de los ayudantes de dirección dijo por el micrófono:

—¡Todo el reparto, que espere!

«¡No! —quiso gritarle Wheeler—. ¡Traedlos a todos, ponedlos en posición!»

De pronto vio a un niño de cabello revuelto, con camiseta y vaqueros, que entraba en la sala, se colaba bajo el cordón de seguridad y se acercaba a la mesa. Lo reconoció: era el crío de Gaia.

«¡Sal de ahí, chaval! ¡Apártate, mocoso!»

El chico se paseó por la mesa, rodeándola. Observaba, curioso, los jamones, los pollos, las patas de venado, los cochinillos, las garrafas plateadas de vino y de cerveza, y los cuencos de frutas. Entonces retiró una silla, se sentó y se quedó mirando a su alrededor, como transportándose a otra época.

«¡Vete de ahí, chico!»

Se parecía muchísimo a su hijo.

En aquel momento se oyó un ruido raro justo por encima de él. Un silbido agudo. Levantó la vista y, asombrado, vio que todo el interior de la cúpula había desaparecido tras una niebla de humo acre. Sentía cómo le quemaban los pulmones y se le secaba la boca.

De pronto le dominó el pánico.

Se oyó un crujido, el ruido de algo rompiéndose.

Miró hacia abajo un instante, y vio la lámpara que temblaba.

«No, no, no».

Sus cálculos, realizados con toda precisión, le habían dado treinta minutos. ¿Qué es lo que había fallado?

Ahora la lámpara se agitaba más aún, y el crujido se hizo más intenso.

El maldito crío seguía ahí, levantando un cáliz de plata, como si estuviera bebiendo de él.

Tosió; el humo ácido le quemaba los ojos y le cortaba la respiración. No veía bien, y tenía los ojos llenos de lágrimas. Tosió de nuevo, con una tos dificultosa e incontrolable.

«¡Sal de ahí, niño! ¡Piérdete!»

Había cometido algún error en sus cálculos. ¿Se habría equivocado al calcular la potencia del ácido? ¿En el cálculo del diámetro de la barra de aluminio?

Se oyó un terrible crujido metálico justo por debajo de su posición. Miró y, horrorizado, vio que toda la lámpara se había desplazado ostensiblemente, y ahora estaba descentrada.

El barrote estaba a punto de partirse.

335

La lámpara iba a caer, como había planeado. Pero encima de Roan Lafayette.

No.

—¡Niño! —gritó—. ¡Sal de ahí! ¡Sal de ahí! ¡¡¡Vete!!!

Pero nadie le oía desde allí arriba.

El niño siguió jugando tranquilamente con su copa.

Por supuesto, él no podía oírle desde ahí arriba.

Se oyó otro desgarrador crujido metálico.

A través de su orificio de observación, vio que la lámpara oscilaba. En cualquier momento caería. Nadie se había dado cuenta. Iba a matar al niño, y aquella no era su intención. No lo había sido, en ningún momento.

«Oh, mierda, mierda, mierda.»

Aquello llevaba al traste todos sus planes. Bajó atropelladamente el resto de los escalones de madera, tropezando y pisando el transmisor, se coló por la estrecha trampilla y luego bajó por la escalerilla.

De pronto se sentía sorprendentemente enérgico y con la mente despejada.

«No voy a matar a un niño. No voy a matar a un niño.»

Corrió por la pasarela de acero, esta vez sin agarrarse a la barandilla, y luego se coló por la trampilla que daba a la estancia que había bajo la gran cúpula. Atravesó la sala principal y bajó por la escalera de caracol, sin apoyarse en la vetusta barandilla. Luego salió por la puerta inferior y fue a parar al pasillo central.

Dos guardias de seguridad situados en aquel punto le observaron, pasmados.

Wheeler atravesó el pasillo a la carrera en dirección al salón de banquetes, pero ellos salieron tras él.

—¡Eh! ¡Eh, tú! —gritó uno—. ¡Enséñame tu identificación!

Tres técnicos de sonido que estaban desenrollando el cable de un micrófono le bloqueaban la entrada al salón. Uno de los guardias alcanzó a Wheeler mientras intentaba esquivar a los técnicos, y le agarró del hombro.

—¡Eh!

Wheeler se giró y le dio un puñetazo tan fuerte en la nariz que se la rompió, pero al mismo tiempo se dislocó el pulgar. El guardia salió trastabillando hacia atrás, pero él apenas sentía el dolor. Corrió hasta el salón de banquetes y miró arriba.

La lámpara de araña se balanceaba como si colgara de una frágil cuerda solitaria.

Se caería en cualquier momento.

El tonto del niño, abstraído en su mundo de fantasía, fingía ahora que comía con tenedor y cuchillo. Los técnicos y el resto del personal estaban muy lejos de la mesa.

Wheeler superó el cordón de seguridad.

—¡Eh! —le gritó el otro guardia de seguridad.

Wheeler hizo caso omiso. Solo le importaba el niño que estaba en la mesa y la sombra amenazante que se balanceaba sobre su cabeza. Se lanzó hacia él y lo agarró, sacándolo de la silla y haciendo que el cuchillo y el tenedor cayeran al suelo con un tintineo.

—¡Eh! —gritó Roan, furioso y desconcertado, un momento antes de que Wheeler lo agarrara de los hombros y del trasero y lo lanzara, con toda la fuerza que pudo, por el suelo de madera pulida, haciéndolo patinar como una piedra sobre el hielo.

Roan chilló, hasta que dio contra un soporte vertical de latón donde se apoyaba el cordón.

Entonces, antes de que Wheeler tuviera ocasión de moverse, la lámpara cayó.

Notó la presencia de la sombra que caía sobre él, que le envolvía, demasiado rápido como para que pudiera gritar siquiera. La lámpara le golpeó con toda su fuerza en la cabeza, aplastándolo contra el suelo en una fracción de segundo, y destrozando al mismo tiempo una extensión de dos metros y medio de la parte central de la mesa.

El suelo tembló con el tremendo impacto, como si hubiera caído una bomba en la sala. Un eco vibrante reverberó por las paredes. Cientos de las quince mil cuentas de cristal se rompieron en pedazos, y, de pronto, emitieron un haz de luces de colores, como si fuera un espectáculo pirotécnico. Las luces de aquel regio salón parpadearon unos momentos. Unas cuantas copas de la mesa cayeron al suelo, rompiéndose y vertiendo su contenido; los platos, las lámparas y las soperas cayeron entremezclados con el caos de cadenas, brazos de metal y cuentas de cristal. Luego se oyó un suave y absurdo tintineo. Como si a alguien se le hubiera caído un vaso de cristal. Y luego nada más.

A continuación, un breve instante de silencio absoluto. Nadie se movió.

Entonces una voz masculina exclamó:

—¡Oh, no! ¡Mierda, no!

—¡Hay un hombre ahí abajo! —gritó una mujer—. ¡Oh, Dios mío, hay alguien ahí abajo!

337

Se produjo otro momento de silencio, de asombro, roto al momento por los chillidos histéricos y desgarradores de la supervisora de continuidad de la unidad que, con los ojos desencajados, señalaba un charco de sangre oscura que asomaba por entre los escombros, en el lugar donde solo unos momentos antes estaba la mesa.

De repente, un destello blanco iluminó la escena. Alguien había tomado una fotografía.

94

Varios de los focos de la producción iluminaban el lugar que ahora ocupaba la lámpara caída. Bajo aquella luz, dos sanitarios del servicio de emergencias, Phil Davidson y Vicky Donoghue, vestidos con uniforme verde, iban abriéndose paso por entre los restos de cristal y los metales retorcidos, intentando localizar la cabeza de la víctima, con cuidado de no aplicar un peso adicional sobre los restos para no aplastar aún más a aquel hombre. Había sangre por todas partes, extendiéndose hacia el exterior, y olía fatal, como a desagüe atascado. Ambos sabían qué significaba eso: que el estómago y los intestinos del hombre habían reventado.

Por algunos orificios entreveían la ropa del hombre. Vicky Donoghue no dejaba de repetir:

—Señor, ¿puede oírnos? Vamos a ayudarle. ¿Nos oye, señor?

No hubo respuesta. En el exterior, se oía una cacofonía de sirenas. Con un poco de suerte, habrían llegado los bomberos con alguna grúa. Entonces vio carne. Una muñeca.

Con sumo cuidado, metió la mano, enfundada en un guante, entre las cuentas de cristal roto en forma de palmera y le cogió la muñeca con suavidad. Estaba inerte.

—¿Me oye, señor? Intente mover la mano si no puede hablar —le pidió. Entonces le rodeó la muñeca con los dedos, buscándole la arteria radial.

—¡He encontrado pulso! —le anunció en voz baja a su colega, al cabo de unos momentos—. Pero es muy débil.

—Tenemos que sacarle todo esto de encima. ¿Cómo de débil?

Ella contó unos segundos.

—Veinticinco. —Volvió a contar—. Veinticuatro.

Él articuló la pregunta con la boca, sin decir las palabras en voz alta. No hacía falta. Llevaban trabajando juntos mucho tiempo y sabían interpretarse las señales mutuamente: «¿No se vayan todavía?».

La frase completa era «No se vayan todavía, aún hay que joderse un poco más», juego de palabras con el que se referían a las víctimas sin ninguna esperanza de recuperación, pero que aún no habían muerto: una broma macabra del personal de asistencia de emergencia, que los ayudaba a enfrentarse a situaciones terribles como aquella.

Ella asintió.

Jason Tingley, con su peinado infantil con flequillo, su camisa blanca con botones negros y su corbata negra fina, que lo convertían en un típico *mod* del siglo XXI, estaba en su despacho del Departamento de Investigación Criminal, en la cuarta planta de la comisaría de John Street, en Brighton, a punto de acabar su turno de doce horas como inspector de guardia. En aquel momento lo que más le preocupaba era el desarrollo del desagradable incidente del correo electrónico con la amenaza de muerte a Gaia.

Bostezó; había sido un día muy atareado, empezando por la denuncia de una mujer, nada más empezar su turno, que afirmaba haber sido violada por su novio después de discutir, al salir de una fiesta a las 6.45 de la mañana. ¿Quién demonios salía de fiesta hasta las 6.45 de la mañana un lunes por la noche, o, más bien, un martes por la mañana? Luego, a mediodía, la Policía de Tráfico había detenido un coche en la ciudad còn el maletero lleno de bolsas de cannabis. Y a las 15.00 se había producido un robo con armas en una joyería del centro.

Aún estaba ocupándose del papeleo de todo aquello, y ya casi había acabado. Esperaba poder llegar a casa a tiempo para ver a sus dos hijos antes de que se fueran a la cama, y de disfrutar de una cena y una velada tranquila ante el televisor con su esposa, Nicky. Entonces sonó el teléfono.

—Jason Tingley —respondió.

Era Andy Kille, oficial de servicio en la Ops 1, la Sala de Control de Operaciones.

—Jason, se ha producido un incidente en el Royal Pavilion que he pensado que os interesaría a ti, al superintendente jefe y a Roy Grace.

—¿Qué ha pasado?

Escuchó con gran interés el resumen que le hizo Kille. Parecía una extraña coincidencia que una lámpara de araña que había aguantado en su lugar casi dos siglos fuera a caer de pronto esa semana en particular. A menos que la unidad de producción de la película hubiera tocado algo y se la hubiera cargado, claro.

—¿Sabemos algo de la persona que hay bajo la lámpara, Andy?

—No, de momento no.

—Voy a echar un vistazo —dijo Tingley—. Informaré a Grace y a Barrington.

Colgó, se puso en pie y cogió la chaqueta que tenía colgada en el respaldo. Cuando ya estaba en el aparcamiento de atrás, sentado en uno de los Ford Focus de la policía y con el cinturón de seguridad puesto, había informado al superintendente jefe de Brighton y Hove, que estaba fuera asistiendo a un curso, pero no había conseguido localizar a Grace.

Cinco minutos más tarde, mientras giraba a la izquierda y pasaba por el arco que daba acceso al recinto del Pavilion, Tingley vio tres coches de bomberos, una grúa de rescate, una ambulancia y un vehículo del servicio de urgencias frente a la entrada principal, así como dos coches de policía.

Pasó frente a las caravanas, aparcó todo lo cerca que pudo de la entrada principal y entró a toda prisa, mostrándoles la placa a los dos guardias de seguridad, que le dijeron que pasara y girara a la derecha.

La última vez que había entrado en aquel edificio había sido muchos años atrás, durante una visita con el colegio. Olía igual que todos los museos y galerías, pero ya se le había olvidado lo elaborado y espléndido que era. Al entrar en el salón de banquetes, se encontró con una imagen surrealista. Era como si hubieran apretado el botón de pausa, congelando a algunos de los presentes, pero no a todos. Y el olor allí era bastante diferente. Un hedor insoportable a cloaca.

Había miembros del equipo de producción, con las ropas desaliñadas y cara de desconcierto, inmóviles, aparentemente incapaces de alejarse de allí. Una mujer vestida con vaqueros holgados, se había dado media vuelta para no ver la macabra escena del centro de la sala y sollozaba en los brazos de un hombre barbudo enorme que sostenía un reflector de aluminio tras la espalda de la mujer.

La lámpara caída parecía una medusa enorme cubierta de joyas, con cadenas como tentáculos extendidas por todas partes y un barrote de metal que sobresalía, a modo de arpón, más de un metro por encima.

Dos sanitarios estaban entre los restos, mientras uno de los bomberos maniobraba unas tenazas y otros dos intentaban colocar un cojín hinchable azul y amarillo, conectado a un motor de aire comprimido, bajo parte de los escombros. Un tercer bombero esperaba a su lado, con un montón de bloques de madera para ir colocándolos debajo cuando fueran levantando la lámpara.

Una joven policía de uniforme recibió aliviada al inspector Tingley, contenta de poder delegar la responsabilidad a un superior.

El inspector se quedó mirando el techo. Veía las patas de dragón y las hojas de palmera pintadas, y un pequeño agujero oscuro en el centro, donde debía de haber estado el barrote que soportaba la lámpara. Luego se giró hacia la agente.

—¿Qué sabemos hasta ahora? —le preguntó Tingley.

—Bueno, señor, yo hace solo unos minutos que he llegado. Lo único que he podido saber hasta ahora es que hay una persona, un hombre, bajo la lámpara.

—¿Podría haber más?

—No, señor. He hablado con varios testigos presenciales que afirman que solo hay una persona.

—¿Qué sabemos sobre lo ocurrido?

—Bueno, no está muy claro. Parece ser que el hijo de Gaia estaba sentado a la mesa, jugando. Este hombre, que debía de haber visto que la lámpara estaba a punto de venirse abajo, atravesó corriendo el salón y literalmente arrojó al niño lejos de aquí.

—¿El niño está bien?

—Sí, señor. Está con su madre, en la caravana.

—¿Quién es el hombre? ¿Un miembro del equipo?

—De momento nadie lo ha reconocido.

—¿Un trabajador de mantenimiento, quizá?

—Podría ser, señor.

Tingley miró alrededor.

—Bueno, pide refuerzos, rápido. Voy a considerar esto el escenario de un crimen. Quiero que acordonen todo el edificio, que todo el mundo salga, pero antes de salir toma el nombre y la dirección de todos los que estén dentro, incluidos los guardias de seguridad.

Ella asintió, tomando nota mentalmente y mirando alrededor.

—Empieza por esta sala —le sugirió—. Acordónala. Que nadie salga de aquí sin darte antes su nombre y dirección.

—Sí, señor. —Pidió ayuda por radio, y enseguida se fue de allí.

Tingley atravesó la sala, acercándose a los restos de la lámpara, y su mirada se cruzó con la de Phil Davidson, el sanitario de emergencias, con quien había coincidido en numerosas ocasiones.

Davidson asintió a modo de saludo, con gesto circunspecto.

—¿Qué sabemos del que está ahí abajo? —preguntó Tingley.

—Un varón, según los testigos.

Consciente de que casi todos los presentes tenían puestos los ojos en él, Tingley se acercó todo lo que pudo al borde de la lámpara.

—Ha bajado a quince —anunció la compañera de Davidson, muy seria.

—Parece que va a causar baja —le susurró Davidson al inspector. Luego, haciendo gala de la sangre fría típica de su profesión, añadió—: Y si nos lo llevamos, se nos queda por el camino.

De pronto se oyó una voz agitada con acento americano:

—¿Puedo ayudarles?

Jason Tingley se giró y se encontró frente a un hombre bajo y delgado, con una calva bronceada, vestido con una camisa negra con botones plateados, abierta casi hasta el ombligo, vaqueros negros y botas de tacón cubano. El inspector le puso la placa delante.

—Inspector Tingley, del Departamento de Investigación Criminal de Sussex. ¿Puedo ayudarle... yo? —dijo, subrayando la última palabra.

—Encantado de conocerle, señor. Soy el productor de esta película. Larry Brooker.

Tingley le dio la mano. Tuvo la sensación de que era como darle una palmadita en la cabeza a una serpiente a la que le hubieran quitado el veneno.

—Acabo de oír que ha ordenado desalojar todo el edificio —dijo Brooker—. ¿He oído bien?

—Ha oído bien.

—Bueno, el caso, agente, es que aquí tenemos un buen tinglado montado, como puede ver.

—Supongo que podría decirse así, sí —dijo el inspector, ladeando la cabeza. Por el rabillo del ojo vio que la joven agente volvía al salón con un rollo de precinto policial azul y blanco.

—Bueno, es que tengo a Gaia, Judd Halpern, Hugh Bonneville, Joseph Fiennes y Emily Watson esperando en sus caravanas. Necesitamos rodar lo que podamos esta noche..., por el calendario, ¿sabe?

El inspector miró a Brooker, sin creer lo que estaba oyendo. Entonces señaló hacia la lámpara y hacia los sanitarios.

343

—¿Es consciente de que hay un hombre ahí debajo? ¿Un ser humano?

—Sí, claro. Yo… estoy tan impresionado como todos.

—¿Y qué es lo que me quiere decir exactamente?

—Lo que quiero decirle es que ya vamos retrasados. Esto es terrible. Trágico. La típica falta de mantenimiento inglesa, o sea… ¿En qué otro lugar del mundo podría ocurrir algo así?

Brooker parecía ajeno a la mirada pétrea del inspector.

—El caso es que tenemos que rodar lo que podamos esta noche. Bueno, lo que me preguntaba es… ¿cuándo podremos limpiar todo esto? Para poder seguir, quiero decir. Podemos grabar alrededor de la lámpara, no hay problema.

Tingley sencillamente no podía creer lo que estaba oyendo.

—Señor Brooker, tenemos ahí una persona posiblemente herida de muerte. Esto ahora mismo es el escenario de un crimen.

—¿Escenario de un crimen? ¡Es un maldito accidente! ¡Un terrible accidente!

—Con todo el respeto, señor, en este preciso momento no tengo ninguna prueba que demuestre que ha sido un accidente. Hasta que las tenga, es el escenario de un crimen. Mi escenario. Esto ahora es «mío». ¿Lo entiende? Voy a sacar a todo el mundo, y aquí no se va a rodar ni hoy ni en ninguna fecha próxima. Siento las molestias que eso pueda ocasionarle, pero… ¿Eso lo entiende?

Brooker se lo quedó mirando y le apuntó con un dedo.

—Escúcheme usted, y escúcheme bien, inspector Tingles.

—Tingley.

—¿Sí? Bueno, lo que sea. Escúcheme bien, inspector. Más vale que me entienda usted a mí. Tengo a su director de Turismo, Adam Bates, absolutamente de mi lado. Esta es la mayor producción que se ha grabado en esta ciudad en toda su historia. No voy a permitir retrasos en una producción multimillonaria simplemente porque este edificio tenga un mantenimiento de mierda.

Tingley ni se inmutó.

—En este momento, mi máxima prioridad es la seguridad de todos los presentes en este edificio, señor Brooker. —Señaló las otras cuatro lámparas de araña más pequeñas—. Voy a hacer que venga enseguida alguien del Departamento de Salud y Seguridad, para que hagan una inspección completa. Una de las lámparas se ha caído. ¿De verdad quiere arriesgar la vida de esas estrellas por no hacer comprobaciones de seguridad en las otras lámparas?

Brooker miró el reloj, un aparato digital enorme que parecía sacado de un panel de mando de una lanzadera espacial.

—Con todo respeto, inspector, esto no es asunto suyo.

—Muy bien. Pues hable con el comisario jefe. Pero hasta que él me dé la contraorden, esto es mi escenario, y tengo que advertirle que, si intenta obstruir mi trabajo, le detendré.

Brooker abrió los ojos como platos.

—¿Sabe lo que es usted? ¡Es... de otro mundo!

«Tú también», pensó Tingley.

95

Grace ya casi había llegado a casa: estaba buscando una plaza de aparcamiento cerca cuando Tingley le llamó para contarle lo que había pasado.

Escuchó con atención, convencido de que aquello no era coincidencia, y dijo que iba de camino. Estaba a solo unos minutos en coche del Pavilion. Un momento después de colgar, el teléfono sonó otra vez. Respondió, y oyó la voz nasal al estilo de James Cagney del jefe de seguridad de Gaia, Andrew Gulli.

—¿Superintendente Grace?

—Sí. ¿Cómo está?

—¿Quiere decirme qué está pasando, superintendente?

—En realidad ahora mismo voy para allá, a informarme.

—Parece que el hijo de Gaia ha estado a punto de morir. Esta situación es inaceptable.

—¿Cómo se encuentra el niño?

—Está bien. Pero Gaia está bastante alterada.

—Si quiere venir a verme al Pavilion…

—Ya estoy ahí —le interrumpió Gulli—. Necesito saber qué está pasando. ¿Se está viniendo abajo su maldito palacio, o hay alguien detrás de todo esto? Tengo que tomar decisiones sobre la seguridad de mi cliente. ¿Me explico?

—Reúnase conmigo en la entrada principal dentro de cinco minutos.

—Ya estoy ahí.

Grace colgó y llamó inmediatamente a Cleo para advertirle de que no sabía a qué hora llegaría a casa. Ella le dijo que lo entendía, algo que Sandy no le decía con demasiada frecuencia.

Entonces volvió a sonar su teléfono. Era el comisario jefe.

—Roy, ¿qué información tienes sobre el incidente del Pavilion?

—Voy de camino para allá, señor.

—No me gusta cómo pinta todo esto.

—No, señor. Puedo llamarle para informarle cuando llegue allí.

—Sí, por favor. Hazlo.

Unos minutos más tarde entraba en el recinto del Pavilion, que estaba iluminado con potentes focos azulados. En el otro extremo del muro perimetral se había reunido un grupo de curiosos que disparaban los flashes de sus cámaras intermitentemente. Dos agentes de apoyo se apresuraban a acordonar todo el edificio del Royal Pavilion, y otro montaba ya guardia a la entrada. Una docena de personas que parecían desconcertadas, probablemente personal de rodaje, paseaban por el césped, bajo un cielo cada vez más oscuro que amenazaba lluvia de nuevo, algunos hablando por teléfono y otros fumando. Una furgoneta de la policía, cargada de agentes de uniforme y con la sirena encendida, atravesó el arco de la entrada justo en el momento en que él salía del coche.

Andrew Gulli estaba de pie junto al agente de guardia.

—Este cabrón picajoso no me deja pasar —dijo, al acercarse Grace.

—Lo siento —se disculpó él—. Hasta que hayamos determinado lo que ha ocurrido, todo el edificio se considera el escenario de un crimen; no le puedo dejar pasar. Yo le aconsejaría que se llevara a Gaia y a Roan al hotel.

Gulli negó con la cabeza.

—El director le ha pedido que espere; puede que graben alguna escena de exteriores.

—En ese caso, vigílenla muy de cerca. Ponga guardias de seguridad alrededor de su caravana.

—Eso ya está hecho.

Grace firmó en el registro de entradas, se coló bajo el precinto y entró a toda prisa en el edificio. Un guardia de seguridad le guio hasta el salón de banquetes y Tingley le saludó al entrar. Observó que había varios bomberos trabajando alrededor de la enorme lámpara caída, y dos sanitarios tendidos boca abajo entre los restos. Oyó el ruido de una tenaza hidráulica. Tres agentes de policía parecían estar tomando los datos de todos los presentes.

—¿Qué es lo último que tenemos? —preguntó.

—La víctima ha muerto, señor —dijo Tingley, en voz baja.

—Mierda. ¿Qué sabemos sobre él? —Levantó la vista y luego volvió a mirar al inspector—. ¿Formaba parte del equipo de rodaje?

—No, por lo que sabemos hasta ahora. Dos de los guardias de

seguridad afirman que apareció procedente de una parte del edificio que no está abierta al público, presa del pánico. Dio un puñetazo a uno de los guardias, que intentó detenerle en el pasillo, corrió hasta esta sala y apartó al hijo de Gaia de un empujón segundos antes de que cayera la lámpara.

—¿Qué hacía el niño ahí?

—Jugaba, mientras maquillaban a su madre.

—¿Está bien?

—Sí, está con su madre.

—Este hombre… Enséñame de dónde vino.

Tingley señaló el pasillo por el que acababa de entrar Grace.

Una voz a sus espaldas les sobresaltó.

—Oh, Dios mío, oh, Dios mío… No me lo puedo creer.

Ambos policías se giraron y se encontraron con un hombre alto y elegante de unos cincuenta años, vestido con un traje diplomático, que entraba en el salón. Estaba pálido.

—Soy David Barry, el conservador de este edificio.

Grace y Tingley se presentaron.

Barry elevó la mirada al techo.

—Esto no es posible. Lo siento. Simplemente, no es posible. Oh, Dios. ¡Oh, Dios mío! Hay alguien atrapado ahí abajo… ¿En qué estado se encuentra el pobre hombre?

—Me temo que ha muerto, según los sanitarios —respondió Tingley.

—Esto es terrible. Increíble. —Miró a los dos hombres—. Tienen que comprender, tienen que creerme cuando les digo que esto es simplemente imposible.

Tingley señaló los restos de la lámpara y respondió, sencillamente:

—La verdad es que me cuesta un poco aceptar eso ahora mismo, señor.

A Grace también le costaba un poco aceptarlo. El hombre le había dado un puñetazo en la cara a un guardia de seguridad en el pasillo y había entrado a la carrera en aquella sala. Era imposible ver la lámpara desde el pasillo. Así pues, ¿qué es lo que sabía aquel tipo (quienquiera que fuera), y cómo?

—¿Revisaban la lámpara periódicamente? —preguntó Grace—. ¿Se hacían revisiones de seguridad de los soportes?

El conservador levantó los brazos en un gesto de impotencia.

—Bueno, cada cinco años se limpia la lámpara entera. Las quince mil cuentas: se tarda unos dos meses.

—¿Podría ser fatiga del metal? —preguntó Tingley.

—Hacemos pruebas de seguridad a todos los elementos —dijo Barry—. La reina Victoria hizo que cambiaran la viga de soporte original por una barra de aluminio. Nunca hemos tenido motivo para cambiarla. Tienen que creerme: esto no podía pasar. ¡No podía!

Grace estaba intentando recordar quién había dicho una vez: «En el momento en que se acabe el mundo, lo último que oirás será la voz de un experto explicando por qué no podía ocurrir».

—Me gustaría echar un vistazo en profundidad por el edificio —propuso—. ¿Puede llevarme al espacio que hay sobre el techo?

—Sí, sí, claro. ¿Puedo ayudarles en algo por aquí antes de subir?

—Aquí no se puede hacer nada; ahora todos tenemos que parar y esperar a que llegue el forense —dijo Tingley.

Grace le dijo a Tingley que se quedara en el salón, y luego siguió al conservador por el pasillo, dejando atrás un cartel que indicaba la entrada a los lavabos, y pasaron por una puerta situada en el vestíbulo principal.

—Hay que subir un buen trecho por una escalera de caracol. Por favor, no se apoye en las barandillas; son muy inestables. Por eso no dejamos pasar al público —dijo Barry, al tiempo que sacaba una linterna.

Grace le siguió por una escarpada escalera de caracol que no parecía tener fin. A medio camino, se paró y tocó la barandilla. Era muy inestable, y era la única barrera que protegía de una larga caída a oscuras. Siguió subiendo pegándose todo lo que podía al centro, agarrándose a la pared; las alturas nunca habían sido su fuerte.

Por fin, jadeando, ambos hombres llegaron a lo alto y entraron en lo que a Grace le pareció un dormitorio abandonado, con muebles cubiertos con sábanas para protegerlos del polvo. Incluso a la tenue luz de aquel atardecer de junio, pudo distinguir el viejo papel moteado en las paredes, con inscripciones y garabatos por todas partes, y unas ventanas emplomadas ovaladas desde donde se veían los tejados de Brighton.

Barry decidió que ya se veía suficientemente bien sin linterna. Le habló con un tono de voz agradable y un acento refinado:

—Aquí es donde se alojaban los miembros destacados del servicio en tiempos de Prinny. No sé si conoce bien la historia de este palacio, superintendente, pero durante la Primera Guerra

Mundial se usó como hospital para soldados indios heridos, de ahí las inscripciones en las paredes. Está abandonado desde entonces, en gran parte por el mal estado de la barandilla de la escalera. Oh, y... esto..., por favor, tenga cuidado de dónde pisa: aquí hay mucha madera podrida.

Grace observó con inquietud que se encontraba sobre una gran trampilla sujeta por dos pestillos oxidados. Aquello le pareció decididamente peligroso, de modo que enseguida se apartó de allí.

—Bajo esa trampilla hay una caída de doce metros hasta un almacén que queda sobre la trascocina. Antes había un montacargas para subir comida desde la cocina —dijo, y señaló hacia arriba, para mostrarle una polea primitiva fijada al techo, con un trozo de soga alrededor.

Grace volvió a mirar el suelo y el gran cartel que decía: PELIGRO: GRAN DESNIVEL. NO PISEN LA TRAMPILLA.

De pronto vio algo que brillaba en el suelo junto a una sábana que cubría una cama, y se agachó. Era el envoltorio de una chocolatina.

—¿Había de esto en tiempos del rey Jorge?

El conservador sonrió con una mueca que adquirió un aspecto siniestro entre las sombras.

—Me temo que en tiempos recientes ha habido visitas no oficiales a este lugar. Se ha registrado la presencia de varios intrusos. Es casi imposible mantener la seguridad al cien por cien en un edificio de estas dimensiones.

—Por supuesto.

Grace se quedó mirando otra vez el envoltorio de la chocolatina, mientras el conservador atravesaba la sala. Se puso un par de guantes, recogió el envoltorio y lo olisqueó, esperando reconocer un olor a rancio. Pero para su sorpresa parecía reciente, como si la hubieran abierto hacía muy poco. Entonces observó una minúscula mancha de pintalabios en la parte del aluminio doblada hacia atrás.

Lo dejó con sumo cuidado en el mismo lugar donde lo había encontrado, para que la Científica pudiera fotografiarlo, y siguió al conservador hasta el tejado, pasando por una portezuela apenas mayor que una trampilla. El cielo se había puesto gris, como si estuviera a punto de llover. Barry siguió hasta una estrecha plataforma de acero con un enorme desnivel a la izquierda, hasta el suelo, y Grace le siguió aferrándose al pasamanos, intentando no mirar abajo. Tenía una panorámica espectacular de los tejados del Pavilion, con sus cúpulas y sus minaretes. Abajo oía las sirenas y veía las luces azules intermitentes de los vehículos que iban llegando.

—Esa es la cúpula del salón de banquetes —anunció Barry, señalando hacia delante.

Subieron por una corta escalera de metal y luego recorrieron otra estrecha pasarela. Luego ascendieron por una larga escalera inclinada. Grace se agarraba a todas partes con fuerza, mientras que el conservador, delante de él, trepaba con la confianza de una cabra montesa.

Grace se apoyó en las rodillas para trepar a una estrecha plataforma situada al borde de la imponente cúpula, que se elevaba hacia el cielo ante sus ojos. Y ahora sí que no se atrevía a mirar abajo.

Entonces sonó su teléfono.

Por un momento se planteó no responder, pero luego se decidió y lo sacó con sumo cuidado de la funda.

—Roy Grace.

Era el subdirector Peter Rigg. Parecía nervioso.

—Roy —dijo—. No sé si ya te has enterado, pero parece que ha habido un incidente en el Royal Pavilion.

—Esto…, sí, señor. Me he enterado.

—Creo que deberías ir hacia allí de inmediato.

Grace paseó la mirada por los tejados de la ciudad.

—De hecho ya estoy ahí, señor.

—¡Bien, excelente! ¿Algo de lo que informar?

—Sí, señor. Que tengo unas vistas espléndidas.

—¿Vistas?

Vio que Barry se colaba por una pequeña trampilla de inspección.

—¿Puedo llamarle dentro de unos minutos, señor?

—Por favor. El comisario jefe se está poniendo nervioso.

—Sí, lo sé, señor. —Colgó y siguió a Barry por la trampilla, entrando de espaldas y sumergiéndose en una oscuridad casi total en la que olía a madera vieja y mohosa, y a algo acre y muy desagradable.

—Esta es la segunda piel del edificio —explicó el conservador, iluminando el lugar con la linterna—. En el exterior tiene la cubierta de la cúpula, con su forma de botella. Esta es la estructura de madera que la soporta.

Ambos hombres tosieron. A Grace le picaban los ojos. Vio unos tablones de madera, a modo de escalera primitiva, que se elevaban ante él, cada vez más estrechos.

351

El conservador enfocó la linterna hacia arriba, iluminando una cruz compuesta por dos vigas de madera que sostenían una barra de metal cortada. A Grace le dio la impresión de que tenía el mismo diámetro que el trozo de barra que sobresalía de la lámpara caída, y del extremo aún se elevaban unas volutas de humo o vapor. Frunció el ceño y volvió a toser. Luego miró abajo y, por un pequeño orificio, vio una gran parte del salón de banquetes. Localizó a los dos sanitarios, a cuatro patas, bajo los restos de la lámpara.

El conservador paseó el haz por el lugar y algo brilló al contacto con la luz. Parecía un tapón de botella metálico. Entonces Grace vio una botella de San Pellegrino vacía. Al lado había unos fragmentos de plástico roto.

—¡Qué marrana es la gente! —dijo el conservador, disponiéndose a recoger la botella.

—¡No la toque! —le detuvo Grace, agarrándolo de la mano—. Podría ser una prueba, y puede que contenga ácido.

—¿Ácido?

Grace orientó el haz de luz hacia el barrote cortado.

—¿Qué supone que es eso?

Barry se lo quedó mirando.

—No le entiendo.

Entonces también vio la mochila encajada entre dos tablones, a unos pasos de allí. Grace cogió la linterna y subió hasta donde estaba, y enfocó el interior. Vio un paquete de bocadillos industriales, una lata de Coca-Cola, una botella de agua, un Kindle, una vieja cartera de cuero y lo que parecía una palanca de hierro para cambiar ruedas.

Sujetando la linterna entre la barbilla y el pecho, volvió a sacar un par de guantes del bolsillo y se los puso. Sacó la cartera y la abrió. En un bolsillo vio la fotografía de un niño con una gorra de béisbol, y una tarjeta-llave de plástico de una habitación del Grand Hotel en otro. Introdujo la cartera en una bolsa de pruebas y se la metió en el bolsillo.

Luego volvió a toser y agarró la linterna antes de que se le cayera. Iluminó de nuevo el barrote de metal. El extremo, del que aún salía humo, se había fundido, adoptando unas formas redondeadas que le recordaban el mercurio de un termómetro.

—¿Cuánto sabe de química? —le preguntó al conservador.

—Nunca ha sido mi fuerte —admitió Barry, mirando hacia el extremo del barrote.

—Pues ya somos dos —dijo Grace—. Pero una cosa sí le puedo decir: la caída de su lámpara no fue un accidente.

—No sé si me alegro o no de oír eso.

Grace apenas le escuchó. Estaba pensando en Roan, el hijo de Gaia. Al parecer, el crío estaba sentado bajo la lámpara unos segundos antes de que cayera. ¿Sería él el objetivo del ataque?

No. No lo creía. Lo primero que se le ocurrió fue que Gaia pudiera ser la víctima elegida. Al agresor se le habían torcido los planes. ¿Un error en el cálculo del tiempo? ¿O la aparición de Roan?

¿Quién era el hombre aplastado bajo la lámpara? ¿El agresor? ¿O un héroe inocente que pasaba por allí?

La segunda opción no le parecía muy creíble. La inocencia no tenía nada que ver con lo que acababa de pasar.

96

*G*race y un abatido David Barry volvieron enseguida al Salón de Banquetes. Ya habían sacado al equipo de filmación de la sala, y dos policías montaban guardia junto a la puerta. Un gran número de bomberos esperaba al lado de su equipo, aguardando a que el forense y el patólogo del Ministerio del Interior decidieran si había que llevar el cuerpo al depósito o si la primera parte de la autopsia iba a realizarse allí mismo.

Había llegado un fotógrafo forense, así como el secretario del juzgado, que estaba hablando con el inspector Tingley. Grace esperaba que hubiera suficiente personal de turno en el depósito, para que no hicieran ir a Cleo, que tanto necesitaba descansar esa noche.

Tingley se giró hacia Grace.

—Jefe, no podemos contar con un patólogo del ministerio hasta mañana por la mañana. Nadiuska va a efectuar la autopsia. Le he explicado la situación y nos ha dado permiso para que nos llevemos el cuerpo al depósito.

—Bien. —Levantó la vista un momento—. Creo que tendremos que hacer malabarismos con los responsables de esta película. Tengo la impresión de que alguien provocó la caída de esta lámpara deliberadamente. Quiero que la parte de la cúpula sea considerada escenario del crimen: que suban los de la Científica, y advertidles de que hay sustancias peligrosas.

Uno de los agentes de policía de la puerta se le acercó.

—Señor, hay un caballero que dice que es el productor de la película e insiste en hablar con usted.

Grace se acercó hasta la puerta y vio a un hombre bajo y calvo vestido con ropa informal pero muy cara. Parecía indignado.

354

—¿Usted es el agente al mando? —dijo Larry Brooker, impetuoso.

—Soy el superintendente Grace; dirijo la División de Delitos Graves de Sussex.

—Larry Brooker; soy el productor de esta película —replicó él, apuntando con el dedo en dirección a Tingley—. Tengo un problema con ese colega suyo. ¡Estoy rodando una película multimillonaria y no me deja acceder a mi propio set de rodaje!

—Me temo que eso es correcto —corroboró Grace—. No se permite la entrada al edificio a nadie durante el tiempo que duren nuestras investigaciones. Me temo que yo también voy a tener que pedirle que salga de aquí.

—Lo siento, eso no puedo permitirlo —dijo Brooker.

—Con todo el respeto, esa decisión no le corresponde a usted —replicó Grace.

El productor se lo quedó mirando.

—¿Ah, no? ¿Y a quién le corresponde esa decisión?

—A mí —dijo Grace.

—Tiene que hacerse cargo, inspector... ¿Tiene idea...?

—¿Se hace usted cargo de que hay un cadáver bajo esa lámpara? —le interrumpió Grace, que apenas podía contener la rabia.

—Bueno, ¿y cómo quedamos entonces?

«¿Es que a este monstruo no le importa nada? —pensó Grace, mirando al calvo rabioso que tenía delante y sintiéndose muy tentado de responderle algo realmente ofensivo—. ¿Que cómo quedamos? ¿Quedamos en que usted se va a la mierda y me deja en paz?» Pero recordó lo importante que era aquella película para su querida ciudad.

—Señor Brooker, soy consciente de su situación, e iré todo lo rápido que pueda. Voy a traer un equipo para que trabajen durante la noche. Me temo que tenemos que precintar todo el edificio, pero, según lo que diga el Departamento de Salud y Seguridad, intentaré devolvérselo mañana por la tarde. ¿Le parece bien?

—¿A qué hora de mañana por la tarde? —gruñó Brooker.

—¿A qué hora lo necesita?

—Pensábamos grabar después de que se cerrara al público, a partir de las 5.45.

—¡Jefe! —objetó Tingley.

—Muy bien —dijo Grace, sin hacer caso a las protestas de Tingley—. Lo tendrá a su disposición entonces. ¿Pueden grabar en el exterior esta noche, o en otro lugar?

—Esa era la idea. Hemos convocado a más de cien extras aquí. Es una escena muy importante, una escena clave. Pero ¿cómo vamos a grabar en el exterior con todos esos coches patrulla?

—Los pondremos en otro sitio. Si nos dice qué zona necesita libre, se la despejaremos.

Entonces se giró hacia Tingley.

—Tengo mi coche fuera. Reúnete conmigo allí dentro de cinco minutos.

Salió a toda prisa del edificio, buscando a Andrew Gulli, pero ni rastro de él. Entonces cruzó el césped hacia el pequeño poblado de caravanas y camiones. Cuatro gorilas montaban guardia a la entrada de la caravana de Gaia. Grace les enseñó su placa y luego les preguntó si alguno había visto al señor Gulli.

—Ha ido al hotel a encargarse de aumentar la seguridad allí —respondió un vigilante, con un tono de voz que sonaba como si tuviera la boca llena de cubitos de hielo.

Grace llamó a la puerta. Un momento después le abrió una ayudante de Gaia que ya había visto en la suite del Grand. Era pelirroja y llevaba un moderno corte de pelo sesgado, una camiseta negra, vaqueros del mismo color y zapatillas de tenis.

—Lori, ¿verdad?

Ella lo reconoció y sonrió, pero parecía incómoda.

—Inspector Grace, ¿qué puedo hacer por usted? —dijo, con un claro acento americano.

—Quería asegurarme de que Roan está bien.

—Ajá, está bien. Gracias.

—¿No se ha hecho daño?

—No, está bien. Ni siquiera está afectado. Creo que está confundido, más que nada. Gracias por interesarse. ¿Qué es lo que ha pasado realmente? Andrew nos ha dicho que ha habido algún tipo de accidente con una lámpara de araña, pero no nos ha dado ningún detalle.

—Sí, me gustaría explicarle a Gaia la situación. ¿Está ahí?

La ayudante dio un paso atrás y anunció:

—¡Es el inspector Grace!

Un momento más tarde le hizo pasar.

Grace subió los escalones y entró en el vehículo, en el que flotaba el olor a un perfume muy delicado y el leve rastro de un cigarrillo fumado hacía poco. Había un televisor encendido, sintonizado en un canal de dibujos animados, y Roan estaba sentado frente a una mesa, con su gorra de béisbol puesta y un videojuego en las manos, mirando los dibujos animados con cara de aburrimiento. Luego volvió a concentrarse en su juego.

—¿Estás bien? —le preguntó Grace.

Él se encogió de hombros y apretó una palanquita del videojuego.

Entonces una mujer que no reconoció a primera vista apareció por una puerta interior, envuelta en una bata de seda color crema, con el cabello rubio y un corte de cabello masculino. Parecía abatida, pero le saludó con una voz alegre y muy sensual.

—¡Eh, el señor Ojos de Paul Newman!

Él le sonrió; estaba diferente, pero tremendamente guapa.

—¿Qué está pasando? ¿Es que el edificio se viene abajo o algo así?

Él meneó la cabeza.

—Lo siento mucho; estamos haciendo todo lo que podemos para determinar qué ha sucedido.

Ella se le acercó, le rodeó con sus brazos y le abrazó con fuerza.

—Esto es terrible —dijo.

—Llegaremos al fondo de la cuestión enseguida, se lo prometo.

De pronto, ella le dio un beso rápido —pero no tan rápido— en la mejilla, y le miró un momento a los ojos. Cuando él le devolvió la mirada, sintió una tensión eléctrica entre ambos.

—Sé que lo hará. Gracias por todo lo que está haciendo por nosotros durante nuestra visita a su ciudad, inspector —dijo. Su aliento olía a menta.

Él se encogió de hombros y se ruborizó.

—Me temo que, después de este incidente del salón de banquetes, eso no basta.

—¿Puedo ofrecerle algo de beber?

Él negó con la cabeza.

—Gracias, pero tengo que irme enseguida. Solo quería asegurarme de que Roan estaba bien. Es demasiado pronto para decir si alguien ha tenido que ver con esto, pero hemos cerrado el Pavilion para investigar, así que esta noche no se podrá rodar dentro.

—¿Cree que alguien podría haber hecho algo para que esa lámpara se cayera?

—No querría alarmarla, pero es bastante posible.

—¿Estaban intentando atentar contra mi hijo? —dijo, con los ojos abiertos como platos.

—Si lo ocurrido está relacionado con el mensaje de correo que recibieron anoche (y eso no es más que una especulación, ahora

357

mismo), yo diría que es más probable que quisieran atentar contra usted y que les saliera mal. Pero ahora mismo no querría decir nada que pudiera preocuparla innecesariamente.

Ella se lo quedó mirando de nuevo a los ojos.

—¡Mientras usted esté por aquí, inspector, no me preocuparé!

Él pensó por un momento que iba a besarle otra vez, y dio un paso atrás, haciendo ademán de marcharse, intentando mantener una distancia profesional.

—Gracias —dijo—. Gracias por ser tan comprensiva.

—*Pas de quoi!* —dijo ella, lanzándole un beso.

97

*G*race atravesó de nuevo el césped del Pavilion en dirección a su coche, con alas en los pies. A pesar de todas sus preocupaciones, tenía la sensación de ir flotando. ¡Nunca había imaginado que llegaría el día en que le besara una estrella!

—¿Por qué sonríe, jefe? —le dijo Tingley, que ya estaba junto al coche, al verle venir—. ¡Parece como si le acabara de tocar la lotería!

—El hijo de Gaia está bien, gracias a Dios. Estoy aliviado, eso es todo.

—¿Seguro que eso es todo?

—¿Qué se supone que quiere decir eso? —dijo Grace, aún con la sonrisa en los labios.

Tingley era un agente muy observador; no se le pasaba nada por alto.

El inspector miró su reloj.

—Han sido más de cinco minutos. Parece que ha habido suertecilla ahí dentro, ¿no?

—Ha sido una visita puramente profesional.

—¿Ah, sí?

Grace hizo caso omiso al sarcasmo, entró en el coche y se puso el cinturón de seguridad. Tingley se sentó en el asiento del acompañante.

—No es que sea cosa mía, desde luego —dijo.

Alguien repiqueteó en la ventanilla de Grace. La bajó y se encontró con una mujer alta con una larga melena rubia y un cuaderno de notas en la mano.

—¿Superintendente Grace? —preguntó—. Siento molestarle. Iona Spencer, del *Argus*.

«Mierda», pensó Grace, que se contuvo y no lo dijo. Claro, era de esperar que buscaran un sustituto a Spinella.

—¿En qué puedo ayudarle?

—¿Hay algo que me pueda decir de lo que está ocurriendo en el Pavilion? Tengo entendido que ha habido una muerte.

—Daremos una rueda de prensa por la mañana —dijo él, educadamente—. De momento parece que un trabajador de mantenimiento ha resultado herido con resultado de muerte en un accidente laboral.

—¿No ha afectado a nadie del reparto de la película?

—No, eso se lo puedo asegurar. Lo siento, tenemos prisa. Pero podré darle más información mañana.

—Gracias —dijo ella.

Mientras se alejaban de allí, Tingley comentó:

—Bueno, al menos es más guapa que Spinella.

—Y más educada —dijo Grace, colocando el teléfono en el soporte manos libres para llamar al comisario jefe.

Cinco minutos más tarde, Grace aparcaba en la vía de entrada al Grand Hotel. Entraron y se dirigieron al mostrador de recepción. Grace era consciente de que, en realidad, no le tocaba a él hacer aquel trabajo de campo, y que debería haberlo delegado a un agente de un rango muy inferior, como mucho a un sargento. Pero al haberle sido otorgada la máxima responsabilidad sobre la seguridad de Gaia, en aquel momento quería hacer algo por sí mismo. Por otra parte, le encantaba el trabajo clásico de agente de policía: la búsqueda de pistas para ir atando los cabos y resolver el rompecabezas. Si se dejara llevar, su trabajo le ataría al despacho de forma irremediable, y eso no quería que ocurriera.

Mostró su placa a la joven que estaba en recepción y le entregó la tarjeta-llave que había sacado de la cartera que había encontrado bajo el tejado del Pavilion.

—Tenemos que identificar a una persona que ha muerto en un accidente, y hemos encontrado esto en lo que creemos que son sus pertenencias. ¿Podría decirnos a nombre de quién está registrada esta habitación, por favor?

La joven introdujo la tarjeta en su ordenador y un momento más tarde dijo:

—Habitación 608, señor Jerry Baxter. Tengo una dirección de Nueva York.

Tingley tomó nota.

—¿Podemos ver la habitación, por favor? —preguntó Grace.

—Llamaré al encargado de turno… De hecho, el director está en el hotel. Le llamaré a él.

Andrew Mosley tenía todas las cualidades necesarias de un director de hotel, o eso le pareció a Grace: un trato exquisito, una actitud eficiente y un aspecto impecable. Les hizo subir en el ascensor, los condujo por el pasillo y llamó con los nudillos, como era obligado, a la puerta de la habitación 608. Esperó un momento y luego volvió a llamar. Cuando constató que no había respuesta, introdujo la llave y abrió la puerta, anunciando su entrada con un «¿Permiso?», por precaución, antes de encender las luces.

Los dos policías entraron en la pequeña habitación, amueblada con dos camas gemelas, una butaca, una mesita redonda con sendos ejemplares de las revistas *Sussex Life* y *Absolute Brighton* encima, una mesita de noche y un escritorio pegado a la pared, cubierto de tiques de compra. Había una ventana con vistas a un patio interior, y otra puerta, abierta, que daba al baño.

En el suelo había una maleta abierta y, sobre la ropa, un pasaporte azul oscuro con el escudo y las palabras UNITED STATES OF AMERICA.

Grace sacó un par de guantes; Tingley también. Entonces Grace recogió el pasaporte, lo abrió y lo hojeó hasta que llegó a la página de los datos personales.

Había una típica fotografía de fotomatón, de mala calidad, con la cara de un hombre de mal humor. Por la fecha de expedición calculó que en el momento en que se tomó la foto debía de tener poco más de cuarenta años; tenía el cabello entrecano, cepillado hacia delante, con un flequillo. El pasaporte pertenecía a un tal Drayton Robert Wheeler, nacido el 22 de marzo de 1956. Cincuenta y cinco años. El lugar de nacimiento indicado era Nueva York.

—Creo que podría ser nuestro hombre —dijo Tingley, mirando uno de los recibos—. Esto es de Halfords. El recibo de una batería de coche y una palanca para cambiar neumáticos. Has dicho que había una palanca en la mochila, ¿verdad?

Grace asintió.

—Unas compras muy curiosas para un turista.

—No tan curiosas como seis termómetros, decapante y lejía —dijo el inspector, repasando algunos de los otros tiques—. ¿Se te daba bien la química en el colegio?

—No mucho. Pero creo que tú hiciste un curso de QRBN hace

361

unos años, ¿no? —dijo Grace. «QRBN»: incidentes químicos, radiológicos, biológicos y nucleares.

—Sí, pero tendría que buscar en Internet para saber qué se puede hacer con todo esto. El mercurio a veces se emplea para hacer bombas.

Grace se giró hacia el director del hotel.

—¿Sabe usted mucho de química?

Mosley negó con la cabeza.

—Me temo que no. ¡Todo lo que llegué a hacer en el colegio fue fabricar bombas fétidas!

Tingley frunció el ceño al ver otro tique:

—¿Un aparato de escucha para bebés de Mothercare?

Grace se quedó mirando el papelito. Entonces cayó en lo que eran los fragmentos de plástico que había visto en el falso tejado. ¿Había estado escuchando Drayton Wheeler lo que pasaba en el salón de banquetes desde arriba?

—¡Mire esto, jefe! —dijo, de pronto, el inspector.

Era un tique de un cibercafé, el café Conneckted, con fecha del día anterior, lunes.

Grace se lo quedó mirando. Era por una conexión de una hora, café, agua mineral y pastel de zanahoria. Diez libras.

—¿Conoces este lugar?

—Sí —respondió Tingley—. Al final de Trafalgar Street.

Grace pensaba a toda velocidad. Recordó el mensaje de amenaza enviado la noche anterior por correo electrónico.

Los dos policías se miraron.

—¿Envío a alguien allí? —propuso Tingley.

—No —dijo Grace, meneando la cabeza—. Vamos tú y yo. Quiero enterarme por mí mismo.

Tingley se metió en el baño. En el estante sobre la pila de lavabo había una hilera de frascos de pastillas. Grace le siguió. Había seis de ellos, cada uno con su etiqueta prescriptiva de una farmacia de Nueva York. Grace las leyó todas.

—Este tipo era una especie de toxicómano —comentó Tingley.

Grace negó con la cabeza.

—No, estaba enfermo.

—¿Cómo de enfermo?

Grace se quedó mirando una etiqueta en particular.

—A mí me parece que tenía cáncer. Reconozco esto: mi padre murió de cáncer de intestino y también tomaba esta medicación.

—Se quedó pensando un momento—. Ese tipo tan maleducado, el productor... ¿Tienes su número de teléfono?

El inspector sacó su cuaderno del bolsillo y pasó unas cuantas páginas.

—Sí, aquí tengo su teléfono móvil.

Grace llamó a Larry Brooker. Le salió el buzón de voz. Le dejó un mensaje para que le devolviera la llamada urgentemente.

98

*L*arry Brooker le devolvió la llamada justo cuando aparcaban frente al café Conneckted.

—¿Le dice algo el nombre de Drayton Wheeler, señor Brooker? —le preguntó Grace, e inmediatamente puso el teléfono en modo altavoz.

—¿Drayton Wheeler? —dijo el norteamericano—. Hum..., bueno, sí.

Grace se dio cuenta de que aquel nombre le incomodaba.

—No es más que un capullo... que ha intentado reclamar la autoría de nuestro guion. Ese tipo de cosas ocurren siempre, cada vez que haces una gran película. Siempre hay algún chalado que sale de la nada, afirmando que la idea era suya y que se la has robado.

—¿Es posible que les guardara rencor y se sintiera agraviado por ustedes, o por su producción? —preguntó Grace, mirando a Tingley.

—Oh, sí, claro. Amenazaba con demandarnos. Nada preocupante: le dije que hablara con nuestros abogados —Luego, de pronto, evidentemente intranquilo, preguntó—: ¿Ha contactado con ustedes, o algo?

—Creemos que puede ser el hombre de debajo de la lámpara.

Se produjo un largo silencio.

—¿Lo dice en serio?

—No lo sabré con seguridad hasta que lo identifiquemos formalmente.

—¿Hay algo que pueda hacer yo?

—De momento no. Si la identificación es positiva, tendremos que hablar con usted mañana.

—Sí, claro.

—¿Ha podido grabar esta noche en el exterior? Parece que el tiempo está aguantando.

—Sí. Sus agentes se han mostrado muy cooperadores. Seguiremos rodando hasta la medianoche.

—Bien.

Entonces Grace llamó a Andrew Gulli, para preguntarle si le constaba que alguien llamado Drayton Wheeler o Jerry Baxter le hubiera mandado alguna vez mensajes obsesivos o amenazantes a Gaia.

Gulli estaba seguro de que nunca había oído ninguno de esos dos nombres.

Grace colgó y entraron en el café, que estaba casi vacío. Tras el mostrador había una joven con numerosos *piercings*, vestida con vaqueros y una blusa holgada, manipulando una máquina de café exprés. Había una zona de asientos a la izquierda, y un arco más allá de la barra que daba paso a lo que parecía una sala más amplia. A la derecha había una fila de diez estaciones de trabajo, cada una con un ordenador. Dos de ellos estaban ocupados, por un chico de veintitantos años con cola de caballo, y el otro ordenador por dos chicas adolescentes, una delante y la otra mirando por encima de su hombro, ambas soltando risitas tontas.

Grace miró al techo y observó que había una cámara de circuito cerrado enfocando la fila de terminales. Se acercaron a la barra. La mujer acabó de hacer el café, los saludó con un gesto de cabeza y le llevó el café al chico de la cola de caballo.

Cuando regresó, Grace le mostró su placa.

—Superintendente Grace, de la División de Delitos Graves de la policía de Sussex, e inspector Tingley, del Departamento de Investigación Criminal.

La chica se quedó algo perpleja.

—Sí…, esto… ¿En qué puedo ayudarles?

Grace sacó una bolsa de pruebas de plástico con el pasaporte de Wheeler dentro, abierto por la página con su fotografía.

—¿Reconoce a este hombre?

Ella se quedó mirando la foto unos momentos, y luego negó con la cabeza.

—Lo siento, no.

—¿No ha estado por aquí?

—No mientras he estado yo, seguro.

—Creemos que estuvo aquí ayer por la tarde y que pagó por una hora de acceso a Internet.

—Ah, bueno. Ayer yo no estuve.

—¿Quién estaba?

—El dueño y su esposa, pero hoy tienen el día libre.

—¿Puede contactar con ellos?

Ella miró el reloj.

—Han ido a un concierto de George Michael en Londres. No creo que oigan el teléfono. Pero estarán aquí mañana, todo el día. Puedo intentarlo, si quiere.

—Volveremos mañana —dijo Grace.

Tingley señaló la cámara de circuito cerrado.

—¿Funciona? —preguntó.

—Sí, creo que sí.

—¿Cuánto tiempo guardan las grabaciones antes de borrarlas?

—No estoy segura… Creo que una semana.

—¿Sabría buscar unas imágenes grabadas? —preguntó Grace.

—¡No, y no me atrevería a tocar el aparato!

—Muy bien. ¿A qué hora abren mañana?

—A las diez.

—Bueno, esto es muy importante —dijo Grace—. ¿Puede advertirles a los dueños, por favor, o dejarles un mensaje si hace falta, para que se aseguren de no borrar nada de lo grabado ayer?

—Sí, sí, por supuesto —dijo ella.

Grace le dio su tarjeta y luego se fueron.

—Tenemos un motivo —apuntó Tingley, mientras subían de nuevo al coche—. El café Conneckted sitúa a Drayton Wheeler en un lugar desde donde podría haber enviado el correo electrónico anoche. Yo diría que ya podríamos empezar a plantear unas cuantas suposiciones.

—Odio esa palabra, Jason —dijo Grace, con una sonrisa—. Por mi experiencia, las suposiciones son la madre de todas las meteduras de pata. Prefiero limitarme a las hipótesis.

—Vale, hipótesis —rectificó el inspector, con una sonrisa—. Drayton Wheeler cree que Larry Brooker o su empresa le han jodido. ¿De modo que decide contraatacar saboteando la producción? ¿Matando a la estrella principal?

—¿Y por qué no se limitó a demandarlos? Es de suponer que querría sacar dinero.

Tingley se llevó un dedo a la sien.

—¿Será un chalado?

Grace pensaba en los frascos de medicinas del baño. ¿Sería

un acto desesperado de un hombre moribundo? Pero ¿con qué objetivo?

—¿Alguna vez has oído la expresión: «Cuanto más hago este trabajo, menos sé»? —preguntó.

—No —dijo Tingley, sonriendo—. Pero la entiendo.

Grace asintió.

—Dios quiera que sea Drayton Wheeler quien mandara el mensaje anoche, y que sea el que está debajo de la lámpara. Sería una solución bastante trágica, pero muy elegante.

—¿No teníamos que ir con cuidado con las suposiciones, jefe? —le recordó el inspector, con una mueca sarcástica.

Grace estaba sumido en sus pensamientos y no respondió. Le daba vueltas a lo que tendría que hacer para aumentar la seguridad para Gaia y su hijo. No importaba el presupuesto, al menos hasta que la amenaza desapareciera.

Y tenía una duda que le reconcomía. Aquello cuadraba en parte, pero no totalmente. No lo suficiente.

367

99

*Y*a era tarde cuando por fin llegó a casa. Cleo estaba en la cama, medio dormida, con un episodio antiguo de *Miss Marple* en la tele. Él lo reconoció al cabo de unos momentos: «Asesinato en la vicaría».

—¿Cómo te encuentras? —dijo él, besándole la frente.

—Estoy bien. ¡Pero el bultito está entrenando para los Juegos Olímpicos! —Le cogió la mano y se la llevó al vientre.

Grace sintió el bebé agitándose, como si estuviera saltando en una cama elástica. Sonrió, orgulloso y encantado. Era una sensación impresionante. Su hijo. De él y de ella. Vivo en el interior de Cleo.

Se tendió a su lado unos minutos, simplemente abrazándola y sintiendo los movimientos del bebé. Luego la besó.

—Dios, te quiero tanto… —dijo.

—Yo también te quiero —contestó ella—. Pero no puedes meterte en la cama con el estómago vacío. ¡No quiero oír tus tripas toda la noche! —Le besó—. Hay un poco de pastel de pescado de Marks and Sparks en la encimera. Métalo unos minutos en el microondas. En el paquete dice cuántos. Y hay unos guisantes en un cazo. Dales un hervor.

—¡Me estás malcriando!

—Vale la pena. ¿Y qué? ¿Has salvado el mundo esta noche?

—Probablemente.

—Eso es lo que me gusta de ti, superintendente Grace. Tu modestia.

Él volvió a besarla.

—¡Me sale de forma natural!

—¿Ah, sí? Por cierto, *Humphrey* se ha negado a salir. Y tiene que hacer sus cosas, si no queremos encontrarnos un regalito en la alfombra mañana por la mañana.

—Le sacaré a dar un paseo. ¿Quieres que deje la tele encendida?

—Apágala, por favor. ¡Voy a intentar dormir, si puedo convencer al bultito! No te olvides del documental de Gaia que te grabé.

—Se me había olvidado... Gracias por recordármelo.

Bajó, ató la correa al collar de *Humphrey* con cierto esfuerzo, mientras el animal saltaba desenfrenadamente de alegría, lamiéndole la cara. Entonces cogió una bolsa de plástico de debajo del fregadero de la cocina, se la metió en el bolsillo y sacó el perro a la calle.

Humphrey se puso en cuclillas en cuanto pisaron el patio exterior.

—¡Espera! —le susurró Grace.

El perro no hizo ni caso y defecó sin pensárselo dos veces, ante un vecino que pasaba en bicicleta.

—Espero que recoja eso —murmuró el hombre.

Grace lo recogió con la bolsa, reprimiendo la tentación de metérselo al vecino en su buzón. Luego emprendió la marcha con *Humphrey* por las callejuelas del barrio de North Laine, dirigiéndose a su parte preferida de Brighton, el litoral y el paseo bajo los Arches. Depositó la bolsa en un contenedor específico. Ahora que el perro se había aliviado, podía dejarlo suelto.

Avanzó sumido en sus pensamientos, en el mensaje de correo. ¿Lo habría enviado el hombre que estaba ahora debajo de la lámpara? Lo leyó de nuevo en su BlackBerry.

> Aún no puedo creerme que me trataras así. Pensaba que el objetivo principal de tu visita a Inglaterra era verme. Sé que en el fondo me quieres. Vas a lamentar lo que has hecho. Mucho. Me dejaste en ridículo. Hiciste que la gente se riera de mí. Voy a darte la ocasión de disculparte. Muy pronto vas a contarle a todo el mundo lo mucho que me quieres. Y si no lo haces, te mataré.

Encajaba, pero no del todo. «Pensaba que el objetivo principal de tu visita a Inglaterra era verme.» Eso no cuadraba con el contexto: «Hiciste que la gente se riera de mí. Voy a darte la ocasión de disculparte. Muy pronto vas a contarle a todo el mundo lo mucho que me quieres. Y si no lo haces, te mataré».

No, no encajaba. Esas no eran las palabras de un hombre que creía que le habían robado su historia, su guion. A menos que estuviera completamente loco. Por otra parte, era norteamericano. ¿Por qué iba a esperar que Gaia lo visitara en Inglaterra?

369

¿Sería el sacrificio de su vida para salvar al hijo de Gaia un gesto desesperado para hacer que la gran diva le quisiera?

La noche estaba oscura, pero no acababa de llover. Había decenas de personas por la calle. Caminó a la sombra del Palace Pier, tan preocupado que apenas se dio cuenta de que aquel era el lugar en que, veinte años antes, Sandy y él se habían dado su primer beso.

Llamó a *Humphrey*, le enganchó de nuevo la correa y, aún concentrado en sus pensamientos, emprendió el regreso a casa.

100

$\mathcal{V}$einte minutos más tarde, Grace metió el pastel de pescado en el microondas, encendió el fogón y colocó el cazo con los guisantes encima. Luego sacó el libro de actuaciones de su maletín y se sentó en el sofá a actualizarlo. *Humphrey* se enzarzó en una batalla a vida o muerte con un elefante de goma en el suelo.

Eran las 12.30 de la noche, y estaba desvelado. Cogió el mando a distancia del Sky y fue pasando por los programas almacenados hasta que vio el que Cleo le había grabado sobre Gaia. Lo seleccionó.

Scuiic, scuiic, scuiic, grrrrr... La batalla de Humphrey proseguía.

Se puso la comida en un plato, lo colocó sobre una bandeja con una servilleta y unos cubiertos y se sirvió una copa de albariño de la nevera, y volvió a sentarse. Los veinte minutos siguientes comió, sin hacer caso al perro, mientras la vida de Gaia pasaba ante sus ojos. Desde la modesta casa donde vivía de niña, en el barrio popular de Whitehawk, en Brighton, a su traslado a Los Ángeles con menos de veinte años, para ponerse a trabajar de camarera, hasta el lío que tuvo con un productor de discos que la encontró en un restaurante de comida rápida de Sunset Boulevard y le dio su gran oportunidad. Le hizo grabar su primer sencillo con los mismos músicos que habían trabajado en las primeras grabaciones de Madonna y Whitney Houston.

De vez en cuando salían primeros planos de Gaia en los que ella decía lo importante que era tratar el planeta con respeto. «Quiero que me quieras» era uno de los eslóganes usados para transmitir ese mensaje.

Luego aparecieron planos de conciertos que había dado por todo el mundo. Grace sonrió al ver uno, en Múnich, en el que aparecía vestida con un traje típico alemán, con un acordeón y bebiendo cerveza de una cuba gigante. Luego, otro en Friburgo, capital de la Selva Negra, en el que iba vestida con un peto de cuero. Luego, de pronto, en un cambio de vestuario, aparecía de nuevo en el escenario, frente a un público enfervorizado, entre una nube de hielo seco, saltando a la derecha y luego a la izquierda, con un rifle de caza, vestida con un traje de *tweed* de hombre.

Un traje de un amarillo-ocre intenso, con un estampado muy llamativo.

Agarró el mando a distancia para congelar la imagen, y la bandeja se le cayó al suelo con un gran estruendo. No vio siquiera que el plato estaba boca abajo y el vino derramado: no podía apartar la mirada de la pantalla. Rebobinó unos segundos, puso el vídeo en marcha y volvió a congelar la imagen.

Era exactamente el mismo tejido que habían encontrado en la granja de los pollos. El mismo que habían encontrado en el lago de pesca. No le cabía duda.

Estaba más que seguro.

Gaia lo llevaba en el escenario, allí, ante sus ojos, en uno de los conciertos celebrados en Baviera el otoño del año anterior, en su última gira.

Con la imagen congelada, alargó la mano para coger el teléfono y llamó a Andrew Gulli.

—¿Inspector Grace? —respondió—. ¿En qué puedo ayudarle?

—Siento llamar tan tarde, pero esto podría ser importante.

—No hay problema, inspector. ¿Tiene alguna novedad?

—Bueno, puede que le parezca algo raro —dijo Grace—. Tengo entendido que Gaia a menudo subasta el vestuario usado en los conciertos, y que da el dinero que recauda a organizaciones en defensa del medio ambiente. ¿Es así?

—Sí, está muy involucrada.

—Necesito saber todo lo que pueda sobre un traje de *tweed* amarillo que llevó en un concierto en Baviera, en otoño del año pasado.

Gulli respondió con un tono sarcástico, haciendo gala de un humor raro en él:

—No se estará quedando conmigo, ¿verdad, inspector?

—¡No me estoy quedando con usted, se lo aseguro! Necesito información sobre ese traje con la máxima urgencia. Podría ser relevante para su seguridad. ¿Cree que podría recordar si lo vendió en una subasta?

—¿Quiere describírmelo?

Grace le dio los detalles.

—Le diré algo por la mañana.

—No, necesito que me diga algo esta noche. Si tiene que despertarla, discúlpese de mi parte, pero es realmente urgente.

—De acuerdo, déjelo en mi mano, inspector.

Grace siguió rebobinando y reproduciendo la escena. Sin poder apartar la vista del traje. Luego limpió el estropicio del suelo. Estaba sirviéndose otra copa de vino cuando Gulli le devolvió la llamada.

—Inspector Grace, acabo de hablar con Gaia. De esto hace ya un tiempo, tiene que entenderlo. Pero, por lo que recuerda, ese traje fue subastado el otoño pasado, en octubre o noviembre. Cree que obtuvieron por él una suma bastante importante, más de lo habitual.

—Gracias —dijo Grace.

—¿Puedo ayudarle en algo más esta noche? ¿Han hecho algún progreso con lo de la lámpara?

—Tengo un equipo de la Científica y otro de rastreo trabajando toda la noche.

—He observado que ha aumentado la presencia policial en los alrededores del hotel esta noche —dijo Gulli—. Pero tengo pensado recomendar a Gaia que se vuelva mañana a Los Ángeles. Estoy buscando vuelos.

—¿No les supondría eso un problema con el calendario de rodaje?

—Sí, pero su seguridad y la del niño son más importantes.

—Le agradecería que esperara a ver lo que descubrimos mañana.

—Esta situación no me gusta nada —constató Gulli.

Grace tenía la impresión de que a aquel hombre no le gustaba nada de nada. Pero no se lo dijo.

—Entonces supongo que mi tarea es asegurarme de que la cosa empieza a gustarle.

—Aún espero que me convenza.

Grace colgó, y llamó inmediatamente a Branson para ponerle al día sobre el tejido de *tweed*. Luego volvió a ver toda la escena de vídeo.

Treinta minutos más tarde, cuando el documental llegó al primer papel de Gaia en el cine, se quedó dormido en el sofá.

101

*L*a sesión no acabó hasta casi la una de la madrugada. Por lo que veía Anna Galicia, situada entre el grupo cada vez menor de observadores apostado en New Road, la causa de los constantes retrasos en la grabación de exteriores eran en parte las idas y venidas de los coches patrulla, los de la Científica y los de los bomberos.

En la escena que estaban grabando, Gaia —o más bien Maria Fitzherbert—, hecha un mar de lágrimas, salía de la entrada principal del Pavilion después de que su real amante la dejara.

Aunque el público estaba demasiado lejos como para oír lo que se decía, salvo por el «¡corten!» final, estaba claro que Gaia les había hecho esperar a todos, y que esa noche estaba muy irritable. «¡Menuda sorpresa! Maldita zorra...»

Anna la observó mientras regresaba a su caravana.

Por fin, a la 1.20, salió alguien de allí, una mujer de complexión atlética con vaqueros y un blusón, y Anna tardó un momento en darse cuenta de que era Gaia con el cabello cortado. Le acompañaba una asistente, y al instante la rodearon sus guardias de seguridad. El niño se había ido mucho antes, acompañado por otra asistente y dos guardias de seguridad. Presumiblemente al hotel, a dormir.

Corrían rumores entre el público de que el niño había estado a punto de morir aplastado por una lámpara que se había caído. «Qué lástima», pensó ella. Le habría gustado ver a Gaia sufriendo. Aunque eso habría alterado sus planes.

El convoy de cinco Range Rovers negros salió del recinto, y a continuación se desplegó una gran actividad. Apagaron focos, trasladaron parte del equipo y lo guardaron en los camiones aparcados en el recinto. Se levantó el precinto policial y a los diez minutos aparecieron varias furgonetas blancas de la policía de Sussex, a las que fueron subiendo los agentes. Anna, que observaba atentamente, echó a caminar, en busca de su oportunidad.

Llegó antes de lo que esperaba. Al llegar a la entrada del aparcamiento, en la parte trasera de la sala de conciertos del Dome, vio que los tres policías que habían montado guardia junto al precinto se alejaban. Había dos personas cerrando el camión del cáterin y cuatro hombres cargando la plataforma de una cámara.

Nadie se dio cuenta de que se colaba entre los camiones, y luego entre las caravanas. Hizo una pausa entre la caravana de Judd Halpern y la de Gaia, envuelta en la oscuridad, y miró alrededor. En ninguna de las dos se veían luces. Vio a un guardia de seguridad cerca de allí, fumando un cigarrillo y hablando por teléfono o por radio, mirando hacia otro lado.

¡Ahora!

Subió los escalones hasta la puerta de la caravana de Gaia, agarrando con fuerza la llave que había recogido en A. D. Motorhomes, en Saint Albans, horas antes, y la metió en la cerradura.

Y la giró.

102

Grace se despertó a las dos de la madrugada frente al televisor, donde Jack Nicholson, ataviado con un casco, contemplaba el brazo de bombeo de un pozo de petróleo. Bostezó y apretó el botón de apagado. *Humphrey* estaba dormido como un tronco a su lado, con el elefante de juguete medio destrozado tirado por el suelo.

Subió al dormitorio arrastrando los pies, se cepilló los dientes y se dejó caer en la cama. Pero las tres horas siguientes apenas pegó ojo, barajando una serie de imágenes en la cabeza, como si se tratara de un vídeo. Gaia estaba en todas ellas. Y también el comisario jefe Martinson, que le abroncaba sin parar por pasar por alto una pista vital.

A las cinco de la mañana, ya despierto del todo, salió de la cama, con cuidado de no despertar a Cleo, se metió en el baño y cerró la puerta. Se duchó, se afeitó y se cepilló los dientes. Luego se vistió y bajó las escaleras. *Humphrey* aún estaba hecho un ovillo en el sofá, dormido. Recogió su maletín y salió al patio. Ya casi era de día y caía una fina lluvia.

Quince minutos más tarde, haciendo uso de su tarjeta de seguridad, atravesó la puerta principal de la Sussex House, subió las escaleras, atravesó las desiertas oficinas de la División de Delitos Graves y entró en su despacho. Dejó el maletín en el suelo, se dirigió a la pequeña cocina auxiliar y se hizo un café bien cargado, que se llevó a su mesa.

Entonces se conectó a Internet y buscó en Google «Gaia y subastas».

Encontró miles de resultados, pero, concretando los criterios de búsqueda, no tardó mucho en dar con lo que buscaba. La subasta por el traje amarillo de cuadros se había celebrado el mes de noviembre, y había durado dos semanas. Se había acabado vendiendo por veintisiete mil libras.

Aunque no sabía mucho de aquellas cosas, le pareció que era mucho dinero, por muy importante que fuera el artículo subastado, y aunque hubiera pertenecido realmente a Gaia. Para pagar aquella cantidad había que ser muy rico, o muy fanático.

O ambas cosas.

103

*E*n una pizarra blanca de la sala de reuniones, en el Centro de Delitos Graves, había una ampliación de la fotografía del pasaporte de Drayton Wheeler.

—Son las 8.30 de la mañana del miércoles 15 de junio. Esta es la vigesimoprimera reunión de la Operación Icono —dijo Grace a su equipo, a los que se habían sumado esa mañana el inspector Tingley, Haydn Kelly y Ray Packham, de la Unidad de Delitos Tecnológicos—. Tenemos nuevas pistas que me hacen creer que la Operación Icono podría estar relacionada con el icono de carne y hueso que tenemos actualmente en Brighton grabando una película: Gaia.

Observó que aquello despertaba una reacción inmediata por parte de todos los miembros de su equipo. Luego les explicó los acontecimientos de la noche anterior, el vídeo de Gaia que había visto y la búsqueda que había hecho en Internet aquella misma mañana. Se quedó mirando a la agente Reeves:

—Emma, he encontrado la cantidad final que se pagó por el traje en la página de eBay, pero no he hallado información sobre las personas que pujaron. Necesitamos descubrir eso con urgencia. Encárgate de contactar con eBay y entérate de quiénes participaron en esa subasta. En cuanto tengas los nombres, quiero que los contrastemos con nuestras bases de datos. En particular, necesitamos saber quién fue la persona que hizo la penúltima puja y se quedó sin el traje.

—Sí, señor.

Se giró hacia Packham. El analista de la Unidad de Delitos Tecnológicos no tenía en absoluto pinta de cerebrito informático, pero el tipo tenía un dominio de todo lo relacionado con la tecnología que resultaba difícil de superar.

—¿Tú también lo has mirado, Ray? ¿No has encontrado nada?

—No, jefe. Pero los de eBay no deberían tener problema para darnos esa información enseguida.

—Bien. ¿Y tienes los resultados del mensaje de *e-mail* enviado el lunes por la noche?

—Sí que los tengo —respondió, orgulloso—. Hemos comprobado la dirección IP, y tengo buenas noticias. Es una IP fija registrada a nombre de un cibercafé, el café Conneckted, de Trafalgar Street. Se envió desde allí a las 20.46 del lunes.

—¡Eres un genio!

—Ya lo sé —dijo Packham, con una sonrisita burlona.

Grace señaló hacia la fotografía de pasaporte de Drayton Wheeler que había colgada en la pizarra.

—El cuerpo no ha sido identificado formalmente aún, pero estamos bastante seguros de que este es el hombre que murió aplastado por la lámpara de araña anoche —dijo Grace, que procedió a repasar los tiques hallados en la habitación de su hotel—. El tique del café Conneckted sitúa a Wheeler en ese café el lunes, el día en que se envió el mensaje; tenemos que descubrir a qué hora estuvo allí. Norman, quiero que estés ahí a las 10.00, cuando abra.

—Sí, jefe —dijo Potting, asintiendo.

—Si podemos determinar que Wheeler estuvo allí el lunes a las 20.46, podría ser una buena noticia. Si no, tenemos que saber quién estaba allí. Con un poco de suerte, las cámaras de circuito cerrado nos lo dirán.

—Déjemelo a mí.

Grace echó un vistazo a sus notas.

—La Científica, que ha trabajado allí toda la noche, me ha pasado sus conclusiones hace un rato. El cloruro de mercurio es un ácido aparentemente fácil de sintetizar a partir del mercurio de los termómetros, el ácido sulfúrico de las baterías de coche y el ácido clorhídrico presente en los decapantes. Había recibos de compra de todas esas cosas en la habitación de Wheeler en el Grand. La Científica me ha dicho que el cloruro de mercurio disuelve especialmente bien el aluminio, que es de lo que estaba hecho el soporte de la lámpara.

—Jefe —intervino Batchelor—, no acabo de ver la conexión entre el tejido del traje y la lámpara de araña.

—Bienvenido al club —dijo Grace—. La conexión es Gaia, y no puedo garantizar que podamos trazar una línea entre ambas cosas, Guy. Pero vamos a considerarlo una línea de investigación, ¿vale?

El sargento asintió.

—Lo más urgente ahora es establecer si Drayton Wheeler envió ese correo o no —insistió—. Espero que lo hiciera. Porque, si no fue él, tenemos un gran problema.

104

Aquella no era la idea que tenía Norman Potting de un café. No era más que otro ejemplo de cómo estaba cambiando el mundo, de un modo que ni le gustaba ni entendía. Bonitos sofás de cuero y ordenadores. ¿Es que la gente no podía tomarse un café sin estar conectado, por Dios? A él le gustaban los bares tradicionales de barrio, con sus mesas de formica, sus sillas de plástico, el olor a comida frita, el menú en una pizarra en la pared y una buena taza de té bien cargado.

¿Por qué ya no había nadie que tomara el café normal, como siempre?, se preguntó al mirar la carta, escrita con una tipografía apenas inteligible. ¿Por qué todo el mundo tenía que aderezar la carta con un lenguaje incomprensible y retorcido?

Aunque tenía que reconocer que la oferta de *cupcakes* despertaba el apetito.

—¿Puedo ayudarle? —dijo una mujer de complexión robusta e imagen gótica, apostada tras la barra.

Llevaba vaqueros, tenía los brazos cubiertos de tatuajes y tantas anillas en la nariz que Potting se preguntó cómo respiraría o cómo se sonaría. Observó que también llevaba un *piercing* en la lengua. Y dos en la frente, que le provocaron una mueca involuntaria. Aparte de ellos dos, a aquella hora —pasaban un par de minutos de las diez— el lugar estaba desierto.

Potting le enseñó la placa.

—Ah, sí, Zoe me dijo que vendrían.

Le enseñó una copia del recibo encontrado en la habitación de Drayton Wheeler.

—Querríamos determinar a qué hora estuvo esta persona aquí el lunes. —Luego le enseñó una ampliación de la fotografía del pasaporte de Wheeler—. ¿Recuerda a este hombre?

Ella se la quedó mirando un momento.

—Sí, por supuesto. Era muy maleducado. Estadounidense, un tipo muy desagradable.

—¿Recuerda a qué hora vino? ¿Fue el lunes por la tarde?

Ella estudió la foto de nuevo.

—No, creo que fue a la hora del almuerzo. Recuerdo que estábamos muy ocupados, y se enfadó porque tenía problemas para conectarse: falló un servidor. Empezó a insultar a voz en grito a una de mis empleadas. Mi marido le devolvió el dinero y le dijo que se fuera.

—¿Está segura?

—Al cien por cien.

—¿Tienen cámaras de circuito cerrado?

Ella señaló la cámara del techo.

—Sí, las instalamos después de que nos birlaran dos ordenadores.

—Ya, en esta ciudad hay gente encantadora.

—Dígamelo a mí.

—¿Podría enseñarme las grabaciones del lunes, entre las 20.30 y las 21.00?

—Se lo diré a mi marido. Él es quien sabe cómo funciona. —Se giró y gritó en dirección al arco—: ¡Craig! ¡Te necesito!

Un momento después apareció un hombre bajo y delgado, con la cabeza afeitada, con más tatuajes aún y *piercings* que su esposa. Cualquiera que se lo hubiera encontrado de noche en un callejón oscuro se habría cagado del miedo, pensó Potting. Pero a la luz del día parecía sorprendentemente dócil y hablaba con una voz amable y bastante aguda.

Potting le explicó lo que necesitaba, y cinco minutos más tarde estaba sentado, con una grande y moderna taza de té en la mano, en la pequeña oficina, observando un monitor. La hora aparecía en un reloj digital en la esquina superior derecha de la pantalla. La calidad de la imagen no era estupenda, pero para lo que él necesitaba era suficientemente clara. Veía que cinco de los diez terminales estaban ocupados.

Tres de aquellas personas eran chicos con aspecto de estudiantes. La cuarta era una joven atractiva de veintipocos años. La quinta era una mujer de mediana edad con una gorra de béisbol de cuero, un polo y una chaqueta de aviador con el cuello subido.

A las 20.35 cuatro de los cinco se habían ido, y solo quedaba la mujer de la gorra de cuero. Poco después de las 20.46 se levantó y se dirigió al mostrador, que quedaba fuera del plano. Entonces, un par de minutos más tarde, volvió a aparecer y salió del local.

—¡Ella! —dijo Potting—. ¿La recuerda?

—Sí, claro —respondió Craig—. Aquí viene mucha gente rara. Y ella lo era.

—¿En qué sentido?

—Bueno, más que nada sus modales, y tenía una voz muy profunda, ya sabe, como de fumadora. Antes de empezar nos preguntó cuánto cobrábamos, y yo le dije que dos libras por media hora, o tres libras por hora. Ella dijo que tenía que sacar dinero y preguntó si había algún cajero por aquí cerca. Recuerdo que le dije que el más cercano era un HSBC, en Queen's Road.

—¿Y fue?

Él se encogió de hombros.

—Salió y volvió a los diez minutos. Recuerdo que pagó con un billete de diez libras nuevecito. Supuse que lo acababa de sacar del cajero.

—Necesito llevarme el disco —dijo Potting—. Se lo devolveremos. ¿Tiene alguna objeción?

El hombre vaciló.

—Puedo pedir una orden, si prefiere.

Craig meneó la cabeza.

—No, está bien.

Potting cogió el disco y recorrió Trafalgar Street, pasando por el arco bajo la estación de tren; luego giró a la izquierda y tomó Queen's Road. En la esquina contraria, en diagonal, vio el banco HSBC y sus dos cajeros automáticos.

105

Branson se sentó ante su mesa, en el SR-1, con una serie de fichas de cartón enfrente. En una decía: «Torso de Stonery Farm». En otra: «Brazos y piernas hallados en el lago de la West Sussex Piscatorial Society». En la tercera: «Tejido del traje de la Stonery Farm, el lago de la West Sussex Piscatorial Society y la gira alemana de Gaia». En la cuarta: «Myles Royce». Y en la última: «Drayton Wheeler».

Era un método que empleaba cada vez que se atascaba. Cada ficha estaba relacionada con las fotografías colgadas de las pizarras blancas, frente a las mesas donde el equipo trabajaba en silencio, concentrado. De vez en cuando oía la irritante voz de Potting. El sargento siempre hablaba más alto al teléfono que los demás, como si diera por sentado que la persona al otro lado de la línea era dura de oído.

Una voz femenina interrumpió sus pensamientos:

—¿Señor?

Levantó la vista y se encontró con la esbelta silueta de la agente Reeves, que lucía un vestido rojo vivo y melena rubia.

—Tengo algo de eBay que podría ser significativo.

—¿El qué?

—Realmente han sido muy amables. Tengo todo el historial de la subasta por el traje de Gaia, y los nombres de todos los postores. Se decidió entre dos personas, que acabaron subiendo la puja de setecientas libras a las veintisiete mil doscientas finales.

—Menuda batalla. ¡Increíble!

—¡Pues sí! Y el ganador de la subasta no fue otro que nuestro hombre rompecabezas, Myles Royce.

—¿Royce? —preguntó Branson, frunciendo el ceño—. Pensaba que él ya tenía un traje así; se compró uno.

—Sí, señor —corroboró ella—. Pero no tenía este. El traje personal de Gaia, el que había llevado en un concierto. Eso es lo que le da valor de coleccionista.

—Sí, eso ya lo pillo, pero… ¡Joder, hay que estar forrado para pagar esa pasta!

—Según parece, Gaia lo destina todo a beneficencia —dijo la agente Reeves—. Y para el coleccionista puede ser una buena inversión.

Branson se encogió de hombros.

—Aun así, hay que desearlo mucho.

—Creo que estos coleccionistas son así, señor. En cualquier caso, le he dado el nombre de todos los demás postores a Annalise, para que cruce datos. ¿Recuerda el incidente en el Grand Hotel, la semana pasada, cuando una fan de Gaia sobreexcitada recibió un manotazo de uno de los guardaespaldas de Gaia? Esa fan llamó a la policía y fue atendida; después se descubrió que les había dado una dirección falsa.

—Sí —dijo Branson—. Se llamaba Anna Garley…, o Galicia…, o algo así, ¿no?

—¡Exacto! Galicia. Bueno, pues ella fue la postora que perdió el traje amarillo en el último momento.

Branson intentó asimilar todo aquello. Una posibilidad iba tomando forma en su mente. ¿Sería un motivo? ¿Habían estado buscando en el lugar equivocado? ¿Podría ser que el motivo del asesinato fuera la rabia por haber perdido aquel traje? ¿Podría haber dejado el agresor —o la agresora— los fragmentos de tela junto al traje deliberadamente? ¿O como gesto de revancha?

Potting, que acababa de colgar el teléfono, levantó la vista.

—¿Estás hablando de la seguidora fanática de Gaia?

—Puede ser —dijo Branson, levantando la vista con desgana.

—Acabo de volver del cibercafé Connekted —dijo, mostrando un CD—. Esta es la grabación de la persona que estaba conectada a las 20.46 del lunes, cuando le enviaron aquel correo amenazante a Gaia. —Como si fuera un actor ante su público, hizo una pausa dramática antes de proseguir—. Se trata de una mujer.

Los otros respondieron con un breve silencio, frunciendo el ceño.

—¿Una mujer? —preguntó Batchelor.

—Pues sí.

—¿Se la ve caminando? —preguntó Kelly, que estaba sentado justo enfrente.

—Creo que sí, un poco —dijo Potting, que le pasó el disco.

Kelly lo cargó de inmediato.

—Esta persona, quienquiera que sea, fue al cajero automático del HSBC de Queen's Road hacia las 8.30 de la tarde del lunes para sacar dinero —informó Potting—. Hay dos cajeros, uno junto al otro. Acabo de estar en el banco, y les he pedido que nos den los datos personales de todos los que sacaron dinero de esas máquinas entre las 20.15 y las 21.00 del lunes, por si el reloj de los cajeros no estuviera en hora. Me lo tienen que pasar hoy mismo.

Branson se situó tras la espalda de Kelly y observó la imagen, de poca calidad pero bastante clara.

—Puedes pasar los primeros minutos, hasta que los demás salen del café, Haydn —sugirió Potting.

El podiatra forense lo hizo y luego volvió a ponerlo a velocidad normal cuando el contador del reloj marcaba las 20.44. Solo quedaba allí la mujer de la gorra de cuero. Por su lenguaje corporal, estaba claro que hacia las 20.46 tuvo un momento decisivo. Poco después parecía que desconectaba; se puso en pie y se dirigió al mostrador, y luego salió del plano.

—La verás otra vez enseguida —dijo Potting.

Dos minutos más tarde, volvió a entrar en el plano por un momento, y luego salió del local.

—¡Mierda! —exclamó Kelly.

—¿Qué? —preguntó Branson.

—No puedo estar seguro; necesito ver más —dijo el podiatra.

—¿Seguro de qué?

—De la manera de caminar.

—¿Qué te dice?

—Necesito ver más imágenes de esa persona caminando para estar seguro.

—Saldrá en las grabaciones de la comisaría de John Street; sus cámaras cubren toda Queen's Road —dijo Batchelor.

Branson se dirigió a Nicholl:

—Nick, llévate a Haydn a John Street ahora mismo.

Mientras Nicholl se ponía en pie, Branson preguntó:

—¿Alguien sabe cómo tomar instantáneas de un vídeo como este?

385

—Pídaselo a Martin Bloomfield, de la Unidad de Tratamiento de Imágenes; él lo hará.

Treinta minutos más tarde, Branson salía del edificio, con dos imágenes ampliadas y mejoradas de la mujer de la gorra de béisbol. Una era de cuerpo entero; la otra, un primer plano. Se subió a su coche sin distintivos y salió del edificio en dirección al paseo marítimo y al Grand Hotel.

106

*E*n la acera, frente al Grand, había montones de fans con sus teléfonos móviles preparados para hacer fotos, y paparazzi con sus teleobjetivos, todos esperando poder ver a la estrella, aunque solo fuera por un momento.

El portero, que estaba frente a la puerta principal, como si defendiera la posición, estudió la fotografía que le mostró Branson.

—Sí —dijo—. Oh, sí, sin duda.

—¿No tiene ninguna duda? —preguntó Branson.

—Parte de mi trabajo consiste en recordar rostros, señor —se explicó Colin Bourner—. Llevo haciéndolo mucho tiempo. A los clientes habituales no les sienta nada bien que no se los reconozca. Nunca olvido un rostro. Pero si necesita contrastarlo, seguro que sale en las grabaciones de circuito cerrado.

—Me gustaría verlas. No es que no confíe en usted, pero me gustaría verlo por mí mismo.

—Hablaré con Seguridad, señor; no tardaré nada —dijo, y entró enseguida en el edificio.

Branson miró su reloj. Las 11.23 de la mañana. Gaia estaba allí. Una de las mayores estrellas del mundo, y Ari se había negado a dejar que sus hijos jugaran con el de Gaia. ¿Cómo se podía ser tan ruin? Levantó la vista, preguntándose cuál sería su habitación. Una de aquellas, en la fachada anterior, con vistas al mar, seguro. Al menos tenía que asegurarse de conseguir el autógrafo para Sammy y Remi antes de que se fuera. Se quedó mirando el tráfico, que avanzaba lentamente, y a la gente que caminaba al otro lado del paseo, alguno invadiendo el carril-bici y apartándose de un salto al oír el timbre de un ciclista malhumorado. Principios de junio, y daba la impresión de que muchas de aquellas personas ya estaban de vacaciones.

«Vacaciones», pensó, melancólico. Las últimas vacaciones que se había tomado hacía casi dos años habían sido en Cornwall, con Ari. Había estado lloviendo durante dos semanas. Aquello no le había hecho un gran favor a su relación, que ya iba en caída libre.

—Ya está, señor. ¡Ahora mismo se lo están preparando!

Branson se giró.

—Genial, gracias.

—No, señor, con mucho gusto. Es un placer.

Grace acababa de salir de dos reuniones incómodas. La primera con el subdirector Peter Rigg, que quería saber cómo era posible que, a pesar de las grandes medidas de seguridad, alguien se hubiera podido ocultar justo por encima del lugar donde estaba teniendo lugar el rodaje y hubiera estado a punto de matar al hijo de Gaia. La segunda había sido con el comisario jefe, que se había mostrado algo más comprensivo, aunque también descontento.

Sin embargo, Rigg no había intentado ocultar su furia. Sentado frente a él, Grace se sentía como si volviera a estar en presencia de su antigua jefa, la corrosiva Alison Vosper, que disfrutaba poniéndolo en evidencia cada vez que podía. Cuando intentó explicar las dificultades que suponía asegurar un lugar abierto a diario al público general, el subdirector soltó una carcajada sarcástica.

—Querido amigo mío —dijo, pomposo—, se le encargó responsabilizarse de la seguridad de Gaia mientras estuviera en nuestra ciudad, y hasta ahora la verdad es que su actuación no ha resultado especialmente impresionante. Sabía que la habían amenazado de muerte: ¿no se le ocurrió revisar el techo? A mí me parece algo elemental.

—Sí, señor, y lo comprobaron. La policía hizo una revisión a fondo el primer día, y el equipo de seguridad del Pavilion ha repetido la revisión a diario desde ese momento. Yo soy inspector de Homicidios, no analista o experto en seguridad.

—Gracias a Dios. No me gustaría que mi vida o la seguridad de mi familia dependiera de un plan de seguridad que usted hubiera trazado. ¿Qué le pasa, hombre? ¿Es que no vive en este mundo o qué? Está por todas partes, en las noticias. ¿Ha visto la portada del *Argus*?

EL HIJO DE GAIA ESCAPA DE LA MUERTE POR CENTÍMETROS

Las críticas del subdirector no eran justas, y Grace lo sabía. Si hubieran contado con un presupuesto ilimitado, nadie habría podido colarse en aquel maldito tejado, pero lo cierto era que, con los escasos recursos con los que contaba para la seguridad de Gaia, era inevitable que quedaran huecos. No tenía sentido esperar que la seguridad del Pavilion pudiera encargarse de todo.

Y desde luego Rigg no se estaba mostrando nada razonable. El cuerpo de policía era un sistema jerárquico. En muchos sentidos era como el Ejército: esperabas que los agentes de rango inferior te obedecieran sin cuestionar las órdenes, cualesquiera que fueran.

—Hubo huecos en el sistema de seguridad que no debían de haberse producido —concedió Grace—. Parece que hemos tenido suerte.

—A mí no me gusta hablar de «suerte» —respondió el subdirector.

«Tener suerte es mejor que no tenerla», pensó, Grace, pero no lo dijo.

107

Poco después de las cuatro de la tarde, la concentración de las diecisiete personas amontonadas en las tres grandes estaciones de trabajo de la SR-1 se vio interrumpida por el exabrupto soltado en voz alta por Potting. Varios levantaron la vista, pero el repiqueteo de los teclados enseguida prosiguió. Sonó un teléfono móvil con la melodía de *Greensleves*, y Nicholl respondió enseguida.

Bella se echó un Malteser a la boca. Le habían encargado contactar con todos los postores de aquella subasta de eBay y de las anteriores en las que se hubieran vendido recuerdos de Gaia, con la esperanza de que alguno conociera a la escurridiza Anna Galicia personalmente. Mientras tanto, en la Unidad de Delitos Tecnológicos, Packham intentaba abrirse paso por un complejo rastro de cuentas de correo electrónico encriptadas. Si querían encontrarla siguiendo el rastro de sus pagos con PayPal, tendrían que tener mucha paciencia. Iba a llevar días, o quizá semanas…, si es que lo lograban.

Potting soltó otro improperio. Y luego exclamó:

—¡Malditos bancos! ¡Increíble!

—¿Qué es increíble, Norman? —preguntó Branson, que en su interior se alegraba de que a Potting no le salieran del todo bien las cosas. Por mucho que quisiera ver resuelto aquel caso, esperaba que no fuera aquel tipo quien hiciera el descubrimiento decisivo.

—Estamos razonablemente seguros de que Anna Galicia fue a uno de los cajeros automáticos del HSBC de Queen's Road —dijo, girándose hacia él—, hacia las 8.30 de la tarde del lunes. Hay grabaciones de las cámaras en las que se la ve acercándose a los cajeros y luego saliendo de allí. En el banco me dicen que entre las dos máquinas hubo siete reintegros entre las 8.15 y las 9.00 de la noche, y que todas las cuentas iban a nombre de hombres.

—A lo mejor la tarjeta no le funcionó —propuso Branson—. A todos nos ha pasado. ¿No tienen cámaras de seguridad? Muchos bancos disponen de ellas, para ver la cara de todo el que usa el cajero.

—Se lo he pedido —dijo Potting—. Tardarán una hora más o menos; van a mandarme la secuencia por correo electrónico, junto a los nombres y direcciones de la gente que utilizó el cajero. Así podremos ver si aparece.

—¿Tienes una lista de cajeros a los que se pueda ir a pie desde esos dos? —preguntó Bella.

Branson la miró. Cada vez le parecía más atractiva, y le sorprendió ver aquella interacción entre Potting y ella. Era casi como si le diera la entrada para una respuesta ensayada, para hacerlo quedar bien.

—Sí que la tengo —dijo Potting, con su habitual sonrisa socarrona—. Hay uno del Santander, un Barclays y un Halifax. Estoy esperando recibir noticias de todos ellos.

En ese momento, Grace entró en la sala, y se giró para ver quién había allí. Luego se volvió hacia Branson.

—¿Cómo vamos?

—Aparte de que el portero del Grand nos ha confirmado que la Anna Galicia que buscamos es la misma persona implicada en el incidente con el guardaespaldas de Gaia la semana pasada, de momento nada más, jefe. ¿Qué hay de nuevo en el Pavilion?

—Se han llevado la lámpara a los almacenes de la policía —dijo Grace—, para disgusto del conservador. El equipo de rastreo ha encontrado un monitor de escucha de bebés bajo una mesa en el salón de banquetes: es de Mothercare, lo que encaja con el recibo que encontramos en la habitación de Wheeler, y con el receptor que había en el espacio bajo el techo, por encima de la lámpara. He dado permiso a los productores para que vuelvan al edificio y graben en el salón de banquetes esta noche: tienen pensado rodar en interiores, sin la lámpara. El productor me ha dicho que la añadirán más tarde por ordenador.

Grace echó un vistazo al reloj, preocupado.

—De modo que no podemos estar seguros de que el correo electrónico no lo enviara Wheeler, pero parece improbable. ¿Es eso?

—La hora no coincide —dijo Branson.

La hora era algo que últimamente le preocupaba mucho a Grace. Dentro de una hora, Gaia abandonaría la seguridad de la suite de su hotel y se dirigiría al Pavilion. Siguiendo su consejo, había permanecido en el hotel todo el día, y su hijo no iba a salir de la suite esa tarde. Grace se había encargado de que su ahijada, Jaye, fuera a jugar con él un par de horas.

Sabía que Gaia estaría segura todo el tiempo que estuviera en el hotel, pero le preocupaba el Pavilion. ¿Se había pasado Rigg al soltarle aquella bronca, o realmente tenía razón? Si se hubiera tratado de una visita de un miembro de la familia real o de un político importante, habrían registrado el edificio hasta el último rincón, y habrían precintado zonas como los sótanos o los falsos techos, donde un potencial agresor podría ocultarse, o esconder una bomba. Pero como la productora requería acceso ilimitado a diario, y el palacio permanecía abierto al público, la seguridad siempre iba a ser un problema.

¿Se habría mostrado demasiado complaciente?

Bueno, eso no iba a ocurrir más. Durante las dos horas anteriores, el edificio había sido registrado con el mismo rigor que si fuera a celebrarse un congreso político.

Aun así, era imposible proteger a alguien por completo de algún fanático solitario. Aún se acordaba de las escalofriantes palabras del IRA después de que volaran el Grand Hotel en 1984, en un intento por matar a la entonces primera ministra, Margaret Thatcher. Enviaron un mensaje diciendo: «Hoy no hemos tenido suerte, pero recordad que basta con que tengamos suerte una vez. Vosotros tendréis que tener suerte siempre».

No iba a dejar que Gaia confiara solo en la suerte. La suerte no iba a entrar en aquella ecuación, de ningún modo. Únicamente debían confiar en una labor policial de calidad. Y así se lo hizo saber a todos.

108

Gran parte del centro de la ciudad estaba vigilada constantemente por cámaras de circuito cerrado, capaces de ampliar la imagen hasta obtener primeros planos desde una distancia de varios cientos de metros.

El centro neurálgico de la red era la sala de control de la quinta planta de la comisaría de John Street. Era un lugar enorme, con moqueta azul y sillas azul oscuro. Había tres estaciones de trabajo separadas, cada una de ellas con una batería de monitores, teclados, terminales de ordenador y teléfonos.

Sendos equipos de controladores civiles operaban dos de las estaciones. Uno de ellos, con unos auriculares, estaba muy ocupado participando en una operación policial, rastreando los movimientos de un traficante de drogas, pero el otro, Jon Pumfrey, un hombre de casi cuarenta años y rostro despierto, estaba ayudando a Kelly a buscar imágenes de Anna Galicia.

El podiatra forense, con un café tibio de Starbucks en la mano, tenía ya el muslo derecho dormido. Llevaba sentado frente a aquella consola desde poco antes de mediodía, salvo por una pausa rápida para ir a buscar un bocadillo y aquel café. Ahora eran casi las cinco de la tarde. Un caleidoscopio de imágenes de la ciudad de Brighton y Hove, y de otros puntos de Sussex, iba pasando constantemente por las múltiples pantallas. Gente caminando. Autobuses pasando. Un primer plano de un hombre de pie junto a un contenedor de basura.

Kelly ya había localizado a Anna Galicia en seis cámaras diferentes, a última hora de la tarde del lunes. En la primera se dirigía al café Conneckted. En la segunda iba hacia los cajeros automáticos del HSBC en Queen's Road. En la tercera, cuarta y quinta imágenes, estaba caminando por el exterior del recinto del Pavilion, abriéndose paso por entre el numeroso público. En la sexta, iba en dirección al

Old Steine, a las 23.24. Aunque las cámaras cubrían mucho terreno en aquella zona, no volvió a aparecer. Jon Pumfrey le dijo a Kelly que probablemente eso significaría que había tomado un autobús o un taxi y que se había ido a casa.

Ahora estaban repasando las imágenes de los alrededores del Pavilion del día anterior, pasando las grabaciones de las diferentes cámaras durante todo el día a gran velocidad, con la esperanza de volver a verla. Kelly echó un vistazo al reloj, consciente de que tenía que estar de vuelta en la Sussex House para la reunión de las 18.30. Eran casi las cinco. Ya había descubierto más de lo que necesitaba, y estaba emocionado con lo que tenía para informar.

Entonces algo le llamó la atención. Frunció el ceño.

—¡Jon, retrocede unos segundos!

El controlador movió el mando, y la grabación retrocedió.

—¡Para! —ordenó Kelly. El reloj de la pantalla indicaba las 13.00 del día anterior, martes.

La imagen se congeló.

—¿Qué calle es esa? —preguntó Kelly.

—New Road.

—Vale. Amplía la imagen de ese tipo, por favor.

La imagen de un hombre algo calvo vestido con traje llenó la pantalla. Salía por la puerta principal de un bloque de oficinas, vacilaba y tendía una mano, como para comprobar si aún llovía.

—Ahora avanza despacio, por favor.

Kelly observó, cada vez más excitado, mientras el hombre salía del encuadre.

—Sigue adelante. Puedes pasarlo rápido. Creo que volverá.

El podiatra forense tenía razón. Diez minutos más tarde, el hombre regresó, con una bolsita de papel en la mano. Echó un vistazo a una bicicleta encadenada a una farola y volvió a entrar en el edificio.

—Necesito una copia de eso, por favor —le dijo al controlador.

Unos minutos más tarde, cuando Pumfrey se la entregó, la cargó directamente en su ordenador portátil y la pasó por el programa que había desarrollado él mismo para el análisis de la postura al caminar. Después de tomar medidas y de hacer cálculos, hizo varias comparaciones con las cifras obtenidas de las grabaciones de Anna Galicia caminando.

Y ahora sí que apenas podía contener su excitación.

109

Potting estaba sentado en su estación de trabajo de la SR-1, desconcertado. Le habían enviado imágenes de todos los cajeros automáticos a poca distancia del café Conneckted. El HSBC, el Barclays, el Halifax y el Santander habían respondido rápidamente y con eficiencia.

Las fue pasando, mirando sucesivamente cuatro rostros de mujeres y dieciséis de hombres, y había algo que no le cuadraba. Las veinte personas habían sacado dinero de aquellos cajeros automático en el periodo de tiempo fijado, entre las 20.15 y las 21.00 del lunes. A pesar de la mala calidad de las imágenes, había una mujer que guardaba un parecido razonable con Anna Galicia. Según parecía, había intentado operar en el cajero del HSBC de Queen's Road a las 20.31. Pero no constaba ningún reintegro a su nombre. En el banco le habían dicho que quizá se debiera a que le hubieran rechazado la tarjeta. Pero les extrañaba un poco que no hubiera ningún registro de la operación. Otra posibilidad era que hubiera usado una tarjeta que hubiera sido robada y sin que aún se hubiera presentado denuncia: un minuto más tarde, a las 20.32, constaba un reintegro a nombre de un hombre.

El sargento estaba a punto de decidir que había perdido el tiempo con aquella línea de investigación cuando, de pronto, por segunda vez en la tarde, se rompió el silencio habitual de la sala de investigaciones. Esta vez fue con un grito de euforia de Kelly, que entró con tal ímpetu que la puerta chocó contra la pared, dando un golpetazo que hizo que todos levantaran la vista.

—¡Lo he encontrado! —gritó, emocionado como un crío, mostrándole a Grace dos carátulas de CD que tenía en la mano.

—¿Qué es lo que ha encontrado? ¿A Anna Galicia? —preguntó Grace.

El podiatra forense apartó el teclado de Grace y colocó su portátil sobre la mesa. Abrió la tapa e introdujo su contraseña. Un instante después, Grace tenía delante una pantalla partida en dos por una línea vertical. A la izquierda vio lo que parecía una grabación de circuito cerrado de alguien a quien reconocía perfectamente: Anna Galicia, caminando por una calle de Brighton. A la derecha de la pantalla había un hombre con una calvicie incipiente y un traje de negocios. En lo alto vio unas columnas de números y símbolos algebraicos que iban cambiando, aparentemente calibrando y recalibrando los parámetros del andar de ambas personas.

Kelly señaló la pantalla izquierda.

—¿Ve a nuestra misteriosa Anna Galicia?

Grace asintió.

—Hay un buen motivo por el que nadie ha podido encontrarla.

—¿Y cuál es?

Kelly señaló entonces la pantalla derecha. El hombre con poco pelo vestido con traje.

—Porque, en realidad, ella es él.

Grace se quedó mirando al podiatra forense un momento, por si estaba de broma. Pero parecía absolutamente serio.

—¿Cómo demonios lo sabe?

—Por el análisis del paso. ¿Ve todos esos cálculos en la pantalla? Puedo hacer el análisis visualmente, con cierta precisión, porque lo llevo haciendo mucho tiempo, pero esos cálculos del algoritmo que desarrollé yo mismo son más seguros. Existe una mínima variación, porque la mujer va con tacones y el tipo lleva zapatos de hombre convencionales. Pero son la misma persona. Seguro.

—¿Sin lugar a dudas?

—Me jugaría el cuello.

110

Grace se quedó mirando la pantalla, pasando la mirada de la mujer al hombre, y luego a la mujer de nuevo.

—Glenn —dijo—. Ven a ver esto.

Branson se acercó, miró la pantalla y exclamó:

—¡Ese parece nuestro amigo Eric Whiteley!

—¿Whiteley? —preguntó Grace. El nombre le sonaba de algo, pero no lograba ubicarlo.

—Sí. El contable raro que entrevistamos Bella y yo. Eso es frente a la puerta de su trabajo. ¿Quién lo ha grabado?

Potting levantó la vista.

—Yo tengo aquí algo interesante sobre Eric Whiteley, suponiendo que sea el mismo tipo, Glenn.

—¿Qué es?

—Podría ser solo una curiosa coincidencia, pero he encontrado el nombre «Eric Whiteley» en un correo electrónico del HSBC —dijo Potting—. Tengo un listado de todas las personas que extrajeron dinero de los cajeros automáticos próximos al café Conneckted el lunes por la noche. Según el banco, sacó cincuenta libras en una de sus máquinas de Queen's Road, a las 20.32.

—¿Lo han registrado las cámaras?

—Bueno, eso es lo raro: no. —Potting señaló a su pantalla—. Esta es la persona que parece haber sacado el dinero: Anna Galicia. El banco cree que es posible que le haya robado la tarjeta.

—No, no le ha robado la tarjeta a Eric Whiteley —dijo Branson, meneando la cabeza—. ¡Ella es Eric Whiteley!

Grace miró su reloj. Las cinco y veinte de la tarde. Llamó a la Sala de Control de Operaciones y preguntó por el oficial a cargo. Un momento más tarde estaba hablando con el inspector Andy Kille, un hombre muy competente con quien le gustaba trabajar. Le explicó la situación todo lo rápido que pudo y pidió que enviaran agentes de uniforme y de paisano a la oficina de Whiteley. Con un poco de suerte le pillarían antes de que saliera. Quería que lo arrestaran, pero le dijo a Kille que advirtiera a sus hombres de que el tipo podía ser violento.

Cuando colgó, dio instrucciones a Batchelor y a Reeves para que cogieran un coche sin distintivos y se apostaran cerca del domicilio de Whiteley, por si aparecía. Luego le dijo a Nicholl que consiguiera una orden de registro firmada por el juez para la casa y la oficina de Whiteley, y que se dirigiera directamente a casa del sospechoso.

A continuación volvió a hablar con el oficial del Centro de Control de Operaciones y les pidió que enviaran una unidad del Equipo de Apoyo Local —la unidad especializada en ejecutar órdenes judiciales, provistos de vestuario antibalas y equipo especializado—, un asesor y agentes de la Científica a las cercanías de la casa de Whiteley, pero que se mantuvieran ocultos hasta que Nicholl llegara con la orden de registro. Luego debían entrar con el sargento Batchelor y la agente Reeves. Una vez más, advirtió a Kille de la posibilidad de que Whiteley fuera violento.

Apenas cinco minutos más tarde, Andy Kille llamó a Grace por radio con noticias de dos agentes de calle que ya estaban junto a los despachos de Feline Bradley-Hamilton. Whiteley no se había presentado en el trabajo. En el despacho no habían tenido noticias suyas, y no había respondido a sus llamadas.

«Mierda —pensó Grace—. Mierda, mierda, mierda.» El escalofrío interior que le recorría se estaba convirtiendo rápidamente en una oleada de pánico. Esos tipos inofensivos. A menudo eran los tipos con aspecto de poca cosa los que resultaban ser unos monstruos. Como el asesino en serie más letal del Reino Unido, Harold Shipman, un médico de familia con barba y gafas, de aspecto amable, que simplemente tenía cierta afición a matar a sus pacientes y que había acabado al menos con la vida de doscientas dieciocho personas, o quizá con la de muchas más.

Se quedó mirando la imagen de Whiteley en la pantalla. Tenía una cosa clara: alguien que es capaz de matar una vez es muy capaz de volver a hacerlo. Una y otra vez. La mente le daba vueltas a toda velocidad. Whiteley no se había presentado en el trabajo. Se giró hacia Branson.

—Glenn, tú hablaste con el jefe de Eric Whiteley hace unos días, ¿no?

—Sí, jefe.

—Si no recuerdo mal, dijo que era un tipo algo raro, pero un empleado de mucha confianza, ¿no?

—Sí. Dijo que era un solitario, pero sí, totalmente fiable.

—Así que el hecho de que no se presente a trabajar sin avisar en la oficina, o que haya podido ir a alguna cita que no estuviera en su agenda, es algo muy raro en él, ¿no?

—Eso diría, pero sabemos que ocasionalmente trabaja fuera de la oficina, visitando a los clientes.

A Grace aquello le gustaba cada vez menos. Con un poco de suerte, el hombre estaría enfermo, en su casa. Pero algo le decía que no. Llamó a Batchelor.

—¿Cómo va eso?

La respuesta fue una serie de improperios, seguidos de:

—¡Este maldito carril bus! Lo siento, Roy, pero estamos en un atasco que va de Roedean hasta Peacehaven.

—Vale, avisadme cuando lleguéis —dijo Grace, que inmediatamente llamó por radio otra vez al oficial de la Sala de Control—. Andy, ¿tienes alguna unidad por la zona de Peacehaven?

—Ahora lo miro.

—Envía la patrulla más próxima a la casa de Eric Whiteley. Tengo que saber si está en casa: prioridad máxima.

—Yo me ocupo.

De pronto, Grace sintió la necesidad de fumar. Pero ya nunca llevaba tabaco encima, y no tenía tiempo para buscar a alguien a quien pedírselo, y menos aún para salir a fumárselo. «Por Dios, que Whiteley esté en casa», se dijo.

¿Y si no estaba?

Pensó en Gaia. Tras aquella fachada de personaje duro parecía ser una persona dulce y frágil. Le gustaba, y estaba decidido a hacer todo lo que estuviera en su mano para protegerla a ella y a su hijo. Tras lo ocurrido con la lámpara, cualquier incidente similar podía tener consecuencias catastróficas. Para su conciencia y para su carrera.

Echó un vistazo al listado de casos del día, que iba actualizándose constantemente. De momento la tarde se presentaba tranquila, lo cual era positivo, porque significaba que la mayoría de los agentes de guardia estarían disponibles en caso necesario. Intentó adelantarse a los acontecimientos. Era evidente que Andrew Gulli no había conseguido convencer a Gaia para que se fuera de la ciudad, ya que el estadillo de producción de la película, que había pedido y que tenía delante, sobre su mesa, indicaba que Gaia debía estar en maquillaje a las cuatro y lista para grabar a las seis.

Kille le llamó:

—Roy, tengo una patrulla en la casa de Whiteley. No les responden al timbre, ni llamando a la puerta, y no se oye nada ni se ve movimiento en el interior de la casa.

Grace sintió la tentación de decirles que forzaran la puerta y entraran. Si Whiteley estaba inconsciente o muerto, aquello lo cambiaría todo. Pero el hecho de que no se hubiera presentado a trabajar no era excusa suficiente. Necesitaban la orden.

Veinte minutos de infarto después, Nicholl le llamó para decirle que ya tenía la orden, firmada por un juez que vivía cerca de la casa de Whiteley, en Peacehaven, y que estaba a dos calles, con el sargento Batchelor, la agente Reeves y seis miembros del equipo de apoyo de la zona. La Científica llegaría al cabo de unos minutos.

—Decidles a los agentes que están allí que entren —respondió Grace de inmediato—. ¡Rápido!

111

*L*a casa de Eric Whiteley, en el 117 de Tate Avenue, estaba en lo alto de una colina, en un barrio lleno de casas y bungalós de la posguerra, todos bastante pegados unos a otros. Era una zona tranquila: el paseo sobre el acantilado y el mar quedaba unos trescientos metros al sur, y apenas dos calles al norte se abrían las amplias praderas de los South Downs, con sus granjas.

A Guy Batchelor le pareció que el número 117 tenía un aspecto algo triste. Era una casa de ladrillo y madera de los años cincuenta, de dos plantas, algo modesta, con un garaje integrado y un jardín cuidado pero sin ningún atractivo. Sobre las puertas de entrada al garaje había un cartel en letras rojas sobre blanco que decía: NI SE TE OCURRA APARCAR AQUÍ.

Esperó en la acera, con los agentes Nicholl y Reeves, mientras los seis agentes del equipo de apoyo superaban la verja y se repartían por la finca, dos de ellos rodeando la casa y apostándose tras los cubos de basura. Los seis llevaban mono azul, chaleco antibalas y cascos de tipo militar con la visera bajada. Uno llevaba un ariete cilíndrico. Otros dos portaban el gato hidráulico, con su generador, que se usaba para abrir las jambas de los marcos cuando se encontraban con puertas de seguridad, algo cada vez más común entre los traficantes de drogas, que buscaban así dificultar la entrada de la policía para ganar tiempo en caso de redadas. Un cuarto agente, el sargento al cargo de la unidad, llevaba la orden de registro en la mano.

—¡Policía! ¡Abra la puerta! ¡Policía! —gritó el primer agente, golpeando la puerta, llamando al timbre y golpeando la puerta más fuerte que antes.

Esperó unos momentos y se giró, esperando la orden de su sargento, que asintió. Inmediatamente cargó con el ariete. La puerta reventó al segundo golpe, y los tres agentes entraron, gritando: «¡Policía! ¡Policía!», mientras el sargento esperaba en segunda línea, por si el individuo que buscaban intentaba escaparse saliendo por la puerta del garaje.

Batchelor, Reeves y Nicholl se quedaron en la calle hasta que les comunicaron que estaba despejado, después de revisar todas las habitaciones y comprobar que no corrían peligro.

Al entrar se quedaron de piedra.

Después de ver el exterior de la casa, nunca habrían podido imaginar que en el interior se encontrarían con algo así.

El suelo del salón era de un mármol que más cabría esperarse en un palacio italiano que en una casa adosada de Brighton y Hove. Las paredes estaban cubiertas de espejo del suelo al techo, decoradas con piezas de arte azteca y pósteres de Gaia. Batchelor se quedó mirando una fotografía de la estrella vestida con un *negligée* negro, una de sus imágenes más famosas, firmada. Pero estaba rasgada por varios sitios, probablemente con un cuchillo, de modo que había trozos colgando. Sobre la imagen alguien había escrito ZORRA en letras rojas.

Se quedó mirando a Reeves, intranquilo. Señaló a la izquierda. Sobre un sillón de cuero blanco había otro póster enorme enmarcado, en el que Gaia llevaba una camiseta sin mangas y unos vaqueros de cuero, que decía GAIA. GIRA REVELACIONES. Por encima, con la misma pintura roja, habían escrito: QUIÉREME O MUERE, ZORRA.

Sobre la chimenea, evidentemente en un lugar de honor, había una gran lámina con los labios, la nariz y los ojos de la estrella en monocromo verde, con el título: GAIA, MUY PERSONAL. También estaba autografiada. Y también estaba desgarrada en parte, y pintada en rojo con la palabra PUTA.

Uno de los agentes de la Unidad de Rastreo, vestido de negro y provisto de guantes, iba abriendo cajones de una cómoda en el otro extremo de la sala. Batchelor se quedó mirando cada uno de los pósteres, los desgarros violentos, la pintura roja. Cada vez se sentía más inquieto. Echó un vistazo por la ventana: era una tarde gris y ventosa, y vio la ropa de una casa vecina agitándose al viento, frente a un garaje de bloques de hormigón. Aquello le daba mala espina. Se había encontrado en muchas situaciones complicadas, pero ahora estaba experimentando algo nuevo. Era como si casi pudiera sentir la maldad, algo macabro.

Una sombra se movió, haciéndole dar un respingo. Era un pequeño gato birmano, con el lomo arqueado, que lo miraba con desconfianza.

—¡Mirad aquí arriba! —dijo otro agente, llamándolos desde lo alto de las escaleras.

Batchelor, seguido por Reeves y Nicholl, se lanzó escaleras arriba, en dirección a la habitación que indicaba, que era algo a medio camino entre un museo y un santuario. Allí, hacía poco, alguien había sufrido una explosión de rabia.

Había maniquíes tirados por el suelo, vestidos con ropa cubierta en plástico y manchados de pintura roja. En la pared había más pósteres rasgados y pintados. Por el suelo había discos compactos, entradas a conciertos de Gaia, botellas del agua mineral de Gaia, una copa de Martini rota y una caña de pesca con mosca partida en dos, y todo ello estaba manchado con pintura roja, como si fuera sangre.

Algunos artículos aún estaban en las vitrinas, pero muchos de ellos quedaban ocultos por las palabras de rabia escritas sobre el cristal. ZORRA. PUTA. QUIÉREME. YO TE ENSEÑARÉ. QUE TE JODAN.

La agente Reeves paseaba la vista por la habitación, con los ojos como platos.

—¡Es una colección increíble!

—¿Eres fan de Gaia? —le preguntó Nicholl.

Ella asintió enérgicamente.

—¡Señor!

Todos se giraron. Era uno de los agentes de la Unidad de Rastreo, Brett Wallace, y estaba pálido. Batchelor sabía que estos agentes veían de todo, no era fácil impresionarlos. Pero desde luego aquel hombre estaba afectado.

—Esta casa acaba de convertirse en escenario de un crimen. Vamos a tener que precintarla y evitar alterar su contenido.

—¿Qué has encontrado? —preguntó Batchelor.

—Se lo enseñaré.

Bajaron las escaleras y le siguieron hasta la cocina, una estancia impecable, con muebles y electrodomésticos algo antiguos. Había otros dos agentes de la Unidad de Rastreo, y ambos parecían incómodos, algo raro en ellos. Wallace señaló hacia una puerta abierta. Batchelor, seguido de los otros dos agentes, la atravesó. Aquello era una pequeña despensa, ocupada en su mayor parte por un arcón congelador abierto. En el suelo había unos cuantos paquetes de comida precocinada y de salchichas congeladas, así como tres bloques de hielo para neveras portátiles.

403

—Mire dentro —dijo Wallace, indicándole con un gesto que entrara.

No muy convencido, Batchelor dio un par de pasos adelante y miró hacia abajo. Al momento dio un paso atrás, sobresaltado.

—¡Joder!

112

—¿*D*ónde… cojones… está? —Larry Brooker miraba a Barnaby Katz, el director de producción, con la voz tensa del enfado.

Estaban de pie, en la puerta del salón de banquetes del Pavilion. Treinta actores, incluidos el resto de los principales —Judd Halpern, Hugh Bonneville, Joseph Fiennes y Emily Watson— estaban sentados alrededor de la mesa, esperando y cada vez más impacientes, acalorados y sudorosos, con aquellos trajes y pelucas. Todas las luces de rodaje estaban encendidas, envolviendo a los comensales con un brillo surrealista… y tostándolos al mismo tiempo.

Habían recompuesto la mesa temporalmente. Encima había un pequeño agujero, en la cúpula, en el lugar donde veinticuatro horas antes colgaba la lámpara.

Katz levantó los brazos en señal de impotencia. Daba la impresión de que en los últimos días había perdido pelo, debido al constante estrés.

—He llamado a la puerta de su caravana hace veinte minutos y alguien me ha gritado que saldría dentro de un momento. —Se ajustó los auriculares y preguntó por el micrófono—: Joe, ¿aún no hay señales de vida de Gaia?

Brooker miró el reloj.

—De eso no hace veinte minutos, Barnaby. Hace «treinta» minutos. ¡Estas divas! Dios, cómo las odio. ¡Malditas actrices! ¡Treinta minutos, joder! —Se giró hacia el director, Jack Jordan—. Tú sabes lo que nos cuestan treinta minutos, ¿verdad, Jack?

Jordan se encogió de hombros, sin inmutarse; ya estaba acostumbrado a sufrir los embates de los egos descontrolados a ambos lados de la cámara. Con aquella melena de cabello blanco bajo su gorra de béisbol, el veterano director parecía más que nunca un hechicero de otro tiempo y, como era habitual en él, mantenía la calma.

Tenía que hacerlo. Aquella era la escena más importante de la película y, al figurar en ella todas las estrellas del reparto, también era la más cara. La toma decisiva.

Brooker golpeó un puño contra el otro.

—Esto es escandaloso. ¿Es que alguien le ha tocado las narices hoy, o qué? —Miró a Jordan—. ¿Has vuelto a discutir con ella por el guion?

—Querido, yo no la he visto desde ayer. La última vez que hablamos estaba mansa como un cachorrillo. Dale unos minutos más. Tienen que ponerle mucho maquillaje, y esa peluca es incomodísima; le hace cosquillas en la cara, pobrecilla.

«Pobrecilla», pensó Brooker, con sarcasmo. Gaia iba a cobrar quince millones de dólares por solo siete semanas de trabajo. Por esa pasta, él aguantaría perfectamente que le hicieran cosquillas en la cara durante siete semanas.

—Esa peluca del demonio —respondió Brooker—. Apenas se le ve la cara. Parece una oveja encorsetada. Estoy pagando una fortuna por tener a Gaia en la película, y con toda esa ropa y esos pelos podríamos haber puesto a cualquiera en su lugar. —Volvió a mirar el reloj—. Cinco minutos. Si no está en el set dentro de cinco minutos, voy a…, voy a…

Se quedó dudando: no quería quedar como un tonto, pero tampoco enemistarse con la estrella. Al trabajar en una producción independiente tan pequeña con una actriz tan importante como Gaia, había que ir con mucho cuidado. Si la ponía de mal humor, podía empezar a ralentizarlo todo aún más, y eso le costaría días de retraso —si no ya semanas—, con las dramáticas consecuencias que tendría para el presupuesto. Durante la semana anterior, ya había habido un par de ocasiones en que Gaia, de pronto malhumorada, le había dejado claro a Brooker, sin decirlo, que sabía perfectamente que la producción de aquella película no habría sido posible sin un requisito imprescindible. Y es que toda aquella gente estaba allí por un motivo en particular: que ella, Gaia, hubiera dicho sí.

113

Batchelor necesitó un momento para hacer acopio de valor y acercarse de nuevo a mirar en el interior del arcón. Tenía la impresión de que las venas se le helaban con el aire frío que se elevaba desde el congelador, envolviéndolo.

En el fondo había una cabeza humana, con la cara hacia arriba, entre varios paquetes de guisantes, judías y brécol congelados, a modo de macabra guarnición. Una cabeza de hombre. Tenía la carne gris, cubierta de escarcha, al igual que el cabello; parecía que llevaba un gorro blanco. Los ojos estaban encogidos y se habían convertido en un par de minúsculas canicas.

A pesar de la decoloración y las zonas cubiertas por la escarcha, reconoció inmediatamente el rostro, por las fotografías que había visto: era Myles Royce, el ganador de la subasta del traje amarillo de *tweed* de Gaia.

Cuando se giró y volvió a entrar en la cocina, Wallace preguntó:

—¿Es esa la parte que os faltaba del «varón desconocido de Berwick»?

—Sí, yo diría que sí.

Uno de los otros agentes de la Unidad de Rastreo, que estaba mirando tras un lavavajillas con una linterna, levantó la vista:

—La madre de Brett siempre dice que de pequeño se le daban muy bien los rompecabezas.

El sargento sonrió; luego sacó el teléfono y llamó a su jefe.

Grace escuchó atentamente lo que le contaba Batchelor, intentando pensar con claridad, pese al pánico que le invadía. Había que tomar una serie de decisiones rápidas. Tenía que informar al comisario jefe y al subdirector Rigg, antes de que se encontrara en la embarazosa situación de que se enteraran del descubrimiento de la cabeza de Royce por las noticias. Pero antes de hacerlo había algo aún más urgente.

Llamó al número de móvil estadounidense del jefe de seguridad de Gaia.

—Andrew Gulli —respondió él, casi al instante, como si esperara una llamada.

—Soy Roy Grace.

—Inspector Grace. Yo… —La voz de James Cagney había perdido la energía de otras veces.

—Tenemos una situación de emergencia, señor Gulli. Tengo una copia del estadillo de producción de la película, y veo que su cliente tiene rodaje en el Pavilion esta tarde. Pero me preocupa mucho su seguridad: tengo motivos para creer que hay una persona ahí fuera que intenta hacerle daño. Ya ha matado al menos una vez. Sabemos qué aspecto tiene y conocemos el disfraz que usa, y creo que podríamos atraparlo enseguida. Pero no quiero correr riesgos con su cliente, así que lo que me gustaría hacer, con su ayuda, es sacarla del set, llevarla a ella y a su hijo a la suite y tenerla allí las próximas veinticuatro horas, bajo vigilancia. ¿Podemos hacer eso?

—Mire, inspector, yo estoy con usted. Pero no puedo ayudarle. Desde esta mañana estoy despedido.

—¿Despedido?

—Sí, me vuelvo a Los Ángeles mañana.

—¿Gaia? ¿Gaia le ha despedido? ¿Justo ahora?

—Sí, bueno, el caso es que le insistí a mi cliente en que debía abandonar Inglaterra enseguida, hoy mismo, y volver a Estados Unidos… Y que al demonio con las consecuencias. No me ha querido escuchar. Así que hemos tenido una situación algo tensa. Me ha dicho que, si no cambiaba de actitud, me despediría. Yo le he dicho: «Señora Lafayette, no voy a poner en riesgo su vida ni la de su hijo. ¿Es que se ha vuelto loca? ¡Al demonio con las consecuencias!». —Se produjo un breve silencio, luego Gulli prosiguió—: Le digo una cosa, inspector, lo que gana con esta película es una minucia comparado con lo que se embolsa en sus conciertos, así que le dije que les dejara plantados, que la denunciaran, que daba lo mismo. Mejor una denuncia que una bala en la cabeza. Pero ella no me ha hecho caso. Le he dicho que no iba a dejarle pisar el set. Así que me ha despedido.

—¿Quiere que intente hablar con ella?

—Gaia Lafayette hace lo que Gaia Lafayette quiere, inspector. No escucha a nadie.

—Voy a hablar con ella ahora mismo.

—Buena suerte. La va a necesitar.

Colgó y llamó inmediatamente al oficial de servicio en la Ops 1, Andy Kille, y se alegró al comprobar que seguía de guardia.

—Hemos encontrado la cabeza de Myles Royce —le informó—. Y el sospechoso está por ahí, y estoy convencido de que tiene intención de atacar a Gaia. Estoy haciendo circular fotografías de Eric Whiteley y de la personalidad ficticia que adopta, Anna Galicia: estoy imprimiendo copias para todas las patrullas y el personal de apoyo. Y quiero que todos los agentes que tengamos disponibles vayan ahora mismo hacia el Pavilion. Quiero que quede precintado.

—Podría enviar también algunos agentes especiales —propuso Kille.

—A todo el que encuentres —respondió Grace—. Hasta que tengamos a ese maniaco entre rejas.

—Voy a aumentar el grado del caso a crítico —dijo Kille—. Graham Barrington es el oficial al mando con nivel operativo oro, y Nick Sloan tiene el nivel plata.

Grace le dio las gracias y echó un vistazo al reloj: las 18.15. Según el horario del estadillo, Gaia tenía que estar en su caravana para maquillarse y vestirse a las 16.00, dos horas antes de la hora prevista para empezar a grabar. Se giró hacia el podiatra forense.

—Haydn, quiero que vuelvas a la sala de control de las cámaras de circuito cerrado: ya encontraré a alguien para que te ayude. Necesito que observes las imágenes de las cámaras de las calles próximas al Pavilion por si reconoces a Eric Whiteley... o a Anna Galicia.

—Sí, claro. ¿Ahora?

—Sí, ahora mismo; tenemos que encontrarle, y rápido. —Miró alrededor—. Bella, quiero que le lleves allí a la velocidad del rayo, y que luego vengas a reunirte conmigo frente al Pavilion. ¿Vale? ¡Venga, rápido!

Bella y Kelly se pusieron en pie a toda prisa y se dirigieron a la puerta. Grace se dirigió al resto del equipo:

—Todos sabemos el aspecto que tiene Whiteley en sus dos imágenes: quiero que todos los que podáis salgáis a buscarle. No podemos saber con seguridad si aparecerá, pero me sorprendería que no lo hiciera, y no podemos arriesgarnos a perderlo.

Comprobó el registro de llamadas de su teléfono, encontró los

409

números correspondientes a sus conversaciones de la noche anterior con Larry Brooker y llamó a su número.

—Brooker —respondió este. No parecía muy contento.

—Soy el superintendente Grace, señor Brooker.

—No es un buen momento —dijo él—. Estamos a punto de empezar a rodar una escena importante. ¿Puedo llamarle más tarde?

—¡No! —se apresuró a responder Grace—. ¿Está Gaia en el set?

—Pues no, señor, precisamente ella no está. Estamos esperándola.

—Señor Brooker, necesito que me haga un gran favor. Creemos que su vida puede correr peligro inmediato. Quiero llevármela custodiada por la policía a la habitación del hotel y tenerla vigilada hasta que pase la amenaza. ¿No podría grabar alguna otra escena en la que no saliera ella?

—Inspector Grace, Gaia ya nos ha retrasado bastante. Tiene que ser realista. Las estrellas reciben amenazas de majaretas constantemente. Ella tiene su propio equipo de seguridad, tenemos el equipo de seguridad del Pavilion, el de la unidad de grabación y toda su operación policial. Este lugar es más seguro que Fort Knox. Aquí no puede entrar ni un ratón sin identificación. Ahora mismo es el lugar más seguro de todo Brighton.

—En ese caso, ¿cómo es que se cayó ayer la lámpara de araña?

—Desde entonces todo está más controlado. Hemos asegurado todas las entradas. Han registrado hasta el último rincón. Estará completamente segura en el set…, si es que conseguimos que salga de su maldita caravana.

Grace colgó, exasperado.

—¿Qué ha pasado, jefe? —preguntó Branson.

—Lo siento, pensé que te lo habrían dicho. Han encontrado la cabeza de Myles Royce.

—¿De verdad? —dijo Branson, mirándole a la cara—. ¿Dónde?

—En el congelador de Eric Whiteley.

—¡Jooooder!

—Sí, y tengo la desagradable sensación de que pretende que Gaia sea su siguiente trofeo. A juzgar por el estado de su casa, ha perdido la cabeza. Ha destrozado todos sus artículos de coleccionista de Gaia, ha pintado las paredes con mensajes de odio contra ella y ha desaparecido.

—¿Dónde crees que puede estar?

—Esta tarde he hablado con una psicóloga que ha escrito mucho sobre acosadores y fanáticos de famosos, una tal Tara Lester. Dice que estos fans obsesivos a menudo crean una relación imaginaria con el famoso. Están «seguros» de que el famoso está esperando el momento justo para responderles. Creen que el famoso está tan enamorado de ellos como ellos del famoso, solo que en secreto. Cuando son rechazados, puede írseles la cabeza. Creo que nos encontramos exactamente con eso. Va a intentar acercarse a ella, sea en el hotel o en el Pavilion.

Branson asintió.

—Olvídate de la reunión de esta tarde. Tú y yo nos vamos allí ahora mismo.

411

114

—Gaia ha salido de su caravana; viene hacia aquí —les anunció por fin Barnaby Katz a Larry Brooker y Jack Jordan. Entonces se quedó escuchando un momento en el auricular la voz del tercer auxiliar de dirección, que la acompañaba, para luego dirigirse de nuevo al productor y al director—: Joe viene con ella, y dos agentes de policía la escoltan hasta la puerta.

—Diles que pongan la sirena y que espabilen —dijo Brooker, impaciente.

El Range Rover negro, seguido por un coche patrulla, recorrió los trescientos metros de camino por los jardines del Pavilion. Los agentes de policía salieron enseguida del coche y se quedaron a un par de metros mientras uno de los guardaespaldas abría la puerta trasera del coche y la estrella emergía lentamente, ladeando la cabeza con cuidado para no dar contra el marco de la puerta con aquella masa de pelo, ni tropezar con alguna de las múltiples capas que tenía su vestido de cuello alto.

En el momento en que Gaia puso el pie en el suelo, la multitud concentrada más allá del muro de New Road estalló en vítores desordenados, y una batería de flashes brillaron en la tarde gris. Avanzó despacio, como vacilante, siguiendo al asistente de dirección hasta el edificio, y luego giró a la derecha por el pasillo que llevaba al salón de banquetes.

Y se sumergió en un mar de rostros.

En la sala se hizo evidente la sensación de alivio. Varios de los actores reunidos en torno a la mesa de banquetes se giraron hacia ella. Una maquilladora iba pasando de una silla a otra, secando los brillos de narices y frentes, y una de las peluqueras estaba haciendo un pequeño arreglo a la peluca de Hugh Bonneville. De pronto todo el elenco de actores estalló en un aplauso espontáneo.

«Oh, mierda —pensó Brooker—. Oh, mierda, esto no le va a gustar nada.»

No era el aplauso de un cálido recibimiento, ni el aplauso por una gran actuación. Era un aplauso irónico de los otros treinta actores, que no estaban nada contentos de que les hubiera hecho esperar.

Entonces, para asombro de todos, Gaia sonrió y se deshizo en reverencias. Primero a los actores sentados a la mesa. Luego al director de fotografía y a sus técnicos. Luego al equipo de sonido. A la supervisora de continuidad. Al director y al productor, y a cada técnico de luz y electricidad. Hacía reverencias, como si su carrera dependiera de ello.

Saludaba, sonriente y orgullosa, como si no entendiera en absoluto la situación, como si disfrutara siendo el centro de atención, el objeto de una adulación inexistente.

Brooker frunció el ceño. Aquel comportamiento era absolutamente insólito en ella. Aquella mujer estaba muy rara.

413

115

Grace siempre se preguntaba por qué cada vez que Branson se ponía al volante de un coche conducía como si acabara de robarlo haciéndole el puente, aunque lo cierto es que esta vez tenía motivos. Branson se abría paso entre los atascos de la hora punta, con las luces y la sirena encendidas, y Grace se pasó la mayor parte del trayecto temiendo por su vida, y por la vida de cualquiera que se les cruzara en el camino. Para distraerse, llamó y puso al día primero al comisario jefe, a través de su asistente personal, y luego al subdirector Rigg.

A las 18.30, siete minutos después de salir de la Sussex House, entraron en el recinto del Pavilion y aparcaron detrás de un Range Rover negro. Grace sintió cierto alivio al ver que la presencia policial había aumentado considerablemente desde el día anterior.

Al acercarse a la puerta, dos guardias de seguridad de uniforme, ambos con auriculares, les bloquearon el paso.

—Lo siento, caballeros —dijo uno de ellos—. No se permite el acceso; están a punto de empezar a rodar.

Grace sacó su placa y se la mostró.

El mismo guardia meneó la cabeza.

—Señor, no lo entiende: están a punto de grabar una toma. Tiene que haber silencio absoluto. No puedo dejarle pasar hasta que acaben esta escena.

—No haremos ruido —dijo Grace—. Es una emergencia.

—Me temo que ya han perdido casi una hora esta noche. Parece que la señora tiene un día algo difícil; no sé si me entiende —dijo el otro guardia. Tenía un bigote manchado de nicotina, una complexión robusta, la postura tensa y el gesto serio e inquisitivo de un exsargento mayor del Ejército.

«Aún tiene suerte si está viva, no sé si me entiendes tú a mí», estuvo a punto de responder Grace.

—Lo siento, necesitamos entrar en el edificio —dijo, simplemente.

—¿Teléfonos apagados?

—No, no vamos a apagar los teléfonos ni las radios.

—Entonces me temo que no pueden entrar hasta que acabe esta escena, caballeros.

—¿Y eso cuánto tardará?

—Depende de las tomas que necesite la señora para decir bien su texto —respondió el guardia, y ambos policías notaron el sarcasmo en su voz.

Grace decidió no presionar más, se giró y se apartó unos pasos, seguido por el sargento.

—¡Malditas normas! —exclamó Branson—. Me encantaría ver cómo graban.

—A mí me gustaría ver el resultado final, para asegurarme de que hemos conseguido mantener a Gaia viva —respondió Grace, con tono grave.

Había unas doscientas personas distribuidas tras el muro, observando. Vio que Branson examinaba cada uno de los rostros. ¿Estaría Eric Whiteley entre ellos? Un hombre dispuesto a pagar más de veintisiete mil libras por un traje usado un día por su ídolo. Un solitario, sin nada en la vida más que su pasión inquebrantable por una estrella, una pasión que nunca sería correspondida. Un solitario airado por un gesto de su ídolo, probablemente humillante, a su juicio, en la entrada del Grand Hotel.

¿Tan desesperado estaba por todo lo que hubiera pertenecido a su ídolo como para llegar a matar y descuartizar a su competidor en una subasta? ¿Por un traje?

¿Qué era lo siguiente, después de destrozar toda su colección de recuerdos de Gaia?

¿Destruir al icono en persona?

Eso, por supuesto, le convertiría, de la noche al día, en alguien casi tan famoso como ella.

116

Además de Larry Brooker, varios de los actores y de los técnicos miraban a Gaia, extrañados. Jack Jordan frunció el ceño, preguntándose si su primera actriz no estaría drogada. Desde luego aquella tarde tenía un aspecto muy raro. El cabello le oscurecía gran parte del rostro, llevaba demasiado maquillaje y su voz sonaba rara, como si hubiera envejecido de pronto; tampoco parecía recordar nada de los ensayos del fin de semana. ¿Sería por la impresión, al ver que su hijo había estado a punto de morir el día anterior? ¿Habría sido más sensato concederle un par de días para recuperarse? Ahora era demasiado tarde para pensar en todo aquello.

Le repitió pacientemente la frase, remarcando dónde quería que ella pusiera el énfasis:

—«No es *así* como una *reina* espera ser tratada, querido Prinny. *Nunca* en mi vida me he sentido *tan* humillada». —Hizo una pausa—. ¿De acuerdo? ¡Mucho más énfasis! En estas últimas tomas casi estás murmurando. Tienes que decírselo a todo el mundo, al público, a todos los amigos y compañeros del rey. ¡Tienes que proyectar! Lo que estás haciendo es intentar humillarlo en público.

Gaia asintió.

Jordan se giró hacia la mesa, hacia el rey Jorge:

—Judd, tú tienes que responder inmediatamente: «Tú *nunca* has sido una reina. Solo has sido una mujer *más*, por engalanada que fueras». —Se volvió hacia Gaia—. Y entonces es cuando tú tienes que echarte a llorar y salir corriendo de la habitación, gritando. ¿Está todo claro?

Halpern y Gaia asintieron.

El primer ayudante de dirección, con los auriculares puestos, se colocó a la vista de todos y anunció:

—¡Vale, primera posición, todo el mundo!

—¡Rodando! —dijo el operador de cámara.

El chico de la claqueta se colocó frente al objetivo con la claqueta digital.

—¡Escena uno tres cuatro, toma tres!

Se oyó un chasquido, y se apartó. Jack Jordan gritó:

—¡Acción!

—Gaia —dijo ella, dirigiéndose primero al rey, y luego a todos los que estaban en torno a la mesa, para después girarse en un gesto dramático y dirigirse a Jack Jordan—. ¡Tú nunca has sido una reina! ¡Solo has sido una mujer más, por engalanada que fueras! ¡No eres más que una impostora! Has hecho creer a la gente que los querías, solo para hinchar tu ego, ¿verdad? Bueno, pues no eres tan especial. ¿Lo ves? Cualquiera puede hacer lo que tú haces. ¡Mira a toda esta gente, en esta sala!

Todos se quedaron helados, mirando con asombro, pasmados. Jordan dio un paso en su dirección.

—Gaia, cariño, ¿quieres tomarte unos minutos de descanso?

—¿Lo veis? —dijo ella, ahora ya a voz en grito—. ¡No distinguís! ¡No veis la diferencia! Así que en realidad no la necesitáis a ella. ¡Cualquiera os valdría!

Se dio media vuelta y arrancó a correr, trastabillando, hasta salir de la sala.

Jordan se giró hacia Brooker, anonadado, y luego miró al director de producción.

—Esa…, esa no es ella —dijo Barnaby Katz—. ¡No es Gaia!

Brooker sacudía la cabeza.

—¿Es que ha perdido la chaveta?

—No es ella… ¡Esa no es ella! —dijo Katz otra vez—. ¡Joder, os digo que esa no era Gaia! —Salió corriendo por el pasillo hasta llegar al vestíbulo donde estaba la puerta que daba a los lavabos públicos.

Brooker y Jack Jordan le siguieron.

—¿Que no era Gaia? —preguntó Brooker, exaltado.

—¡No!

—Entonces… ¿quién cojones era ella? ¿Qué es esto, una broma?

—¿Dónde ha ido? —Katz abrió la puerta del lavabo de mujeres y echó un vistazo, y luego miró en el de hombres. Luego salió corriendo hacia la entrada y llegó hasta los dos guardias—. ¿Habéis visto salir a alguien? ¿Hace como un minuto?

417

Ambos negaron con la cabeza.

—Por aquí no ha pasado nadie en los últimos quince minutos, tal como nos ordenó, señor.

—¿No habéis visto a Gaia... o a alguien que se le parezca?

—A nadie —dijeron, sin pestañear.

Se abrió paso entre ellos, seguido por Brooker y Jordan. A unos metros vio a Grace, que estaba de pie junto a un hombre alto y negro vestido con un traje elegante.

—¿No han visto a Gaia hace un momento? —preguntó.

—¿A Gaia? —respondió Grace. No le gustaban en absoluto las caras de desconcierto que veía.

—¿O a alguien vestido como ella? —precisó Katz.

—Salió corriendo del salón de banquetes y desapareció —añadió Brooker.

—Por aquí no ha salido nadie desde que hemos llegado —dijo Branson—. Y de eso hace al menos siete u ocho minutos.

Grace se quedó mirando a Brooker.

—¿Le importaría decirme qué está pasando? ¿Qué quiere decir que no encuentran a Gaia?

—¡Lo haría, si tuviera la mínima idea!

418

—Gaia vino al set con un aspecto muy extraño y empezó a actuar de un modo muy raro —dijo Jordan—. Se salió del personaje completamente, empezó a farfullar un montón de tonterías, y luego salió corriendo de la sala.

—No era ella —dijo el director de producción—. Estoy seguro.

—Todo el edificio está protegido —intervino uno de los guardias de seguridad—. Todas las llaves se han retirado de las cerraduras, tal como nos dijo la policía que hiciéramos. Lo hicimos en cuanto se fue el público. Si estaba en el edificio hace cinco minutos, sigue ahí dentro, se lo puedo asegurar.

—Si está diciéndome que esa mujer no era Gaia —le dijo Grace al director de producción—, ¿dónde está Gaia?

Este se encogió de hombros.

—No lo sé. ¿Estará aún en la caravana?

Grace sintió que el pánico de antes volvía a apoderarse de él, presionándole las tripas por dentro. ¿Aún en la caravana?

Jordan y Katz volvieron a meterse en el edificio.

—¿Quiere que vaya a ver? —le dijo Katz a Grace.

—No, ya voy yo. —Se giró hacia Branson—. Glenn, rodea el edificio, pon hombres en cada salida, que no salga nadie, ¿de acuerdo? Ni siquiera el maldito conservador, hasta que yo lo diga. Y que tampoco salga nadie del recinto: quiero un bloqueo total de la zona, y lo quiero ya.

—De acuerdo, jefe.

Grace corrió por el camino que atravesaba los jardines y se paró junto a los dos agentes de policía que montaban guardia unos metros por delante de la puerta de la caravana de Gaia. Dos guardias de seguridad de Gaia charlaban a poca distancia, uno de ellos se estaba fumando un purito.

—¿Alguien ha visto entrar o salir a alguien, desde que estáis aquí? —le preguntó a uno de los dos agentes.

Ambos negaron con la cabeza.

—No desde que Gaia salió en dirección al set, señor —respondió uno.

Grace se acercó a la puerta y llamó golpeando fuerte con los nudillos. Esperó un momento y volvió a llamar. Entonces la abrió, anunciando su llegada:

—¿Hola? ¿Hay alguien?

Le recibió el silencio.

Subió los escalones y entró. Era como si de pronto un anzuelo enorme se le hubiera clavado en el cuello.

Por un instante tuvo la sensación de que todo el interior de la caravana giraba sobre su eje, que las paredes se contraían y luego se expandían de nuevo. No podía creer lo que tenía delante.

—Oh, Dios mío —dijo—. Oh, Dios mío…

419

117

Grace gritó a los dos policías que montaban guardia en el exterior de la caravana.

—¡Aquí, rápido!

Entonces se lanzó sobre los tres cuerpos que había en el suelo, todos atados de la cabeza a los pies y amordazados con una mezcla de cuerda y cinta americana. Las tres mujeres movían los ojos, gracias a Dios. Una de ellas era asistente de Gaia. Pero ninguna de las otras dos era la propia Gaia.

—Soy agente de policía. ¿Están bien? —les preguntó a las tres, que respondieron asustadas, pero asintiendo. Tras retirarles con cuidado la cinta de la boca, vio que las otras dos eran la peluquera y la maquilladora.

Se giró hacia los dos agentes que tenía detrás:

—Pedid tres ambulancias, y luego liberadlas, pero con cuidado; esa cinta hace mucho daño —dijo.

Luego se fue hasta la parte de atrás, oculta tras una cortina, y comprobó que la ducha que había a un lado y el retrete del otro estaban vacíos. Abrió la puerta que daba a lo que parecía ser el dormitorio principal: olía al perfume de Gaia, pero estaba vacío. Había algo de ropa encima de la cama. Buscó por todas partes, abriendo armarios, y se puso de rodillas para mirar incluso bajo la cama, por si acaso, pero en vano.

Gaia no estaba en su caravana.

Llamó por radio a la sala de control de operaciones, y enseguida contactó con el inspector Kille. Le hizo un breve resumen.

—Así que no podemos saber con certeza a qué hora la secuestraron, ¿no? —preguntó Kille.

—Solo sabemos que ha tenido que ser entre las cuatro y hace dos minutos.

420

—Son más de tres horas. Podría estar en cualquier parte. No creo que sirva de nada poner controles en las carreteras; ahora mismo podrían estar muy lejos.

—Yo creo que el secuestrador está en el Pavilion, con ella —dijo Grace—. Estoy de acuerdo en que no tiene sentido cortar las carreteras. ¿Están disponibles el *Hotel 900* o el *Oscar Sierra 900*? —Esos eran los nombres en clave de los dos helicópteros de la Unidad de Apoyo Aéreo de la Región Sureste.

—Sí.

—Pues manda uno a sobrevolar el Pavilion, por si está en algún lugar del tejado. Allí arriba hay muchos huecos. También podrán ver si intenta huir.

—Lo tendré allí dentro de diez minutos, como máximo.

«Por favor, que siga viva», rogó Grace, en silencio. La mente le daba vueltas a toda velocidad, intentando encontrar soluciones. Había trabajado en varios casos de secuestros, y tenía experiencia como negociador con secuestradores. Sabía que no tenían muchas probabilidades de éxito. En los casos de secuestros de niños, el cuarenta y cuatro por ciento de las víctimas moría durante la primera hora. El setenta y tres por ciento moría en las tres primeras horas. Solo un uno por ciento sobrevivía más de un día. Y el cuarenta por ciento moría antes incluso de que se denunciara su desaparición.

Aquellas cifras hacían referencia a niños, pero si la psicóloga, la doctora Lester, tenía razón, en el mundo de fantasía que se había creado Eric Whiteley, ahora que Gaia ya no era su amante, podía perfectamente considerarla como a una niña a la que hubiera que darle un escarmiento.

Cada segundo era de vital importancia.

—Necesitamos también una orden de búsqueda por carretera, Andy, por si acaso.

—¿Sabemos qué vehículo tiene Whiteley?

—Tiene un Nissan Micra, pero sigue en el garaje. Es posible que haya alquilado algo más grande; no le sería muy fácil ocultar a una persona en un Micra.

Posó la vista en un cartelito junto a la ventana trasera del dormitorio: SALIDA DE EMERGENCIA.

Tuvo que rodear la cama para llegar, y entonces vio la manilla levantada, desbloqueada, como si hubieran abierto la puerta recientemente, y no la hubieran cerrado bien desde fuera.

Puso fin a la conversación con Kille, abrió la puerta y miró hacia fuera y por la parte trasera del vehículo. Había otras dos caravanas más pequeñas aparcadas justo detrás, con lo que la salida quedaba fuera del alcance de la vista de cualquiera que no estuviera a pocos metros de allí. No había ventanas desde donde pudieran verle. Whiteley debía de habérsela llevado por allí, pero diez metros más allá quedarían a la vista, ¿o no?

Entonces, al mirar al suelo, observó un rectángulo oscuro irregular en el césped, como si hubieran trazado un rastro muy fino con un producto contra las malas hierbas.

Se agachó y el rectángulo osciló un poco bajo sus pies, muy levemente. Volvió a subir a la caravana, comprobó que los dos policías estuvieran progresando en la tarea de liberar a las víctimas y luego buscó por los cajones de la cocina hasta encontrar un cuchillo grande y una espátula de metal.

Volvió tras la caravana, se puso a cuatro patas y, usando los dos utensilios como palanca, abrió una tapa de metal, antigua y pesada, cubierta con una capa de tierra y hierba, y la apartó. Vio unos escarpados escalones que descendían hacia la oscuridad. Más de una vez había oído rumores de pasadizos secretos bajo el Pavilion, y se preguntó si sería uno de ellos.

Volvió a la caravana y les preguntó a los agentes si alguno de ellos llevaba una linterna. Uno de ellos sacó una pequeña, de aspecto sólido, y se la pasó. La encendió, volvió a salir y emprendió el descenso de los escalones, respirando aquel aire viciado. Al cabo de unos seis metros se encontró en un túnel donde apenas cabía erguido. Tenía las paredes encaladas, así como el suelo de ladrillo, y se extendía en dirección al edificio principal del Pavilion. Unas cañerías cubiertas de manchas, tubos de cobre y cables de corriente sin protección, colgaban a ambos lados de las paredes, por la parte más alta, recorrían toda su longitud, y cada pocos metros vio varias lámparas montadas en la pared, pero apagadas.

Se puso a caminar por el túnel, todo lo rápido que pudo, con cuidado de no tropezar con las irregularidades del suelo, envuelto en las sombras que creaba el haz de luz, con los nervios a flor de piel. Dejó atrás una vieja puerta de madera tumbada contra la pared, y luego un gran panel de vidrio y, algo más allá, una silla de mimbre desvencijada. Dos puntitos rojos en la oscuridad le hicieron parar en seco, pero luego desaparecieron. Una rata. Pasó junto a un cono de tráfico naranja y blanco, que desde luego estaba fuera de lugar en aquel túnel, y llegó a una vieja puerta blanca llena de mugre con una manija cromada reluciente. Dudó por un momento y echó un vistazo a su teléfono. No había cobertura. Lo que significaba que no tenía ninguna posibilidad de pedir refuerzos en caso necesario. Si Whiteley iba a por él, tendría que plantarle cara él solito.

Agarró la manija y apagó la linterna para no convertirse en un blanco fácil, por si acaso. Entonces abrió la puerta de golpe y encendió la linterna otra vez.

El haz de luz iluminó una manguera antiincendios colgada de la pared de ladrillo. Siguió adelante y enfocó la luz hacia otro pasillo, mucho más ancho y alto, que giraba a la derecha, al fondo del cual se distinguían unas luces tenues. Todos los cables y las tuberías de aquel tramo estaban recogidos con bridas, y fijados al techo. La superficie del suelo de ladrillo era irregular y estaba despintado y reparado a trozos con feos parches de cemento. Pasó junto a una fila de bidones de plástico de productos químicos y luego, a su izquierda, vio una puerta verde en muy mal estado, con las bisagras desencajadas y un cartel amarillo y negro que decía: PELIGRO. ALTO VOLTAJE. Una telaraña rota en la esquina superior izquierda de la puerta revelaba que la habían abierto recientemente. Las bisagras chirriaron, y la parte inferior de la puerta rascó contra los ladrillos. Enfocó la luz hacia el interior, y vio una pared cubierta de fusibles y material eléctrico, y tuberías cubiertas de amianto, pero, por lo demás, allí no había nada.

Siguió caminando y vio que llegaba a un lugar muy iluminado. Entonces oyó voces, y se quedó paralizado.

Sonaban como si las tuviera justo delante. Entonces oyó pasos. Alguien bajaba las escaleras y se acercaba. Ahora sí que tenía los nervios de punta. Respiró hondo varias veces, aferrando la linterna con fuerza —era la única arma que tenía— y echó el cuerpo hacia delante, manteniéndose lo más pegado a la pared que pudo. Vio una sombra que se hacía cada vez más grande. De pronto apareció el guardia de seguridad con pinta de exsargento mayor. El viejo militar dio un respingo cuando lo vio, gritó algo y dejó caer la linterna, que hizo un ruido de plástico roto al caer contra el suelo y se apagó.

—¡Dios Santo! ¡Me ha dado un susto de muerte, señor!

—Pues ya somos dos —dijo Grace—. ¿Qué ha pasado? ¿Alguien ha encontrado algo aquí?

El guardia se arrodilló, encorvándose con cierta dificultad, y recogió la linterna.

—Hasta ahora nada, señor. Pero es un lugar increíblemente grande. Hay que conocerlo bien para poder registrarlo en condiciones. Hay tantos pasillos… Fue diseñado en dos capas, de modo que el servicio pudiera moverse por todo el palacio sin pasar por nin-

423

guna de las habitaciones principales a menos que fuera necesario. Yo llevo aquí siete años y no dejo de encontrar rincones nuevos. Para alguien que lo conozca bien, debería ser fácil moverse de un lado a otro sin que lo vean.

—¿Qué hay ahí arriba? —Grace señaló las escaleras por las que acababa de bajar.

—Lleva al vestíbulo principal, junto a la entrada y a los baños.

—Estoy seguro de que el secuestrador de Gaia debe de habérsela llevado por aquí, en algún momento durante las últimas dos horas. ¿Adónde puede haber ido desde aquí?

—Bueno, por este pasadizo no podría ir muy lejos. Si enfoca la luz hacia allí, lo verá. —Señaló la prolongación del túnel y le mostró el punto en que estaba tapiado, algo más allá—. Tiene que habérsela llevado por donde vino, o por estas escaleras.

De pronto, a Grace le vino a la mente el olor a chocolate fresco. El envoltorio de aquella chocolatina con un rastro de pintalabios.

¿El pintalabios de Anna Galicia?

—Sígame, ¿quiere? —dijo Grace, y subió corriendo las escaleras, pasando por la portezuela entreabierta y por la puerta semioculta en el otro extremo, donde le había llevado el conservador el día anterior. La abrió y subió por la escalera de caracol.

Tras él, a cierta distancia, oyó la voz del guardia de seguridad, que era mayor que él y respiraba con cierta dificultad:

—No toque la barandilla, señor. ¡Está muy vieja y es peligrosa!

Llegó arriba y entró en el viejo apartamento abandonado bajo la cúpula, con su desagradable olor a humedad y aquellas sábanas que cubrían los muebles, de formas angulosas e irregulares. Pero no notó siquiera el olor. Ni las sábanas. Ni el envoltorio de la chocolatina que aún seguía en el suelo.

Tenía la mirada fija en el terrible e impresionante cuadro que tenía delante. Podrían haber sido dos actores ensayando una escena para una obra. Solo que ninguno de aquellos dos personajes estaba actuando. Ambos estaban de pie sobre una trampilla podrida y peligrosamente inestable, y uno de ellos tenía una soga alrededor del cuello.

118

Gaia, vestida con unos vaqueros y una camiseta blanca manchada de sudor, con el rostro brillante por la transpiración, producto del miedo, estaba de pie, de puntillas, con un lazo de alambre de espino alrededor del cuello. El alambre pasaba por la polea que había en lo alto y estaba bien tenso. Unas manchas de sangre indicaban los puntos donde se le había clavado el alambre en la piel. En el suelo había una tira de cinta americana, enrollada, y ella tenía la piel de alrededor de la boca irritada y enrojecida, probablemente por efecto de la propia cinta adhesiva, pensó Grace, dominado de pronto por la rabia al ver aquella escena, pero aliviado al comprobar que al menos seguía con vida.

Tenía las manos atadas tras la espalda. A apenas unos centímetros de sus impecables deportivas estaba el cartel de la trampilla. Unas gruesas letras decían: PELIGRO. GRAN DESNIVEL. NO PISEN LA TRAMPILLA.

Aterrorizada, fijó los ojos en Grace. Él intentó transmitirle tranquilidad con los suyos. No podía evitar sentirse implicado en aquello, al ver a la gran estrella de pronto tan vulnerable e indefensa.

Agazapado a su lado había una especie de aparición, un personaje cubierto de maquillaje, vestido con ropas de mujer de estilo Regencia y con una enorme peluca ladeada, que lo miraba con una extraña sonrisa triunfante. Tenía una mano en cada uno de los dos pestillos oxidados que mantenían sujeta la trampilla y evitaban que se abriera hacia abajo, y se los llevara a los dos por un pozo vertical de doce metros que daba al almacén situado sobre las cocinas. En el suelo, junto a aquella criatura, vio un cuchillo de caza de aspecto macabro y un teléfono móvil.

De pronto se oyó un sonoro crujido, como un disparo.

Gaia soltó un gemido de terror. Los ojos de la aparición miraron abajo por un momento.

Grace comprendió enseguida de qué se trataba. La trampilla estaba empezando a ceder. El cerebro le iba a toda velocidad. ¿Qué podía hacer? Tenía a los dos a unos tres metros. Tres pasos rápidos, calculó. Los pestillos podían abrirse antes incluso de que pudiera acercarse. No podía correr ese riesgo, al menos de momento.

Se oyó otro crujido. Esta vez la trampilla cedió visiblemente, tensando el alambre de espino aún más. Iban a caerse en cualquier momento.

—Superintendente Roy Grace —dijo la aparición, sonriendo, hablando a través de una seductora sonrisa blanca, con una voz femenina pero grave que imitaba la de Gaia—. Le reconozco del *Argus*. ¡Qué detalle que haya querido asistir a nuestra pequeña fiesta privada!

Gaia le rogaba con la mirada que hiciera algo.

El corazón le latía con tal fuerza que Grace sentía el pulso en las sienes.

—¿Eric Whiteley? —dijo—. ¿O debería llamarle Anna Galicia?

Oyó unos pasos a sus espaldas, y luego una respiración agitada.

—Líbrese de su amigo, el gordo del bigote, querido. Es feísimo —respondió la aparición, con la misma voz de Gaia—. Hablaré con usted, pero no voy a hablar con ningún burdo matón.

Grace vaciló.

La criatura corrió los pestillos más de un centímetro. El pánico en los ojos de Gaia se convirtió en terror desbocado. Se oyó otro crujido, este menor, y la aparición dio un respingo, aunque no parecía que le importara.

—Líbrese de su amigo el gordo, o la zorra y yo nos vamos abajo. Tiene cinco segundos, superintendente —amenazó, y agarró los pestillos con más fuerza.

Sin más, Grace se giró y se dirigió al guardia de seguridad:

—¡Haga lo que dice!

El guardia se lo quedó mirando, como poniendo en duda su cordura.

—¡¡Váyase de aquí!! ¡¡Fuera!! —le gritó Grace.

El grito surtió el efecto deseado. El guardia de seguridad se giró, pasmado, y salió de allí trastabillando. Grace volvió a girarse hacia el travestido, pensando a toda prisa. Intentó recordar todo lo que le había dicho la analista, Annalise Vineer, que había investigado en profundidad en el pasado de Whiteley, y también lo que le había contado la psicóloga, Tara Lester. Pero lo primero era establecer contacto, intentar crear un vínculo con Whiteley. Y, al mismo tiempo, pensar en un plan B.

—Dígame cómo quiere que le llame —dijo—: ¿Anna Galicia o Eric Whiteley? —dijo, mirando por un momento hacia el alambre que pendía por encima de Gaia.

—Muy gracioso —replicó Whiteley, con un gruñido masculino esta vez—. No me da ningún miedo matarla.

—No sería la primera vez que mata, ¿verdad, Anna? ¿Nos quedamos con Anna, pues?

—Anna estará encantada. —La respuesta llegó con aquella voz que imitaba la de Gaia.

Grace sintió un escalofrío que le recorría la espalda. Era como tratar con dos personas completamente diferentes.

—¿Y qué hay de Eric? ¿Él también estará encantado?

—Eric hará lo que le diga Anna —dijo Whiteley, con su voz de Anna.

—Mató a Myles Royce, ¿verdad? ¿Por qué lo mató?

—Porque tenía más dinero que yo. Siempre me ganaba en las pujas, y se llevaba todo lo que yo quería. No podía permitir que siguiera así. Le invité a ver mi colección y luego le maté. ¡Lo coleccioné a él! ¡Se convirtió en un buen trofeo! ¡A Eric le pareció muy bien!

Grace era consciente de que Gaia lo miraba con desesperación, pero en aquel momento no quería romper el contacto visual con Whiteley. Necesitaba encontrar un elemento común a los dos, algo con lo que crear un vínculo. Y sabía que no tenía mucho tiempo. Quizá fuera cosa de segundos.

Se oyó otro crujido.

—Más vale que se dé prisa, superintendente. ¡Nos vamos abajo! —dijo Whiteley, de nuevo con la seductora voz de Gaia.

Whiteley había sido muy listo. El cable daba varias vueltas a un cabrestante en grandes lazos, y luego lo había atado varias veces por encima de la cabeza de Gaia, para tensarlo y obligar a la chica a estar de puntillas. Aquellos lazos medirían unos dos metros de alambre. Si la trampilla se abría, Gaia caería esa distancia, y aunque no se le partiera el cuello al instante o el cable le cortara la cabeza por completo, sería imposible llegar hasta ella. Y también sería imposible levantar su peso tirando únicamente de aquel alambre afilado.

De pronto oyó el ruido de la hélice de un helicóptero sobre sus cabezas. Vio que Whiteley dirigía la mirada hacia una de las polvo-

427

rientas ventanas ovaladas y se dio cuenta de que acababa de perder la ocasión de aprovechar aquella mínima distracción, de una fracción de segundo, para lanzarse sobre él.

El ruido se hizo más tenue.

—No creo que un helicóptero vaya a servir de mucho en este caso, superintendente Grace, ¿no cree? —dijo Anna, y luego miró a Gaia—. No te hagas ilusiones… de que vengan a salvarte, ¿sabes? Eso no va a pasar. —Entonces levantó la mano derecha, juntó el pulgar con el dedo corazón y el anular, y levantó los otros dos dedos—. ¡Zorro furtivo! —dijo, y le guiñó un ojo.

Gaia se lo quedó mirando, paralizada por el terror.

El teléfono de Grace sonó, pero él no hizo caso.

—Eric dice que puede responder —dijo Anna, con una voz melosa.

Grace no respondió. Quería tener ambas manos libres. Dejó de sonar.

—¡Quizá fuera una llamada importante! —observó Anna—. Usted es un hombre muy importante, ¿no?

—¿Y usted no es igual de importante, Anna?

—¡Eso dice Eric!

Grace echó otra mirada rápida en dirección a Gaia, que no apartaba la vista de él. Se preguntó qué haría aquel guardia de seguridad. Pero a menos que pusieran a un francotirador en el tejado para que disparara a Whiteley a través del cristal —algo para lo que no había tiempo—, no se le ocurría nada que pudiera hacerse. Oyó el ruido de las sirenas abajo, seguido de profundos cláxones, y luego más sirenas. Los bomberos debían de estar en camino. Pero aquello no iba a servir de nada. No había tiempo para esperar refuerzos. La sombra de una gaviota atravesó una de las ventanas tras Whiteley, y desapareció.

El tipo echó una mirada a Gaia.

—¿Qué tal? ¿Estás contenta de estar con tu fan número uno? ¿Te gusta sentir la adoración de tu público? ¿Eh?

Ella intentó responder, pero solo le salió un graznido ronco.

—¿Nunca has pensado qué sería de ti si no fuera por mí y por todos los demás? ¿Eh?

—¿Por qué no le afloja un poco el alambre, o le quita el nudo, para que le pueda responder? —sugirió Grace, manteniendo la calma.

—¡Ja, ja, ja! Muy ocurrente, superintendente —respondió Anna.

—¿Qué es lo que quiere de Gaia, Anna?

Grace estaba preparado, en guardia, como un muelle tenso. Escuchando. Esperando el siguiente crujido. No sabía si su plan salvaría a Gaia, pero en aquel momento no tenía ninguna otra opción que la de negociar con aquel tipo. Y no le quedaban más que unos minutos para hacerlo, quizá segundos.

Tras un breve silencio, Whiteley respondió, mirándole directamente a los ojos.

—Quiero que «se disculpe».

Grace sintió renacer una mínima esperanza.

—¿Qué se disculpe por qué, Anna?

Whiteley la miró a ella.

—Tú lo sabes, ¿verdad, Gaia? —dijo, y luego miró de nuevo a Grace.

—Quítele el nudo —dijo Grace, con firmeza pero en un tono cortés—. Deje que le hable.

De pronto, con una voz muy masculina, Whiteley le contestó, mostrando los dientes como una fiera:

—Anna no le quitará el nudo. ¡Deje de acosarla!

—¿Acosarla, ha dicho?

Whiteley volvió a mirar a Gaia, y habló Anna:

—Lo único que tenías que hacer en el vestíbulo del Grand Hotel era sonreír y decir «hola». Pero, en lugar de eso, me humillaste. Me denigraste delante de todo el mundo. Me dejaste como una tonta. Me convertiste en Afi, ¿verdad? Aburrida, fea, inútil. Finges querer a todo el mundo, pero en realidad no eres más que una abusona codiciosa. ¿Verdad, Gaia? ¿Cómo te sientes ahora? Apuesto a que ahora te arrepientes de no haber sido más amable conmigo en el Grand, ¿a que sí?

—Dele la ocasión de hablar con usted, Anna.

El tipo se giró con furia y se quedó mirando a Grace.

—Anna no está hablando con usted —le dijo la voz de Eric Whiteley.

Entonces se volvió hacia Gaia y Anna volvió a hablar:

—¿Sabes, Gaia? No eres tan especial como tú te crees. Cualquiera podría ser tú, si la maquillan lo suficiente. ¡Todo el mundo creyó que yo lo era! ¡Podría haber hecho el resto de la película y no se habrían enterado! En realidad, no eres nada especial. Simplemente has tenido mucha suerte, pero eres una persona muy cruel y muy desagradecida.

Grace volvió a mirar el cable, e intentó enviarle una señal

muy sutil a Gaia. Miró hacia la trampilla, al cartel de aviso, y luego desvió la mirada hacia la derecha. Ella se lo quedó mirando, por un momento desconcertada, y luego volvió a posar sus ojos en Whiteley.

—Sabes lo que dicen, ¿no? —le preguntó la voz de Anna—. Ten cuidado con cómo tratas a la gente cuando te vaya bien, porque nunca sabes a quién vas a necesitar cuando te vengas abajo. —Whiteley levantó una mano, soltando el pestillo y señalando la trampilla—. ¡¡Cuando te vengas abajo!! ¿Lo entiendes? —De pronto, la voz de Anna se quebró con una carcajada—. ¿Lo entiendes? —repitió—. ¿Qué pensarás en tus últimos segundos? ¡Morir con tu fan número uno! Pero no se lo diremos a nadie, ¿verdad? —Volvió a levantar la mano y formó el símbolo con la mano—. ¡Zorro furtivo!

—Anna —dijo Grace—, tengo una idea. Si le da a Gaia su teléfono, ella podría llamar a quien usted quisiera y decirle lo que usted desee. Podría disculparse en los periódicos, en la radio, en la televisión, en su cuenta de Twitter, en Facebook… Podría decirle a todo el mundo que usted es realmente su fan número uno, que lo único que había hecho hasta ahora era ponerla a prueba. Porque hay demasiados impostores que se presentan como su fan número uno, y tenía que asegurarse de que usted lo era. Eso es amor de verdad, Anna, y ahora ella se da cuenta. Puede grabarla con la cámara mientras se lo dice. ¡Cuélguelo en YouTube!

Por un momento vio en los ojos de Whiteley un cambio de expresión. Como si de pronto se hubiera apartado una nube y le diera el sol. Brillaron brevemente y sonrió, como un niño con un juguete nuevo.

Por un instante.

Grace volvió a cruzar la vista con la de Gaia, y movió los ojos hacia la derecha. Ella frunció el ceño. No le entendía.

Entonces el rostro de Whiteley se oscureció y volvió a mostrarse hostil.

—Está mintiendo, superintendente. Todo eso son patrañas. ¡Está mintiendo!

—Pregúntele a ella —dijo Grace—. ¡Venga!

—Deje de acosarme.

Se oyó otro crujido, y vio la alarma en los ojos de Whiteley.

Era el momento.

Grace levantó la voz, deliberadamente, con rabia.

—¡No estoy acosándote! No eres aburrido, feo e inútil. Eso es lo que te llamaban en el colegio, ¿no? ¡Afi!

Whiteley se quedó paralizado por un momento. Parecía asustado.

—Eso... Eso es lo que le llamaban a Eric —respondió, con la voz de Anna—. ¿Cómo lo sabe? ¿Cómo sabe eso?

—Me he enterado, ¿vale? Alguien me lo dijo. Dale el teléfono a Gaia. Deja que le diga al mundo que no eres nada de eso. Ella le dirá a su club de fans que tú eres su fan número uno, la auténtica número uno. ¡Serás una heroína! ¿No es mejor ser una fan número uno viva que muerta?

—Anna no lo ve así; se lo acabo de preguntar —dijo Whiteley, con un gruñido masculino.

—¡El teléfono! —le increpó Grace, señalándolo con un dedo—. ¡Dale el teléfono!

El gruñido de Whiteley se convirtió en un gemido:

—¡Me está acosando!

—¡Dale el puto teléfono! —le gritó Grace, con todas sus fuerzas.

Whiteley se quedó descolocado por un instante. Se giró, casi como un autómata, confuso, con el brazo suspendido en el aire por un momento, mientras Grace se lanzaba hacia delante.

El policía dio un paso y luego se impulsó con el pie derecho, para caer justo donde había calculado, en el centro de la trampilla, a unos centímetros de Gaia. Oyó un sonoro crujido, y sintió que la madera se rompía en astillas al instante bajo su peso, y que las piernas la atravesaban. Pero apenas lo notó; apenas oyó el grito de sorpresa de Whiteley; lo único en lo que pensaba era en colocar las manos en el suelo, a ambos lados de la trampilla, directamente debajo de Gaia, para poder soportar su peso sobre los hombros.

Por un instante notó unas manos agarradas a su pierna derecha, deslizándose por la pernera, y un peso muerto que tiraba de él hacia abajo, mientras los pies de Gaia le presionaban los hombros. Tanteó el suelo desesperadamente con los dedos, intentando encontrar algo a lo que agarrarse, ajeno a las astillas que se le clavaban en la piel y bajo las uñas, con la mente puesta solo en aquellas décimas de segundo que tenía para frenar su caída —y la de Gaia— por la trampilla. Sentía que los brazos se le desencajaban de las articulaciones de los hombros.

La presión de los pies de Gaia iba en aumento. Le empujaba hacia abajo. Estaba perdido. Las manos le dolían terriblemente y perdía el agarre. El lastre que llevaba en la pierna derecha le empujaba de un modo inexorable hacia el vacío, y solo podía intentar agarrarse arañando el suelo de madera. Oyó los gritos de Whiteley, que con su peso tiraba de él, cada vez más. Entonces sintió que las manos resbalaban y caían hasta la altura de su tobillo. Oyó el lamento desesperado de Whiteley, pidiendo ayuda una vez más. Y de pronto, como un pez cogido al anzuelo que rompe el hilo de un tirón y se libera, sintió que perdía el zapato derecho, y con él desaparecía aquel peso.

Agitó las piernas, pero no encontró más que aire. Bajo los pies no tenía más que doce metros de vacío, y era plenamente consciente de que solo se sostenía gracias a las manos, que seguían deslizándose agónicamente por la madera hacia el borde de la trampilla. Y el peso de Gaia sobre sus hombros le iba hundiendo cada vez más. Pataleó, intentando desesperadamente encontrar algún sitio donde apoyar los pies, por si se producía el milagro y había una escalera debajo. Gaia también agitaba los pies, desesperada, pisoteándole, en busca de apoyo sobre sus hombros. Le empujaba aún más, mientras él agitaba los pies, sintiendo que las manos iban resbalando más y más.

El dolor de los brazos y los hombros era insufrible. Hizo un intento desesperado de levantarse, pero cuanto más lo intentaba, más le empujaba Gaia con todo su peso. Los brazos le empezaban a ceder. No sabía cuánto tiempo más podría aguantar.

«No puedo caerme. No puedo caerme. No puedo caerme.» Las palabras resonaban en su cerebro como un mantra. «No puedo caerme. No puedo caerme. No puedo caerme.»

De pronto pensó en Cleo. En su hijo. En todo lo que la vida tenía que ofrecerle aún. No iba a morir. No pensaba morir.

—Gaia —gritó—. ¡Vas a matarnos a los dos! Aparta los pies, ponlos en el suelo. Tienes suficiente cable. ¡Confía en mí!

Las manos le resbalaron aún más, y la agonía iba en aumento. Cada vez más.

Ella presionó aún con más fuerza sobre sus hombros. Era evidente que estaba dominada por un terror histérico. No era capaz ni de oírle.

Se iba abajo. Ya no aguantaba más. Las puntas de los dedos dieron con el borde elevado del agujero de la trampilla.

Entonces, de pronto, sintió que el peso sobre sus hombros desaparecía. Del todo. Sin embargo, aun así, no podía levantar su propio peso; los dedos resbalaban. Resbalaban. No tenían ya ninguna fuerza, ni para agarrarse. Tenía que encontrar el modo de levantar su propio peso para salir de aquel agujero, pero no podía. No le quedaba energía en los brazos. Por un instante pensó que sería más fácil dejarse caer. Más sencillo. Dejarse llevar.

Pero entonces vio de nuevo el rostro de Cleo. El bultito. Su bebé. Su vida.

Aun así, los dedos seguían resbalando aún más. Todo su cuerpo colgaba de ellos como un peso muerto. Sintió que tocaba el borde con las yemas. Estaba perdiendo agarre. Agitaba las piernas en el vacío, una vez más, intentando encontrar algo que le salvara, milagrosamente.

Resbalaba.

«Oh, mierda. No, no, no.» Aquello era una locura. No podía acabar así. Se debatió con todas las fuerzas que le quedaban. Pero iba resbalándose más aún.

De pronto, algo le agarró ambas muñecas como una tenaza de hierro.

Un instante más tarde estaba colgando de los brazos, y al momento tiraban de él e iban subiéndole, lentamente pero con firmeza. Sintió el aliento acre de un fumador empedernido, miró arriba, vio un bigote manchado de nicotina y oyó la voz del guardia de seguridad.

—No se preocupe, señor —dijo este, resoplando—. ¡Ya le tengo!

Un momento más tarde sintió un segundo par de manos que le agarraba por debajo de los brazos, hasta sacarlo de allí. Y muy cerca oyó los sollozos histéricos de una mujer.

433

119

*U*nos segundos más tarde, Grace sintió el suelo bajo sus pies, a un lado de la trampilla. Casi ni se dio cuenta de que le faltaba un zapato. Tenía las manos peladas y cubiertas de sangre, y astillas bajo las uñas, que le hacían un daño terrible, pero apenas lo notaba. Su única preocupación era Gaia.

La chica estaba de rodillas, sollozando y temblando de miedo, apoyada en un par de agentes de policía, un hombre y una mujer, que enseguida se pusieron a soltar el nudo que le oprimía el cuello cubierto de sangre.

—¿Quiere sentarse, señor? —le preguntó a Grace el guardia del bigote.

Le agarraba aún con mano firme.

—Estoy bien, estoy bien. ¿Cómo está Gaia? ¿Está bien?

—Sí, está bien. En *shock* —respondió la agente que la atendía—. Ya he pedido una ambulancia por radio.

Grace sacudió la cabeza, aún con la respiración entrecortada. Entonces vio el estado en que tenía las manos.

—Creo que necesitaré unas pinzas —dijo, sin saber muy bien a quién, mirando de nuevo a Gaia, intentando asimilar lo que había pasado. Luego miró el agujero rectangular de unos ciento treinta centímetros de anchura donde antes estaba la trampilla.

—Tiene un corte en la cara, señor.

Él se llevó una mano a la cara y la encontró bañada en sangre.

—Habéis llegado justo a tiempo, chicos. Gracias... por... sacarme de ahí.

—En mis tiempos practiqué la halterofilia, señor. Su peso no ha sido gran cosa, comparado con lo que solía levantar.

—¡Muchas gracias!

—Ha sido un placer, señor.

Grace esbozó una sonrisa fatigada y luego echó un vistazo en dirección a Gaia. Sus ojos se cruzaron un instante, y ella dejó de sollozar.

—¿Está bien? —preguntó él.

Entre las lágrimas asomó una débil sonrisa.

—Sí. Supongo que estoy aún un poco tensa.

Grace sonrió. Un momento más tarde oyó pasos. Branson entró corriendo en la sala, se paró en seco y se quedó mirando boquiabierto, primero a Grace, luego a Gaia y luego otra vez a Grace.

—¿Qué ha pasado? ¿Están bien? ¿Están todos bien? ¿Jefe?

El helicóptero pasó por encima de sus cabezas con un gran estruendo, haciendo imposible la conversación por unos momentos, al resonar en las paredes y el suelo desnudos el ruido del motor y las palas.

—Estamos bien —dijo Grace.

Branson miró alrededor, agitado.

—¿Dónde está Whiteley? Me han dicho que estaba aquí arriba.

Grace se dejó caer sobre las rodillas y se acercó al borde de la trampilla.

—¡Cuidado, señor! —dijo uno de los guardias.

Grace se acercó al borde y miró hacia abajo. Luego se giró hacia el sargento.

—Está en la cocina.

—¿La cocina?

—¿Y qué…? O sea…, ¿quién está con él? ¿Qué hace ahí?

—Te diré lo que no está haciendo. No está preparando la cena.

Sin hacer caso a la sangre que le cubría el rostro ni al dolor cada vez más intenso que sentía en las manos, Grace bajó a toda prisa la escalera de caracol con Branson siguiéndole de cerca. Cuando llegaron abajo, recorrieron el pasillo, entraron en el salón de banquetes, donde había una extraña mezcla de hombres y mujeres con elegantes ropajes de estilo Regencia y de personal de rodaje, la mayoría de ellos vestidos con vaqueros, deportivas y camisetas.

—Inspector Grace —dijo Larry Brooker—. ¿Puede decirnos qué…?

Grace no le hizo caso, abrió la puerta de un empujón y entró en la primera de las salas de la cocina. Era un espacio pequeño y desnudo, con paredes beis y suelo de linóleo marrón, y allí había un carrito de acero inoxidable que le recordó una camilla del depósito de cadáveres. Levantó la vista, pero allí arriba no había ningún hueco, solo un techo bajo.

Seguido por Branson, abrió una puerta de color marrón y entró en la siguiente sala, que era similar, solo que menor. Olía levemente a excrementos humanos. La atravesó y empujó otra puerta, que estaba entreabierta. Ambos hombres se echaron atrás al ver la escena.

—Por Dios —dijo Branson.

El olor a excrementos humanos era aún más intenso.

Grace miró enfrente, a la altura de sus ojos, donde tenía al hombre que a punto había estado de matar a Gaia y también a él. Echó un vistazo rápido al agujero del techo, cinco metros por encima, que había atravesado Whiteley, y vio al guardia del bigote doce metros más arriba, mirando hacia abajo con curiosidad. Luego, aguantando la respiración unos momentos para no sentir el olor, volvió a contemplar la macabra escena que ocupaba el centro de la sala.

La peluca se había soltado y estaba algo más allá. Un hombre de mediana edad, con cabello gris y una calvicie incipiente, asomaba por el cuello de un elegante vestido de estilo Regencia. Whiteley debía de haber impactado contra el suelo de pie, y luego había caído de espaldas contra un lavadero de acero inoxidable que ahora lo sostenía. Así daba la impresión de que se mantenía de pie por sí mismo. El vestido escarlata se extendía abierto a su alrededor, como si lo hubieran estirado para que no se arrugara.

Dos palos de color pálido, ambos de casi medio metro de longitud, asomaban por entre unos agujeros del vestido, por debajo del abdomen, como un par de bastones de esquí. Solo que estaban cubiertos de sangre y pequeños jirones de tejido interno y piel. Era la parte inferior de las piernas de aquel hombre, que habían salido despedidas hacia arriba, atravesando las rodillas, a causa del impacto.

El hedor a excrementos era ahora aún peor. Grace se acercó y miró el rostro de Whiteley, cubierto por una densa capa de maquillaje. El hombre parpadeaba sin parar, a un ritmo de tres o cuatro parpadeos por segundo, como si alguna conexión interna se le hubiera cortocircuitado. Emitía tenues gemidos por la boca, que se abría y se cerraba lentamente, de forma automática, como la de un pez en una pecera. Grace le cogió la muñeca y encontró el pulso. No se molestó en medirlo, pero era peligrosamente lento.

—Aún está vivo. Pide una ambulancia.

Sin poder apartar la mirada de aquel tipo, Branson sacó el teléfono.

120

—¿*H*abría hecho ella lo mismo por ti? —le preguntó Cleo.

—Esa no es la cuestión.

—¿Ah, no?

—Mi trabajo consistía en protegerla.

—Tú tienes formación como negociador con secuestradores y suicidas. Una vez me dijiste, Roy, que una de las cosas que os enseñaban era que nunca debíais poner vuestra propia vida en peligro. Y tú lo hiciste. ¿O no? Una vez más.

Era una cálida noche de viernes, una espléndida noche de verano, y para celebrar el último día de Cleo en el trabajo antes de que cogiera la baja por maternidad habían reservado mesa en un restaurante que les gustaba, llamado The Ginger Fox. Estaba en el campo, a un paseo en coche desde Brighton. Cleo solía recordarle que, al irse acercando cada vez más el nacimiento del bebé, cada cena tranquila en pareja en un restaurante podía ser la última en mucho tiempo. Nunca le costaba mucho convencer a Roy. Había pocas cosas que le gustaran más en la vida que salir con Cleo, disfrutar de una cena y de una buena copa de vino.

Abrió la ducha, se quitó la corbata con dificultad, por lo mucho que le dolían las manos, y porque aún tenía astillas clavadas muy adentro. Se quitó la americana y los pantalones, y luego se sentó en la cama para quitarse los calcetines. Tenía calor y estaba sudado, y se sentía exhausto tras lo que le había parecido una semana muy larga. Y más largos aún habían sido los dos últimos días.

Dos ruedas de prensa en las últimas veinticuatro horas; una declaración ante la Autoridad Independiente de Reclamaciones ante la Policía, porque se había visto implicado directamente en un caso de lesiones graves a un sospechoso; una investigación del Departamento de Asuntos Internos por no haber informado antes sobre los datos que iba obteniendo Kevin Spinella de forma fraudulenta; y aún le quedaba por resolver todo el papeleo relacionado con la Operación Icono. Y como guinda del pastel, tenía graves problemas para encontrar campos de juego para el equipo de rugby de la policía, del cual era entrenador. Y la temporada estaba a punto de empezar.

Además de todo aquello, ese mismo día había tenido que viajar a Londres, ya que le habían llamado antes de lo esperado para que declarara como testigo en el juicio de Carl Venner, aunque una vez en el Old Bailey le habían dicho que no le iban a necesitar hasta el martes siguiente.

Una ducha, una escapada al campo en el Audi TT de Cleo descapotado, una cerveza fresca y unas copas de vino, y ya se sentiría mucho mejor. Quizás incluso se concediera un cigarrillo. Una gran ventaja del embarazo de Cleo era que ya no había que decidir sobre quién iba a conducir, no había discusión sobre quién iba a ponerse al volante de vuelta a casa.

—No es una cuestión de formación, cariño —respondió él—. Hace unos años se produjo un gran escándalo, cuando dos agentes de otro condado no se lanzaron a un lago para intentar salvar a un niño que se ahogaba, porque las consignas se lo prohibían. Eso es bastante inusual; me parece que no he conocido a un solo agente de policía en todo Sussex que no se hubiera tirado al agua. No se trata de lo que nos han enseñado; es algo que haría cualquier ser humano. No puedes quedarte ahí, mirando, cuando ves que otra persona va a morir.

Ella le besó.

—Tú sabes que nunca he sido muy guerrera —dijo Cleo, y soltó una risita—. Al menos hasta que te conocí.

—¿Estás segura de que no forma parte todo del mismo paquete? Todo eso que leemos… Ambos sabemos que el embarazo altera las hormonas de la madre. La preocupación es un aspecto más del instinto protector de las madres. No tienes que preocuparte por mí.

—No es cosa del bebé, Roy. Eres tú. Cada vez que sales por la puerta de casa, me pregunto si volverás. O si serán dos de tus colegas los que vendrán en tu lugar.

—¡Cleo, cariño!

—¿Sandy también pasaba por todo esto? ¿Por los mismos miedos?

La mención a Sandy le tocó una fibra. Cada vez que oía su nombre sentía un pinchazo, una inevitable sensación de tristeza y pérdida, a pesar de lo mucho que se había recuperado mentalmente y de todo lo que tenía ahora. Se encogió de hombros.

—Nunca se quejó de eso; de lo peligroso que era. Lo que le molestaba más era lo impredecible de mis horarios.

—Siento preocuparme; no puedo evitarlo: te quiero. Pero fíjate en todas las situaciones de locos en que te has encontrado en el último año. Has estado en el interior de un edificio en llamas. Te has despeñado con un coche por un acantilado.

—No exactamente.

—El coche se despeñó por un acantilado, Roy.

—Sí, vale, pero yo no iba dentro.

—Ibas dentro diez segundos antes de que cayera.

—Es cierto. —Sonrió. Se puso en pie y se quitó los calzoncillos.

—Te lanzaste al mar, en el puerto de Shoreham, delante de un barco.

Era curioso, pensó. Se sentía perfectamente cómodo desnudo delante de Cleo. Sin embargo, con Sandy siempre había sentido un pudor casi victoriano con respecto a la desnudez. Salvo en la cama, donde se desataba toda su pasión, ella siempre se tapaba con algo, e insistía en que él se pusiera siempre algo, aunque solo fuera para ir del dormitorio al baño. Y también tenía una gran manía con el baño, una obsesión con la intimidad. Una vez, tiempo atrás, había bromeado con un amigo: por lo que él sabía, en todos los años que llevaba con Sandy, ella nunca había ido al váter.

—Con Gaia no tuve elección —dijo—. Si no hubiera hecho lo que hice, habría muerto o habría quedado mutilada. Y mi carrera profesional se habría acabado. Pero no lo hice por eso.

—Ser policía no es la única opción en el mundo, Roy. Si alguna vez te degradan o te despiden, no te querré menos. ¿Vale?

—¿Y si alguien muere por mi cobardía?

La pregunta quedó flotando en el aire.

—La historia está llena de héroes muertos, Roy. No estoy preparada para que entres en la historia.

Él le lanzó un beso y se metió en el baño; luego se miró al espejo. Le habían tenido que dar tres puntos para cerrarle el corte en la mejilla izquierda, pero parecía que estaba curándose bien. Mientras giraba el grifo, su teléfono móvil, que estaba sobre la cama, emitió dos pitidos que indicaban que tenía dos mensajes de texto.

—¿Puedes mirar si hay algo urgente? —le dijo a Cleo, levantando la voz.

Ella cogió el teléfono. El primer mensaje era de Tingley: «¿Me necesita mañana, o puedo irme a jugar al golf?».

El segundo era de un número que Cleo no reconoció. Lo abrió: «¡Hola, ojazos de Paul Newman! Cuando pueda, querría darle las gracias como se merece por salvarme la vida. XXXXXXXXXXXX».

Grace graduó la temperatura de la ducha. Antes de meterse dijo:

—¿Algo importante?

—Jason Tingley quiere irse a jugar al golf mañana. Y Gaia quiere echarte un polvo.

Él sonrió y se metió en la ducha.

Cinco minutos más tarde, cuando volvió al dormitorio con una toalla alrededor de la cintura, Cleo le mostró el amplio vestido color turquesa que había elegido. Estaba preciosa.

—¿Qué te parece? ¿Este o el negro? ¿O el beis que te gusta a ti? Él no recordaba ni el negro ni el beis.

—Con ese estás estupenda.

—¿Y qué zapatos?

—¿Cuáles habías pensado tú?

—Bueno, no puedo ponerme nada que tenga tacón. Así que no voy a poder competir con Gaia, ¿no? —dijo, con tono sarcástico.

—¡Venga, mujer! —Cogió el teléfono y miró el mensaje de texto. Luego sonrió, orgulloso. No había muchos policías que pudieran decir que recibían mensajes de una de las estrellas más grandes del mundo. Y toda una fila de besos.

—Bueno, ¿lo harías? —dijo ella.

—¿El qué?

—Acostarte con ella, si tuvieras ocasión. —Cleo lo miraba con una expresión extraña.

—No seas ridícula. ¡Claro que no! ¡Venga, va! No vamos a hablar de eso.

Cogió el folleto de Alfa Romeo que tenía en la mesita de noche y lo hojeó distraídamente para no tener que mirarla a ella. Se paró en la página del Giulietta, y se quedó mirando el coche con ojos de deseo.

Cleo miró por encima de su hombro.

—¡Haz caso a tu corazón! —dijo ella—. Te encanta ese coche, ¿no?

Él se encogió de hombros.

—Sí.

—Bueno, has estado al borde de la muerte no sé cuántas veces durante los años que llevas de servicio, y aún te queda una tercera parte por cumplir. Probablemente no llegues a viejo, así que, venga, date un capricho mientras puedas. ¡Disfruta de la vida!

—Estoy tentado —reconoció él.

—Es un coche que va contigo. ¡Y, oye, ojazos de Paul Newman, a Gaia le vas a gustar mucho cuando te vea subido en él!

441

121

*E*n el transcurso de la semana siguiente, para alivio de Grace, la cobertura del rescate de Gaia fue abandonando la primera plana de los periódicos, aunque las bromitas de sus amigos y colegas siguieron. Poco a poco el número de personas que integraban el equipo de la Operación Icono fue mermando, hasta que en la reunión del viernes siguiente por la mañana no estaban más que él mismo, Branson, Potting, Bella, Nicholl y algunos más.

Aún quedaba trabajo por hacer, recoger declaraciones, prepararse para las investigaciones sobre la muerte de Drayton Wheeler y de Myles Royce... Mientras tanto seguían muy atentamente los informes médicos diarios sobre Eric Whiteley, que seguía en la UCI, conectado al equipo de soporte vital en el Royal Sussex County Hospital, bajo custodia policial.

No había podido resistir la tentación de enseñar el mensaje de texto de Gaia a sus colegas, y ahora era objeto de numerosas bromas jugosas pero inocentes.

—¿Cómo está hoy su nueva admiradora, jefe? —le preguntó Potting.

—Creo que toda esta semana ha estado rodando. Pero gracias por preguntar, Norman. Es una mujer muy dura.

—Apuesto a que sí —dijo él, chasqueando la lengua con un gesto socarrón.

—Déjalo ya, ¿quieres, Norman? —le espetó Branson.

Grace había observado últimamente cierta tensión entre Branson y Potting. Pero su colega se había negado a hablar de ello en el par de ocasiones en que había intentado sacar el tema mientras tomaban una copa tras el trabajo. Otra cosa que había observado unas cuantas veces era el intercambio de miradas furtivas entre Potting y Bella.

No podía ser que hubiera nada entre ellos dos, ¿no? Si le preguntaran, él diría que Potting era uno de los hombres menos atractivos que había conocido. Desde luego, Bella podía aspirar a mucho más.

Por otra parte, tampoco podía ver el atractivo que podía tener un poli de Brighton para una de las estrellas del rock y del cine más grandes del mundo. Pero no dejaba de recibir mensajes de texto de Gaia, cada vez más explícitos. Por muy neutras y comedidas que fueran sus respuestas, los mensajes de ella eran cada día más provocativos.

Por supuesto, aquello le halagaba. Y los mensajes alimentaban demasiado su ego como para borrarlos. Pero aquello no cambiaba en lo más mínimo el amor que sentía por Cleo. Había pensado varias veces en la pregunta que le había hecho ella la semana anterior, en el dormitorio. ¿Se acostaría con Gaia, si tuviera ocasión?

Y su respuesta era no. Un no rotundo.

La mañana siguiente cogió el coche y se fue hasta su casa para ver cómo estaba. A veces su inquilino, Glenn Branson, lo tenía todo limpio y cuidado; otras, parecía como si una manada de hienas hubiera tomado la casa. Y tampoco se fiaba de que su amigo se acordara de dar de comer a su venerable pez, *Marlon*.

Paró frente a la casa poco después de las diez, saludó con un gesto de la cabeza a su vecina de enfrente, Noreen Grinstead, la cotilla del barrio, una mujer inquieta y con vista de águila de más de setenta años, que se pasaba la vida en el exterior, frente a su casa, lavando algo. En aquel momento estaba limpiando con la manguera su ya impecable Nissan plateado.

No quería tener que hablar con ella de lo sucedido últimamente, y tampoco quería verse arrastrado a una charla sobre la vida de todos los vecinos de la calle, algo que podía suceder. Ya había dejado aquella casa, de la que se había enamorado Sandy años atrás. Y ahora buscaba otra casa con Cleo, y estaban aprovechando su fin de semana de fiesta para ver una cuantas por el centro y también por las afueras.

Atravesó el jardín y abrió la puerta principal.

—¡Eh, colega! —gritó, advirtiendo a Branson de su presencia, para no molestarle en caso de que tuviera alguna invitada, algo que siempre esperaba, aunque no se lo dijera, solo para ayudarle a dejar atrás la pesadilla de su matrimonio.

Pero no hubo respuesta. Sabía que, los fines de semana que tenía fiesta, a Branson le gustaba dormir más o ir al gimnasio, o a pasear en bicicleta por las tardes, costumbre que había adoptado recientemente.

Se paró y recogió un montón de correo del suelo, y fue ojeándolo mientras pasaba por la cocina. En su día, Sandy la había modernizado, pero ahora se veía caduca y pasada de moda.

—Hola, *Marlon*, ¿cómo te va? —dijo, mirando el interior de la pecera, aliviado al ver que aún había suficiente comida en el dispensador.

El pez, tan arisco como siempre, no le hizo ni caso, como siempre, y se limitó a nadar hasta la superficie para comerse una minúscula bolita de comida.

—No estás hoy muy parlanchín, ¿eh? ¡Para variar!

Marlon recorrió el perímetro completo de su pecera. Por un momento, los ojos de ambos se cruzaron. Entonces el pez ascendió hasta la superficie e ingirió otra bolita.

—No pasa nada, colega. No hieres mis sentimientos. Tengo una admiradora mucho más sexy que tú. ¿Tendrás envidia, si te digo quién es?

El pez no parecía ni remotamente celoso.

Grace se giró y dejó sobre la mesa un montoncito de cartas, anuncios de pizza y comida china a domicilio, así como un folleto azul y blanco del representante local en el Parlamento por el Partido Conservador, Mike Weatherley. A continuación fue repasando rápidamente las cartas, una tras otra. Un sobre marrón era el típico requerimiento del Departamento de Hacienda del condado. Y había otro sobre de la inmobiliaria Mishon Mackay, la encargada de vender la casa.

La abrió, y se encontró con un informe por escrito de las últimas visitas. En el momento en que empezaba a leerlo, sonó su teléfono.

—Roy Grace —respondió.

—Oh, ¿señor Grace? Soy Darran Willmore, de Mishon Mackay.

—Hola —respondió él—. Ahora mismo estaba leyendo su carta.

—Sí, bueno… Tenemos alguna novedad. Pensé que querría saberlo.

—Dispare.

—Hace poco hemos tenido una visita; una madre con su hijo. Nos pareció que estaba muy interesada. Ahora mismo viven en el extranjero, pero quieren trasladarse a Brighton: creo que ella mantiene alguna conexión con la ciudad.

—Bueno, suena interesante.

—Sí, parece que sí. Quiere hacer una segunda visita.

«Estupenda noticia», pensó Grace, preguntándose cómo iba a decírselo a Branson.

—Pensé que le gustaría saberlo.

—Desde luego —dijo—. Es una noticia que no podía llegar en un momento mejor.

122

Grace estaba bastante contento de cómo estaba yendo el juicio de
Carl Venner. Aquel gordo nauseabundo, pedófilo y rey de las películas *snuff*, además de apasionado de los relojes Breitling, se había
puesto las cosas muy difíciles él mismo.

Y, por primera vez en mucho tiempo, Grace tuvo la suerte de pasar toda una semana como oficial superior de guardia sin que se produjera un solo delito grave en la ciudad de Brighton y Hove. Lo que
suponía estar disponible día noche para llevar a Cleo al hospital en
el momento en que se pusiera de parto.

La amante del rey estaba en su última semana de grabación
en Brighton y los alrededores antes de trasladarse a los estudios
de Pinewood, y milagrosamente el rodaje llevaba solo cuatro días
de retraso. Para alivio de Grace —aunque al mismo tiempo fuera
una decepción—, Gaia había dejado de enviarle mensajes. Pese a
todo, él le había hecho un par de visitas durante el rodaje, y Gaia
le había recibido en ambas ocasiones como si fuera algo más que
su nuevo mejor amigo.

Eric Whiteley seguía conectado a una máquina de soporte
vital en la UCI, consumiendo valiosos recursos en lo que Grace
consideraba una inútil pero prescriptiva guardia policial veinticuatro horas al día.

Era una tarde de lunes de finales de junio y estaba a punto
de salir de casa cuando sonó su teléfono. Oyó un voz de acento
americano.

—¿Inspector Grace? Soy el inspector Myman, de la Unidad de
Gestión de Amenazas del Departamento de Policía de Los Ángeles.
Tenemos unos cuantos cabos sueltos relacionados con Gaia Lafa-
yette y, en particular, con el difunto Drayton Wheeler.

—Dígamelo a mí. Estoy trabajando en ello ahora mismo.

—Si pudiera enviarnos a alguien de su equipo para que colaborara con nosotros, nos ayudaría a acelerar el proceso. No lo entretendríamos más de un par de días.

—El problema que tenemos ahora mismo es de presupuesto —confesó Grace.

—Eso no es problema. El Departamento de Policía de Los Ángeles podría hacerse cargo del billete de avión, y nos ocuparíamos de quienquiera que venga. Envíenos al mejor hombre de su equipo. ¿Usted, quizá?

Grace se lo pensó. El obstetra había sugerido que Cleo ingresara en la Maternidad del Royal Sussex County Hospital el lunes siguiente, para que le practicaran una cesárea. Aunque cabía la posibilidad de que el parto se adelantara, así que él no podía ir de ningún modo. Pero a Branson le iría bien romper con la rutina, con lo deprimido que parecía últimamente.

Le dijo a Myman que le llamaría más tarde.

En el momento en que colgó, su teléfono emitió un pitido y recibió un mensaje:

> ¡Eh, ojazos de Paul Newman! El jueves por la noche tengo algo de tiempo libre. Me voy el fin de semana. ¿Puedo invitarle a mi suite para una copa de despedida? XXXX.

El jueves era la noche de póker con sus colegas, tradición que mantenían desde hacía años y, a menos que se lo exigiera el trabajo, procuraba no perderse ni una partida. Quizá podría ir a tomarse una copa rápida antes de ir a ver a los chicos. Pasaría por allí y luego se iría a jugar.

*E*l viernes por la noche, a pesar del agotamiento después de todo lo ocurrido durante las últimas semanas, combinado con el juicio de Carl Venner, Grace apenas pudo dormir. Cuando no era él el que estaba completamente desvelado, dando vueltas en la cama, era Cleo la que no podía dormir, con el bultito dando vueltas en su vientre.

De un modo milagroso, hacia las siete se sumió en un sueño profundo y no se despertó hasta las diez de la mañana del sábado.

A pesar de estar aún atontado, se puso los pantalones cortos, la camiseta y las deportivas y se fue a correr siguiendo su recorrido favorito, por el paseo marítimo, el Palace Pier, el club de pesca Deep Sea Anglers, en el puerto de Shoreham, y vuelta. Era un circuito de poco menos de ocho kilómetros.

Cuando llegó a casa, se quitó la ropa y fue enseguida al baño. Una de las muchas cosas que le encantaban de Cleo era el gusto que había tenido a la hora de elegir la ducha. Una cortina de agua con efecto lluvia, un chorro frontal y chorros laterales, que se podían conectar o no, al gusto del usuario. Estaba disfrutando bajo el agua cuando de pronto la puerta del baño se abrió con tal violencia que pensó que se soltaría de las bisagras.

Cleo estaba allí, vestida con un vestido camisero holgado, con un ejemplar del *Argus* en la mano y una expresión pétrea en el rostro.

Roy cerró los grifos y salió, con el agua aún chorreándole por el cuerpo.

—Así que la noche de póker de los jueves fue bien, ¿no? —dijo ella, blandiendo el periódico como un arma.

—Más o menos me quedé a la par, ya te lo dije.

—Parece que te has olvidado de explicarme algún detalle, Roy.

—¿Ah, sí?

—¿Ah, sí? Pues sí, la verdad es que sí. ¡Echa un vistazo a esto! Quizá te refresque la memoria.

El corazón se le encogió cuando vio la noticia en primera página:

GAIA Y EL POLICÍA RESCATADOR: ¿SERÁ AMOR?

Debajo había una fotografía de Grace y de Gaia, evidentemente tomada con teleobjetivo, uno junto al otro, asomados a la ventana de su suite en el Grand Hotel.

—Oye, puedo explicártelo.

—¿Puedes?

En todo el tiempo que llevaban juntos, nunca la había visto tan furiosa.

Ella salió de allí hecha una fiera. Grace cogió una toalla y apenas había empezado a secarse cuando Cleo volvió a entrar con un ejemplar del *Mirror* del sábado, abierto por una de sus páginas. El titular a toda página decía:

¡LA HISTORIA DE AMOR SECRETA DE GAIA Y EL POLICÍA DE BRIGHTON!

Debajo había otra fotografía similar a la del *Argus*, también hecha con teleobjetivo, pero en esta Gaia le estaba dando un beso en la mejilla.

Grace leyó el primer párrafo del texto:

> La leyenda del rock, Gaia, que está en Brighton rodando su última película, *La amante del rey*, ha recompensado al superintendente Roy Grace, destacado policía investigador del Departamento de Homicidios, por desbaratar el intento de asesinato de la artista, invitándole a una romántica velada de amor en su suite. En la fotografía, la pareja está a punto de disfrutar de una romántica cena a la luz de las velas.

—¡Esto es increíble!

—Tienes razón —dijo ella—. Lo es. No puedo creer que hicieras algo así, Roy.

—Pero, cariño, escucha. Esto es una invención. ¡Se lo han inventado todo! ¡Te lo puedo explicar!

—Genial. Soy toda oídos. ¡Explícamelo!

Entonces, de pronto, Cleo se llevó las manos al abdomen y soltó un chillido de dolor, y se puso pálida como el papel.

—¡Roy, oh, Dios mío, oh, Dios mío!

124

*L*a necrológica en el *Argus* decía:

Noah Jack GRACE

Adorado hijo de Roy y Cleo, falleció trágicamente
el 2 de julio, tras su alumbramiento.
Funeral privado, solo para familiares.

125

*G*race observaba con los ojos cubiertos de lágrimas a Cleo con su hijo en brazos, en su cama de la Maternidad del Royal Sussex County Hospital. El bebé tenía el rostro rosado, cubierto de arrugas, los ojos cerrados, y sus labios fruncidos eran como un minúsculo capullo de rosa. Unos finos mechones de cabello claro ondulado le cubrían la cabecita. Lo habían vestido con una camiseta de algodón azul pálido con un bordado de un ratón con pantaloncitos cortos de rayas.

Era increíble, pensó, incapaz de apartar la vista del bebé. Su hijo. El de los dos. Aspiró los dulces aromas a piel recién lavada y a polvos de talco. Miró a Cleo, que tenía la melena apoyada sobre los hombros de su camisón. Su rostro era todo amor y cariño.

Entonces sonó su teléfono. Se apartó de la cama para responder y salió al pasillo. Era Branson.

—Lo siento muchísimo, colega. Estamos todos destrozados.

—¿Destrozados? ¿Qué ha pasado?

—Bueno, ya sabes... Yo pensaba que el bebé estaba bien... Cuando lo vimos en el *Argus*, esta mañana... No sé qué decir. ¿Cómo está Cleo?

—Para un momento. ¿Qué es lo que habéis visto en el *Argus*?

Por un instante, se produjo un incómodo silencio.

—Bueno..., la esquela, ¿no?

—¿Esquela?

—Sí.

—¿Quién se ha muerto?

Se produjo otro silencio.

—Tu bebé. ¿No? ¿Noah Jack Grace?

—¿Qué? ¿Lo dices en serio?

—Lo tengo sobre la mesa, aquí delante. Todo el mundo aquí está hecho un mar de lágrimas.

—Glenn, ha habido algún error. Hemos pasado un par de días horrendos. Noah nació con problemas respiratorios: síndrome del pulmón húmedo, me parece que lo llaman. No estaban seguros de que fuera a sobrevivir.

—Sí, ya me lo dijiste. Pero me contaste que estaba recuperándose.

—Al principio lo tuvieron intubado y lleno de cables, en una incubadora... No nos dejaban tocarlo a ninguno de los dos. Pero ahora está bien. Cleo lo tiene en brazos; esperamos poder llevárnoslo a casa pronto.

—¿Y quién ha metido la pata con la necrológica? —preguntó Branson.

—No me lo puedo creer. ¿Estás seguro?

—La tengo aquí delante, en negro sobre blanco.

—Mierda. Voy corriendo a la tienda a comprar un ejemplar... Pero no creo que nadie haya metido la pata. No se ponen necrológicas por error —dijo Grace, malhumorado, aunque por dentro estaba temblando.

126

*P*ara Amis Smallbone, la libertad significaba, entre otras cosas, disfrutar de algunos de los pequeños placeres de la vida. Uno de ellos siempre había sido sentarse a una mesa bajo los Arches de Brighton, frente a la playa, contemplar el mar y el Palace Pier, y mirar a las tías buenas pasar.

De noche, aquella zona era un filón para la red de camellos que en otro tiempo él controlaba, pero las mañanas de verano, cuando hacía buen tiempo, eran sobre todo los turistas los que se paseaban, disfrutando de las vistas, de la playa, de los bares, de los cafés, de las tiendas y de otras atracciones junto al mar. Y de pocas cosas disfrutaba más que su primer café del día con el *Argus*. Especialmente cuando ante sus ojos iba desfilando una sucesión de chicas con poca ropa.

Con el cigarrillo en la boca y una voluta de humo ante los ojos, fue pasando páginas, consciente de que le harían falta años para ponerse al día sobre la actualidad de la ciudad. Vio una entrevista con el comisario jefe, en la que este hablaba de los recortes que tenía que hacer, y leyó el artículo con desgana. Se hablaba de un nuevo hospital. Un puñado de traficantes de Crawley, de los que conocía a un par, habían sido detenidos en una redada que la policía había estado preparando durante diez meses.

Aquello le hizo abrir los ojos algo más: leyó el artículo atentamente. Podría ser que eso supusiera una nueva oportunidad de negocio. Entonces llegó a una de las páginas que más le interesaban: ANUNCIOS DE LOS LECTORES.

Fue directamente a NECROLÓGICAS y recorrió la columna con la vista. Nunca se la saltaba, porque le gustaba saber quién había caído antes que él, y de quién no tendría que preocuparse más.

Pero ese día había un obituario muy especial.

Y

Le gustaba el aeropuerto de Gatwick; para ir a Brighton era mucho más práctico que el de Heathrow, y easyJet tenía vuelos directos a Múnich.

Después de pasar el control de seguridad, con su hijo de diez años cogido de la mano, se acercó a la zona de tiendas *duty-free*. Inmediatamente, el niño la arrastró hasta Dixons, donde ella le compró una nueva aplicación para su última maquinita de videojuegos, con lo que el crío se puso muy contento.

Lo mejor que había hecho en la última década era dar buen uso a la herencia inesperada de su tía, que le había permitido huir de su relación con el controlador y obsesivo Hans-Jürgen, que cada vez estaba más loco. Ahora era una mujer rica. Bueno, la riqueza era relativa, pero tenía suficiente dinero para comprar la casa, si lo decidía, y para regalarle cosas a su hijo sin tener que pensar en lo que costaban.

Tras salir de Dixons, se dirigió directamente a la librería WH Smith.

—Solo quiero algún periódico, por si no tienen en el avión —dijo, y luego le preguntó en alemán a su hijo si querría algo para leer en el vuelo a Múnich—: *Möchste Du etwas zum lesen?*

Él se encogió de hombros con indiferencia, absorto en la lectura de las instrucciones de su nueva aplicación.

Ella cogió un ejemplar del *Argus* y lo abrió enseguida, hojeándolo con avidez.

454

127

*E*l miércoles por la mañana, Grace se llevó a Cleo y a Noah a casa. Cleo se sentó en el asiento trasero del Ford Focus sin marcas de la policía, y colocaron a Noah en el cuco con anclajes que Roy había instalado temporalmente en el vehículo.

Pocos momentos que pudiera recordar le habían dado aquella sensación de lo rica que podía ser la vida humana. Mientras pasaban de largo frente al Pavilion, ahora que todos los camiones del rodaje habían desaparecido y reinaba en el lugar una calma extraña, sintió un nudo en la garganta y lágrimas en los ojos. La bronca de Cleo por Gaia parecía agua pasada. Ella había aceptado sin reservas que no había habido nada más allá de la copa que habían tomado juntos.

Grace miró por el retrovisor y vio que Cleo le sonreía. Le lanzó un beso, y él se lo devolvió.

La necrológica publicada en el *Argus* seguía siendo un misterio. Según parecía, la había encargado un taxista que aún no habían podido localizar: había traído las instrucciones en el interior de un sobre, escritas sobre un papel con el membrete del director de una funeraria. Resultó ser falso.

Por supuesto, Grace tenía un sospechoso principal. Aunque le parecía increíble que Smallbone hubiera podido ser tan tonto... o quizá tan descarado.

Noah hizo un ruidito gutural, como si él también estuviera emocionado ante la perspectiva de llegar a casa por primera vez en su vida. El sonido le hizo pensar a Grace en la enorme misión a la que se enfrentaban a partir de aquel momento: criar a su hijo y protegerlo, en un mundo que continuaba siendo tan oscuro y peligroso.

Recordó algo que le había dicho, mucho tiempo atrás, el que por entonces era el comisario jefe. Le había invitado a su despacho para charlar durante aquellas primeras semanas terribles, tras la desaparición de Sandy. El comisario resultó ser un hombre sorprendentemente espiritual. Le dijo algo que Grace nunca olvidaría. Aquellas palabras a menudo volvían, para darle fuerza en los momentos difíciles: «La luz solo brilla en la oscuridad».

Agradecimientos

Como siempre, tengo que dar las gracias a las muchas personas que han soportado mis interminables preguntas con amabilidad y paciencia, y que me dedicaron mucho tiempo. Sobre todo tengo una deuda incalculable con la Policía de Sussex. Mi primer agradecimiento es para Martin Richards, comandante de la policía de Sussex, por ayudarme tanto de forma continuada y, sobre todo, por su sabiduría y su considerable aportación a este libro.

El superintendente jefe retirado David Gaylor, de la División de Delitos Graves de Sussex, que ha sido la inspiración para el personaje de Roy Grace, me ayuda a meterme en la mente de un oficial de policía al cargo de investigaciones, lo que me sirve para asegurarme de que Grace piense como lo haría un investigador avezado, y también contribuye a muchos otros aspectos de mis libros.

El superintendente jefe Graham Barlett, comandante de la policía de Brighton y Hove, también me ha aportado una inmensa ayuda en este libro. El inspector jefe Jason Tingley se ha lucido en esta obra, ayudándome tanto en el aspecto creativo como en el de desarrollo de muchos aspectos de esta historia. Igual que el inspector jefe Nick Sloan, el inspector jefe Trevor Bowles y el inspector Andy Kille.

También tengo una deuda enorme con el superintendente Andy Griffith; el oficial de infraestructuras Tony Case; el agente Martin Light, del Grupo de Apoyo Territorial de la Policía Metropolitana de Londres; el inspector William Warner; el sargento Phil Taylor; Ray Packham y Dave Reed, de la Unidad de Delitos Tecnológicos; el inspector James Biggs; el agente Tony Omotoso; el sargento Simon Bates; la sargento Lorna Dennison-Wilkins;

así como con toda la Unidad Especial de Rastreo; la inspectora Emma Brice, del Departamento de Asuntos Internos de la Policía de Sussex; el sargento Malcolm Buckingham y John Sheridan, de la Unidad Táctica de Armas de Fuego; Chris Heaver; Martin Bloomfield; Sue Heard, jefa de prensa y relaciones públicas; Neil (Nobby) Hall; y John Vickerstaff.

Gracias también al inspector de bomberos Tim Eady, a Kathy Burke, de la Brigada de Incendios y Rescates de West Sussex, y a Dave Phillips y Vicky Seal, del Servicio de Ambulancias de la South East Coast.

Un agradecimiento muy especial al Departamento de Policía de Nueva York, al inspector Patrick Lanigan, a la Unidad de Investigaciones Especiales, a la Oficina del Fiscal del Distrito; al subcomisario Michel Moore, del Departamento de Policía de Los Ángeles, y al inspector Jeff Dunn, de la Unidad de Gestión de Amenazas de este cuerpo. Gracias también a Robert Darwell y Philip Philibosian, de Sheppard Mullin.

Y, como siempre, le debo un agradecimiento enorme a Sean Didcott, del depósito de cadáveres de Brighton y Hove. También al doctor Mark Howard, forense de Brighton y Hove; al doctor Nigel Kirkham, patólogo asesor de Newcastle; a Dave Charlton, oficial del Departamento de Huellas, y a James Gartrell, de la Científica; a Tracey Stocker; al podiatra forense Haydn Kelly; a la arqueóloga forense Lucy Sibun; al doctor Benjamin Swift, patólogo forense; a Tony Beldam, forense del Ministerio del Interior británico; y a Alan Setterington, subdirector de la prisión de Lewes.

Gracias también a Michael Beard, director del *Argus* de Brighton; a mis impresionantes investigadores psicólogos Tara Lester y Nicky Mitchell; a Des Holden, obstetra; a Rob Kempson; a Peter Wingate-Saul; a Rosalind Bridges; a Anna Mumby y a Ceri Glen, por compartir sus conocimientos sobre la obsesión por los famosos; a Claire Horne, de Travel Counsellors; a Hilary Wiltshire; al experto en pirotecnia Mike Sansom; a Valerie Pearce, jefa de Servicios Municipales del Ayuntamiento de Brighton y Hove; a Andrew Mosley del Grand Hotel; a Keith Winter de la Stonery Farm; y a Andrew Kay.

Estoy muy agradecido a la doctora Lorraine Bell por permitirme citar su obra *Managing intense emotions and overcoming self-destructive habits*, libro profundamente innovador publicado en 2003 por Brunner-Routledge (Hove, Reino Unido).

El equipo del Royal Pavilion no podría haberse mostrado más solícito y colaborador. Estoy extremadamente agradecido a David Beevers, conservador del Royal Pavilion, a Louise Brown, gestora de instalaciones, a Alexandra Loske, guía del Royal Pavilion, y a Robert Yates, director de estrategias de financiación, por su gran ayuda y por permitirme acceder a este magnífico edificio.

Me gustaría señalar que durante la redacción de esta novela me he tomado algunas licencias artísticas en cuanto a algunas de las descripciones de los interiores y los exteriores, equipamientos, seguridad y estado general del edificio, así como en referencia a algunos elementos históricos. También me he tomado ciertas licencias artísticas con la Stonery Farm.

Si, como en mí, el Royal Pavilion despierta la pasión del lector y desea contribuir a su mantenimiento, puede visitar: www.pavilionfoundation.org.

Como siempre, gracias a Chris Webb, de MacService, que nunca me ha fallado a la hora de asegurarse de que mi querido Mac no me juegue una mala pasada, aunque en alguna ocasión me haya dado algún susto en algún rincón remoto del mundo...

Un agradecimiento muy grande y especial a Anna-Lisa Lindeblad, que ha sido una vez más una incansable y maravillosa editora «no oficial» y que me ha brindado sus comentarios a lo largo de toda la serie de Roy Grace; a Sue Ansell, que se ha leído y me ha ayudado con cada libro que he escrito; a Martin y Jane Diplock; y a Joey Dela Cruz.

Con Carole Blake tengo la suerte de contar con una agente maravillosa y una gran amiga; y tengo un equipo de publicidad de ensueño, compuesto por Tony Mulliken, Sophie Ransom y Claire Richman, de Midas PR. No tengo aquí suficiente espacio para dar las gracias como se merecen a todo el equipo James de Macmillan, pero no puedo dejar de mencionar a mi estupendo editor jefe, Wayne Brookes, y a la increíblemente paciente Susan Opie, así como a mi corrector, John English, y a mi genial editor en Estados Unidos, Marc Resnick.

Muchísimas, muchísimas gracias también a mi brillante asistente personal, Linda Buckley.

Helen, como siempre, me ha prestado todo su apoyo y su paciencia; sus sabias críticas y sus constantes ánimos. Mis tres perros, *Phoebe*, *Oscar* y *Coco*, están permanentemente esperando a mis pies, siempre dispuestos a llevárseme de paseo en cuanto me separo de mi mesa...

Tengo que reservar el mayor agradecimiento para todos vosotros, mis lectores. Me habéis brindado un apoyo increíble y es una delicia escribir para vosotros. ¡Seguid enviándome mensajes de correo electrónico, o tweets, o posts a mi cuenta de Facebook y a mi blog!

Peter James
Sussex, Inglaterra
scary@pavilion.co.uk
www.peterjames.com
www.facebook.com/peterjames.roygrace
www.twitter.com/peterjamesuk

Este libro utiliza el tipo Aldus, que toma su nombre
del vanguardista impresor del Renacimiento
italiano Aldus Manutius. Hermann Zapf
diseñó el tipo Aldus para la imprenta
Stempel en 1954, como una réplica
más ligera y elegante del
popular tipo
Palatino

***

**

*

Esquivar la muerte se acabó de imprimir
en un día de invierno de 2014,
en los talleres de Egedsa
Roís de Corella 12-16
Sabadell
(Barcelona)

***

**

*